Yolanda Guerrero nació en Toulouse (Francia) en 1962 y es licenciada en Periodismo. Trabajó con el Instituto Internacional de Prensa (IPI, por sus siglas en inglés) en la sede de Londres y en sus asambleas de Buenos Aires, Montevideo, Estambul y Berlín. A su regreso a España, desarrolló durante más de 25 años su profesión en el diario *El País*, especialmente en su edición latinoamericana y en suplementos internacionales como *The New York Times* en español, hasta que, a partir del 2014, comenzó a dedicarse casi exclusivamente a la literatura. Además de colaborar de forma habitual con reseñas y artículos en la revista literaria *Zenda*, ha publicado varias novelas.

Papel certificado por el Forest Stewardship Council®

Penguin
Random House
Grupo Editorial

Primera edición en B de Bolsillo: abril de 2024

© 2019, Yolanda Guerrero
Autora representada por DOSPASSOS Agencia Literaria
© 2019, 2024, Penguin Random House Grupo Editorial, S. A. U.
Travessera de Gràcia, 47-49. 08021 Barcelona
Diseño de la cubierta: Penguin Random House Grupo Editorial / Samuel Gómez
Imagen de la cubierta: © Trevillion Images

Printed in Spain – Impreso en España

ISBN: 978-84-1314-183-1
Depósito legal: B-1.825-2024

Compuesto en Infillibres S. L.

Impreso en Novoprint
Sant Andreu de la Barca (Barcelona)

BB 4 1 8 3 1

Mariela

YOLANDA GUERRERO

A todos los ángeles blancos
de las guerras, del dolor y de la vida

Y a mi marido, Juma, siempre

¿De dónde vengo...? El más horrible y áspero
de los senderos busca;
las huellas de unos pies ensangrentados
sobre la roca dura,
los despojos de un alma hecha jirones
en las zarzas agudas,
te dirán el camino
que conduce a mi cuna.

¿Adónde voy? El más sombrío y triste
de los páramos cruza,
valle de eternas nieves y de eternas
melancólicas brumas;
en donde esté una piedra solitaria
sin inscripción alguna,
donde habite el olvido,
allí estará mi tumba.

GUSTAVO ADOLFO BÉCQUER,
«Rima LXVI»

Llegó con tres heridas:
la del amor,
la de la muerte,
la de la vida.

Con tres heridas viene:
la de la vida,
la del amor,
la de la muerte.

Con tres heridas yo:
la de la vida,
la de la muerte,
la del amor.

MIGUEL HERNÁNDEZ,
Cancionero y romancero de ausencias

La vida, como el mundo, es redonda. Por lejos que caminemos, por bajo que nos hundamos o por alto que volemos, algún día volveremos al punto de partida.

Conduzco por tierras del Moncayo y recito a Quevedo para mí mientras cruzo el río Huecha: lo que llamamos morir es acabar de morir, porque nacer es empezar a morir y vivir es morir viviendo. El círculo perfecto. Inexorable.

Sé que la máxima se cumple porque yo ya he estado aquí. Hace seis meses, únicamente seis, que viajaba en dirección contraria por esta misma comarcal. Observo la carretera y encuentro una metáfora en la raya casi siempre continua que me separa y aleja de la otra mitad, de los que van, o vuelven, o solo vagan. Cuando hace seis meses atravesé estos encinares, huertos y acequias, sabía que más tarde o más temprano regresaría al lugar en el que estoy.

Porque el mundo es redondo. Y la vida, también.

Esa es la metáfora.

Mi nombre es Beatriz Gil Bona y en seis meses he aprendido a ser otra. Otra y varias, hasta volver a ser yo.

Sin embargo, hay un principio, uno solo, que prevalece en esta rueda incesante y que he rescatado entre los escombros de la demolición de la persona que era: ahora más que nunca sé que, cuando el mañana tan solo sea un ayer brumoso, no habrá quien nos recuerde; que un siglo después, ni siquiera quedará quien nos olvide, y que, por tanto, la memoria del olvido es frágil pero necesaria.

Yo me dedico a recordar porque quiero ser dueña de mis olvidos. Mi trabajo consiste en recordar primero y decidir después a quién y a cuánto deseo disolver en la niebla de mi memoria perdida. No se puede olvidar lo que no se ha recordado antes. De ahí me nace la vocación y esa es mi profesión. Trato de ser historiadora; lo intento, no siempre lo consigo.

La Historia es un prisma caleidoscópico en el que se reflejan miles, millones, infinitas historias que juntas apenas consiguen componer un efecto óptico sin ritmos ni patrones. Si me defino como historiadora es porque admito que, al menos, me atrae el reto de aprender a utilizar la lente más objetiva, la más aséptica.

Y no pretendo justificar así el título que cuelga de mi pared, no. Es que esta pasión, la del recuerdo, cuelga sobre todo de mi corazón y de mi cerebro. Me fascina mirar a través del prisma para bucear en el pasado hasta encontrar ese instante... justo el instante exacto en el que el mundo se asomaba al precipicio pero en el que todavía había esperanza. Cuando lo encuentro, solo yo sé si el mundo terminó saltando, gracias a mi catalejo de tiempo y de distancia. Eso me da poder, me acerca al oráculo; a un Delfos pequeño y narcisista, de acuerdo, pero oráculo al fin y al cabo. De esta forma he vivido los últimos nueve años, buscando abismos y tratando de entender el vértigo que atrae a la humanidad hacia ellos.

Hasta que llegó un día, hace ahora seis meses, en el que tan dueña de mis olvidos me sentí que perdí la prudencia.

Ese fue el día en el que esta curiosidad ávida y glotona me colocó frente al espejo. Ese día, yo fui el mundo, y mi historia, la suya. Porque ese fue el día en el que tomé la decisión de cambiar de lente y lanzarme a mi propia sima. Sin pensarlo dos veces, me precipité por una carretera que se dirigía a mi punto de partida y caí en el instante... justo el instante exacto en el que mi ayer todavía era mañana.

PRIMERA PARTE

HOY

*Dondequiera que [pasado y futuro] estén, no son allí
ni futuro ni pasado, sino presente.*

AGUSTÍN DE HIPONA, *Confesiones*

1

Bella como ninguna e infeliz como todas

Hace seis meses, solo seis... y ya seis. Pero entonces yo era otra.

¿Cómo definir hoy a la extraña que ese día cruzaba acequias, huertos y encinares en sentido opuesto? ¿Quién era? ¿Qué era? ¿La misma y distinta? Las dos convivieron durante medio año. Ahora viajo para descubrir quién se ha quedado conmigo.

Es marzo y el sol parece que quiere empezar a ser cálido. En cambio, hace seis meses el cielo lloraba, y aquella que fui, también. Lo hacía porque Mercurio y Venus se habían alineado con la Tierra. O, dicho de otro modo, porque mis bolas se habían ordenado sobre la mesa de billar a apenas dos diamantes de distancia.

Perdón, sigo con las metáforas. Lo que quiero decir es que entonces viví una de esas extrañas conjunciones cósmicas que a los que no creemos en la predestinación nos gusta llamar azar. De esas que terminan cambiando la partida o provocando un eclipse.

El primer planeta, o la primera bola, se llamaba Borja y era mi jefe.

En realidad, él me dio mucha más pena que la que me di a mí misma la mañana en que vino a sentarse en el pico de mi mesa, de espaldas a la ventana. Por ella, colgada sobre el paseo Echegaray y Caballero, los días de cierzo se colaban salpicaduras del Ebro y, si me asomaba girando el torso a la derecha con tantas dotes de contorsionista como sumo cuidado en no caer despeñada desde un séptimo piso, podía distinguir alguna de las cuatro torres del Pilar. No era el caso de esa mañana de septiembre, porque ya comenzaban a llegar nubes del Moncayo que presagiaban otoño y porque no había vista ni ventana que pudieran suavizar el discurso de Borja.

Estábamos solos. Yo siempre era la primera, llegaba con café caliente para los dos porque me caía bien mi jefe. Hasta aquella mañana.

—Mira, Bea, te aseguro que no es nada personal, yo he hecho lo que he podido, pero ya sabes lo atado de pies y manos que estoy, que dicen que ya no hay recortes y que la crisis se ha terminado, aunque eso no se lo traga ni quien lo inventó, si lo sabré yo, que no puedo ni comprar tóner sin rellenar quince solicitudes compulsadas, claro que qué te voy a contar a ti que tú no hayas vivido en estos nueve años...

—Borja, por Dios, vale ya. Dime lo que me tengas que decir, si quieres decirme algo, o déjame trabajar que estoy hasta arriba.

—No, si eso es precisamente lo que te tengo que decir —sudaba—, pero no sé cómo. Bea, tía, que esto es muy difícil, que sabes que yo te aprecio un huevo, que si por mí fuera...

Él calló y yo también.

—Ayúdame, Bea...

Me tomé mi tiempo antes de hablar.

—Que lo del ere no es un rumor, ¿no?, y que tengo el honor de ser la primera a la que largáis. ¿A decir eso quieres que te ayude?

—No es un honor, Bea, es una putada, lo sé. Pero créeme...

—No, hijo, no, yo ya no creo nada. Deja, no te esfuerces, que me marcho ahora mismo, nada de preavisos. Pero antes, una cosa te voy a decir: no valéis más que para defender vuestra silla. Porque presupuesto para esos tres puestos que os ha colado con calzador la consejería sí que hay, ¿verdad?, y sin una sola pega, a pesar de que todavía ninguno de nosotros sabe para qué valen. Aunque cuidado, ¿eh?, que cualquier día sois vosotros los que os quedáis con los pies colgando.

Creo que no esperaba mi reacción, sino otra, la habitual, que por qué yo, que qué he hecho mal, que si sois unos desagradecidos, que también unos desgraciados... Y la verdad es que todo eso le dije, aunque me parece que no lo entendió. Así que, para rematar, coroné mi réplica:

—Ah, y algo más: si te he servido yo de ensayo para los despidos que te esperan, que sepas que lo has hecho fatal. Practica esta noche con el espejo, porque conmigo te ha salido de pena.

—Bea...

—Deja ya de llamarme así. Bea, Bea, Bea... todo el rato Bea, pesado. Soy Beatriz y para ti, a partir de hoy, ni eso.

Aquella misma mañana metí en una caja de cartón nueve años, mi futuro y una maceta. También metí con ellos los recuerdos de mil noches en blanco intentando idear mi propia metodología como flamante archivera comarcal, trazando con líneas ingenuas los cuadros de clasificación común de expedientes y documentación de cada pedazo de historia de Aragón, soñando con que tal vez (si los fondos continuaban asignados en el reparto de competencias autonómicas y nosotros seguíamos ganando los concursos públicos) algún día mi modelo serviría de patrón para la creación de futuros archivos en otras demarcaciones del territorio nacional... Fueron los nueve años más agotadores, los más frenéticos, los más escabrosos y puede que los mejores de mi vida. Y cabían en una caja de cartón.

Hoy ya he conseguido encontrar algo de luz en la oscuridad de los quince días que pasé llorando. Puede que aún quede más luz escondida, pero lo cierto es que, cuando Borja y mi carrera se alinearon en mi órbita, se convirtieron también en la primera bola colocada estratégicamente sobre el tapete verde de mi extraña conjunción planetaria.

La segunda fue Fernando, que era a su vez mi segundo amor.

—El amor verdadero es el tercero, recuérdalo siempre. No te conformes, no pares hasta encontrar tu tercer amor.

Calderón diría que mi madre fue bella como ninguna e

infeliz como todas, Violante entre las Violantes de vidas convertidas en sueño. Yo añado que, además de bella e infeliz, fue sabia.

Trabaja, me decía, trabaja hasta que encuentres tu pasión, para que ya no tengas que trabajar jamás (qué pena que Borja no la llegara a conocer). Citaba a su manera a Confucio y seguía con él: no te mires en el agua que corre, sino en el agua tranquila, porque solamente lo que en sí es tranquilo puede dar tranquilidad a los otros.

—Y nunca dejes de buscar tu tercer amor. Que no te deslumbre la luz del primero ni te atrape la telaraña del segundo, Beatriz. Disfruta de cada uno un tiempo prudencial, al menos hasta que ninguno salga herido. Pero ten paciencia suficiente para esperar al tercero. Ese es el amor real.

Mi madre estaba convencida de que el primero solo es amor fugaz, apenas un motín de hormonas. Hace bullir hasta que se nubla la lucidez y, con ella, la capacidad de exigencia. Cuando nos lanzamos a sus aguas aún no sabemos nadar; flotamos a base de brazadas sin estilo, por instinto de supervivencia.

Después llega el segundo y, con él, la trampa. El segundo amor es sereno, el de la edad adulta aunque no madura. Nos ciegan sus promesas de eternidad. Y así es como solemos caer en la red: vienen familias y amigos compartidos, un coche o dos, una hipoteca, cuenta bancaria, vacaciones de consenso, el mismo gimnasio, cine los miércoles, un cuerpo de espuma que cada noche sirve de almohada y manta... Solamente estrellas que engañan, destellos de fulgor falso que ocultan el verdadero firmamento. Pero, para cuando nos damos cuenta de que el segundo amor es tan efímero como el primero y, además, sin la llama hormonal, ya es demasiado tarde.

Mi primer amor, el del motín fugaz, nunca pasó de eso y ni siquiera me dejó rescoldos en el corazón. Fernando, sí. Con él compartí, como mi madre había predicho, amigos, vacaciones, gimnasio, cine y por poco hipoteca. Justo antes de llegar a ella me abandonó. Fue a los pies del altar del despacho del director de nuestra sucursal del Popular (también compartimos cuenta bancaria, tan lejos llegamos). Quizás él se dio cuenta antes que yo de que éramos segundos amores recíprocos, que merecíamos un tercero o que, al menos, nos habíamos ganado el derecho a emprender su búsqueda. Incluso puede que él ya lo hubiera encontrado.

—¿Cómo lo sabré, mamá, cómo sabré que ese sí, que ese es el bueno, el tercero, el de verdad?

Será fácil, contestaba.

—Sabrás que lo es porque solo desearás que, cuando llegue la muerte, te encuentre en sus brazos.

Yo soy hija de su segundo amor.

Y ella murió sola.

A diferencia de las lágrimas que derramé para intentar llenar el mar que Borja había secado, ni una sola salió de mis ojos provocada por Fernando. No por falta de ganas, sino por falta de tiempo. Todo el llanto que me quedaba dentro se lo dediqué al tercer planeta de mi extraña conjunción.

Octubre estaba cerca, pero mi madre no alcanzó a verlo. Cuando perdió la segunda mama se le escapó también la vida. No había cumplido aún sesenta y cuatro, maldigo a los dioses: al Hades que la reclamó, a Caronte que la cruzó en su barca, al Olimpo entero que no pudo ni quiso impedir que se disolviera en la oscuridad. ¿De qué nos sirven ellos, los dioses, todos los dioses? Solo para recordarnos que somos mortales mientras resuena su risa en las bóvedas de nuestras tumbas.

Mi madre no tuvo tiempo de encontrar su tercer amor, pero precisamente por eso hoy yo soy la misma y distinta de la que era cuando aún vivía.

Recuerdo nuestra última conversación sin morfina.

—¿Sabes la casa de la que tanto te he hablado?

—La de la Cañada, ¿no?

—Esa. Me acuerdo mucho de ella.

—¿Por qué no hemos ido nunca juntas, mamá? Seguro que aún sigue en pie. Si quieres, en cuanto te pongas mejor, cogemos el coche y nos hacemos un fin de semana allí. Busco un hotelito rural y...

—No hace falta, mi amor. Primero, porque sigo siendo la dueña de esa casa, nunca la vendí. Yo no he vuelto desde que naciste, pero me la ha tenido alquilada Izarbe. Por un pellizquito de dinero, algo simbólico, más que nada para conservarla cuidada, que allí los inviernos son duros.

—Desde luego, mamá, eres una caja de sorpresas... Pues a esa casa iremos cuando te cures, ya verás.

—No, cariño. La segunda razón es porque ya no voy a salir de este hospital...

—¡Mamá...!

—Calla, niña, que lo sabes tan bien como yo. Qué más da que me toque ahora o dentro de veinte años. Morirse hay que morirse, y a mí me ha llegado el turno. Yo te he enseñado a tener la mente fría y el corazón caliente, no me desobedezcas ahora, que a una madre hay que respetarla, sobre todo en el lecho de muerte.

Bella, infeliz, sabia y con mucho sentido del humor. Negro, pero humor.

—A ver, Beatriz, no nos desviemos, que no ando sobrada de tiempo. Yo te cuento todo esto por lo siguiente: esa casa es tuya; aunque seas mi única heredera, hice testamento la semana pasada por facilitarte el asunto, ahí están todos los datos. Con esa casa y algunos ahorros que tengo en el banco, no sabes lo tranquila que me muero. Espera, no pongas esa cara y déjame seguir. Me muero tranquila porque, si eres lista, y lo eres mucho, te dejo las cosas arregladas. Menos mal que no te compraste el piso ese con Fernando; ya ves, mira tú por dónde, ahora que el malnacido de Borja te ha despedido, ahí te puede llegar una nueva vida. Tu sitio está en la Cañada de Moncayo. Tu sitio y tu origen. ¿No te empeñaste en estudiar Historia? Pues allí la tienes entera para ti. Cuando me muera todo tendrá sentido: eres libre, tienes casa, medios para una temporada si no despilfarras y los conocimientos necesarios. Ve al pueblo y encuéntrame... encuéntranos. Encuéntranos, Beatriz, encuéntranos.

Y se quedó dormida.

Dos días después, volvió a dormirse y ya no despertó.

La alineación del último planeta de mi extraña conjunción fue la más dolorosa.

Por eso atravesaba llorando las tierras del Moncayo hace seis meses. Lloraba el cielo y lloraba quien era yo entonces. El llanto del cielo era una llovizna suave, la primera del otoño recién estrenado; la mía, un aguacero descontrolado y una mirada congelada en el domingo de barro y ceniza en el que enterré a mi madre y, con ella, mi propia vida, la que había conocido hasta entonces. Me esperaba otra, pero ni era la mía ni yo no lo sabía aún.

La carretera de hace seis meses era negra, sin raya continua ni metáfora, solo un asfalto pedregoso que no tenía final aunque sí destino: iba a cumplir el último deseo de mi madre perdida. Iba a encontrarnos.

2

Todos los misterios

Los ciento cuarenta y siete habitantes de la Cañada, pobres o con dinero, altos o bajos, guapos o feos, tienen dos cosas en común.

Una es que todos, sin excepción, pueden divisar desde cualquier casa del pueblo el mismo paisaje que extasió a Machado: la mole blanca y rosa del Moncayo. El pico majestuoso que da nombre a la comarca lo preside todo, bodas, bautizos, comuniones y entierros, a la vez que una de las acequias del Huecha irriga sus venas con la nieve que le presta.

Y dos, que cada una de esas casas con vistas al Moncayo tiene las jambas de sus puertas de entrada encaladas de blanco, una tradición que, pese a no ser habitual en las sobrias fachadas de roca de la zona, sus habitantes se esmeran en conservar y proteger cada temporada de las inclemencias del tiempo. Entonces, cuando las vi por primera vez, aún no sabía por qué.

El pueblo fue cañada de verdad mientras sirvió al paso trashumante, de ahí su nombre; símbolo de pasadas glorias templarias, de ahí sus vestigios de muralla, y emblema de devoción misionera, de ahí su ermita a san Carlos Borromeo. Todo, para honra y protección de una de las más valiosas gemas del valle.

El otoño en que yo lo conocí, el Moncayo era un abanico rojo, ocre y dorado. Desplegado ante mí, consiguió hipnotizarme. Debió de notármelo mi madrina, Izarbe, que me esperaba frente a la jamba blanca de la casa de mi madre, mi nueva casa, porque chasqueó los dedos delante de mis ojos para despertarme del hechizo justo un instante antes de empezar a cubrirme de besos:

—Eu, moceta, qué ganas tenía yo de volver a verte. ¿Cómo ha ido el viaje? Cansadica, ya veo.

Hasta ese momento, yo solo había visto a Izarbe unas cinco veces en mi vida, a pesar de que el lazo invisible del prohijamiento nos unía en parentesco espiritual, y todas ante un chocolate con churros en el Levante de Zaragoza, mientras mi madre y ella se ponían al día.

—Qué pena tan grande lo de tu madre, lo que sufrió la pobrica. Casi cuarenta años hace que no venía por aquí la Jana, casi los mismos que tienes tú, pero hablábamos lo nuestro por teléfono. Porque sería a veces una picaraza, pero más lo era buena. Y lista, te lo digo yo.

En los siguientes días, no fueron pocos los vecinos que me dijeron lo mismo, que mi madre, Alejandra Gil Bona, además de bella e infeliz, era buena, lista y picaraza, es decir, lo que yo siempre supe: que tenía mucho mucho carácter. También que, al parecer, sufrió varias desgracias: la de quedar embarazada del Belián; la de tener un padre como Lixandro, que la echó de casa antes de que se le notara la barriga; la de tener un geniazo que le hizo rechazar las buenas intenciones del novio, y con un petate y el bombo irse sola a Zaragoza...

Que, del mismo modo, muchas fueron sus suertes: que ni el Lixandro ni el Belián la siguieron hasta la capital, porque los dos murieron sin poner un pie fuera del pueblo y nos dejaron tranquilas para siempre; que, como era más avispada que una paniquesa de las que corren por el monte, enseguida supo colocarse en un trabajo decente con que sacar adelante a su hija; que por algo terminó siendo la mejor secretaria que vieron los juzgados de Vidal de Canellas y de todo Aragón...

Y decían que tuvo lo que unos llamaban suerte, otros desgracia y los más se santiguaban al mencionarlo: se llamaba Bona, de las Bona ancestrales, de aquellas Bona que dejaron la sierra sembrada de misterio.

Las Bona provenimos, en realidad, de un pueblo colindante a la Cañada, de límites y huertos compartidos, llamado Trasmoz.

El pueblo es una isla en medio del Moncayo. Así lo han llamado muchos: una isla laica, eso sigue siendo Trasmoz en pleno siglo XXI. Menos de cien empadronados en el único lugar todavía hoy excomulgado y maldito, un oasis sin Dios rodeado de tierra piadosa hasta que algún papa se atreva a levantar el castigo.

Todo comenzó en el siglo XIII y duró hasta más allá del XVI con varias *vendettas* entre el poder terrenal y el celestial. Primero, cuando el abad del monasterio de Santa María de Veruela consiguió la excomunión del pueblo entero por desavenencias a causa de la leña, imprescindible para sobrevivir en los crudos inviernos del Moncayo. Siguió otra que terminó en maldición, también por un conflicto espurio: el uso del agua que transcurría por tierras monacales y que le fue otorgado en litigio al señor de Trasmoz por las Cortes de Aragón; una noche, el abad del momento, airado, después de tapar con un velo negro la cruz del altar y mientras hacía sonar la campana a cada frase del salmo 108 que recitó con voz grave, pronunció una maldición solemne contra el pueblo.

Entre ambas, el comienzo de la leyenda: en el castillo que se yergue sobre una colina y extiende su sombra sobre Trasmoz, un sacristán de Tarazona, ayudado por varios vecinos, acuñaba monedas falsas de noche. Para que nadie se acercara a la fortaleza, expuesta a la vista de todos como una corona imponente, los falsificadores extendieron el rumor de que allí se congregaban las mujeres del pueblo, todas brujas según ellos, para celebrar reuniones demoniacas. De sus aquelarres, dijeron, provenían los ruidos infernales, que, en realidad, no eran otros que los de la fragua y el martillo troquelando el metal de los dineros.

Así quedó sellado su futuro como puerta del infierno. Hasta hoy.

Que allí hubiera misterio coincidía con la imagen que yo me había dibujado mentalmente del pueblo vecino de la Cañada de Moncayo, alimentada por mi madre durante todas las noches infantiles que recuerdo.

Hasta entonces, el pueblo era en mi cabeza una aldea medieval arrancada de un cuento de los hermanos Grimm, rodeada de neblinas enigmáticas que, cuando se disipaban al amanecer del otoño, iban dejando ver poco a poco, desde las faldas hasta la cumbre, la silueta imperial de la montaña, el Monte Cano, que, según ella me contaba, fue primero llamado así por la cabellera blanca que siempre le cubría los hombros, lugar de descanso de dioses y titanes, hogar del famoso ladrón Caco y escenario de sus correrías con Hércules y Pierres. Allí estaba la tumba de la marquesa de un solo ojo que llegó volando del cielo solo para morir en el valle y allí se levantaba un monasterio silencioso donde se oían los cánticos sin rostro del día de las ánimas, un nido de dragones con pinzas de cangrejo y fantasmas... cientos de fantasmas ancestrales que cada noche jugaban a las cartas con otros fantasmas extranjeros, como el de un poeta enamorado y el de la marquesa tuerta.

Para mí, la Cañada de Moncayo era un paraje de tinieblas y seres mágicos. De modo que mi primera sorpresa consistió en descubrir que, además de fantasmas, marquesas y faunos corriendo por sus laderas, también tenía, por ejemplo, dos bares, una ferretería, una farmacia y una pollería.

La farmacia pensaba visitarla poco. Estaba bien saber dónde encontrar la ferretería, una nunca sabe. Pero los bares y la pollería eran establecimientos de primera necesidad. El segundo, porque, entre mis escasas habilidades culinarias, solo presumo de ser capaz de preparar las distintas partes de un pollo de diez formas diferentes y con cuatro métodos de cocción, incluido el microondas. Y los bares, porque, cuando el pollo falla, no está mal tener uno a mano.

—Lo que tú haces es jugar a comidicas, moceta —me regañó Izarbe el primer día en que la invité a comer y me vio cocinar uno en pepitoria.

Desde entonces, nunca me faltaron tarteras en la nevera, alineadas con esmero por mi solícita madrina y llenas de tantos platos regionales y variados que no me dio tiempo de aprenderme el nombre de ninguno.

Pero de mis visitas a la pollería, que se volvieron esporádicas gracias a Izarbe, conservé lo mejor que me ofrecía: la amistad de Sole y Marisol, las dos mujeres sensacionales que la regentaban y atendían. Por ellas, me dije cuando las conocí, había merecido la pena instalarme en la Cañada.

Lo que yo aún no sabía era que, además de ser sensacionales, esa madre y esa hija, aunque no se apellidaran Bona, también iban a formar parte del misterio.

En el Moncayo, como no tardé en descubrir, había cabida para todos los misterios.

3

En las paredes de piedra

Pero yo no pensaba entonces en misterios, solo en hallar descanso para el espíritu y algo de alivio para las heridas que me había infligido el final de aquel verano infame. Y allí tenía a toda la piedra del Moncayo trabajando a mi favor para conseguirlo: había heredado una casa de piedra en un pueblo de piedra incrustado en la piedra de la montaña más hermosa de la España de piedra. Era cuanto necesitaba.

Pasé los primeros días recorriéndola con el respeto y la reverencia con los que se recorre un museo. Tenía que cumplir el encargo de mi madre de encontrar lo que aún no sabía que buscaba, y lo cumpliría en cuanto pudiera encauzarme el alma.

En esos momentos iniciales de resaca emocional, la casa me ayudó a comenzar a hacerlo.

Exploré al detalle junto a mi madrina sus siete estancias distribuidas en vertical, tres pisos que se erguían hacia el cielo y escalaban una de las muchas calles empinadas habituales en el Moncayo.

La puerta de entrada se abría directamente al salón, presidido por una sobrecogedora chimenea también de piedra, que Izarbe y su sobrino Simuel me enseñaron a encender. Yo aprendí con diligencia, sabía que iba a necesitarla pronto y, aunque puedo vivir sin pollo e incluso sin comer durante un tiempo razonable, no soy capaz de hacerlo con frío. Y allí debía de hacer mucho en invierno. Mucho mucho.

Me gustaron los sofás de piel gastada, su color herrumbroso y los escabeles tapizados en *toile de Jouy* que los flanqueaban. Todo ofrecía un aspecto hogareño de otro siglo, de otra vida y, sin embargo, algo así como mío desde siempre, arrinconado en algún cajón polvoriento de mi historia que me provocaba sensaciones ya vividas. Todo tan difícil de explicar y, sin embargo, tan fácil de sentir.

Los tres dormitorios en otras tantas alturas eran sencillos, con pocos muebles y camas de tamaño medio con sábanas que olían a lavanda. Los dos baños y la cocina habían sido reformados recientemente. De todo se había encargado Izarbe.

—Tu madre me pidió que lo hiciera cuando le salió el primer bulto y empezó a llevársela la enfermedad. Yo creo que ya sabía que te vendrías para el pueblo y quería dejarte la casa apañada. Se puede dormir en el suelo, pero el baño y la cocina tienen que estar con la hora en punto y en perfecto estado de revista, porque los accidentes por fuego y por agua son los peores, eso decía siempre.

¿Por qué me había perdido tanto de mi madre? ¿Por qué no sabía lo que estaba descubriendo a través de mi madrina? ¿Era aquello lo que quería, que la encontrara así... allí?

Izarbe seguía en su papel de guía turística por mi nueva casa.

—Y esto, muy importante, moceta, no lo olvides... —dijo abriendo triunfante un armario de fondo ancho que servía de despensa y también de depósito de cachivaches variados— las velas. Tú no sabes lo que pasa aquí cuando viene la catacumbe...

Ahora ya lo sé, pero entonces no. La catacumbe, vocablo hijo de la cópula entre una hecatombe y una catacumba y primo hermano del verbo retumbar, era el más acertado que se podía inventar para una tormenta en el Moncayo y un localismo digno de entrar en la Real Academia por la puerta grande.

Lo comprobé apenas dos días después de mi llegada, cuando todo el valle se estremeció y yo con él, al repique de truenos que parecían las trompetas que anunciaban el averno. El eco de la catacumbe era infinito, dejaba los vasos tintineando en los armarios y servía de heraldo de lo que venía después, un aguacero torrencial que convertía las calles en ríos. Y, por supuesto, dejaba sin luz a toda la Cañada.

Entonces entendí y agradecí el consejo de Izarbe. A oscuras pude llegar hasta el armario de fondo ancho y a oscuras conseguí encontrar velas y cerillas.

Matizado por la luz de una llama de cera, todo cobró un color distinto, incluido el propio armario. Allí, a los pies, bajo estanterías llenas de latas de conserva, cajas con clavos y muchas velas, descubrí en el suelo un arcón de madera.

Era bellísimo, con filigranas de flores labradas en nogal y tres iniciales: M V B.

Lo abrí. Su contenido estaba tapado por una vieja mantita amarilla que me pareció de bebé. Al levantarla, hice inventario de los objetos que vi dispuestos, perfectamente colocados, diría que con el primor de quien había abierto muchas veces el arcón solo para contemplarlos y acariciarlos: una pequeña imagen de la Virgen de plástico blanco; un hermoso bastón de ébano y empuñadura de plata; un parche negro con dos cintas que seguramente sirvió para tapar un ojo; una botellita vacía con una etiqueta blanca y azul en la que podía leerse Aceite de Haarlem; un maravilloso gorro de piel dorada y sedosa; un delantal blanco con una enorme cruz morada en el centro y una inscripción que el tiempo había vuelto ilegible, y, por último, dos tesoros impresos: una edición de las *Poesías completas* de Antonio Machado editado en 1917 y otro de *La hija del mar*, de Rosalía de Castro, de 1859.

Aquellos objetos, pensé, eran piedras miliares colocadas en el camino que me llevaría a encontrarnos, a nosotras... o a quienes fuera que debiera encontrar.

Faltaba un punto kilométrico importante. También lo descubrí la noche de la primera catacumbe, cuando recorrí la casa a solas y a la luz mágica de una vela. Al subir por las escaleras con la palmatoria en la mano, me fijé por primera vez detenidamente en las tres Bonas que, encaramadas a la pared de piedra que conducía al primer piso de mi casa de piedra, me miraban cada una encerrada en un marco de madera y en su misterio de piedra.

Esa noche empecé a escrutarlas y no dejé de hacerlo en las siguientes quince de mi nueva vida. Sentada en un escalón, las observaba y me enredaba con ellas en largas charlas nocturnas, con sus iris clavados en la cámara y los míos en su reflejo sepia.

Una era mi abuela, Jacoba Bona. Murió en 1978, dos años antes de que yo naciera y también antes de que la soledad impregnara como óxido la casa en la que quedó Lixandro después de expulsar de ella a mi madre.

Uno de sus retratos cuenta una historia de amor: la de una mujer madura que sostiene a una niña de apenas cuatro años vestida entera de blanco, con rizos castaños recogidos por una diadema de lazos, sonriente ante la cámara con soltura cinematográfica. La madre tiene pelo negro, raya al centro y moño sin alegría. Aunque está tapada para mostrar únicamente la carne imprescindible, nada más que manos y rostro, la mujer parece desnuda, sin maquillaje ni sonrisa ni alhajas, tan solo un camafeo que sella un vestido negro a la altura del cuello. Parece un retrato frío, profesional, seguro que ambas posaron durante horas hasta que el fotógrafo consiguió el gesto que buscaba. Sin embargo, fue más lo que logró. Plasmó un fogonazo: la mirada de mi abuela que, posada sobre el rostro de mi madre niña y a pesar del cansancio, es la pura esencia de la ternura.

En otras muchas imágenes colgantes de la pared de piedra estaba la risueña Alejandra, ya mayor. Mi madre con Izarbe en plena adolescencia, mi madre con una veintena de muchachos de su edad y aspecto jipi brindando en vasos de plástico llenos de un vino oscuro y seguramente anónimo, mi madre abrazando a mi padre, mi madre de la mano de mi padre... Y otras, ya sin risas, casi sin chispa en la mirada: mi madre sentada a una mesa con quince personas más, mi padre y ella a cada extremo, sin mirarse, y mi madre, taciturna en una foto de estudio junto al cejijunto Lixandro.

Me gustaban las instantáneas en las que aparecían mi abuela y mi madre, pero desde el primer momento sentí predilección especial por el único retrato de una tercera Bona. Estaba fechado en 1918 y, por tanto, supuse que en él aparecía mi bisabuela. No era una foto, sino un cuadro. En una esquina, junto al año y en lugar de la firma, figuraba un número romano, DIX. Quinientos nueve. Me intrigó su significado.

Era un dibujo a acuarela en tonos pálidos que representaba a una mujer joven, no debía de llegar a los veinticinco, de pelo oscuro, ondulado, con un corte cuadrado a la altura de los pómulos y flequillo a media frente.

Los labios están perfectamente delineados en forma de corazón y satinados de rojo intenso. Levanta los brazos para ajustarse un cloché de color azul que coloca ladeado sobre la cabeza. No lleva pendientes ni pulseras ni anillos. La joya más valiosa que la adorna son los ojos; el sombrero casi los tapa y eso la obliga a elevar la cabeza para poder dirigirlos al pintor. El ademán, barbilla en alto, los vuelve desafiantes, intensos, abisales, dos clavos de ágata negra que parecen aún más profundos por la hinchazón de los párpados. Son ojos que acaban de llorar, uno levemente más abierto, el otro casi en un guiño, se diría que son de distinto tamaño. Parecen mirar fijamente a su retratista, pero no; al cabo de tantas horas de observación sentada frente a aquella pared de piedra, me di cuenta de que la desconocida no mira al artista, sino a través de él, al infinito reflejado en el lienzo, al vacío de la vida.

Aquella mujer, fuera quien fuera, murió de tristeza. Ese cuadro me lo dijo.

Tres días después, empecé a encontrarla.

4

Rayón

Confieso que tardé un tiempo en aprobar la asignatura de integración entre mis convecinos. Advertí que no iba a ser fácil desde el tercer día, cuando me propuse visitar la ermita de San Carlos, cuyo campanario podía divisar desde el último piso de mi casa. Un laberinto de calles en rampa debía llevar hasta ella, pero no conseguí encontrar la salida.

Pregunté educadamente y con mi mejor sonrisa al primer cañadiense con el que me topé en el camino hacia la pollería:

—Buenos días, señor, ¿sería tan amable de indicarme cómo puedo llegar a la ermita?

Ni siquiera se paró mientras me contestaba:

—Andando, mocica, andando.

Entonces lo supe: ni la carta de presentación de mi madrina Izarbe ni mi apellido autóctono de la zona iban a ser suficientes para que la Cañada me aceptara gratuitamente en la comunidad. Tendría que ganármelo a pulso. Y, para ello, fueron esenciales dos personas de orígenes foráneos como el mío, que eran también dos de los tesoros del Moncayo que me aguardaban encerrados en sendos cofres.

El primer cofre era la pollería, y el segundo, la ermita. Marisol y su madre, Sole, las únicas que conocí con nombres que eran para mí más o menos comunes, además de llevar la tienda, eran las encargadas de cuidar y mantener el altar de san Carlos con más primor que sus propios hogares.

La ermita era uno de los lugares más singulares que yo había visto hasta entonces y había visto ya muchas ermitas. Ese había sido, precisamente, el tema de mi trabajo de fin de máster. ¿Por qué no visité antes aquella? Posiblemente, porque ni siquiera sabía que existía.

A la ermita dedicada a san Carlos Borromeo en la Cañada de Moncayo llegué, efectivamente, andando, porque se encuentra en un lugar abrupto, excavada en una roca casi vertical del barranco de Ríoval. Pese a que Sole y Marisol me explicaron muy ufanas los orígenes del pequeño templo, que ellas databan en las postrimerías del siglo XIX, yo descubrí en sus ábsides, altares de piedra y hornacinas para las reliquias indicios inequívocos del románico cisterciense, posiblemente por mimetismo e influencia del cercano monasterio de Veruela, que debió dominar la arquitectura y el arte de todo el Moncayo medieval. Aunque en siglos posteriores fuera remodelada al albur una y otra vez, ni los propios cañadienses sabían hasta qué punto era valiosa y añeja esa joya incrustada en la ladera de un barranco, desde la que el santo que le daba nombre y un pequeño campanario que llamaba a la oración cada vez con menos frecuencia vigilaban a todos desde lo alto.

Solo la talla procedía de la época que los locales atribuían al conjunto. Y ese san Carlos Borromeo, exactamente ese de ese momento concreto de la historia, iba a ser mi nueva piedra miliar.

El otoño de mi llegada alguien sufrió un ataque de nostalgia, posiblemente el cura Valantín, un treintañero triste recién salido del seminario, en cuyas gafas de montura metálica y anticuada vi reflejada la soledad de una generación sin vocaciones místicas, espejo a su vez de una sociedad cambiante cuyo paso había perdido la Iglesia y tras la que siempre caminaba rezagada. Sobre eso se me ocurrió divagar cuando conocí al pobre Valantín, todavía hoy no sé por qué.

Digamos que fue él el del ataque de nostalgia, quien quiso reanimar las glorias remotas de una fe colectiva y quien convenció al Ayuntamiento. Todo ello resultó en la llegada de Carolina, compañera de carrera a quien la municipalidad había traído desde Zaragoza con el encargo de limpiar y restaurar la imagen del cardenal Carlos Borromeo.

Faltaban varias semanas aún para el 4 de noviembre, el día de la celebración en romería del santo que, según la hagiografía, desafió a la epidemia y a la muerte para aliviar a las víctimas de la peste que asoló Milán entre 1576 y 1578. Por algún motivo, se convirtió en patrón de la Cañada a finales del siglo XIX, cuando un misionero scalabriniano lo trajo desde la Toscana al Moncayo buscando cura a su tuberculosis.

La talla no había sobrevivido demasiado bien al paso de más de un siglo y sus vicisitudes, así que a mi amiga Carolina le correspondía la tarea de devolverle el lustre. Para eso, y para evitar descalabros mayores a manos de algún vecino exaltado que terminara convirtiendo a san Carlos en el eccehomo de Borja, la habían contratado.

—Ay, Beatriz, menudo marrón, que esto no es lo mío, que yo me metí a restauradora porque en lo nuestro no encontraba nada... —me dijo después de los abrazos y besos de rigor, y de un largo rato en el que las dos manifestamos de muchas maneras nuestro asombro ante la extraordinaria coincidencia de encontrarnos, qué casualidad, en aquel pueblo perdido de la sierra.

—Ya, qué me vas a contar a mí, que sigo en el paro y sin visos de salir en un futuro cercano. Pero lo vas a hacer muy bien, mujer, no te preocupes. Si yo te puedo ayudar...

Lo dije. Sé que lo dije. Como entonces supe también que, una vez dicha, quedó empeñada mi palabra y compartido el marrón.

Así que ayudé a Carolina.

Limpiamos, pegamos la falange al dedo índice de la mano con que sostenía el báculo, enmasillamos, lijamos, pintamos y aplicamos betún de Judea. Y mientras todo lo que el tiempo había deslucido recuperaba su forma, tamaño y color originales, decidimos enviar a una tintorería de Tarazona la única prenda que nos pareció que resistiría una limpieza a fondo y a máquina: la muceta, una especie de capelina de seda roja que cubría los hombros del santo.

Como atuendo episcopal, se comenzó a usar en la Italia del XVI, lo que indicaba dos cosas: que Carlos Borromeo, venerado arzobispo de Milán, debió de ser un prelado instruido en asuntos de moda cardenalicia, y que mis coterráneos de la Cañada que habían conservado la prenda podían presumir de cierta cultura en la historia de su religión, aunque aún no supieran que la ermita era románica.

Yo iba a añadir una sorpresa más.

Algo me llamó la atención en la muceta. Su seda era de una calidad especial y delicada, sin duda, fue fabricada antes de que la gran epidemia que en el siglo XIX atacó a los gusanos los diezmara hasta casi acabar con ellos y antes de que Pasteur diera, alrededor de 1870, con los parásitos que los asesinaban. Pero el dobladillo de la capa estaba cosido con un hilo que identifiqué fácilmente: rayón.

—No puede ser. No hay rayón hasta primeros del siglo XX y dicen que este santo estaba aquí ya en 1888 —me contradijo Carolina.

Le di la razón. La madre de todas las fibras sintéticas fue inventada en 1884 y no se popularizó hasta los años veinte del siglo pasado. Pero eso no convertía al hilo del bajo de la capa de san Carlos en otra cosa.

—Rayón, Caro, hazme caso. Y toca, toca aquí, ¿no notas una cosa dura en esta parte del dobladillo? Hay algo dentro. El que lo metió lo hizo mucho después de que el santo llegara a este pueblo y lo cosió luego con lo que tenía a mano en su época. Que te digo yo que es rayón.

Ahí fue donde intervinieron Sole y Marisol.

—Si la Bona lo dice, por algo será. Rayón es y rayón se queda —sentenció Sole.

—Pues yo no me muero sin ver lo que hay dentro del dobladillo —puso la puntilla su hija Marisol—. Luego lo vuelvo a coser como estaba, con rayón y todo, pero descoser hay que descoser. No hay otra.

Nos convenció a las tres, porque sabíamos que allí dentro había algo más que tela.

Lo que ninguna sabía era que, además de una piedra miliar, también había una filosofal: el inicio de la alquimia que convertiría en otra mi historia.

5

Gracias al santo y solo gracias al santo

Cañada de Moncayo,
a 1 de abril del año de gracia de 1919

A quien pueda interesar:

Declara este humilde siervo de Cristo que todo aquello de lo que aquí deja constancia es verídico y pide a quien lo leyere que cumpla lo que el cielo y la Iglesia piadosamente le solicitan atendiendo a las razones que la divina gracia ha revelado a sus hijos.

Que en este año de Dios de 1919 y siendo un servidor párroco de la Cañada de Moncayo, reunida la Junta de Sanidad, el pueblo ha sido oficialmente declarado libre de la mortífera epidemia de gripe que nos ha azotado, gracias al milagro realizado por el bienamado patrón local, san Carlos Borromeo.

Que hace ahora justo un año, en la primavera de 1918, dicha epidemia atacó con furia a ochenta y dos de los ochenta y nueve vecinos que en la Cañada de Moncayo habitábamos, después de que el diablo enviara la peste asesina para aniquilar a la grey del Señor, sin duda, en justo merecimiento por sus pecados, como la hemos visto aniquilada en toda España e incluso allende nuestras fronteras.

Que el pueblo entero, de rodillas en la ermita del santo, rezó con el máximo de su fervor en rosarios y novenas, y también sacó la imagen en procesión rogativa extraordinaria para que, al igual que san Carlos intercedió ante Jesucristo para la curación de los enfermos de peste en su tierra natal varios siglos ha, lo hiciera entonces por nosotros.

Que el santo, apiadado del sufrimiento de su pueblo, así lo hizo y gracias a él, únicamente gracias a él, de todos los contagiados del mal de Satanás solo tuvimos que lamentar dos defunciones, la del joven Anchel, que a la sazón contaba diecinueve años de edad, pero ya venía afectado de antes con las fiebres de una varicela tardía, y la de doña Emparo de la Fuensanta López, de cuarenta y cinco, cuya vida disipada de seguro le anotó varias deudas pendientes con Dios, que por eso se la llevó. Y que no hubo entonces ni ha habido hasta el día de hoy más contagios entre los vecinos.

Que lo que aquí describe este súbdito del Señor ocurrió de forma cabal y sin otra explicación que la intervención del santo patrón, porque este pueblo está protegido bajo el manto beatífico de san Carlos, que nos ha resguardado de la epidemia maldita.

Que, una vez alejada la enfermedad, se ha realizado una colecta de ofrenda al santo en la que han participado los cañadienses reunidos y a la que todos, del primero al último, incluso los que tuvieron que vender algunos almudes de trigo o arras de boda, han contribuido con la mayor de las devociones. Que en la ofrenda se han obtenido doscientas cuarenta y ocho pesetas con veinticinco céntimos que servirán para comprar a nuestro patrón una peana y celebrar una misa especial para entonar un *tedeum* de acción de gracias.

Por último, que, si en los años venideros alguien leyere esta misiva, tenga a bien recaudar lo que se pueda del peculio de los vecinos para mantener en buen estado al santo, único y solo hacedor del milagro que libró a este pueblo y a sus fieles habitantes del demonio y de la gripe mortal.

Bendito y alabado sea el Señor por los siglos de los siglos.

CASIANO MARTÍN LABORDA,
párroco de Cañada de Moncayo por la gracia de Dios

6

Ojos de gavilán

—Es mentira, no hay ni una coma de verdad, como lo estás oyendo.

Sole y Marisol son todo ojos. Los de la hija tienen iridiscencia propia y pueden hablar solos, sin necesidad de articular palabra. Los de su madre, también, y son, además, los ojos de Juno, celosa y huracanada, diosa madre y guerrera, la que otea el universo con mirada penetrante para descubrir las infidelidades de Júpiter. Sole tiene ojos de gavilán.

—¿Qué es mentira, Sole? No entiendo nada.

El gavilán me perforaba, directa al iris. Llegaba a sentir su aguijón.

—Eso lo escribió el cura de entonces, no te digo yo que no, y tu amigo confirmará que el papelico es auténtico, seguro. Pero es lo que se cuenta ahí lo que no debes creerte. Todo falso.

Las dos, madre e hija, se presentaron de improviso en mi casa aquella noche, la noche de la mañana en que una carta del párroco que vivió en la Cañada de Moncayo hacía cien años se nos había caído al descoser un dobladillo hecho con un asincronismo de rayón.

Era también la noche de la tarde en que, corroída por la impaciencia, volé a Tarazona para enviar la carta convenientemente protegida por correo certificado a un amigo perito calígrafo especializado en diplomática que confirmara lo que mi intuición ya sabía.

Confieso mi emoción. Siempre que poso los dedos sobre un documento de otra época se me estremece el alma. Me echo a volar, planeo a través del tiempo hasta enfundarme en la piel de quien lo escribió: qué sentía, qué le conmovía, cuál era su ansiedad, cuál su calma, si aquel día vio la puesta de sol o le sorprendió su salida, si mientras escribía pensaba en mí, en la persona que treinta, cincuenta, cien o mil años después acariciaría con sus yemas lo que él o ella había tocado primero... Es entonces cuando palpito entera. Y me siento eterna.

Pero al leer la carta de un sacerdote de 1919 sentí algo más, puede que el estremecimiento fuera de miedo, puede que de aprensión. O las dos cosas y un centenar distintas.

Aquella nota había sido escrita después de una batalla con la muerte. Era el testimonio real de un pueblo que, por algún motivo, había sobrevivido al monstruo más sanguinario e inclemente del siglo pasado. La gripe española despedazó el mundo a zarpazos en menos de dos años y dejó un reguero de desolación: cincuenta millones de vidas, hay quien dice que fueron cien, y una derrota más amarga que la de la propia guerra.

El apocalipsis en forma de virus también llegó a la Cañada, pero, en pleno envite del horror, el cuarto jinete cruzó el pueblo cabalgando a lomos de su caballo pálido sin reclamar peaje humano. El caballero de la peste había salido de allí con la grupa vacía. ¿Por qué?

—Desde luego, no por la intervención del santo, como dice el cura ese de la carta, y mira que yo le tengo devoción a san Carlos. Lo que pasa es que, aunque haya que dar a Dios lo que sea de Dios, también es justo dar al César lo que le toca, ya lo dijo Jesús. Aquí no hay milagro que valga. Mira.

Me alargó una cuartilla tan amarillenta y ajada como la que en ese momento viajaba por correo postal a Zaragoza.

—Esto nunca ha salido de mi casa ni tampoco de mi familia. Lo guardaba mi abuela Solita como oro en paño. Ahí ha estado este otro billetico, durmiendo en un baúl y por poco no cría malvas. Yo ya me había olvidado de que existía, pero toda esta aventura nuestra con el dobladillo del santo me ha hecho recordar, conque nadie mejor que tú para romper el silencio. Hala, aquí lo tienes. No no, quédatelo esta noche y mañana me lo devuelves. Tú verás lo que haces luego.

Y, con la misma dignidad con que habían irrumpido en mi casa a modo de vendaval, Marisol y Sole salieron de ella después de regalarme la mejor y más misteriosa de sus sonrisas. Me dejaron un folio viejo sobre la mesa, un millón de preguntas en el cerebro y dos pares de ojos de gavilán clavados en la retina.

7

No renunciéis a ser sabias

Cañada de Moncayo, a 20 de junio de 1918

Queridas hermanas:

Os escribo porque estoy obligada a partir esta noche. No tengo otra opción, así me lo ha recomendado el doctor Peset, en quien creo plenamente porque hasta ahora, como habéis podido comprobar, ha dado muestras de no querer más que mi bien. No os preocupéis por nosotros, porque también nos va a ayudar mosén Torubio, del monasterio, la única alma de su Iglesia en quien Dios y yo podemos confiar.

El doctor me acompañará a través de las montañas hasta el país vecino. Dice que, a causa de la guerra, hay necesidad urgente de enfermeras en todo el continente, y va a presentarme ante quienes me darán la oportunidad de ser útil, porque ya sabéis que eso es lo único que realmente quiero hacer en la vida, en esta vida mía que he empeñado en dedicar al bien de otros, aunque en mi propia tierra, donde únicamente traté de aliviar el dolor de mis semejantes, se me haya condenado de forma cruel e injusta.

Después de los tristes sucesos acaecidos hoy, aciago recuerdo de algo que ya viví hace años en Trasmoz y se repite aquí, comprenderéis que quedarme solo me traería la muerte y, lo que aún lamentaría mucho más, la de alguna de vosotras, mis hermanas queridas. Pido al Señor que no sea demasiado tarde ni a alguna haya ocasionado ya violencias y rechazos. Creedme que nunca quise causaros dolor.

Me voy, empero, con el corazón henchido de satisfacción. Con vuestra ayuda, hemos derrotado a esta extraña pero despiadada enfermedad, la Bestia de dientes negros que a tantos ha matado. Me voy, sí, pero lo hago con el orgullo del deber cumplido, que es el de haber conseguido que la vida resplandezca sobre la muerte. Entre todas, hermosas amigas, lo hemos logrado.

Ahora la muerte sigue esperándome, aunque en esquinas distintas. No me da miedo ir a buscarla al frente. Prometí dedicar mis fuerzas a salvar vidas ajenas, aun a costa de la mía. No sufráis por mí. Parto con vuestro recuerdo en el corazón, el de mis hermanas más que amigas, que me socorristeis y defendisteis cuando os necesité.

Siempre, desde que la vida es vida, ha habido una Eva a la que Adán pueda achacar sus errores. El mundo no nos comprende, nunca lo hizo, por eso prefiere culparnos de lo que no entiende. Nos vitupera y crucifica con sus clavos de hipocresía, aunque para ello deba renunciar a los beneficios de nuestra sabiduría, la que nos han transmitido nuestras madres y las madres de nuestras madres desde la oscuridad de los siglos. Yo os pido que no lo hagáis vosotras ahora, pese a que los tiempos sean difíciles: no renunciéis a ser sabias, no os dejéis abatir. Hemos sido sanadoras durante mil años y seguiremos siéndolo porque la fuerza de nuestra voluntad nos acompaña.

Yo me voy para salvarme y así poder salvar a muchos más.

A vosotras os dejo nuestro secreto, por si regresa la Bestia. Es la fórmula de la vida y gracias a ella la epidemia de gripe ha sido vencida. Pero, puesto que no quiero comprometeros, a ninguna la dejo en custodia ya que a ninguna quiero poner en peligro. He pedido a Cristovalina que la cosa en el interior del dobladillo de la capa de san Carlos. Ahí podréis encontrarla siempre que la necesitéis. Si la Bestia ataca de nuevo en la Cañada, ya sabéis lo que debéis hacer. Ahora sois las depositarias de nuestro legado. Guardadlo con tanto amor como el que yo os profeso a todas y cada una.

Que Dios os bendiga y os proteja siempre, mis queridísimas hermanas.

MARÍA VERUELA BONA MÁRQUEZ

8

La emoción del conquistador

No sé si aquel documento arrojaba luz u oscuridad sobre la carta del párroco, ni si realmente cada uno hacía más claro o más enigmático el contenido del otro.

¿Quién escondió qué en la capa del santo?

¿Fue aquella María Veruela, al parecer enfermera de profesión, quien escribió una receta milagrosa y escogió un lugar sagrado para mantenerla a salvo? Si así sucedió, ¿dónde estaba la receta en cuestión?

¿O el milagro fue realmente un milagro, obra exclusiva de la devoción popular a san Carlos, sin intervención humana, de ahí que un cura agradecido dejara constancia de ella para la posteridad exactamente en el mismo lugar?

Todo era una incógnita. Lo único cierto es que ambos papeles habían sido escritos con un año de diferencia por manos distintas, las caligrafías ni siquiera se asemejaban. Que parecían contradecirse entre sí porque solo uno de ellos dormía en el dobladillo del santo y por tanto solo uno contaba la verdad. Y que, sobre todo, los dos condensaban una historia mucho más alta, larga y profunda que la que relataban.

Lo comprendí en el momento en que acabé de leer el segundo. Eran el punto de partida, no la meta. Con ellos empezaba mi viaje. Ante mí, un océano navegable y, al otro lado, un enigma: un universo nuevo u otro antiguo y arcano.

Solo tenía que encontrar la orilla desde la cual podría zarpar. Pero ya sabía en qué lugar estaba: en el monasterio de

Veruela donde, hacía cien años, un sacerdote llamado Torubio fue el único aliado local que aquella mujer que llevaba mi
apellido encontró en medio de la soledad y la incomprensión.

No pude evitarlo, sentí la emoción del conquistador a
punto de embarcar.

SEGUNDA PARTE

AYER

Si siempre fuera presente y no se mudara a ser pasado,
ya no sería tiempo, sino eternidad.

AGUSTÍN DE HIPONA, *Confesiones*

Monasterio de Veruela, a 15 de mayo de 1919

Creí que nunca volvería a ver la melena encanecida del Moncayo.

Regreso de dar la vuelta al mundo y lo he hecho a escondidas, nadie sabe de mi regreso. Estoy sola. No importa. Lo único que quiero es descansar. Olvidar. Traigo en los tímpanos el fragor de los cañones y el rugido de la muerte. En el ojo, fuego, sangre y miseria. En el olfato, el hedor del pus y la descomposición. En las manos, un inmenso vacío. Y en el vientre, el futuro.

Soy un alma estéril, pero mi cuerpo aún está vivo. Me lo dice este corazón que late y me crece dentro.

No sé si tendré vigor para criarlo, y abrazarlo, y darle ese mundo mejor que aún no existe. No sé si tendré vigor ni tiempo. Pero sí sé que estos monjes que me han acogido en su regazo generoso cumplirán su palabra. Aún conservo algo de fe en la humanidad, y ellos son mi humanidad, la más cercana. Porque también ellos son supervivientes. Han sobrevivido al esplendor y al declive de este monasterio en cuyo trono se sienta el silencio. Solo en medio de sus arcos, capiteles y columnas se pueden oír los susurros.

Este va a ser el lugar de mi descanso eterno, eso también lo sé.

Aquí enterraré mis armas, que son pocas y no matan. Ni siquiera sirven para defenderme.

Aquí quedará escrita mi historia y entonces dejará de ser mía. Yo ya no la necesito.

Aquí habitará mi olvido. Aunque se vuelva eterno sobre un papel, a nadie más que a mí atañerá su esencia.

Aquí también habitará mi memoria: aquí nacerá mi hija. Sé que será una niña y solo sé que lo sé. Se llamará Jacoba, como mi gran y único amor. La protegeré y guardaré como no pude protegerle a él, aun cuando deba entregar la vida para hacerlo.

Y algún día su hija o la hija de su hija... algún día alguien me redimirá del olvido y volveré a vivir. Regresaré al recuerdo.

El día en que mi mundo y mi cielo se apaguen para siempre, todavía quedarán estrellas...

9

Donde habita su olvido

Conocí a mi bisabuela cuando ella tenía veintitrés años y yo treinta y ocho.

Me ayudó Carolina, que quiso devolverme el favor tras la restauración del santo. Mi amiga había trabajado en la Diputación Provincial de Zaragoza y por ella fue designada hacía unos años para colaborar en la creación de un espacio dedicado a Bécquer en la cilla del Real Monasterio de Santa María de Veruela. Desempolvó dibujos, escritos, cartas y legajos, pero, sobre todo, se embebió del perfume de un paraíso distante, como a ella le gustaba definirlo citando al poeta del que tanto sabía, irremediablemente subyugada por su vaguedad misteriosa.

Solo necesitó una llamada telefónica. Uno de los guías del monasterio también le debía un favor y, por esa extraña cadena de agradecimientos con la que una fila infinita de seres humanos están unidos entre sí, al día siguiente Carolina y yo ya disponíamos de una pequeña oficina, antes usada como almacén dentro del Museo del Vino que hoy forma parte de las dependencias monacales, y de la llave de un armarito que, según el amigo de Carolina, no se había abierto en décadas.

Allí estaba: una caja con la tapa desvaída y arenosa; en el lomo, las mismas iniciales que en el arcón del armario de fondo ancho de mi casa, M V B, y en sus entrañas, decenas... tal vez cientos de papeles amarillos.

La abrí en silencio reverencial. Mientras lo hacía, recordé otro de los escritos de Gustavo Adolfo: también para mí el viento seguía suspirando entre las copas de los árboles, también el agua seguía sonriendo a mis pies y también las golondrinas pasaban sobre mi cabeza, pero yo, absorta, ya había sido transportada a otros sitios y otros días desde el instante en que levanté la tapa de aquella caja.

Así comencé a encontrarla. Estaba en el lugar donde habitaba su olvido, en un archivo perdido e ignorado del monasterio de la Virgen que lleva su nombre. Hallé allí la crónica de un viaje asombroso al centro de la tierra que duró un año y dos primaveras de su vida. Suficientes: fueron el año y las primaveras en las que el mundo cambió. Y mi bisabuela con él.

Yo soy la hija de la hija de su hija y nada deseo más que redimir su memoria.

Aquí está. Esta es su historia.

1916-1917

10

Las grullas de Bécquer

María Veruela Bona Márquez, por todos conocida como Mariela, nació en la isla laica de Trasmoz, que no era muy diferente de la que unos veinte años antes había pintado Valeriano Domínguez Bécquer mientras su hermano Gustavo Adolfo trataba de curarse los males del pecho y del alma en la hospedería del monasterio de Veruela.

Estuvo acertado el poeta cuando describió a Trasmoz como un «pueblecillo» de situación «extremo pintoresca» y algo exagerado cuando añadió que arrastraba una oscura leyenda desde el alba de los tiempos. La tétrica ingenuidad de los románticos, casi tan grande como la credulidad de sus seguidores (que Lord Byron, Allan Poe y el propio Bécquer me perdonen), alimentaron dicha leyenda con fábulas de brujería y encantos a granel, inmortalizadas en varias cartas escritas desde una celda del monasterio y publicadas en *El Contemporáneo* para lectores ávidos de secretos por desvelar.

Sin embargo, las leyendas, aunque hayan sido redactadas por mano maestra, siempre han perdido todos los pulsos contra la Historia. La Historia, si está bien contada, no engaña, yo lo sé bien.

Algo de verdad hubo en una sola de las acusaciones que durante siglos pesaron sobre Trasmoz: las mujeres del pueblo se reunían, eso es cierto.

Bécquer dijo que eran una banda de viejas, espesa como la

de las grullas, que se juntaban para celebrar endiablados ritos. Y eso es falso.

En lo que sí destacaban las mujeres de Trasmoz era en el conocimiento cuasi científico de las plantas únicas del Moncayo, adquirido a base de ensayos y errores en las labores del hogar, que compartían entre ellas generosamente cuando se encontraban alrededor de un fuego las noches de lobos de los largos eneros serranos.

Eran diestras en reconocer las hierbas tóxicas, las curativas, las narcóticas, las alucinógenas, las afrodisíacas, las aromáticas... Y sabían aplicarlas con mano suave a sus vecinos, a cada uno según su necesidad, no sin acompañarlas de vez en vez con algún ensalmo o rezo que diera a la friega algo de romanticismo. Uñas de gato para Chustino, el epiléptico; hojas de ortiga, contra las ventosidades de Viturián; corteza de fresno altísimo, para Ostaquio, aquejado del pecado de sífilis; para Nonilo, doblado de dolor por el mal de piedra, gayuba, y al pequeño Olario, postrado con coqueluche, unas uvas de zorro.

Mariela había heredado siglos de sabiduría. Los recibió desde muy pequeña de manos de la comadrona Cristovalina, su aya, quien le había ofrecido generosamente regazo y calor después de que su madre, una belleza de salud frágil y profecía de vida corta grabada en los ojos, muriera al parirla en su casa de piedra un día de catacumbe.

Cristovalina la crio y su padre, Chuanibert, la idolatró. La llamó Veruela en agradecimiento a la Virgen local que, en medio de la orgía de sangre en la que su madre dio a luz, hizo que al menos aquel pequeño pedazo de carne siguiera vivo.

Desde entonces, la alegría a veces solemne de la niña había sido el único motivo por el que Chuanibert se despertaba cada mañana, y su inteligencia, la causa de que cada noche se acostara henchido de orgullo. Ella era su razón, su única razón de vivir.

Mariela creció en libertad. El Moncayo entero era suyo y lo recorría con unas alforjas llenas de los besos de su aya, el amor de su padre y los siglos de sabiduría de las mujeres de su pueblo, enriquecidos con algún descubrimiento personal.

Tenía la vida perfecta.

Pero no fue consciente de que quería algo más hasta que, en 1916, llegó de visita el doctor Cecilio Núñez. Era subdelegado de Farmacia de Ágreda y un expertísimo botánico aficionado.

Cuando el doctor Núñez se instaló en Trasmoz, con su lupa y sus chirucas embarradas, sus anteojos y su bigotillo aceitado, la vocación de Mariela encontró sentido. Todo lo que conocía por demostración empírica quedó contrastado con la erudición del farmacéutico. Y algo más le infló de aire limpio los pulmones: el doctor aprendió de ella a designar con nombres comunes plantas solo conocidas por él con un latín culto pero incomprensible.

—A ver, María Veruela de mi alma, ¿y cómo llamamos a esta? Para mí, es la *Digitalis purpurea*...

Señalaba una planta con flores en racimos colgantes, algunas amarillas y otras de color rosáceo, con la corola púrpura.

—Pues para mí es un guante de la Virgen. O una gualdaperra. El otro día la usé con Lamberto. Me pareció que le estaba dando un síncope, tenía el pulso acelerado... le di una infusión de gualdaperra y se recuperó. Pero hay que ir con cuidado, un día la mujer de Bibán se pasó de dosis y casi se queda viuda.

Cecilio Núñez sonreía, anotaba febrilmente en su cuaderno con letra pulcra y esmerada, y acariciaba a Mariela con la mirada. En ella distinguía mi bisabuela un chispazo de admiración; era entonces cuando se le inflaban los pulmones con aire limpio.

—¿Nunca has pensado en hacerte enfermera?

—¿Enfermera yo? Eu, doctor, ¡qué cosas dice! Ya está como mi padre, que quiere que me meta a monja...

—No hace falta, mujer. ¿No has oído hablar de la escuela Santa Isabel de Hungría?

—Ni idea. ¿Por dónde queda? ¿Por Zaragoza?

—Más lejos. Por Madrid. Allí enseñan la profesión de enfermera a mujeres laicas. Las forman para que jóvenes laboriosas como tú puedan ayudar a sus semejantes y, además, aprendan a ganarse dignamente el pan.

—¿Quiere decir, doctor, que a las mujeres les pagan? ¿Solo por curar, sin tener que servir?

—Pues claro, pequeña. Ellas son las que están ganando realmente esa guerra absurda de un poco más arriba, pasadas las montañas, en Europa.

—¿Guerra? ¿Dice usted que hay guerra? ¿Y las mujeres también van? Qué pequeñico es este pueblo, doctor, aquí no nos enteramos de nada de lo que pasa más allá de la sierra...

—Mira, lee este artículo de *El Día*. Lo escribe una periodista llamada Isabel de Oyarzábal, aunque firma como Beatriz Galindo. Ya verás cómo te interesa lo que cuenta. Tú serías una excelente enfermera, estoy seguro. Piénsalo, ¿me lo prometes?

Lo prometió y lo cumplió. Pensó. Y tanto, que dejó de pensar en cualquier otra cosa.

11

El sambenito de oruja

Mariela llegó a aprenderse de memoria el artículo de Beatriz Galindo. Escribía en una sección llamada *Presente y porvenir de la mujer en España* y solo por eso la periodista ya habría enamorado a Mariela. Que el de enfermera es un trabajo moderno, decía, adaptado a la realidad de los tiempos y al paso de otros países europeos. Que encuentra su dignidad en la formación, la titulación y la remuneración. Que solo si la mujer consigue hacerse un sitio en ella, o en cualquier otra profesión que elija, podrá decidir libremente su futuro.

Así conoció Mariela los detalles de la Real Escuela de Enfermeras de Santa Isabel de Hungría y así comenzó a soñar con ellos. Soñaba con que, al término de cada uno de los dos años que duraban los cursos, conseguiría superar los exámenes que le harían acreedora de un certificado y una gratificación de trescientas sesenta pesetas. Después, estaría cualificada para ejercer la enfermería y autorizada a cobrar estipendios: de diez pesetas por una guardia de día y noche, cinco por una durante el día, siete cincuenta por la noche, lo mismo por asistir en un quirófano...

¿Poco? Para ella, una fortuna. No era solo dinero. Era la libertad. La libertad de ejercer un oficio honroso y poder mantenerse de él. Exactamente igual que un hombre.

Ya no tenía ninguna duda: quería ser enfermera.

La decisión estaba tomada. Faltaba convencer a Chuanibert.

—O te metes a monja o te olvidas del capricho —mi tatarabuelo se resistía a dejarla marchar—. Antes que verte limpiar culos y arreglarle el cuerpo a un señorito de manos largas te ato a la pata de la cama, por estas que lo cumplo.

No hizo falta, porque fue el propio pueblo, azuzado por su ignorancia y superstición, quien convenció al hombre. La isla laica, pese a serlo, tenía mucho de cerrazón religiosa y de fetichismo irracional. Pero, gracias a ambos y a otros tantos lances del destino, el viento sopló a favor de Mariela y le garantizó el viaje a Madrid.

El primer lance solo le sirvió de reafirmación. Venía en forma de dedicatoria de puño y letra del doctor Cecilio Núñez en un hato de folios escritos a máquina y titulados *Flora del Moncayo* que le envió a Trasmoz. El trabajo había sido premiado por el Colegio de Farmacéuticos de Barcelona en el concurso de 1916 e iba a publicarse en breve. En esos folios reconoció Mariela decenas de plantas autóctonas que ella había ayudado al autor a descubrir y que él había glosado en aquel pequeño tomo, cuyo manuscrito le había dedicado: «A mi querida María Veruela, mujer poderosa. Sigue siempre tu camino y recuerda que pensar es sufrir, pero es mejor sufrir que dejar de pensar».

El segundo lance estuvo a punto de costarle la vida.

Fue por la niña Xara, hija de Zeferín. Tenía trece años y era su compañera habitual de correrías campestres.

—Hoy no voy a escuela y nos echamos al monte, ¿hace? —le decía muchas mañanas con una sonrisa melosa para convencerla.

Mariela no solo encontró en Xara una pupila sino una especie de ensayo del amor que algún día sentiría por una hija. Fue al conocerla cuando realmente le pesó la falta de su madre, a pesar de que Cristovalina había suplido el vacío con tanto amor y entrega como dedicaba a su propio hijo, Berdol.

Cada mujer de Trasmoz enseñaba a otra, así se había establecido desde los tiempos en que se perdía la historia del pueblo. Habitualmente, era la madre quien enseñaba a la hija. Pero, cuando faltaba una hija o faltaba una madre, todas encontraban siempre con quien emparejarse para que nunca se rompiera la cadena de sabiduría.

Mariela eligió a Xara, aunque a ambas solo las separaba menos de una década, porque vio en ella a una continuadora despierta y aventajada de la saga de herbolarias de Trasmoz.

La niña tenía los ojos despejados y una voz transparente, los dedos largos y gestos suaves, y una inteligencia natural que hacía de su cerebro una esponja capaz de absorber, planta a planta, todos los nombres, colores, olores y sabores necesarios para después recetarlas a conveniencia del fin pretendido. Casi siempre acertaba.

—Yo me voy a ir un día de este pueblo, Mariela, verás, y voy a recorrer el mundo entero. —Era niña y soñaba; de los niños es el mundo de los sueños.

Mariela sonreía.

—Pues mucho lo dudo si sigues sin ir a escuela...

—Es que prefiero salir de manzanetas y rosillas contigo... —Y volvía a iluminarse con la sonrisa de azúcar con la que tan bien sabía desarmar a su tutora.

Ella se dejaba desarmar. Pero lo hacía consciente de que no perjudicaba a Xara, sino al contrario. Era niña y no varón, y a las niñas en la escuela no les enseñaban mucho más de lo que la suya podía aprender agarrada de su mano surcando los prados.

Mariela amaba a esa chiquilla. Y la conocía, la conocía muy bien. Tan bien, que una mañana en que la miró a los ojos lo supo.

—¿Quién ha sido, Xara? Dime quién ha sido.

La niña no contestaba y Mariela ardía de furia.

—Dímelo, Xara, por Dios, ¿ha sido tu padre?

La cría no pudo sostenerle la mirada y eso fue suficiente.

Esa misma tarde, Mariela preparó un cocimiento de rizomas de dentabrón y flores de narciso de los prados, entre otros ramajos verdes, para Xara, y otro de raíz y hojas de matalobos de color azul para Zeferín, a administrar tres días seguidos.

El hombre se quedó dormido cada noche con un sueño profundo y viscoso, seguramente plagado de pesadillas. Lo necesario para que, al cabo de esos tres días, a Xara le bajara la regla sin que hubiera vuelto a tocarla y con ella expulsase el minúsculo grano de sémola que en unos meses habría crecido hasta convertirse en su hijo y su hermano a la vez.

Cuando Zeferín despertó estaba solo. Mariela había rogado al doctor Núñez que encontrara un hueco en la rebotica de su farmacia de la plaza Mayor de Ágreda, al otro lado del Moncayo, en el que alojar a Xara hasta que volviera de la vendimia francesa una tía de la niña. Y hasta allí mismo la acompañó mi bisabuela para agradecer personalmente al farmacéutico que la relevara en la protección de la pequeña.

Pero el padre, al saberlo, se revolvió hasta hacer aflorar a la fiera que realmente era.

Ladró por las calles de Trasmoz contra la puta que le había robado a su niña. La acusó de haberla llevado al monte para amancebarla con el demonio en uno de sus aquelarres. Y, lo que resultó mucho más incriminatorio, la señaló como la bruja que había hecho abortar la simiente que Lucifer había plantado en el vientre de su hija virgen.

A los hombres del pueblo no les costó creerle y la atmósfera se incendió contra Mariela. De nada sirvió la intercesión de las mujeres que sabían tanto como ella de lo que realmente había sucedido, aunque callaban por temor a las represalias, ni tampoco la defensa de Chuanibert del honor de su hija.

—La niña tiene que salir de aquí, Chuani, o la pierdes para siempre. Mira que en este pueblo hay mucha cafrería y, si esos salvajes se han empeñado en que la Mariela es bruja oruja, con el sambenito de bruja oruja se queda para siempre. ¿No se había emperrado en hacer lo de enfermera...?

Eso le dijo Cristovalina. Mi tatarabuelo se acordó de Joaquina, una prima lejanísima de su padre, conocida por todos como la Tía Casca, a quien una turba contrariada que buscaba en ella la causa y la culpa de un año de malas cosechas lin-

chó despeñándola desde el risco más alto de Trasmoz. Chuanibert, el rudo viudo con corazón de mantequilla, tembló con
la sola idea de perder su único tesoro.

No malgastó ni un minuto: trasladó todos los enseres a
una casa heredada en el pueblo aledaño de Cañada de Moncayo, a cuya misma linde llegaban las tierras familiares y desde
el que Chuanibert podría seguir labrándolas, ya lejos del alcance del tropel enardecido.

Ni siquiera miró atrás cuando dejó Trasmoz en lo alto de
la colina. Hasta el fin del mundo habría ido por Mariela.

Además, por si el fin del mundo no estaba lo suficientemente lejos, poco después de la mudanza su hija partía hacia
Madrid con las quinientas pesetas que eran todos sus ahorros
en el bolsillo, el libro de Cecilio Núñez en la maleta y un ha-
tillo lleno de ilusiones.

12

Una habitación con ventana

Casi dos años vivió mi bisabuela en Madrid, pero apenas dejó constancia escrita del primero. No la necesito, porque, aunque no pueda leerla, sí puedo soñarla.

La sueño con una imagen: la de una mujer en el interior de un cuadro de Edward Hopper. Una mujer, cualquiera de sus mujeres. Pintadas desnudas, vestidas, en la cama o en una silla, sentadas, recostadas, de pie, leyendo, solas en un café, en un hotel, en un tren... En lugares cerrados y pequeños y, sin embargo, casi siempre con una ventana cerca y casi siempre con la mirada perdida a través de ella en el infinito.

Cada vez que contemplo a una de las mujeres de Hopper, mi memoria evoca a Virginia Woolf. Y me digo que una mujer, además de dinero y habitación propia, también ha de tener una ventana.

Mariela encontró su ventana en la capital. En ese primer año lejos de Trasmoz, la sueño asomándose a ella y dejando a los ojos volar como nunca antes hasta un horizonte interminable, mucho más lejano que la línea corta e interrumpida por la silueta del Moncayo a la que estaba habituada. Por aquella ventana, su pequeño mundo se abrió al universo.

Lo primero que descubrió fue un lugar nuevo que enseguida hizo suyo porque se dio cuenta de que era el molde en el que realmente encajaba.

Galaciana, una pariente cuyos lazos familiares ni siquiera podía rastrear y que hacía muchos años había salido de tierra aragonesa para regentar una casa de huéspedes en el distrito de Universidad, puso techo a su nuevo lugar en el mundo. Estaba en la calle Fernández de los Ríos, justo al lado de la Sacramental de San Ginés y San Luis. Desde allí, bordeando el cementerio, podía ir a pie cada día a la escuela, en la parte alta de la Moncloa.

Los días despejados incluso veía verde, el del parque del Oeste, y se conformaba.

Vivía en un edificio gris y mohoso, pero al menos los colchones eran nuevos y no tenían chinches. Los muros eran débiles y oía las gárgaras y cosas peores que sobre la escupidera desaguaba su vecino cada mañana, pero al menos tenía cuatro paredes para ella sola a pesar de la atenta vigilancia de Galaciana. No había sótano y por eso las aguas subterráneas hacían que en otoño la humedad trepara hasta los cuartos, pero al menos el suyo daba al suroeste y se secaba pronto. Disponía de una ventana estrecha y alargada, pero al menos tenía ventana. Por ella veía el cielo de Madrid, que no era tan azul como el de su sierra, pero al menos era azul.

Y Mariela se conformaba. Porque, al fin, tenía una habitación propia y una ventana desde la que se divisaba el mundo entero.

Después descubrió también que el doctor Núñez no había mentido y que ya no hacía falta ser hija de la caridad ni sierva de María para ayudar a curar, porque las enfermeras no religiosas habían dejado de ser solo chachas. Había una nueva generación de mujeres que luchaba por dignificar una profesión imprescindible.

Ella, con su incorporación a las filas de la legión femenina de ángeles custodios del doctor Federico Rubio y Galí y su escuela Santa Isabel de Hungría, iba a formar parte del futuro. Una vez terminados los cursos y cuando comenzara su mañana, lo haría con un certificado de aptitud como alumna del Instituto Quirúrgico de Terapéutica Operatoria. Esa era su meta.

Mariela cumplía todos los requisitos previos: tenía veintitrés años, sabía leer, escribir, sumar y restar, y era aseada, decente y tenía buenos modales. Le costaba, pero también intentaba dar buena cuenta de otros indispensables para mantenerse en la escuela; entre ellos, el más difícil: el de guardar silencio, no replicar y contestar sí, no o escuetamente a lo que se le preguntara. Y el más sencillo, el de tratar con el mayor de los respetos a los enfermos, compañeras y superiores.

También sueño a Mariela en tricolor, paseando por Madrid su uniforme blanco con una gran cruz de Malta morada y el nombre de la escuela impreso en seda amarilla con tanta naturalidad como si nunca hubiera llevado otro atuendo. La sueño fascinada, aunque no más de lo necesario, ante las avenidas anchas, los carruajes, los dioses antiguos presidiendo plazas y fuentes, y los comerciantes ambulantes alegrando las mañanas con promesas de prosperidad.

La sueño leyendo, bebiendo páginas y escritores que le hablaban de galaxias jamás imaginadas, tratando de absorber la vida contenida en las palabras, conquistadora de mundos nuevos y para ella tan desconocidos como después insustituibles.

Así la sueño.

13

Pobre rica capital

Pero tampoco me cuesta mucho soñarla primero confusa y después encolerizada al adentrarse en los pozos de la miseria. Mariela vio un Madrid que había cambiado poco desde finales del siglo anterior, cuando era descrita como una de las ciudades más sucias del mundo, «un pueblo mal sano» en el que no se aconsejaba vivir.

Por sus callejones se topó con cuerpos enfermos por las privaciones, malnutridos, sin higiene, expuestos al contagio y a las epidemias, apiñados en pisos sin agua, luz ni aire, pagando alquileres abusivos por cuchitriles en los que se amontonaban los obreros y sus familias, en su mayoría migrantes del campo en busca de una vida mejor que posiblemente nunca encontrarían. En su lugar hallaron tuberculosis, neumonías, enteritis infantiles letales de necesidad e infecciones que mataban de mil maneras diferentes. La sordidez la persiguió hasta las aulas de prácticas, adonde llegaban pulmones encharcados o intestinos licuados para los que ya ni las casas de socorro tenían alivio.

No le quedaba más remedio, tenía que intervenir, conque negoció con Chuanibert para que hiciera un hueco en la caja atada con cuerda que cada mes le enviaba en el ferrocarril de los jueves desde Zaragoza. Instruyó a su padre para que, además de borrajas, pochas y melocotones, pidiera a Cristovalina que recolectara y empaquetara en la caja algunas plantas imprescindibles para su trabajo con los vecinos de esa pobre rica capital que se moría de penuria.

Así, junto a las berenjenas, pronto empezó a recibir flores del sol contra la tisis, aleluya contra la peritonitis puerperal, guafalio para la bronquitis y oropesa para las llagas y heridas.

Las guardaba en secreto. Al anochecer, en sus horas libres, recorría los pasadizos de Inclusa o Latina procurando asistencia a tantas enfermedades como podía reconocer y a tantos enfermos como se dejaban ayudar.

Además de administrarles sus hierbas medicinales, también trataba de enseñarles por las noches lo que ella misma aprendía durante el día, como la costumbre de lavarse las manos antes y después de tocar cualquier parte del cuerpo, especialmente aquellas con orificios, y la habilidad para cocinar los pocos alimentos disponibles dentro de las máximas garantías de salubridad posibles.

Lo hacía vestida de uniforme desde la vez en que la confundieron con una prostituta, ¿quién si no vagaría sola por calles y charcos a horas poco decentes de la noche? No es que quisiera distinguirse de las mujeres de mala vida que compartían calles y charcos con ella movida por un afán de superioridad moral. Es que a esas mujeres principalmente tenía que acercarse sin que la consideraran rival, porque la suya era verdaderamente una vida mala, muy mala, de ahí que fueran las más necesitadas y las principales beneficiarias del herbolario de su botiquín.

Lo que ella realmente quería era que todas las vidas, fueran de hombres, mujeres o niños, dejaran de ser malas al menos mientras durara el consuelo que la sabiduría verde y ancestral de su Moncayo les proporcionaba.

14

El ángel blanco

El ángel blanco. Se enteró en una de sus excursiones nocturnas de que así era como la llamaban en aquellos barrios deprimidos.

Fue gracias a un niño al que había tratado varias veces.

Supo reconocer su mal rápidamente, en cuanto le vio por primera vez.

—Sarna, señora, y esto no es ninguna tontería —dijo muy seria a la madre—. Lo primero, por el amor de Dios, lave al niño... Métalo de cabeza en la Cibeles si es necesario, pero lávelo de arriba abajo y de una vez.

Sin embargo, eso ya no iba a ser suficiente.

El crío tenía el cuerpo cubierto de llagas, algunas en el rostro cuyo recuerdo en forma de cicatriz quizá le acompañaría toda la vida. Tampoco iba a bastar una simple aplicación de la loción que Mariela solía usar en casos leves.

Se imponía encontrar algo mucho más intenso, de forma que se llevó prestados de la escuela un alambique, varios filtros, un colador y algo parecido a un decantador, que devolvió al día siguiente sin que nadie se hubiera percatado de la ausencia del material por una noche.

Fue la que pasó casi entera probando mezclas. Eran delicadas, tenía que dar con la fórmula exacta que no produjera el efecto contrario al deseado. Combinó escabiosa, el ingrediente principal, con otras hierbas, como menta para calmar los picores, caléndula para la inflamación y las semillas de un arbusto verde ceniciento con solitarias flores amarillas al que en el Moncayo le habían puesto nombre de Perogrullo y muy poca imaginación: yerba de curar la sarna.

Cuando obtuvo un aceite esencial adecuado, prescribió el modo y la dosis exacta medida en gotas en que debía ser administrado al niño. Le visitó cuatro noches seguidas y sintió tanto alivio como la madre al comprobar que lo que antes eran surcos en la piel empezaban a convertirse en pústulas rojizas resecas.

La quinta noche, el niño se le acercó.

—Tome, ángel blanco, me lo ha dao madre pa usté.

Extendió una mano mugrienta cerrada buscando la palma de la suya para depositar algo con mucho misterio.

—¿Me dices a mí? ¿No te habrás confundido? Yo no me llamo así.

—A usté, a usté. Que dice madre que le regala esto, porque va de blanco y es buena como usté y también lo cura todo. Que dice que somos pobres y que no tié más que darle. Que dice que lo coja pa darle las gracias.

El niño le alargaba, ya con la mano abierta para mostrar su tesoro, una minúscula imagen de la Virgen de Lourdes tallada en baquelita. Una vez hubo cumplido la misión encomendada por su madre, se fue como llegó, con paso cansino, arrastrando los pies y rascándose la cabeza.

Mariela lo vio marchar. Después miró la pequeña Virgen que aún sostenía en la mano. Y sintió algo que no había sentido jamás en veintitrés años: perdió todas las palabras. No encontró ninguna con la que pudiera definir aquella plenitud.

Así, se dijo, iba a ser su profesión.

15

Los libros y el mar

Madrid, a 15 de junio de 1916

Hoy un niño me ha dicho que, entre las sombras, mi rostro le parece el de un ángel. Yo no soy un ángel, pero ese niño es un poeta. Sus palabras yo ya las había leído antes y, al pronunciarlas el pequeño, me ha recordado el verso y me ha hecho sentir que levantaba sobre mi cielo el astro funeral de la tristeza.

Mañana voy a regalarle un libro lleno de las perlas negras de Amado Nervo. Y después le enseñaré a leer. Le diré que en los libros está todo. Ahora lo sé, a pesar de que cuando llegué a esta ciudad jamás había leído un libro.

Tampoco había visto el mar. Creí que Madrid sería mar, la mar, esa inmensidad de agua donde anhelaba perderme hasta donde no exista el fin. Pero Madrid no tiene mar. Apenas tiene agua y la vista se me acaba pronto.

Sin embargo, Madrid tiene libros. En Madrid leí el primero de mi vida, uno que me contó la historia de una hija del mar y que me hizo soñarlo como si hubiera vivido en su orilla desde siempre. En Madrid hay mar, yo lo sé, me lo ha mostrado Rosalía.

Los libros y ese niño me hacen renacer en mi camino. Porque Madrid es un mar, está lleno de todo, de lo malo y de lo bueno, pero esencialmente de almas puras y también de libros. Caminan juntos, de la mano, aunque pocos lo saben.

Nunca vi tantos libros. En las tiendas, en las casas, en la

escuela. Madrid es un libro. En él puedo leerme la vida mía y la vida de millones. Madrid es un libro abierto. A veces un drama, otras una pantomima, muchas tragicomedia, casi siempre un sainete. Y yo, ahora que los he probado, no sé ya vivir sin ellos, me he vuelto adicta como los chinos al opio: soy adicta a los libros.

No he visto el mar, pero desde que leí el que cuenta la historia de una de sus hijas, he leído hasta ahogarme en un océano de palabras que me lo dicen todo. Rosalía cuenta la verdad. Todos cuentan la verdad. O la mentira. En ellos está la vida. Tengo hambre, tengo sed, soy adicta.

Emilia Pardo Bazán me ha dicho que todas las mujeres conciben ideas aunque algunas no conciban hijos. Ahora entiendo lo que ya de antes sabía, que soy mujer, y que pienso, y que, aunque no haya parido, algo se gesta dentro de mí cada día, y que necesito darlo a luz. Yo lo sabía, pese a que no pudiera explicarlo. Los libros sí pueden. En ellos está todo.

Quiero que Gertrudis Gómez de Avellaneda me enseñe a no dejarme abatir por ese mal terrible, sin remedio, que hace odiosa la vida, odioso el mundo, que seca el corazón, llamado tedio. Nunca se me secará el corazón mientras lo alimente de palabras. Nunca se me hará odiosa la vida mientras pueda llorar y reír y pensar con las palabras de otros que después haré mías. Nunca habrá tedio en mi mundo.

Me lo ha dicho el Augusto Pérez de Unamuno y lo he entendido. Quiero vivir, vivir, y ser yo, yo, yo..., repito con él. Voy a ser yo. Yo con todos y yo sola. Yo por mí misma y yo para mí. Yo para otros y yo para siempre. No voy a perderme por el camino.

Tampoco me perderé en el mar, porque un niño que me llama ángel me ha señalado el norte y Rosalía me ha enseñado a navegar.

Cómo podría... si siempre me quedarán los libros y en los libros está todo.

16

La huelga de los jornaleros pobres

Llegó el 13 de agosto de 1917. Mejor dicho, la madrugada de ese día, cuando casi no se había dado por terminada aún la noche del 12. Mariela y sus hierbas se vieron, sin saber cómo, bajo la luz de las mismas farolas que alumbraban a grupos de soldados y policías moviéndose en extrañas oleadas.

Esa noche había decidido visitar el distrito de Hospital porque había detectado varios casos de escorbuto y para tratarlos llevaba hojas y flores de manto real. Usó los soportales de forma que pudiera avanzar y al mismo tiempo esconderse de los uniformados, a pesar de que estos parecían ignorar a los escasos viandantes y se dirigían a destinos concretos: la Almudena, el Palacio Real, el Senado... De pronto, unas sirenas provenientes de la estación del Norte atronaron en el cielo de Madrid.

Escrutando las estrellas que ya se disipaban para dar paso al sol, no se dio cuenta de que, tras un portón que el sereno había dejado abierto y que ella empujó a ciegas para entrar y resguardarse, había un fardo agazapado. No pudo contener un respingo, tenía los nervios como muelles a punto de saltar. Mucho más, cuando comprobó quién era el fardo.

—¿Yvonne? ¡Pero Yvonne...! ¿De verdad eres tú?

Yvonne era de un pequeño pueblo cercano a Toulouse y una de las alumnas internas de la escuela. Hacía tres años que su familia y ella habían cruzado los Pirineos, la frontera más sencilla de traspasar porque era la puerta a un país neutral, para huir de una guerra que nadie sabía por qué había empezado y nadie sabía cuándo iba a terminar. Todavía seguían sin saberlo.

—Es la guerra, ya ha llegado. También aquí, Mariela. Es la guerra.

La francesa temblaba con espasmos, acurrucada en su revoltijo de mantas en el suelo del portal, a pesar de los veinte grados que ya de buena mañana hacían presagiar otro día de canícula abrasadora.

—¿Pero qué dices, Yvonne? ¿Cómo va a ser la guerra? No, mujer. Debe de ser la huelga, ¿no recuerdas que ayer nos habló de ella el doctor Bernal y nos dijo que tuviéramos cuidado?

—Es la guerra, es la guerra... —Yvonne no la escuchaba, solo salmodiaba su letanía una y otra vez.

El acento francés de su compañera, que habitualmente era imperceptible, esa noche había regresado. Las consonantes sonaban en su voz más guturales que nunca y había muchas en cada una de sus frases.

Mariela se preocupó.

—Cálmate, Yvonne. Mira, mastica una de estas hojas que traigo, verás cómo te tranquilizas. No la tragues, solo mastícala y bebe su jugo.

Poco a poco dejó de temblar y las consonantes volvieron a ser vibrantes.

—Tantos soldados, Mariela... Como cuando se fueron los hombres... se fueron todos a la guerra y dejaron mi pueblo vacío. Pero mi padre, no; él se escondió y no se lo llevaron. Somos diez hermanos, seis ya están en el frente, así que solo quedamos mujeres. Por eso no se fue mi padre, ¿cómo habríamos comido sin él? Un día padre nos dijo «vámonos que aquí nos van a matar», y nos vinimos a España, que estaba cerca. Pero ahora no sé dónde está mi familia. Me dejaron interna en la escuela y ellos siguen ahí fuera, en las calles... No quiero la guerra, Mariela. Aquí también, no.

Pero no era la guerra. Ni siquiera era la revolución. En 1917, España no era Europa ni tampoco Rusia, aunque algunos idealistas lo intentaran.

Mariela no era la única indignada por la población abatida y misérrima que se moría de hambre, pese a que desconocía las razones y el contexto histórico que la gestaron, aunque hacía ya un tiempo que había comenzado a captar señales en el aire y al azar.

Quince días antes de aquel 13 de agosto, había escuchado a dos profesores de la escuela conversando en el pasillo mientras fumaban:

—Pues mira, a mí me parece que lo que le pasa al Piernitas es que está acojonado, perdona mi lenguaje.

—Yo te lo perdono, pero baja la voz, que si te oye alguna muchacha o el director hablar así del rey nos vamos los dos a la calle.

—Lo que te digo es que no es para menos: esa guerra del Rif... y sobre todo la otra, la grande. Si es que no se puede ser amigo de todos y aliado de ninguno.

—Moderación, que es el monarca, hombre.

—Monarca será, pero por mucho que lo sea, también es un cobarde, a cada uno le endulza la oreja según quiere oír. Con el embajador alemán, critica a los aliados, y con el francés, pone de vuelta y media a los austrohúngaros. Menudo ridículo hacemos, porque después se juntan los dos embajadores y se ríen lo suyo a costa de Alfonso y de los españoles. No me lo invento, me consta, ¿eh?, que mi primo trabaja en la embajada británica y allí oye de todo.

—No es fácil ser neutral en los tiempos que corren...

—Que se lo digan al Borbón: hijo de una austriaca y casado con una inglesa, ¿te parece poca guerra la que ya tiene él en casa?

Con un estallido de carcajadas apuraron sus cigarrillos y volvieron al aula.

Hubo más conversaciones escuchadas a hurtadillas, como la sorprendida otro día entre dos cocineras:

—Pero ¿te lo puedes creer? A quince céntimos me querían vender ayer un pan de cuarto kilo.

—¿A quince? Si anteayer estaba a diez... Qué ladrones, Virgen santa.

—Mi marido dice que esto pasa porque se lo vendemos todo a los de la guerra aquella y ya no queda trigo para nosotros.

—Quiá, no será por falta de trigo. En mi pueblo se te pierden los ojos en campos y campos y campos llenitos.

—Pues con ese trigo hacen pan para los soldados, y para los de aquí, ná de ná.

—Será más bien para que alguien se haga rico, me barrunto yo.

—Eso será, aunque no nosotros, desde luego, que cada día hay más necesidad por las calles. Mi marido dice que hace poco pasó algo parecido en un país que está muy lejos, Rusia creo que se llama.

—Que pasó ¿qué?

—Eso, lo del pan. Que allí también mucho trigo y muchos campos, pero ni una miga va al pueblo.

—¿Y qué hicieron en la Rusia esa?

—Mi marido dice que allí han armado la marimorena. ¿A que no sabes quiénes empezaron? Las mujeres, menudas chulapas deben de ser las rusas, que creo que las llaman así...

—¿Por qué, qué hicieron?

—Mi marido dice que a la calle se echaron a reclamarle a su rey, que parece que le dicen zar, para que les dé lo que es suyo, el pan de sus hijos.

—¿Y qué pasó después?

—Mi marido dice que han montado tanto alboroto que han echado al rey y en la cárcel lo han metido.

—¿Al rey, a su rey? ¿Al mismo zar o como se diga...?

—Propiamente.

—Bendito sea Dios...

—Mi marido dice que ahora está el nuestro muerto de canguelo por si le pasa mismamente con la huelga general que van a hacer aquí, porque otra cosa no, pero los españoles los tienen mejor puestos que los rusos.

—¿Y qué dice tu marido de la huelga?

—Que él la va a hacer, vamos que si la hace. A los tranviarios los tienen ahogados. Hasta el cuello, te lo digo yo.

—Pero nosotras, de huelga nada, ¿no? Total, con las mujeres no es lo mismo. El nuestro no es un salario de verdad, solo una ayudita en casa.

—Pues por eso talmente, a ver qué hacemos si nos quedamos sin ayuditas. Mi marido dice que nosotras, a la huelga también, y que nos acordemos de Rusia.

—Hay que ver la de cosas que dice tu marido.

—Propiamente.

Mariela ya había comenzado a esbozar una imagen en su cabeza. La impresión final era simple: la neutralidad de España en esa Gran Guerra de la que todos hablaban estaba dejando una economía quebrada, dividida entre quienes se enriquecían vendiendo a los contendientes, y los miserables que solo sufrían la carestía provocada por la escasez y que ella tan bien conocía.

Empezaba a entender mejor por qué aquellos a los que se había acostumbrado a llamar pacientes eran jornaleros y a la vez pobres. Obreros y mendigos. Campesinos robustos y, sin embargo, enfermos.

Para el 14 de agosto, Mariela había decidido ya que la huelga que estaba paralizando Madrid tenía toda la razón de su lado. Entre varias opciones, tomó partido por la que le dictaba su corazón y su conciencia, sin saber que estaba adoptando su primera convicción política. Y también fue la primera ocasión en que oyó hablar de un lejano y exótico país llamado Rusia, cuya historia reciente, al menos durante unos pocos meses de 1917, transcurrió casi paralela a la de España.

Más tarde, mucho más tarde, cuando recordó aquellos días de su vida en el Madrid de la huelga general, encontró en la estampa una alegoría: la de su propia vida.

17

¿Quién hablará por nosotras?

Madrid, a 11 de noviembre de 1917

Hoy vota Madrid y acabo de pronunciar así una de las grandes mentiras de estos tiempos que nos ha tocado vivir. Hoy no vota Madrid, sino solo una mitad. La otra somos nosotras. A mí, que mientras aquí viva también soy Madrid, no me dejan decidir ni ayudar a que sean Largo Caballero, Besteiro, Saborit o Anguiano quienes me representen. Quiero que sean ellos los que den eco a mis pensamientos, pero otros los elegirán o los rechazarán sin que me hayan preguntado cómo pienso yo. Ni cómo piensa la pobre Angelines, a la que acabo de regalar mis últimos cincuenta céntimos para que compre leche al niño. Yo sé que quiere a Largo para Inclusa, pero solo lo sé yo y tengo tan poca voz como ella. ¿Quién hablará por nosotras? ¿Quién pondrá nuestro voto en la urna? ¿Quién nos presta su voz?

Basta ya, me lo digo a mí y se lo digo a todas. A todas las mujeres. ¿Por qué callamos? He leído a Concepción Arenal y tiene razón. Abramos la boca. Gritemos. Ellos salieron y convocaron la huelga. Madrid se detuvo. El planeta dejó de girar. Si los huelguistas hubieran triunfado, ¿estaríamos por fin hoy nosotras en la calle clamando por nuestro voto? ¿Podremos algún día también hacer que la tierra se pare? ¿Quién, cómo y por qué nos ha sellado los labios?

Yo estaba en la calle Desengaño en agosto cuando detuvieron al comité de huelga que se presenta a las elecciones desde la cárcel. Ellos estaban en el ático y yo, abajo, comprando jeringas para la escuela. Lloré cuando les vi salir doblegados, esposados, con la cabeza gacha.

¿Quién llora ya por ellos? ¿Y quién llora ahora por mí? ¿Quién, por todas las mujeres a las que hoy otros les eligen emisarios sin escucharlas y que mañana seguirán sin poder comprar leche a sus hijos...?

18

Aquella profecía maldita

Yvonne Bonnaire era una de las veinticuatro alumnas internas de la Santa Isabel de Hungría, que cada curso daba alojamiento a un cupo de muchachas desamparadas y sin recursos. Las internas recibían gratuitamente las mismas enseñanzas que las externas como Mariela, y, además, se les proporcionaba uniforme, atención sanitaria y comida de la que sobraba después de alimentar a los enfermos.

También estaban sometidas a un estricto régimen de internado, que, pese a ser laico, tenía una gruesa pátina de religiosidad para esquivar las críticas y mantener a todos contentos. Se levantaban a las cinco de la mañana y, desde ese momento, ya comenzaban a entonar plegarias variadas, desde el bendito al credo; después rezaban de rodillas ante la imagen de santa Isabel de Hungría y tomaban un baño de lluvia, guardando su honestidad, eso sí, mientras se decían mentalmente: «Como el agua lava el cuerpo, así las buenas obras laven mi alma y la libren de infección». Pero las normas más importantes eran las referidas a la vida social: prohibidas las visitas, el dinero, las relaciones personales incluido el noviazgo y, sobre todo, las salidas de la escuela.

Si el control de las internas era tan férreo y parecía tan preocupado por su moralidad... ¿por qué estaba Yvonne la víspera de la huelga hecha un ovillo entre mantas en un portal de la calle Lavapiés?

Solo a Mariela se lo contó, clavándole fijamente unos hermosos ojos tan claros como el cielo y tan puros como la primavera:

—Cada noche salgo a la calle y busco a mis padres y a mis hermanas. Salgo sin que se entere nadie en la escuela. Yo sé cómo hacerlo: me escapo por una puerta pequeña de la cocina y vuelvo antes de las cinco, y así a nadie hago daño, ¿a que no hago daño a nadie, Mariela? Yo solo busco, nada más. Mi padre me dejó en la puerta de la escuela porque él sabía que aquí me tratarían bien y me dejarían quedar. Sí, él sabía que no me iba a morir de hambre, él lo sabía...

Desde el día en que el hombre la abandonó a la entrada de la Santa Isabel, Yvonne nunca dejó de partirse en dos: una mitad de su corazón agradecía a su padre que hubiera tomado aquella decisión, quizá la más difícil de su vida, para salvar al menos a una hija de la miseria en la que, sin duda, el resto de la familia se sumiría; la otra mitad se revolvía contra él y le preguntaba a gritos mudos que por qué la había dejado a ella, que si ya no la quería, que si nunca la quiso, que si le sobraba una hija, que por qué no dejaron a su hermana Florence, que por qué tuvo que ser ella.

La lucha de su corazón nunca quedaba saldada. Al anochecer, Yvonne salía a la calle por la puerta pequeña de la cocina para buscar a su padre y lanzarle las preguntas de frente, mirándole a los ojos. Aunque ella sabía bien que, si algún día volvía a encontrarse con esos ojos, los desharía en llanto, se abrazaría a él y se le olvidarían todas las preguntas.

—Les busco. Yo les busco, Mariela. Cada noche.

Desde entonces, buscaron las dos.

Mariela rogaba a Yvonne que se quedara en el centro, que era mejor que no se arriesgara a perder el único techo que le daba cobijo y también un medio de ganarse el sustento cuando saliera de allí. Ella buscaría por su amiga. Lo prometía.

Pero a veces no podía contenerla y las dos se aventuraban en las callejuelas de Madrid, que recorrían como Diógenes con candil: por cada esquina oscura y por cada rincón escondido, desde las alcantarillas hasta las torres.

Mientras buscaban, ambas aprendieron, además, a compartir sus respectivos intereses. Mariela hizo suyo el rastreo de la familia de su amiga e Yvonne la asistía en la preparación de untos, decocciones y emplastos.

También aprendieron a compartirse a sí mismas.

—Quiero hablar francés.

—¿Tú, francés? ¿Y para qué?

—Para saber más de lo que sé.

—No necesitas el francés. Sabes muchas cosas. ¿Para qué más? Otro problema. ¿Lo necesitas?

—No es un problema, Yvonne, aprender cosas siempre sirve para algo. Quién me iba a decir a mí, cuando traveseaba por el monte con Cristovalina, que algún día eso me serviría para calmar los picores del sarampión a la niña que vimos anoche.

—Yo te enseño francés. Tú me enseñas las hierbas.

—Hecho.

Fueron días llenos en los que ambas se bastaron para colmar todos sus deseos de crecer.

Juntas y animadas entre sí, se les disparó el ansia de conocimiento y no tuvieron suficiente con saber de hierbas y llegar a dominar cada una el idioma de la otra. Querían saber... saber más, siempre más.

Leían juntas y a escondidas en el hueco de la escalera, justo debajo de su aula, todos los libros que Mariela conseguía que le dieran en la biblioteca de las Escuelas Pías. Juntas, con los tomos abiertos sobre las piernas y entre las dos, aunque casi siempre tenían que esperarse mutuamente para poder pasar página dependiendo de la lengua en que leyeran, devoraron al unísono a Flaubert y Dumas con Clarín y Espronceda, y juntas soñaban después con que juntas viajaban a Vetusta, a Estambul, a Marsella, a París...

Así, leyendo y soñando, se volvieron inseparables.

Y vivieron felices.

Sus únicas preocupaciones eran los enfermos nocturnos, la búsqueda de la familia perdida, los estudios de enfermería, cómo esquivar la severidad de doña Socorro y cómo aprobar el examen final que preparaba el doctor Mut.

Sí, vivieron felices. Hasta que llegó a Madrid un soldado escapado de las trincheras. Era bárbaro y desalmado. El soldado más umbrío, el más tenebroso, el más feroz. Llevaba la muerte en su bayoneta, y en el morral, la guerra entera.

El miércoles 15 de mayo de 1918 la escuela concedió un permiso extraordinario a externas e internas para salir del centro. Se celebraba el día grande de Madrid, el de San Isidro, el último San Isidro que pasarían juntas como alumnas. Pronto acabaría el curso y serían enfermeras diplomadas, no religiosas pero sí profesionales. Se adentrarían por fin en el corredor que desembocaba en la vida libre.

El director había comprado entradas especiales para todas en el Teatro de la Zarzuela. Iban a ver el acontecimiento lírico de la temporada, *La canción del olvido*, del maestro Serrano, que llevaba más de un mes en cartel con aclamación de público y crítica, especialmente por una pieza del cuadro segundo titulada *Soldado de Nápoles*, que ya se había convertido en el superéxito musical de la primavera en España.

Las futuras enfermeras, embriagadas por el eco de coros y rondallas, salieron del teatro abrazadas, entonando a pleno pulmón y desafinando a lo largo y ancho de la calle Jovellanos: «La gloria romántica me lleva a la muerte...», aquella profecía maldita.

19

El soldado del infierno

Convencieron a doña Socorro para acabar la tarde en la pradera comiendo el chocolate con churros del puesto de doña Manola en honor al santo. Allá fueron, levitando más que corriendo, abanicando Madrid con un revoloteo feliz de uniformes blancos y cruces de Malta.

Tarareaban la música de la verbena y algunas rechazaban entre sonrojos de coquetería los cortejos de los soldados. Estaban exaltadas. Mojaban el churro en la taza de la otra, eran jóvenes, se abrazaban, estaban sanas, se besaban, tenían una profesión, hablaban a gritos de emoción al oído de la compañera, eran dichosas.

Tanta era la euforia, que Yvonne se atragantó y comenzó a toser. Todas rieron. Le daban palmaditas en la espalda, le retiraban el pelo de la frente sudorosa. Solo Mariela se dio cuenta:

—Está ardiendo. Mejor me la llevo de vuelta a la escuela. Se acabó la juerga para nosotras, querida Yvonne.

—Un poco más, quiero un poco más. No hago daño a nadie. ¿A que no hago daño a nadie, Mariela?

Más risas.

—No, Yvonne, tú nunca haces daño a nadie, pero mejor que escuches a Mariela. Si nosotras tampoco vamos a quedarnos mucho rato, mira la cara que nos está poniendo doña Socorro.

Mi bisabuela callaba, pero ya había recogido el bolso y la

capa de Yvonne y la estaba levantando por los hombros. Salieron de debajo del toldo que cubría el puesto de doña Manola. Caían las primeras gotas. El cielo era más gris que nunca.

No supo explicarse por qué, pero en ese momento Mariela recordó uno de sus poemas preferidos, leídos con avidez a la luz de una vela por las noches, al regreso de sus rondas herbolarias. Lo recitó para sí tratando de evocar la mirada serena y profunda de Rosalía de Castro mientras observaba el rostro desencajado de Yvonne: «Cuando en las nubes hay tormenta, suele también haberla en su pecho...».

Sobre la pradera de San Isidro y sobre todo Madrid ya se oían los ecos de la tempestad que se avecinaba.

Era la profecía maldita.

A medianoche, Yvonne había empeorado: temblaba entre vómitos, su tos parecía el eco de un barranco y tenía manchas de color caoba en los pómulos que crecían como si fueran de aceite.

—Es una gripe —dictaminó el profesor y doctor Martorell—, solo que esta vez la ha cogido buena.

—Llevaba días resfriadilla, sí —trataba de encontrar una explicación doña Socorro—. Pero ya se había recuperado. Hoy ha disfrutado mucho en la zarzuela y se ha comido dos churros...

La enfermera jefe de la escuela retorcía un pico del delantal.

—En cualquier caso, no me gusta nada. Es una gripe muy fuerte. Aquí no sé si tendremos medios suficientes para tratarla y, además, no quiero que contagie a las demás. Doña Socorro, prepárelo todo que nos la llevamos al San Luis de los Franceses, que es de los suyos y para eso está. Allí, al menos, la cuidarán compatriotas.

En ese momento Mariela estaba demasiado preocupada por su amiga como para perder el tiempo rompiendo en mil pedazos la jofaina en la que Martorell se lavaba las manos. Ya montaría en cólera más tarde. Por el momento, pidió acompañar a Yvonne y nadie puso objeciones. Se lo estaba poniendo aún más fácil a las autoridades de la escuela para que se desentendieran, pero no le importó. Nada ni nadie habría conseguido que soltara la mano de su amiga.

El hospital de San Luis de los Franceses estaba en la calle Claudio Coello del adinerado barrio de Buenavista. Nunca había puesto el pie en él mi bisabuela, pero no pensó en ello mientras acariciaba el rostro de Yvonne en el carruaje ambulancia que la transportaba. Solo pensaba en su frente, que estaba en pleno incendio.

Llegaron al San Luis de los Franceses al mismo tiempo que otro vehículo con cuatro mujeres, también francesas; no era de extrañar, estaban en el lugar apropiado, un hospital sufragado por el Gobierno francés para asistir a sus nacionales en la capital de España. Una de las mujeres era mayor y las otras tres jóvenes. Mariela supuso que eran una madre con sus hijas.

Se lo confirmó un practicante que encontró en el pasillo. Sí, las cuatro eran familia y se habían quedado solas hacía tres meses, cuando el padre murió de tuberculosis. Todas tosían y presentaban fiebre muy alta.

—Y pocos males me parece a mí que tienen. Hasta hace un rato las tres hijas hacían la calle por seis pesetas; la madre, por tres. Contentas pueden estar si solo tosen. Perdone usted, señorita, ya sé que no debo hablar de estas cosas con una muchacha decente y, además, enfermera, pero es que aquí la vida está muy perra. Yo mañana me voy al pueblo, con eso se lo digo todo.

Ya eran las tres, la hora que llaman del diablo, maldita profecía.

Cuarenta minutos después, el vientre y el alma de Yvonne querían escapársele del cuerpo, que primero se había vuelto azul y ya estaba completamente amoratado, casi ennegrecido. Deliraba.

—*Maman, maman. Pourquoi m'as-tu abandonné...?*[1]

Mariela le aplicaba apósitos fríos bañados en agua de acinos.

—*Non, non, Florence. Petite Florence, non...* Deja eso. Muchos dulces hoy. *Laisse!*[2] No comas más, hermanita.

Su amiga empapaba algodones en infusión fría de yerba gatera que exprimía sobre su boca agrietada a modo de gotero.

—¡Padre, regrese! *Ne me laissez pas ici!*[3]

Le apretaba las manos.

—*Je fais mal?*, dime, ¿hago daño?

Mariela lloraba.

—No, Yvonne, tú eres un ángel, *tu ne pourrais jamais faire mal à personne.*[4]

—Estoy cansada. *Je ne fais pas mal...*[5]

—*Ne t'en vas pas...,*[6] Yvonne querida, quédate conmigo.

—Dame hierbas, *donne-moi des herbes...*

—Todas, te las doy todas, pero no te vayas.

—*Je suis fatiguée.*[7]

—No te duermas. *Viens,* vamos juntas a buscar a tu familia, *viens, viens avec moi,* no te vayas...[8]

Mariela besaba su frente, su cuello, sus manos.

—*Ne t'en vas pas,* Yvonne, no te vayas... *Reste avec moi.*[9] Por favor, quédate, por favor...

Pero ni la mirada ni las caricias ni los besos ni todo el amor diluido en lágrimas de mi bisabuela lograron convencerla.

Antes de que amaneciera y pudiera despedirse del último rayo de sol que iba a ver en su vida, Yvonne se fue.

1. Madre, madre. ¿Por qué me abandonaste...?
2. No, no, Florence. Pequeña Florence, no... ¡Deja!
3. ¡No me deje aquí!
4. Tú jamás podrías hacer daño a nadie.
5. No hago daño.
6. No te vayas.
7. Estoy cansada.
8. Ven, ven conmigo.
9. Quédate conmigo.

Ocurrió a las cinco y veinte de la mañana, cuando el San Luis de los Franceses, Madrid y el mundo entero eran un erial de silencio y soledad. Únicamente, quedaba Mariela en pie para romperse de dolor.

También para dar fe de la identidad de la amiga perdida, y así lo hizo constar cuando el doctor Béringer trató de recopilar algunos datos.

—Qué curioso, Yvonne Bonnaire... Es la quinta Bonnaire que se nos muere hoy aquí.

A Mariela le recorrió por dentro un viento helado.

—¿Cinco? Las otras no serían las cuatro mujeres que llegaron a medianoche, ¿verdad?

—Verdad es, sí, señorita, una madre y sus tres hijas.

—Y una de ellas se llamaba Florence...

—Exacto, joven, ¿las conocía?

Eran cuatro mujeres que vivían en un pequeño pueblo cerca de Toulouse y habían huido de una guerra inagotable y agotadora para que no reclutaran al padre, como ya habían hecho antes con seis de los hijos. Eran cuatro mujeres asustadas que dejaron a la cuarta hija a las puertas de una escuela de enfermería con la esperanza de que ella pudiera buscar otra vida en otro lugar. Eran cuatro mujeres pobres y además solas desde que el padre murió de tuberculosis. Eran cuatro mujeres condenadas al desamparo y a la pena.

No, Mariela no las conocía. Pero las había buscado cada noche de cada día del último año de su vida por todos los rincones de Madrid junto a Yvonne, la cuarta hija de la familia Bonnaire.

Al fin se habían encontrado, cuando ya era demasiado tarde incluso para llegar tarde a la cita con la muerte.

La primera semana después de que se fuera Yvonne, había en la capital treinta mil personas afectadas por un extraño mal. El 22 de mayo, el Ayuntamiento reconocía que se había producido un brote de carácter epidémico, y cinco días después, la Junta Provincial de Sanidad, a propuesta del inspector médico que investigó los casos, aseguraba que la «enfermedad reinante» era de «naturaleza gripal».

Antes que el pánico, cundió el desconcierto más banal: ¿cómo llamar al demonio oscuro? Se lo llegó a conocer como la gripe europea, porque debió de venir de detrás de esas fronteras donde Europa se mataba a sí misma. Algunos, los más realistas, lo bautizaron como la Pesadilla. Los de humor negro lo llamaron la Cucaracha. Y los de talante festivo, el soldado de Nápoles; fue debido a un comentario jocoso y desafortunado del libretista Federico Romero, que dijo que la serenata del mismo nombre era más pegadiza que la gripe.

Desafortunado e inexacto, porque aquel soldado no vino de Nápoles, ni siquiera de la Gran Guerra.

Había llegado del mismísimo infierno. Qué maldita profecía.

1918

PRIMAVERA

Monasterio de Veruela, a 15 de mayo de 1919

Sí, regreso de dar la vuelta al mundo. He luchado contra dos monstruos de inmensas quijadas que acaban de engullir a la humanidad y lo he hecho hasta más allá de mis fuerzas: en las trincheras de barro y muerte, en las orillas de ríos grises de desesperanza, en las llanuras nevadas de desolación y tristeza, en las puertas de un mundo nuevo y al final del túnel de otro moribundo. Pero no he salido indemne porque la batalla ha sido desigual. Los monstruos han vencido.

Ahora, mientras aún mastican los huesos y jirones de sus víctimas, he levantado al fin la bandera blanca. Me rindo. Mis músculos flaquean. Me he dejado caer hasta rodar exhausta y llegar adonde estoy, de nuevo en mi casa, en esta tierra que nunca me quiso como profeta y a la que, sin embargo, yo no he dejado de amar...

20

Nunca falto a una cita

Cuando al fin llegó, la saludó como a una vieja conocida:

—Te estaba esperando, tardabas en llegar.

—Nunca falto a una cita.

—Debiste venir a mí primero.

—Me gusta que se me aguarde con impaciencia.

—Eres fatua.

—Y poderosa, no lo olvides.

—Solo con los débiles. Eso es fácil.

—¿Me estás retando?

—Por supuesto.

—Acepto el duelo.

—Confío en que también aceptes la derrota.

—¿Tan segura estás de ella?

—Tanto como de mi victoria.

—Para saberlo debes dejarme entrar.

—Adelante, pasa, aunque no diré que esta sea tu casa.

—No importa, me bastan unas horas. No necesito quedarme.

—Quién sabe, puede que esta vez lo hagas.

—Probemos. Ábreme la puerta.

—Abierta está. Pasa y quédate conmigo... pero solo conmigo.

21

El primer amor

Pepe Rodrigálvarez fue el primer amor de Mariela, aunque ni ella misma se atrevió a llamarlo amor. Fue, más bien, el único asidero que encontró colgando sobre el acantilado por el que se despeñaba Madrid y al que logró agarrarse para no lanzarse, ella también, al vacío.

A Mariela no se le borraban de la memoria las imágenes de sus compañeras en aquel intercambio letal de fluidos que fue la verbena de San Isidro: comiendo churros mientras hablaban y cantaban a gritos, con labios abiertos y húmedos, cada una cercana a la boca de su compañera, al oído, a la nariz, con las manos y las carcajadas entrelazadas, bebiendo chocolate y saliva de la taza ajena, mezclando lágrimas de risa con el primer sudor de la primavera.

No se le borraban porque se repitieron pronto. Volvió a vivirlas con Paqui, Encarna y Pruden, las tres postradas en sendas camas de la escuela, presas de escalofríos, vómitos y fiebre. Exactamente, igual que Yvonne. Luchaban por su vida, como Yvonne. Deliraban, como Yvonne. Sangraban, como Yvonne. Pero ellas no iban a morir como Yvonne. No, se propuso Mariela. Ellas, no.

Esa vez, las enfermas eran españolas, las tres alumnas externas y las tres con síntomas parecidos. No había excusa para trasladarlas a otro hospital. Eran el futuro y la vanguardia de la enfermería y, por tanto, de la medicina en un país en el que, paradójicamente, no había una ley de protección de la

Salud Pública, ni siquiera un ministerio específico, ya que de los asuntos de sanidad, así como de muchos otros y variados, se encargaba Gobernación. Los doctores Bernal y Martorell no encontraron pretextos para deshacerse del problema e incluso habían comenzado a adivinar que ellas eran tan solo el inicio de otro mayor. El desafío se presentaba mayúsculo. De él dependía que la real escuela subiera por fin al podio de las élites médicas.

Entonces llovieron las ideas brillantes. Las mejores seseras de la Santa Isabel entraron en funcionamiento y desataron un chaparrón químico que de algún modo, supusieron, terminaría haciendo germinar la tierra. Puesto que aún no había diagnóstico ni etiología de aquel mal misterioso, la conclusión solo podía ser una: los palos de ciego eran mucho más efectivos que la inacción. Al cabo, ningún error con el medicamento equivocado sería peor que la muerte.

Las enfermas fueron tratadas con quinina, yodo, azul de metileno, arsénico, sulfato de magnesio, aceite de ricino y dosis disparatadas de aspirina, el que llamaban fármaco milagroso.

Mariela, que no se separó de los cabeceros de sus amigas durante tres días, aplicó el mismo criterio. Sin que lo supieran sus supervisores, agotó todas las hierbas de su dispensario y las mezcló tan incoherentemente como intuyó y tan febrilmente como sus compañeras se dejaron medicar, las tres sin un lamento, aferrándose según sus fuerzas al último filamento que las unía a la vida.

Dio resultado. El cuarto día, la piel de Paqui comenzó a tomar algo parecido al color de la carne humana; el quinto, Encarna logró hilar una frase inteligible para pedir agua, y el sexto, Pruden sonrió. Los médicos lo atribuyeron al cóctel farmacológico, aunque más tarde, dada la aleatoriedad con que fueron combinados sus ingredientes, les costaría explicar a la comunidad científica la utilidad específica de cada uno de ellos.

Tampoco supo Mariela cuál de sus plantas lo había logrado, ni siquiera si había sido alguna, solo que, por primera vez en la última semana, en su cara también había una sonrisa. Por Paqui, por Encarna y por Pruden. Por Yvonne.

Y el séptimo, llegó Pepe.

José Rodrigálvarez se reía de todo, principalmente de sí mismo.

Agradecía a sus padres que hubieran elegido para él un nombre humilde y democrático para compensar ese apellido impronunciable, tan poco acorde con su origen plebeyo, así que instaba a todos a que le llamaran Pepe o Rodri, a elección del interlocutor, y prometía volver la cabeza si escuchaba pronunciar cualquiera de ellos.

Se reía de sus anteojos, que caían indolentes sobre la nariz, al igual que quevedos casuales que se le habían instalado en la cara sin que lo notara, como pasando por allí y a punto de irse en cualquier momento. Se reía de su calvicie naciente, pese a que aún no había cumplido los veinticinco, y presumía de que gracias a ella era un liberal de ideas transparentes. Se reía de su desaliño calculado, sin duda, producto de una buena porción de minutos ante el espejo cada mañana para torcer en el número justo de grados el nudo de la corbata o inclinar en el ángulo preciso la gorra inglesa que nunca se quitaba.

Pero de lo que más se reía Pepe era de su profesión. Era gacetillero y no reportero, se jactaba, porque para lo segundo le faltaban galones, y eso que alguna primicia se había anotado ya. La más importante salió publicada el 22 de mayo, cuando su periódico, *El Sol*, fue el primero de toda la prensa nacional en informar de una rara enfermedad que afectaba a los soldados de la guarnición de Madrid, incluidos un regimiento de Artillería, la banda de música del Alcázar y la guardia de Palacio, y que mantenía similitudes con una epidemia poco grave ya observada en otros estamentos de la capital, sin duda, provocada por las obras de saneamiento del subsuelo y del alcantarillado. Los galones no llegaron porque Pepe incluyó una frase demasiado honesta en la que admitía que la noticia no había sido comprobada por él mismo, y atribuía vagamente sus fuentes a «personas a quienes sus obligaciones diarias les ponen en situación de enterarse de estos hechos». Sus jefes no comprendieron su sentido del humor, así que siguió siendo gacetillero.

De gacetillas sobre la actividad del Congreso rellenaba columnas y columnas cada día, de forma que el diario podía abigarrar con ellas sin problemas sus ocho páginas de información y sucesos. Hasta que empezó a toser.

Tres periodistas más lo hicieron a coro con él. «La "grippe", en el Congreso», tituló alarmado *El Heraldo de Madrid*,[10] para contar cómo varios informadores parlamentarios y otros tantos diputados se habían contagiado. Un día después, *El Liberal* y *Abc* ya hablaban abiertamente de epidemia.

Pepe, informado en persona o a través de quienes se enteraban de los hechos, supo que en la Santa Isabel de Hungría habían logrado neutralizar tres casos y a la escuela se dirigió antes de que los síntomas empeorasen.

Fue Mariela quien le atendió, mientras el personal docente y todo el alumnado volaban por los pasillos tratando de dar respuesta a sintomatologías muy parecidas a las de Pepe. Mi bisabuela le examinó y supo reconocer enseguida que lo de aquel hombre sonriente y de anteojos tan graciosos era una simple irritación de garganta.

—Aspirina, tome usted aspirina, que lo cura casi todo.

No había necesidad de perder tiempo ni hierbas en un caso simple. El fármaco milagroso estaba para los casos simples.

—¿Está segura, hermana, de que no tengo la enfermedad de moda?

—No sé si lo que usted tiene está o no de moda, caballero, pero le aseguro que va a poder vivir para contarlo. O para escribirlo. Y le informo de que yo no tengo hermanos, así que

---

10. Ante el desconcierto y la falta de unanimidad en aquellos momentos, ese diario optó, al igual que otros, por usar la grafía «grippe», como el vocablo francés que proviene del verbo «gripper», atrapar súbitamente.

tampoco lo soy suya de usted, ¿acaso no sabe que somos laicas?

—Perdóneme, lo de hermana me ha salido sin pensar. Ya que lo dice, me gustaría escribir una columnita sobre el asunto, que como yo hay mucha gente equivocada.

—Pues no va a ser el primero, porque ya ha escrito sobre eso Beatriz Galindo.

—¿También lee usted prensa? Señorita, permítame dedicarle mi más rendida admiración.

—Mire usted, tengo demasiado trabajo para escuchar zalamerías, que, además, no necesito. Tome dos aspirinas, las demás cómprelas en la botica. Mañana, como nuevo.

Al día siguiente, efectivamente, Pepe era un hombre nuevo y también un poco enamorado. La esperó a la salida de la escuela cada día durante una semana para acompañarla a la casa de Galaciana hasta que juntó valor suficiente para invitarla a tomar un piscolabis en el Café del Oro, en el paseo de San Bernardino con Cea Bermúdez, la misma esquina en la que Madrid empezaba y el aire aún era puro.

Mariela aceptó una gaseosa la primera tarde, dos cafés la segunda y para la tercera ya ninguno podía vivir sin la conversación del otro.

22

Una gripe auténtica

—Anda, Pepe, cuéntame lo que ha pasado hoy en la carrera de San Jerónimo.

—Lo de siempre, Mariela, lo que ya sabemos todos: que en este país sobran políticos y faltan leyes. Ahora que la gripe ya está desatada, se necesita más que nunca mano firme contra las enfermedades.

—Si supieras cuántas he visto yo por esas calles...

—No debes salir sola por la noche y menos por los andurriales en los que te metes, te lo tengo dicho, deja que vaya contigo.

—No me cambies de tema, Pepe, vamos a lo importante, sigue contándome.

—Pues hoy en la Diputación Provincial se ha denunciado que aquí no hay hospitales suficientes.

—Es verdad, con solo catorce en una ciudad tan grande...

—Los hay que dicen que pronto llegaremos al millón de sufrientes ciudadanos, qué barbaridad, no vamos a caber.

—Y ningún hospital preparado para epidemias.

—Ni siquiera han construido el de infecciosos que está aprobado desde hace dos años, a ver ahora cómo lidian con la que se nos está viniendo encima. Y eso que las juntas de distrito hacen lo que pueden.

—Pero eso es solo beneficencia. ¿No piensan hacer algo más que caridad?

—Pensar, pensar, lo piensan, pero solo lo piensan. Creo

que tres proyectos de lo que llaman higiene pública hay presentados ante el Parlamento, pero ya sabes cómo van las cosas de palacio...

—Tan despacio que a la gente le da tiempo de morirse varias veces.

—Es que este es un país de barandas. No ven que la muerte y la enfermedad salen muy caras al erario público, mucho más que unos cuantos duros dedicados a las inversiones en salud.

—Pero ¿alguien sabe de verdad qué enfermedad es esta?

—Pues no, todavía no...

Solo el doctor Gregorio Marañón, tras la meticulosa observación de varios casos y el estudio de los análisis practicados a muestras de esputo, moco nasal y saliva en el laboratorio del instituto Alfonso XIII, había llegado a dictaminar solemnemente que la famosa enfermedad era, sin lugar a dudas, «una gripe auténtica».

Una vez reconocida la existencia de un mal que corría como la pólvora entre una población que habitaba hacinada en viviendas insalubres, sin medios para comprar fármacos o alimentos, llegaron los debates. A todos los niveles, desde la Real Academia de Medicina, las revistas científicas, las sesiones del Real Consejo de Sanidad y las cámaras parlamentarias, hasta la prensa general y las colas de espera en el mercado o en la barbería.

El primero, sobre su origen.

Los médicos solo se pusieron de acuerdo en aceptar la moderna teoría de los gérmenes, que desterraba la de los humores del cuerpo y achacaba a agentes externos, principalmente microbianos, el origen de muchas enfermedades. En lo demás, se dividieron: unos creían que la gripe estaba causada por el bacilo de Pfeiffer; otros, que la bacteria originaria era otra; algunos, que no había una sino varias asociadas; los más sinceros, que se debía a un agente específico desconocido por la medicina hasta el momento, y los más innovadores (y acertados), que se trataba de un germen posiblemente llamado virus, tan diminuto que no podía ser retenido por los filtros que atrapaban bacterias.

La segunda polémica era evidente: cómo luchar contra el monstruo. ¿Vacunas? ¿Sueros? ¿Ambos combinados?

—El doctor Tomás Maestre...

—Para, Pepe, ¿ese quién es?

—Un catedrático famoso. De medicina legal y forense, creo.

—Ya. Sigue.

—Pues el doctor Maestre ha propuesto en el Senado suero antidiftérico equino.

—Para hacerlo se necesitarán caballos, ¿no?

—Exactamente. Los del Ejército, sin ir más lejos.

—Pero no hay tantos como para hacer suero para todo el mundo.

—Además, es caro, por no hablar de que dejaría sin tratamiento a los niños con difteria.

—¿Y qué dice el gobierno?

—Gobernación lo está estudiando, aunque parece que a la Academia no termina de convencerle. Prefiere encontrar una vacuna.

—Pero ¿cómo van a hacer una vacuna si no saben cuál es el germen que causa la gripe?

—Dicen que preparan vacunas mixtas.

—¿Contra estreptococos y neumococos...?

—Así es, contra todos los no-sé-qué-cocos. Cuánto sabes, Mariela. Yo me pierdo, nunca se había pronunciado tanta palabreja rara en el Parlamento. Para más inri, tengo que escribir columna y media sobre el asunto.

—Pues tranquilo, que, para columna y media, sabes tú tanto como los políticos.

—Ahora, además, han llegado los que faltaban: los farmacéuticos y los veterinarios.

—Estarán enfadados, que andamos muy escasos de medicinas...

—Por eso y por el bando del gobernador civil de Madrid. Quiere hacer inventario para saber cuántos medicamentos hay disponibles y fijar el precio máximo en el que tenían hace un mes, antes de que la pesadilla empezara. Eso, claro, no les ha gustado un pimiento.

—Acabáramos. Cuando se trata de dinero... ¿Y los veterinarios?

—Pues otro tanto. Alguno va diciendo que el bicho ha podido saltar de un cerdo o un pollo a los humanos, menudo disparate, digo yo. Pero así aprovechan para pedir que se les deje de considerar curanderos de ganado y herreros de mulas, y se les equipare con los médicos. Hasta piden una Facultad de Veterinaria.

—Puede que no les falte razón, pero el caso es que los unos por los otros... y la casa sin barrer.

—Y los cementerios llenos, que lo que está empezando a faltar es madera para tanto ataúd.

Macabra observación, pero oportuna. Mariela tenía la sensación de estar viviendo un drama teatral, una obra coral en la que cada actor se abría hueco a codazos hasta reivindicar su papel como protagonista. En la siniestra tragedia de la gripe, nadie quería que su nombre figurara en el cartel como actor secundario.

Nadie, excepto los auténticos héroes de la farsa, hundidos, ellos sí, en el anonimato. Solo tenían nombre para mi bisabuela y solo para ella lo conservaron mucho tiempo después de perderlo.

Como los de Angelines y el pequeño Jano.

23

El niño que tenía que crecer

Aquella tarde Pepe y Mariela salieron taciturnos del Café del Oro, en la esquina donde el aire aún era puro. Miraron a su alrededor y se dieron cuenta de que Madrid se había convertido en una ciudad triste. Triste y desorientada, porque sus habitantes habían perdido el único agarradero que les quedaba para olvidar la miseria: el calor humano, el sufrimiento compartido. Estaban prohibidas las reuniones numerosas, solo podían acudir un máximo de cinco personas a los entierros, se redujeron considerablemente los actos públicos en teatros, en salas de baile, incluso en celebraciones religiosas. Únicamente, estaba permitido respirar, pero lo más lejos posible del prójimo y, para quien lo pudiera pagar, preferiblemente con mascarilla.

Esa tarde, en la puerta del café y contraviniendo todas las normas de la profilaxis y del sentido común que ambos conocían bien, se dieron el primer beso. Fue un beso de pena, un beso de amor afligido que permitió al rictus de sus bocas abrirse en algo que recordaba a una sonrisa.

Él la acompañó hasta la puerta de la casa de huéspedes, volvió a besarla y ella le prometió que esa noche no saldría de ronda a visitar a sus enfermos. Se le habían multiplicado a tal grado que a Mariela le faltaban horas y últimamente corazón para atenderlos a todos. Pero no cumplió su promesa.

En realidad, técnicamente sí lo hizo, porque salir no salió. Alguien la esperaba en el interior del portal.

Hacía semanas que, después de mucho buscar, Angelines

había logrado encontrar a una enfermera que, según una vecina a cuyo hijo había curado de sarna, era la misma reencarnación de la Virgen de Lourdes, y desde ese momento no había dejado de cobijarse bajo su sombra. La seguía en sus incursiones nocturnas, le sostenía la bolsa de hierbas, mendigaba un céntimo de su caridad solo si lo necesitaba... pero siempre en silencio cerca de aquel ángel blanco, para que la ayudara a esquivar a la parca por si venía a arrebatarle a su hijo.

Y la parca llegó. Fue aquella noche.

Angelines la vio encarnada en el rostro del niño y se la mostró entre lágrimas a Mariela en el portal.

—Es el Jano, señá Mariela, que tié la Cucaracha, que me se muere el niño...

El crío era una bola de fuego. Angelines tenía razón, se le moría el niño. Allí estaba la Bestia.

—Espérame aquí, subo a por mi bolsa y bajo enseguida. Escóndete y procura que no te vea nadie.

Con la praxis comienza todo, eso le habían enseñado a mi bisabuela en la escuela y eso había comprobado cada día de su estancia en Madrid. Había administrado tantas hierbas a tantos enfermos de gripe últimamente, que estaba empezando a discernir la efectividad de cada una de ellas y a distinguir cómo y cuándo convenía aplicarlas en según qué estadio de la enfermedad.

La Bestia no solía devorar niños, pero los días en que tenía hambre nadie estaba a salvo de sus fauces. Esa vez, la dentellada feroz se había clavado en el pequeño amoratado que se convulsionaba en el portal de Mariela.

Con mano indecisa, aplicó a la criatura la receta que ya iba perfilándose en su cabeza como la panacea adecuada. Lo hizo como quien come su última cena o apura el cáliz final. En sus dedos estaba la vida, pero también la muerte. Se hundía bajo el peso de su inmenso poder, se sentía minúscula ante un monstruo descomunal.

Le habría gustado recordar entonces alguno de los rezos que le había enseñado Cristovalina... pero en su mente solo cabía el eco de los estertores del niño.

Pasó la noche junto a Jano y Angelines, acurrucada con ellos en el portal y sin quitar los ojos del bultito que agonizaba en los brazos de su madre.

Mariela la observó: era apenas una cría, quizás algo mayor que su pupila Xara, pero aquella noche se había convertido de golpe en una anciana. Quizá para no oír los jadeos del niño que era toda su vida, le contó a Mariela cómo la había vivido desde que supo que iba a tenerlo. Era una triste vida de miseria y abandono cuyo final ninguna de las dos sabía todavía si iba a ser feliz.

A Angelines la preñó su padrastro, un borracho maléfico que, cada vez que daba una paliza a su madre, tenía una erección que solo encontraba reposo en el cuerpo de su hijastra adolescente. Cuando ya no era posible ocultar el embarazo, el maléfico la echó de la casa por descarada, por sucia y por puta. Faltaba muy poco para que saliera de cuentas, lo supo mientras deambulaba perdida, con solo quince años en su espalda y una bola de tres kilos en el vientre, por los alrededores de la calle Embajadores. Allí parió una noche, sola y aterrada. Cortó con sus propios dientes el cordón umbilical, arropó al niño con harapos y lo alimentó como pudo hasta el amanecer. Entonces, a la primera luz del alba, dio la vuelta al caserón del Colegio de la Paz junto a cuyo muro había nacido Jano. Sabía dónde estaba y sabía por qué estaba allí; era el edificio de la Inclusa de Madrid.

Colocó al cuello del niño una medallita de la Milagrosa y lo depositó en el torno en el que estaba acordado que todo aquel dispuesto a abandonar a su bebé debía dejarlo para mantener el anonimato. Pero cuando lo vio desaparecer por el artilugio e imaginó que otras manos lo acunarían y otros pechos lo amamantarían, algo se le oscureció dentro. De qué forma consiguió que la admitieran en la Inclusa como ama de cría era algo que no recordaba. Cómo encontró y reconoció a Jano entre miles de niños menesterosos, roñosos, desnutridos y sifilíticos... ni siquiera lo sabía. Cómo salió una noche de la Inclusa con su hijo escondido bajo las ropas, bien apretado contra su vientre, simulando ante los guardas que llevaba a un niño dentro de la tripa en lugar de pegado a ella por fuera y sujeto en un atadijo... entonces le parecía un sueño.

Pero allí estaban los dos aquella noche, Angelines abrazando a un bultito que solo emitía silbidos de agonía y rogando a la Milagrosa que, si a alguien tenía que llevarse la gripe, fuera a ella y que lo hiciera enseguida, cuanto antes, que no le importaba ya porque ese ángel blanco que tenía al lado cuidaría sin dudarlo de su pequeño para que este jamás tuviera que regresar a la Inclusa.

Sin embargo, no fue necesario porque, ya de madrugada, el bultito comenzó a respirar sin silbidos; después, dejó de agitarse, y cuando amaneció, dormía plácidamente.

Quizá fuera porque a la Bestia le costaba mascar carne demasiado tierna, quizá porque mi bisabuela había encontrado al fin la dosis precisa de las hierbas exactas, quizá porque el monstruo había elegido ya su siguiente víctima y la tenía al lado, quizá porque esa noche se cerraba una lunación completa...

Quizá por todo o por nada, o porque no había llegado su hora, o porque el niño que escapó de la Inclusa y de la gripe tenía que crecer, y salir del barro, y estudiar, y convertirse en Alejandro, y un día abandonar su país, y cruzar un océano, y conseguir una plaza en un hospital de Nueva York, y desde allí alzar la voz junto al exilio y contra la dictadura que les había cercenado la voz, y gritar que él había nacido en otro momento también sombrío, el de la peor epidemia conocida por el mundo, y gritar que, siendo tan pequeño que apenas podía recordar, conservaba intacta en la memoria la imagen etérea de un ángel blanco que le arrancó de las zarpas del monstruo, y gritar que gracias a ella estaba vivo, y que gracias a ella podía gritar, y que gracias a ella había vuelto con su grito a España, y que gracias a ella ahora le gritaba a la cara a otro monstruo, y que gracias a ella pudo llevar su último grito de libertad hasta una tapia de fusilamiento...

Fue por todo eso y por muchas más cosas, algunas fundamentales para mi propia vida, pero Mariela nunca lo supo. Tan solo que había rescatado a un niño a la entrada misma del infierno. Y que la prueba que hizo con él podría servirle para salvar a otros.

24

Te estaba esperando

Madrid, a 2 de junio de 1918

Hoy ha llegado y lo ha hecho sin avisar. O tal vez estaba cansada de darme avisos que yo ignoraba.

La he mirado a los ojos cada día, pero no me asusta. La Bestia no me asusta. La Bestia solo es bestia. Yo quiero ser más grande y más fuerte y más sabia que ella, porque yo tengo alma. Las bestias no tienen alma.

Nos conocemos. Nos hemos medido. Por eso, cuando esta madrugada ha llamado a mi puerta, la he saludado como se saluda a una vieja enemiga.

Te estaba esperando, tardabas en llegar, le he dicho a modo de bienvenida.

Nunca falto a una cita, me ha respondido con una sonrisa mordaz.

Después, ha atravesado el umbral.

25

Tan callando

No fue por la fiebre, ni por la tos, ni por los escalofríos. No notó síntoma alguno. Tenía el pulso sereno y la piel templada. Sencillamente, supo que la tenía dentro al despertarse de madrugada recordando un poema que esa misma noche había leído y que le advertía de que la vida se pasa mientras la muerte se viene tan callando que solo se anuncia cuando ya es imposible escapar de su abrazo frío.

Allí estaba ella, la Bestia, abrazándola, respirando su aliento, sorbiendo sus fluidos, bebiéndosela por dentro. No había faltado a la cita.

Comenzaba la batalla.

Primero pidió a Remedios, la hija de Galaciana, que fuera a la escuela y diera un recado en su nombre a doña Socorro. Que le dijera que se había torcido un tobillo y que no podía caminar; eso era inocuo: ni contagioso ni causaba alarma. Que le preguntara también si era tan amable de acudir esa tarde, cuando acabara su turno de atención a los pacientes necesitados (porque en eso se había convertido ya la Santa Isabel de Hungría, en una casa de socorro que hacía honor a ese nombre con la mayor eficacia posible), a echar un ojo al pie de Mariela. Que trajera mascarilla porque en ese barrio había muchos gérmenes flotando y un poco de Yodo Plekel, la única solución fisiológica que mi bisabuela encontraba aceptable, y que ya le daría ella más tarde la peseta que costaba el frasco. También una aguja larga, de las que usaban en la escuela para punciones lumbares, alguna venda, gasas... Y, para disimular, un par de maderos con los que entablillar el presunto tobillo torcido.

La adusta enfermera jefe de la escuela había ido cambiando de actitud respecto a Mariela desde la noche en que murió Yvonne. Su acritud se fue trocando en curiosidad primero, interés después y al fin admiración. Aquella alumna era obediente y callada; ponía objeciones con demasiada frecuencia a la posología que dictaban los galenos, cierto, pero siempre demostraba tener razón. Su mano era tierna con los doloridos y áspera con los aprovechados; dulce ante el dolor, especialmente el de aquellos que no tenían nada, sino solo sufrimiento, pero agria si alguno hacía valer su posición para obtener atención inmediata y privilegiada.

La tenía bien observada. A doña Socorro no se le olvidaría jamás la mañana en que llegó a la escuela un abogado de Buenavista que se había sentido indispuesto cuando iba a visitar a uno de sus clientes en la cárcel Modelo. Aterrorizado, creyéndose víctima del soldado de Nápoles, dejó cárcel y cliente al primer estornudo y voló al lugar más cercano donde creyó que podrían curarle de inmediato. La cola daba la vuelta al edificio, pero él no estaba dispuesto a aguardar su turno. Doña Socorro trató de llamarle al orden sin conseguirlo y terminó ignorándolo.

Mariela pasaba junto a la fila de enfermos cuando el abogado la detuvo tomándola por el codo con una sonrisa aduladora.

—Eh, pequeña, florecilla perfumada entre tanto pedigüeño maloliente... seguro que tú puedes ayudarme, que ya me he coscado yo de que eres la enfermera más lista y más bonita de este criadero de pobres.

Se detuvo muy seria, sin pronunciar palabra.

—Mira, chata, lo que guardo para ti: diez pesetas todas tuyas si me dices lo que tengo y otras diez si me lo curas. Y yo estoy forrado de pesetas, así que cuando me ponga bien te llevo a un cabaret con champán del francés y todo para celebrarlo, ¿hace?

Ella dosificó con elegancia su silencio y al fin habló:

—Dos cosas le voy a decir, caballero. Una, que si vuelve usted a tocarme o a llamarme algo que no sea señora y de usted, aviso a un agente de la autoridad y sale de esta cola esposado y derecho al cuartelillo por propasarse conmigo.

Al abogado se le heló el bigotito de Valentino, doña Socorro lo vio.

—Dos, que, observándole el iris de cerca, puedo asegurarle, sin lugar a dudas, que usted se está muriendo.

La enfermera jefe apenas podía contener la risa porque acababa de darse cuenta de lo que Mariela había visto antes que ella: el cretino estornudaba debido a una reactividad, para la que últimamente los médicos usaban un término nuevo, alergia, ante el polen de las plantas gramíneas que abundaban en el parque del Oeste. No era el primer caso que les llegaba a la escuela.

Doña Socorro reía por dentro y, por fuera, al cretino le pasaba todo lo contrario. Empalideció tanto que dejó de parecer un humano vivo.

—Pero ¿qué me dice usted, por Dios? ¿Que me muero...?

—En un rato, si no pone remedio.

—Entonces hay remedio...

—Es secreto, no puedo contárselo.

—No me diga usted eso, mire que le pago lo que me pida.

—No es cuestión de dinero. Es que no lo sabe nadie más que yo y no quisiera...

—Descuide usted, que esta boca no va a decir ni pío...

—Le advierto que es costoso y largo, pero no hay otra.

—Ay, que me voy a morir, apiádese de mí. Cuéntemelo, pequeña... digo señora, perdone usted... por su vida, cuénteme...

—Agua de Loeches.

—¿Disculpe?

—Como lo oye. Agua de Loeches, pero tomada en el mismo Loeches. Un vasito cada tres horas, día y noche, sobre todo noche, sin saltarse una toma, durante un mes. De lo contrario, se muere. Así que ya está corriendo a Atocha a sacarse el billete.

Con la mismísima dignidad de la reina Victoria Eugenia y la soltura de Pastora Imperio, dio la vuelta sobre sus talones haciendo que la capa al volar rozara la nariz del cretino, y sin siquiera volverse a mirarle entró en la escuela con la cabeza alta y el semblante circunspecto. Allá quedó el hombre, enfrentado a la disyuntiva más decisiva de su carrera: cerrar su bufete de la calle Velázquez un mes entero, con la consiguiente pérdida de ingresos, o morirse. Qué difícil, dura e injusta era la vida.

Y, aunque ella jamás se habría atrevido a cometer tamaña falta de profesionalidad en su concepto riguroso del precepto y de la norma, qué bien se lo pasó doña Socorro aquella mañana. Y cuánto necesitaba algo de humor y transgresión en medio de tanta epidemia, tanto dolor, tanta muerte... Y cuánto cambió desde entonces su visión de aquella joven aragonesa, obstinada como los frutos de su tierra, capaz de mirar de frente a la injusticia y después burlarse de ella, incluso con un punto de sarcástica crueldad.

Y, desde lo más hondo de su corazón, cuánto se lo agradeció.

Doña Socorro llegó a la casa de Galaciana pertrechada con todo lo que le había pedido Remedios. No hizo preguntas, Mariela sabría.

Sí, mi bisabuela sabía. Sabía que tenía a la Bestia dentro y que aquella era una oportunidad de oro para ensayar lo que siempre había querido probar en un paciente de carne y hueso pero nunca se atrevió. Sabía también qué plantas necesitaba y cuál era la fórmula magistral en la que debían mezclarse. Sabía que había dado resultado en el pequeño Jano. Pero lo que no sabía era si funcionaría igual en un enfermo adulto, aunque suponía que no resultaría suficiente una administración por vía tópica ni oral, como hizo con el niño. Tendría que encontrar el camino hasta el corazón de la guarida de la Bestia.

Lo que era seguro es que atacaba a humanos en su plenitud. Sentía predilección por los que tenían entre veinte y cuarenta años, con un organismo sano y receptivo que engullir con voracidad de monstruo sanguinario. Se aseguraba de ser el único habitante en una casa de paredes firmes y seguras, y, una vez dentro, se deleitaba en ir derribando ladrillo a ladrillo el edificio hasta no dejar de él más que ruinas. ¿Cómo podría encontrar la medida exacta, las proporciones precisas con las que hacer frente solo al inquilino indeseado sin dañar el resto del habitáculo?

Mariela se lo había preguntado tantas y tantas veces como tantas y tantas respuestas variadas se había dado a sí misma. Pero siempre llegaba a la conclusión de que el ensayo clínico era la única vía para hallar la correcta.

La Bestia no era consciente del gran favor que le había hecho: ella iba a ser la probeta.

—Gracias por venir, doña Socorro —le dijo cuando su jefa llegó aquella tarde—, pero póngase la mascarilla, hágame el favor.

Doña Socorro no entendía nada: la vio abrir la puerta y separarse de ella caminando por su propio pie, sin asomo de cojera y sin que le encontrara rastro de enfermedad en su temperatura al rozarle una mano, antes de que Mariela huyera del contacto físico. Se tranquilizó.

—¿Mascarilla? ¿A santo de qué la mascarilla? Anda ya, muchacha, si no tienes fiebre ni se te ha ido la color. Aquí no hay bicho ni pie torcido.

—Siento contradecirla, doña Socorro, porque bicho sí que hay. Hágame caso, no me toque ni se me acerque. Le ruego que haga todo lo que voy a decirle, sin preguntarme. Ya sé que usted sabe más que yo y que no soy quién para darle órdenes. Pero entienda que no le estoy mandando nada, solo le pido ayuda. Si sale mal, no me pasará más de lo que le lleva pasando hace tiempo a la gente de esta ciudad. Y si sale bien, imagine a cuántos más podremos ayudar.

Doña Socorro era buena. Antipática, pero buena. También recia, de una pieza, una mujer sin costuras que entendió pronto y claro lo que le contaba Mariela. Si ella decía que allí había bicho, tendría sus buenos motivos, de forma que desde ese instante dejó de dudar y se unió a su causa.

Hasta el momento, no había forma de luchar contra la Bestia, ¿por qué no seguir buscando, por qué no intentarlo una vez más? Decidió que sí, que haría todo lo que su alumna dijera. Sin rechistar.

Porque aquella joven tenía algo. La observó despacio mientras se desnudaba. Era flaca y de escote poco generoso, no iba a encontrar marido fácilmente, seguro que ese Pepe que la acompañaba por las tardes no se había fijado aún. Pelo negro sin gracia, aunque siempre recogido en un moño impecable. Talle largo, cintura estrecha, le faltaba algo más que un poco para llegar al metro sesenta de estatura. Sin embargo... sus ojos. Eran los ojos, esos ojos. Mariela tenía unos ojos distintos a todos los ojos del mundo. Eran oscuros y tan profundos que traspasaban el mármol. Los protegían unos párpados ligeramente caídos que les daban aspecto de somnolencia y los enmarcaban sendas coronas de pestañas infinitas. Pero lo más llamativo de sus ojos era la asimetría: el izquierdo era ligeramente, muy ligeramente, más pequeño que el derecho. No era un defecto, sino todo lo contrario, un don que daba al conjunto un resultado asombroso. Su mirada, a medio camino entre el sueño y la vigilia, en ocasiones parecía indiferente, perdida en horizontes que solo ella veía, y en otras adquiría un aspecto pícaro, siempre en un guiño perceptible para los avispados que se dejaran seducir por la insinuación de un ojo con ganas de cerrarse mientras el otro permanecía abierto.

—No me mire así, doña Socorro, que todo va a ir más o menos bien.

—Y cómo quieres que te mire, hija, si lo que me pides es una locura.

—No lo es. Es una prueba. Usted tranquila, que yo ya me he tomado una infusión de valeriana y artemisa para relajar la musculatura. Primero tiene que aplicarme esta compresa en el lugar donde va a introducir la aguja. No pasa nada, el trapo solo está impregnado de una tintura de plantas de mi tierra, cicatrizaré mejor.

—De acuerdo, ¿y dónde tienes lo otro, el suero ese o lo que sea?

—Aquí está. Y es más bien un lo-que-sea.

—Que Dios nos pille confesados. No sé qué tendrá este líquido verde, pero con ese color no puede ser nada bueno.

—Si todo sale como tiene que salir, le prometo que le cuento con qué lo he hecho. Lo que desde luego no es, créame, es nada malo.

—Eso espero, hija, eso espero. Pues hala, si una tiene que creer, se cree. —Se santiguó con resignación—. ¿Qué hago ahora?

—Coloque el lo-que-sea dentro de esta botella y me pincha donde hemos dicho.

—¿Y después?

—Después... cruzamos los dedos.

26

Dos días

Esperó dos días, el tiempo que la Bestia solía emplear en adueñarse completamente de la fortaleza.

Y lo hizo. Poco a poco, sentido a sentido.

Al principio se apoderó del oído: percibía los ruidos de su entorno lejanos, muy lejanos, en otra dimensión; las gárgaras de su vecino apenas tenían eco y los llantos del bebé de al lado le parecían un ronroneo remoto.

Después quiso peinarse y un mechón de cabello se le quedó en el cepillo. También se movían trémulos dos dientes. Sabía que la temperatura había empezado a subir, pero al tocarse la frente no sintió nada, sus manos parecían no tener tacto ni tampoco piel.

Al cabo del segundo día, el mundo había cambiado de color: las paredes, la alfombra, la colcha... veía todo teñido del mismo tono azulado de la cianosis que empezaba a invadir su rostro.

Por último, dejó de notar el sabor de su propia lengua y, más tarde, de distinguir olores. Solo se le quedó uno instalado en la pituitaria, una pestilencia a estiércol, a hierba rancia, a paja mohosa... Era el hedor de la Bestia.

Le costaba respirar y supo que había llegado el momento. Doña Socorro debía administrarle la segunda dosis.

Así quedarían lanzados todos los dados. Solas por fin. Una de las dos saldría con vida del lance. La otra... la otra estaría obligada a capitular, fuera cual fuera el precio.

27

La madre azul

Madrid, a 3 de junio de 1918

Hoy ha venido mi madre a verme. María Veruela, me ha dicho, María Veruela, mi niña, cuánto siento haberte abandonado, ya nunca nos separaremos, mi María Veruela querida, mi vida de mi alma, tan pequeñica, tan poquica cosa. Yo le he dicho madre, madre, no vuelva a irse que la necesito, y ella me ha contestado ya nunca más, mira, amor mío, nuestros corazones están unidos, jamás se separarán. Mi madre me ha metido la mano en el pecho y ha sacado una cereza enorme goteando savia roja, es mi corazón latiéndole en la palma, ya lo ves, linda muñeca, ahora tu corazón es mío. Pero mi madre ha cambiado de rostro, ya no es mi madre, ahora tiene los ojos de fuego y el aliento le huele a paja mohosa, los dientes se le tambalean y el pelo se le cae, su piel es azul, gris, verde, azul como el cielo encapotado antes de la lluvia, gris como una tarde triste en el Retiro, verde como paja mohosa. Ya no quiero que esté aquí mi madre, quiero que venga mi padre, quiero a mi padre, quiero a Cristovalina, quiero volver a ver mi montaña querida, no me lleves, madre, no me lleves contigo antes de que regrese a mi montaña querida. Algo me escuece en el cuello y mi madre me dice no, Mariela, no te lo quites, aguanta, pequeña. Y yo le digo que no soy pequeña y ella me dice que sí, que tengo razón, que soy grande como el Moncayo. Y entonces me doy cuenta de lo pequeña que soy, y sé que me voy con mi madre, mi madre azul sin pelo y sin dientes, me voy contigo, madre, me estoy yendo ya, pero antes devuélveme el corazón...

28

Y al tercer día

Y al tercer día, murió.

Doña Socorro no se había separado de la cama de la enferma, siempre con mascarilla y guantes que cada noche lavaba con lejía. La alimentó con los caldos colados y la leche que le traía Pepe todas las tardes, apostado como un centinela en el portal, respetando la prohibición absoluta de ver a Mariela pero con los sentidos alerta, dispuesto a reaccionar a la primera señal. Y agua, mucha agua, que apenas lograba tragar. Le aplicaba compresas frías en la frente y cataplasmas de eucalipto en el pecho. Mantuvo siempre el nivel de ventilación necesario abriendo la ventana, aquella ventana por la que una joven recién llegada de un pueblo perdido de Aragón por primera vez divisó el mundo entero. Siguió fielmente todas las indicaciones que le había dado Mariela, aunque algunas no las entendiera y otras no las compartiera. Pero ya para entonces su respeto hacia ella era tan grande, que la confianza se le había transformado en fe. Lo que dijera esa niña valiente que deliraba en su cama llamándola madre era palabra santa. Y si no salía bien, solo quedaba rezar.

No hizo falta. Porque al tercer día, la Bestia murió.

29

La revancha

No habían pasado ni tres jornadas desde que Mariela venció en su batalla colosal contra la Bestia. Solo tres. Aún notaba en flor todos y cada uno de los poros de la piel, abiertos al más leve roce de la ropa, a punto de deshojarse como una amapola con un soplo de viento. Los alimentos no sabían igual, y eso que pocos había probado. Todavía le manchaba la retina la memoria desteñida del azul de la muerte. Pero lo que no había conseguido atenuar era el olor. Anclado en su olfato, la Bestia había dejado una huella fétida inconfundible: un día estuve aquí, recuérdalo, y durante un momento fuiste mía, huélelo.

Hubo una secuela más y esa fue la que más le dolió y la que más se afanó en desterrar: una tristeza infinita.

El paseo del monstruo, lento y ondulante a lo largo de todo su cuerpo, recreándose en cada una de sus cavidades, lamiéndola por dentro con su lengua rugosa y maloliente, la había dejado impregnada de una melancolía difícilmente explicable. Ella era mujer de espíritu enérgico, se decía. Ella no debía dejarse abatir por el decaimiento. A ella no la doblegaría la pena. Pero no podía evitar pasar las noches asomada a la ventana por la que divisaba el mundo entero tratando de encontrarle un sentido a toda esa lucha contra tanta desdicha arbitraria...

La Bestia le había dejado el alma bañada de amargura y tal vez fuera eso lo que jamás olvidaría de su rastro. Sobre todo, iba a ser lo que nunca le perdonaría.

A pesar de la tristeza y de la debilidad, Mariela decidió regresar al trabajo en la escuela. Sabía que no podían permitirse prescindir de una enfermera cuando ya más de dos tercios de la población madrileña estaba infectada.

Dos tercios más uno, el insigne.

—A que no sabes quién ha caído...

Pepe llegó hecho un manojo de nervios a las puertas de la Santa Isabel de Hungría.

—Cálmate, hombre, lo difícil es saber quién no ha caído aún.

—Es que esto es gordo, pero que muy gordo...

Mariela se impacientaba, quería que soltara ya la noticia para poder continuar atendiendo a los enfermos.

—Arreando, Pepe, que no tengo todo el día.

—Él... el Borbón, el Africano en persona.

—¿El rey?

—Como lo oyes.

—¿El rey tiene gripe? ¿Estás seguro?

—Y tanto. Pero no solo él, se rumorea que también hay dos ministros enfermos, aunque no sabemos aún...

—Dios nos pille confesados, Ave María purísima —doña Socorro no pudo evitar intervenir en la conversación, que había escuchado por la ventana de la cocina—. Este país se va al garete, vamos que si se va... El bicho ya no respeta ni a los que mandan. A todos nos va a matar, a todos.

—Doña Socorro, no dramatice...

—¿Que no dramatice? Pues ya me dirás si es para otra cosa, sin monarquía y con la guerra que nos rodea por todas partes, en Marruecos, en Francia... ay, Señor.

—Nadie es insustituible y los políticos, menos. Mire, a mí me da igual que sea el rey o que sea el pobre de la esquina, los dos me dan pena, los dos son de carne y hueso, los dos hacen sus necesidades y a los dos les puede atacar el bicho, como usted lo llama. La única diferencia está en que, si el rey muere, lo hará en su cama con sábanas de seda, y el mendigo, solo y tirado en un charco.

Pepe la miraba con orgullo y la enfermera jefe, con disgusto. En algunas cosas valía un potosí, pero en otras, imposible sacar partido de esa chica.

Los telegramas llegaban a la vida de mi bisabuela como bandadas de cuervos negros, pronto iba a comprobarlo. Cuando batían sus alas sobre ella, podía olerse la carroña. Algunos eran precursores del dolor, y otros, mensajeros del desastre.

El primero llegó volando aquella mañana directamente desde el Moncayo, firmado por Cristovalina. Se lo dieron en la puerta de la escuela, mientras doña Socorro y Pepe aún discutían sobre la enfermedad del rey y sobre el negro destino de un país sin timonel y, apurando un poco, sin siquiera timón.

A Mariela volvió a nublársele la vista como tres días atrás, cuando se batía con la muerte. Lo comprendió todo enseguida: a la Bestia le quedaba una partida pendiente con ella. Tenía mal perder. Quería jugar la de la revancha.

—¿Y si le damos a Alfonso un poco del lo-que-sea verde ese que te curó a ti, Mariela? —A doña Socorro se le había ocurrido la idea del siglo—. Imagínate lo que sería para la escuela, todos ahí, en los papeles, curando al rey de España, porque tú nos sacarías en los papeles, ¿verdad, Pepe?

—Faltaría más, doña Socorro, menuda exclusiva.

Pero Mariela no escuchaba. No podía. Apenas oía el latido de su corazón cuando les dejó con la palabra en la boca y salió corriendo.

Dejó en el suelo, a los pies de Pepe, el mensaje breve que llegó en morse desde el Moncayo:

CHUANIBERT ENFERMO. SE MUERE. VEN.

Antes de partir hacia la estación, depositó bajo la custodia de la enfermera jefe un frasquito con el suero verde.

—Solo tengo dos, doña Socorro: uno que le dejo a usted y otro que me llevo para mi padre. Cuando vuelva traeré hierbas del Moncayo, muchas hierbas, y haré tantas dosis como sean necesarias para que se vaya la gripe, se lo prometo. Se queda usted con la penúltima. Adminístrela bien. Ya verá lo que hace: cure con ella al rey, a los ministros o al sursuncorda, me da igual. Pero piense también en el pobre de la esquina. Y no le digo más.

Eso no era justo, pensó doña Socorro, apelar a su conciencia cuando Madrid se moría. Maldita rectitud la de Mariela.

Pepe la llevó a Atocha en silencio y en silencio la besó.

Lo rompió ella.

—No sufras, volveré pronto.

—Ya lo sé, y yo estaré aquí esperándote. Siempre. No lo olvides.

Se miraron a los ojos y quisieron creerse.

Cuando el tren avanzó por la vía, a Mariela la asaltó un momento de desazón y para superarlo trató de encontrar, sentada en sentido contrario a la marcha y mientras Madrid se volvía cada vez más pequeño y borroso, una parábola del camino que ya había recorrido y del de vuelta que reemprendía.

Volvía a casa. Iba a curar a su padre. Después, regresaría a Madrid con la maleta cargada de plantas medicinales y curaría a los que quedaran con vida en la capital. A todos, iba a curarlos a todos, al rey, al Gobierno en pleno y a la legión de mendigos y desharrapados que, en realidad, habían sido su mundo, su verdadero mundo, desde que la coronaron ángel blanco.

Eso iba a hacer. La Bestia no tendría su revancha. Le había ganado una batalla, pero ahora iba a librar con ella la guerra definitiva. Sería la victoria total. La derrota absoluta. Sí, todo eso iba a hacer.

Había pasado la desazón y se le había quitado la tristeza de golpe. Volvía a ser una mujer intrépida y decidida.

Y, sin embargo, aquel fuego de hielo en las entrañas...

30

Cartas ganadoras

Lo que no habían borrado las casi trece horas que duró el viaje lo borró el viento de su sierra. Bastó una bocanada de Moncayo para limpiarle el último vestigio de la Bestia: su hedor se desvaneció en el aire cuando descendió del Ford T de Berdol, que se había hecho con el único vehículo motorizado para pasajeros de toda la comarca. El hijo de Cristovalina fue a recogerla a la estación del Norte de Zaragoza y, aunque lo agradeció, eso la preocupó aún más. Había prisa por llevarla ante Chuanibert. De otra forma, ni la misma ira de Satán desatada por boca de su madre habría conseguido mover al perezoso de Berdol.

—Tu padre está muy malico, Mariela, mucho mucho.

Berdol parecía seriamente preocupado.

—¿Hay más gente como él en el pueblo?

—No, que yo sepa. Estuvo hace cinco días en la Feria de Hortelanía de Zamora, que no era para menos porque este año le ha salido una lechuga crispilla que está para ganar concursos. Tan contento estaba con el éxito, que a la vuelta invitó a todos a vino en la partida de mus. Llenica estaba la taberna, qué bien lo pasamos.

—¿Y cuándo notasteis algo raro?

—Empezó a ponerse coloracho dos días después, parecía una hoja de papel. Mi madre le chilló bien, bandarra, menuda melopea la del otro día que aún te dura, quién te mandaría. Pero él no le entró como el toro al trapo, lo mismo que siempre, solo dijo que se moría de cansancio, ya le conoces, sin un clamido, ni un ay le salió de la boca. Después pasó del blanco del papel al morado de la uva, y ahora está esganguillado como una mesa desencolada, con modorrera todo el tiempo y ardiendo como una pira.

Lo había descrito a la perfección.

Chuanibert parecía hundido en el colchón. Sembrado en él, solo le asomaba la cara y las manos cianóticas, y un estertor que parecía brotar de las entrañas del inframundo.

Mariela se acercó y le acarició levemente, casi rozándole solo con el calor de la mano y no con la piel.

Al hacerlo, mil recuerdos se le amontonaron ante los ojos. El perfil que sobresalía de la cama era el perfil de su infancia. En él volvió a ver la sonrisa permanente del padre que, incluso cuando quería parecer estricto ante una niña traviesa, no conseguía borrarla de la mirada. Vio de nuevo el perfil de un ave rapaz vigilante, siempre vigilante para que a ella no la envolviera más que la felicidad. Lo vio otra vez lloroso, anegado en tanta dosis de añoranza como de orgullo, cuando la despidió en el tren que la llevaría de Zaragoza a Madrid...

Y allí volvía a verlo por primera vez desde entonces, pero en esa ocasión acunado en el regazo de su peor enemiga.

Porque era ella, sin duda alguna. La Bestia estaba en aquella casa: el olor había regresado.

Pero Mariela estaba dispuesta a disputar con uñas y dientes la revancha que le proponía. Ahora ella era fuerte, ya no estaba triste y el monstruo aún se recuperaba de su último revés.

Mi bisabuela tenía más cartas ganadoras y sabía cómo jugarlas.

—Todo el mundo fuera de la casa. Tú no, Cristovalina, tú aquí conmigo, pero siempre con guantes y mascarilla.

Le examinó detenidamente y supo que no iba a ser fácil. Su piel azul, el olor, la respiración, esa respiración... había algo más que la Bestia dentro de él. Entendió enseguida que al monstruo le había salido un aliado que no por esperado dejaba de ser lo más oportuno que podría encontrar para sus intereses.

—Esto ya lo he vivido yo en Madrid, Lina, es una gripe muy peligrosa, la llaman la enfermedad de moda, fíjate si la tendrá gente. Pero a mi padre se le ha complicado con un efecto secundario que solo he visto una vez en otro enfermo. ¿Podría llevarte Berdol a Tarazona para comprar algunas cosas que no he traído yo?

Ya estaban madre e hijo en la carretera antes de que Mariela terminara de hablar.

Tardaron una hora. La hora más larga que padre e hija vivieron juntos en sus vidas.

31

Padre y madre, noche y día, luna y sol

Cañada de Moncayo, a 9 de junio de 1918

Padre, no se vaya todavía, que me quedan muchas cosas por decirle. Aún no le he hablado de Madrid, ni de la gente que ha llegado a mi vida y después se ha ido ni de las cosas que he hecho ni de las nuevas que he aprendido hacer ni de otras que he descubierto y que espero alcanzar algún día. Espere, padre, no se vaya, que tengo que decirle más. Tengo que decirle que, por mucho y grande que haya encontrado el mundo, solo el nuestro, el que usted hizo para mí cuando murió madre, es el mundo verdadero. Nunca voy a olvidar sus consejos, ni la mirada dulce y severa con la que únicamente esos ojos que ahora veo cerrados saben mirarme. Padre, quédese, escuche: usted lo fue todo, padre y madre, noche y día, luna y sol. No hay Bestia que quepa en nuestro mundo. Espere, espere, que tengo que decirle algo más. Que le doy las gracias por sacrificar su vida. Cree que no lo sé, padre, pero usted me enseñó a no ser tonta. Aguardó a que me fuera a Madrid para amar y dejarse amar. ¿Acaso piensa que no he visto hoy pánico en los ojos de Cristovalina, mi querida Lina, lo más parecido a una madre que me dio la vida y eso también gracias a usted? ¿Acaso cree que nunca supe que se amaban, pero que ninguno de los dos quiso dejarse mecer en los brazos del otro por mi causa, para evitarme el escándalo... más escándalo del que al parecer ya llevo yo dondequiera que voy? ¿Y acaso no se dio cuenta de que a mí nada puede hacerme más feliz que su felicidad, padre? Padre mío, padre bueno, padre hermoso... espere, no se vaya. Voy a sacarle del pozo negro en el que está usted ahora porque yo ya he bajado antes y conozco la salida. Venga conmigo, padre, agárrese a mi mano y volvamos... los dos juntos, ahora...

32

Un pulmón sin aire

—Dime la verdad, niña Mariela, no me mientas, ¿se va a curar tu padre?

—Se va a curar y te lo voy a devolver, Lina, para que aún viváis felices muchos años más, aunque sea lo último que haga en mi vida.

Aquella mujer robusta de mejillas rosadas y pelo del color del azafrán que se deshacía a pedazos mirando a Chuanibert no llegó a ruborizarse porque había perdido la pigmentación de la piel. Ni siquiera tenía voz, únicamente emitía quejidos. Todo el coraje que derrochó al dejar Trasmoz para seguir al hombre que amaba, dijeran lo que dijeran, se había desvanecido. Solo le quedaba un hilo de respiración a punto de evaporársele junto a la del ser amado.

—Es difícil de explicar pero, antes de curarle la gripe, tenemos que solucionar otra cosa. Para que lo entiendas, es algo así como que el aire se le ha salido del pulmón...

—Santo Padre de Jesús, qué cosa más rara.

—Afortunadamente, ya he visto un caso parecido y me fijé bien en cómo lo hizo un doctor que conocí. Por favor, reúne a las mujeres del pueblo y ponlas a buscar por los prados. Necesito adormecerle la espalda y que la herida después cierre bien. Al monte a por hierbas, Lina.

Un ejército de mujeres se extendió por el Moncayo como un manto de rocío. A la media hora, la casa de Chuanibert era un herbolario perfumado.

Todas miraban desde la calle por la ventana mientras sentaba a su padre en una silla. Le pidió que abrazara una almohada y que recostara la cabeza en ella sobre la mesa. Le acarició la espalda, la besó suavemente y luego la frotó con hierbas adormideras y con tanto mimo como si fuera un tesoro de cristal. Después limpió con solución aséptica el lugar del beso y en él, con gesto delicado y en silencio reverencial, introdujo poco a poco la aguja larga que había traído Cristovalina.

Chuanibert dio un respingo y exhaló un suspiro. Después, el estertor desapareció.

—Creo que lo hemos conseguido, Lina. Ahora, sí. Ahora vamos a por la Bestia.

33

Dios lleva la cuenta

La noticia corrió como un arroyo por todas las calles y cuestas del pueblo y fue aumentando de caudal. Por la tarde, Mariela ya era una heroína y sus méritos iban amplificándose en ondas concéntricas. Que había clavado una aguja larga como el cayado del Cleto en la espalda a Chuanibert y le había sacado el demonio. Que trajo de Madrid unas botellas de vidrio que colgaban de un gancho y metían las medicinas por el cuello del enfermo en lugar de hacerlo por la boca. Que exigía a cualquiera que se acercara a la casa que se tapara la cara con unas gasas atadas con cintas al cogote, muy posiblemente para poder rezar plegarias sin que se le colara dentro al vivo el alma del moribundo.

Todas, cosas muy extrañas de Madrid, pero Mariela entendía, porque era la más lista del Moncayo, eso lo sabía cualquiera. Y además, había estudiado.

—Yo creo que ha hecho punta, niña.

Cristovalina no se había separado de la cama del enfermo en las últimas horas. Mariela sonrió, cuánto había echado de menos las expresiones de los suyos.

—Sí, Lina, yo también creo que ha pasado lo peor, ¿por qué no te vas a descansar un poco?

—No hasta que tu padre vuelva y se ponga bien, que tengo que cantarle las cuarenta. A mí esto no me lo vuelve a hacer, que te digo yo que no me lo hace más, por sus muertos y por los míos.

—Dime una cosa, ¿dónde está el doctor Roca?

—¿Crisanto? Marchó hace una semana, iba a ver a su hermana enferma en Calatayud, pero mandó aviso de que él mismo se había puesto malo y que aún tardaría en volver.

—Entonces no hay médico en el pueblo.

La Bestia, que extendía sus tentáculos y estrechaba cada vez más el asedio.

—Ni maestro. Igual: partió para ir a cuidar a su madre y hasta hoy.

Entre las fuerzas vivas restantes estaba el párroco, mosén Casiano, el mismo que en ese momento llamaba a la puerta.

—María Veruela, hija mía, qué alegría verte. Ya me han dicho lo de tu padre, alabado sea Dios. Qué grande es el Señor, que lo ha curado.

—Bueno, el Señor y Mariela, mosén, no se olvide.

—No blasfemes, Cristovalina, mujer. Precisamente, yo venía a traerle el Viático cuando la Donesa me lo ha contado de camino.

—Pues creo que no va a ser necesario que le traiga nada por ahora, ya lo ve usted mismo. Gracias de todas formas.

—Quería yo saber, si no es molestia, Mariela, qué es esta enfermedad tan rara de la que ya me han hablado. Es lo que tiene tu padre, ¿verdad? Está atacando a miles en España, aunque Chuanibert sea el único en este pueblo, gracias a Dios.

—Pues sí, es verdad, mosén. Es una gripe extraña para la que no han encontrado cura aún. Hay que tener mucho cuidado porque es muy contagiosa.

—No, estás equivocada, no es la gripe lo que se contagia, sino Lucifer quien la propaga. Yo también leo, no soy un cura inculto, y he leído en *El Heraldo* que un médico dice que esto es una acumulación de impurezas en la sangre que se transmite de padres a hijos debido a la lascivia y la incontinencia sexual, perdona que hable de estas cosas con una señorita, pero siendo enfermera supongo que ya lo sabes todo de la carne y del pecado, aunque no lo practiques, como espero.

—Con todos mis respetos, eso es una solemne tontería. Los médicos han dicho muchas estos días, no sabe usted las que he tenido yo que oír. Aunque esta, sinceramente, se lleva la palma. ¿Lascivia los pobres que mueren de gripe y que no tienen comida ni mantas ni medicinas ni dinero para comprarlas...?

—Todos somos pecadores, hija, y el pecado siempre tiene castigo. Muy grande es el de ahora para que el cielo nos mande esto, como en Sodoma.

—¿Y qué pecado cometió mi amiga Yvonne, una santa que jamás hizo daño a nadie, bendita niña? Mosén, piense un poco antes de esparcir por el pueblo los sinsentidos que dicen otros.

—¡No consiento que me hables en ese tono, quién te has creído que eres! No, si ya ya... ya me habían contado a mí cosas tuyas de Trasmoz. Las mujeres de ese pueblo os creéis superiores, pero a mí no me engañáis, que no sois más que mujeres.

—Efectivamente, no somos más que mujeres, pero, ya ve, a pesar de eso pensamos solas y no nos creemos las opiniones de cualquier médico iluminado.

—¡Conque pensáis...! Te vas dos años a la capital y ahora crees que eres más que tus paisanos y sobre todo más que Dios... ¡porque piensas! Pues no, hija, no, eso no es así, que pensar demasiado tiene castigo.

Se atusó la sotana al levantarse.

—He organizado una novena para que nuestro Señor Jesucristo y san Carlos Borromeo libren a la Cañada del diablo, ese sí que es un remedio efectivo contra toda enfermedad. La primera empieza esta noche en la ermita. Sois libres de venir o no, pero recordad que Dios lo sabe todo y él lleva la cuenta... Su paz sea con vosotras.

Salió y dejó la casa en silencio, aunque sin paz. Mariela notó un hormigueo y no pudo evitar sentir que lo que realmente dejaba el cura era el mismo revoloteo lúgubre de sotanas que había leído en *La araña negra*. Pero ella no era Blasco Ibáñez y no supo expresarlo aquella tarde.

No obstante, no se iba a quedar con las ganas de hacerlo, de modo que tomó la decisión de acudir a la novena.

En la ermita estaba la Cañada al completo. Los ochenta y nueve habitantes, que hacían noventa con ella, la extranjera. Algunos carraspeaban, otros tosían abiertamente, sacaban pañuelos, se sonaban, se oían suspiros. Mi bisabuela se dio cuenta de pronto del error, del tremendo error. Allí, en las multitudes, es donde le gustaba anidar a la Bestia. Pero era tarde.

Estaba mosén Casiano a punto de enfundarse en la casulla cuando Mariela se levantó y se dirigió a la feligresía.

—Queridos paisanos, permitidme que os diga unas palabras antes de que empiece la novena...

—¿Qué haces, Mariela? ¡Blasfema, sacrílega...! —atronó Casiano.

—Tranquilo, mosén, no voy a sustituirle, ni quiero dar misa, ni siquiera he profanado su púlpito al pisarlo con pie de mujer. ¿Ve?, estoy aquí abajo, a la altura de mi gente, solo quiero hablar con ellos ahora que los tengo a todos juntos.

—¡Ni lo sueñes! No, mientras yo esté vivo, esto es terreno sagrado.

—Está muriendo gente, mucha gente en toda España. Yo vengo de un lugar donde he visto muertos, pero también curaciones. Aquí el primero ha sido mi padre, pero puede haber más. La casa del Señor no solo debe servir para alimentar el espíritu, sino para atender el cuerpo, ¿no lo cree usted también, mosén?

El párroco dudó unos segundos, tratando de encontrar en su memoria un versículo de las Escrituras que contradijera a aquella Lilit pecadora.

Pero Puyeta, la esposa del alcalde Ribau, aprovechó la pausa para levantarse.

—Pues yo quiero escuchar lo que la moceta tenga que decirnos.

—Y yo.

—Mi hijo vino esta mañana del campo tosiendo...

—Mi mujer tiene fiebre...

—A mí me duele mucho la cabeza...

—Yo me mareo...

Era un motín, todos iban a ir al infierno.

Pero Mariela intentaba que tardaran en hacerlo y que llegaran a él sanos, así que habló rápidamente con voz firme y clara. Sus instrucciones fueron precisas.

La enfermedad de moda se llamaba gripe y se transmitía con extraordinaria facilidad, era preciso abstenerse al máximo del contacto físico y garantizar el aislamiento absoluto de los infectados, si llegaba a haberlos. Había que usar mascarillas, Mariela haría una para cada vecino de la Cañada si le facilitaban trapos transpirables y lavables con lejía. Que todos, especialmente los caballeros, se abstuvieran de escupir en lugares públicos. Las calles tenían que ser regadas a diario, a ser posible con Zotal. Era necesario habilitar un lugar común y aislado para lavar la ropa de los enfermos. Fuera los estercoleros, no podía haber uno en el pueblo ni alrededores. Higiene, mucha higiene... Y hierbas. Quería hierbas, todas las que se pudieran recolectar en esa época del año. Por último, la recomendación final y más importante: se debía avisar a Mariela en el instante en que alguien presentara un síntoma, aunque fuera mínimo.

Desde esa misma noche, comenzaría a recorrer las casas; en dos días, habría visto a todo el pueblo y dictaminado si ya había contagios. Mientras, que cada uno se quedara en su hogar y en la mayor intimidad posible, era imprescindible cancelar las reuniones públicas, incluida la novena que comenzaba esa noche, y que a nadie se le ocurriera al término de la misa besar la capa de san Carlos, todos en la misma esquina de la tela, como era la costumbre. Ella aconsejaba que se disolviera la congregación inmediatamente, ya habría motivos más adelante para dar gracias al santo en lugar de rogarle ahora.

Hasta ahí pudo aguantar mosén Casiano.

—Pero ¿no veis al diablo hablando por la boca de esta hereje? Él la ha mandado para romper nuestra fe. No la escuchéis, cristianos, es vuestra alma, no vuestro cuerpo, lo que estáis condenando. Ella es el demonio, la encarnación misma del Maligno. ¿Por qué, si no, ni siquiera tiene miedo? ¿Por qué puede ella acercarse a los enfermos sin temor a ser contagiada...?

—Porque a mí ya estuvo a punto de matarme la enfermedad y me salvé. Nunca volveré a tenerla. Eso, querido y culto mosén Casiano que tanto lee a los médicos que escriben en los periódicos de la ciudad, en medicina se llama inmunidad. Si se curan ahora los que se infecten, estarán ya para siempre libres también. ¿Sabe una cosa, mosén? Que en algo estoy de acuerdo con usted: Dios lleva la cuenta... y tanto que la lleva.

Mi bisabuela comenzó a andar por el pasillo hacia la puerta mientras hablaba.

—Voy a empezar la ronda de visitas ahora mismo. Quien quiera que se quede, pero quien quiera recibirme en su casa que me acompañe.

Después salió de la ermita sin mirar atrás.

A lo lejos, se oían las campanas de Trasmoz tañendo a muerto.

34

¿Cómo se llama su demonio?

La Bestia ya había emprendido su habitual carrera frenética. Al cabo de dos días, Mariela había encontrado muchos más infectados de los que suponía y de los que los propios cañadienses creyeron al principio. Hasta los niños cayeron. Solo los siete mayores de sesenta años, entre ellos mosén Casiano, escaparon del áspid.

Mi bisabuela no tenía tiempo que perder. Primero, organizó a su ejército, con Cristovalina como gran generala y, bajo su mando, Chesusa, Nazaria, Mateua, Ortosa y Solita. Todas se dedicaron en exclusiva a la recolección de hierbas. Pronto consiguieron tener listas, para su uso inmediato, noventa dosis distribuidas en ciento ochenta tomas.

Con el objetivo de contener a la Bestia y no permitirle su avance fuera de la Cañada, solo los inmunizados Mariela y Chuanibert podían salir del pueblo. Ambos se desplazaron varias veces a una botica de la Judería de Tarazona en busca del material necesario y así comprobaron, una vez más, que la Bestia era ubicua.

Había convertido la ciudad vecina en un páramo de aflicción: las farmacias estaban abiertas día y noche, no daban abasto para atender a quienes suplicaban una ayuda que no existía. El alcalde había ordenado el cierre de las escuelas y el traslado inmediato de los muertos al depósito sin mediar toques de campana ni funerales; pero lo difícil era darles sepultura, porque los enterradores acababan de declararse en huelga.

La maldad, buena aliada de la Bestia, hizo su aparición encarnada en algunos comerciantes, que subieron hasta lo inalcanzable el precio de la leche, condenando a una muerte segura a los niños que no podían ser amamantados por sus madres enfermas o muertas.

—¿Y qué comemos los que quedamos? —se lamentaba una vecina en la cola de la botica—. A treinta céntimos un huevo, ¡cuándo se vio algo igual!

—A mí ayer me pidieron dieciséis pesetas por una gallina...

—¡Sinvergüenzas!

Los dos médicos de la ciudad habían huido, ignorantes tal vez de que no había lugar donde ocultarse de la muerte. En cambio, el párroco de Nuestra Señora de la Merced asistía a todos los enfermos; con medios y conocimientos escasos, cierto, pero con extrema generosidad. Tanta, que él mismo trasladaba a los fallecidos al cementerio y los enterraba con sus propias manos. A Mariela le contaron que otros religiosos de la zona habían comenzado a imitarle y ella se acordó de mosén Casiano. «Tarazona tiene suerte con su Iglesia y con sus curas —pensó—; al menos, tiene suerte en eso».

—También aquí hay que ayudar, Mariela. —Creyó ver una lágrima en los ojos de Chuanibert.

—Vamos a limpiar la Cañada y después venimos a Tarazona, padre, lo prometo.

Cumplió lo primero.

El método era simple. Un aspa dibujada con cal blanca en la jamba de la puerta significaba que en esa casa había un infectado y, desde ese momento, solo Mariela estaba autorizada a entrar en ella. Una raya vertical, que ya se le había administrado la primera toma. Dos rayas, la segunda, si era necesaria, dependiendo del estadio de la enfermedad en que se encontrara el paciente. Cuando este se curase, debían borrarse las marcas encalando completamente toda la jamba y, con la cal sobrante, las paredes interiores de la casa para matar cualquier rastro de la Bestia.

Así se hizo, no sin vencer antes las reticencias de los escépticos.

—Tú aquí no pones un pie, mala puta, que mi primo el Zeferín todavía está en Trasmoz llorando por no poder ver a su hija Xara. —Chabier fue el primero en denegarle la entrada.

—Si no es por ti, hazlo al menos por Emparo. He oído toser a tu mujer en la novena.

—Mi mujer está como una rosa, no nos haces falta. Vete lejos y no te acerques, o juro que la que muere eres tú porque te mato.

A medida que los enfermos, casi todos en una fase temprana de la gripe, se curaban, iban engrosando las filas de voluntarios que asistían a otros infectados, hasta que llegó el día en que fueron más los cuidadores que los cuidados.

Y entonces tuvo lugar la primera muerte.

Fue Emparo, la esposa de Chabier.

—Ve con tiento, Mariela, mosén Casiano anda removiendo la olla con cuchara larga —le advirtió Solita.

A pesar de que las Soledades de las que descendía no eran de pura raza moncayense, la que hablaba en ese momento con Mariela tenía arraigo suficiente para conocer a fondo el talante de sus vecinos. La advertencia estaba fundada.

El cura no había perdido el tiempo. Al día siguiente del discurso de Mariela en la ermita, sacó a San Carlos en procesión para medir claramente sus fuerzas frente a las de quien creía su rival. Muchos de los escépticos le acompañaron. Pero la asistencia a la novena empezó a decaer, hasta que quedaron prácticamente solos Chabier y el cura.

En esas fechas se supo que en Alcalá de Moncayo, a apenas unos kilómetros de la Cañada, una sierva de María había muerto en martirio cuidando a los enfermos. Mosén Casiano quiso volver a tensar la cuerda e instó al pueblo entero a acudir al funeral, bajo la promesa de pedir personalmente al arzobispo de Zaragoza sesenta días de indulgencia para quienes participaran.

Sin embargo, para entonces, ya casi todos estaban contagiados por la gripe y por el pánico, y su llamamiento cayó en saco roto.

Entonces se desató la tormenta.

—Ha sido ella quien ha traído la peste al pueblo. ¿Alguno había enfermado antes de que llegara? Solo su padre, que es la simiente viva de la bruja. Nada bueno puede venir de Trasmoz, la patria de Belcebú, donde desde hace siglos viven sus furcias, eso lo sabemos todos.

El párroco hablaba en corrillos, en pequeños conciliábulos que tenían más de aquelarre que los de Mariela con su legión de herbolarias.

—No es medicina, no, lo que esa hechicera os está dando. Son pócimas, lenguas de murciélago y ojos de lagartija, seguro. Os podrá salvar el cuerpo, pero os está condenando a la perdición eterna, ya lo veréis.

Primero murió Emparo, y un día después, el joven Anchel.

—Hiciste muy bien en no dejar que se acercara a tu mujer, Chabier. A la Emparo la ha castigado Dios, reconócelo, que estuvo a punto de dejarte el año pasado y menos mal que tu buena cabeza y tu mano dura la metieron otra vez en vereda. Y a ti, Peiro, te digo que a tu hijo Anchel se lo ha llevado el Señor no por la gripe, sino por esa varicela que le habrías podido curar si no hubiera sido porque la bruja te engañó con sus brebajes del infierno.

Una vez más, el señor de Trasmoz frente al del monasterio, Dios frente a la ciencia, el poder terrenal frente al celestial. Y, en medio, ellas, una espesa banda de grullas siempre culpables y causantes de todo lo malo, las únicas.

Otra victoria de la Bestia.

—Mosén, ¿tiene usted algo contra mí, aparte de que soy mujer?

Mariela había acudido a la trinchera enemiga dispuesta a saldar la pelea. Por el bien del pueblo. Era hora de unir fuerzas, no de despilfarrarlas.

Casiano limpiaba con un plumero el polvo de la talla de san Carlos Borromeo. Reconoció su voz cuando entró, pero no se dignó a darse la vuelta. Que esperase. La limpieza del santo tenía prioridad sobre la lucha contra la herejía.

Aún de espaldas, le preguntó:

—¿Te has santiguado al entrar?

—Venga, mosén, vamos a hablar como dos adultos, no se me enfurruñe como un niño ni trate de distraerme con pachuchadas. Míreme a los ojos, que no muerdo a nadie... y hablemos.

Cuando el cura se volvió tenía un destello curioso en los ojos, similar a los de la hormiga que, solo porque sabe que es de un color distinto, se cree superior al elefante.

Le dedicó una sonrisa extraña y al final, mientras caminaba hacia ella por el pasillo de la ermita, le dijo:

—No morderás, pero quieres engañarme con tus sortilegios. Eres mujer y eres bruja, admítelo. Ahora que estamos solos y cerca de un confesionario, puedes sincerarte conmigo, hija. Reconoce que te has desposado con Satanás, como lo hicieron todas tus antepasadas. Una familia de brujas, eso es lo que sois.

—Mire, mis antepasadas se desposaron con señores de carne y hueso, por eso hoy estoy yo aquí, eso no lo puede discutir ni usted. Y sobre lo de nacer mujer, pídale cuentas a Dios, que me hizo así, porque al parecer tiene contacto directo con él. Ya de paso, pregúntele también quién es la bruja, si la serpiente o la que cura a quien ha sido mordido por la serpiente.

—Calla, descreída, atea...

Aquella conversación no iba por buen camino.

—Mosén, yo solo trato de ayudar al prójimo. He venido en son de paz para pedirle que también lo haga usted. Necesitamos convertir la ermita en lazareto para los enfermos, aislaríamos mejor el germen...

Allí se torció definitivamente y cayó por un barranco.

—¡Ni lo sueñes! No vas a sentar al demonio en el mismo trono de Dios. ¿Te parece poca mi ayuda? Yo ayudo rezando.

¡Cuánta razón tiene monseñor Álvaro Ballano...! ¿De verdad que no te das cuenta de que esta enfermedad no es más que la consecuencia de los pecados y la falta de gratitud, como dice el obispo? ¿No ves que la justicia divina ha caído sobre nosotros y que debemos aceptarla rogando a Dios de rodillas que nos libre de ella?

Como Mariela ya no tenía nada que perder, gritó también.

—Y usted... ¿de verdad no ve que la gente se está muriendo de un mal muy dañino y que esa es la única causa? ¿No ve que solo la medicina y la ciencia pueden salvarnos?

—Es inútil razonar contigo. ¡Estás poseída por el demonio!

—No lo dude, mosén, claro que fui poseída. Mi demonio se llamaba gripe y logré vencerlo. ¿Cómo se llama el suyo...?

35

Ministerio de la Gobernación
Gabinete de crisis

MANUEL GARCÍA PRIETO: ¿Española? ¿Gripe española? Me cago en todos mis muertos, Manolo, ¿qué es eso de gripe española?

MANUEL MARTÍN SALAZAR: No lo sé, señor ministro, créame que no lo sé. Francamente, es difícil precisar de dónde ha salido lo de llamar «española» a la epidemia...

CÉSAR CHICOTE: Hombre, difícil sí, imposible no. Con todos mis respetos, su excelencia, quien dijo en la Real Academia que no había ningún caso de gripe en el resto de Europa fue el doctor Martín Salazar, el señor inspector general de Sanidad en persona, aquí presente.

M. MARTÍN SALAZAR: ¡Porque no lo había...!

C. CHICOTE: O porque no lo querían contar, ¿no ve usted que suficiente tienen ellos con su guerra como para encima admitir que les ha salido un nuevo enemigo? No como nosotros, que vamos pregonando a los cuatro vientos que estornudamos y tosemos. Si hasta le hemos puesto nombrecitos: que si enfermedad de moda, que si epidemia reinante, que si soldado de no sé dónde...

M. MARTÍN SALAZAR: En cualquier caso, yo lo dije ante mis colegas de la Real Academia de Medicina, entre los que estaban ustedes, los farmacéuticos, como bien recordará, doctor Chicote. ¿Cómo habrá terminado enterándose un reportero extranjero?

C. CHICOTE: A mí que me registren. Seguro que será por la moda de aliarse los corresponsales para eso que llaman agencias. Están en todas partes.

M. GARCÍA PRIETO: A mí me entrevistó a finales de mayo uno de Reuters, ¿se pronuncia así?, pero yo solo le dije que sí, que se había detectado una extraña enfermedad en Madrid de características epidémicas, aunque era de carácter benigno.

C. CHICOTE: Pues seguro que eso fue lo que llegó en teletipo a *The Times*. El periodista inglés de turno tuvo la idea graciosilla de escribir que esa enfermedad nació aquí y que se llama gripe española.

M. GARCÍA PRIETO: Ese es el precio de la neutralidad. Nos lo están haciendo pagar caro. Voy a hablar con el presidente Maura. Tiene que conseguir que la llamen gripe francesa. O portuguesa, al menos.

JOAN PESET: Señor ministro, si me permite interrumpir, no me parece tan importante el nombre como encontrar una cura. Y rápido o se nos muere media España.

M. GARCÍA PRIETO: Tiene razón, doctor Peset, es que me indigna ver el desprecio que nos tiene Europa.

C. CHICOTE: Reconozcamos, ministro, que algo hemos hecho por merecerlo, la pobreza no solo perjudica la salud del pueblo, sino también nuestra imagen política...

M. MARTÍN SALAZAR: Muy cierto, pero estábamos hablando de la gripe y por el momento sin apellidos.

J. PESET: Así es. Iba a recordarles, caballeros, que nosotros en el Instituto Provincial de Higiene de Valencia, al igual que en el Laboratorio Municipal de Madrid de su digna dirección, doctor Chicote, hemos estado tratando de crear vacunas efectivas. En nuestro caso, hemos preferido hasta ahora centrarnos en los neumococos, pero empiezo a pensar si no estaremos equivocados y realmente esto sea un virus, como dicen algunos...

C. CHICOTE: No me saque ese tema, doctor Peset, no me lo saque, ¿eh?, porque demasiado intrusismo ha habido ya en nuestro campo. Deberían habernos dejado el asunto exclusivamente a nosotros, los farmacéuticos, que entendemos un poco más que ustedes sobre esto de la vacunoterapia y la sueroterapia.

M. MARTÍN SALAZAR: Y bien que se ha encargado usted de quejarse ante todo el que le quiera oír, que no hay un día en que no le cite algún periódico...

M. GARCÍA PRIETO: Señores, parecen ustedes dos críos. Por favor, haya paz, que estamos ante una pandemia. Siga usted, doctor Peset. ¿Cuáles deben ser los siguientes pasos? Sabe que valoramos mucho su opinión.

J. PESET: Querríamos utilizar tejido obtenido en las autopsias de cadáveres fallecidos por la gripe.

M. GARCÍA PRIETO: Cuente con los permisos necesarios. Manolo, hay que hablar con el doctor Jaime Ferrán... Por cierto, Ferrán será un magnífico delegado de Sanidad en Valencia, ¿no les parece, señores? ¿Algo más necesita, doctor Peset?

J. PESET: En realidad, sí, hay un suceso que me gustaría investigar, si su excelencia me da la aprobación. Ha llegado a mi conocimiento el caso de una joven aragonesa, enfermera diplomada por la Real Escuela Santa Isabel de Hungría...

M. MARTÍN SALAZAR: Ah, sí, la del doctor Rubio y Galí.

J. PESET: Esa misma. Pues al parecer la señorita es también una avezada botánica que, según dicen, ha encontrado unas plantas con las que elabora una cura bastante eficaz para esta gripe.

C. CHICOTE: Un momento, un momento, doctor, más despacio que esto me interesa mucho. ¿Una cura? ¿Qué tipo de cura? ¿Con plantas...?

J. PESET: No sé mucho más, doctor Chicote. Solo que ha usado hierbas autóctonas del Moncayo, un lugar de clima y orografía singulares que hace que algunas especies sean ciertamente únicas.

C. CHICOTE: Sí, leí algo... ¿No le dieron mis colegas farmacéuticos de Barcelona un premio a un tal Cecilio Núñez por un tratado sobre la flora de allá?

J. PESET: Puede ser. Pues decía que esta joven debe de ser una gran conocedora de esas plantas porque ha creado una fórmula magistral con la que ha conseguido sanar al noventa y ocho por ciento de los habitantes de su pueblo.

M. MARTÍN SALAZAR: ¿Noventa y ocho por ciento? ¿De qué datos cuantitativos hablamos?

J. PESET: Hablamos de un pueblo de ochenta y nueve habitantes. Ochenta y dos infectados. Ochenta curados. Dos fallecidos, uno de ellos por causas probablemente ajenas a la gripe.

(Silencio)

M. GARCÍA PRIETO: Doctor Peset, usted sabe que esas son palabras mayores, ¿no es así?

J. PESET: Mayores sin duda, su excelencia, por eso me he atrevido a exponerle a usted el caso.

M. GARCÍA PRIETO: ¿Y qué sugiere?

J. PESET: Sugiero que una delegación sanitaria cualificada viaje al Moncayo e indague. No perdemos nada.

M. MARTÍN SALAZAR: A mí me parece una idea magnífica, me pongo a trabajar en una lista de candidatos para someterla inmediatamente a la aprobación del señor ministro... ¿Querría usted encabezarla personalmente, doctor Peset?

J. PESET: Sería un honor.

C. CHICOTE: Con el debido respeto, creo que nuestro gremio debería estar representado también. Permítanme sugerir el nombre de algún colega farmacéutico, si su excelencia el ministro de Gobernación y el inspector general no tienen inconveniente.

M. GARCÍA PRIETO: Mi único y mayor inconveniente es este dolor de cabeza que se llama gripe y ahora, para colmo, también española. Así que, por el amor de Dios, vayan quienes vayan al Moncayo, que le digan a esa chica que yo mismo la corono emperatriz si me lo quita.

J. PESET: Gracias, señor ministro. Le mantendremos informado.

M. GARCÍA PRIETO: Gracias a ustedes, caballeros, cierren la puerta al salir. Señor, ¿por qué ha tenido que caerle esta cruz a Gobernación? ¿Y por qué no crearía yo un Ministerio de Sanidad como Dios manda cuando pude hacerlo...?

36

El fin de la Bestia

Una bandada entera de cuervos negros llegó al Moncayo la misma semana, entregados en mano por el cartero.

El primer telegrama lo recibió Mariela el lunes y decía:

MADRID. A DOÑA MARÍA VERUELA BONA. COMUNI-
CO ENVÍO INMEDIATO DELEGACIÓN MÉDICA OFICIAL A
CAÑADA MONCAYO CON CONGRATULACIONES POR CURA-
CIÓN VECINOS Y PARA INVESTIGACIÓN TRATAMIENTO EM-
PLEADO. GOBIERNO AGRADECERÁ CUMPLIDAS RESPUESTAS
A PREGUNTAS DELEGACIÓN, EN SEGURIDAD DE QUE ENTRE
TODOS VENCEREMOS GRIPE MORTAL. BESA SU MANO AFEC-
TÍSIMO, DR. MANUEL GARCÍA PRIETO, EXCELENTÍSIMO
SEÑOR MINISTRO GOBERNACIÓN.

Por una vez en boca de un gobernante, inmediato signi-
ficó inmediato. Esa misma tarde, tres caballeros muy bien
arreglados y sus maletines descendieron del Ford de Berdol,
convenientemente avisado para ir a recogerlos a Zaragoza.

Acudieron directamente a la casa-laboratorio de Mariela,
donde saludaron con mucha prosopopeya a Cristovalina, a
Chuanibert y, cómo no, a la interfecta.

Primero habló el más joven y, sin embargo, aparentemente el líder del grupo:

—Señoras y señores, mi nombre es Joan Baptista Peset
Aleixandre, doctor en Medicina y responsable del Instituto

Provincial de Higiene de Valencia. Es un verdadero placer saludarles, créanme.

La sinceridad latente en una frase protocolaria de simple cortesía despertó la curiosidad de Mariela, que se tomó un tiempo en observarle detenidamente. No debía de ser más que siete u ocho años mayor que ella, pero en los ojos que se escondían detrás de aquellas gafas redondas encontró el brillo que tanto admiraba y aspiraba a tener algún día: el de quien ha mirado a la muerte de frente y es capaz de retarla en duelo escogiendo sus propias armas.

Curiosamente, esa misma impresión, exacta, idéntica, fue la que mi bisabuela causó en el doctor Peset. Así se lo confesaron ambos mutuamente mucho después.

—Permítanme que les presente a los colegas que me acompañan.

El doctor José Ignacio Ribagorda Murillo, perteneciente al cuerpo de inspectores provinciales de Zaragoza, bajo mando específico de la Dirección General de Sanidad a cargo del doctor Manuel Martín Salazar, era bajito, moreno, con bigote y arrugas en la frente, y callado, muy callado. A Mariela le produjo ternura inmediatamente porque tenía el nudo de la corbata torcido y eso le recordaba a Pepe, algo que, además, le hizo sentir un pellizco en las tripas cuya interpretación dejó para más tarde.

Una primera sensación totalmente contraria a la que le causó Gustavo de Fenollosa Gutiérrez. Representaba al Laboratorio Municipal de Madrid que dirigía el doctor César Chicote y tenía en su medallero varios meses como investigador invitado en el Instituto Nacional de Higiene Alfonso XIII. Pero Mariela solo vio en él a un altivo petimetre de pelo engominado que arqueaba una ceja con tanta frecuencia y facilidad con la que otros guiñaban un ojo y también con el mismo objetivo: convencer al oyente con la seducción y no con la razón.

Una ilustre representación del estamento médico, pensó la mujer, y al hacerlo se le activaron todos los interruptores de su mecanismo de defensa, aunque nadie, quizá ni ella misma, lo notó.

Habló primero Peset:

—Nos envía su excelencia el ministro de Gobernación en persona porque ha llegado a sus oídos la meritoria labor que ha realizado usted, señorita Bona, en este pueblo.

—Gracias.

—Primero, quiero transmitirle en su nombre, así como en el del excelentísimo presidente del Consejo de Ministros, don Antonio Maura, su más calurosa enhorabuena.

—Gracias.

—En segundo lugar, me complace anunciarle que la oleada de gripe letal ha remitido por fin en Madrid y en todos los puntos del país donde quedaban brotes aislados. Queríamos que fuera usted de las primeras personas en saberlo.

Hubo unos segundos vacíos.

—Gracias...

—No obstante, nuestra misión aquí continúa siendo relevante, aunque ya no tanto por el interés curativo que nos habría movido hace un mes, sino preventivo, es decir, para evitar que epidemias como esta puedan volver a causar estragos en la población. También en esto, su ayuda resultará fundamental.

—Gracias.

No sabían muy bien por dónde seguir, perplejos ante una concisión que no querían tomar como descortesía, pero empezaba a parecerlo.

—Si fuera usted tan amable de darnos su opinión...

Mi bisabuela comprendió que estaba obligada a superar la parquedad, aunque tartamudeó un poco sin poder evitarlo:

—No sé muy bien en qué puedo ayudarles, pero, en la medida de mis posibilidades, considérenme a su disposición, caballeros.

Si la mente de Mariela se había quedado en blanco ante aquellos desconocidos no fue por insolencia o descortesía, ni mucho menos. Es porque estaba ocupada por un solo pensamiento, uno escrito en letras rojas y enormes ante sus ojos: la Bestia se había ido.

Al final resultaría que no todos los cuervos negros portaban malas noticias. Los hombres ilustres habían viajado al Moncayo desde lugares lejanos del país no solo para interesarse por las hierbas de mi bisabuela, sino para darle la mejor nueva que podía recibir: la Bestia se había ido.

Se iba dejando a España, y quién sabe si al mundo también, pintada de azul y apestada con su olor, pero se había ido.

Miles, tal vez millones de muertos sembraban el camino que había pisado, tantas familias rotas, tantas vidas quebradas, tanto llanto dilapidado... pero la Bestia se había ido.

Nadie había triunfado. No podía llamarse triunfo a la tierra quemada que quedaba tras la batalla. Solo había derrota y devastación. Pero, en aquellos momentos con los que Mariela tanto había soñado, solo una cosa importaba: que la Bestia se había ido.

Con todo, la prevención era importante, en eso tenían razón los científicos, de forma que dieron comienzo a sus labores.

Mi bisabuela acompañó sin reparos a los tres en sus entrevistas con los enfermos rescatados; les mostró su colección de hierbas, meticulosamente clasificadas en frascas y tarros, y los llevó a los riscos cercanos, donde les dio un par de lecciones someras sobre los nombres vulgares de las plantas del Moncayo, apellidados con su correspondiente latín, porque las excursiones junto al doctor Núñez habían sido de aprendizaje recíproco.

A uno de los riscos llegó el niño Aquilín la primera tarde con un billete que entregó con mucho misterio al doctor Peset. Este lo leyó y consultó a Mariela:

—Señorita Bona, parece que el párroco del pueblo, don Casiano Martín, requiere nuestra presencia y nos solicita una reunión urgente en la ermita. Exige que usted no esté presente. Sin embargo, nuestra misión aquí es hablar con usted y solo a usted debemos respeto como nuestra anfitriona. Si dicha reunión no le parece oportuna, no tiene más que decírmelo y la declino inmediatamente.

—De ningún modo, doctor Peset. Vayan y hablen con mosén Casiano. Les anticipo que no va a decir nada bueno de mí, pero no me importa. Primero, porque entiendo que ustedes no han venido hasta aquí con el propósito de someterme a juicio, de forma que no tengo intención de darme por juzgada, sea quien sea quien trate de emitir un veredicto que nadie le ha pedido. Segundo, porque quizá sea útil que ese cura empecinado tenga unas palabras con la ciencia; si ustedes consiguen que, además, las entienda, este pueblo y yo les estaremos eternamente agradecidos.

Intervino el petimetre engominado:

—Doctor Peset, me he hecho un feo corte en la pierna con aquellos matojos de espinos. ¿Serían tan amables de disculparme si falto a esa cita con el cura y pido a la señorita Bona que me dé unas friegas con el unto de perdiguera del que nos ha hablado antes? También es labor de campo, porque voy probando en mi propia carne la utilidad de estas hierbas tan diferentes a todas las conocidas, ¿no les parece?, lo que, además, es mi especialidad...

—Haga como guste, señor Fenollosa, pero por favor no aborde con la señorita Bona ninguno de los asuntos que habrán de centrar nuestro informe hasta que estemos reunidos de nuevo los cuatro.

—Descuide, doctor Peset. Vayan con Dios.

Sin embargo, no estaba muy segura Mariela de que con Dios fueran si con mosén Casiano iban.

37

Y a veces, más

—Ahora que estamos solos, quisiera decirle algo, si usted me lo permite.

Mariela callaba, sabía que la maniobra de separación del grupo tenía una finalidad. Había añadido aposta un poco de polvo de picasarna al emplasto con que le había cubierto la herida, y Fenollosa no había rechistado. Prefirió sacrificar la pierna por quedarse a solas con ella y ahora debía aguantar la quemazón. Era el precio. Tenía mucha mucha curiosidad por escucharle.

—En los dos años que usted ha pasado en Madrid habrá tenido ocasión de comprobar la nefasta lentitud de nuestra sanidad. Este Gobierno de concentración que no sabe ni quién es, con sus decretos confusos, sus leyes derogadas, otras por aprobar, siempre pendiente de los cambios de ministros, de presidentes, del humor del rey... en fin, que por hache o por be, la gripe nos ha sorprendido a todos paralizados y ahora los que deben reaccionar no lo hacen.

—Mire, mi novio es periodista y él escribe sobre esas mismas cosas. Yo sé adónde quiere llegar cuando lo hace, que para eso es su trabajo, pero ¿adónde quiere llegar usted?

—Pues lo que quiero es explicarle por qué un grupo de farmacéuticos hemos decidido compaginar nuestros trabajos en el funcionariado sanitario con la creación de un laboratorio privado.

—¿Utilizan medios y conocimientos del Municipal para hacer negocio en una empresa particular?

—Dicho así, parece algo malo. Lo que hacemos es investigar con mayor rapidez para que la gente se cure antes.

—Y han estado trabajando para encontrar un remedio eficaz contra la gripe por si vuelve, ¿verdad?

—Señorita Bona, nos hablaron de su inteligencia, pero déjeme decirle que supera usted todas las expectativas.

—También le habrán dicho que llevo muy mal las adulaciones. Continúe, por favor.

—No sé muy bien cómo hacerlo para que usted lo comprenda... Verá, el capital privado lo agiliza todo; los inversores no están dispuestos a esperar a que se muera España en caso de otra epidemia, ellos quieren salvarnos a todos y cuanto antes. Por eso trabajamos día y noche para encontrar un remedio por si la gripe vuelve.

—¿Qué harán con él cuando lo tengan?

—Por supuesto, ponerlo a disposición de los enfermos.

—¿De todos los enfermos? ¿O solo de aquellos que puedan pagarlo?

—Hombre, tendría un coste, no nos vamos a engañar. El capital privado...

—Ya, pero ¿de cuánto dinero hablamos?

—Del suficiente, señorita Bona. Si lo que le preocupa es cuánto podríamos pagarle a usted por su fórmula...

—¡No me insulte ni diga insensateces, hombre, por favor! —El tono fue demasiado elevado, ella misma lo notó—. Lo que le pregunto es si podrán acceder a la cura todos, pero principalmente los pobres, los que no tienen nada excepto enfermedades.

Fenollosa sonrió con una sonrisa que, tal vez con demasiada frecuencia, muchos antes habían dedicado a Mariela: la de alguien que se dispone a explicarle a una mujer, o, lo que es lo mismo, a una niña, los asuntos de importancia de la vida.

—Señorita Bona, ¿sabe usted qué es la eugenesia? No, cómo lo va a saber, deje que ya se lo cuento yo. Primordialmente, que la responsabilidad de mejorar la raza recae entre quienes tenemos la obligación de perpetuarla. Solo los padres sanos deberían procrear. Y quien dice sanos de cuerpo dice sanos también de bolsillo. Hasta el doctor Marañón es partidario de esta teoría...

Mariela hizo un gesto con la mano para interrumpirle.

—Se equivoca, señor Fenollosa, el doctor Marañón dice lo primero, lo de los padres sanos. Pero sobre la reproducción de los pobres, asegura que debe ser el Estado quien les proteja con medios económicos, educativos y, sobre todo, sanitarios para que puedan crear sus propias familias. Eso es lo que piensa el doctor Marañón y lo que escribe en sus artículos. Y aun así, que conste, yo no creo en la eugenesia, como él. Se parece demasiado a lo que mosén Casiano cuenta sobre la acumulación de impurezas en la sangre y la lascivia. Así que sí, yo sí sé lo que es la eugenesia y, por lo que veo, mejor que usted. Una vez aclarado esto, sigamos con lo que le preguntaba antes: ¿en qué puede ayudar el capital privado a la curación de los pobres?

En ese momento, el bien preparado discurso de Gustavo de Fenollosa se le vino abajo.

¿Había algo que aquella joven pequeña e insolente no supiera?

Cuando los doctores Peset y Ribagorda volvieron de su reunión con mosén Casiano, traían el rostro demudado. La expresión de Ribagorda era de contrariedad y la de Peset, de honda preocupación.

Esa vez, habló el doctor Ribagorda:

—Señorita Bona, como sabe, soy inspector de Sanidad y estoy obligado a hacerle esta pregunta: ¿podría explicarme por qué introdujo una aguja por la espalda a su padre?

Mariela contestó sin titubear:

—Para practicarle una punción pleural.

—¿Punción pleural? —Se miraron entre sí—. ¿Me está diciendo que utilizó una técnica nueva y prácticamente desconocida por la mayor parte de los médicos con su propio padre?

—La vi practicar en mi escuela una vez y supe que eso era lo que necesitaba el enfermo.

—Disculpe mi incredulidad, pero ¿le importaría describir cómo lo hizo?

—Limpié, desinfecté y adormecí la zona. Después, con el paciente sentado a una mesa y recostado en el tablero sobre una almohada, introduje una aguja de seis centímetros por el espacio intercostal cinco, en la línea media axilar, y extraje el aire que comprimía el pulmón.

—¿Y cómo pudo conseguir el material? No creo que en Tarazona...

—No, evidentemente no se puede encontrar en una botica cualquiera. La aguja larga fue un préstamo del veterinario de Añón. ¿Qué más quiere saber?

Tardó unos segundos en contestar:

—Señorita, mi más sincera felicitación. Deben de estar muy orgullosos de usted en la Santa Isabel.

—Permítame usted a mí otra pregunta a cambio: ¿me estaría felicitando tan sorprendido si estuviera hablando con un varón de mi edad estudiante de Medicina? ¿O lo que realmente le sorprende es mi género? Porque, en el fondo, me temo que eso es lo que les ha contado nuestro párroco, que en esta sierra todas las mujeres somos brujas solo porque sabemos las mismas cosas que los hombres. Y a veces, más.

El doctor Peset rio abiertamente mientras batía las palmas.

—¡Bravo, señorita Bona, es usted realmente el ser admirable que veníamos buscando y esperábamos encontrar!

Amaneció el tercer día. Los médicos ya habían alcanzado confianza suficiente como para que ella les permitiera tutearla, pero todavía no le habían formulado la pregunta más esperada. Hasta que llegó por boca del doctor Peset:

—Mariela, ha sido una verdadera delicia conocerte y escucharte estos dos días. No obstante, como imaginarás, ahora tenemos que preguntarte lo que realmente hemos venido a averiguar. Antes, debo decirte que estás en tu pleno derecho de ocultarnos la composición del suero verde que has administrado a tus paisanos y con el que al parecer les has curado la gripe. Si no quieres hablar, nos iremos por donde hemos venido. Pero piensa en la cantidad de gente a la que podrías ayudar si hubiera un nuevo brote.

Mi bisabuela dudó. Revivió la mirada incendiada de mosén Casiano cuando la acusó de haberse desposado con el diablo. Rememoró el odio en su voz al clamar contra la incontinencia sexual y el pecado que dan lugar a enfermedades como la gripe, el trueno augurando a los infectados la condenación eterna. Imaginó al doctor Marañón creando una sociedad de seres bellos y sanos procreando sin amor hijos sanos y bellos, que a su vez tendrían una descendencia robusta y bonita a la medida de una sociedad peligrosamente artificial, diseñada a imagen de quién sabe quién y que no conocería el valor del amor en libertad.

Después recordó que la Bestia ya se había batido en retirada; había sido vencida, esa era la verdadera lucha del Bien contra el Mal y esa era la auténtica victoria.

Por último, miró a Ribagorda con su nudo de corbata torcido, la ceja enarcada de Fenollosa y los ojos transparentes de Peset.

Y respondió:

—Por supuesto, ahora mismo anoto la fórmula con su dosificación exacta. Será un placer colaborar con ustedes.

38

Todo estará en orden

El viernes regresó el cartero con otro cuervo de la bandada.

Solo unas horas antes, Mariela había ojeado un periódico atrasado que Peset dejó sobre la mesa. Encontró una columna en la que el reportero se mofaba del nuevo sobrenombre de la Bestia: «En el extranjero, a la epidemia de gripe la llaman ahora gripe española. ¿En qué se lo han conocido? ¿En el acento o en que a los atacados les gustan los toros?». Inconfundible, en aquel texto reconoció, sin lugar a dudas, la ironía de la pluma de Pepe. Sintió alivio: escribe, luego está bien, está sano, sigue siendo él.

Pero no, no estaba sano, ni estaba bien ni volvería jamás a ser quien había conocido y la había besado.

El cartero le traía un telegrama inusitadamente largo y explícito de doña Socorro. El contenido lo merecía:

LAMENTO COMUNICAR DECESO DE PEPE. ATROPELLADO EN RECOLETOS. DOS DÍAS EN HOSPITAL. SEPTICEMIA. IMPOSIBLE SALVARLE. NO ME DEJÓ AVISARTE. SOLICITÓ SACRAMENTOS AYER. DIJO TE QUERÍA MUCHO. PIDIÓ NO LLORES Y FUERAS SIEMPRE FELIZ. LO SIENTO. SOCORRO GALÁN.

Mariela cumplió una de las últimas voluntades de Pepe, aunque en contra de la suya propia: no tuvo ocasión de llorar.

La noticia le había impedido recordar que ese telegrama venía acompañado de otro, dirigido a Peset, quien, tras la partida de sus colegas, se había quedado un día más ya que desde el Moncayo viajaría a París para impartir una conferencia en La Sorbona. Después de leerlo, el doctor le pidió hablar con ella a solas.

—Mariela, necesito que seas sincera conmigo. ¿Hiciste enemigos en Madrid? ¿Qué te ocurrió con tu casera, una tal Galaciana?

—¿Galaciana? ¿Qué pinta ella ahora? Joan, no sé de qué me estás hablando.

—Este telegrama dice que te ha denunciado ante tu escuela y ante las autoridades por prostitución.

—¿Cómo?

—Ignoro los motivos reales, pero creo que puedo hacerme una idea. ¿Sabes que es prima segunda del sacristán?

—No lo sabía, pero ¿eso qué importa?

—El otro día el párroco nos habló largo y tendido de ella. Por lo visto se escribe frecuentemente con él y con su primo. Ellos le han preguntado por tu vida en Madrid y Galaciana se ha despachado a gusto. Parece que les ha contado que salías todas las noches, que volvías tarde y oliendo no muy bien, incluso que alguna vez dormiste fuera.

—Galaciana... Debe de estar furiosa porque no le he pagado el último mes. Dejé allí todas mis cosas y me vine corriendo para curar a mi padre.

—Pues está alimentando la estupidez esa de la brujería, después de encontrar tu cuarto lleno de hierbas extrañas. Seguro que incluso habrá añadido de su coleto algo más para convencer al cura de que preparabas cocimientos mágicos en lugar de medicinas. Qué sé yo, colmillos de culebra o cerebros de rana...

—Es muy capaz. ¿Y dices que me ha denunciado? ¿Me van a meter en la cárcel?

—Si tu casera te acusa de ser prostituta, malo. Yo no me arriesgaría a volver en una temporada. Aquí, al menos, estás a salvo.

No, se equivocaba. Tampoco eso era verdad.

Dos horas después comenzó el griterío.

Chuanibert los increpaba desde la ventana mientras los encañonaba a todos con la escopeta de perdigones:

—¡Cago en diez, Rucher, traidor! ¿Mi hija te ha curado de la gripe y así se lo pagas? ¡Vosotros, malagradecidos, Uchenio, Veremundo, Echidio... ojalá la hubieseis palmado! ¿Dónde están ahora vuestras mujeres, que hace una semana lloriqueaban por su vida y por la vuestra ante mi hija? ¡Y tú, Salamón, así te mueras ahí mismo!

—¿Qué pasa, padre, qué es todo esto?

—El infeliz del Casiano, que ha soliviantado al pueblo contra ti. Aquí están todos pidiendo tu cabeza, conque ni se te ocurra asomarla, que te la cortan. ¡Son unos hijos de la grandísima puta! Sí, me habéis oído, eso es lo que sois. Unos judas, renegados, cabrones...

—Pare ya, padre, se lo suplico. Déjeme hablar con ellos.

—¡De ninguna manera, que te linchan! No sería la primera vez que pasa algo parecido en estos lares.

Mariela miró por la ventana y entonces la vio. La Bestia se había ido, pero había dejado a sus embajadores encargados de mantener encendida la llama del dolor. A través de la ventana no vio enfermedad, sino odio, intolerancia y miedo, todos tentáculos de un mismo engendro. Sí, allí, en la turba, había mucho miedo. Nadie ama a la persona a la que teme, le enseñó Aristóteles, y ellos, todos los que gritaban reclamando su sangre, habían convertido el amor y la gratitud hacia ella en pánico. Alguien les había dicho que lo que hizo no tenía más explicación que un misterio oscuro y lóbrego. Y la plebe ignorante siempre teme lo que no comprende.

Por eso querían acabar con su vida, porque eliminando lo que origina temor creían que podían acabar con el miedo.

—Tiene razón tu padre, Mariela —el doctor Peset trataba de apartarla de la ventana—. Deje que lo intente yo, Chuanibert, que contra mí no se les ha ocurrido nada todavía.

El doctor Peset trató de hablar al pueblo enardecido.

—Señores, yo soy forastero y no sé qué está sucediendo, pero no puedo entenderles si gritan todos al mismo tiempo. Por favor, que me hable uno...

—Queremos a la mocica.

—¿Para qué la quieren?

—¿Para qué va a ser? Para matarla.

—Usted es nuevo y no sabe, pero la Mariela es una bruja oruja.

—Bruja de los pies a la cabeza, sí, señor médico.

—Ya nos ha dicho el mosén que lo de la curación es mentira.

—Mentira, mentira. La moceta no nos ha pinchado medicina en el cuerpo, sino un ungüento con hechizo.

—Y a su propio padre le metió el demonio por la espalda.

—Vamos a ir todos al infierno por su culpa.

—Yo la escuché rezar al diablo mientras me colgaba la botellica esa con líquido verde al lado de la cama.

—Pues yo la vi reírse cuando se murió la Emparo.

—Se reía de mi mujer muerta, vive Dios.

—Fue ella quien mató al Anchel...

—Y con sus propias manos.

—Ahora quiere condenarnos a todos.

—Además, es puta.

—Eso, una de las que bailaron en Belén, lo sabía yo.

—Siempre repulida y remilgada... ¡puta, más que puta!

—¡Muerte a la bruja...!

—¡Muerte a la oruja...!

—¡Muerte a la puta...!

El doctor Peset trataba de hacerse oír.

—¡Por favor, llamad a mosén Casiano! Mariela solo va a salir si viene él.

Berdol se ofreció:

—El cura está en la Vera visitando a su hermano. Si os calláis, yo mismo voy a buscarle con el auto. Pero tenéis que abrirme camino. Si os vais todos de aquí, podré pasar.

Algunos dejaron de vociferar hasta que los aullidos se

fueron aplacando. Bajaron las estacas y los puños. Se abrió un pasillo. Habló Chabier:

—Tienes de plazo hasta la tarde, Berdol. Si para entonces no has vuelto con el mosén, entramos a por la oruja.

Las dos horas que tardó Berdol en volver con el cura Casiano no fueron desaprovechadas.

Cristovalina habló largo rato con Mariela en su cuarto y, cuando salieron, había paz en el semblante de mi bisabuela.

—Recuerda lo que hemos dicho, Lina querida. Y no olvides entregar mi carta a Chesusa, Nazaria, Mateua, Ortosa y Solita. Así todo estará en orden.

La mujer la abrazó, la besó y salió de la casa llorando.

Después, Mariela se sinceró con el doctor Peset:

—Joan, estás a punto de salvarme la vida y tengo que confesarte algo.

—No hace falta. Vas a decirme que la fórmula magistral que llevan Ribagorda y Fenollosa en sus carteras no es la auténtica, ¿verdad?

Le miró en silencio y luego dijo con voz afónica:

—Debí imaginar que no te engañaría. Pero quiero explicártelo. Fenollosa me ofreció dinero por el suero. No sé si sabrás que trabaja bajo cuerda en un laboratorio privado y pretendía obtener la fórmula para venderla, imagino que por buenas pesetas.

—Desgraciado...

—No podía confiar en él, ni tampoco tenerle aquí indefinidamente tratando de obtener lo que buscaba.

—Te entiendo.

—Me tranquiliza saber que la epidemia está controlada y que el suero ya no es necesario. En ti sí confío, aunque no es seguro que lleves la fórmula encima, visto el estado de las cosas. Por eso he pedido a Cristovalina que la deje oculta en el dobladillo de la capa de la imagen de san Carlos que está en la ermita. Ahí podréis encontrarla todos si la Bestia vuelve.

—Qué lista eres. No hay mejor lugar para esconder lo que no quieres que encuentre el enemigo que su propia casa.

—Exactamente, amigo mío.

Los dos sonrieron.

Avisó Chuanibert:

—Prepárate, hija, deben de estar a punto de llegar.

—Gracias, padre. No se preocupe. Estoy preparada.

—Marielica, vida mía, ¿estás segura? —la voz del hombre era un ronquido.

—Nunca lo he estado más en mi vida. No tema.

—¿Nos vamos ya? —intervino Peset.

—No, voy a esperar de verdad a mosén Casiano.

—Pero quedamos en que Berdol iba a buscarle solo para ganar tiempo...

—Lo he pensado mejor. No puedo irme sin decirle lo que tengo que decirle mirándole a los ojos.

Chuanibert lloraba.

—Ya llegan... han vuelto de la Vera.

—Abra la puerta, padre.

—No tienes que hacerlo, hija...

—Padre, por favor, abra...

—Debemos irnos, Mariela.

—No tardaré, Joan. Quiero hablar con él.

—Está llamando.

—Pues abra usted. Será la última vez que el párroco ponga los pies en esta casa, pero esta es mi ermita y, cuando lo haga, en ella hablo yo y él se calla. Aún tiene muchas verdades que escuchar de mi boca...

39

Huyo del vacío

Hoy lo he repasado todo, lo que dejo, lo que olvido, lo que no me llevo, lo que abandono, lo que me abandona, lo que amé y he perdido, lo que aún amo y ya no conservo. Lo repaso todo en mi memoria porque me voy. No sé si quiero, solo sé que me voy.

Sé también lo que me llevo. Parto con las maletas cargadas de ira. No contra Dios, en quien es muy posible que aún siga creyendo, sino contra la superstición y la oscuridad. Las he visto a las dos junto a la Bestia, riendo con sus negras bocas, un trío siniestro en una turbamulta incendiada por palabras insensatas pronunciadas por un insensato. Mosén Casiano es el pájaro gris de la superchería, el vestigio envenenado de la intolerancia aún reinante en un país medieval que no sabe siquiera cómo ha llegado a este siglo XX y en el que se adentra lentamente y sin apenas progreso. Ahí se queda ese párroco de mirada torva, capellán del dios Ignorancia, haciendo lo contrario de la caridad cristiana y, en su lugar, lo que leí que dijo Larra, que media España se muere de la otra media. Casiano es un ave gris que no tiene corazón, ni piedad ni Iglesia ni fe ni religión. Ni alma. Como la Bestia.

Se lo he dicho antes de irme y él ha tenido que oírlo. Ahora, que afile sus cuchillos. No sabe que, para cuando los tenga relucientes, yo ya estaré lejos, en la Europa de la guerra a la que no tengo miedo porque hasta sus intestinos me acompañará alguien a quien ya considero sincero amigo, mi buen doctor Joan Peset.

Gracias a él, también de eso llevo cargado el equipaje: de esperanza. Voy a saltar al abismo. No traigo nada en las manos para construir mi nueva vida, no tengo más herramientas que yo misma. En el abismo quizás haga frío, y los perros ladren más y más fuerte, y los vientos soplen recios, y los días sean largos, y las noches más oscuras. Pero yo huyo del vacío y por eso, encuentre lo que encuentre, sé que será cualquier cosa excepto la nada. La guerra es mejor que la nada. Este país se ahoga en la nada.

Pronto, en apenas unas horas, por eternas que me parezcan, me arrojaré a ese abismo para huir del vacío.

Y entonces, Pepe, sí. Entonces voy a llorar todas las lágrimas que no querías que llorase. Las mereces todas. Voy a llorar por ti y por los nuestros. Por este enorme cementerio de almas en el que quedas enterrado. Por lo que pudimos ser y no nos dejaron. Por nosotros.

Te voy a llorar, mi amigo querido, cuando me vaya, al fin, de la nada...

1918

VERANO

Monasterio de Veruela, a 15 de mayo de 1919

Fue en Francia donde lo descubrí.

Que la línea que separa la belleza del espanto es delgada y a veces gira sobre sí misma; tanto, que impide saber dónde acaba el principio y empieza el final.

Que es posible alzar los ojos al cielo para admirar el brillo de una estrella y en su lugar encontrar el destello de una bomba cayendo sobre inocentes.

Que la mano que arrulla a un niño también puede arrasar un pueblo a cañonazos.

Y que la que cura y venda, en ocasiones, solo consigue que el soldado tarde más en morir, que muera sano y que lo haga matando...

40

El Rugido

A Mariela Bona Márquez jamás se le olvidaría el viaje desde su pueblo perdido en las faldas del Moncayo hasta la capital del mundo conocido a este lado del Atlántico. Aunque, paradójicamente, apenas recordaba detalles de él.

Sí recordaba que se había sentido segura viajando de la mano de Joan Peset; el rudimentario pasaporte de la época con los correspondientes visados y salvoconductos de guerra conseguidos por el doctor en Barcelona, suficientes para franquearles el paso a través de Francia; también que aprendió que la cruz de Malta bien visible en su uniforme de enfermera equivalía a muchas credenciales impresas. Y que la sola mención de los amigos del doctor en el Instituto Pasteur o la relevancia de sus mentores ya fallecidos, Jules Ogier y Alphonse Bertillon, eran llaves que abrían muchas puertas.

Todo aquello les ayudó a superar más de un escollo en su travesía: ¿por qué dos españoles querrían recorrer el camino inverso a la cordura? ¿Por qué dejaban la paz para adentrarse en el fragor de la contienda? ¿Por qué, si era patente que no huían del hambre, a diferencia de muchos pobres del sur que se ofrecían a realizar los trabajos que los franceses habían dejado vacantes cuando partieron al frente? ¿Por qué? ¿No sería porque bajo esa apariencia de sanitarios respetables se escondían dos espías a favor de los germanos? ¿Serían amigos o, peor aún, herederos de aquella mujer infame, Margarethe Zelle, la prostituta conocida como Mata Hari, la agente H21, que traicionó a Francia desde la cama del embajador alemán en Madrid? ¿Acaso no venían, igual que ella, de una España neutral, enemiga de todos y amiga de nadie, de donde vienen también las peores deslealtades, porque cuando uno no tiene opinión está en disposición de vender la suya al mejor postor?

Mi bisabuela recordaba que eso era lo que se leía en las miradas de los funcionarios franceses de cada puesto fronterizo o militar que encontraron en su periplo al norte. Pero no recordaba cómo ni cuándo las explicaciones de su acompañante desactivaron las suspicacias ni cómo ni cuándo atravesaron las campiñas desiertas ni cómo ni cuándo cruzaron las viñas resecas ni cómo ni cuándo abordaron trenes cargados de llanto de niño y de calamidad.

Lo que sí guardó cuidadosamente en la memoria y nunca llegó a borrar de sus tímpanos, del mismo modo en que jamás consiguió difuminar de su olfato el hedor de la Bestia, fue el estruendo del Rugido.

Comenzó en el mismo instante en que cruzaron la frontera. Primero era un sonido lejano, una suerte de redoble de tambor distante, muy distante, que solo gemía a lo lejos en un ronroneo apenas perceptible. Pero el día en que Mariela lo oyó por primera vez al traspasar los Pirineos, ya nunca dejó de hacerlo. Cada mañana en cada despertar, cada noche antes de cerrar los párpados... siempre estaba ahí, siempre mugiendo, siempre pegado como una costra a su cerebro. Solo ella lo oía. Solo ella lo entendía.

Pasaron los días y con ellos fue aumentando el zumbido, hasta que se hizo ensordecedor. Sucedió en el minuto en que bajó del último vagón del último tren y puso el pie en el andén de la estación del Este, por fin en París.

Ahí lo supo: había llegado a la boca inmensa que profería el grito. Era el aullido del miedo, de la sangre, de la muerte.

Era el Rugido de la guerra.

Se hospedaron en la Maison de Madame Clotilde, en Belleville. Llevaba el nombre de una buena mujer que, junto a su esposo Miguel, llegó hacía mucho desde Alicante a la vendimia francesa y nunca más regresó, ni a su Mediterráneo ni tampoco al mundo de los vivos. Clotilde se quedó varada la tarde en que tuvo que enterrar el cadáver destripado de su hijo Francisco, muerto junto al río Marne cuatro años antes, recién comenzada esa guerra de la que todos seguían hablando. Para ella terminó con el primer estallido, el que se llevó los intestinos y el alma de su Francisco. Después se le fue Miguel, roto por la pena. Y ella se marchó con los dos, aunque quedase con vida. Al menos, su hija Pilar vivía, aunque solo fuera para regentar la casa de huéspedes y para recordarle, de vez en cuando, que debía respirar.

Desde que viajó a París por vez primera, con veintidós años y una beca del Gobierno español, Joan Peset siempre se alojaba en una de sus habitaciones. Y siempre traía un paquete de almendras garrapiñadas, lo único que, según Pilar, encendía algo de brillo en la mirada de su madre. A Mariela no le importó que el cuarto de Madame Clotilde fuera aún más pequeño que el de Galaciana, porque la ventana que ponía París a sus pies, sin embargo, era más grande y estaba más abierta. Por eso, una vez instalada, mi bisabuela se sintió capaz de formular de viva voz la pregunta que le había martilleado la sien durante los tres días de viaje.

—¿Qué vamos a hacer ahora, Joan?

—¿Ahora? Prepararnos para ir a la Facultad de Medicina, me acompañarás a la conferencia, ¿no?

—¡Qué cosas tienes, amigo! Estoy aquí por ti, no tengo otro lugar adonde ir, no sé qué va a ser de mí mañana... Mi única seguridad es que voy a estar ahí, contigo, aplaudiéndote a rabiar en tu conferencia. Pero es que no quiero ser una carga para ti. Sé que no he estado muy habladora durante el viaje; es solo que ahora, de repente, me doy cuenta del tremendo embrollo en el que estoy metida... y en el que te he metido a ti.

El doctor Peset sonrió.

—No te preocupes tanto, mujer, todo a su debido tiempo. Tú ven conmigo a la universidad, que allí espero poder presentarte a gente que te interesa conocer.

El trayecto en taxi desde Belleville hasta la otra orilla del Sena pudo haber sido una aventura a los ojos de Mariela si no hubiera visto los cascotes de la iglesia de Saint-Gervais, bombardeada apenas tres meses antes, y las colas rodeando los albergues de la Cruz Roja antes que las torres aún en pie de Notre Dame o que la reverberación del sol sobre el río en la primera mañana luminosa tras una primavera plomiza.

Los cascotes y los rostros del infortunio, inexplicablemente, la devolvieron con tanta nitidez a su memoria que creyó tenerla allí mismo, sentada a su lado en el Renault rojo que cruzaba a veinte kilómetros por hora el bulevar de Sebastopol: era Yvonne. Había vuelto. Estaba con ella.

—No necesitas el francés... Sabes muchas cosas... ¿Para qué más? Otro problema... ¿Lo necesitas...?

«Sí, Yvonne, mi querida Yvonne, lo necesito y mucho. Tú me has dado un idioma y ese es el pilar sobre el que voy a construir mi nueva vida. Sí, mi querida Yvonne, para eso necesitaba el regalo que me hiciste, para eso llegaste a mi vida y me enseñaste lo que sabías. Yo, en cambio, no lo hice a tiempo de salvar la tuya. Sí, Yvonne, lo necesito como aún te necesito a ti. Ahora, cada vez que hable tu lengua y me entiendan y yo entienda... ahora, mi niña, mi amiga del alma, ahora vas a volver a estar conmigo, en mi boca y en mi cabeza. Sí, Yvonne, aquí, en tu país, es donde más te necesito».

Gracias a Yvonne, escuchó dos horas de disertación del doctor Peset en perfecto francés ante los mejores cerebros de La Sorbona y comprendió sus farragosas explicaciones sobre los avances que, bajo su dirección, el laboratorio de Valencia había realizado respecto a las vacunas variolosas. Gracias a Yvonne, dejó volar la imaginación hasta el establo de terneras sanas de las que estas se obtenían y supo calcular en más de dieciséis mil las dosis que se fabricarían en España ese año de 1918. Comprendió también la aplicación de la técnica de Vincent, a base de éter, para preparar la antitífica y la descripción de cómo se practicó en Cheste la primera vacunación colectiva a cargo del centro que dirigía Peset. Fue capaz de entender y sumarse a los aplausos que siguieron a su charla y, después, a su nombramiento como doctor *honoris causa* de la Société de Thérapeutique de la Facultad de Medicina. Gracias a Yvonne, lo entendió todo.

Y también entendió que la nueva vida que empezaba esa misma mañana en la Universidad de París habría sido imposible sin la enfermera y amiga que murió en sus brazos en el San Luis de los Franceses de Madrid.

Fue Yvonne, estaba segura, quien le envió un reemplazo.

—Mariela, permite que te presente a una gran amiga mía y también colega tuya, Mary Borden Spears.

El flamante doctor de La Sorbona, Joan Peset, señalaba a una mujer alta, delgada y vestida con una sencillez de inmensa elegancia, que fumaba un cigarrillo con boquilla en una mano enguantada mientras le extendía la otra para saludarla sonriente.

Cuando mi bisabuela le devolvió la enorme sonrisa que le dedicó al hacerlo, lo supo: ahí estaba... era su nueva Yvonne.

41

Dos luchadoras

A pesar de haberlo soñado muchas noches desde que encontré los papeles de Mariela en el archivo del monasterio de Veruela, no me considero hoy capaz de describir fielmente aquel momento, el momento en que mi bisabuela y Mary Borden se miraron por primera vez a los ojos.

Puedo llegar a imaginar que una se vio reflejada en las pupilas de la otra porque compartían una peculiaridad tan inusual como intrigante: también Borden tenía un ojo ligeramente, muy ligeramente, más pequeño que el otro; también era el ojo izquierdo y también su vista parecía otear más allá de los confines del mundo.

Puedo llegar a imaginar que se estrecharon las manos sosteniéndose la mirada y que con ese ritual de cortesía se dijeron más, mucho más de lo que primigeniamente significaban dos manos libres y entrechocadas: «Mira, no llevo armas, no soy enemigo, vengo libre de cargas y te ofrezco mi mano en señal de paz y concordia». Se lo dijeron con los ojos y las palmas juntas: que eran almas distintas y, sin embargo, unidas por una lucha común.

Y puedo llegar a imaginar que, a partir del preciso instante en que sus manos dieron por finalizado el saludo, los ojos, sus ojos gemelos de distintos tamaños, se les quedaron enganchados.

Mary Borden nació siete años antes que Mariela y nació rica. Fue en Chicago, de un padre magnate de las minas de plata y de una madre que encontró refugio espiritual en la iglesia Moody y en el fundamentalismo místico. Su padre la convirtió en huérfana adinerada muy pronto, lo que le permitió dedicarse a fomentar la educación femenina con becas y centros para mujeres; su madre hizo que quisiera viajar para huir de la claustrofobia religiosa en la que trataba de encerrarla, gracias a lo cual se convirtió en una aventurera irredenta. Él le enseñó que la tierra no tenía límites; ella, que no debía apartar los ojos del cielo.

Después, metió todo lo que le habían dado y enseñado en una maleta, y en otra, sus inquietudes y deseos de volar. Y, con los dos baúles repletos, Mary Borden se lanzó al mundo. Recorrió todo el planeta, llegó a la India, conoció al misionero George Douglas Turner, se casó con él en Suiza, se instaló en Londres, tuvo tres hijas, fue encarcelada por participar en protestas sufragistas, vivió un romance con Wyndham Lewis, se codeó con los círculos intelectuales más vanguardistas de los primeros años del siglo, se dejó contagiar por el virus de la literatura de la mano de George Bernard Shaw y de Ezra Pound, escribió dos novelas bajo el seudónimo de Bridget Maclagan y, cuando estalló la Gran Guerra, dejó a sus hijas al cuidado de su suegra y se alistó como voluntaria en la Cruz Roja de Francia. Después se divorció. Y mucho después, empezó su verdadera vida.

Desde el momento en que las presentó Joan Peset en La Sorbona, Mariela y ella intuyeron la ósmosis. Ese día almorzaron los tres juntos en Les Deux Magots, después pasearon por las dos orillas del Sena y, más tarde, cenaron en el hotel D'Angleterre, donde se les unió sir Edward Louis Spears.

—Muchos me conocen como lady Spears, apenas llevamos tres meses casados. ¿Te has enamorado alguna vez, María Veruela?

Sintió un pellizco en el estómago al recordar a Pepe, pero se sorprendió a sí misma contestando:

—No, creo que no.

—Yo, tres. Pero, aunque B es el hombre de mi vida y no me importaría morir esta misma noche si lo hiciera junto a él, jamás renunciaré a ser Mary Borden, porque con ese nombre nací y con ese quiero irme de este mundo.

«Nunca dejes de buscar tu tercer amor», me decía mi madre, la nieta de mi bisabuela.

A Mariela le hizo gracia la letra con la que Mary nombraba a su esposo y preguntó por su origen. Llamaba «B» a su marido por el apodo que se granjeó durante su servicio en la milicia Kildare de Dublín: monsieur Beaucaire, personaje y título de una novela de Booth Tarkington. Y porque Mary era más que una más entre quienes le conocían como sir Edward Spears y las muchas mujeres que llamaban simplemente Louis al apuesto oficial.

—Por cierto, ¿no te parece una señal que tú y yo tengamos el mismo nombre, María? Aunque, desde ahora, puedes llamarme May.

—Y tú a mí, Mariela.

Sus ojos se engancharon más.

Estaban empezando a comprenderse.

Mi bisabuela sintió una caricia cálida en la frente cuando, a iniciativa de May Borden, pudo recordar a su querida Yvonne en voz alta y ante ella. Merendaban las dos de nuevo en el café de la víspera. La americana quería hablar a solas con la española para conocer más de esa extraña gripe de la que nadie en Francia sabía mucho y que oficialmente solo atacaba a España.

—Hablas un francés excelente, ¿lo aprendiste en algún lugar de Francia? —fue la primera pregunta que le hizo May.

Mariela agradeció que la antesala de la conversación fuera una estancia tan acogedora como el recuerdo de Yvonne.

—Me lo enseñó en España una amiga entrañable. Era francesa y murió hace más de un mes en Madrid, de esa gripe que no sé por qué aquí llamáis española. Afortunadamente, la epidemia ha terminado y ahora ya da igual cómo se llamara. Espero que no regrese jamás.

Mary Borden se interesó enseguida por los detalles, por todos los detalles de la epidemia misteriosa. Muchas veces sospechó que, en los puestos sanitarios de campaña, se luchaba contra algo más que bombas y metralla. Aunque una dolencia pulmonar la había apartado del servicio activo como enfermera, continuaba supervisando hospitales y allí le contaban que trataban a veces a soldados caídos con lesiones de poca importancia que, sin saber cómo, de repente empeoraban y morían al cabo de tres días. Otros, heridos de muerte, se iban de la misma forma, aunque con una rapidez inusitada y estremecedora.

—Y antes se volvían azules... ¿verdad?

—¡Exactamente! Los médicos y las enfermeras, que no sabían lo que les ocurría, me explicaron que les veían morir con una sensación amarga...

Triplemente amarga: no podían evitarles la muerte, no sabían de qué muerte morían y no podían dedicar más tiempo que un instante a reflexionar sobre esa muerte porque otros heridos, o tal vez otros enfermos, aguardaban en fila para que los curasen.

—La guerra es capaz de sumergirlo todo en un pozo de silencio, Mariela... La guerra es el vacío.

Mi bisabuela se estremeció. Los hospitales de Mary Borden habían visto morir a soldados destrozados por las bombas; Mariela, a civiles despedazados por la Bestia. Y, en el fondo, puede que todos hubieran visto al mismo demonio en diferentes camas.

—Espero con toda mi alma que esa gripe, a la que yo llamaba la Bestia, se haya ido para siempre. Pero la guerra no, la guerra sigue. Quiero ir al frente, May, como tú hiciste. Quiero luchar contra todos los monstruos... también aquí.

—Eres buena. Buena en tu profesión y buena en tu espíritu. Irás al frente si lo deseas, pero no tengas prisa. En la guerra encontrarás bestias que ni siquiera imaginas y debes estar preparada. Hazlo y serás más útil. Yo te ayudaré.

Sí, estaban empezando a comprenderse.

Desde ese día, merendaron todas las tardes en Les Deux Magots.

Recordaban. Se explicaban mutuamente. Se decían y se preguntaban, y, aunque a veces no tuvieran respuestas, asentían juntas.

Mariela contó a May sus experimentos con las hierbas del Moncayo. Le hablaba de su tierra, de su montaña, de sus plantas asombrosas y de cómo ella, desde que tenía memoria, aprendió a mezclarlas y a exprimirlas de mil maneras para obtener de la naturaleza lo que la naturaleza brindaba.

—¿Y has traído alguna de esas hierbas? Me gustaría mucho verte trabajar con ellas.

Mariela se entristeció. Recordó cómo fue la huida, la precipitación, el odio en la mirada de los vecinos que horas antes le imploraban que les salvara de la enfermedad asesina. Trajo consigo algunos esquejes, los que cabían en los frascos que apenas le dio tiempo a echar apresuradamente en una maleta improvisada, pero eran pocos y muchos se habían secado.

En esa maleta ya solo le iban quedando fantasmas y recuerdos. Dentro de poco estaría llena de olvido.

—No, querida española. No se olvida lo que se lleva en el corazón. Solo es necesario elegir bien lo que guardamos en él y expulsar a quienes no merecen ocupar su espacio.

42

Una casa de color, música y risa

Días más tarde, el presidente de la República de Francia, Raymond Poincaré, firmaba un decreto en el Consejo de Ministros mediante el cual agregaba el departamento del Sena a la zona de los Ejércitos, lo que equivalía a incluir a la capital en la categoría de zona de guerra. El decreto advertía, para tranquilizar a los ciudadanos, de que la medida era meramente de carácter estratégico, que no modificaba en absoluto las condiciones de la vida pública y que los grandes servicios continuarían funcionando bajo la autoridad de los ministerios de los que dependían.

Como si no hubiera pasado nada por encima de la vida de los parisinos... solo la guerra. Una vez más, la guerra.

Tres días después volvió a no pasar nada, pero en forma de alarmas: saltaron a las once y treinta y nueve minutos de la noche para avisar de la llegada de aviones enemigos que se dirigían a la región de París. Cayeron bombas. La alerta cesó a las doce y treinta y seis. Poco antes, a las cinco de esa tarde, el capitán Marcel Doumer, jefe de una escuadrilla de aeroplanos franceses, moría en combate aéreo; el capitán era el tercer hijo del senador Doumer, amigo de los Borden-Spears, que moría en la contienda.

—Mi querida española —Mary Borden fue en busca de Mariela a la Maison de Madame Clotilde al conocer las noticias—, hasta aquí hemos llegado. ¿Quieres ser enfermera en el frente? Hazlo, pero hazlo viva. Ya sé que has rechazado mi oferta varias veces, pero no voy a permitir que sigas haciéndolo. Te vienes ahora mismo con nosotros. Nuestra casa es enorme y tendrás una habitación para ti sola. Mariela, hazme caso, tienes que salir de Belleville y vivir en un lugar más o menos seguro. Así, además, pasaremos más tiempo juntas para que puedas contarme de ti, y yo, de lo que he vivido, por si te sirve...

Nada podría servirle más que la historia de aquella mujer única, el ofrecimiento era en extremo tentador. El doctor Peset ya había regresado a España y, aunque dejó pagada una semana de alojamiento para ella en Madame Clotilde, Mariela dudaba de que pudiera estirar sus magros ahorros mucho más allá de un mes.

Era el plazo que se había fijado para partir hacia el frente, a alguno de los hospitales de campaña donde el bien más preciado y escaso eran las enfermeras con experiencia. Ella tenía poca experiencia en heridas de guerra, pero mucha en las de la enfermedad y también en las del alma. Y de esas también se muere.

No obstante, recordaba el consejo de May y sabía que no debía precipitarse si quería ser de utilidad. Cualquier cosa que pudiera llegar a aprender de ella sería más valiosa que cien días de batalla. Solo el pundonor de quien no ha nacido en la abundancia la retenía y le hacía dudar. Solo la naturalidad de quien sí ha crecido en ella hizo que triunfara la generosidad.

Así, el último día de junio de 1918, Mariela llegó con una maleta de cuero gastado y un botiquín con hierbas del Moncayo que ya comenzaban a secarse en el número 13 de la calle Monsieur de París.

El hogar de los Borden-Spears era un pequeño oasis, como una mansión solariega de la Normandía trasplantada al corazón de la gran ciudad. Los dos, May y Edward, hicieron de ella su refugio con el único propósito de poder acoger después a todo aquel que lo necesitara.

—Es una casa preciosa pero absurda, ¿verdad, Mariela?

No supo qué responder y solo sonrió mientras miraba extasiada alrededor. A mi bisabuela le gustaban las cosas absurdas, eran las que tenían más sentido para ella.

La casa no daba directamente a la calle. Para acceder a su interior había que atravesar un túnel por debajo del edificio hasta llegar a un patio y después subir por un conjunto de escaleras que desembocaban en un conjunto de habitaciones con vistas a un jardín inserto en un conjunto de jardines. Era una casa de conjuntos.

La estancia que consiguió detener unos segundos la respiración de Mariela fue la biblioteca. Sus paredes estaban pintadas de un verde tan oscuro que hacían del recinto un bosque apacible poblado de bellísimos árboles encuadernados. Algunos eran ejemplares nuevos, muchos de ellos regalados por buenos conocedores de la pareja o adquiridos en viajes anteriores a la guerra. Pero la mayoría eran libros antiguos, con los cantos desportillados y las hojas manoseadas, seguramente comprados uno a uno, escogidos con amor, paso a paso desde el *quai* Voltaire hasta el de la Tournelle, en los tenderetes de los buquinistas que vendían sus viejos tesoros a las orillas del Sena. Eran libros que olían a vida, rebosaban de vida. Y contaban dos historias, la que narraban sus páginas y la que podía leerse al aspirar su aroma. Esos eran los mejores libros, porque, como mi bisabuela siempre supo, en ellos, en los libros, está todo.

El resto de la casa de los Borden-Spears también desbordaba vida: un secreter lacado en rojo, dos sillones junto a la chimenea, paredes paneladas del color del oro pulido, un piano presidiendo el salón de música, una puerta siempre abierta a un jardín de lilas y al ruiseñor que todos los veranos cantaba junto a la ventana... Era una casa de conjuntos llenos de color, de música y de risa. Así la describió la propia May. Ese, añadió, iba a ser el nuevo hogar de Mariela.

Al tomar conciencia de ello, mi bisabuela se dejó abatir por un minuto de vacilación. ¿Tenía derecho? Tras una lucha a muerte con la Bestia y otra más encarnizada con la sinrazón de la ignorancia, en medio de la guerra y mientras las bombas sobrevolaban ese cielo que desde la calle Monsieur solo parecía una apacible bóveda azul, ¿tenía ella derecho a ser feliz? ¿Merecía vivir en una casa de color, música y risa cuando todo lo demás era gris, gemido y llanto?

Después se acordó del doctor Núñez y de su sabia dedicatoria: «Pensar es sufrir». ¿Dejaría ella de pensar por el mero hecho de dormir en aquella casa? Imposible. Nunca olvidaría a Yvonne, ni a Pepe, ni a su querido padre, ni a Cristovalina, ni a Angelines, ni a Jano, ni a doña Socorro, ni al doctor Peset... No olvidaría jamás todo lo que había dejado atrás pero lo llevaba siempre consigo. Como tampoco olvidaría lo que aún no había conocido: el Rugido al que todavía no había hecho frente, aquellos a quienes pudiera salvar o aquellos que quizás algún día morirían agarrados a su mano.

Eso se prometió a sí misma y al ruiseñor. No, ella nunca dejaría de pensar, luego siempre sufriría, ya fuera en la quietud de una casa en la margen izquierda o en las trincheras que, solo unos kilómetros al este, aguardaban su llegada.

No es que a mi bisabuela le gustara sufrir. Es que le había tocado vivir uno de los periodos de mayor sufrimiento en el mundo y nada de lo que se prodigara en él le era ajeno. De modo que asintió para sus adentros: puedo ser feliz un instante, sí, porque lo importante es pensar. Pensar y no olvidar durante el resto del tiempo. Jamás.

43

Yo morí en el infierno

—Todo empezó por casualidad. En realidad, en 1914 yo solo buscaba emoción y no se me ocurrió otro lugar donde encontrarla que en la Cruz Roja francesa.

Tras ofrecerse como voluntaria, Mary Borden fue convocada a finales de aquel año para una entrevista con la presidenta del comité londinense de la organización sanitaria francesa, la vizcondesa de la Panouse.

—¿Sabía algo de enfermería?, me preguntó. No. ¿Hablaba francés? Tampoco. Me dedicó una sonrisa irónica. ¿Y querría atender a enfermos de tifus? Solo tuve un momento de duda. Por supuesto. La vizcondesa era una mujer formidable.

Explicó a Mary que había una epidemia de tifus en Dunkerke, pero las autoridades francesas se resistían a permitir la ayuda de sanitarios de Gran Bretaña.

—¿Estaba yo dispuesta a viajar allí, romper los viejos prejuicios franceses y convencerles de que debíamos cuidar a sus enfermos? ¿Y querría financiar a dos enfermeras que me ayudasen? Ya no dudé en mi respuesta. Desde luego que sí.

Esa fue su primera pesadilla.

El hospital estaba instalado en el antiguo edificio del casino de Malo-les-Bains, donde se hacinaban hileras de cientos de camas que se reflejaban hasta el infinito en los gigantescos espejos de las paredes que solo eran ya vestigios ajados de sus tiempos de esplendor. En ellas yacían abandonados otros tantos enfermos y a la vez heridos que no habían sido atendidos por enfermera alguna, expirando bajo decadentes arañas de cristal. No solo carecían de cuidados humanos, sino del más simple equipamiento material, sin tazas, ni cuñas, ni orinales. El aire era irrespirable.

—Trabajábamos sin descanso. También llorábamos. Mucho. A veces teníamos que correr hacia alguna de las cristaleras, asomarnos y dejar que algo del viento salado del mar nos llenara los pulmones. Pero solo un momento. Enseguida debíamos volver a ese purgatorio en penumbra de hombres agonizantes, cadavéricos, que nos clavaban las uñas en los brazos para aferrarse a la vida.

Mariela se puso en su lugar. Se vio en Malo-les-Bains y al mismo tiempo en una chabola de Curtidores. Vio los mismos rostros, las mismas manos, la misma desesperación. Volvió a sentirse un ángel blanco.

La segunda pesadilla fue la decisiva. Mary llevaba varias semanas de horror en la primera cuando llegó un inspector que la encontró llorando. Le dio unas palmaditas de afecto en el hombro y le hizo una pregunta insólita: ¿le gustaría dirigir su propio hospital? Si redactaba una propuesta, él se encargaría personalmente de hacérsela llegar al general Joffre. La garabateó apresuradamente en una hoja del hotel Chapeau Rouge: médicos, cirujanos, enfermeras, número de camas, avituallamiento...

Así, el 20 de julio de 1915, nació su primer hospital ambulante, el Ambulance Chirurgicale número 1, sufragado por la propia Mary Borden e instalado en Flandes, a las afueras de Rousbrugge, en el momento y el lugar más castigados del frente occidental.

—Jamás habría podido encontrar una mejor manera de emplear el dinero que recibí en herencia. Empezamos la guerra con una docena de enfermeras, la terminamos con cincuenta.

Y con ochocientas camas. Y con una de las tasas de mortalidad más bajas de la contienda. Y ella misma, más adelante, con la Cruz de Guerra que le impuso el general Pétain, y con la Medalla de la Legión de Honor concedida por el propio Poincaré.

Un año después de su llegada a Bélgica, cuando el ejército francés había abandonado la región, Mary Borden siguió a las tropas que ya consideraba suyas hasta Bray-sur-Somme para dirigir un hospital de evacuación.

—No recuerdo cómo llegué allí, pero tengo la escena grabada en mi mente. Aún hoy oigo los cañones, el sonido de los camiones que desfilaban sin fin ante el hospital, el lamento de los hombres mutilados, bazos rotos, pulmones acribillados, miembros sin torso, torsos sin extremidades, y el olor, ese olor... el tufo insoportable de la gangrena por el gas mostaza.

Como la fetidez de la Bestia, que era inextinguible, se ramificaba, penetraba por los rincones, cruzaba fronteras sin necesidad de salvoconductos, se desplegaba apestándolo todo.

—Tengo el delantal cubierto de lodo y sangre, pero estoy demasiado cansada para quitármelo. Mis pies son dos bloques hinchados, arden... Llaman a la puerta y voy cojeando a abrir. Es un joven oficial inglés completamente cubierto de barro, como mi delantal. Me dice que ha estado buscando a una compañía entera perdida en medio del lodazal. Se presenta. Es el capitán Spears, un oficial de enlace con nuestra división. Le doy un té y después desaparece bajo el mismo cielo oscuro y agrietado bajo el que le conocí. No le volví a ver hasta la primavera, en la ofensiva de Nivelle en Chemin des Dames.

—Y os casasteis un año después...

—Podría resumirse así. Pero, entre la primera vez que le vi y nuestra boda, tuve ocasión de palpar la verdadera atrocidad de la guerra.

—¿Acaso no la habías palpado ya en Dunkerke?

—Todo el horror que te he contado solo me había servido para intuirla. Los hombres desmembrados, el tifus... no eran nada, únicamente afluentes del gran río. El auténtico monstruo de esta guerra es el barro. Así vi por primera vez a B, embarrado hasta el pelo. Así le recuerdo. Él fue un símbolo. La verdadera imagen de una cruzada que nadie entiende. El barro lo devora todo, incluida la dignidad, diluye al hombre y lo deja sin identidad. El arma más mortífera de la guerra es el barro.

Borden no pudo contener las lágrimas al evocar ante Mariela la tercera batalla de Ypres, cuando un comando del ejército británico lanzó un ataque contra los alemanes cerca del pueblo de Passchendaele, en el norte de Bélgica. Los aliados perdieron más de trescientos mil hombres y los alemanes, doscientos sesenta mil.

—Perder hombres... Esa es una forma demasiado abstracta de explicar lo que ocurrió.

Había caído una lluvia apoteósica sobre Flandes que lo convirtió todo, sembrados, jardines, tierra, árboles y piedras, en una masa informe de limo.

—Las trincheras quedaron sepultadas por el cenagal, y los cráteres causados por las bombas se llenaron hasta rebosar, transformados en trampas mortales. El fango bloqueaba los fusiles, los cañones no podían desplazarse, ni los *boches* ni los *poilus*[11] eran capaces de caminar. Caía lluvia y más lluvia, que se hacía densa cuando tocaba el suelo debido a los gases venenosos. Todo el terreno se convirtió en un gigantesco campo de légamo en el que se ahogaban soldados y caballos hasta que no quedaba nada de ellos. El barro les taponaba las vías nasales, la boca, llegaba a la garganta, asfixiaba... y después se los tragaba. Quien caía en el barrizal se hundía miserablemente en él. Sin remedio. Sin salida.

—¿Murieron hundidos en el barro? Qué muerte tan terrible... ¿Fueron muchas las víctimas?

—Muchas. Muchas. No recuerdo el número, incontables...

Mary Borden no lo recordaba. Pero yo, sí.

Lo hice al leer el relato de mi bisabuela acerca de uno de los episodios más apocalípticos de la Gran Guerra: alrededor de cuarenta mil hombres desaparecieron en la ciénaga de aquella aldea. Nunca se encontraron. Sencillamente, fueron engullidos y después disueltos en las entrañas de la tierra.

11. A los soldados franceses de la Primera Guerra Mundial se les llamaba *poilus*, literalmente peludos, por sus barbas y bigotes. Y en Francia se aludía a los alemanes despectivamente con el término *boche*, asno en francés.

Lo recordé con un escalofrío y, al hacerlo, me vinieron a la memoria las palabras amargas del poeta británico Siegfried Sassoon, quien vivió aquellas jornadas aterradoras y más tarde escribió: «Yo morí en el infierno/(lo llamaron Passchendaele)».

—En cambio, sí me acuerdo de lo que quedó después. En el fangal de aquel lugar solo había silencio. El silencio más estridente que jamás he oído. Un silencio horrísono, pavorosamente horrísono...

—Como un rugido...

—Exactamente, Mariela. Aquel silencio era un rugido.

—Y te ensordeció...

—Para siempre.

—Debo confesarte algo. He escuchado el Rugido desde que crucé la frontera de Francia con mi país. No consigo borrarlo, no se va, no me deja. Día y noche. Lo oigo permanentemente, viene conmigo a todas partes...

—Es el eco de la guerra, amiga mía.

—Temo volverme loca. ¿Cuándo acabará?

—Cuando la mires de frente. Solos el Rugido y tú, en un campo de silencio. Cara a cara con la muerte.

—Ya he mirado a los ojos de la muerte.

—Entonces ella te conoce y por eso te ruge en el oído. Eres valiente, niña.

—No lo suficiente. Tú lo has sido mucho más. Quiero ir al sitio de donde vienes.

—Aún no. No estás preparada. Yo te diré cuándo puedes ir. Prometo que no trataré de impedírtelo. Solo quiero que tengas más información de la que tuve yo.

—¿Y qué haré mientras?

—Ya te dije que yo te prepararé. No puedo regresar al frente porque de mí también la guerra se cobró su factura y ya no tengo la salud necesaria. Pero puedo hacer que tú seas mis manos y mis ojos. Quiero contarte todo lo que sé. ¿Confías en mí?

—Absolutamente.

—Pues empecemos. Mientras, escribe.

—¿Escribir?

—No hay mejor medicina para el alma. Yo lo hice antes, durante y después del rugido. Ahí, en un cajón del secreter rojo, duermen mis relatos y mis poemas, los que nadie quiere publicar, pero a mí me han sanado el corazón. Úsalo tú también, es tu escritorio. Úsalo todo. Úsame a mí.

—Gracias, May. Nunca olvidaré lo que estás haciendo por mí.

—No me des las gracias. Ahora, esta es tu casa y yo soy tú.

44

Voy a ir al frente

París, a 12 de julio de 1918

La reverberación del Rugido es insoportable. Me despierta por las noches, me arrebata el sueño y ya no me lo devuelve. Solo encuentro sosiego para mi insomnio en este secreter rojo.

No sé cuándo, pero voy a ir al frente. Y cuando lo haga, pensaré en usted, padre amado, mi padre querido. Le he dejado solo en la Cañada, solo con Lucifer y con el mal. No he sido consciente de que he permitido que descargara sobre usted la ira que me corresponde recibir a mí. Padre amado, mi padre querido, espero que sepa perdonarme y que recuerde siempre que le amo con toda mi alma.

No sé cuándo, pero voy a ir al frente. Y cuando lo haga, pensaré en ti, mi entrañable y generoso doctor Joan Peset. Gracias a ti estoy aquí, aspirando el aroma de las lilas de París. Gracias a ti bebo café por las tardes y me embriaga un cielo limpio que solo hienden los aeroplanos. Pero yo no los veo, llegan cuando ya he dejado la taza en el plato y estoy cobijada en el escritorio rojo, nada interrumpe mi paz. Sin embargo, tú conoces bien la batalla que libro dentro y la que me espera. Tú me has dado fuerzas. Tú me has enseñado a avanzar. Mi destino es la batalla.

No sé cuándo, pero voy a ir al frente. Y cuando lo haga, allí, en campos de silencio, rodeada por el estrépito del Rugido, pensaré mucho en ti, mi admirada May Borden. Eres mi maestra, mi motor, la palanca con la que voy a dar la vuelta a mi mundo. Cuando llegue al frente evocaré el trino del ruiseñor que canta para nosotras y anuncia que ya ha llegado el verano a París. La canción de nuestro ruiseñor vencerá al Rugido. Su música es potente, suena mejor y más nítida que las bombas. Solo la melodía de su pico puede silenciar para siempre el alarido del hocico nauseabundo.

No sé cuándo, pero voy a ir al frente.

Y, cuando lo haga, os llevaré a los tres conmigo.

45

Si ellas colapsan, Europa se hunde

A Mariela le asombraba todo de París. Y, sin embargo, quince días después de su llegada, se movía por la ciudad como poco antes lo hacía por las lomas del Moncayo.

A la adaptación contribuyeron en buena medida los consejos de May, algunos aceptados a regañadientes.

El primero, la liberación de ese moño mojigato que le ocupaba un buen cuarto de hora cada mañana con el único objetivo de conseguir que durante el resto del día nadie se fijara en que Mariela tenía pelo. Esfuerzo perdido y, además, improductivo, zanjó May. Lo solucionó con una visita al salón de Eugène Sutter. Mi bisabuela salió de él con un corte cuadrado que no sobrepasaba el lóbulo de las orejas y una ondulación permanente realizada con una máquina innovadora, inventada precisamente por el socio español de Eugène. Gracias a ambos, seguro que ni siquiera se acordaría de peinarse. El cuarto de hora del moño de las mañanas quedaba liberado, podía emplearlo en cientos de cosas mucho más útiles.

Por ejemplo, en cambiar de vestuario. No para hacerlo más seductor, sino todo lo contrario: cómodo. En primer lugar, la falda debía acortarse unos centímetros, no tenía nada de malo ni de pecaminoso enseñar más allá del tobillo. Especialmente en el uniforme de enfermera, porque eso impediría que los bajos se embarraran al primer paso; también era una cuestión de economizar tiempo, el que iba a necesitar para lavarlo en lugar de descansar.

Otro asunto de practicidad: la nueva ropa interior. Los corsés habían muerto. Estaba a punto de nacer el sujetador. Entre ambos, surgía una moda (¡al fin!) pensada no para estrangular vísceras ni fisurar costillas, sino para permitir el trabajo en libertad.

—Mira, atas esta banda alrededor del pecho y, con las cintas laterales, vas ajustándola de forma que no se te muevan los pechos... créeme, no querrás que lo hagan cuando tengas que correr por un aviso de bombardeo o al levantar en volandas a un hombre que pesa el doble que tú. Pero déjalas lo suficientemente holgadas para que no te compriman hasta cortarte la respiración.

—Bendito sea el que la inventó. Nunca pude llevar corsé.

—Ahora ni siquiera está bien visto. ¿Sabes que en mi país han pedido a las mujeres que renuncien a ellos e incluso que donen los que tengan para aprovechar el acero de esas máquinas de tortura?

—¿El acero...?

—Escasea, amiga. Dicen que han recogido veintiocho mil toneladas y que las han utilizado para fabricar no sé cuántos buques. Una exageración, sin duda, pero a muchas esto nos ha hecho un grandísimo favor.

May continuó explicándole su decálogo de moda funcional para tiempos de guerra.

—Las mujeres ya no somos meros objetos de deseo. Se acabaron las figuras en forma de ocho, las cinturas de avispa y los pezones casi al aire. Es el fin de las curvas. Ahora necesitamos comodidad, movernos libremente porque trabajamos. Somos dueñas de nuestra vida y también de nuestros cuerpos, Mariela, es de las pocas cosas buenas, si no la única, que ha traído esta guerra.

Todo en boca de May era un manual de pragmatismo.

Hasta que una tarde se detuvo delante de la sombrerería Monsieur Terré.

—Esto, sí. Esto es un capricho... una coquetería. Y, sin embargo, no podrás vivir sin él.

Le mostraba algo parecido a una campana, un sombrero

cloché de fieltro azul índigo de ala corta, rodeado por una cinta celeste. Sencillo y precioso.

—Esta va a ser la joya de tu vida civil, la lucirás mientras estés lejos del frente y no tengas que llevar cofia. Tu único adorno.

Se lo encajó en la frente hasta las cejas.

—Pero no puedo ver nada, May, es muy bajo, casi me tapa los ojos.

—Esa es precisamente su función, está pensado para que tengas que levantar la cabeza. Arriba el mentón, mira debajo de ti a todos y a todo. Eres la mujer del nuevo siglo y las mujeres del nuevo siglo estamos seguras de nosotras, nada nos obliga a agachar la mirada. ¿Lo entiendes?

A la perfección.

Tan bien lo entendió, que no tardó en aprender a observar la vida de arriba abajo y, desde ese momento, ya no supo pisar las calles de París sin un cloché que le mantuviera la barbilla en alto.

Los discursos de Mary Borden despertaron los recuerdos de sus lecturas favoritas, entre ellas los escritos de Concepción Arenal y aquel en el que dijo que «la sociedad no puede prohibir el ejercicio honrado de sus facultades a la mitad del género humano».

En París, las mujeres eran mucho más de la mitad de su población. París estaba lleno de mujeres. ¡Qué diferente de Madrid! Las había no solo en las calles y en los lugares de habitual concentración femenina, como los comercios o los salones de té, sino en aquellos otros tradicionalmente ajenos a ellas. Mariela vio deshollinadoras, carteras, telefonistas, taxistas, conductoras de tranvía, de vagones de metro y de camiones urbanos, estibadoras en los muelles del Sena, expertas en munición, operarias en fábricas de todo tipo de suministros bélicos y también en las de la incipiente industria automovilística...

—Pero no te dejes deslumbrar, Mariela. Ellas no son como

los hombres. Más bien, son como los niños: mano de obra barata, se les paga la mitad del salario que antes cobraban los obreros en el mismo puesto. Saben, además, que su trabajo es precario, porque cuando vuelvan los hombres que queden vivos recuperarán la vida que tenían y ellas perderán las suyas. Pero, mientras, las mujeres son muy rentables, se quejan poco y trabajan más. Después, al llegar a sus casas, deben cuidar a sus hijos y a sus mutilados. ¿No las ves? Están extenuadas, son mujeres al borde del colapso. Puede que a este viejo continente no lo hunda la guerra, pero si ellas colapsan, escúchame bien, Europa se hunde.

—Pues a mí me parece que es bueno que al fin se den cuenta de que las mujeres podemos hacer de todo. No creo que dejen de trabajar cuando acabe la guerra.

Ante comentarios ingenuos como ese, May sonreía con tristeza y respondía filosóficamente:

—Esta guerra es interminable. Nunca acabará, aunque se firme la paz y aunque bajen las armas. Recuerda lo que te digo, amiga: esta guerra es solo el principio. Lo peor está por llegar...

46

En la calle Fleurus

A Mariela le sorprendió encontrar una coincidencia con sus observaciones sobre la abundancia de población femenina precisamente en boca de uno de los personajes más peculiares de cuantos conoció en París.

—Me fascina tu país, Ela, ¿verdad que nos fascina, Alice? Es absolutamente fascinante.

Gertrude hacía lo que quería con el lenguaje, con sus signos de puntuación ya fueran escritos o hablados y también con sus leyes. Era una cubista del lenguaje.

—Para huir de esta maldita guerra nos fuimos a Mallorca, pensamos que serían unos días, al final fue el invierno entero, antes pasamos por Barcelona, nos quedamos admiradas, ¿cómo nos quedamos, Alice?, admiradas y completamente fascinadas. En Barcelona hay hombres, fascinadas y admiradas nos quedamos, ¿verdad que sí, Alice? Hay hombres, las calles están llenas de hombres hombres hombres. Yo pensaba que ya no quedaban hombres en el mundo.

May introdujo a mi bisabuela no solo en los conceptos de la moda de la mujer del nuevo siglo, sino también en los círculos del arte y la cultura que entonces trataban de revolucionar el mundo. Esos círculos tenían un centro de donde partían todos los radios: el número 27 de la calle Fleurus. Allí vivían Gertrude Stein y Alice B. Toklas, norteamericanas como Borden, y por allí pasaban cada semana las mejores cabezas, las mejores plumas, los mejores pinceles, las mejores partituras de todo París. Que era lo mismo que decir lo mejor del mundo. El 27 de Fleurus era los sábados por la noche el epicentro del seísmo de la modernidad que estaba sacudiendo la capital del universo.

—Qué ganas tengo de que conozcas a tu compatriota Pablo, muchas ganas tengo, querida Ela. —Después de quince años viviendo en París, Gertrude hablaba un francés con marcadísimo acento sajón y una dificultad incorregible con las erres, por eso suprimió la única de Mariela—. Pero está enamorado, se ha ido al bulevar Raspail, vive con la rusa, ahora está en el Lutetia, se casa en unos días, ¿no se casa, Alice?, está tan ocupado, se va de luna de miel. Yo le he dicho disfruta pero no te traigas esa gripe, la gripe española es lo único español que no me gusta, querida Ela.

Mary Borden admiraba a Gertrude Stein; sus libros y los de Flaubert fueron sus únicas lecturas de consuelo mientras trabajaba en los hospitales del frente. Se decía influenciada por el estilo literario de Stein, los relatos que escribía en el secreter rojo eran *collages* de figuras reiterativas que, como los textos de su amiga, reflejaban la incongruencia y el sinsentido azaroso de la guerra.

Gertrude, por su parte, confesaba estar extraordinariamente interesada en Mary, porque, auguraba, iba a convertirse en una escritora a tener en cuenta, con el beneficio añadido de ser una americana «muy Chicago».

Mariela captaba la rendida devoción de May hacia Gertrude. Pero por alguna razón no sabía interpretar si los elogios que aquella mujer fornida, de estética masculina y ojos muy penetrantes devolvía a su amiga eran realmente elogios. No distinguía del todo bien su ironía. Ni siquiera sabía si Stein le caía bien.

—Este retrato lo ha hecho Pablo, noventa días me tuvo sentada en el sillón, al sillón le falta una pata, noventa días, ¿no fueron noventa, Alice?

—Picasso —leyó Mariela—. ¿Y cree de verdad que ese Picasso es un buen pintor? Yo, francamente, no veo que la del cuadro se parezca mucho a usted.

Gertrude rio con ganas.

—¡Eso mismo le dije yo! Me contestó, ¿te acuerdas, Alice?, me contestó, me dijo, reía, me dijo: «No te pareces ahora, pero descuida, Gertrude, terminarás pareciéndote». Desde entonces cada día me esfuerzo, hago lo que puedo, intento parecerme a mi retrato. Lo ha dicho Picasso, yo cumplo.

Y seguía resonando su risa firme.

En el salón Stein la guerra no existía. Se hablaba de vanguardias, de modernismo, de literatura, de poesía, de minimalismo, de impresionismo. Una noche, Erik Satie contaba baladas sin música del París de su infancia, mientras el atormentado Juan Gris se sentaba junto a su angustia en medio del decorado teatral de Fleurus. Otra noche lo hacía Henri Matisse, a pesar de que Stein se esforzaba en mostrarle a él y a su esposa una velada antipatía. Entraban y salían Paul Valéry, que cantaba odas al intelecto y contra la estupidez con sabia ironía, y Sylvia Beach, jamás sin un libro bajo el brazo, rodeada por una nube de escritores neonatos que algún día asombrarían al mundo, siempre y cuando ella los reuniera en los estantes de una librería alrededor de la cual pudiera hacerlo girar.

Con todo, a Mariela no se le escapaba que, entre los favoritos de la anfitriona, destacaba un trío especial, el Triunvirato, como ella llamaba a tres amigos inseparables.

Uno era el francés Guillaume Apollinaire, poeta, quien a veces recitaba entre carcajadas estrepitosas: «Si me dejaran hacer, compraría los pájaros cautivos para dejarlos libres...», y otras solo balanceaba su redondez y comía y bebía junto a los demás integrantes del grupo.

En él estaba el también poeta Blaise Cendrars, un suizo apasionado que algunos días declamaba sus versos subido a un escabel como Ulises en la proa de su barco camino de Troya, en recuerdo de su otro amigo John Dos Passos, que un día le apodó hijo de Homero.

Y lo completaba el pintor bielorruso Marc Chagall, un alma cándida y sonriente que escuchaba a sus dos compañeros del Triunvirato perdido en la mirada soñadora con la que nunca dejaba de buscar el color exacto que le permitiera competir con la hermosura de las flores.

Así eran las noches de la calle Fleurus. Veladas de poesía, arte, música, armonía y sosiego. Noches en las que el Rugido no estaba invitado. Se quedaba a las puertas de la casa de Gertrude y Alice, aunque Mariela siguiera oyendo su bufido estremecedor a través de ellas. Pero no contaminaba con su respiración podrida al grupo de personas que, en aquel salón tapizado de obras maestras y alfombras persas, solo podían y querían soñar con la belleza.

Estaba bien. Era bueno saber que había una isla en medio del mar picado en la que no soplaban tifones, sino solo una brisa suave.

Sí, estaba bien y era bueno. Era bueno para el alma.

47

En la calle Monsieur

Sucedía al contrario en el hogar de los Borden-Spears. Aun cuando los sábados eran exclusivos de la casa Stein, May franqueaba la suya al todo París los domingos, con las ventanas abiertas de par en par para que pudieran contemplarse las lilas desde el bosque de la biblioteca. Y allí sí se hablaba de la guerra. Allí el Rugido aullaba, pese a que nadie le tenía miedo; por eso su nombre no estaba vetado. La casa de Mary Borden era la otra cara de la moneda, pero igual de necesaria: sin una cara y una cruz, no hay moneda.

Y aun así, Gertrude, Alice y la corte de la intelectualidad francesa también disfrutaban en ella, especialmente en invierno, porque, pese a la escasez de carbón, era un lugar cálido y acogedor. El grupo se componía más o menos de las mismas personas en ambas casas, pero se comportaban de modo diferente.

En la sala de música de los Borden-Spears, Satie sí se sentaba al piano. Y Valéry olvidaba el sarcasmo, fascinado por el trino evocador de su rival, el ruiseñor del jardín de May Borden, al tiempo que escrutaba con ojos lánguidos el rostro de la nueva española en busca de algún parecido con el de la musa catalana que le trastocó la vida o al menos con la Helena que oye «claros cantos remeros que encadenan rugidos», el verso que se empedró en la mente de mi bisabuela sin que nunca llegara a adivinar si fue clarividencia poética o simple casualidad.

Blaise Cendrars seguía tratando de encontrar el poema más triste del mundo cuando se quejaba de que le picaba el brazo, el que no tenía, el que le devoró la guerra tres años antes amputándole la vida. También recitaba Guillaume Apollinaire, pero lo hacía rascándose con gesto hosco una cicatriz en la cabeza y advertía a su interlocutor más cercano con voz oscura: «Y ten mucho cuidado de los zepelines, cada oficial francés lleva uno».

Mariela, a quien jamás se le escapaban los síntomas del dolor, de cualquier dolor humano, advirtió los de Cendrars y Apollinaire incluso antes de que ninguno de los dos dejaran asomar una mueca.

Le bastó una noche en la calle Fleurus para darse cuenta, pero ya sabía que allí no se hablaba de dolor, así que esperó a otra en la Monsieur para proponerles:

—He preparado dos emplastos con hierbas del Bois de Boulogne que son parecidas a las de mi tierra. Si me permitís que os los aplique, quizá pueda calmaros esas molestias...

El zumbido de las conversaciones entre los invitados de May Borden cesó como cortado a navaja y la curiosidad reunió a todos en silencio en torno al muñón de Blaise y a la cabeza de Guillaume, mientras Mariela trabajaba con ellos como los demás lo hacían sobre un lienzo o un papel en blanco. Sabían reconocer el arte en todas sus formas.

Puede que a mi bisabuela le temblara algo el pulso al sentirse tan observada mientras aplicaba las curas, pero estoy segura de que el temblor duró poco y enseguida recuperó la firmeza. Cuando se enfrentaba a una herida, pisaba terreno seguro. Si no podía cerrarla, al menos trataba de aliviarla. Siempre lograba una de las dos cosas.

Fue difícil en el caso de Guillaume.

Mariela sentía por él un aprecio especial. Luchó por Francia con la osadía y el arrojo con el que luchaba por la vida hasta obtener el grado de teniente y una merecida Cruz de Guerra. Y no solo peleó con armas mortales, sino con otras que daban vida. Gertrude y May le habían contado cómo de un escueto poemario que tituló *Cofre de armones* y editó en tinta violeta imprimió veinticinco ejemplares y vendió cada uno a veinte francos. La recaudación fue destinada a ayudar a los heridos de guerra, y solo por eso ya se había ganado la rendida pleitesía de mi bisabuela.

Hasta que un día, hacía dos años, mientras leía un ejemplar de *Le Mercure* en el interior de una trinchera, una esquirla de obús le traspasó el casco y se le incrustó en el cráneo.

Después de tres noches de emplastos, trató de recordarlo:

—No sentí nada, Marilá —a mi bisabuela le gustaba escuchar su nombre afrancesado en los labios de Apollinaire—, nada, nada... Es más, seguí leyendo hasta que vi que una gota de sangre caía de mi cabeza y manchaba la página de la revista. Ay, entonces lo supe, entonces dije «ya ha llegado mi hora». Me equivoqué... en el hospital de Villa Molière me trepanaron aquí, donde ves el agujero, y me salvaron la vida. Solo me han quedado algunos momentos de tinieblas que trato de superar a carcajadas y este dolor que por primera vez parece dejar de morderme. Y ha sido gracias a ti... mi amiga española, ¡mi gran amiga española!

La euforia de Guillaume contagió a todos. Ayudó una botella de *pinot noir* de la Romanée-Conti que Edward Spears abrió para la ocasión, pese a que guardaba la caja de donde la sacó para el día en que se firmara la paz, si es que tal día llegaba. Con esa botella brindaron:

—Por Marilá, que ha conseguido difuminar mi noche y mis pesadillas...

Mi bisabuela reaccionó sin pensar:

—¡Eso no, por Dios, Guillaume, no dejes nunca de tener pesadillas! ¿Cómo, si no, podrías escribir esos rarísimos poemas tuyos que parecen malos sueños?

Todos aplaudieron y a May Borden se le iluminó aún más la sonrisa.

—¡Mujer extraordinaria! Eres grande de corazón, amiga —le agradeció Guillaume a voces.

Aquellas palabras le hicieron recordar las innumerables veces en que la llamaron «pequeña», tantas como las ocasiones en que se rebeló reclamando respeto, al menos el mismo que todos habrían mostrado por un hombre de baja estatura. Cuánto las agradeció.

Pero no mermaron su capacidad de observación. Aunque no dijera nada, el tercer miembro del Triunvirato también sufría y, sin embargo, no parecía existir emplasto que lo confortara. Mariela examinaba cada noche a Marc Chagall detenidamente y en silencio: era callado, en su lentitud al hablar notaba ingentes esfuerzos por disimular un tartamudeo que debió haberle marcado en la infancia. Y, sobre todo, distinguía en lo que no decía una tristeza que ni el jardín de lilas de la calle Monsieur parecía atenuar.

48

Un revolucionario

En una de las reuniones, Chagall llegó acompañado. Presentó al nuevo invitado con una locuacidad inusitada y, gracias a eso, captó la atención del auditorio.

—Quiero que todos conozcáis a mi camarada Yakov Sverdlov, un prohombre de mi país, un héroe de la Revolución...

Mariela, callada, observó al prohombre. Un revolucionario... mucha era la curiosidad que había sentido por saber qué aspecto tendría uno desde que oyó a escondidas la conversación de dos cocineras en la Santa Isabel de Hungría de Madrid. ¿Eran seres desgarbados, desaseados, distraídos en sus ensoñaciones y siempre con el puño en alto? ¿Eran agresivos, furibundos, enfadados con todos y con todo, capaces de derrocar zares y asaltar palacios con la misma facilidad con que fumaban cigarrillos?

Allí tenía uno. Un revolucionario de carne y hueso. Pero no encontró en él nada de lo que había imaginado. Por el contrario, vio a un hombre de algo más de treinta años, delgado pero de constitución fuerte y estatura media, de elegancia discreta bajo una chaqueta de cuero negro, con anteojos modernos y un corte de pelo y un bigote con barba bien cuidados, haciendo gala de la misma pulcritud que lucían los parisinos por las calles, pero, a diferencia de ellos, sin asomo de ostentación. Le gustó.

Saludó a todos en un francés hondo, gutural y modulado

que en ocasiones sonaba a un aria hablada del *Manon* de Massenet. Y con extremada cortesía. Chagall le miraba con admiración. Sverdlov le devolvía la mirada con respeto. Los dos compartían ideales, a Mariela no le costó reconocerlo.

De modo que así eran los revolucionarios. Ya solo le faltaba saber qué era la revolución.

Alguien se le adelantó y preguntó eso mismo en voz alta, animado por otro *pinot noir*, más humilde que el de la noche de los emplastos, aunque también excelente, como todos los que provenían de la bodega de Spears.

Sverdlov habló con una voz profunda y solemne.

—Permíteme que conteste yo, camarada Chagall, y que lo haga recordando algo de tu historia, sé que cuento con tu aprobación... —El pintor sonrió tímidamente y el revolucionario siguió—. Marc nació judío y en una familia obrera, como yo. Él, en una pequeña aldea; yo, en una ciudad junto al Volga. Los dos pasamos necesidades, como las que ha sufrido nuestro pueblo durante siglos. Y estuvimos oprimidos, como millones de rusos, hasta que desapareció el déspota. No todos sabréis que la hermana de Marc, Rajil, murió siendo una niña porque comió carbón. Él me ha contado muchas veces cómo tuvieron que espantar las moscas en su velatorio y ese, estoy seguro, no es el último recuerdo que todos vosotros quisierais conservar de un ser querido. Pero eso no sucederá ya jamás en la nueva Rusia. Hoy los trabajadores tienen pan y dignidad. Marc me ha dicho muchas veces que él nació muerto. ¿Nos preguntáis qué es la revolución? Yo os lo diré: es el regreso a la vida de los que nacieron muertos.

Calló.

Después de su última frase, solo podía oírse el canto del ruiseñor.

No volvieron a ver a Sverdlov.

Chagall les contó que, al día siguiente de su asistencia a la velada en la casa de los Borden-Spears, había recibido un telegrama misterioso que reclamaba urgentemente su regreso a

Rusia. «A los revolucionarios también los persiguen cuervos negros», pensó mi bisabuela.

La calle Monsieur lamentaba su partida:

—A Picasso le habría encantado conocer a ese Sverdlov, Marc. Pablo es comunista, dice. Comunista, ¿verdad, Alice? —Gertrude añoraba a su amigo español—. Pero yo no le creo. Picasso vive bien... le gusta el capital.

—Nadie le regala nada. Lo que gana lo gana con su trabajo —fue Guillaume, buen compañero del malagueño, quien le defendió.

—Y lo reparte después entre sus amigos, que lo necesitamos mucho. Redistribución, ¿no es eso el comunismo? —añadió Blaise.

—Pablo, en realidad, es un pacifista —siguió Apollinaire.

—También. No está reñido. Os recuerdo que la Rusia comunista salió de la guerra en marzo —terció May.

—En el fondo, todos somos un poco comunistas, ¿no?, a nuestro modo... ¡Brindemos, camaradas! —Guillaume bebió y se dirigió a su amigo Chagall— Pero dime, Marc, ¿por qué no podremos volver a ver a Sverdlov? ¡Quiero preguntarle muchas cosas, quiero que vuelva!

Marc recuperó el halo de tristeza y habló en tono enigmático dirigiéndose al cuello de su camisa:

—Son tiempos difíciles y la Revolución tiene pilares frágiles...

Los que había plantado el prohombre en París se derrumbaron dos días después y, con ellos, el embeleso místico que la Revolución había causado en los contertulios de aquella noche.

Mientras la guerra europea empezaba a saturar con hartazgo de sangre a los pueblos, llegó una noticia confusa que no por ser aledaña a la contienda resultaba menos inquietante: la ejecución en algún lugar de la remota Rusia de quien había enviado a su país al suicidio, el omnipotente emperador Nicolás II. El 20 de julio se produjo la primera confirmación oficial a través del diario ruso *Biednata*: «Por voluntad del pueblo revolucionario, ha fallecido felizmente en Ekaterimburgo el sangriento zar. ¡Viva el Terror Rojo!». Otros despachos urgentes añadían datos contradictorios: que la familia imperial había sido trasladada a una cárcel segura, que el zarévich Alexei había muerto poco después que su padre debido a un agravamiento de su enfermedad congénita, que la zarina Alexandra y sus hijas estaban en un monasterio de Siberia, que la reina había solicitado su ingreso y el de las niñas en un convento de Suecia...

Pero había más. May contó a Mariela en secreto un rumor que recorría como un relámpago de fuego todos los mentideros políticos: se decía que fue la mano de Yakov Sverdlov, poderoso presidente del Comité Ejecutivo Central Panruso, la que había ejecutado personalmente al zar.

—Era un mal rey, eso lo sabíamos todos en Europa, pero la revolución bolchevique está cometiendo injusticias. A un tirano se le juzga, no se le asesina a escondidas.

Muy cierto, pero... ¿aquel hombre de negro y voz imponente, educado y sobrio, inteligente y afable, de oratoria impactante, era un asesino?

—¿Estás segura, May? ¿De verdad crees que él ha matado al zar? ¿De verdad que está muerto? ¿No será solo una mentira más de la intoxicación que sufrimos cada día por culpa de esta guerra sin fin? Me parece tan increíble...

—Mi querida Mariela, vivimos momentos absurdos. Cuando llegues al frente verás lo que nunca habrías creído posible. ¿Te asombra lo del zar? Prepárate, amiga, encontrarás cosas mucho peores. Al fin y al cabo, la vida de Nicolás es una sola. En la guerra se sacrifican miles cada día.

Tenía razón. Como siempre, May Borden tenía razón en todo. O casi todo.

Porque mi bisabuela estaba segura de que no la tenía en lo relativo a Sverdlov. Ella había escuchado sus palabras. Aquel revolucionario había hablado de vida, no de muerte.

«No», se dijo. Imposible. Creía conocer tan bien el alma humana como el cuerpo de carne. Ella habría captado la falsedad en su discurso si hubiera mentido.

—No —volvió a decirle a su amiga May.

«No», volvió a decirse a sí misma.

49

La historia en minúsculas

Mariela archivó en algún lugar de su cerebro aquel episodio con el primer revolucionario que había conocido en su vida y dejó espacio para otras, muchas otras historias y muy distintas de las amables de la calle Fleurus y de las oscuras de la Monsieur. Las que tenían que ver con una revolución lejana y ajena, escuchadas por boca del tal Sverdlov, posiblemente fueran las últimas que escuchase en su vida.

Pronto llegaron nuevas más cercanas, inmediatas, perentorias. Eran historias de tierra y lodo, historias del frente. Esas eran las que ella quería y necesitaba oír, porque serían las que la ayudarían a forjar su futuro más próximo.

Procedían de otros ángeles blancos que compartían con ella uniforme y lo que creían era la única forma de entender la realidad: la vida, por encima de todo.

A veces venían contadas por la tímida Ellen La Motte, enfermera especializada en tuberculosis, que trabajó en el hospital ambulante de May; ahora, a su regreso del Lejano Oriente, se había convertido en abanderada de la lucha contra la adicción al opio. Por Elsie Knocker y Mairi Chisholm, que pelearon hasta conseguir un permiso especial para dirigir un punto de primeros auxilios casi en el mismo campo de batalla. Por Laura Frost, voluntaria en un hospital cercano a París, que se inició en la sección de amputaciones y desde entonces no había dejado de llorar. Por Julia Stimson, que fue enfermera jefe en otro de Ruan... Muchas condecoradas por sus gobiernos, algunas orgullosas, otras indiferentes y todas enfadadas con un mundo que se estrangulaba a sí mismo.

—¿Sabes, Mariela, qué tienen en común estas amigas que te ha presentado May Borden, además de las medallas, que nos importan bien poco? Que todas escriben, escribimos.

Quien se expresaba así era otra de las figuras fundamentales de aquellas tardes en la calle Monsieur: la novelista y corresponsal de guerra Edith Wharton, una mujer de labios finos y mirada extraordinariamente triste, casi melancólica, enturbiada por el sufrimiento que había visto desnudo en cada rincón de Francia.

—Todas encontramos en el papel nuestro desahogo y todas hablamos de la guerra. Muchos de nuestros textos son rechazados por las editoriales, por no hablar de la censura en la prensa. No los publican porque nos reprochan que las mujeres contamos la verdad, demasiada verdad. Dicen que hay que hablar de heroicidades y que esta es la hora de hacer épica, no de mostrar el lado más amargo de esto que nos está rompiendo. Pero a más de un editor he respondido yo: «¿Acaso hay un lado dulce? ¿Qué tiene de exquisito un héroe que se desangra u otro que vuelve a casa sin piernas ni brazos? Muéstrenmelo, señores. Díganme dónde está el rostro amable de la guerra y yo lo escribiré».

May había hablado a mi bisabuela de Edith. Le dijo que era una valiente que recorrió en motocicleta el territorio bélico de parte a parte para contarlo, y que lo hizo peleando hasta el último sello del último salvoconducto y hasta la última coma del último de sus artículos. Todo, con los arrestos necesarios para abrir las puertas de las zonas prohibidas y con la sagacidad suficiente para sortear la censura: no hablaba de soldados ni de hombres, sino de casas asesinadas, calles amputadas, pueblos agonizantes, ciudades destripadas... Y no había lector que no la entendiera.

Mariela lo hizo desde el primer momento en que la miró de frente. Edith Wharton, como May, también llegó a ser su espejo.

—Todas nosotras hacemos humildemente lo que podemos en medio de esta locura, que es luchar contra el olvido y escribir la historia. Pero no esa historia grande, con mayúsculas, la que escriben los generales desde sus confortables puestos de mando porque jamás pisan el frente para impedir que les maten y que con ellos muera el cerebro de la guerra. No, nosotras escribimos la historia en minúsculas, la de verdad: Elsie y Mairi conduciendo ambulancias entre bombas, Laura cosiendo muñones o May calmando los espasmos de un moribundo. Nosotras escribimos la historia, querida española.

—Yo estoy deseando... —Mariela estaba inflamada, se le agolpaban los sentimientos en la boca y en el corazón.

—Me ha dicho May que tú también sueles escribir. ¿Cómo te gusta hacerlo? ¿Diarios, cartas...?

—Sí, de todo, solo a veces. Empecé por consejo de nuestra querida amiga. Pero para mí, nadie ha leído nunca lo que escribo.

—Es suficiente. Primero, una debe escribir para sí misma, aunque después hay que procurar que otros lo lean para que sepan lo que está ocurriendo de verdad.

—Jamás lo he intentado.

—Si vas al frente, tendrás información de primera mano y el mundo debe conocerla. Que sepan que las guerras solo sirven para matar y morir. Esta, especialmente. Hace tiempo que perdió el idealismo, si alguna vez lo tuvo. Ahora se ha convertido en una gran máquina de picar carne, nada más.

—Escribiré lo que vea, tienes razón. ¿Crees que podré ayudar en algo?

—Lo sabrás en cuanto llegues al infierno.

—¿Y seré capaz de escribir la historia del infierno?

—Tú vivirás su historia. Escribirla te ayudará a regresar de él.

50

Oscuridad en la ciudad de la luz

¿Por qué decidió Europa suicidarse en 1914?

Esa era la pregunta que estaba prohibido escribir y publicar. Pero era la pregunta que hacía tiempo se formulaban los neutrales, y ahora también los beligerantes e incluso los ajenos recién llegados a la guerra, como Estados Unidos. Cuando esa pregunta comenzó a propagarse como la pólvora y a horadar las conciencias, quienes escribían la historia con mayúsculas supieron que habían comenzado a perder el favor del pueblo: este ya solo leía en minúsculas, aunque no pudiera hacerlo en los periódicos. Las arengas exaltadas del primer año, las madres que entregaban voluntariamente a sus hijos, las que los recibían muertos o tullidos con una sonrisa de orgullo patriótico... todo se había transformado en cansancio y en un enorme interrogante: ¿por qué? Aún peor: ¿para qué?

En el verano de 1918, los estrategas alemanes aprovecharon sabiamente el hastío y la fatiga, que también crecían como musgo en sus propias filas y en sus ciudadanos: recrudecieron la ofensiva a través de Flandes y atacaron Reims por sus flancos este y oeste, de nuevo junto al castigado río Marne. Y de nuevo, cerca de París, que volvía a quedar al alcance del potente cañón germano creado para devastarla.

La capital francesa fue militarizada una vez más. Se evacuaron las principales obras de arte del Louvre, se colocaron sacos de arena alrededor de los monumentos y las luces de las calles se apagaban cada día a las diez de la noche para dificultar el fuego aéreo nocturno. El diurno, sin embargo, consiguió destruir completamente numerosos edificios civiles, como los almacenes Paris France. No había cifras oficiales, estaban prohibidas, pero quienes asistían a los entierros de las víctimas se escandalizaban al ver en los cementerios cientos y cientos de sepulturas recién construidas.

París vivía sumida en el terror. La oscuridad se había instalado en el mismo corazón de la ciudad de la luz.

Mariela lo veía. Veía cómo se oscurecía poco a poco, día a día. Pudo verlo porque el tiempo que vivió en París no fue ocioso ni estuvo enteramente ocupado por cortes de pelo, renovación de vestuario, sombreros a la moda y veladas intelectuales. También había estado trabajando.

Comenzó después de una de sus visitas regulares a Pilar, en Madame Clotilde, con la que nunca dejó de tener contacto. Acudía sola con frecuencia a Belleville porque no quería olvidar sus orígenes. A Pilar y a su madre les confortaba el corazón, y a ella, la mente. Allí, además, encontraba de vez en cuando españoles que mitigaban su añoranza.

Entre ellos, su preferido era un hombre de mediana edad, entrado en carnes, con bigote y ojos macilentos. Se llamaba José Martínez Ruiz, era alicantino como madame Clotilde y, como Joan Peset, siempre tenía un paquete de almendras garrapiñadas para ella. Escribía bellísimas crónicas del París de la guerra para *Abc* y *Blanco y Negro*, aunque, por bellísimas que fueran, no siempre coincidían con el parecer de Mariela, de quien le gustaba recabar opinión antes de enviar sus artículos a la redacción de Madrid.

—Pues no estoy de acuerdo con usted, don José, yo creo que París no vive ajeno a la guerra, creo que la lleva dentro y esa despreocupación de la que usted habla no es más que pura supervivencia. Cada día es un día más robado al infierno.

—Pero sobrevivir, Mariela, solo es posible en una ciudad como esta. Los salones de baile siguen llenos y hasta el cielo gris es un cielo suave. Vivir aquí es vivir siete veces más que el resto de los mortales.

—Sí, pero también es hacerlo con miedo. Por eso es tan injusta la guerra. Mata a los soldados en el frente y anula el pulso de la ciudad, incluso de una ciudad tan viva como esta. Yo opino, don José, que, a diferencia de lo que ha escrito usted, el cañón sí que interrumpe la vida aquí, perdone que le lleve la contraria.

¿Fueron esas conversaciones con mi bisabuela? Ambos tenían una voz sedosa y sedosos eran también sus diálogos a pesar de la discrepancia. Dos mentes que se cautivaron recíprocamente muy bien pudieron haberse influido.

En José Martínez, tuvieron el efecto de empujarle a entonar un *mea culpa* por haberse mostrado ajeno, casi ciego, al horror que le circundaba, como plasmó en un artículo escrito ya a su regreso a Madrid: «Días terribles, angustiosos... Días críticos para Francia y para Europa... En París he estado, pues, en las horas más trágicas de la guerra...».

En Mariela, el de dejar a un lado sus visiones más pesimistas y comenzar a observar la ciudad del Sena con ojos plácidos hasta comprender que, además de un lugar en guerra, también era, como decía don José, el centro espiritual del planeta, la urbe más bella del mundo.

Los dos se influyeron y los dos se ayudaron, aunque mi bisabuela jamás llegara a saber que las tardes que pasaron juntos en Madame Clotilde, enfrascados en charlas estimulantes, meses después planearían invisibles en todas las páginas de un volumen titulado *París bombardeado*, escrito por José Martínez Ruiz, Azorín.

Pero Mariela nunca supo que su contertulio en disconformidad era Azorín. Para ella siempre fue y siempre sería, sencillamente, don José.

Precisamente, después de uno de los encuentros con Azorín, Mariela decidió caminar. Lo hizo absorta, meditando sobre las palabras de su amigo y compatriota, sin advertir la distancia. Llegó a Neuilly-sur-Seine y allí se topó con un edificio de ladrillo rojo que antes de la guerra había albergado el Liceo Pasteur. Después, cuando arreció el conflicto, fue reconvertido en un hospital con más de dos mil camas.

Sintió una especie de llamada, la urgente necesidad de encontrar un territorio que le resultara familiar, donde reflexionar acerca de la serenidad parisina que tanto admiraba don José y que ella aún no reconocía.

Sin embargo, no fue eso lo que halló. Cuando se disponía a atravesar la entrada, se tropezó con una enfermera más o menos de su edad que en ese momento salía llorando. Mariela quiso consolarla pero algo le dijo que no debía hacerlo, que era saludable dejarla llorar porque con ese llanto estaba liberando demonios que no resultaba prudente guardar en el corazón. Tan solo le tomó una mano.

Cuando se le acabaron las lágrimas, se excusó:

—Discúlpame, por Dios, qué vergüenza. Pensarás que no valgo para esto y que sería mejor que me dedicase a otra cosa. Quizá sea así. Llevo cuatro años trabajando, pero es que hoy he visto...

—No tienes que darme explicaciones. Yo soy enfermera también, como tú, y he llorado mucho, tal vez es lo que más he hecho. Me llamo Mariela Bona, soy española.

—Yo, Clara Lewandoske y soy de Wisconsin.

Clara le explicó que servía en la sala de heridos maxilofaciales. Hacía algunas tardes que les había llegado un chico, casi un niño. Un obús estalló cerca de la trinchera donde se encontraba y la onda le arrancó el casco, que salió volando fuera de ella, a apenas medio metro del hueco. Él trató de alcanzarlo con la mano elevando un poco el torso, solo sacó la cabeza y un brazo... y esas fueron las piezas que se cobró la granada de metralla que en ese momento había salido de caza por el campo de batalla. Solo quedaron de ellas una oreja, medio ojo, un tercio de boca, nada de la nariz y doce huesos enteros de los veintiocho que hay en la cabeza.

Varios días estuvieron los médicos tratando de reconstruir algo parecido a un rostro. Lo lograron: del quirófano salió un monstruo con toda la vida por delante... si lo que aquel muchacho tenía por delante podía ser llamado vida.

—Ya no me siento tan culpable por llorar, gracias por escucharme. —Clara dedicó a Mariela su primera sonrisa de las últimas semanas—. Al fin y al cabo, no soy muy diferente de los que mandan. ¿Sabes que el general Pershing estuvo aquí hace unos meses? Cuando salió de la sala en la que trabajo, estaba blanco como la cera y dijo que no quería seguir con la visita.

—Tú eres mucho más valiente que tu general y que todos los generales juntos. Cuando ellos ven el dolor no lloran, solo se alejan, pero después siguen haciéndolo posible; tú lloras y vuelves al trabajo. La valiente eres tú.

Hubo muchas más tardes en las que compartieron experiencia y consuelo. En una de ellas, Mariela se ofreció a dedicar unas horas al día a las labores más básicas del hospital, las más necesarias y para las que las demás enfermeras apenas tenían tiempo.

Así, con tanta humildad y entrega como encontró en su interior, se esforzó en los días siguientes en limpiar palanganas, hacer camas, fregar suelos... Todo, con la sonrisa de siempre y sin una palabra de queja.

May le había aconsejado que aprendiera. Y allí, en la trastienda del dolor y de la muerte, decidió comenzar a estudiar su primera lección.

51

A bordo de *Auntie*

Un día, Clara le dijo:

—No sabemos todas cómo darte las gracias por lo que haces. Tu ayuda nos ha regalado un tiempo precioso, que hemos usado para atender a más enfermos y a hacerlo mejor. Pero no deberías seguir desaprovechando tu talento. ¿Por qué no empiezas ya a trabajar como lo que eres, no solo una limpiadora, sino una enfermera de verdad, cuidando heridos?

—Quiero hacerlo, aunque no sé si estoy preparada...

—Consúltalo con tu amiga May, pero yo creo que ya puedes ir al frente. Mira, hay un hospital de la Cruz Roja en Reims que necesita urgentemente enfermeras. ¿Sabes que ahora mismo los alemanes están avanzando junto al Marne?

—¿Otra vez una batalla en esa zona?

—En esta guerra nadie escarmienta. Desde hace poco, además, también pelean los míos, los americanos.

—Todos mueren igual.

—Y todos nos necesitan. ¿Quieres ir allí a ayudar?

Antes de responder, notó con más fuerza que nunca cómo crujía el Rugido en sus tímpanos.

Pero su voz sonó más alta y más clara: sí, desde luego que quería.

Tres días después, un Ford traqueteante la recogía a ella y a su maleta antes del amanecer en la entrada de la calle Monsieur.

Era la destartalada camioneta de Gertrude Stein, que se llamaba *Auntie* en honor a la tía Pauline.

—Mi tía era buena en situaciones límite, admirablemente buena en las emergencias. Este Ford también, ¿no lo crees, Alice?, bueno y fiable —iba explicando la norteamericana durante el camino.

Más dudosa era la fiabilidad de la conductora. Gertrude había aprendido a conducir en un taxi francés, pero hubo dos lecciones que no consiguió memorizar jamás y, por tanto, tampoco fue capaz de ponerlas en práctica: cómo mantenerse siempre en un único carril y cómo utilizar la marcha atrás. Toda una metáfora.

Stein y su compañera se habían ofrecido a llevar a Mariela hasta el puesto de la Cruz Roja más cercano al hospital de campaña instalado cerca del frente en Reims, algo que no les resultaba del todo ajeno.

En esa camioneta, adornada con una enorme cruz del color de la sangre, habían cubierto varias veces la distancia que separaba París de la línea de fuego para transportar soldados y provisiones hospitalarias en el último año. Cómo no iban a hacer algo similar por la amiga española de Mary Borden, tan deseosa de prestar servicio en las trincheras. Aquello enterneció a Mariela y, en ese mismo momento, se dio cuenta de que, a pesar de que en algunas ocasiones estaba en desacuerdo con ella, Gertrude Stein sí que le caía bien.

Por fin se encaminaba hacia el origen del aullido. Lo hacía de nuevo vestida con el uniforme de ángel blanco, en el que solo había cambiado el color de la cruz que le adornaba el peto del delantal. Cuando estuviera en el interior de la boca de la que emanaba el grito, ambos podrían competir en justa lid.

En España triunfó sobre la Bestia y ahora iba a medir fuerzas con el Rugido. También vencería. La vida siempre se impone a la muerte. Y ella llevaba la vida en su maleta.

52

La cicatriz de Europa

Lo primero que comprobó Mariela cuando llegó a la zona de guerra es que Europa estaba hueca por dentro y hendida por una gigantesca cicatriz.

Los soldados pasaban días y semanas en ratoneras serpenteantes en las que morían tantos o más que en campo abierto, pero con mayor sufrimiento porque se pudrían en ellas literalmente, diezmados por las infecciones, masacrados sin escapatoria por las deflagraciones y los gases nocivos, y envueltos en barro, que demostraba seguir siendo el arma más mortífera.

La guerra se libraba desde el fondo de un entramado letal de zanjas en forma de arroyos y riachuelos con una única desembocadura: la muerte. En sus paredes rebotaba nítidamente el Rugido y la resonancia se propagaba interminable, duplicada hasta el infinito.

Su eco era poderoso en el interior de las trincheras. Y todas enlazadas formaban la gran cicatriz de Europa.

La Cruz Roja envió a Mariela a un hospital improvisado en unos graneros junto al río Marne. Apenas tuvo tiempo de recorrer las instalaciones ni de conocer los medios de que dispondrían las nuevas enfermeras para realizar su trabajo, cuando varias ambulancias descargaron una docena de hombres que acababan de ser alcanzados por fuego enemigo.

El primer herido al que atendió mi bisabuela se llamaba Damien Foissard.

Tenía diecisiete años, y era rubio y bello. Todo en él era hermoso, todo en él era limpio. Todo, excepto el cráter de su vientre. En ese agujero negro cabía la podredumbre entera del cosmos, era un pozo al que ni los médicos ni los cirujanos podían asomarse ya.

La metralla había arrastrado hacia el interior del cuerpo parte del uniforme. Ahí lo había dejado, dentro de sus vísceras y, con él, cieno, heces, sangre coagulada propia y ajena, y tanta mugre como puede acumular una casaca que nunca fue lavada.

En aquel cráter había entrado todo y por él se le salía la vida.

«Vas a viajar al terror, recuerda que la guerra es obscena», había advertido May Borden a mi bisabuela al despedirla junto a *Auntie* la mañana en que Gertrude y Alice la recogieron en la calle Monsieur.

Obscena e inmoral. La boca del cráter de Damien era oscura, obscena e inmoral.

—Señorita, no me suelte la mano, tengo frío. Es usted tan suave.

Mariela no entendía cómo el joven podía siquiera hablar.

—No gastes fuerzas, Damien. Pronto te pondrás bien.

—No hace falta que me mienta, señorita. Voy a morir enseguida, pero no quiero que me deje. Tengo frío y tengo miedo.

—¿Sabes qué, Damien? Yo también. Yo también tengo miedo.

—Ah, pero muero contento, señorita. He salvado a mi país.

«¿De qué, niño, de qué has salvado a tu país?».

—Sí, Damien, lo has salvado.

—Soy un patriota, ¿verdad, señorita?

«La patria no te merece, niño. La patria que te hace esto no es patria».

—Claro que sí, eres un valiente. Un soldado valiente.

—Sí que lo soy, señorita. Mire, no lloro.

«Las lágrimas no te dejan mirarme, niño».

—No, no lloras, ya lo veo. Eres un patriota y un valiente.

—Gracias, señorita...

Sonrió y después murió.

Mariela seguía agarrada a su mano. Tuvieron que obligarle a soltarla para llevarse el cuerpo de Damien, porque ya había otro soldado y otro cráter esperando para ocupar su cama.

Aquella noche, cuando todo era un silencio gris rasgado por los maullidos de los hombres en sus camastros, Mariela cometió un error que se juró no repetir jamás: abrió una carta que había encontrado en el bolsillo del cadáver de Damien.

El sobre estaba cerrado, nadie había leído aún su contenido. Debieron de entregárselo al soldado justo antes de que tuviera que abandonar la trinchera, seguro que esperaba a regresar a ella para saborear con calma el contenido. Mariela violó su intimidad porque quería saber si podía avisar a alguien de su pérdida y ayudarle más allá de la muerte.

La carta estaba escrita por una mujer, posiblemente una niña como él, que se llamaba Adeline. Su prosa era sencilla, sincera y auténtica. Adeline vivía en un pequeño pueblo llamado Saint-Lizier, al otro lado de esos Pirineos que competían en altura con el Moncayo. Había hecho mucho calor ese verano, le decía. Había hecho demasiado calor, le decía. Su hermano Laurent no había vendido bien la leche, le decía. Y que no importaba, que saldrían adelante y que todos, Laurent y sus padres, le mandaban su cariño. Pero, sobre todo, lo que quería decirle era algo que ni Laurent ni el resto de la familia sabían aún: que estaba esperando un hijo de Damien y que, aunque acababa de conocer la noticia, pronto se le notaría. No le importaba, decía, porque ni Laurent ni sus padres la echarían de la granja, ellos la querían y también querían a Damien. Sin embargo, sería bueno que se fueran preparando para cuando la barriga creciera y que, si a Damien le parecía bien, debían pensar en la posibilidad de casarse por poderes. Ya, ya sabía que quizá la guerra terminaría pronto, pero hacía cuatro años que la guerra estaba a punto de acabar y puede que siguiera estándolo cuando naciera el bebé. No era difícil arreglar un casamiento en la distancia, Denise lo hizo el mes pasado con su novio, que luchaba en Cambrai. Si Damien estaba de acuerdo, decía Adeline, ella se encargaría de todo y le haría llegar los papeles. Y que le amaba, decía, y que ese niño tendría el padre más valiente del mundo, y que estaba deseando que volviera a casa para abrazarle y cubrirle de besos pronto, muy pronto...

Todo eso decía y todo eso quedó dicho sin que Damien lo leyera.

Quien sí lo hizo fue Mariela. Después, creyó morir de dolor con el joven cuya mano había agarrado hasta después de su muerte.

Así acabó su primer día en el frente, el día en que se encontró cara a cara con el Rugido atrincherado y le preguntó si realmente estaba preparada para la guerra.

Sabía la respuesta. Por eso decidió que a la mañana siguiente escribiría a May Borden y le pediría que *Auntie* la llevara de vuelta a París. Tenían razón el Rugido y su amiga: no estaba preparada.

Eso le escribiría.

53

Pie de trincheras

Pero no lo hizo.

Mariela podía tener momentos de flaqueza, pero jamás de rendición. Siguió en la guerra y continuó hablando de frente con el Rugido.

Le ayudó recordar las vivencias, descarnadas y siempre reales, que en casa de May narraban Ellen, Laura, Julia, Elsie, Mairi y Edith.

La mente de mi bisabuela aceptaba sus palabras, pero no supo cuánto de corazón había en ellas hasta que pudo comprenderlas con el suyo.

Como le habían contado, al hospital del Marne llegaban ambulancias todos los días y a todas horas, descargaban sus fardos moribundos en el suelo y partían a por más. A todas horas. Todos los días.

Algunas enfermeras estaban dedicadas exclusivamente a la recepción de heridos: verificaban sus identificaciones, realizaban un somero diagnóstico y clasificación de las llagas y lesiones y los enviaban a los distintos quirófanos.

Uno de ellos le fue asignado a Mariela. Recibía a aquellos despojos de carne y sangre como podía y, antes de comprobar su estado, les dedicaba palabras de consuelo. Siempre en francés y algunas en el poco y deslavazado inglés que había podido aprender en algo más de un mes junto a sus amigas norteamericanas de París. Pero ellos la entendían, podía verlo en los ojos de quienes aún conservaban los ojos; aquellos que los habían perdido sencillamente le apretaban la mano. Era suficiente para ella. Sabía que la curación empieza en el cerebro y que, cuando esta es imposible, el calor humano permite un tránsito hacia la muerte menos cruel.

Unos días después de su llegada, ya había conseguido configurar para sí misma unas pautas que la ayudarían a mejorar la atención a los soldados. Una de ellas era simple: en muchas ocasiones, la primera necesidad de los heridos no era comer ni beber ni siquiera ser aliviados del dolor. Era descansar. Venían exhaustos debido a las noches y los días en alerta permanente y con el fragor de la artillería clavado en la nuca. Sus escasos momentos de reposo los habían pasado sobre colchones húmedos e infestados mientras oían cómo las ratas de las trincheras roían la borra. Algunos deliraban por la falta de sueño, ni siquiera eran conscientes de sus heridas. Lavarlos y dejarlos dormir suponía, pues, la prioridad absoluta.

Después llegaban los médicos y afinaban el diagnóstico inicial de las enfermeras, algo que Mariela pronto aprendió a hacer con la misma pericia.

Básicamente, los soldados se dividían en cuatro categorías: aquellos con heridas abiertas o internas, los afectados por gas, los enfermos comunes y los muertos. A esa clasificación seguía otra imprescindible: quienes estaban en condiciones de ser intervenidos y de sobrevivir, quienes lo estaban de recibir un tratamiento de urgencia para después ser evacuados a un hospital de verdad, y quienes ya no tenían posibilidades, aquellos a los que no cabía más que desahuciar en un rincón porque no se podía malgastar antisépticos y vendas en casos perdidos.

Entre los más temidos estaban las víctimas de ataques químicos. Cuando llegaba alguna, todo el personal sabía que debía cubrirse con máscaras porque era posible que el gas anduviese cerca. El problema era que del de mostaza nitrogenada líquida, el peor de su especie, aún se sabía poco. Únicamente, que venía del cielo en el interior de obuses marcados con cruces amarillas y que, cuando la lluvia tóxica se aproximaba, provocaba tal estado de pánico que las tropas, siguiendo su instinto, corrían a refugiarse en las trincheras. Ese era el error, porque, desde el momento en que el agente químico se evaporaba en las galerías estrechas, el efecto mortal se redoblaba. Lo que venía después eran quemaduras, ceguera e incluso una muerte dolorosa, ante la cual la medicina no podía hacer nada, solo presenciarla impotente.

Y entre los más lastimosos, los que debían ser amputados.

—Ya sé lo que está usted pensando, pequeña española, pero no es un método salvaje. Es la única forma, y la más rápida, de conseguir que el paciente no se nos muera por gangrena o desangrado. Páseme la sierra, por favor.

La reprendió el doctor Bertrand Dumont cuando vio una mirada de repulsa en mi bisabuela al oírle gritar, alegremente creía ella, que había que cortar. Era un joven médico belga que había vivido mucho; sobre todo, lo que nadie a su edad debería haber vivido.

Pero para Mariela era su primera amputación. Se le iba a practicar a un oficial americano que sufría de un mal novedoso que se conocía como «pie de trincheras». Esta enfermedad había nacido en los charcos de lodo sucio, plagados de parásitos, excrementos y restos de cadáveres en descomposición que cubrían el suelo de los conductos en los que los soldados estaban obligados a vivir como topos durante días. En esos charcos mantenían sumergidos los pies, solo protegidos por calcetines mojados y fríos, hasta que la falta de oxígeno en las células los privaba de circulación sanguínea. Al cabo de semanas, eran insalvables y debían ser extirpados para conservar el resto del cuerpo.

Al oficial se le habían podrido los dos pies. Despertó esa noche gritando.

—*Mademoiselle, mademoiselle*, me duele mucho el pie, no puedo dejar de moverlo, ayúdeme, por favor, *mademoiselle*...

Mariela apenas entendía su inglés agónico.

—Tranquilo, oficial, yo lo sujeto, ¿ve?, le estoy apretando el pie, ya no se mueve, ¿mejor así?

—Gracias, *mademoiselle*, mejor, gracias. ¿Sabe?, quizás a causa de esta herida me manden a casa. Voy a volver a trabajar, soy ferroviario, tengo dos hijos, mi mujer me espera... Qué alivio, *mademoiselle*, gracias por sujetarme el pie, ya duele menos...

Abrió los ojos, del color del trigo en verano, y Mariela agradeció que los dejara fijos en los suyos. Así no pudo ver que la mano con la que supuestamente le presionaba el pie dolorido simplemente descansaba en un hueco vacío sobre la sábana.

Mi bisabuela también llegó a sentir que acariciaba los pies que el hombre había perdido en el fango y se acordó de las palabras de May Borden: el auténtico monstruo de esta guerra es el barro.

Después, de Clara Lewandoske, y se echó a llorar.

El Rugido bramaba.

54

No estoy hueca

Mi bisabuela fumó su primer cigarrillo y perdió la virginidad a orillas del río Marne, aunque ni siquiera fue consciente de que estuviera despojándose de algo que nunca le preocupó tener o conservar. Ocurrió la noche en que los pies del oficial americano fueron enterrados en la fosa donde dormían eternamente las extremidades perdidas de la guerra.

Fue por culpa de un minuto, el más largo que Mariela había vivido desde que llegó a Francia. En ese minuto, llamó con gritos ahogados a su padre. Ya no quería volver a París, lo que quería era volver al Moncayo, incluso se habría plegado ante mosén Casiano y le habría pedido perdón por los pecados que no había cometido con tal de hallar una sedación para el espíritu, aunque le quedara anestesiado. Se hizo la pregunta más temida: ¿para qué, para qué todo?

En ese minuto, su mundo se detuvo.

Al minuto siguiente, llegó el doctor Bertrand Dumont. Traía una cajita metálica.

—¿Quiere probar uno, pequeña española? Me los ha regalado nuestro pobre oficial sin pies.

Mariela dirigió los ojos hacia él con furia primero e indiferencia después.

—No me mire así, enfermera, que ya he tenido que aguantar hoy suficientes miradas de odio suyas en el quirófano. Créame que a ese pobre diablo le sobraban los pies o le sobraba la vida. Yo he elegido que conservara la vida.

—No le miro así por eso, doctor Dumont. Es porque detesto que me llamen pequeña. Lo de española lo consiento. Lo de pequeña me enerva.

Dumont comenzó a observarla desde otro ángulo. Iba a ser verdad lo que decían algunos, que en los momentos más oscuros de la guerra alguien llega y arroja un tenue rayo de luz que más tarde, con el paso de los años, se convierte en uno de los recuerdos que se guardarán siempre en cofre de plata.

—De acuerdo, pues dígame su nombre y la llamaré así.

—Mariela, pero puede llamarme enfermera Bona. No es un apellido difícil de pronunciar para ustedes. No lleva erres.

Definitivamente, la española iba a convertirse en recuerdo.

—Bien, volvamos a empezar. Nuestro paciente, el oficial americano, me ha regalado estos Camel. Como ve, vienen ya liados y con filtro, una auténtica modernidad. Se los dan a los soldados con sus raciones. No está mal pensado, la verdad es que ayudan a calmar los nervios. ¿Quiere probar uno, enfermera Bona?

Mariela aceptó el estuche abierto y tomó un cigarrillo. Lo encendió, tosió, volvió a aspirar y sintió que algo ardiente le entraba con furia en los pulmones. Estaba viva, pensó. Creyó haber muerto, creyó que solo respiraba por inercia. Pero no. Respiraba porque estaba viva. Volvió a inhalar el humo del Camel.

—Menos mal que solo somos dos. —El doctor sonreía y consiguió que también lo hiciera ella—. Ya sabe lo que dicen de la maldición del tercer fumador con el mismo fósforo: el primero que lo enciende da la posición al francotirador, con el segundo apunta y al tercero lo mata.

Estaba claro que Dumont quería aportar algo de humor negro a aquella negrura sin humor. Pero sus intenciones duraron poco.

Enseguida comenzó a contarle que había sido médico en el campo de batalla y cómo lo recorría después de las escaramuzas llevando un brazalete con el distintivo de la Cruz Roja y una pequeña mochila. Debía aguzar el oído para oír las llamadas entre la maleza o desde las trincheras: «Médico, médico...». Los heridos pronunciaban esa palabra como un conjuro mágico, con la esperanza de que a su voz respondería enseguida un obrador de milagros.

Al escucharle, a Mariela le invadió la premura irrefrenable de tenerse por más viva de lo que el humo de un Camel le hacía sentir. Encontró en los ojos del doctor la misma necesidad. Eran ojos amargos, doloridos. Eran sus propios ojos.

Fue ella quien se lanzó a los brazos de Dumont. Fue ella quien le imploró su carne. Fue ella quien le ofreció la suya.

Hubo un momento de torpeza por parte de los dos. Ni Dumont lo esperaba ni ella sabía cómo continuar. El médico dudó e incluso, por un segundo, llegó a creer que podía estar malinterpretando el gesto de aquella mujer que ya era su mejor recuerdo de la guerra. Pero él sí sabía qué debía hacerse después del primer beso y por eso no se resistió a la atracción hacia el vacío que también a él comenzaba a devorarle por dentro.

Cuando la penetró, Mariela sintió dolor, uno intenso y punzante, pero eso era exactamente lo que buscaba.

Acogió en su vientre al joven médico belga con una urgencia triste que le brotaba del centro del cuerpo y facilitó cada envite, porque solo así se daba cuenta de que aún cabía algo dentro de ella. Bertrand la llenaba, porque solo así se daba cuenta de que no estaba hueca. Quiso dejar que la irrigara hasta inundarla, porque solo así se daba cuenta de que no había muerto todavía. Después, descansó con la cabeza apoyada sobre su hombro, porque solo así se daba cuenta de que no estaba sola.

Y lloró en silencio.

Hasta que lo rompió el Rugido, que seguía bramando.

55

Europa amputada

Hospital de campaña de Reims, a 7 de agosto de 1918

Ha terminado. Solo esta batalla, quedan muchas más. Ha terminado una vigilia de la pesadilla, pero la noche es eterna, nunca terminaremos de soñar que estamos soñando el peor sueño de la humanidad.

El héroe tiene nombre, lo llaman mariscal Foch. Los salvadores también, los llaman soldados americanos. La victoria parece cercana, se llama rendición.

Pero yo lo llamo muerte. Y fracaso. Y decepción. Y tristeza. Mucha tristeza. La Europa que estoy conociendo es un continente triste que llora sin consuelo.

Es, además, un continente desmembrado. Europa se ha amputado los pies y las manos. ¿Qué extremidad hemos rebanado hoy, mientras acaba esta estúpida batalla sobre el Marne? ¿Alemania, tal vez? ¿Serrarán los alemanes mañana Bélgica? ¿Y Francia? ¿Cuándo quedará cercenada Francia? ¿O acaso lo ha sido ya? ¿No ves, Europa, que ninguno de tus miembros saldrá vencedor del disparate porque te los has arrancado a hachazos hasta dejarte un torso desnudo, solo recorrido por las enormes e hinchadas venas en las que se atrincheran los monstruos mutilados que quedan con vida?

Europa, despierta y mírate al espejo: estás lisiada. Lloro por ti.

56

La mirada vacía

La nueva batalla del Marne se había saldado con el repliegue alemán; no obstante, el hospital, aún lleno de heridos y convalecientes, debía seguir en funcionamiento. Además, continuaban llegando soldados.

En las siguientes semanas recibieron a varios *hocicos rotos*, ya para siempre enrolados en un ejército de miles de rostros desfigurados que quedaron marcados como ganado; muchos, con una larga vida por delante para sufrir su deformidad, como el adolescente que fue reconstruido en el hospital de París donde conoció a Clara. También pechos hundidos por la metralla, decenas de piernas y brazos amputados, pieles ulceradas por el gas, genitales mutilados, más pies de trincheras y cientos de mentes enfermas que habían naufragado en medio del oleaje.

Había británicos, belgas, franceses, norteamericanos y también prisioneros austriacos y alemanes muy maltrechos que precisaban ser atendidos como seres humanos antes de pasar a convertirse en botines bélicos.

Ese desfile, pensó Mariela, era el verdadero desfile militar y también el único que jamás vería pasear triunfante por las calles de las capitales de las potencias vencedoras. Fueran cuales fueran.

Mi bisabuela y el doctor Dumont los cuidaron a todos como pudieron y con las fuerzas que les quedaban. Nunca más volvieron a necesitarse para llenar su vacío, incluso se trataron de usted nuevamente, aunque alguna que otra vez siguieron compartiendo los Camel de otros estuches metálicos.

Cuando oyeron los gritos, estaban los dos fumando en silencio a las puertas del hospital. Era el primer descanso que tomaban en las últimas cuarenta y cinco horas y creyeron que eran víctimas de las alucinaciones del agotamiento. Pero los gritos eran reales. Un soldado americano empuñaba un arma y amenazaba a todos, personal sanitario y pacientes, mientras chillaba en inglés:

—¡Que calle el silbato, decidle que pare! No puedo más, no puedo... Si no se calla, os mato a todos. O me mato yo, mirad, así... —El cañón de la pistola apuntaba alternativamente a los camastros repletos de hombres y a su sien, donde dejaba dibujada en rojo la circunferencia de su boca.

—Os mato, juro que os mato. ¡Que calle ese puto silbato, por Dios, que calle...!

Las enfermeras y los médicos habían formado un círculo a su alrededor a una distancia prudencial mientras le pedían que se calmase. Cuando Mariela entró en el hospital no se detuvo ni respetó el círculo. Se dirigió directamente al soldado y le puso una mano en el hombro:

—Ya está bien, Jimmy. ¿Qué haces, idiota? Esto es una tontería, dame la pistola.

Para sorpresa de todos, Jimmy obedeció. Cedió sumiso el arma a mi bisabuela y se puso a llorar como un bebé.

Jimmy Owen padecía una enfermedad que aún no tenía nombre, pero que Mariela había visto ya en un buen número de soldados. Una enfermedad sin nombre, sin reconocimiento y, sobre todo, sin comprensión.

—Estás cansado, solo eso, Jimmy, ven, siéntate conmigo y cuéntame qué te pasa.

—Oigo el silbato, señorita, a todas horas, y tengo mucho miedo. No quiero salir de la trinchera.

—Ya no estás en la trinchera, muchacho. Estás en un hospital y yo soy tu enfermera, ¿no te acuerdas de mí? ¿Qué silbato es ese del que hablas?

Se lo explicó en un relato deshilvanado, pero Mariela creyó entenderlo.

Durante la batalla, los soldados aguardaban en tensión dentro de las trincheras, de unos dos metros de alto, sin poder ver lo que estaba ocurriendo fuera de ellas. Cada vez que sonaba un silbato, debían salir del agujero y saltar al exterior, a la tormenta de fuego enemigo que les aguardaba. Todos reptaban, después se erguían, disparaban, caían los compañeros, volaban piernas y brazos, seguían disparando, mataban, morían, regresaban y volvían a esconderse. Así, un día tras otro. Siempre que alguien tocaba el silbato, sabían que les estaba llamando a lanzarse de nuevo al infierno. Muchos de aquellos a los que el caprichoso azar de la ruleta rusa permitía retornar enteros a la trinchera lo hacían sonámbulos, muertos de pánico y con la mirada vacía.

Años después, al pintor británico Thomas Lea se le ocurrió llamarla «la mirada de las mil yardas», porque a algo menos de un kilómetro estaba la trinchera enemiga, la fuente de todas las pesadillas.

Jimmy entró en el hospital de campaña con lesiones menores y esa misma mirada vacía. Tenía la piel abrasada por los piojos y por el cresol que él y sus compañeros se habían aplicado para combatirlos, aunque Jimmy había cometido un error adicional: creyó que se había librado de los insectos, de forma que dio la vuelta a la casaca y se la puso del revés, pensando que de esa forma vestía una prenda nueva libre de plagas, cuando, en realidad, solo estaba dando cobijo a los huevos restantes en el calor de su cuerpo.

Llegó hasta la Cruz Roja en carne viva y con fiebre alta. Sin embargo, Mariela supo desde el primer momento que el mal no lo llevaba Jimmy en la piel sino en el espíritu, por eso no lo perdió de vista. Y por eso reconoció enseguida el brote neurótico que más tarde o más temprano habría de llegar cuando lo vio apuntar con una pistola a los enfermos del hospital.

—Debes reponerte enseguida, no puedes seguir así. Mira, nadie mejor que yo entiende por lo que estás pasando. Estás aterrado, cansado, tienes pesadillas, te espanta regresar ahí fuera, a esa locura que ya nadie entiende ni nadie comparte porque esto no es más que un festín de sangre en el que todos sois corderos enviados a un matadero sinsentido... y vive Dios que espero que nadie nos esté oyendo porque blasfemar contra la santa ley de la guerra tiene una dura penitencia.

Jimmy la miraba y, cuando lo hacía, los ojos renunciaban a encontrar un punto a mil yardas de distancia y parecían llenarse de algo que podía ser llamado vida.

—Pero ahora quien corre peligro eres tú. Me han contado de casos como el tuyo. A algunos soldados paralizados por el terror que no fueron capaces de volver al frente se les consideró desertores. Ya sabes lo que eso significa: consejo de guerra y posiblemente fusilamiento. Jimmy, tienes que sobreponerte...

—No puedo, señorita. Prefiero que me fusilen. He traicionado a todos, a mi país, a mi bandera, a mi padre... He dejado de ser un patriota, pero no puedo volver a la trinchera, no puedo. Pasé tres noches abrazado a Pierre, hablándole de mi granja sin darme cuenta de que llevaba cuatro muerto. Han muerto todos. Si vuelvo, ni siquiera quedará quien abrace mi cadáver. Tengo pesadillas con eso y no sé si estoy soñando o estoy despierto. No puedo volver, le juro que no puedo. Que me fusilen. Eso es lo que quiero, morir. Quiero morir, señorita, necesito morir...

Pero Jimmy no iba a morir porque Mariela había decidido en ese mismo momento que no moriría. Jimmy iba a volver a Kansas e iba a volver a arar los campos de maíz de su padre. Jimmy tenía derecho a padecer miedo y angustia. Jimmy estaba autorizado a sucumbir al desamparo, porque en él le habían abandonado quienes le arrojaron al campo de batalla para pelear por nada, por nadie. Jimmy no era un traidor, era una víctima. Una víctima de la mentira y del disparate.

Así que ella estaba dispuesta a rescatarle, al menos uno entre los millones de hombres que quedaron hundidos en el cenagal de una tierra que no era la suya. Le iba a salvar del auto de fe, como Joan Peset la salvó a ella del suyo en el Moncayo.

Llegaron enfermeras nuevas al hospital, así que dejó de ser imprescindible. Dijo que la reclamaban en la capital.

Dos días más tarde, con ayuda de Bertrand, Jimmy y ella consiguieron viajar en una ambulancia motorizada hasta un puesto de auxilio cercano a París. Vestidos de civiles, anduvieron varios kilómetros hasta que llegaron a la estación del Este.

Allí les esperaba Mary Borden. Mariela le entregó un sobre, May le dio un paquete atado que ella metió en la maleta y ambas se abrazaron largo rato.

—Ten cuidado, amiga. Aún le haces falta a mucha gente.

—Lo tendré, May. Y volveré. Dile al ruiseñor que me espere...

Después del cuarto abrazo, se separaron. Jimmy y mi bisabuela tomaron un tren que se dirigía a Brest, de donde en unos días iba a zarpar el buque *SS Leviathan* con destino a Nueva York.

Mariela estaba ayudando a un desertor, aunque no era lo que sentía. Lo que realmente sentía era que estaba ayudando a un pobre campesino americano, sin más horizonte que un campo de maíz labrado en paz, a recuperar su vida, la que nunca debieron arrebatarle.

Sentía que le estaba sacando del barro, porque el auténtico monstruo de esa guerra era el barro.

Y el barro ruge. El barro es el Rugido.

57

El regreso

¿Por qué decidió Europa suicidarse en 1914?

Cuatro años después, la pregunta seguía sin respuesta y el continente continuaba agonizando.

En marzo de 1918, la Rusia de los soviets había abandonado la conflagración mediante un tratado firmado en Brest-Litovsk, que le había impuesto grandes renuncias a cambio de paz. Una revolución sin cuajar y una guerra de fronteras adentro eran dolores de cabeza suficientes para el Gobierno bolchevique.

¿No había llegado la hora también de Francia? Las izquierdas, que hacía cuatro años se sumaron al clima de euforia y defendieron el lanzamiento a ciegas de sus ejércitos contra el enemigo, en 1918 dudaban de que en el trasfondo del conflicto quedara apenas un átomo de ardor patriótico. Hasta los sindicatos se pronunciaron. En una larga carta publicada en *L'Humanité*, la Confederación General del Trabajo exigía al gobierno de Clemenceau que «las proposiciones de paz, vengan de donde vengan, no sean rechazadas sin discusión».

Solo eran síntomas, pero nada desdeñables. Y no había que olvidar la ejecución del zar Nicolás II... ¿tal vez una señal de aviso a todos los gobernantes que firmaron la declaración de guerra? Porque la misma ideología comunista que había triunfado en Rusia estaba comenzando a empapar el terreno reseco de una Europa descontenta y agotada, abierta como una flor a cualquier cambio que la devolviera a la vida desde las profundidades de su precipicio.

Sí, todo en ella era desconcierto, dentro y fuera de la guerra. Todo estaba cambiando, menos los campos de batalla y la sangre que los teñía. Las fronteras se borraban y se volvían a dibujar. Los gobiernos caían y cuando se levantaban de nuevo habían variado no solo de signo, sino también de rumbo.

Las alianzas estaban desunidas. Las lealtades, rotas. Soplaban vientos de latitudes extrañas y desconocidas. El mundo se hundía en una barahúnda distorsionadora porque había perdido cada una de las brújulas que hasta entonces consideraba inequívocas.

Mientras, los generales se aferraban a consignas vacías, sin darse cuenta de que ya eran inútiles los gritos de guerra o muerte: había triunfado la muerte. No más victoria o derrota: vencedores y vencidos iban a ser víctimas del más absoluto fracaso. No más humillación o gloria: no quedaba amor propio ni patrio que no hubiera sido aplastado.

No servían las banderas. Los imperios demostraron no ser más que burbujas de jabón con líderes de pies de barro que habían explotado en el aire.

El pueblo tenía hambre de pan y estaba saciado de dolor.

Era el reinado del caos.

Y entonces, en aquella civilización que consumaba su suicidio hirviéndose en un caldo viscoso de testarudez, odio, extenuación, desengaño y frustración, los ingredientes perfectos del reservorio perfecto, justo entonces, regresó la Bestia.

1918

OTOÑO

Monasterio de Veruela, a 15 de mayo de 1919

También fue en Bélgica donde lo descubrí: que en toda guerra siempre hay dos enemigos, aunque cada uno crea que solo lo es el otro.

Que el Rugido necesita mantener encendida la llama y que por eso fabrica razones por las que un soldado ha de estar dispuesto a salir de su madriguera y gritar, y disparar, y reventar al de la contraria.

¿Quién se acordaba en 1918 del archiduque Francisco Fernando de Austria? ¿Quién recordaba siquiera que fue la Mano Negra del desgraciado Gavrilo Princip la que apretó el gatillo por casualidad? ¿Quién era ya tan ingenuo como para creer que las bombas de la Entente fueron mejores y más justas que las de los Centrales? ¿Quién?

Descubrí también que la propaganda enemiga es lo que convirtió al enemigo en enemigo. Y que sigue habiendo enemigos en la paz. Ahora mismo, todavía hoy, en mi querido y lejano París se negocian las condiciones en las que el enemigo vencedor trata de apisonar al enemigo vencido para que la humanidad admita quién fue el enemigo de quién.

Y que lo peor es que ninguno de los bandos ha podido darse cuenta aún de que sí, sí hay un enemigo real y temible: la Bestia, que aún cabalga con su caballo pálido entre las trincheras vacías donde sigue reverberando el Rugido. Todavía imbatible, por fin victoriosa...

58

... Y poderosa, no lo olvides

—Creí que no volvería a verte.

—Jamás me fui, solo velaba mis armas.

—Te venceré otra vez.

—Ahora soy más fuerte. He mutado.

—Aun así, sigues siendo la Bestia.

—Soy más que eso.

—Solamente eres eso.

—Pero no estoy sola: la guerra es mi aliada.

—La guerra es el Rugido, y ni las bestias ni vuestros rugidos tenéis alma.

—¿Y para qué te ha servido a ti tenerla?

—Para aplastarte una vez. Me servirá para hacerlo de nuevo.

—El alma solo te hace más débil y a mí más fuerte.

—Veremos. Prepárate para luchar.

—Estoy preparada. ¿Lo estás tú?

—Siempre. Entra dentro de mí de nuevo si te atreves.

—Sabes que no puedo. Hay leyes que están por encima de nosotras.

—Cobarde.

—Puedo hacerte daño de otras mil formas.

—Dime la verdad: ¿por qué has vuelto?

—Porque soy como mi amiga la guerra, solo vivo para matar.

—El escorpión que pica a la rana...

—No puedo evitarlo, está en mi naturaleza.

—Eres fatua.

—Y poderosa, no lo olvides.

59

El Leviatán

En Brest mi bisabuela vio, por fin, el mar.

Y pensó que posiblemente sería muy bello en tiempos de paz, pero no a primeros de octubre de 1918. Después se entristeció. El Rugido no solo le había cambiado la mirada, sino que había borrado la belleza de su horizonte.

También había trastocado su escala de valores: los principios que antes consideraba indiscutibles pasaron a ocupar puestos prácticamente accesorios. Por ejemplo, la honestidad. Ahora, el fingimiento, el engaño, las artimañas se habían convertido para ella en salvoconductos.

¿Dónde está la frontera? ¿Dónde las prioridades? ¿Por qué lo execrable en los días plácidos se convierte en virtud durante los convulsos? ¿Quién y cómo marca la línea que los separa? Mariela sabía dónde estaba la suya. Es más importante salvar la vida de un ser humano, de uno solo, que decir la verdad. Es más importante luchar por la paz, que por valores que sirven a intereses bastardos. No hay ideal tan alto ni tan sublime que justifique la sangre inocente derramada con violencia. La legalidad no es tal, solo sirve al provecho de la guerra. Transgredirla, pues, es el único salvavidas.

Esos eran sus nuevos principios. Y no estaba dispuesta a cambiarlos fácilmente.

En Brest, Jimmy y ella se presentaron como los señores Glenn e Irene Llewellyn, dos recién casados que se habían conocido en Francia mientras él servía valientemente a su patria y ella, natural de un país neutral, a las tropas vecinas como enfermera. La chapa y la documentación de un soldado que murió en la camilla del doctor Dumont —de aspecto y edad muy parecidos a los de Jimmy— atestiguaban su nueva identidad. Gracias a aquellos papeles, resultaría creíble que el bravo soldado había sido licenciado a causa de la herida que le había dejado sin un riñón y con la vejiga dañada, y que ahora pretendía viajar a Nueva York a bordo del SS Leviathan. El buque iba a atracar en un par de días en el puerto francés y dos más tarde partiría de regreso a América con una pareja enamorada a bordo, que confiaba en poder emprender en la tierra natal del marido una nueva vida.

Ni un ápice de verdad, aunque mi bisabuela no sabía cómo iba a ocultarlo si las autoridades del barco les interrogaban para refrendar esa versión.

Por el momento, lo único real era que la mirada de Jimmy continuaba vacía y la de Mariela, llena de ira. Él pasó las dos noches hecho un ovillo en el suelo de una pensión de Saint Martin, con sus huecos ojos abiertos. Y Mariela lo hizo fumando, sentada en la cama, escribiendo y tratando de vaciar de rabia los suyos. Jimmy no salió ni habló en ese tiempo. Mariela solo se ausentó para comprar comida y café caliente.

Al menos así, pese a la angustia que durante ese tiempo flotó espesa en el aire de la pequeña habitación de Saint Martin, lograron alimentar convincentemente la farsa de la pareja que ardía de amor.

Hasta que arribó el SS Leviathan. Su reclusión les había privado de las noticias que llegaban a tierra desde la nave, de forma que no se enteraron de lo ocurrido hasta que la vieron aproximarse a la rada de Brest, remontar el río Penfeld y atracar en el puerto militar. Era el noveno viaje que realizaba entre ambas orillas del Atlántico.

Les maravilló el traje con que lo habían vestido y Mariela incluso se permitió una sonrisa irónica para sus adentros: el dibujo de camuflaje que cubría por completo la embarcación y que no era más que una sucesión de hipnóticos trazos cubistas, como un lienzo inmenso de Georges Braque sobre las aguas, habría hecho las delicias de cualquier invitado al salón de Gertrude Stein.

Pero la vivacidad modernista del camuflaje no reflejaba lo que traía en su interior. Lo que sí lo hacía fielmente era el nombre con el que algún profeta lo bautizó: el SS *Leviathan* llegaba convertido en un monstruo marino en cuyo vientre había encontrado su hábitat perfecto otro aún más poderoso.

En aquel amasijo de hierro y acero, solitario en alta mar y con todos sus prisioneros rodeados únicamente de un desierto de agua, había implantado su reinado de terror durante ocho días otro leviatán.

En él regresaba la Bestia.

En lugar de soldados risueños buscando una tarde de francachela tras ocho días de viaje, Jimmy y Mariela vieron desembarcar a hombres demacrados, algunos apoyados en los hombros del compañero, otros con la mirada tan vacía como la de Jimmy y la piel ligeramente azulada, y muchos portando enfermos y muertos en parihuelas. Les ayudaba el grupo de oficiales, con el mismo gesto taciturno y el mismo paso cansino.

Los últimos seres vivos en salir formaban un ejército blanco de ángeles tristes. Eran las enfermeras; también ellas cojeaban, también se ayudaban unas a otras, también la piel les había cambiado de color. Además, lloraban.

Mi bisabuela lo entendió enseguida. Curiosamente, Jimmy habló primero:

—Ahí dentro está la gripe de los tres días.

Mariela se asombró:

—¿Y tú cómo lo sabes?

—Porque a mí casi me mata.

Jimmy había contraído en marzo una insólita enfermedad en la base militar de Funston, adonde había llegado como recluta desde la granja de su familia en el condado de Haskell, en el corazón de Kansas. Como él, enfermaron más de mil compañeros soldados. Era insólita porque era primavera, porque atacó con virulencia a quienes parecían más sanos y vigorosos, y porque duraba tres días. Algunos sucumbieron. Pero Jimmy sobrevivió, lo que, afortunadamente, le convertía en inmune a la Bestia. Al fin, una buena noticia.

—También es una vieja conocida mía y también nos quedan a las dos asuntos por resolver. Sí, Jimmy, en ese barco viaja la gripe. Vamos, nos está esperando.

Nadie les preguntó, nadie les cortó el paso, nadie les exigió credenciales. Ese día mi bisabuela vestía como lo que era, una enfermera de la Cruz Roja, porque había supuesto que el uniforme podría tender a sus pies la pasarela de entrada al *SS Leviathan*. Jamás imaginó que su predicción se cumpliría de forma tan exacta.

Sin embargo, solo por un breve instante deseó que nunca lo hubiera hecho. Las imágenes de la cubierta le dieron una siniestra bienvenida: el olor de la Bestia se mezclaba con el de los vómitos y la sangre, y cubría con sus efluvios a un sinnúmero de soldados moribundos que se hacinaban en camastros tendidos en el suelo; las literas superiores estaban vacías, seguramente porque los enfermos no habían tenido fuerzas para subir a ellas.

—Y porque tampoco las tenemos nosotras para atenderles ahí arriba.

Se lo explicó una enfermera rubia y pálida, con aspecto de haber consumido todo el vigor con el que seguramente debió embarcar el 29 de septiembre en Hoboken. Se llamaba Frances Dobson.

Sin que lo pidieran y sin que ni siquiera lo preguntaran, se desbordó encima de ellos con un torrente de lágrimas, palabras y desaliento.

—Ha sido una pesadilla y lo peor es que aún no hemos despertado...

60

El buque de la muerte

El *SS Leviathan* ya había sido mancillado antes. Durante el trayecto de Brest a Nueva York del 31 de agosto, varios enfermos viajaron a bordo, como el secretario de la Marina estadounidense, Franklin Delano Roosevelt, que hubo de ser devuelto a su país en camilla. Pero, puesto que la guerra acaparaba en exclusiva las miradas y todas las preocupaciones, la Bestia apenas logró entonces una pequeña cuota de atención. Tal vez eso la enfureciera, pero también le permitió seguir anidando impune y alegremente en los cruceros a través del océano.

Así se hizo fuerte en su siguiente travesía de la muerte, la que llegó a Brest a comienzos de octubre. La emprendieron nueve mil trescientas personas, entre oficiales, soldados, marineros y personal médico; de ellas, casi doscientas eran enfermeras.

—El mismo día que zarpamos, mil cayeron enfermos. El 2 de octubre murió uno, al día siguiente tres, después treinta... Hasta ahora se nos han muerto casi cien y no sabemos si esto va a parar.

Hubo dos mil infectados, incluidos varios sanitarios. Los que quedaban en pie no eran suficientes para atender a los contagiados, que deliraban y se convulsionaban implorando una ayuda que no existía más que en forma de consuelo humano. Las enfermeras no podían circular entre los catres y, cuando lo hacían, las faldas del uniforme se impregnaban de fluidos e iban dejando un rastro húmedo y hediondo.

—Tuvimos que atar a muchos enfermos para evitar que se dañasen con los espasmos. Era como si una mano invisible de repente los tocara y, al momento siguiente, se los llevase en su palma... No podíamos hacer nada, solo presenciar cómo los arrebataba.

Tampoco ayudaron las tempestades, que a mitad del viaje sacudieron el buque como a un cascarón de nuez y sembraron de náuseas los estómagos de los sanos. Ni las restricciones de las leyes de la guerra: rodeados de submarinos enemigos, estaba radicalmente prohibido encender por la noche cualquier tipo de luz, ni siquiera un cigarrillo, o emitir el más mínimo sonido que pudiera delatarles.

Casualmente en ese punto del relato, un hombre de aspecto desvaído, con el rostro más marchito de todos los que habían visto en aquella batahola de vivos y muertos que abandonaban el buque, descendía por la pasarela del *SS Leviathan* con las muñecas atadas y custodiado por dos marineros.

Frances levantó una mano en su dirección, no supieron si para saludarle o despedirle, y el hombre le correspondió con una sonrisa llena de lástima y un lamento en la mirada.

La enfermera les explicó de quién se trataba.

—Es el padre Roberts. El hombre aliviaba como podía los últimos sufrimientos de los enfermos, porque no tenía mucho más en su mano. Pasó una noche entera consolando a un soldado que se ahogaba, le costaba respirar y pedía aire desesperadamente. Al final, le dio tanta pena que entornó una escotilla para que le entrara un poco de brisa en los pulmones... Por eso lo sacan ahora del barco detenido.

Mariela no entendía nada.

—¿Detenido? ¿Por dejar que un enfermo respirase aire limpio?

—No, por eso no. Por abrir la escotilla. Estaba terminantemente prohibido hacerlo por las noches, ya os he dicho que no se podía dar ninguna pista al enemigo en medio del mar.

—¿Y el soldado?

—Murió... como decenas, y decenas, y decenas...

Frances había perdido la cuenta. Poco antes de llegar a

Brest, aún en alta mar, la Bestia ya había convertido el navío en un ataúd flotante.

El último día, el capitán Phelps ordenó el toque de silencio, disparar tres salvas y arrojar al agua los últimos féretros, fabricados toscamente con la madera de los barriles vacíos que les quedaban. Después, enfiló su embarcación hacia el puerto a toda máquina y con la bandera a media asta.

Al arribar, cientos de contagiados que no sabían que lo estaban bajaron del barco, se dispersaron por Francia, se instalaron en sus respectivas trincheras y esparcieron con su aliento la mortífera semilla de la gripe.

Pero en el *SS Leviathan* se quedó para siempre el olor. Por toda la nave se extendía la fetidez de la angustia y del miedo. Mi bisabuela olió a la Bestia y, aunque le pareció encontrarla sutilmente distinta de la que había conocido en Madrid y en el Moncayo, quizá más provocadora y con nuevo empuje, la reconoció.

Por mucha y fuerte que fuera su mutación, el vapor pútrido era inconfundible. Ningún viento marino lograría disiparlo.

61

Ange Blanc

En el otoño de 1918, Brest era un hervidero de embarcaciones militares. El Pont National se abría varias veces al día, los camuflajes psicodélicos adornaban la bahía como expuestos en un museo acuático, los soldados entraban y salían de la zona portuaria con diligencia de hormigas... En suma, un auténtico festín para la Bestia.

Mi bisabuela contó a Frances lo que sabía de la enfermedad y los riesgos que entrañaba un lugar como ese en el que la aglomeración era una forma de vida.

—Entonces nos necesitan aquí —constató con tristeza la enfermera americana al oír sus explicaciones.

—Nos necesitan, Frances, como también en cualquier otro lugar, me temo. Esta Bestia, si es como la que conocí en España, estará en todas partes...

Pero ellas estaban en Brest y allí veían soldados azules recostados en las esquinas de las calles, tan necesitados de aire fresco como aquel al que había atendido el sacerdote Roberts, que morían solos y sin atención.

Por eso, Frances no dudó en unir sus fuerzas a las de Mariela para luchar contra el peligro ni tampoco en convencer a otra enfermera del *SS Leviathan* llamada Ruby Russell para que la imitara.

Ambas eran reservistas del cuerpo médico de la Armada de Estados Unidos y amigas desde la infancia. Habían compartido escuela, prácticas en un hospital de Nueva York y patriotismo de tiempos difíciles, cuando decidieron incorporarse al equipo sanitario del buque para ayudar a los soldados en guerra.

En Brest, tomaron la determinación de quedarse en tierra. Juntas emprenderían una nueva misión, la que les había mostrado aquella extraña colega española que combatía sola contra una Bestia.

Una vez decidido su futuro inmediato, las tres despidieron a Jimmy en el muelle donde estaba atracado el *SS Leviathan*. El soldado, ya inmunizado, viajaría en él de vuelta a su país ayudando a los muchos enfermos que aún quedaban en el barco. No hubo quien le cuestionara ni ante quien se viera obligado a responder. La gripe lo había vuelto todo opaco y neblinoso.

Mariela, cuyo inglés era bastante mejor que cuando viajó al frente, ya podía entenderle sin dificultades, pero el muchacho quiso realizar un último esfuerzo y usar las pocas palabras que conocía en francés para darle las gracias.

—Nunca la olvidaré, *mademoiselle*. Siento mucho haber sido un dolor de cabeza. ¿Cómo se dice? *De t'avoir causé des ennuis...*[12] ¿Es así?

—Tranquilo, Jimmy, no me has dado problemas. En esta guerra los problemas de unos son los problemas de todos. Ahora debes dejar de sufrir; olvida este infierno y regresa a tu granja. Escóndete lo mejor que puedas, no dejes que vuelvan a traerte, chico. Tienes una vida que vivir.

—No habría podido hacerlo sin usted, *mademoiselle*. Es usted un ángel... *un ange blanc*[13] —después se dirigió a Frances y a Ruby, que contemplaban la escena algo retiradas—. También vosotras lo sois. Gracias a las tres.

Mariela sonrió y trató de calcular cuántas vidas habían pasado por la suya desde que un niño la llamó así en un arrabal de Madrid. No pudo. Era otra y, sin embargo, Jimmy le recordó que seguía siendo la misma.

12. Por haberte causado problemas.
13. Un ángel blanco.

Le despidió con un beso en la mejilla.

Cuando vio al *SS Leviathan* perderse en la lejanía azul hacia el nuevo mundo, se enjugó dos lágrimas, dio la vuelta y enfiló junto a sus nuevas compañeras el camino que tenían por delante.

62

La venganza de Gargantúa

Los bretones cuentan que Gargantúa, padre de Pantagruel, a su paso un día por el bosque de Huelgoat, pidió hospitalidad a los habitantes de la zona. Estos, pobres y de tamaño humano, le ofrecieron un cuenco de trigo, algo que el gigante consideró no solo insuficiente, sino una grave ofensa. Ciego de ira, tomó cuantas piedras encontró en su camino y las fue arrojando sobre el pueblo, lo que explica la disposición caprichosa y a veces en raro equilibrio de las rocas que rodean el río Argent.

Eso creen hoy los bretones y también lo creían en 1918, cuando Mariela, Frances y Ruby recorrieron Huelgoat en busca de plantas medicinales.

Aunque mi bisabuela se prometió leer a Rabelais si algún día regresaba a la biblioteca de Mary Borden en París para contrastar la existencia de la leyenda de Huelgoat, no pudo evitar encontrar mientras tanto una nítida alegoría: la de un gigante poderoso que desprecia la ofrenda humana y desata cruelmente su cólera haciendo llover piedras sobre la tierra.

Gargantúa era la Bestia.

Pero el bosque de la Bretaña francesa no era el Moncayo.

Frances, Ruby y ella tardaron casi un día en llegar, aun cuando estaba apenas a ochenta kilómetros de Brest, y lo hicieron gracias a los convoyes de soldados que constantemente salían en dirección al frente.

Durante el camino, Mariela explicó a sus nuevas amigas qué tipo de plantas debían buscar y para qué. Todo, resumido en un principio:

—Debemos callar y dejar que sea el bosque quien nos dé lo que buscamos. La naturaleza habla, aunque los humanos no la escuchemos.

Lo leyó en una de las joyas de la biblioteca de May y estaba escrito por Victor Hugo, pero lo hizo tan suyo como si ella misma lo hubiera redactado con su mano.

Frances y Ruby primero la escucharon a ella y después despertaron sus cinco sentidos para escuchar lo que la naturaleza quisiera decirles. Así, en silencio, las tres buscaron durante dos jornadas por todo el bosque de Huelgoat.

A pesar de las nieblas matinales, el sol las acompañó al inicio de un otoño que aún no se había convertido en lluvioso. Durmieron en sacos militares, refugiadas en rincones de la fronda resguardados. Se alimentaron de las hierbas que Mariela reconocía como comestibles y algunas latas que llevaron desde Brest en sus mochilas. Rasparon árboles, movieron piedras, vadearon riachuelos. Buscaron hasta que las manos se les cubrieron de arañazos de espinos y picaduras de insectos. Recolectaron solo las plantas que a mi bisabuela le parecieron absolutamente inocuas, sin sombra de toxicidad. Llenaron cestos y alforjas. Y escucharon, todo el tiempo escucharon el mensaje que el bosque había preparado para ellas. Se empaparon de él y, cuando creyeron haberlo entendido, regresaron a Brest para empezar con su tarea.

Sin embargo, Mariela no estaba satisfecha.

No, el bosque de la Bretaña francesa rotundamente no era el Moncayo.

Tal vez por eso, en Brest perdió su primera batalla contra la Bestia renovada.

Intentó tratar a los contagiados que llegaban a cientos en los buques, pero era inútil. Morían en su regazo, en los de Frances y Ruby, en los de las enfermeras de los barcos, en los de sus compañeros soldados...

Las dos americanas terminaban los días ahogadas en lágrimas. Cada noche, se miraban los brazos y encontraban un cadáver. Después, se miraban las manos y las veían vacías. Lloraban por la impotencia de sus cuidados, por la esterilidad de su trabajo, por la enorme vacuidad de un mundo cuyos cimientos estaban siendo roídos por un monstruo invisible que acabaría por derrumbarlo entero.

Las tres casi podían ver literal y físicamente cómo los gérmenes de la enfermedad, cualesquiera que fuesen, saltaban de un cuerpo a otro. Oían sus carcajadas y sentían su caricia helada. El olor a paja mohosa ya formaba una nube densa sobre todo Brest. Allí, en medio, estaban ellas, tres guerreras sin armas contra el enemigo más poderoso de la tierra.

No funcionaba la fórmula de Mariela porque no estaba elaborada con las hierbas adecuadas, ella lo sabía. Y la gripe no se extinguía porque parecía haber llegado con nuevos ímpetus y una coraza de resistencia que la convertía en invulnerable.

Pero no lo era, se dijo, no podía serlo. Descubriría su grieta. Cuando lo hiciera, se colaría por la hendidura hasta resquebrajarla entera, de parte a parte, para que de la Bestia no quedara ni el nombre.

—Por cierto, ¿por qué la llaman «española»? —le preguntó Ruby.

—No lo sé con seguridad. Lo único que puedo garantizarte es que no empezó en España. En marzo, cuando en mi país no había enfermado nadie todavía, un puñado de granjeros que se habían metido a soldados en Kansas ya estaban contagiados.

—¿Y cómo lo sabes?

—Jimmy fue uno de ellos... no es difícil sacar conclusiones. Creedme, esto no es una gripe española, quizá no lo sea de ninguna parte y de todas al mismo tiempo. Yo la llamo «la Bestia» porque no tiene alma.

Se estremecieron las tres y siguieron atendiendo a los enfermos en silencio.

Hasta que, de repente, mi bisabuela se dio cuenta. Puede

que en esta ocasión a la enfermedad no lograra vencerla un suero verde, pero quizá lo hiciera otra fórmula más efectiva y tan omnipresente como la propia Bestia: si el mundo entero sabía de su existencia, perdería su principal arma, la sorpresa; si todos esperaban su llegada y se preparaban para combatirla, dejaría de ser una mano invisible que arrebataba vidas como ladrón en la noche.

La grieta por la que terminaría fracturándose en mil pedazos iba a ser la información. Y en ese campo, Mariela había jugado más veces que ella y lo hacía mejor.

63

Recetas inviables
por escasez de ingredientes

París, a 12 de octubre de 1918

Queridísima amiga Mariela:

Confío de todo corazón en que te encuentres en perfecto estado de salud y a salvo en esa bella ciudad de Brest, ayudando a los valientes soldados de Francia y de nuestros aliados, gracias a los cuales pronto obtendremos la merecida victoria.

Lamentablemente, debo darte malas noticias. Las últimas recetas que me hiciste llegar son impracticables, por lo que me temo que el bueno del cocinero Jojo no ha sido capaz de convertirlas en ricos platos que servir en nuestra mesa. Como podrás suponer, esto es debido a la escasez de ingredientes. Dice Jojo que lamenta mucho que tus recetas no sean viables y yo lo lamento también porque sobre el papel parecían realmente deliciosas.

Con todo, te felicito muy sinceramente, estimadísima amiga. Compruebo con satisfacción que te estás convirtiendo en una cocinera admirable y te auguro un gran futuro una vez nuestros pueblos venzan al enemigo y podamos retornar a la paz.

Por favor, envíame alguna receta más. Y, si me permites un consejo que solo tiene como fin ayudarte a potenciar tu enorme destreza, yo te recomendaría que intentaras elaborar alguna de tus exquisitas creaciones utilizando pato como ingrediente nuevo. Estoy segura de que de tu imaginación y de tu gran inventiva surgirán verdaderas obras de arte que harán de esa sabrosa ave un plato perfecto.

Nada deseo más en este momento que saber de ti. Por favor, escríbeme cuando te lo permitan tus obligaciones con este país que te ha acogido con tanto amor como me acogió a mí hace cuatro años.

B te manda un afectuoso saludo.

Recibe todo nuestro cariño y consideración,

Lady MARY BORDEN SPEARS

Mariela se sintió una agente del servicio secreto alemán descodificando un mensaje cifrado entre aliados, aunque no necesitó tanto tiempo como habría precisado un espía. Fue muy sencillo hacerlo. May y ella se compenetraban bien.

Mi bisabuela había escuchado los consejos de Edith Wharton y de la propia Borden. Y había escrito. Había escrito cada día, sin parar, contando la guerra, su guerra. Escribió lo que veía y también lo que no era visible, pero pesaba más que el aire en las trincheras.

Sobre los hombres destrozados por la metralla que ni siquiera sabían dónde estaba Alsacia o Lorena. Sobre los que sí lo sabían, pero a quienes no les importaba cómo se repartirían. Sobre los cada vez más numerosos motines de franceses, belgas, británicos, alemanes y austrohúngaros que bajaban las armas y decidían no seguir disparándose entre sí, aunque para conseguirlo debieran disparar a sus propios oficiales. Escribió sobre cómo aterraba a los soldados la sequedad del verano porque, con la evaporación, los cadáveres perdidos en el barro del invierno y de la primavera aparecían a trozos. Sobre sus pesadillas con el repiqueteo de las ametralladoras mezclado con las órdenes de los mandos a gritos por encima de sus cabezas. Escribió acerca de su zozobra, y su culpa, y su frustración, y la confusión de tantos hombres que no sabían por qué y ni a quién mataban. Sobre los que se volvían locos de dolor, de miedo y de desesperación. Escribió contra la guerra.

Después comenzó a escribir acerca de la gripe. Quiso alertar al mundo de que había regresado y de que ahora era aún más peligrosa que en mayo porque estaba furiosa y hambrienta. Que muchos morirían, tal vez muchos más de los que el Rugido había matado hasta entonces. Que algunos creerían que morían a causa de las bombas o del gas mostaza, y que, por eso, otros tocarían su boca y respirarían su aire sin saber que así servían de vehículo a una Bestia que viajaba a la velocidad de la luz sin respetar los límites del universo. Que miles... millones serían sacrificados en el altar de un dios sanguinario que había encontrado en la guerra el socio más fiel.

Todo eso escribió y todo eso envió a May Borden para que intentara hacerlo público por los medios que considerara oportunos. Recordaba las palabras de Edith: «Primero, una debe escribir para sí misma, aunque después hay que procurar que otros lo lean para que sepan lo que está ocurriendo».

Pero, al igual que Edith, la propia Mary y tantas otras, fracasó.

A partir de 1914 se había desplegado por toda Francia un ejército paralelo: miles de personas tenían como única misión revisar una a una las cartas que circulaban por el territorio con el fin de neutralizar aquellas de contenido contrario a la guerra. Lo que lograba aterrizar en las redacciones de los periódicos no corría mejor suerte. Desde el principio de la contienda estuvieron prohibidos los corresponsales de guerra y la prensa se convenció a sí misma de que el supuesto deber patriótico estaba por encima del derecho a informar. Y si no, se le acusaba de ayudar al enemigo, lo que era delito de alta traición. Por eso llegó a publicar *L'Intrasigeant* que «las balas alemanas no matan» y *Le Petit Parisien* que, «excepto cinco minutos al mes, el peligro es mínimo». No podía haber otra explicación.

Para sortear ambas censuras, May escribió a Mariela una carta con un código muy particular que la española entendió sin demasiado esfuerzo. Las recetas que no podían traducirse en platos gustosos eran los textos escritos por mi bisabuela que nunca llegarían a ser publicados, porque así lo había decidido el bueno de Jojo, que no era otro que Georges Clemenceau.

Era cierto que el todopoderoso jefe de Gobierno y de la guerra de Francia, que sufrió en su piel el rigor de los censores siendo periodista, había suprimido oficialmente la censura contra los medios cuando llegó al cargo, hacía un año. Pero había una excepción oficiosa, alentada por Clemenceau y solo comentada en los corrillos del poder: lo que escribían las mujeres. Si estas no tenían voto, decían quienes las privaban del sufragio, era porque carecían de conciencia política y de visión de Estado, así que tampoco merecían tener voz.

«Nosotras —recordó Mariela para sí—, escribimos en minúsculas, y los que dirigen los destinos del mundo han decidido que este momento, con la rendición a la vuelta de la esquina, no es el nuestro, sino el de las palabras grandes: que nada ni nadie hunda la moral de las tropas, ni mucho menos una gripe».

De ahí que los escritos que Mariela confió a su amiga en la estación del Este de París durante su escala hacia Brest terminasen arrojados a la papelera por la estricta censura moral que se autoimponía la prensa. Las recetas de Mariela no eran las recetas que necesitaba Francia.

Algo, en cambio, sí le reconfortó el alma: lo que escribía era bueno, incluso prometedor. Lo decía May.

Y otra cosa encendió en ella la luz de las ideas brillantes: las recetas con pato.

Brillante, sin duda.

64

Las confesiones de un bestiario

Mi amada Francia, he vuelto. Nos conocimos la pasada primavera, ¿recuerdas? Nos presentó un soldado americano en Brest... ¿o fue un inglés en el campamento de Étaples? No sé, solo me acuerdo de la belleza de tu cuerpo, los pechos suaves de tus montañas, el pubis de tus playas, la piel de seda de tus ciudades... Ahora estoy otra vez aquí porque ansío sorberte entera. Querrán separarnos y te dirán que soy extranjera, española, de ese país del sur que no ha querido luchar por ti. No les creas: yo soy del mundo, porque guardo mi corazón en cualquier punto de la tierra. Te dirán que la que ha vuelto no soy yo, que soy una falsa alarma, que los soldados que caen no lo hacen rendidos de amor en mis brazos, sino en los de mi más enconado rival, esa guerra que lucha por tu cuerpo con tanto arrojo como lucho yo. Tampoco les escuches. Los soldados son míos, han muerto por mí. Y habrá más. Obtendré más victorias que la guerra.

Te dirán que soy una bestia, algunos me llaman la Bestia, pero no les prestes atención. Solo soy un cachorrillo que te arrulla al oído y te dice ven a mí, he regresado. Aquí estoy, amada Francia, y esta vez no me iré hasta que toda tú, entera con tus hombres, mujeres y niños, me acompañéis a mi morada.

Este fue el primero de los tres recortes de periódico que encontré entre los papeles que mi bisabuela dejó en el monasterio de Veruela. Solo tres, pero eran tres prodigios de recetas.

Seguí leyendo.

Mi amada Francia, ven a mí libre, sin máscaras ni protección. No te ocultes el rostro, no te escudes. Muéstrame tu cuerpo desnudo, dame tu boca porque quiero libar en ella, dame tu aliento porque quiero respirarte. Cuando hayas escanciado tus fluidos, me empaparé de ellos y ahí, en el interior de tu cuerpo, construiré mi hogar. Quiero hacerte mía y que, cuando viva en ti, tú mueras por mí. No hay medicina que me aleje de ti, amada Francia. Olvida a los médicos, ellos no saben de amor, olvídalos, no les escuches. Te dicen que tengas cuidado porque puedo herirte, pero qué saben ellos del dolor, si no lo hay más dulce que el de los enamorados. Qué puede saber nadie que no se haya contagiado de una pasión como la nuestra. Desnúdate, acércate, tócame, siénteme, no huyas... Llego a ti sedienta. Ríndete a mí y te prometo tres días de éxtasis en la más sublime de las agonías, mucho más que cualquiera de las que te ha dado la guerra. Después morirás, sí, pero saciada de amor verdadero...

Me imaginé una conversación entre Maurice Maréchal y su esposa Jeanne a finales de octubre de 1918, que muy bien pudo haber sido realidad.

—Pero, Maurin, no te pongas ñoño ahora, que era esto exactamente lo que queríamos hacer en el periódico, ¿no? Aprovecha que la censura se ha relajado, hombre.

—Lo era, sí, pero no sé si publicar algo tan sensual es conveniente...

—La obscenidad no está en la cama sino en las trincheras, eso ya lo hemos hablado muchas veces, querido.

—Tienes razón. Y los textos son buenos, ¿verdad?, hablar de la gripe española como si fuera un amante de Francia celoso de la guerra es...

—Una genialidad, reconócelo. La gente debe saber que tenemos otra vez la peste encima, por si nos faltaba algo...

Apostaría a que esto lo ha escrito una mujer. A los hombres solo os preocupan el frente y las bombas.

—¿Tú crees, mi querida Janine? Lo firma un tal Marius Bonnaire...

—Un seudónimo, estoy segura. Si hubiera firmado con nombre femenino, ni siquiera lo habrías leído, ¿a que no? ¿O no te acuerdas de la Aurore que se escondía detrás de George Sand?

—Puede ser, puede ser... Pues será la primera mujer que lo haga en nuestro periódico, que el cielo nos valga.

Mi amada Francia, ¿por qué reniegas de mí? Dices que morir en mis brazos no es heroico. Tus soldados no quieren sucumbir vencidos por una bestiecilla pequeña e invisible como yo, ¿verdad? Quieren que les maten luchando. No, mi amor no tiene nada de heroico para ellos y eso me hace sufrir. Yo me pregunto: ¿y acaso la mentira es heroica? La valentía en el campo de batalla... esa sí que es una mentira inmensa. ¿Tienen tus soldados más derecho a matar de odio al de enfrente que yo a mis enfermos después de infectarlos de amor? En cambio, sí lo tiene un soldado a saber de qué muere. Si lo hace en mi regazo, quiero que tú y el mundo entero admitáis que yo me lo llevé, no una metralla anónima ni una bomba sin corazón. Fui yo. Él era mío. Mío para siempre. Te engañan, Francia. Te dicen que tus combatientes mueren como héroes. Pero lo cierto es que miles de ellos dejan este mundo en la cama, entre convulsiones, delirando, dándome su bilis y su sangre. ¿No crees que eso sea heroico? Son héroes de amor. Mueren de amor por mí.

También es posible que, en una tarde de septiembre de 1915, el periodista Maréchal charlara con el dibujante Henri-Paul Gassier sobre el hartazgo de ambos con la censura impuesta a la prensa por la maquinaria de propaganda bélica.

—Cuando veo algo escandaloso, mi primera reacción es indignarme. La segunda, reírme —decía Maurice.

—Pues hagamos que Francia se ría.

—¿Y cómo, amigo mío, si solo hay dolor alrededor?

—Fácil. No nos dejan contar la verdad, ¿no?, pues contemos mentiras.

Así lo escribieron en el primer número de su periódico semanal, cuando expusieron su declaración de intenciones: «Publicaremos, tras una intensa verificación, noticias rigurosamente inexactas. Todo el mundo sabe, en efecto, que la prensa francesa, sin excepción, solo comunica a sus lectores, desde el inicio de la guerra, noticias implacablemente verdaderas. Bueno, el público ya tiene suficiente. Ahora quiere noticias falsas... para variar. Las tendrá».

Cuando, tres años después, les llegaron unas notas escritas en clave de sarcasmo amargo por un desconocido Marius Bonnaire sobre la reaparición de la gripe mortal, puede que primero dudaran. Pero la opinión de Jeanne Maréchal debió de ser decisiva. Aquello era lo que buscaban en la publicación, ya coronada de éxito: mentiras detalladamente contrastadas. Esa pluma disfrazada de seudónimo hablaba de algo de lo que no se podía hablar, la enfermedad misteriosa de primavera que ahora había resurgido con una virulencia desatada. Los periódicos y revistas de España escribían sobre ella constante e insistentemente porque la espada de la censura no se cernía sobre ellos, de ahí que el mal fuera apellidado español. Triste título. Pero en Francia estaba prohibido hacerlo. ¿Creían, como los niños, que si la ocultaban dejaría de existir?

—¿Nos lanzamos, Maurice? Venga, hombre, vamos a publicarlo. Nadie más que nosotros lo hará, te lo aseguro.

—A nuestro buen Clemenceau le va a dar un infarto, Henri...

—¡Y no sabes cuánta pena me dará! Tanta como la que le da a él que sus soldados mueran enfermos. Tiene razón ese Bonnaire, el Gobierno solo quiere héroes y la gripe no hace héroes.

—Es verdad... Hablemos, pues, sobre ella, que nuestros lectores lo entenderán, no son tontos. Hala, adelante con la macabra historia de amor que nos manda Marius.

—¡Ahí está, claro que sí! ¿A qué esperamos? Ya lo estoy viendo: voy a acompañar los textos con la caricatura de una bestia aterradora con las fauces abiertas merendándose a Francia. ¿Qué te parece?

—Magistral. Y yo ya tengo título para la sección que vamos a darle a nuestro Marius...

Journal d'un bestiaire,[14] leí en el encabezamiento de cada uno de los tres recortes que mi bisabuela guardó. Impecable epígrafe de sección. Aludía a los bestiarios, los gladiadores que luchaban con las fieras en el circo romano, del que pocas veces salían con vida. Aquel Marius Bonnaire, debieron de pensar los dos periodistas, tan intrépidos como él, sabía de lo que hablaba. Sin duda, había bajado a la arena y mirado a la Bestia cara a cara.

Todo esto imaginé, solo imaginé, que se dijo en la redacción aquel año 1918.

Seguro que hubo muchos más artículos en la sección, pero todavía no los he encontrado. Duermen en París, en los archivos empolvados de un periódico único que ha sobrevivido a guerras, espionajes y denuncias: el satírico *Le Canard Enchaîné*,[15] que un siglo después sigue haciendo reír y reflexionar a Francia.

Al leer a Mariela no pude evitar pensar que hoy, cuando tanto sabemos de verdades manipuladas, lo único que hemos llegado a aprender es que no hemos aprendido nada. Sin embargo, aquellos periodistas de raza, protagonistas de una época convulsa, fueron sabios al denunciar a su modo la mentira. Porque, si esta es confesa y declarada, no es mentira: es ironía.

A esa conclusión debió de llegar mi bisabuela cien años antes que yo, ya que lo verdaderamente irónico era que ella solo sabía cocinar hierbas curativas y no comida; ni le gustaba hacerlo, ni se dejó enseñar, ni pudo Cristovalina sacarle partido siempre que intentó ponerla frente a un fogón. Así que irónico también fue que a May se le hubiera ocurrido llamar

14. *Diario de un bestiario.*
15. *El Pato Encadenado.*

recetas a sus denuncias del regreso de la Bestia, especialmente aquellas *cocinadas* con pato encadenado.

Un inspirado y poético recurso que, además, le sirvió para saldar una deuda: la de un último homenaje a las Bonnaire que murieron en el San Luis de los Franceses de Madrid. Hasta entonces nunca se había fijado en la semejanza entre su nombre, Bona, y el de ellas. Ambos quedaron impresos y unidos para siempre en aquellas notas de prensa publicadas en el año final de la Gran Guerra.

65

La última batalla

En noviembre de ese mismo año llegó a la vida de Mariela en Brest otra ave, emisaria de las bandadas de cuervos negros a las que tanto temía. Era un telegrama de Gertrude Stein que guardaba una sospechosa similitud con otro recibido hacía medio año aunque parecía media eternidad:

GUILLAUME, GRAVE. GRIPE.

Al leerlo, mi bisabuela sintió la necesidad de regresar a París y tomar de la mano a su amigo antes de que sucediera lo peor, pero quiso consultarlo con sus compañeras.

Frances y Ruby habían aprendido cuanto Mariela podía enseñarles sobre la Bestia, también ellas eran capaces ya de hablarle de frente. Las tres trabajaban y vivían en el hospital que había improvisado la autoridad portuaria de la ciudad, alarmada por el trasiego de enfermos que se hacía interminable ante sus ojos, de un barco a otro y de los barcos a tierra, haciendo que la epidemia se propagase sin freno a lo largo y ancho del continente.

Tenían trabajo, alojamiento y un medio de subsistencia, sí, pero aún terminaban los días envueltas en llanto y seguían sintiéndose impotentes y estériles ante el dolor que las rodeaba. Sin embargo, ya sabían que solo con la mirada en alto y sin bajar jamás la guardia podrían evitar que el monstruo invisible que roía los cimientos del mundo terminara derrumbándolo.

—Ve adonde debas ir, querida Mariela —la animaron—. Un día nos dijiste que esta gripe está en todas partes. Allá donde vayas, seguirás combatiéndola, lo sabemos. Nosotras nos quedamos en Brest. Mira alrededor... ¡queda tanto por hacer aún! Pero tú serás útil también en París.

Después de muchos abrazos y lágrimas, y tras un día y una noche de viaje, mi bisabuela llegó a la gran ciudad en la mañana gris del 9 de noviembre.

París la recibió volcada en las calles. Había alegría, risas, palmas, alborotos de felicidad. Algunos gritaban lemas incomprensibles para ella: «¡Abajo Guillermo!». ¿Por qué? «¡Muerte a Guillermo!». ¿Quién...?

Mariela no conocía las últimas noticias sobre la guerra, por eso no sabía que, en los días anteriores a su marcha de Brest, mientras ella y sus amigas luchaban contra la enfermedad y tras varias decisivas derrotas como la del Marne, Alemania había cambiado. En todo el país, castigado por el bloqueo, el hambre y la humillación, había comenzado a arraigar el desánimo hasta cubrirlo de una niebla grasienta que hacía imposible respirar. Se gestaba una revolución. Y en las revoluciones no caben los emperadores: el káiser Guillermo II acababa de pasar a la historia y no precisamente con honores.

Por eso, todo París gritaba por bulevares y avenidas loas a la abdicación del rey de los enemigos y con sus cánticos estaba comenzando a acallar el trueno del Rugido: «¡Abajo Guillermo...!». Era ese Guillermo, el rey destronado.

Pero Mariela llegaba para intentar curar de la gripe española a otro, uno mucho más querido para ella que el alemán sin corona: Guillaume Apollinaire, el orondo, ruidoso y extravertido poeta que ahora yacía callado aguardando la hora de su muerte.

Gertrude y Alice la esperaban en la estación.

—May está con Willy, nuestro Guillaume... negro, todo negro, ¿verdad, Alice?, está completamente negro.

—¿Dices la piel...? ¿Que se le ha vuelto oscura?

—Como el carbón, querida, como el carbón.

La Bestia, desde luego, sabía cuándo y cómo hacer daño. Ese otoño, Mariela había encontrado en Brest cuerpos amoratados e hinchados, mucho más que los que vio en Madrid, hasta el punto de que los enterradores no podían cerrar los féretros porque en ellos no cabían sus cadáveres abotargados. Ojalá hubiera podido ella volver a contagiarse para llegar a comprender a esta nueva Bestia, hija con vigor reforzado de la que atacó en primavera. Era más joven, más briosa, más perversa. Indestructible.

En la puerta del 202 del bulevar de Saint-Germain les esperaba llorando Blaise Cendrars.

—No llores, Freddy. —A Gertrude le gustaba americanizar los nombres, como el suyo, Frédéric-Louis, aunque a veces también le llamaba por el apodo literario Blaise—. Nuestra amiga Ela está aquí, ella sabe, seguro que ella sabe, te calmó los dolores del brazo. Ha curado a otros de la gripe, es enfermera, May también, ellas saben.

—Lo he intentado, Mariela, lo he intentado...

—Tranquilo, Blaise, tranquilo. Dime qué es lo que has intentado.

—Quise que probara esto. —Mostró una botellita de vidrio ámbar y etiqueta blanquiazul en la que se leía ACEITE DE HAARLEM—. Es bueno, Mariela, yo no envenenaría a mi amigo. Esto se ha usado durante siglos...

—No tienes que justificarte, Blaise. A mí no hay medicamento que me escandalice. Yo creo que la naturaleza es sabia y que en ella están todos los remedios, como también creo en la química y en que sus avances salvarán muchas vidas. Déjame ver ese aceite.

—Ya es tarde. Se muere. No entiendo por qué no quiso tomarlo, no logro entenderlo —siguió el hombre mientras Mariela olisqueaba el contenido del frasco—. A mí me lo daba mi abuela en Suiza antes de que me mandaran al internado, y yo se lo he dado ya en París a más de setenta amigos... ¡setenta y dos exactamente, os lo juro!, todos infectados. Solo dos no lo quisieron, uno es Guillaume y el otro ha muerto...

—Raro, amigo, muy raro, ¿no es raro, Alice? —intervino Gertrude—. Y eso que Willy habló bien de esta medicina, el aceite, el de no sé dónde, ¿el Harlem de Nueva York?, no, creo que es el holandés. Guillaume lo elogió en su columna, ¿la has leído, Ela?, dijo que era bueno, lo escribió... Solo Apollinaire y Bonnaire escriben sobre la gripe, muy bueno el Bonnaire, ¿a que es bueno, Alice?, no sé quién es pero me gusta, solo escriben Guillaume y Marius, ¿también se estará muriendo el tal Marius...?

Mariela trató de esquivar la conversación y hacer que regresara a lo que realmente importaba.

—Si creía en él, ¿por qué se negaría nuestro amigo a tomar el aceite? No le quedaba mucho que perder, nada podría ser peor que esto...

Habían llegado y el portero les interrumpió:

—Lady Spears les espera arriba, está cuidando a los señores.

—¿Jacqueline también se ha contagiado? —Mariela recordaba a la joven, tan bella y angelical, con la que el poeta se había casado en mayo.

Les abrió May, que dirigió a mi bisabuela una mirada intensa y llena: de alegría por volver a verla, de tristeza por tener que verla allí, de inmenso afecto por recuperar a su amiga, de amarga compasión por todo lo que ambas habían pasado desde la última vez que se abrazaron... Sus ojos enganchados, una vez más, se hablaron en silencio, al tiempo que se rozaban con las manos en una caricia de bienvenida cuya calidez solo ellas pudieron sentir.

Guillaume estaba acostado de espaldas, pese a lo cual Mariela logró distinguir a la Bestia recorriendo en un galope alocado una a una sus vísceras.

—¿Por qué no has querido probar el aceite de Blaise, amigo mío, por qué, mi querido Guillaume...?

Apenas podía respirar, el pecho estaba abultado, únicamente movió un poco la cara ennegrecida. Encontró una luz de ternura en su mirada, el último destello que la enfermedad aún no había podido apagar. Era como si hubiera estado esperándola.

Musitó algo: «Marilá...».

Sintió que la sajaban por dentro al igual que una navaja corta la carne. Primero se reprochó haber estado lejos cuando enfermó. Después se dio cuenta de que ella tampoco habría podido salvarle: «Ya no, mi buen Guillaume, ya no, esta Bestia es otra y yo he perdido mis armas».

Pero no se lo dijo. Únicamente acarició por última vez la cicatriz de su cráneo trepanado y le besó la frente en llamas.

Dos días después, el 11 del undécimo mes y a las once en punto, entró en vigor el armisticio firmado horas antes en el bosque de Compiègne. Esa misma mañana, también a las once en punto, una muchedumbre alfombró de serpentinas y júbilo las calles de París. Y esa misma mañana, a las once en punto, un grupo mucho más pequeño lloraba silencioso en el cementerio de Père-Lachaise para decir adiós a Apollinaire.

Mientras la tierra caía sobre el ataúd, mi bisabuela recordó un verso de otro *Bestiario* diferente del suyo, el del poeta muerto que recitaba con su pasión habitual en el salón Stein: «La vida es siempre despiadada».

Cierto pero incompleto. La Bestia y su sicario el Rugido, debió haber añadido Guillaume... ellos son aún más despiadados que la vida.

66

¿Y si es el fin del mundo?

Las cartas, a diferencia de los telegramas, eran para Mariela como palomas. También llegaban en bandadas y a veces con malas noticias, pero tenían un modo amable de contarlas. Los cuervos negros lo hacían con palabras en atropello, tratando de condensar en el menor número de caracteres lo que se tarda una vida entera en asimilar. Las palomas, en cambio, llevaban atados a la pata artículos y verbos con sujetos, pronombres, adverbios, ánimo, afecto, recuerdos, abrazos... A mi bisabuela le gustaban las cartas.

La que le esperaba en casa de los Borden-Spears la había escrito el doctor Joan Peset tres semanas antes de que la leyera, mientras ella aún estaba en Brest, y fue una ventana... otra ventana abierta en su vida, desde la que pudo volver a otear algo del país del que había huido hacía ya casi seis meses.

Tardó en llegar porque España, en comprensible venganza contra Europa, había decretado que el principal paso de la enfermedad letal estaba en los Pirineos y, por tanto, debía controlar exhaustivamente la frontera por la que se colaba la gripe francesa. La carta de Peset, aunque viajaba en dirección contraria, tuvo que someterse al mismo protocolo y pasar por decenas de dispositivos de detección de elementos patógenos en personas y objetos en las estaciones sanitarias fronterizas. La misiva atravesó la de Canfranc, se introdujo en Francia y, tras un largo periplo, al fin llegó a París. Por todo ello, las noticias que contenía no eran actuales. Mariela temió que, para el momento en que pudo leerlas, habrían empeorado.

La Bestia también había regresado a España. Los hospitales estaban desbordados y el Gobierno hubo de instalar cientos de pabellones Docker, unos barracones de dudosa salubridad donde se hacinaban en avalancha los enfermos pobres.

Le contaba Peset que Cristovalina y la corte de herbolarias de la Cañada habían tratado de recuperar la fórmula que dejó Mariela oculta con san Carlos Borromeo. Pero entonces llegó el desconcierto: esa receta, una receta de verdad a base de plantas del Moncayo, la que sirvió para curar a sus vecinos enfermos... había desaparecido del dobladillo de la capa del santo. No se sabía quién la había encontrado y sustraído.

¿Podría ella recordar la composición exacta? ¿Sería capaz de reproducirla y enviársela al doctor en su próxima carta? ¿Querría hacerlo Mariela por el bien de sus compatriotas, por su pasada lucha con la Bestia, por amor al lugar en el que nació...?

Claro que sí. Sin duda. Por esas y por mil razones más. Mi bisabuela contestó inmediatamente y lo hizo llorando de rabia: su enemiga había preparado minuciosamente el retorno y, para allanarse el camino, había recurrido a todos los que en la primera oleada estuvieron de su parte, aun simulando militar en el bando contrario. Mosén Casiano, por ejemplo. Fue él, estaba segura. ¿Cómo llegó a descubrir la fórmula escondida? Quizá nunca lo sabría. Quizá ya no importaba.

Peset le contaba más cosas. Le dijo, por ejemplo, que tal vez la prescripción medicinal de Mariela podría servirle también a él para perfeccionar la vacuna en la que trabajaba, porque eso, una vacuna, era el mejor método preventivo de una pandemia, entonces y en el futuro.

Se le erizó el vello cuando leyó lo que su equipo y él habían llevado a cabo hasta el momento. Después de reunir muestras variadas de fluidos de enfermos en su último día de vida, consiguieron aislar un neumococo y con él no solo vacunaron a ratones, sino a ellos mismos y entre sí. Los valerosos doctores

Ferrán, Torres Balbí, Colvée, Rincón de Arellano, Corella y el propio Peset arriesgaron sus vidas, las colocaron en una ratonera como cebo y esperaron a que la Bestia lo mordiera. Hubo tímidas conclusiones positivas, porque la reacción de los científicos al ensayo de vacuna fue, según su amigo, tolerable, de forma que ya habían comenzado a establecer un calendario de inyecciones, aunque advirtiendo de que lo hacían de modo experimental. Con la ayuda de Mariela, quizá podrían entender mejor la enfermedad y así afinar la composición de la vacuna.

Algo más añadía. Pese a que Joan estaba convencido de la participación de una bacteria en la epidemia, sospechaba que en sus investigaciones había lagunas. Su amigo tenía dudas. Y si un médico brillante como él tenía dudas es que todo, por muchos y buenos que fueran los resultados cosechados, aún pendía de una hebra fina y se columpiaba en el aire.

¿Y si, en lugar de un agente estreptocócico, la Bestia era un tipo de asesino distinto del que habían supuesto hasta entonces? ¿Y si tenían razón los que dirigían el foco hacia otro lado, uno desconocido y todavía sin nombre? ¿Y si era realmente un germen ajeno a todo lo que en ese momento se sabía de los gérmenes?

Aunque, por otra parte... ¿y si su aparición se debía a algo mucho más inquietante? ¿Y si la Bestia había nacido de las perversas innovaciones científicas de la Gran Guerra, en la que por primera vez se usaron gases y armas químicas para arrasar al enemigo?

¿Y si estaba llegando el fin del mundo?

67

Ojos hermanos

Avanzaba el otoño y el ruiseñor había volado lejos, hacia el calor. Las lilas ya no estaban en flor. Y Mariela se sentía perdida en París, sin rumbo y sin futuro. No había frente al que regresar. Ni patria que la reclamara. Ni Bestia derrotada. ¿Dónde estaba su lugar?

Por el momento, agradeció que estuviera provisionalmente en su cuarto de la calle Monsieur, de forma que aceptó de nuevo la hospitalidad sin condiciones de May. Había echado de menos la calidez de su hogar, las reuniones, el diálogo...

Pero ahora los invitados eran otros. De aquella casa salían y entraban constantemente personajes desconocidos para ella. Algunos, al parecer personalidades de alto rango, buscaban el consejo de Edward Spears, aún jefe de la misión militar británica. Su doble patriotismo al haber nacido en Francia de padres ingleses, su bilingüismo y sus relaciones con figuras influyentes como Churchill, Joffre o Pétain convirtieron la residencia de los Borden-Spears en centro logístico de las conversaciones que debían derivar en un tratado para la paz duradera. O eso creían.

Era May quien les recibía, aunque en raras ocasiones permanecía más de una hora en las tertulias políticas; cuando lo hacía, eso sí, participaba con su vehemencia habitual y conseguía acallar a los irreflexivos y serenar a los exaltados. Pero, en general, dejaba que su marido se ocupara de todos ellos.

Los políticos carecían de interés. A May, como a su amiga Mariela, le interesaban las personas.

Una de esas personas, sin embargo, avivó de nuevo la atención de las dos mujeres. Estaba entre los invitados de Edward y le vieron una tarde en el bosque de libros. Ambas le reconocieron al instante y, tras unos momentos de duda, le saludaron educadamente:

—Señor Sverdlov, sea usted muy bienvenido de nuevo en esta casa.

Allí estaba otra vez. El revolucionario.

Rusia estaba excluida de las negociaciones de París. Los vencedores no le perdonaban la traición del abandono de sus filas con el tratado de paz firmado entre los bolcheviques y Alemania en marzo, cuando muchos apuntaban a una victoria de las Potencias Centrales. Estas, sin embargo, convertidas en derrotas en noviembre, tampoco olvidaban que Rusia podía reclamar territorios cedidos en Brest-Litovsk esgrimiendo la nulidad de un acuerdo que ya era papel mojado. Porque la Rusia de entonces era otra. Toda Europa era otra. La guerra, solo la guerra, había trastocado el mundo.

Edward Spears sabía del boicot oficial a Rusia, pero, hábil mediador y diplomático sagaz, también era consciente de que una paz que no incluyera a quienes de un modo u otro habían contribuido con vidas y sangre a saldar esa guerra estúpida nunca sería paz. Podría llamarse así, pero sería otra cosa.

—Como dice el mariscal Foch, si no actuamos con inteligencia y generosidad, solo estaremos firmando un armisticio de veinte años —confesó una noche a su mujer y a su huésped Mariela. Solo la primera llegó a saber cuánta razón tenía.

De ahí que invitara en secreto a Yakov Sverdlov como representante oficioso de la nueva Rusia a las discretas reuniones que se celebraban en la calle Monsieur. Le interesaba conocer su punto de vista. Sverdlov, opinaba Spears, era uno de los cerebros más privilegiados del bolchevismo. Quizás el único, matizaba con ironía británica.

Mariela también le estrechó la mano cuando lo vio de nuevo en la casa de los Borden-Spears. May, siempre elegante, siempre atenta, pareció olvidar sus reticencias pasadas y le invitó cortésmente a tomar el té, porque ni en la guerra ni en el armisticio ni ante la revolución se perdieron en aquella casa las tradiciones. El té de la tarde era un oasis, un paréntesis de descanso necesario para la mente y para la buena digestión.

Eso le dijo al ruso y, aunque este no pareció estar de acuerdo con ella en el asunto de las tradiciones, miró de forma extraña a Mariela y, tras un instante de silencio, contestó:

—Será un verdadero placer, señora.

Hubo un par de comentarios superficiales sobre París, se añadieron unas cuantas alusiones a la guerra, May alabó la decisión rusa de abandonarla aun a costa de una rendición que muchos consideraron indigna y se interesó por el estado del pueblo.

Sverdlov escuchaba y asentía, pero apenas habló. Solo clavaba los ojos en mi bisabuela.

Algo ocurrió fuera de la biblioteca que requirió la presencia urgente de la anfitriona, quien tuvo que abandonar a sus invitados, no sin antes excusarse de cien maneras diferentes.

—No tardaré, señor Sverdlov, aunque sé que le dejo en buenas manos. —Sonrió al referirse a Mariela, que enrojeció.

El hombre dirigió de nuevo la vista hacia ella y entonces, al mirarle de frente a través del cristal de los anteojos que nunca se quitaba, mi bisabuela descubrió algo que no había percibido meses antes, cuando se lo presentó Marc Chagall.

Los ojos de Sverdlov, oscuros, enormes, profundos y aparentemente somnolientos, bajo unos párpados entornados como a punto de cerrarse en un sueño pausado o recién abiertos después del descanso, proyectaban una mirada pensativa. Mariela los escrutó despacio y sonrió de incredulidad. Le pareció asombroso hallar en ellos un reflejo de los de su amiga querida y, sobre todo, de los que veía cada mañana cuando se miraba en el espejo: aquel hombre también tenía un ojo levemente más pequeño que el otro, solo levemente, una diferencia de tamaño únicamente perceptible para quien ha vivido toda su vida sabiéndose en un perpetuo guiño. Era otro hermano de ojos.

Sverdlov, estaba segura, se había percatado antes que ella de esa misma peculiaridad en los de Mariela. Por eso no había dejado de mirarla desde que se saludaron.

Le preguntó:

—Discúlpeme por hablar sin cesar de mi país. Dígame, ¿qué la ha traído a usted hasta Francia, si en el suyo no hay guerra? Si no recuerdo mal, es usted española, señorita, ¿o debo llamarla señora?

—Si me pregunta si estoy casada, no, no lo estoy, pero puede llamarme señora. Todas las mujeres lo somos, independientemente de nuestro estado civil. O, al menos, mientras a los hombres solteros no se les llame señoritos...[16]

Sverdlov soltó una carcajada. Era una carcajada grave y ronca, como su voz, pero cristalina.

—Eso creemos también en la nueva Rusia. Allí, incluso, hemos eliminado las diferencias y solo nos llamamos camaradas sin tener en cuenta el cargo, la profesión o el sexo. Todos somos trabajadores y, por tanto, compañeros.

—Me gusta.

—Permítame que insista: ¿qué la ha traído hasta aquí?

—Una bestia... yo la llamo así. Esa gripe que en Europa llaman española.

—Ah, sí, la *ispanka* para nosotros.

—¿Ustedes también? Ya veo que eso no cambia, por muy nueva que sea Rusia.

—Tiene razón. Siempre es más reconfortante creer que los enemigos son extranjeros y no de nuestra propia casa.

—Dígamelo a mí. Pero sí, lo cierto es que esa bestia y una larga historia es lo que me ha traído hasta aquí. No quiero aburrirle...

16. «Mesjeuneshommes», en contraposición a «mesdemoiselles», fue el término en francés que Mariela inventó sobre la marcha, según consta en los papeles de mi bisabuela hallados en el monasterio de Veruela.

—Le aseguro que no lo hace. Parece que la señora Borden tarda. Tenemos tiempo.

Sus ojos dispares insistían. De repente, al hundirse en ellos, le trajeron a la memoria una frase de Rosalía de Castro y sintió que en la mirada de aquel hombre había dos rayos de luz, sombrío el uno y brillante el otro, que habían iluminado alternativamente la habitación prestándole un aire extraño y sobrenatural. Después, se esparció con una sinceridad que hacía tiempo no mostraba.

—Nací y me crie en un pequeño pueblo del Moncayo, ese es el origen de mi viaje. Desde entonces, he cruzado media España y toda Francia persiguiendo a un monstruo que ni siquiera tiene forma y al que en todas partes llaman igual que a las mujeres de mi país... Pero no es más que una bestia, porque no es racional, lo desgarra todo sin lógica, va y vuelve cuando quiere, se nutre de la ignorancia de quienes la ocultan, se parapeta detrás de los árboles del camino para sorprender a los viajeros... La veo siempre tres pasos por delante de mí y, cuando llego yo, ya solo encuentro muerte. Primero vuelve azules a sus presas, las tortura a su placer dejándolas a veces sin respiración y otras ahogándolas en su propio vómito de sangre, y después se las lleva de un zarpazo.

Sverdlov la escuchaba en silencio y sin pestañear. ¿Le estaba cansando con su discurso? Posiblemente, pero le daba igual. Ya que había comenzado, estaba dispuesta a seguir hablando hasta el fin de los tiempos o, al menos, hasta que se vaciara entera. Lo necesitaba.

—La he perseguido a través de las ciudades, de las trincheras, de la guerra... y supongo que seguiré haciéndolo en la paz. Pero ella es más lista y siempre se me escapa. Cuando creo haberla vencido, renace de sus cenizas, que son las cenizas de todas sus víctimas, y empieza de nuevo la carnicería. En mi país llegué a encontrar un remedio que la aniquilaba, pero el éxito no duró. Se marchó y ha hallado ahora, meses después, el modo de volver fortalecida. Ella ha crecido... yo me he debilitado. Perdí mis armas, que eran mi Moncayo, mis hierbas y mi país. Ahora trato de encontrar en Francia de nuevo el veneno que la mate a ella y nos devuelva a todos lo que nos queda de vida. Así he llegado hasta aquí, buscando.

Sverdlov no la interrumpió. Cuando acabó, quedó en silencio unos segundos. La miraba penetrantemente. Al fin, dijo:

—Creo que hay más espíritu de la Revolución en usted que en muchos de mis camaradas rusos. Qué pena que no nos hayamos conocido antes...

Volvió a entrar May en la biblioteca y el aire extraño y sobrenatural que hasta entonces les envolvía se disipó.

Esa noche, cuando el revolucionario y el resto de los invitados se fueron de la casa y Mariela se quedó sola frente al secreter rojo, no se sintió capaz de escribir, como hacía cada día.

Solo podía pensar en los ojos hermanos de Sverdlov.

68

Una mente lógica y extraordinaria

El revolucionario partió hacia Moscú esa misma noche. Y Mariela se esforzó en olvidar sus ojos. Era tenaz y lo consiguió. Tardó, pero los olvidó.

Entretanto, la vida continuaba en la calle Monsieur. Spears seguía con su ronda de contactos políticos tendentes a garantizar una paz justa y May convocaba a su salón a quienes podían garantizar que la paz llegara a un mundo sin enfermedades.

Por eso, mientras Edward recibía cada día a los señores de la guerra, May invitaba a los de la vida: enfermeras, médicos y científicos. Porque había otra preocupación que atenazaba a Europa: la Bestia, que amenazaba con matar más que los cañones.

—Quizá nunca sabremos el bien que has hecho con tus notas sobre la reaparición de la gripe en *Le Canard* —decía a Mariela.

—No estoy muy convencida de eso, pero te lo agradezco. Aunque no sé si todos los lectores lo habrán entendido...

—Te aseguro que lo ha hecho quien debe hacerlo. Mira, hoy ha publicado un artículo *Le Figaro* y ayer salió otro en *L'Écho de Paris*. En esta ciudad ya comienza a hablarse de la enfermedad. Sí, mi querida amiga, lo han entendido. Y ha servido de mucho. Cualquier cosa que podamos hacer en esta lucha sirve, sin ninguna duda.

Pero ella sí que las tenía... muchas dudas. Incluso algunas que no podían borrarse de su mente por más que lo intentara. Eran las que había sembrado en ella el doctor Peset.

Alguien vino un día a reactivarlas, invitados por May Borden a tomar el té en la calle Monsieur. Eran dos: un suizo, Frédéric Auguste Ferrière, recién llegado de los Balcanes, adonde había viajado en una misión del Comité Internacional de la Cruz Roja, y un francés, el aristócrata doctor René Dujarric de la Rivière, joven investigador del Instituto Pasteur que sirvió durante la guerra en los laboratorios del Ejército. Este último llevó la voz cantante y prácticamente única de la velada. Mariela y Ferrière, como buenos representantes de la neutralidad de sus respectivos países, callaron y escucharon gran parte del tiempo.

A pesar de la verborrea, a mi bisabuela le cayó bien Dujarric, y tanto May como ella le prestaron suma atención cuando expuso sus hallazgos.

—Nunca me convenció la idea de que la gripe española... discúlpeme usted, señorita Bona, ya sé que es injusto ese apellido con el que hoy se la conoce.

—Está disculpado. Empiezo a acostumbrarme.

—En realidad, sería mejor que la llamáramos todos «influenza», como en el siglo XIV, cuando creían que las epidemias de gripe obedecían a la influencia de las estrellas. Un nombre mucho más romántico, ¿no les parece, señoras?

Mariela sonrió, pero no dejó escapar una oportunidad para el sarcasmo.

—No nos pregunte por ser mujeres, doctor. Es probable que usted entienda más de romanticismo, que eso es cosa de médicos y nosotras somos enfermeras: cambiamos vendas y vaciamos orinales.

—¡Muy aguda observación, señorita! —El científico francés aplaudió y el suizo trató de ocultar una sonrisa camuflándola entre el bigote y la barba—. Pues les decía que, con la mayor de las consideraciones hacia el gran Richard Pfeiffer, yo no creo que esta influenza se deba a su bacteria.

Hablaba del bacilo descubierto por el médico alemán y

que origina infecciones de síntomas muy similares a la gripe que les preocupaba.

Hizo una pausa para sorber un poco de té y, de paso, dar algo de efecto teatral a lo que se disponía a contar.

—No es el causante, estoy seguro. Déjenme confesarles algo: hace un mes, pedí a mi buen amigo Antoine Lacassagne que me inyectara sangre filtrada de pacientes de gripe... Oh, lo siento, señorita Bona, ¿la he sobresaltado?

—En absoluto, doctor. Me he movido en la silla porque me ha recordado usted a un querido amigo que ha hecho algo parecido en España. Veo que ha cundido su ejemplo de... ¿cómo lo diría?, de autoensayo.

Posiblemente no la entendió del todo bien, así que Dujarric continuó:

—Al cabo de tres días tuve una fuerte reacción, pero a partir del quinto volví a la normalidad. Después, me inyecté en la garganta una emulsión de esputo de otros enfermos y no sucedió nada. La sangre de la primera inyección estaba filtrada y, por tanto, no tenía bacterias; la segunda no me afectó, y de ese modo deduje que la primera toma me había inmunizado. ¿Conclusión, señoras mías y querido doctor? Obvia: el causante de esta enfermedad no es una bacteria. Yo creo que es más bien un virus.

—Muy interesante —intervino educadamente May.

—Puede ser. Sin embargo... —lo dijo mi bisabuela y después calló.

—¿Sin embargo...? Continúe, señorita, me interesa mucho su opinión.

—En primer lugar, creo que usted, como mi amigo el doctor Peset, es un valiente y le felicito por ello. En segundo, le doy la razón: yo también opino que no es una bacteria y que puede tratarse de un virus porque es un veneno, algo pequeñísimo, pero tan eficaz que mata sin que nadie lo pueda ver.

Dujarric la observaba divertido.

—¡Bien, querida, me alegra saber que mi teoría cuenta con su aprobación!

—Sin embargo, con todos mis respetos y en mi humilde

opinión, permítame decirle que no estoy demasiado segura de que esta gripe se transmita a través de la sangre. Yo no soy médica ni quiero pecar de vanidosa, hablo simplemente desde el conocimiento práctico. He visto cientos, tal vez miles de casos, algunos han fallecido ante mis ojos y en medio de terribles hemorragias, y creo que puedo decir que no se contagia por la sangre.

—Entonces ¿cómo explica que no me afectara en absoluto el segundo inóculo? La única respuesta es que ya estaba inmunizado por el contagio que me produjo el primero, el de la sangre contaminada, ¿no lo cree usted?

Mariela guardó silencio tres segundos y después respondió:

—Se me ocurre otra razón mucho más simple. ¿A cuántos soldados enfermos extrajo sangre?

—A cuatro.

—¿Y no pudo suceder que usted contrajera la gripe al inclinarse sobre ellos para pincharles las venas y al respirar cerca cuando hablaban, o estornudaban, o tosían...? Porque de lo que sí estoy convencida es de que los virus, o lo que quiera que sean, se transmiten en el aire, quizás en las gotitas invisibles que flotan en él, no sé cómo se llaman... Tal vez se contagió y después se curó. Eso pudo ser lo que le inmunizara.

El salón de té de la casa de May Borden se sumió en un silencio estupefacto.

La anfitriona sonreía llena de orgullo. Mi bisabuela había enrojecido, tal vez retractándose de tamaño atrevimiento ante dos eminencias. A Dujarric se le había congelado la taza a medio camino entre la boca y el plato. Y Ferrière, al fin, habló:

—Mi estimada señorita Bona, no sé si está en lo cierto, pero debo decirle que ha sido una gratísima sorpresa encontrar a alguien como usted. Alguien... ¿cómo diría?, con una mente lógica. Lógica y extraordinaria.

Mariela enrojeció más aún. Indiscutiblemente, estaba arrepentida de su osadía.

69

El canto de la sirena

Volvieron a tomar el té la tarde siguiente. El propio doctor Ferrière pidió a May que les invitara de nuevo: aquella española era digna de ser tenida en cuenta. Vive Dios que lo era, le secundó Dujarric.

La segunda tarde siguieron hablando de la Bestia, de lo que Mariela sabía de la primera oleada, de lo que había aprendido de la segunda, de la diferencia entre ambas.

Hasta que el suizo marcó un punto de inflexión. Claramente, traía algo en mente que necesitaba exponer cuanto antes.

—Si me disculpa que cambie de asunto, excelentísimo doctor Dujarric, querría conversar con esta joven de algo en lo que estoy ocupado últimamente.

Miró a Mariela fijamente y le habló a los ojos:

—Ayer le dije que tenía usted una mente lógica y extraordinaria...

—Yo le agradezco mucho el elogio, doctor, pero...

—Y el comité de la Cruz Roja al que represento busca personas lógicas y extraordinarias. —Ferrière la interrumpió—. Verá, tras el armisticio, estamos estudiando la mejor manera de repatriar a los prisioneros de guerra de los dos bandos. La primera misión del comité parte dentro de una semana hacia Ypres, en Bélgica, pero temo mucho que esto, tan necesario por motivos humanitarios, dé lugar a un trasiego de la influenza entre fronteras que termine matando a la Europa que queda viva. Se me ocurre que sus conocimientos serían de gran ayuda para vencer a la enfermedad en los propios campamentos y antes de que los prisioneros regresen a sus casas.

—Estoy siempre a disposición de la Cruz Roja, claro que sí, doctor, pero no sé cómo...

—Yo se lo puedo decir: ¿querría usted acompañar a la delegación que va a supervisar el cumplimiento de los convenios de La Haya en Ypres?

Por primera vez en mucho tiempo, mi bisabuela se quedó petrificada. ¿Otra persecución de la Bestia? Jamás dijo que no a ninguna. Jamás se detendría. Jamás se daría por vencida.

Una vez superada la sorpresa, no titubeó al contestar. Lo hizo automáticamente.

—Nada podría desear más en este momento. ¿Cuándo debo partir?

Ya tenía futuro.

Un canto de sirena la llamaba desde Bélgica, aunque algo le decía que aquel juego macabro de caza y huida no acabaría allí.

Pero no se lo planteó siquiera. Estaba dispuesta a ir hasta el mismo borde del mundo. Y después, si era necesario, saltaría.

70

El envés de la moneda

La maleta de mi bisabuela no era la propia de una muchacha de veinticinco años que recorría el mundo en el año 1918. No contenía joyas ni trajes bonitos. Olía a verde, a bosque, a hierbas, a medicinas, a yodo, a quinina, a bálsamo... También a decenas de botellitas de Aceite de Haarlem y a otros tantos envoltorios con hierbas que había recolectado en el Bois de Boulogne parisino y con las que pretendía mejorar el remedio que tanto le gustaba a Blaise Cendrars. Estaba, en definitiva, repleta de aromas que tenían como único fin disolver la pestilencia de la Bestia.

No había en ella ningún objeto superfluo, pero sí tres que no servían para abrigar ni para curar: un ejemplar encuadernado en cuero negro de *La hija del mar*, de Rosalía de Castro; un poemario de Antonio Machado con un estampado en las solapas algo psicodélico para la época, y el sencillo y precioso sombrero cloché que le había regalado May Borden y que siempre le mantuvo la cabeza en alto, incluso en los días en que hubiera querido hundirla en lo más profundo de la tierra y morir asfixiada en ella por la vergüenza de sentirse miembro de la raza humana. Antonio Machado, Rosalía de Castro y el cloché la ayudaron a no hacerlo.

Con la maleta y la mirada cargadas de determinación llegó Mariela al corazón de Flandes a comienzos de diciembre. Aquel iba a ser otro recodo en el camino de su vida, y ella ya empezaba a sospechar que, a cada paso que daba, se abría siempre un nuevo destino.

La misión de la Cruz Roja se disponía a trabajar con los prisioneros de guerra alemanes retenidos en un campamento de Wervik. Estaba a veinte kilómetros al sur de Ypres, una de las ciudades más hostigadas del frente occidental. En ella seguía oyéndose el fragor del Rugido, aún poderoso en cada calle triturada y en cada edificio hecho ruinas. Allí, en la batalla de Ypres de 1915, se lanzó por primera vez gas mostaza, de ahí que llamaran iperita al nuevo y desconocido veneno que quemaba las mucosas. Allí, dos años después, en la cresta de Passchendaele, el barro y la muerte celebraron el banquete inmundo en el que devoraron a miles de hombres, tragados vivos por las profundidades, del que le había hablado May.

Y allí también se había instalado un campamento de prisioneros de guerra que, a finales de 1918, cuando llegó a Wervik la misión a la que se había unido Mariela, era una sucesión de barracones de madera, frágiles e inseguros, donde se hacinaban cientos de prisioneros alemanes, austriacos, búlgaros y turcos.

Pero, al menos, ya no era el escenario del millón de desmanes, hijos aledaños y putativos de la guerra, cometidos en los dos últimos años. En ese tiempo, muchos de sus prisioneros habían sido utilizados como esclavos por los vecinos de aldeas cercanas que veían en ello una venganza justa por la ocupación, y otros, como escudos humanos arrojados a tierra de nadie para que el fuego de sus propias filas los abatiera primero, ignorantes de que estaban disparando a sus antiguos compañeros convertidos en prisioneros.

Tras la firma del armisticio, solo cambiaron las formas. Los presos ya no eran tomados como esclavos ni como escudos. Pero continuaba habiendo hambre y tristeza, a las que se unió un invitado indeseado: la epidemia de gripe española, que se había filtrado por todas y cada una de las rendijas de la madera de los barracones. El otoño de la paz, en realidad, había sido el otoño de la muerte para Wervik.

Allí, pues, llegó Mariela cuando ya quedaban pocos infectados que pudieran ser salvados ni sanos que, por su edad o constitución, pudieran ser contagiados. Aun así, algo le dijo que iba a ser necesaria. Además, iba a tener ocasión de ver todo lo que ya sabía pero desde el otro lado, el de los vencidos, y conocer, al fin, el envés de la moneda.

Y también tuvo tiempo de cometer tres errores graves, muy graves, tanto que le voltearon la vida y se la pusieron del revés, si es que alguna vez estuvo enderezada.

71

Medallas de segunda clase

La primera persona que vio al llegar al campamento estaba de espaldas a ella y se afanaba sobre el enfermo de una camilla. Gritó sin volverse cuando oyó que alguien entraba en la covacha que servía de enfermería:

—*Gehen Sie weg und stören Sie mich nicht!*[17]

Mi bisabuela no la entendió bien y, por tanto, no pudo obedecer. Usó todo el alemán que había aprendido hasta el momento:

—*Ich spreche kein Deutsch...* ¿Español? *English? Français?*[18]

Tampoco entonces se giró la mujer. Siguió trabajando en silencio y, cuando se dio la vuelta, Mariela se encontró de frente con doña Socorro. Más o menos.

—Disculpe —dijo en francés la versión teutona de la enfermera jefe de su escuela de enfermería en Madrid—. Este hombre tiene una fiebre disparatada y debe estar en aislamiento, pero sus compañeros y los *Froschfresser*[19] que les vigilan no hacen más que venir a cada momento para preguntar por él y terminarán contagiándose. Creí que era usted uno de ellos...

—No tiene que disculparse, faltaría más, hace muy bien

---

17. ¡Váyase y no me moleste!
18. No hablo alemán... ¿Español? ¿Inglés? ¿Francés?
19. Comerranas, nombre despectivo dado a los franceses.

en aislarlo. Tiene esa gripe, la que llaman española, ¿verdad? Me llamo Mariela Bona, vengo con la misión del comité y yo sí que soy española.

Extendió la mano sonriendo, pero, al ver la reticencia de la alemana, la tranquilizó:

—No se preocupe. Si cree que puedo infectarme, debe saber que ya la sufrí en mi país.

La mujer le devolvió la sonrisa y el saludo:

—Yo también: enfermé en Saales. Mi nombre es Lonny Hertha von Versen. Bienvenida. En este campo solo trabajamos dos enfermeras, así que todas las manos son bien recibidas. Nos ha atacado el demonio de la gripe, ya veo que usted también lo conoce, pero parece que se está marchando. Este es el último infectado y sobrevivirá.

Cómo no, se hicieron amigas.

Lonny le presentó a Karoline Bührer. Ambas eran *Krankenschwestern*[20] y, pese a llevar sobre las espaldas historias dispares de su paso por la guerra, estaban unidas por la dedicación a sus compatriotas en horas bajas y una distinción especial: habían recibido la Cruz de Hierro de Segunda Clase.

Pero las enfermeras merecían más, mucho más que una condecoración de segunda. Merecían ser subidas a los altares de la guerra, aunque estos solo pudieran estar ocupados por los generales encargados de quitar vidas en lugar de darlas. Sobre eso reflexionó Mariela cuando observó y admiró sus métodos de curación, porque allí, entre barracones de madera comida por carcoma, termitas y barro, toneladas de barro, ellas luchaban contra los restos que quedaban de la Bestia como ella luchó contra su apogeo en Madrid, en el Moncayo y en Brest.

Uno de los últimos coletazos del monstruo había azotado a un prisionero llamado Dieter, al que le faltaba una mano. Llegó al barracón de la enfermería con manchas de color cao-

20. Enfermeras profesionales.

ba en el rostro y todas reconocieron la enfermedad que tenían ante sus ojos.

A Mariela le quedaban unas cuantas dosis de Aceite de Haarlem y varias hierbas que aún no se habían secado. Junto a sus nuevas compañeras, cuidó de Dieter durante tres días y sus correspondientes noches.

—Si las supera, se queda en este mundo —sentenció Lonny, también experta en la Bestia.

Y Dieter se quedó. No solo en el mundo, sino también en el barracón de la enfermería. Ya había llegado a él con una tristeza antigua, una que no estaba causada por la gripe, pero afloró potenciada y quintuplicada cuando logró salir del abismo.

Sin embargo, desde ese día no pudo alejarse del barracón más que para dormir, comer y cumplir con sus obligaciones de prisionero. El resto del tiempo lo pasaba en la órbita de aquellas mujeres buenas que le habían salvado la vida. Sobre todo, en la de una de ellas, la que llamaban Mariela.

Esa española pequeña y delgada de ademán reservado y manos delicadas como nubes, que le había hecho beber el líquido de una botellita de color ámbar, guardaba en él el secreto de la vida.

Le había dado una nueva oportunidad y Dieter ya no podía respirar oxígeno lejos de la atmósfera que rodeaba a aquel ángel blanco.

72

Primer error

Hablaban un día las enfermeras de los horrores vividos en la guerra y de cómo cada una había obtenido su medalla.

—Qué gran honor, habéis debido de realizar un trabajo excelente y durísimo —las felicitó Mariela y, en un intento de parecer jocosa, añadió—. Pero ¿por qué medallas de segunda clase? Seguro que merecéis las de primera...

Se miraron con las cejas levantadas y rieron casi al unísono.

—Ay, *Freundin*,[21] esto es la guerra... Esas solo se las dan a los hombres y siempre por matar. Por salvar, a las enfermeras, y solo a unas pocas, nos dan las de segunda. Aunque desde hace un tiempo, ni eso: Alemania ya ha prohibido dar medallas a mujeres.

«La historia eterna», se dijo mi bisabuela.

Intervino el taciturno Dieter, casi invisible en un rincón de la covacha.

—Amigo Adolf tiene medalla de primera y solo es *Gefreiter*.[22]

—Hombre, Dieter, por fin sabemos cómo es el sonido de tu voz —se burló con cariño Karoline; después, se dirigió a la nueva extranjera—. No ha dicho más de diez palabras desde que llegó al campamento, hace ya dos meses. Esta es su fra-

21. Amiga.
22. Soldado de primera.

se más larga. ¡Ni siquiera sabíamos que hablaba francés! Mal, pero lo habla.

No hizo falta que siguiera haciéndolo, porque Mariela reconoció en los ojos del hombre la misma mirada vacía de Jimmy y pensó entristecida que en todos los años de guerra debió de haber miles de Jimmys en cada uno de los bandos. Y que los que quedaran vivos quizá tendrían el aspecto de pajarillo con alas rotas que en ese momento presentaba aquel soldado acurrucado en el suelo.

Vio varios en el campo de Wervik, donde se hacinaban cientos de alemanes que solo recordaban que un día fueron súbditos del káiser por los jirones de las casacas que aún les colgaban de la piel. Estaban famélicos, agotados, hundidos y, lo peor, no querían seguir viviendo. Sin embargo, la guerra aún les tenía preparada una última mala jugada, porque los mantenía con la suficiente vida como para llegar en ese estado a la paz.

Dieter Haas era uno de ellos, aferrado a mi bisabuela como el náufrago a la roca. La seguía en silencio por todo el campamento, le conseguía fruta que ella después repartía entre los enfermos desnutridos, le sostenía la vela en las guardias nocturnas y le habría servido el agua de la fuente en la mano que le quedaba para que bebiera si hubiera tenido sed.

Le dijeron que Dieter había participado en la guerra desde el comienzo y, asombrosamente, había conseguido seguir respirando hasta el día del armisticio. Era bávaro, la única certeza que conservaba intacta. Además de la dignidad, una bomba le voló una mano, un testículo y parte del pene. La vida se la respetó, porque el explosivo que le hizo saltar por los aires lo dejó colgado en la rama de un árbol cercano; cuántas veces desde entonces deseó que no hubiera habido árbol ni rama que lo sostuvieran para que el impacto contra el suelo le hubiese roto todos los huesos y traído la muerte. Pero aquel árbol estaba allí, solitario en medio de un mar de barro, y le había condenado a cadena perpetua.

Sin embargo, era otra la historia que le había llevado a la copa del árbol que le salvó y esa se la contó a Mariela el propio Dieter. Aunque lo hizo a su manera, con la mirada mucho más lejana que las mil yardas de una trinchera, perdida en el tiempo.

Dieter no se consideraba un patriota, solo fue al frente para pagar una deuda de la infancia.

Se había criado en Passau, la ciudad más bella de Europa, decía, donde confluyen los ríos Danubio, Ilz y Eno, cada uno con aguas de un color diferente. Sus padres eran los dueños de una casa grande en la Kapuzinerstrasse, a orillas del Eno, y alquilaban varias habitaciones de la planta baja.

En una ocasión las ocupó una familia austriaca con varios niños. El padre, Alois, trabajaba en Linz y visitaba poco a la madre y a los hijos, pero cuando lo hacía temblaban los cimientos del edificio. Uno de los pequeños, Adolf, de cuatro años, era melancólico y lúgubre; solo jugaba con Dieter, de su misma edad, y después de cada paliza del padre ni siquiera jugaba.

Una tarde, incomprensiblemente, cambió la languidez por furia y quiso hacer de Buffalo Bill, con vaqueros, indios y mucha pelea. Estaban al borde del río. Dieter juraba que no hizo más que defenderse de las patadas y empujones de su compañero, pero lo cierto es que Adolf cayó a las aguas heladas. La intervención de Karl, hermano mayor de Dieter, consiguió salvarle la vida. Sin embargo, él no se perdonó jamás a sí mismo.

Dieter vivió desde entonces a la sombra de Adolf, que se iba convirtiendo en un adolescente tan tétrico como lo fue de niño. Caminaba detrás de él en todo: le imitaba al rechazar el almuerzo de la escuela porque su amigo no soportaba sentarse a la mesa en medio de una mezcla de razas, le acompañaba cuando se prestaba a declarar voluntariamente en los juicios por mendicidad contra los judíos que habían emigrado a Alemania, se apuntó junto a él y sin saber lo que hacía en la liga antisemita, asentía mansamente sin entender nada de música cuando el otro idolatraba a Wagner en detrimento de Verdi y no dudó un segundo en calzarse el *Pickelhaube*[23] y seguirle hasta las trincheras al estallar la guerra.

Nunca dejó de rogarle sin palabras que le perdonara por tirarle al río y jamás el joven Adolf dio siquiera la más mínima muestra de que pretendiera hacerlo algún día.

También estuvo a su lado el 13 de octubre de 1918, cuando en La Montagne les alcanzó un ataque con gas lanzado sobre la zona de Ypres por los británicos. Su amigo quedó temporalmente ciego. Dieter pudo ponerse la máscara a tiempo, pero fue hecho prisionero y enviado al campo de Wervik.

Ahora Adolf era un soldado de primera con medalla de primera que convalecía en un hospital de primera en Alemania. Desde allí empezaba a predicar una nueva religión, decía que la ceguera le estaba ayudando a ver, por fin, con claridad, y resultó que la claridad era mesiánica: su destino, según él, era convertirse en el salvador de una Alemania vendida por judíos y marxistas y obligada a claudicar mientras una mano traidora le clavaba un puñal en la espalda.

—No es posible que creas las insensateces de ese Adolf, Dieter, dime que no las crees.

El hombre la miraba con ojos inertes y volvía a encerrarse en el mutismo.

—Dementes como él son los que conducen a los pueblos al precipicio, algún día te acordarás de lo que digo —insistía Mariela—. Ya no le debes nada, tienes que olvidarle y rehacer tu vida. Cada uno por su camino y a ser posible que el tuyo vaya en dirección contraria al de Adolf, aléjalo de ti lo más que puedas, hazme caso.

Pero seguía mirándola y callaba. Había perdido partes de su cuerpo y pasado cuatro años en el purgatorio solo para expiar un pecado que cometió por error. Quien debió absolverle hacía mucho ahora buscaba cómo castigarle a él y al mundo entero, quería una venganza universal y, posiblemente, la obtendría algún día.

23. Característico casco alemán de la Primera Guerra Mundial coronado por un pincho.

Algo turbio y estremecedoramente perturbador se había gestado en aquella larga guerra que estaba a punto de finalizar, intuyó Mariela con inquietud.

No obstante, el ser solitario y siempre a la sombra de un peligroso visionario que tenía frente a ella en Wervik solo le inspiraba compasión, una triste e inagotable, que no era más que una mezcla de piedad, ternura y pena.

Así que un día, después de que Dieter le confesara alguna nueva perversidad de Adolf, Mariela se apiadó aún más del hombre que se contraía cada vez que mencionaba el nombre del amigo tirano. Enternecida, se despojó ante él de su coraza de enfermera curtida por la Bestia e inmune al desaliento y le acarició, en un gesto de amistad, la zona del brazo lisiado de la que antes de la guerra pendía una mano.

Ese fue su primer error.

73

Segundo error

El segundo error se llamaba Otto.

Había nacido en Gera, en el estado alemán de Turingia, y cuando en 1914 se ofreció para vivir la guerra en primera línea, era joven y tenía los ojos llenos de luz. Llegó al frente con ellos intactos, teñidos a base de óleo, pastel y carboncillo. Antes de eso, se pintaba a sí mismo con un clavel, gesto serio y colores nobles; a medida que la destrucción comenzó a asediarle, siguió plasmándose, aunque se le velaron las tonalidades: de rojo sangre vestido de soldado, de ocre en un burdel, de violetas como centro de una diana...

La guerra le transformó la mirada, pero no extinguió en ella una chispa que Mariela reconoció porque la había encontrado antes en París; era la misma que iluminaba la de Matisse o la de Picabia. Solo un leve destello en común, porque aquellas miradas, todas ellas, habían visto guerras diferentes.

Quizá fue eso lo que le acercó a Mariela, lo que hizo que se entendieran y lo que les convirtió en amigos.

—Tenía que asomarme personalmente a los abismos insondables de la vida, por eso me alisté voluntariamente...

—¿Y los encontraste?

—Lo que encontré fue horrible pero formidable.

—¿De verdad crees que hay algo formidable en la guerra?

—Soy un realista, amiga Ela, querida Elis, no un pacifista. Necesito verlo todo por mí mismo para después contarlo como sé y es en un lienzo. Eso tiene más poder que la literatura, más que la propia vida. Es la naturaleza humana desnuda, solo carne y huesos...

Otto fue hecho prisionero y trasladado a Wervik con un equipaje somero: traía una herida que le habían dejado en el cuello las semillas de la munición de un mortero francés, unos tristes galones de sargento segundo en la guerrera, una paleta en la que se mezclaban los colores de la muerte y el *Zaratustra* de Nietzsche.

—Yo también viajo con libros. Uno es de un poeta que me alimenta por el día: me habla de mi tierra, de los campos de Soria, que están muy cerca de donde nací, y me habla de sus soledades, que son las mismas que las mías. El otro lo escribió Rosalía de Castro, ¿la conoces?, ella me alimenta por las noches...

—No sé lo que cuentan tus libros, pero si sirven para alimentarte también te habrán servido para comprender que estás hecha de claridad. El mío te vería como una estrella danzarina.

—¿Eso es lo que dice tu sabio persa?

—Sí. Y también que para dar a luz a una estrella danzarina debe haber caos en el interior. Yo aún estoy en la oscuridad, no soy estrella. Tengo caos, Mariela, Ela, amiga Elis... soy caos puro.

—Yo no sé si algún día lo fui, pero intento averiguarlo leyendo y escribiendo. Lo tengo más difícil que tú con tus pinceles, mi Rosalía dice que a las mujeres todavía no se nos permite escribir lo que sentimos y lo que sabemos...

—Yo quiero escucharte, sentirte y leerte. Mirarte. Déjame pintar la estrella que danza en tus ojos...

Mariela ignoraba cómo conseguía el material, pero, en aquel campamento en el que faltaba casi todo, Otto siempre disponía de una tela virgen y óleos en una gama interminable de pigmentos. Sospechaba que las miradas arrobadas de Karoline, aún más arrobadas cuando volvía de la compra de avituallamiento en los colmados militares de Ypres, tenían algo que ver, porque, como más de una vez confesó, le parecía apuesto: rubio, ceñudo y profundo, con pupilas atormentadas que incrementaban su belleza tosca pero enigmática.

A Mariela también le gustaba, sobre todo su perfil. Otto tenía el perfil de Apolo. Si hubiera sabido pintar, habría retratado la silueta de su rostro reproducida hasta el infinito. Pero el artista era él y él fue quien se lo pidió:

—Quiero pintarte...

Y Mariela quería ser pintada. Desde que le conoció, ardía en deseos de saber cómo la veían sus ojos. Ansiaba verse como era vista.

Cinco tardes enteras pasó frente a él, obediente a sus directrices.

—Así, mírame. Un poco hacia la izquierda... Levántate. Mejor siéntate. Así, amiga Ela, mi amiga Elis... así, perfecta, estás perfecta... Me gusta tu expresión cuando te pones el sombrero. Quiero ese momento. No cuando ya lo llevas puesto, ni antes de que lo hagas. El momento justo en el que te encajas el gorro en la cabeza. Eso... un poco inclinado, solo un poco...

Mariela obedecía sus instrucciones porque, mientras lo hacía, la realidad quedaba reducida a un cloché y a un lienzo que solo veía de espaldas sobre el caballete. No había Bestia ni Rugido, únicamente la búsqueda del ángulo exacto en que debía izar las manos con su precioso sombrero de color azul índigo. En esos momentos, solo existían Otto, ella y un retrato aún inexistente.

Al final, todo quedó plasmado en una acuarela eterna: las manos alzadas colocando el cloché inclinado sobre el pelo, la cabeza alta y los ojos perdidos más allá de sí misma.

74

La selva en medio del páramo

La tarde del 1 de diciembre no le oyó llegar.

Ella acababa de terminar un posado y guardaba con cuidado el cloché mientras meditaba sobre su propio caos.

La mente produce asociaciones asombrosas. Una de ellas sucedió entonces: había pasado la tarde mirando a los ojos de Otto, que iban de su figura al lienzo y del lienzo a su figura, cuando otros ojos de distinto tamaño, dos rayos de luz, sombrío el uno y brillante el otro, tomaron al asalto su cerebro. Aquellos ojos...

Aquellos ojos le habían desnudado el alma en París como ahora los de un pintor prisionero trataban de captarla con su paleta de acuarelas. Mariela cerró los suyos al recordar los de un revolucionario ruso y no los abrió ni tan siquiera cuando Otto la tocó por primera vez.

Lo hizo sigiloso, sin anunciarse ni pedir permiso. La abrazó por la espalda, tomándola por la cintura, y le acarició la mejilla con la de él. El contacto fue una sacudida, una descarga eléctrica que le dejó el corazón oscilando. Todo su cuerpo se tambaleó con la vibración. Y después se desató el caos.

No fue como en el hospital de campaña de Reims con el doctor Dumont. Mariela no solo sabía ya que no estaba hueca, sino que era capaz de desbordarse. Lo de Wervik fue diferente, algo animal, solo instinto, la selva en medio de un páramo. Desde el primer roce, ambos supieron que el uno iba a ser para el otro una necesidad esencial: la de la supervivencia.

La primera vez que temblaron juntos lo hicieron hasta partirse por dentro. No fueron uno... fueron dos, fueron cuatro, fueron miles. Ninguno habló, tan solo gimieron. No sabían si habría vida después de la guerra porque ni siquiera sabían si quedaba vida en el mundo. No buscaban consuelo, ninguno lo precisaba ya, habían aprendido a vivir cada uno con su amargura. Las manos de él rociaron con su olor a disolvente y deseo la piel de ella, y las de ella las guiaron por sus recodos y meandros. Y así, los dos de pie porque la urgencia no les dejó tiempo de buscar un lecho, encontraron en sus cuerpos una trinchera de refugio.

Eso era lo único que necesitaban: sus cuerpos, no sus corazones.

Siguieron necesitándose las veintitrés noches que se recorrieron enteros desde aquella primera en su selva de sexo y prisas. Cada una de las veintitrés se devoraron en silencio y a oscuras, vibrantes, sin dejar de besarse los labios y el cuerpo para no tener que hablar y explicarse lo que ocurría.

Veintitrés noches de química, ensamblados en las dobleces de la piel en las que cada uno era capaz de cobijar al contrario, mientras juntos formulaban el explosivo perfecto.

Veintitrés noches, sin embargo, en las que Mariela no abrió nunca los ojos mientras tenía a Otto dentro de ella. Prefería cerrarlos y soñar con otros que jamás volvería a ver.

Hubo caos, sí, y fue salvaje, pero también ciego.

Tal vez por eso nunca llegaron a alumbrar una estrella danzarina.

75

¿El amor es así... solo así?

Campo de prisioneros de Wervik,
a 20 de diciembre de 1918

¿Amo a Otto? Tal vez... sí, un poco, si es que el amor tiene medida. Le amo del mismo modo en que amé a Pepe. Es el segundo hombre que me hace latir la sangre, aunque no con la fuerza con la que siempre esperé que me latiera cuando encontrara el amor. ¿O es que el amor es así... solo así? ¿Y así será siempre? ¿Nunca sabré amar más o con mayor intensidad de lo que he amado a Pepe y ahora a Otto?

La Bestia y el Rugido nos han cambiado a todos.

A mí, que tengo el corazón ajado antes de estrenarlo, la Bestia me lo ha arrugado. Dicen que se ha ido otra vez, que ya no quedan enfermos, que el monstruo no va a volver. Pero no puedo bajar la guardia. Me ha enseñado a estar siempre alerta, aun a costa de no dejarme sitio para el amor. Ella es mi única obsesión. Tengo que estar preparada por si decide regresar.

El Rugido ha cambiado a Otto. También a Dieter y a todos los prisioneros de este campamento, pero apenas son moléculas dentro de una masa infinita. Pronto ellos, como millones que han vivido lejos de sus hogares, van a ver sueltas sus cadenas aunque quizá ya no tengan hogares a los que volver. Vagarán solos, mucho más solos de lo que lo estuvieron mientras el infierno les mantuvo en comunión, condenados a viajar desperdigados, con los fantasmas de todos los que han matado y de aquellos a los que han visto morir como compañeros de camino.

Otto lleva el estruendo del Rugido en sus pesadillas: cada noche despierta creyendo que está solo en una ciudad muerta y llena de cadáveres. Lo oigo centuplicado en los silencios de Dieter, porque en él, además, he adivinado otro odio, uno desconocido y tal vez aún por llegar.

Nada de eso me ayuda a explicar lo que siento. O mejor, lo que no siento. Tan solo trato de encontrar una razón, al menos una, con la que pueda responderme a mí misma: ¿sabré amar más o con mayor intensidad de lo que he amado hasta ahora?

76

Noche eterna de la paz

Cuando amaneció tras la vigésimo tercera noche con Otto, el día 24 de diciembre de 1918, el campamento recibió una visita inesperada: el doctor Frédéric Ferrière había viajado a Wervik para compartir la Nochebuena con sus amigos de la Cruz Roja. Calor humano, eso es lo que todos necesitaban en aquel diciembre helado. Acertó. Tanto, que al verle Mariela notó algo parecido a un roce de terciopelo, lo mismo que sintió cuando se encontró con su padre a su regreso al Moncayo... un aroma lejano a hogar.

Se sucedieron las muestras de alegría, las felicitaciones navideñas, los parabienes por la paz que se avecinaba. Las mujeres prepararon un menú más lleno de imaginación que de proteínas. Los doctores Schwartz y Lebeau interrogaron a Ferrière sobre las novedades del trasiego diplomático de París. Este les entregó el cargamento de fármacos que había podido reunir para ellos. Lonny se ablandó y sacó de debajo del colchón una petaca de *Schnapps*. Y las enfermeras bailaron de alegría y de aguardiente en una danza de cisnes blancos en torno a una estufa de carbón.

Horas después, ya con los corazones calientes y las almas inflamadas tras los brindis y los deseos de que aquella calma frágil e indecisa se transformara algún día en paz definitiva, el campamento recordó un episodio de luz ocurrido cuatro años antes en aquel mismo lugar y en medio de las tinieblas, algo que pasó desapercibido para el mundo, aun cuando quedó grabado a fuego en la memoria de muchos soldados y les ayudó a conservar algo de fe en la humanidad.

Mi bisabuela, sus compañeras de la Cruz Roja y el doctor Ferrière conversaban con algunos prisioneros tratando de vencer la melancolía y recordando que celebraban, al fin, una Navidad sin cañonazos.

De repente, habló Dieter. Fue de repente porque fue por sorpresa: rara vez hablaba y solo cuando tenía a Mariela como único auditorio. Era hermético, aunque mi bisabuela sabía por qué.

—Por 1914 yo fui en Ypres... Dijeron que iba a ser corto, y no fue corto, fue muy largo...

Pese a su mal francés, aquella noche, junto a la estufa, todos comprendieron lo que contó.

En la Nochebuena del primer año de guerra, cuando llevaban cuatro meses peleando en Ypres contra los británicos, ya estaban empezando a comprobar que la contienda iba a ser algo más que el paseo militar que habían pronosticado los generales. Entonces ocurrió algo insólito.

El sol se ponía cuando un soldado alemán decidió cantar *Noche de paz* y otro británico le devolvió el mismo villancico en inglés desde la trinchera contraria, a unos cientos de metros. Espontáneamente, poco a poco, primero con cautela y después con algarabía, los hombres de uno y otro lado comenzaron a lanzarse buenos deseos y felicitaciones navideñas en lugar de metralla.

—Mi amigo Hermann grita: «Tú mañana no disparas, yo mañana no disparo». —Dieter parecía hablar solo, para sí mismo.

Lo cumplieron.

El día de Navidad, sin saber aún si era una emboscada, británicos y alemanes salieron recelosos de sus cloacas a tierra de nadie. Ninguno llevaba armas. Se abrazaron; se intercambiaron regalos, bebidas y tabaco; jugaron un partido de fútbol con un balón de trapo, y aprovecharon para enterrar a sus muertos en paz y silencio.

Un día de tregua improvisada en el que todos, igual de sucios, desaliñados y tristes, fueron también igual de humanos.

Hasta que los mandos en la retaguardia lo advirtieron y ordenaron reanudar los combates bajo amenaza de consejo de guerra.

—Después dicen a todos que es mentira, que nosotros lo inventamos, pero no inventamos. Yo estaba y yo lo vi...

Negaron que aquello hubiera sucedido porque no podían permitir que tanta beatitud navideña enfriara el volcán bélico. Quedaba mucha guerra por delante.

Aún hoy hay quien cree que esa Navidad en Ypres fue solo una leyenda, pero yo sé que no. Tengo el testimonio de mi bisabuela, que la oyó contada en primera persona por Dieter.

—Yo no sabía quién era enemigo, quién era amigo. Ellos solo decían «mata, mata», y yo mato, pero ¿a quién? Creo que maté a un escocés que me abrazó en Nochebuena... ¿Por qué maté? No sé, nunca supe...

Nadie supo nunca. Lo principal no era tener un enemigo al que combatir, sino odio suficiente para poder hacerlo ciegamente. Enemigo es todo aquel que busca el mal del otro. Y el enemigo no canta villancicos ni desea feliz Navidad.

Cuando Dieter acabó de rememorar la historia de la única noche de paz en mitad de la guerra, volvió a hundirse en el silencio.

Los demás le imitaron. Chocaron las bebidas. Sin palabras se desearon, como en 1914, una vida algo mejor que la que habían tenido hasta entonces. Y brindaron por que, esa vez, la noche de la paz fuera realmente eterna.

77

Valiente y sola

Todos parecían embriagados de una emoción que no habían vivido en los pasados cuatro años y, mientras los hombres fumaban y apuraban el último trago de *Schnapps*, Ferrière llamó aparte a Mariela.

—Querida, tenemos que hablar.

Ella deseó que el venerable doctor fuera paloma y no cuervo, carta y no telegrama. Sin embargo, en los últimos tiempos sus deseos rara vez se cumplían.

—Recuerdas a Jimmy Owen, ¿verdad?

—Claro que sí —contestó con cautela—. ¿Ha ocurrido algo? ¿Se encuentra bien?

—Está vivo, al menos por ahora. Lo sé todo, Mariela, sé que le ayudaste a desertar tras la ofensiva alemana de Reims y a escapar a bordo de un buque en Brest. Ignoro cómo, pero sé que lo hiciste.

Mi bisabuela guardaba silencio. La cautela se estaba empezando a transformar en recelo.

El doctor continuó:

—También estoy seguro de que te movieron buenas intenciones, pero quizá no seas consciente del alcance de tu acción. Jimmy fue detenido poco después de llegar a Nueva York y no tardó mucho en confesar todos los detalles de su escapada. Tú, querida amiga, eres el principal detalle.

—Yo solo hice lo que me dictó la conciencia.

—Lo sé, Mariela, lo sé...

—Deje que se lo explique, doctor. Jimmy sufría lo que llamábamos «locura de trinchera», seguro que usted la conoce mucho mejor que yo.

—Efectivamente, he visto muchos casos, no tienes que...

—Espere, necesito contárselo. En el Marne conocí a soldados que pasaron días comiendo, bebiendo y durmiendo junto a cadáveres podridos, y terminaron por no saber distinguir dónde acababa la muerte y empezaban sus propias vidas. Nosotras mismas... sí, nosotras, las enfermeras y también los médicos, hemos hecho cosas que en tiempos de paz volverían loco a cualquiera. Todos hemos bebido té e incluso comido latas de carne junto a bolsas llenas de miembros amputados antes de volver al quirófano o hemos dormido con los delantales empapados en sangre y excrementos por falta de fuerzas incluso para quitárnoslos. Algunos, además de las fuerzas, perdieron la cordura. Jimmy tuvo un ataque en plena fiebre, nos amenazó a todos y a sí mismo con una pistola. Si yo no le hubiera sacado del hospital y de la guerra, es muy posible que hubiera acabado llevándose muchas vidas además de la suya.

—Déjalo ya, Mariela, de verdad que no estoy aquí para juzgarte.

—Pero necesito saber su opinión: ¿qué habría hecho usted con Jimmy?

Ferrière sonrió.

—He tratado a decenas como él, así que comprenderás que no te conteste, querida.

Ella le devolvió la sonrisa.

—Creo que ya lo ha hecho, doctor.

—Esa no es la cuestión. La cuestión eres tú y lo que pasó en Brest. He venido porque me lo ha rogado encarecidamente May Borden.

—¿May? ¿Por qué?

—Porque tengo que advertirte de que estás en peligro...

En peligro. Esa era la conclusión. Estaba en peligro... otra vez. Una más.

Mosén Casiano, Galaciana, la Bestia, el Rugido, la incomprensión, la terquedad, la obcecación, la ceguera, la ambición, la guerra, la guerra, la guerra... Toda la sinrazón conjurada de esos tiempos irracionales la perseguía.

Fue mucho más tarde cuando se dio cuenta de que, en realidad, los tiempos no la perseguían. Solo la empujaban.

Los vencedores querían llegar fuertes, aún más fuertes, a la mesa de París sobre la que se iba a redactar el tratado que impusiera las condiciones de la paz real y para eso necesitaban al pueblo de su parte. Y al pueblo, como sabía bien Mariela, se le convence fácilmente con héroes pero también con villanos. Del mismo modo en que la muchedumbre llora de tristeza con sus caídos y de euforia con sus titanes, aúlla de furia con sus traidores. No hubo casos en la historia en que a las multitudes desatadas no fuera fácil incitarlas a pedir cabezas.

Durante la Gran Guerra los desertores fueron los más perseguidos, aun cuando los hubo a miles. Ellos y sus cómplices.

—¿Sabes lo que le pasó a Edith Cavell? —le preguntó Ferrière.

Sí, Mariela conocía el caso de la enfermera británica fusilada por los alemanes por haber dado refugio a soldados aliados en la ocupada Bélgica.

—¿Y a Marthe Mathilde Cnockaert...?

Otra enfermera. Era belga, espió para el Gobierno británico y fue condenada a muerte; solo la salvó del fusilamiento la Cruz de Hierro ganada por curar heridos.

—Pero la guerra se ha acabado...

—No, todavía no. Acabará cuando todos firmen. Entretanto, han decidido que es mejor seguir alimentando el patriotismo, por si acaso.

Ese sería uno de los puntos en el orden del día del diálogo de París. Mientras, Edward Spears y May Borden seguían recibiendo informalmente frente a su jardín de lilas a quienes formalmente algún día cambiarían el curso de la historia. En una de esas reuniones que Mariela tan bien recordaba, oyeron a alguien mencionar el caso de un soldado americano renegado y desleal llamado Owen que desertó gracias a su secuaz, una enfermera española.

Los Borden-Spears temblaron. No tardaron en avisar a Ferrière.

—La Cruz Roja está de tu lado, vamos a emplear todos nuestros esfuerzos y nuestros medios en defenderte, pero me temo que son pocos y muy limitados. Además, eres de España y a tu país nadie, ni los vencedores ni los vencidos, le debe nada. No hay favores que pagar, estás en el punto de mira.

Aquella española sola y valiente empezó a comprender que se encontraba entre los desgraciados a quienes la Bestia y el Rugido habían privado de patria y de protección.

Efectivamente, era valiente. Pero estaba sola.

Lo que su amigo el médico suizo trataba de decirle era que, de nuevo, debía huir.

78

Tercer error

En la madrugada de transición entre Nochebuena y Navidad, los pormenores debían quedar cerrados y la maleta de mi bisabuela, también.

Lonny, que ya se había convertido en buena amiga, se ofreció a acompañar y guiar a Mariela en su nuevo éxodo.

—No te preocupes por mí, que no es ningún sacrificio volver a mi casa. Estoy cansada, he vivido suficiente guerra, no necesito más.

Viajarían el día de Navidad. Iban a unirse a las tropas británicas que, según los términos del armisticio, tenían como misión ocupar y vigilar la desmilitarización de la zona al oeste del Rin en la derrotada Alemania.

Esa noche, Otto se comportó como un animal enjaulado cuando lo supo. Manchó lienzos, se untó las manos de colores sombríos y se mostró intratable con sus compañeros prisioneros.

—Volveremos a vernos, Otto, pronto te liberarán, podrás regresar a la Escuela de Arte de Dresde y yo encontraré el modo de llegar a tu ciudad. Te escribiré y nos reuniremos, ya lo verás.

—No, amiga Elis, no será así, nunca más podré tocarte otra vez, no volveré a tenerte...

Mariela no supo ni quiso decirle que jamás llegó a tenerla por completo, aunque al menos tuvo la parte menos triste de ella. Como él, intuía que se estaban diciendo adiós. Tampoco supo ni quiso decírselo.

La amargura de Otto comenzó poco a poco a transformarse en rabia. Pero la rabia, como mi bisabuela había podido comprobar, es la antesala de la ira. Y la ira, el germen del Rugido.

Tarde, muy tarde y una vez dada por concluida la Nochebuena, ni el recuerdo de la noche de paz de 1914 narrado por Dieter junto a la estufa ni el brindis con el licor de Lonny lograron templar la rabia.

Todos dormían. Mariela y Otto trataban de despedirse en el exterior del barracón, apoyados contra el único muro con ventana, es decir, el más sólido de la endeble construcción.

—Te necesito.

—No, Otto, no me necesitas a mí. Necesitas luz en esta gran oscuridad y nosotros nos la hemos dado el uno al otro. Vas a salir de aquí y vas a seguir pintando. Eres un artista, uno grande. Te espera un magnífico futuro durante la paz.

—Sin ti no hay futuro. No quiero futuro. No quiero pintar. Solo te quiero a ti, Ela, mi amiga... no te vayas, Elis.

—Tengo que hacerlo, Otto, aunque tampoco es sencillo para mí. He pasado todo el año huyendo y cada vez me alejo más de mi país y de mi gente. No me lo pongas más difícil, por favor...

La voz de él aumentaba de volumen y la de ella, como reacción instintiva, bajaba hasta convertirse en murmullo.

—No quiero que te vayas.

—No grites, Otto, por Dios, vas a despertar a todo el mundo...

—Que se despierten, que despierten todos, ¿por qué duermen?, ¿por qué duerme nadie si me estoy ahogando? ¡Que me oigan! ¡Oíd, oídme!

Mariela apretó la boca contra la suya, no encontró otro modo de callarle, pero él la apartó con fuerza:

—No, no lo voy a permitir. Eres mía. No voy a dejar que te vayas, te lo prohíbo...

Entonces en su rictus vio el relámpago. Allí estaban: cuatro años de horror a punto de estallar. Los reconoció a tiempo, estaba acostumbrada a batirse con demonios y ya ninguno la aterraba.

Otto dejó libre al que llevaba dentro en el momento en que alzó sobre Mariela la misma mano que le había acariciado el rostro por primera vez veinticuatro noches antes pero apretada en un puño, y también en el momento en que ella, como activada por un resorte, detuvo con la palma abierta la suya cerrada. Así quedaron unos segundos, los dos brazos verticales midiéndose con un pulso suspendido en el aire.

Hasta que al fin bajó el de Otto y con él firmó su rendición. Después calló. Sabía que de ese modo había descargado el único golpe de aquella noche: el que acababa de asestar a su propia dignidad. Quizá nunca tuvo el amor de aquella mujer, pero había perdido su respeto para siempre.

Esa vez fueron las palabras de mi bisabuela las que retumbaron de rabia:

—Ahora sí que voy a despedirme de ti, Otto. Espero que nunca volvamos a vernos.

Se dio la vuelta, segura de que él no repetiría el intento de golpearla y segura también de que, sin saber si alguna vez lo hizo, había dejado de amarle.

Entró en el barracón llorando de indignación, de impotencia, de resignación y de dolor.

Así fue como la encontró Lonny.

—Mañana empieza el resto de nuestra vida, *Freundin*. Olvida, Mariela, olvídalo... Es mejor que viajemos sin equipaje.

Mi bisabuela comprendió lo que trataba de decirle.

A través de la ventana se veía una estrella.

Y ese, precisamente, fue su tercer error: la ventana, que todo el tiempo había estado abierta.

79

El silencio

Dos horas más tarde, cuando aún se oía el eco del último tazón de zinc entrechocado para desear la paz, una lengua de fuego lamió el barracón de la Cruz Roja en el que Lonny, Karoline y Mariela dormían cada noche.

Lonny y mi bisabuela creyeron que la guerra había regresado y en la primera fracción de segundo tuvieron tiempo de pensar que no hay armisticio capaz de confinar la miseria humana. La interpretación era errónea, pero la conclusión muy cierta.

Estaban colocando su exiguo equipaje en la ambulancia con la que pretendían llegar al acuartelamiento de las tropas aliadas que partirían al amanecer hacia Alemania cuando lo vieron: un inmenso fogonazo, una llamarada alta y majestuosa que desafiaba al cielo desde el mismo corazón del lugar que habían abandonado hacía apenas unos minutos.

—Nos bombardean... otra vez las bombas.

Lonny no gritó, solo lo enunció con voz de asombro.

Mi bisabuela le dio la razón en un primer momento, pero acto seguido se desdijo:

—No, no. Eso no ha sido una bomba. Es un incendio, Lonny... ¡El campamento está ardiendo!

Era cierto. Y no solo era un incendio. Aunque aún no lo sabían, lo que veían era una pira de sacrificio en la que se incineraban dos ofrendas. Una se estaba inmolando y la otra quedaba viva para arrastrar un fardo de culpa que curvó sus hombros para siempre.

Corrieron hacia el barracón, pero el doctor Ferrière las detuvo para que no se acercaran a la nave de madera, convertida en una tea colosal que alumbraba la madrugada del día de Navidad. Crepitaba en soledad y formaba una estampa de macabra belleza, rojo sobre verde y negro, un estallido anaranjado que rompía la oscuridad, la profunda oscuridad de la noche más oscura.

De ese instante, aquel en el que ambas vieron arder el lugar en el que habían dormido, reído, llorado y amado, mi bisabuela únicamente recordó después el silencio. En su cabeza solo cabían las palabras de May: «Dejarás de oír el Rugido cuando estéis los dos solos en un campo de silencio, cara a cara».

Allí estaba su fragor final, el último zarpazo envuelto en fuego y más poderoso que nunca, consumiendo con voracidad de muerte famélica los pocos recuerdos que el barracón albergaba. Sin embargo, Mariela no lo encontró: no percibió fragor ni bramido feroz. Solo escuchaba silencio. Posiblemente igual de pavoroso, pero mudo.

May estaba en lo cierto. Había dejado de oír el Rugido.

80

Un rugido demente

Karoline lo vio.

Todo ocurrió dos horas antes, mientras Otto y Mariela discutían junto a una ventana abierta. Vio a Dieter en el interior del barracón, encogido bajo la ventana y tratando de afinar el oído para escuchar a través de ella una conversación entre dos amantes en su última cita.

Le vio llorar entre temblores y trató de consolarle:

—Dieter, tranquilo, no sufras, tú sabes que la española no te ama.

—Me ama, sí que me ama... me acarició el muñón, nadie me había acariciado nunca el muñón. Yo sé que me ama...

—No, no te quiere. Ha querido a Otto y ahora tampoco a él, después de la escena que han tenido. Ya has oído cómo se lo decía al pintor, mañana se marcha lejos de ti. No te lo ha contado para que no la sigas.

Vio a Dieter pasar del llanto a la cólera, regresar a las lágrimas y por fin sumirse en la furia.

—Tú crees que no me ama porque no soy hombre, ¿verdad? Era hombre y ahora no. No tengo nada aquí. —Apretaba convulso el centro vacío de sus pantalones—. Pero no, no, no... no se va a ir. Yo le tiré al río, también puedo acabar con ella, yo sé cómo pararlo todo...

—Pero ¿qué dices, Dieter? Anda, cálmate y vete a tu barracón. No puedes seguir aquí.

—No soy hombre, soy asesino...

—Calla, por Dios, cállate de una vez.

—No tengo nada, no me queda nada, no importa perderlo todo...

—¡Silencio! Mira, ya viene la española de vuelta, está entrando... Si no callas te va a oír. ¡Vete ya!

Dieter obedeció y se fue, pero regresó al cabo de una hora y sus aullidos ya eran otros, como de pantera enjaulada, la reverberación de un rugido demente.

Entonces Karoline lo vio: Dieter abrió la puerta de la estufa de carbón y, antes de que pudiera gritar para impedírselo y sin saber cómo las había obtenido, sacó del bolsillo con su única mano un puñado de balas y las arrojó al interior del hornillo mientras chillaba:

—¡Me voy contigo, espérame, nos vamos juntos!

No sabía que Mariela ya no estaba en el barracón.

Karoline tuvo tiempo de lanzarse al exterior antes de que el fuego lo prendiera todo. Él, en cambio, se quedó sonriendo junto a la estufa, tal vez recordando la Nochebuena del primer año de la guerra, cuando le abrazó un escocés desarmado al que mató al día siguiente, y tratando de encontrar una paz que siempre le fue esquiva.

Continuó sonriendo mientras las llamas trepaban como hiedra por las paredes de madera, envolvían muebles y enseres, y succionaban el aire.

Después, su cuerpo se convirtió en antorcha. El fuego también trepó por él, lo envolvió y lo succionó. Al fin, fundió lo que quedaba de Dieter en carne quemada y cenizas.

Seguía sonriendo.

Karoline lo vio.

81

Con heridas en el alma

Estación de ferrocarril de Colonia,
a 26 de diciembre de 1918

No sé si me caben más heridas en el alma. Llevo la de Otto sangrante. Aún no he decidido si algún día podré perdonarle, si algún día entenderé su infierno, si algún día saldré del mío...

La de Dieter me ocupa el cuerpo entero. Crece, me rebosa y me abrirá en carne viva antes de que este tren llegue a su destino. Su destino, el mío... ¿tengo destino? Puede que mi destino muriera abrasado con Dieter. Su corazón se retorció hasta el último minuto a causa de una caricia que yo creí inocente pero que le confundió, asfixiado por la culpa que había sembrado en él un demonio llamado amigo Adolf. El mío también se pierde ahora en un laberinto alrededor de su recuerdo y de mi culpa. Dieter es mi Adolf. Pero mi Dieter no está vivo, no podré nunca pedirle perdón, no podré fingir que me gusta Wagner, no podré apartarle de una estufa de carbón...

¿Qué va a ser de mí? ¿Qué va a ser de mi vida? ¿Qué vida me queda? ¿Merezco seguir viviéndola? ¿Qué he hecho...? Dios mío, ¿qué he hecho con todos aquellos a los que he dañado? ¿Por qué salí de España, por qué me envanecí hasta creer que mi espalda podía cargar con el peso del mundo, por qué he sido tan fatua como la Bestia y tan cruel como el Rugido?

Dicen... una vez más, dicen que ya se han ido los dos y que

por eso no oigo guerra ni huelo enfermedad. ¿Será verdad ahora? Me engañaron antes. ¿Volverán a hacerlo? ¿Y qué sentido tiene mi vida si desaparecen para siempre? ¿Hacia dónde voy? ¿A quién más destruiré? ¿Dónde guardo mis fracasos, si no me caben más heridas en el alma?

¿Por qué ya no oigo nada? ¿Por qué todo lo que me rodea es este silencio que me rompe los tímpanos...?

1918

INVIERNO

Monasterio de Veruela, a 15 de mayo de 1919

Pero fue en Alemania donde lo descubrí: que solo las almas bellas saben ver belleza donde hay oscuridad.

Allí conocí a una mujer que, a través de las rejas de la cárcel, podía encontrar en el canto de un petirrojo una pieza de Reveille, y a otra que en las campesinas pobres de campos de arroz y plantaciones de algodón halló diosas de un nuevo tiempo.

Pero también descubrí que la Bestia y el Rugido siempre vuelven, y que la maldad tiene muchos nombres y diferentes colores y aliados, aunque su única meta sea la muerte.

Fue en Alemania donde descubrí que, por mucho que las almas bellas, justas y soñadoras lo intenten, el mundo no se puede cambiar...

82

La caravana de la tristeza

Hacía ya siete meses largos como la inmortalidad que Pepe Rodrigálvarez había entregado a Mariela su primer regalo de enamorado: un paquete envuelto en papel de estraza y lazada de raso verde que contenía un tomo de casi trescientas páginas. Estaba encuadernado en media piel y estampaciones en el lomo, donde se leía el título, *Poesías completas*; la data, «Madrid, 1917», y la firma, la de un melancólico profesor de Gramática francesa que enseñaba en un instituto de Baeza y que, según le explicó Pepe, jamás dejaría de llorar la muerte de su esposa adolescente. Desde entonces, las nostalgias de Antonio Machado fueron las de mi bisabuela y sus silencios, los versos más sonoros.

Uno de esos versos se instaló en el pensamiento de Mariela cuando emprendió la travesía de los derrotados, la que la llevó desde las tierras del orgullo alto, en la que los vencedores, esquilmados y aplastados, ahora danzaban al son de la victoria, hasta la tierra de la moral hundida, en la que los vencidos, tan esquilmados y aplastados como los que fueron sus enemigos, se asomaban al vacío. Y todos, cada uno con su propio petate de dolor al hombro, avanzaban en caravanas de tristeza.

También ella sentía que había navegado ya cien mares, aunque aún no había atracado en ninguna ribera. Había abierto muchas veredas y, junto a las tropas aliadas que se adentraban en el corazón del enemigo y a través del Rin, se disponía a andar nuevos caminos. Pero en todas partes veía a la Bestia o al Rugido liderando largas filas de dolientes.

Su odisea a través del mundo era una gran romería de aflicción, se dijo. La cicatriz de Europa ya no consistía en una hendidura de trincheras, sino en una larga y zigzagueante caravana de tristeza.

Lonny y Mariela tenían sus propias cuotas de pena que aportar al convoy con el que viajaban a Alemania.

Fue una sorpresa conocer la tragedia de la sobria compañera con la que mi bisabuela había trabajado en Wervik, de cuya boca no habían salido hasta entonces más palabras que las necesarias, porque se transformó en otra desde el mismo instante en que cruzaron la frontera belga. O quizá fuera varios instantes después, ya que en aquella Europa de arenas movedizas, con una paz pendiente y una guerra aún por suturar, no había lápices capaces de trazar fronteras precisas sobre los mapas.

Eso fue lo que le dijo Lonny cuando ya llevaban medio día viajando, mientras se le perdían los ojos en el horizonte:

—No sé a qué país vuelvo, no sé dónde estamos, no puedo ni distinguir si entre estas ruinas algún día alguien habló francés, flamenco o alemán. Lo único seguro es que ahora nadie habla nada porque aquí solo se oye la muerte.

Jamás había confesado Lonny sus sentimientos sobre el infierno. La estufa de carbón del barracón de Wervik, en torno a la cual cada noche se reunían las tres enfermeras para calentarse las manos y el corazón, nunca llegó a presenciar tertulias de fondo. Desde que viajó por primera vez al frente, Mariela había comprobado que las mujeres no hablaban de la guerra, ni siquiera de las heridas que la guerra había dejado abiertas y que ellas trataban de curar con sus precarios medios. Las mujeres no sabían de esas cosas. Las mujeres sanaban a otros sin hablar y, cuando querían y tenían tiempo para hacerlo, lo empleaban en aconsejarse mutuamente sobre los minutos que debía reposar el té antes de ser servido.

Y, sobre todo, en recordar a los hijos. Nunca rememoraban a sus esposos, tal vez dolía mucho evocar a los que se habían ido y más a aquellos cuyos paraderos ignoraban. Pero los hijos no dolían: los hijos eran el único recuerdo mágico que dibujaba automáticamente una sonrisa en sus bocas. Solo la mención de un hijo, cualquier hijo de cualquiera de ellas, hacía que el fuego de todas las estufas crepitara más luminoso cada noche.

Las que carecían de motivos para sonreír callaban. Entre ellas, Mariela y Lonny, que no tenían hijos ni sonrisa. Por no saber, Mariela no sabía ni hacer el té, pensó una noche en la que primero se entregó a la acidez de la ironía y después, cuando todos dormían, al cuerpo de Otto sobre el que cabalgó montaraz y sin brida durante horas.

Sin embargo, estaba equivocada. Lonny no tenía sonrisa, pero sí tenía hijo.

—Sé que pareció que me ofrecía al doctor Ferrière para hacerte de guía en mi país por altruismo, *Freundin*, pero tengo que confesarte que mis motivos han sido egoístas.

—No me importa, Lonny. Sea lo que sea por lo que lo has hecho, te estoy muy agradecida y no tienes que explicarme...

—No, deja, quiero hacerlo. Tenemos tiempo. De hecho, ahora mismo tenemos tan poca cosa que solo tenemos tiempo.

Se miraron y se dieron la razón, de modo que Lonny continuó hablando.

Le contó que ella era una joven soñadora en 1890 y que en aquel año su país empezaba a virar. Primero, cuando el canciller Bismarck, el brazo de hierro que asfixiaba a la izquierda alemana, fue amputado por el recién coronado Guillermo II. Las juventudes socialistas bailaban de alegría, pero los zorros más viejos, que no olvidaban que, como buenos socialdemócratas, eran sobre todo republicanos, recelaban del nuevo káiser. Nada bueno saldría de su reinado, previeron.

En 1890, Lonny tenía veinte años y estaba entre los que bailaban. Bailaba porque iba a cambiar el mundo empezando por Alemania. Porque con sus veleidades revolucionarias había conseguido escandalizar a la vetusta y conservadora alcurnia de los Von Versen y de su Drigge natal. Y porque estaba enamorada. Amaba a Heinrich, un idealista que veneraba a Lasalle, que creía que Marx tenía razón porque solo la unión de los pobres y los desheredados salvaría a la tierra, y que, como ella, también quería cambiar el mundo. Juntos, Lonny y él iban a conseguirlo.

No podían pedir más a la vida, así que la vida les dio lo que no pedían.

Muerto el perro aún no había acabado la rabia, porque con la desaparición política de Bismarck y la legalización de la socialdemocracia llegaron también nuevos rumbos: al partido le salieron alas, que era el nombre que daban a las discrepancias que no eran, sino embriones de enemistades dolorosas.

Un ala quería que el mundo cambiara, pero poco, despacio y sin arriesgar demasiado; otra, que lo hiciera a ritmo de vértigo y que variara incluso el sentido de rotación. No hay luchas más violentas que las intestinas ni odios más implacables que los de la familia, aunque entonces los más jóvenes todavía no lo supieran.

Heinrich se alineó con los nuevos socialistas que traían ideas frescas del exterior, intelectuales rusos, lituanos y polacos que ponían tanto entusiasmo como fe en los nuevos medios de comunicación de masas para alcanzar, precisamente, a las masas. Intercambiaba con ellos cartas y artículos, compartía lecturas y, al igual que ellos, se revolvió contra los revisionistas.

—Somos revolucionarios, Lonny —le decía con pupilas brillantes—, y no claudicaremos ante nada que no sea la revolución. Vamos a crear un mundo de libertad, pan y progreso. Vamos a hacerlo, Lonny, vamos a construir un mundo nuevo.

A ello se entregaron, él y el ala contraria, y lo hicieron a dentelladas.

Primero con debates, reuniones, gritos, insultos, retórica agresiva, gestos iracundos. Después, con violencia. Cuando las palabras fueron insuficientes, las razones dejaron de servir a la razón.

Tras una de esas batallas fratricidas nada cambió en el partido, cada ala siguió vociferando a coro sin escuchar a la otra y sin lograr un acuerdo. Pero en esa precisa y concreta batalla, Heinrich se dejó la vida.

El partidario de un ala llevó aquella tarde un revólver y otro de la contraria, a la que pertenecía Heinrich, una navaja. Ninguno vio quién blandía el arma primero. Tampoco Heinrich, que quedó tendido en un charco rojo cuando intentó separar a los que la víspera eran compañeros de lucha y, un día después, enemigos a sangre.

Mucho más tarde, en el hospital, supieron que el agujero del cuello era de bala y no de filo de acero, pero ya daba igual. La escena había concluido en tragedia. Era el primer acto de un drama que todavía en 1918 no había acabado y a cuyo desenlace le esperaba un clímax aún más cruento.

Mientras, en un palco de espectadores con vistas privilegiadas sobre el escenario, estaban su esposa Lonny y el hijo que iba a nacer tres meses después.

83

Kiel

El único mundo que cambió a partir de entonces fue el de Lonny. Regresó con los Von Versen para que su hijo tuviera el hogar que la bala de Caín le arrebató y se plegó a todas las exigencias de su conservadora y vetusta familia. De vuelta en la cárcel paterna, renunció a su apellido de casada y también al futuro.

Pero no renunció a que el diminuto Heinrich que lloraba en la cuna recogiera el testigo del Heinrich adulto. A solas los dos, cuando por las noches arropaba a su hijo en la buhardilla de los Von Versen, Lonny no le leía las travesuras de Max y Moritz que todos los niños conocían al dedillo, sino que le hablaba de las proezas del padre muerto. Le contaba que fue Übermensch,[24] el gran hombre que era el sentido de la tierra, el transformador del cosmos, el que iba a crear un orden nuevo.

—A mí también me hablaba Otto de Nietzsche... —interrumpió Mariela.

—Qué personaje tan curioso ese Otto amigo tuyo, por cierto. Tengo la impresión de que volveremos a oír hablar de él. ¿Querrías contarme qué os pasó la última noche en Wervik?

—Ahora no, Lonny. Prefiero que sigas con tu historia.

Siguió con ella y llegaba hasta el día en que el diminuto Heinrich dejó de serlo y se convirtió en un hombre fornido

24. Superhombre.

de veinticuatro años. Entonces apareció el futuro para reclamarlo.

El futuro era la guerra.

Para fortuna de madre e hijo, el muchacho fue alistado en la Marina Imperial.

—Me hice enfermera para poder acompañarle. Desde que el káiser se lo llevó, procuré ir tras sus pasos. Yo no soy nada, no soy nadie sin él. No me importan los cañones ni las bombas, solo quiero tenerlo cerca. Es que ese demonio rubio es mi vida entera...

A punto estuvo de demostrarlo sacrificándola. Lonny fue condecorada con la Cruz de Hierro porque continuó trabajando impasible en el quirófano de un hospital de campaña instalado en una iglesia del frente occidental mientras arreciaba el fuego enemigo.

—No merezco esta cruz, Mariela, no la merezco. Ni siquiera recuerdo aquel día, solo que yo no quería abandonar el quirófano porque creía que a él iban a llegar los heridos de Jutlandia y uno de ellos podía ser mi Heinrich. Fíjate si me importa poco la medalla que la uso como broche desde que perdí el botón del abrigo.

Rieron las dos.

La de Jutlandia fue la última batalla naval de la Marina Imperial. Después de ella, los barcos alemanes pasaron los dos años finales de la guerra anclados sin apenas actividad bélica, así que, tras el sobresalto que le hizo merecedora de una condecoración, Lonny pudo trabajar tranquila en los hospitales a los que la destinaba la Cruz Roja alemana, segura de que no iba a encontrar a su hijo en ellos.

Hasta que ocurrió Kiel, el lugar donde su país estalló.

La tierra que abonó la generación de Heinrich padre no había quedado sin regar en la de Heinrich hijo. El anarquismo y el socialismo cuajaban entre la juventud desmoralizada y decepcionada con un Gobierno que les había conducido a una guerra perdida de antemano y en cuyo altar habían sido sacrificadas casi tres millones de vidas.

Las bases navales bullían con ansias de renovación y se miraban en el espejo de un enemigo que había dejado de serlo: la Rusia antes zarista y ahora proletaria y emancipada de la burguesía avariciosa cuyo patrioterismo les llevó a las trincheras. ¿Estaba sonando la hora de Alemania?

Al hervidero del Báltico llegó una orden confusa a finales de octubre de 1918, cuando ya la contienda se daba por perdida y los marinos soñaban con una nueva Alemania sin káiser: los almirantes ordenaban lanzar una ofensiva, decían que decisiva, contra la flota inglesa.

¿Decisiva? Era verdad que estaba todo decidido, pero en aras de la firma inminente de un armisticio, no de un triunfo imposible de las Potencias Centrales. ¿Qué pretendían los almirantes? ¿Lavar su ennegrecida imagen con una operación suicida que solo arrojaría a varios miles de marinos a una masacre? ¿Una carnicería a cambio de un estertor, uno solo, que les redimiera ante sí mismos justo antes de firmar la rendición?

No. Esa fue la palabra que resonó como un trueno por todas las escuadras de la Marina.

No.

Primero se amotinó la de Wilhelmshaven. Los marinos de a bordo arrestaron oficiales y tomaron varios navíos, y los de tierra se negaron a embarcar. A los superiores les invadió el miedo. En los meses previos y bajo la influencia de la Revolución rusa, los jóvenes suboficiales, los soldados, los fogoneros, los astilleros, los estibadores, casi todos provenientes de una clase obrera con sólida formación política, se habían organizado: hacían huelgas, celebraban consejos y tenían delegados.

El mando sabía que el motín de la Wilhelmshaven no era un movimiento espontáneo causado por el cansancio de la guerra, de modo que optó por dividir al enemigo. Primer fallo.

Dispersaron a los rebeldes y a los que no se habían sublevado los enviaron al puerto de Kiel. Pero viajaban con las bodegas llenas: unos mil detenidos que iban a ser puestos en prisión a la espera de un consejo de guerra y un pelotón de ejecución.

Era el 1 de noviembre. Los soldados que no habían participado en los levantamientos se solidarizaron con los que sí lo habían hecho y enviaron una comisión para pedir la liberación de sus compañeros. El comando militar, que subestimaba la conciencia de clase de sus subordinados, se negó. Segundo fallo.

El día 2, los marineros se reunieron para decidir una línea de acción, pero no adoptaron un acuerdo.

El 3 de noviembre, cuando quisieron seguir discutiendo, vieron que una guardia armada bloqueaba la entrada al recinto sindical del puerto, de forma que se concentraron al aire libre, en un campo de instrucción. Tercer fallo de las autoridades, porque allí, sin puertas ni guardianes, a los marinos se les unieron miles de trabajadores que oyeron sus discursos y se adhirieron a sus reclamaciones. La multitud comenzó a moverse. Una patrulla dirigida por el teniente Steinhäuser ordenó a los que integraban la manifestación que se disolvieran y, al ver que no lo hacían, abrió fuego sobre ellos. Fallo definitivo.

En reacción, un marino disparó al teniente en la cabeza. Los otros mandos consiguieron arrastrarle hasta un lugar seguro y el oficial sobrevivió; tuvo suerte, porque, cuando la caravana se dispersó, sobre el suelo quedaban nueve manifestantes muertos y otros veintinueve heridos. El saldo estaba desequilibrado.

El 4 de noviembre, los soldados de la escuadra desarmaron a sus superiores y se armaron ellos, eligieron representantes e izaron la bandera roja en los buques.

Había comenzado la revolución.

Cinco días después, el káiser había huido, Alemania se preparaba para la capitulación y el Partido Socialdemócrata subía al poder.

Lonny sabía, porque su hijo se lo había contado en una larga carta que le envió a Flandes, que él había participado en aquellas jornadas de noviembre que prendieron en Kiel la mecha que iba a incendiar Alemania. Sabía que él se alzó junto a sus camaradas mientras trataba de buscar en su interior la llama que había inflamado a su padre cuando trataba de cambiar el mundo.

Lonny sabía que la había encontrado y que aún flameaba en el pebetero de su espíritu. Que el diminuto Heinrich había decidido finalizar la rebelión que el Heinrich que le dio la vida había empezado. Que él también estaba dispuesto a cambiar el mundo.

Lo que no sabía Lonny es que fue Heinrich quien disparó al teniente Steinhäuser. Para los revolucionarios y mientras durase la revolución, era un héroe. Para el ejército, un traidor a la patria. Para la burguesía, un peligroso embajador de la subversión.

Y para su madre, un loco demonio rubio que no pretendía otra cosa que resucitar al padre que nunca conoció.

84

La casa ZZ

Una vez Lonny terminó de narrar su historia, Mariela volvió a reflexionar sobre lo que ya había comprobado: que, aunque la pena sea una, las tristezas son múltiples y distintas con un repertorio inimaginable de matices. Su compañera de viaje llevaba a cuestas una, ella otra y posiblemente entre ambas sumaban muchas más.

Lonny había llegado a la guerra por amor, para estar cerca de su único ser adorado. Mi bisabuela lo hizo por rabia, para luchar contra la Bestia y el Rugido, dos monstruos de ferocidad lasciva e insaciable.

Su compañera confiaba en encontrar la paz de espíritu al volver a abrazar a su hijo. Y, aunque mi bisabuela tendría que encontrar esa calma lejos de su hogar, se daría por satisfecha si llegaba a tener la certeza de que el enemigo que descuartizaba y devoraba sin piedad se había ido para siempre. Todos creían que el segundo ataque de la epidemia había terminado, pero ya había logrado engañarla una vez. También decían que la guerra estaba zanjada y, sin embargo, aún no se había firmado la paz definitiva. Lo único que ahora obsesionaba a Mariela era certificar y comprobar que ambas habían desaparecido para siempre.

Sin embargo, en el fondo, Lonny y Mariela no estaban tan lejos la una de la otra porque las dos, por diferentes caminos, habían llegado al mismo lugar y, sobre todo, lo habían hecho juntas.

Y así, juntas, habían viajado hasta una ciudad apacible al sur de Stuttgart. Allí, en Sillenbuch, vivían dos hermanos que podrían ayudarlas: a Lonny, a encontrar a Heinrich; a Mariela, algo de reposo en su peregrinaje.

Eso les dijo el doctor Ferrière.

—Conocí a Maxim en Múnich en 1908, yo era un profesor invitado y él, mi alumno en el último curso de Medicina. Y, por casualidad, conocí a su hermano Konstantin; fue en Verdun, durante la guerra. Le reclutaron antes de que acabara los estudios, pero le empleé como mi ayudante cirujano en un hospital de campaña, tenía mano segura, pulso firme... Algo impetuoso pero buen chico, el pequeño Kostja. Enamorado hasta la médula, eso sí. Nunca me habló de ella, pero yo noto esas cosas, soy perro viejo.

Mariela sonreía mientras recordaba al buen doctor, el pelo blanco con la raya al medio trazada con precisión geométrica y dos ojos pequeños e incisivos que descarnaban el pensamiento. Sí, era un sabueso de mirada penetrante y alma cristalina. La versión helvética del doctor Joan Peset, que seguramente se convertiría en Ferrière dentro de treinta años.

Mariela sonreía y también caminaba. Un convoy de la Cruz Roja que se dirigía a Núremberg se ofreció a llevarlas hasta Sillenbuch desde la estación de Stuttgart, pese al desvío que suponía de su ruta. Estaba nevando pero no iban a permitir que dos mujeres solas anduvieran diez kilómetros para morir congeladas. Se deshicieron en agradecimientos. La guerra había dejado sembrada la tierra de almas caritativas y humanitarias.

Y eso, encontrar almas caritativas y humanitarias, les hizo seguir sonriendo y recordando al buen doctor suizo cuando se apearon del camión de la Cruz Roja y mientras caminaban bajo la nieve por la Kirchheimer Strasse hasta que encontraron el número 14. Colgaba sobre la verja de entrada y, junto al número, dos letras de madera pintadas de rojo: «ZZ». Sin duda, aquella era la casa que buscaban, un edificio de dos plantas y construcción alsaciana blanco y encantador, con un jardín inmenso y una chimenea humeante.

Allí dentro se respiraba felicidad, pensaron.

Aunque eso dependía de lo que ambas entendieran por felicidad, porque lo que realmente se respiraba allí dentro era la revolución.

El 27 de diciembre de 1918, tras dos días de viaje y más de seiscientos kilómetros a sus espaldas, Lonny y Mariela llamaron a la puerta de la casa de los Zetkin Zundel.

Les abrió una mujer con bastón, de pelo blanco y labios tan finos que, ampliados en una sonrisa infinita, parecían no existir. Las abrazó y había sinceridad en el abrazo.

—Queridísimas amigas, bienvenidas —dijo en perfecto francés y después, dirigiéndose a Lonny—. Usted debe ser *Frau* Von Versen, ¿verdad?, e imagino que no le importará que hablemos en un idioma que todos conocemos y que pueda entender nuestra invitada española. ¡*Frau* Bona, sea muy bien recibida en nuestra casa! Pero, niña, tiene usted las manos heladas... Adelante, por favor, la chimenea está encendida.

Mariela se quedó inmóvil unos segundos bajo el dintel. Demasiadas enfermedades, demasiada guerra, demasiadas caravanas de tristeza... pero pocos discursos de alegres recibimientos, pocos fuegos de hogar y casi ningún abrazo como aquel en mucho tiempo. Por una fracción de segundo creyó sentir tres besos ligeros, los de doña Socorro, Cristovalina y May Borden, y acusó en su corazón el peso de la soledad. Fue una carga demoledora que la dejó clavada al suelo, aunque se repuso a tiempo de devolverle la sonrisa a la nueva anfitriona y aceptar su hospitalidad.

Ya dentro, notó que un vapor espesaba la atmósfera de aquella casa. Era calor, calor de verdad. No el calor de una estufa de carbón en un barracón del desierto de Ypres, sino el que desprendía la respiración de los cinco seres humanos que las aguardaban en la sala de estar. Era calor de vida.

—¿Puedo llamaros Lonny y María? No, perdona... el tuyo es Mariela, ¿verdad? Frédéric nos dijo que así es como te conocen. Mariela, Mariela, Mariela... Tienes un nombre precioso, querida.

Aquella sonrisa de labios inexistentes no se extinguía jamás. Incluso creció mientras procedía a las presentaciones formales.

—Yo soy Clara, así podéis y debéis llamarme, y estos son mis hijos, de los que el doctor Ferrière ya os ha hablado.

Les presentó a dos hombres ya adultos, hijos de su matrimonio con un revolucionario, Ossip Zetkin, de quien había enviudado años antes. Maxim, en mitad de la treintena, era un hombre callado y de ojos tan sonrientes como los labios de su madre. Su hermano menor, Konstantin, pelo negro y cejas fruncidas, en cambio, no sonreía con ningún otro elemento de su rostro; las cejas eran elocuentes por sí solas. Resultaba evidente que estaba nervioso, aunque su boca solo expresó cortesía.

—A mí podéis llamarme Kostja. Sed muy bienvenidas en nuestra casa. Estábamos deseando conoceros desde que nos llegó el telegrama del doctor Ferrière. Nunca podré agradecerle lo que hizo por mí durante la guerra, así que es un honor tener la oportunidad de ayudar a dos amigas suyas.

Los seres humanos caminamos por esta tierra de pesares esparciendo semillas cuyos frutos algún día recogemos. Eso había descubierto mi bisabuela en varias ocasiones durante su extraordinario periplo. Allí, en la casa ZZ, habían florecido algunas de las que había plantado el doctor Ferrière. También Mariela le estaría eternamente agradecida.

La sonrisa de Clara menguó con la sola mención de la guerra, pero siguió con las presentaciones.

En el salón se encontraba su nuevo esposo, Georg Friedrich Zundel, solo algo mayor que Maxim, pero de mirada mucho más hosca que la de su hijastro. Extendió la mano para saludarlas y musitó algo en alemán que Mariela no entendió y que a Lonny no pareció agradar. Después, volvió a retirarse a un rincón sin deshacerse de la copa de coñac ni del mutismo que le acompañaron toda la velada.

También estaba Lulu, la dulce y amable Luise Kautsky,

tímida, sentada en el borde del sillón, casi dispuesta a salir corriendo, como convencida de que su presencia allí era un error y que en cuanto el resto del grupo lo advirtiera la invitarían a abandonar la casa. Nadie lo hizo, nadie la trató como extranjera, nadie le mostró algo que no fuera afecto. Por el contrario, las miradas de Clara hacia ella solo contenían ternura y amistad, una de muchos años que seguía en pie a pesar de los avatares en contra.

Había otra invitada en espíritu, una mujer misteriosa que estaba presente en cada una de aquellas miradas y en la memoria de todos. Hablaron de ella sin descanso. Y contaron que Berlín era el epicentro del huracán que sacudía a Alemania y que, desde allí, la amiga que todos mencionaban y que aquel día presidió en ausencia la casa Zetkin Zundel al parecer había empezado ya a cambiar el mundo.

Se llamaba Rosa Luxemburgo.

85

Un socialdemócrata no huye

—Y dinos, Mariela, ¿cómo ha vivido alguien de un país neutral como el tuyo esta atrocidad de la guerra?

Antes de que llegara esa pregunta y como por arte de magia, casi desde el momento en que las enfermeras llamaron a la puerta del 14 de la Kirchheimer Strasse, la mesa del comedor de la casa ZZ ya estaba llena de platos con pastel de carne, *leberwurst* y *bierschinken*,[25] fuentes con galletas navideñas de canela y jengibre, y jarras de un vino especiado y muy caliente que llamaban *glühwein* y que devolvió sus extremidades a la vida.

—No creáis que nadamos en la abundancia —puntualizó Maxim—. En Alemania no hay de nada, pero Kostja es un buen cocinero y muy habilidoso para sacar partido a cuatro ingredientes.

Mariela le miró con admiración. Jamás había conocido a un hombre que supiera cocinar.

—¡Y lavar y barrer! —Rio Clara—. He enseñado a mis hijos que los hombres y las mujeres somos iguales en todo, incluido el hogar. Los hombres están tan obligados como las mujeres a mantener la casa limpia, ordenada y en suficientes condiciones higiénicas, y nosotras somos perfectamente capaces de compartir a partes iguales los gastos. Por no hablar de los hijos, que son asunto tanto del padre como de la madre y ambos tienen las mismas responsabilidades...

25. Tipos de embutidos alemanes.

Mi bisabuela estaba maravillada. De los labios inexistentes de Clara Zetkin estaban saliendo en forma de palabras los pensamientos que ella siempre atesoró y que no se atrevió a pronunciar o redactar. Ni siquiera en *Le Canard Enchaîné*: nunca lo intentó porque sospechaba que hasta esa misma frontera llegaban los límites de la tolerancia editorial del periódico, por muy satíricamente que lo escribiera.

Y lo más asombroso era que todos asentían.

Fue Luise quien mencionó por primera vez el nombre de la amiga de Berlín.

—Así es, querida Clara, pero un poco de amor por las virtudes hogareñas tampoco viene mal. Mira Rosa, en cuanto tuvo casa propia, se le despertó el gusto por sus labores. Sabes mejor que yo que a ella no se le caen los anillos por ocuparse de la plancha o de la limpieza. ¡Y cómo cocina!

La sonrisa de Clara se desvaneció.

—Cierto, pero le gusta más escribir libros y hablar en reuniones de obreros, Lulu. Imaginad el tesoro de valor incalculable que habríamos perdido todos si únicamente se hubiera dedicado a la escoba, como están obligadas a hacer las mujeres burguesas, aun en contra de su voluntad. Imaginad cuántos tesoros se han perdido ya y se perderán mientras los talentos de las trabajadoras queden sepultados bajo la opresión de la sociedad que las ignora...

Clara Zetkin no hablaba, declamaba, y eso era una gran parte de su encanto.

—Pero, a pesar de todo, cuánto habrá soñado Rosa con su casa y con su gato *Mimi* en los últimos dos años... —insistía Luise.

Clara se dio cuenta de la necesidad de una explicación:

—Creo que debemos contar a nuestras amables y atentas invitadas que la amiga de la que hablamos ha pasado esos dos años en la cárcel. Hace algo más de un mes que la dejaron en libertad.

Precisamente, por clamar contra la guerra. Les contaron que, en vísperas del estallido, Rosa Luxemburgo ya había sido juzgada por advertir de que sonaban tambores que pedían la sangre de hermanos europeos y condenar vehementemente a quienes engrasaban la maquinaria bélica. En el juicio celebrado en su contra instó a los socialdemócratas a convencer al pueblo de que las guerras son una realidad bárbara, deshonesta, reaccionaria y hostil al propio pueblo, y auguró que, si sus correligionarios conseguían impregnar a la sociedad con esa idea, «entonces será imposible que estallen las guerras».

Eso ayudó a confirmar las acusaciones de antipatriotismo en su contra, hasta el punto de que el fiscal llegó a pedir su detención inmediata por riesgo de fuga.

—¿Recordáis lo que contestó en el juicio? —preguntó Luise con voz empapada de emoción.

—¡Cómo olvidarlo! —respondió Clara y después citó con entonación de tragedia griega—. «Señor fiscal, le creo cuando dice que usted se daría a la fuga. Pero un socialdemócrata no huye. Se enfrenta a sus hechos y ríe sobre sus castigos. ¡Proceda, pues, a condenarme!».

Procedió y la condena fue de un año. No era la primera ni sería la última. Todos aplaudieron.

—¡Esa es Rosa, sí, señor!

A Lonny, sin embargo, se le escapó una lágrima.

—Yo conocí a alguien como ella. Era el padre de mi hijo. Murió en el noventa, cuando lo de Bismarck.

—¿Era un camarada socialista? —Clara posó una mano sobre la suya.

—Lo era, pero de los que querían cambiar el mundo...

La mano de Clara se cerró con fuerza y elevó la voz:

—Como debe querer un buen socialista, al revés que esa rata del canciller Ebert y su banda de asesinos, que han dejado de serlo. Tu marido quería lo que queremos todos los seres de bien, un mundo nuevo y más justo. Pues lo vamos a cambiar, Lonny, ya lo estamos cambiando.

—A él le costó la vida...

—Terrible, terrible, querida amiga. A mí solo me costó la salud cuando estuve en la cárcel, al igual que a Rosa, pero otros como él dieron su aliento. Terrible, terrible...

A Kostja las últimas palabras le produjeron una extraña ansiedad, su lividez le delataba.

—Puede que a Rosa también le cueste la vida... —masculló.

—No, Kostja, no lo creo, Rosa está a salvo, ya ha vuelto de Breslau —trató de tranquilizarle su hermano.

—No lo está, Max, lo sabes igual que yo, también has visto los pasquines...

—¿Qué pasquines? ¿De qué hablas, Kostja? —Clara se inquietó.

—De nada, madre. Es que estoy preocupado...

—A mí no me hables como si fuera tonta ni me ocultes lo que sabes como si no pudiera entenderlo. Quiero estar al tanto de todo. Dime ahora mismo de qué estás hablando porque solo la información nos hace fuertes.

Kostja tragó saliva.

—Han puesto precio a su cabeza, a la de Rosa, y también a la de Liebknecht. Pagan cien mil marcos por ellos, vivos o muertos...

La boca de Clara se tensó hasta que los labios terminaron por desaparecer.

—¡Qué barata se vende la vida de un revolucionario! No hay dinero en todo el mundo que pueda comprar ni una sola de las ideas que producen esas cabezas... ¡y los cerdos sanguinarios tienen la osadía de ponerles un precio!

Todos callaron. A Lonny y a Mariela no les hacía falta conocer a los personajes de los que se hablaba en aquella habitación para percibir la angustia, la rabia y la impotencia.

Cuando el silencio se hizo insoportable, Clara se levantó cojeando, empuñó el bastón y de repente creció como si se preparase para ofrecer una lección magistral o una exhibición de sabiduría.

Se dirigió a sus invitadas e hizo ambas cosas desde un escenario teatral imaginario:

—Ya veis, compañeras, el alto peaje que nos impone la maldad por nuestra defensa de la justicia. Pero os aseguro que el sufrimiento con el que estamos pagando la revolución no será en balde. No nos callarán, incluso a pesar de los traidores de nuestra propia familia, esos socialdemócratas falsos que vendieron su credo a los señores de la guerra cuando salieron a Europa a matar. Europa es nuestra patria. El mundo es nuestra patria. La clase obrera de Europa y del mundo es nuestra patria. ¡Somos internacionalistas, no nacionalistas! El nacionalismo es la lepra de la burguesía que nos ha llevado a este desastre y solo los proletarios de todos los países unidos pueden luchar contra él. Ya... lo están haciendo ya, queridas.

—Tantos años de lucha y ahora los marinos han conseguido una victoria impensable, y eso a pesar de que Ebert ha teñido las calles de Berlín con su sangre —intervino de nuevo Luise y provocó un escalofrío en Lonny del que se contagió Mariela.

Clara siguió:

—Muy cierto, Lulu. Ellos son Espartaco, el nuevo Espartaco que ha logrado levantar a las masas y, como en Roma, liderarlas contra la esclavitud. Nosotros, todos unidos, venceremos. Lucharemos hasta el fin junto a ellos y junto a todos los esclavos del mundo. Hoy, ahora y siempre. ¡Todo por la revolución! ¡Todos por la revolución!

Los presentes corearon la última frase y entrechocaron conmovidos las copas de *glühwein*. Mariela imaginó a Clara Zetkin arengando a las multitudes y pensó que, si hubiera estado entre ellas durante alguno de sus discursos, la habría seguido como un niño al flautista.

86

Con mucho dolor

Con todos los presentes rendidos a la pasión de la elocuencia de Clara, Lonny no sabía cómo intervenir ni cómo dejar de temblar.

—Tengo que preguntaros algo. Mi hijo estuvo en el alzamiento de Kiel y no sé nada de él desde entonces. Contadme qué ha pasado con los marinos en Berlín, por favor...

Todos se miraron y dejaron que Clara volviera a tomar la palabra. Pero esta vez no hubo discurso inflamado; habló la periodista que era y que conocía el oficio. Su crónica fue descarnada.

Contó que, después de Kiel, mientras el canciller socialdemócrata Friedrich Ebert aún creía en la revolución, había pedido a la Volksmarinedivision, una división de élite de la Marina leal a los ideales socialistas, que utilizara el Palacio Real de Berlín como su cuartel general. Pero, después, el canciller renunció a sus principios, repudió a los marinos de Kiel y se propuso evacuar el castillo. Estos exigieron su sueldo atrasado y otro lugar donde acuartelarse; el Gobierno se negó y les acusó de seguir al ala que se decía heredera del Espartaco mencionado por Clara y que se llamaba a sí misma espartaquista. Jugó con ellos al gato y al ratón escamoteándoles la paga, hasta que los hombres se cansaron y tomaron la cancillería, un éxito desaprovechado porque, en lugar de doblegar al Gobierno cuando lo tenían en la palma de la mano, se limitaron a seguir exigiendo sus salarios. Sí, se lamentaba Clara, una oportunidad de oro perdida... que Ebert rentabilizó. El mismo día de Nochebuena, 24 de diciembre, ordenó atacar el palacio donde seguían los marinos. Treinta y dos murieron. Sin embargo, la división logró repeler el ataque de las tropas del Gobierno reaccionario, que huyeron y se disolvieron.

Pese a los reveses, la revolución ahora estaba más cerca de la victoria. Y de nuevo, gracias a los valientes marinos.

Lonny no quiso oír más pero tampoco perdió la impavidez. Puede que pensara, como Mariela, que, mientras ellas estaban muy lejos, en Wervik, y veían arder un barracón, el cuerpo agujereado de su hijo podía ser uno de los treinta y dos héroes muertos que yacían en una morgue de Berlín. Pero, si fue eso lo que pensó, ni siquiera arqueó una ceja para demostrarlo.

—Gracias a ellos, se acercan días importantes para la revolución. Sé que estáis cansadas y que es muy precipitado, pero si quisierais acompañarnos a Berlín nos haríais muy felices. Necesitamos toda la fuerza humana que podamos reunir —propuso Clara a las recién llegadas.

Berlín, pensó Mariela. Otra etapa, sin transición ni tiempo para el descanso, pero ¿quién los necesitaba? Berlín, sí, Berlín... ¿por qué no?

Antes de que pudiera contestar, se le adelantó Lonny. Habló y su voz parecía granizo cayendo sobre techo de cristal:

—Gracias, Clara. Habría ido con vosotros, aunque no me lo hubierais pedido. Voy a llegar a Berlín... incluso si debo hacerlo a pie.

Todos lo comprendieron, asintieron y se esforzaron en que la conversación tomara otros derroteros. Debía tomarlos, era imprescindible un viraje para remontar el desconsuelo.

A ello podía ayudar, por ejemplo, saber algo más de las invitadas, así que la primera pregunta fue para mi bisabuela:

—Y dinos, Mariela, ¿cómo ha vivido alguien de un país neutral como el tuyo esta atrocidad de la guerra...? —la interrogó Clara Zetkin.

No sabía por dónde empezar, de modo que optó por ser escueta:

—Con dolor, con mucho dolor...

Después lamentó haber parecido descortés y pasó los días siguientes tratando de compensar la parquedad de su respuesta. Pero en ese instante no se le ocurrió nada más expresivo.

Aquellos seres singulares hablaban de ideales, de revoluciones pendientes que creían al alcance de la mano... Vivían en la isla de Utopía y eran sinceros, se dejaban mover por principios nobles. Ella, en cambio, venía del averno, de la tierra de sangre y lodo que engullía hombres, y de la selva en la que la Bestia reventaba vísceras y volvía azules a sus víctimas hasta que las dejaba sin sangre.

¿Tenía Mariela ideales? ¿Metas, acaso? ¿Simplemente ilusiones? Matar a la Bestia, sí. ¿Y después qué? ¿Iba con eso a cambiar el mundo? Sabía que no. Que el mundo seguiría siendo un campo de batalla impenitente en el que pronto se libraría una guerra, otra, cualquier guerra, y que el hombre volvería a ser un lobo para el hombre, y todas las bestias regresarían en jauría, y rugirían, y el planeta seguiría girando, y nada cambiaría...

Mi bisabuela trató de decir algo más, de verdad que lo intentó. Por primera vez desde que salió de la casa de los Borden-Spears se veía libre de expresar lo que sentía. Pero se dio cuenta de que no era capaz de sentir. Se le había agolpado toda la guerra en el alma. La enfermedad, la congoja, la muerte, los que fueron y ya no eran, los que seguían siendo y aun así no estaban junto a ella, la vida... la vida también se le había agolpado en el alma y ahora las tenía a las dos oprimidas, el alma y la vida. Prensadas entre losas de furia y fatiga. Tanto, que temía abrir la espita, y liberar una pequeña parte de la presión, porque sabía que ese gesto podría hacerla estallar hasta desintegrarse.

No quería ser descortés. Es que tenía miedo, vergüenza y pudor.

Hasta que dejó de tenerlos porque ya no le importaba nada: entonces tiró de la anilla y explotó.

87

Los dos últimos hombres

—Reforma burguesa o revolución proletaria, esa es la única disyuntiva. No dejes que las feministas sufragistas te confundan, Mariela, con el asunto de la petición del voto para las mujeres, créeme. Por supuesto que hay que conseguir el sufragio universal, pero a esas no les interesa el voto obrero, solo pretenden ser iguales a los hombres burgueses para perpetuar su sociedad de privilegios y explotación. Mientras, las proletarias están sometidas por un yugo doble: el del hombre y el del capital. ¿Sabes qué dijo Engels? Que, en el matrimonio monógamo, el burgués es el hombre y la proletaria la mujer. ¡Ahí está la revolución! La lucha es de clases, no de sexos, y pertenece a las mujeres y a los hombres trabajadores. Cuando consigamos un mundo nuevo, ya no será necesaria la batalla feminista porque todos seremos iguales de verdad. Si la mujer se libera del yugo del capital, dejará de existir el yugo del hombre.

Los discursos de Clara Zetkin no tenían fin, pero estaban enhebrados de tal manera que, lejos de aburrir al auditorio, terminaban por embelesarlo. Este último lo pronunció durante el trayecto entre Stuttgart y Berlín, en el vagón en el que viajaban Luise, Kostja, Lonny, Clara y Mariela. Era la respuesta a un comentario de mi bisabuela sobre la importancia del voto femenino para que la mujer tuviera capacidad de intervenir en la toma de decisiones políticas que provocan guerras o deponen Gobiernos.

Mariela también estaba embelesada. Pero, aunque muchos

consiguieron cautivarla con inteligencia y buena oratoria como las de Clara, nadie logró convencerla sin darle antes la ocasión de replicar. Plantó cara a la misma Iglesia encarnada en mosén Casiano y al farmacéutico sin escrúpulos que quería comprar la vida con dinero, rebatió a Azorín sus opiniones románticas sobre el París bélico, cuestionó el resultado de los experimentos sobre la gripe del doctor Dujarric, a pesar de haberlos realizado sobre sí mismo... Ni Clara Zetkin ni el mismísimo Engels, a quien no tenía el gusto de conocer y cuyo nombre oía por primera vez en un tren que cruzaba la Alemania derrotada y revolucionaria, conseguirían que escondiera o silenciara sus opiniones.

Todos sabían que era española, pero nadie era consciente de lo que significaba que fuera aragonesa.

—Con todos mis respetos, Clara, déjame decirte que no estoy demasiado segura de que vuestros camaradas revolucionarios terminen admitiendo algún día la plena igualdad con sus pares femeninas. Mucho me temo que si esta revolución, la vuestra, triunfa, después tendréis que afrontar otra enormemente complicada, la de las mujeres, y esa será bastante más difícil de ganar que la de las masas proletarias... se dice así, ¿verdad?, las masas proletarias... Porque tengo la impresión de que tendrán que librarla solo la mitad de esas masas, es decir, las mujeres, ellas solas... ¿No sería más eficaz que suméis a la lucha desde ahora a las que llamáis burguesas, que seguramente sufren una opresión como la vuestra, para que la unión de todas haga la fuerza?

Clara Zetkin sonrió y se le llenaron los ojos de respeto al mirar a Mariela.

—Interesante punto de vista, querida, aunque no lo comparto. ¿No has leído antes a ninguna camarada rusa?

Mariela rio.

—A ninguna he leído, no... Solo conocí a un bolchevique ruso en París, el primero que me habló de vuestra revolución, pero han pasado tantas cosas desde entonces que de él solo recuerdo sus ojos...

—Es que cuando te oigo me acuerdo de una amiga a la que

aprecio con todo el corazón. Se llama Alexandra, vive en Rusia. Escribe libros magníficos. Ah, qué hermosa es por dentro y por fuera, mi bella compañera Alexandra Kollontai, ¿verdad, Lulu? Sobre todo, qué hermosa es su mente, qué lucidez de razonamiento.

—¿También es una revolucionaria?

—La más revolucionaria. Tanto, que ha declarado la revolución a la revolución.

Todos rieron, aunque las dos enfermeras solo lo hicieron contagiadas de las risas ajenas porque no entendieron lo que había dicho Clara. A Mariela le costaba gran esfuerzo comprender la sublevación contra la burguesía que predicaba Zetkin, de modo que apenas podía imaginar cómo era posible hacer la revolución a la revolución.

Pero, en cualquier caso, aquella música tenía algunos acordes conocidos para sus oídos. Aunque el mundo cambiase, seguro que siempre sería posible mejorarlo. Si había revolución, ella nunca dejaría de estar dispuesta a cuestionarla y, como la tal Alexandra Kollontai, a hacerle la revolución. Si la humanidad avanzaba, es que había camino. Si había camino, era inevitable seguir caminando.

Así es como mi bisabuela entendía el verdadero progreso. Y jamás renunciaría a él, porque fue el camino que le marcó el progreso lo que la había conducido a Alemania a través de España, Francia y Bélgica, y lo que la llevaría a quién sabía cuántos lugares más.

Por el momento, se dirigía al ojo del huracán. El viaje fue lento y largo, demasiado para mantener la profundidad de las conversaciones a ese nivel todo el tiempo. Hasta los cerebros más ardorosos necesitan templarse de vez en cuando.

La encargada de suavizar la temperatura fue, cómo no, Luise. Era dulce pero también enérgica, como no tardaron en comprobar.

—Debo decir que agradezco que tanto Rosa como Clara hablen delante de mí sin tapujos...

—Disculpa mi curiosidad, pero ¿por qué no habrían de hacerlo? —quiso saber Mariela.

—Pues porque mi marido hace tiempo que se apartó de la revolución, lo admito.

—Su teoría de que la Internacional proletaria solo sirve para la paz y no para la guerra es infantil y cobarde. ¡Proletarios de todos los países, uníos en la paz y cortaos el gaznate en la guerra!, ¿no es eso lo que Karl quiere, Lulu?

—Clara, no te exaltes. Deja que lo explique yo, anda. Es verdad que Karl, mi marido, votó en 1915 por aumentar la financiación para la guerra. Por aquel entonces, los socialistas estábamos más o menos unidos, hasta que Rosa, Clara y algunos más se enfadaron y rompieron con él. Yo tampoco estaba de acuerdo, pero es mi esposo; las discusiones las dejamos para casa. No voy a aburriros con más política, solo os diré que él se quedó en el Partido Socialdemócrata y los demás crearon otro. Yo estoy con Clara y Rosa, así que me he ido del partido oficial y ahora soy socialista independiente como ellas y también espartaquista. Sin embargo, en el fondo, seguimos siendo todos hermanos...

—No, Lulu, no. Yo no soy hermana de traidores.

—Lo somos, Clara, lo somos aunque no lo creas. ¿O has olvidado ya cuánto cariño nos hemos tenido? Recuerdo tantas anécdotas... ¿Me dejas que cuente una que pasó hace ya más de diez años, cuando éramos amigos?

Clara sabía a qué anécdota se refería, dejó de fruncir el ceño y recuperó la sonrisa.

—Siempre cuentas la misma, Lulu. Anda, hazlo, que nuestras camaradas no la conocen. Bueno, empiezo yo. Fue una noche en que los Kautsky nos invitaron a cenar. También estaba August, mi querido Bebel...

—Y esas dos, Rosa y Clara, que nos dicen que se van a dar un paseo, que tienen que hablar de sus cosas...

—Cosas de revolucionarias, debéis entenderlo...

—Y ahí estábamos todos, esperándolas, yo con el pavo frío, a los hombres se les acabaron los puros... y no llegaban. Estábamos preocupados, porque cerca de nuestra casa había un campo de tiro y militares realizando ejercicios. Pero ellas, las revolucionarias, con sus cosas de revolucionarias, ajenas a los disparos.

—No nos pasó nada y al final aparecimos, ¿no?

—Cierto... ¡dos horas después!

—Y Bebel nos dice bromeando que creían que nos habían fusilado y que ya estaban improvisando algún epitafio adecuado para nuestra tumba.

—Y Rosa, que es un genio de la ironía, le contesta: «Pues yo tengo el epitafio perfecto para nosotras, estimado August, tome nota: "Aquí yacen los dos últimos hombres de la socialdemocracia alemana"».

Las carcajadas resonaron en el vagón y barrieron el ambiente con una brisa fresca. Las carcajadas siempre son una brisa fresca. Y puede que del mismo modo lo fueran aquella noche de hacía diez años en la que reverberaron en la casa de los Kautsky, cuando los socialistas alemanes eran hermanos y soñaban con cambiar el mundo unidos.

Pero la guerra, que todo lo extermina, también aniquiló ese sueño.

88

De caza en Berlín

Era un domingo brumoso en el que el paisaje blanco se había convertido en gris. En la estación de Lehrte, a la que llegaron después de varios trasbordos e innumerables horas de viaje, quedaban restos de nieve sucia sobre los que las pisadas dejaban un rastro de barro acuoso y hacían que todo en la gran ciudad se volviera más lento. Lento y fatigoso. El blanco se había teñido de gris en aquel triste Berlín del 29 de diciembre de 1918.

Una mujer solitaria en el andén, sin embargo, emanaba luz suficiente para colorear toda la estación. Se dirigió resuelta al grupo y Clara se abrazó a ella largo rato. Mariela pudo observarla: no fue capaz de precisar su edad, pero sí la bondad de sus ojos, que tasó de infinita. Mathilde Jacob era una mujer buena, concluyó. Y cuando mi bisabuela se formaba una impresión sobre alguien con tanta rapidez, sin siquiera aplicarle el filtro de su habitual escepticismo inicial, es que debía ser mucha la empatía. Mathilde era buena y mi bisabuela no se equivocaba.

Clara la presentó a sus nuevas compañeras. Resultó ser mucho más que la secretaria de Rosa Luxemburgo: era su amiga y su confidente, además de sus ojos mientras estuvo en la cárcel y su bastón cuando quedó en libertad.

—Lonny y Mariela, tengo el placer de presentaros a Mathilde, el buen ángel, como la llama Rosa. Sé que vais a congeniar las tres porque vosotras, las enfermeras, también sois ángeles... *weisse Engeln!*[26]

Mi bisabuela sonrió para sí. ¿Sería verdad que había en su profesión algo de misticismo? Así se lo habían reconocido en todos los idiomas, pero no le dio tiempo a analizar esto con más detalle porque Mathilde habló:

—Amigas mías, no sé cómo daros las gracias por estar aquí, cuánta falta nos hacéis... Pero estaréis agotadas. Venid, venid conmigo, mi madre ha preparado una habitación para vosotras.

—Kostja y yo nos quedaremos con Rosa, siempre lo hacemos cuando venimos a Berlín, aunque lamentablemente no tiene espacio suficiente para todos. Espero que no os importe que nos separemos, queridas —trató de disculparse Clara.

Cómo les iba a importar, si todas eran ángeles y se les daba la oportunidad de compartir un trozo de cielo en plena acometida del infierno. No solo no les importó, sino que lo agradecieron. Juntas se subieron al vehículo que les aguardaba, uno de los pocos Opel de seis cilindros que quedaban en Alemania.

—Heredado de mi padre... después de la guerra ya nadie puede costearse un auto así. Pero yo le tengo un cariño especial a este trasto y lo usaré hasta que no quede de él más que el volante.

Mathilde lo conducía con pericia, la suya no se parecía demasiado a la conducción de Gertrude Stein a los mandos de su *Auntie*, pero no fue fácil atravesar el núcleo urbano, ni siquiera a bordo de un Opel en extinción. La ciudad estaba atestada de muchedumbres que hervían, gorgoteaban y se movían en columnas que a ratos se erizaban como olas del mar, pese a ser un día festivo.

Comenzaron a entender lo que ocurría cuando, una vez instaladas en el apartamento de un edificio de Moabit, se sentaron junto a la madre y la hermana de Mathilde en torno a una tetera caliente.

Emilie, Greta y Mathilde, las mujeres Jacob, no se parecían físicamente, pero a las tres las unía un rasgo: la misma

26. Ángeles blancos.

bondad traslúcida, algo que no habrían podido ocultar ni siquiera intentando aparentar vileza. Mathilde regentaba un negocio familiar de reproducciones, una especie de imprenta a pequeña escala. Vivían juntas desde que el padre, Julius Jacob, murió en 1907. Era un hogar modesto y digno, en el que no faltaba ni sobraba nada.

Hechas las presentaciones y los gestos que la gentileza exigía, Mariela dejó escapar la pregunta que le ardía en la boca desde que oyó un comentario de su anfitriona.

—Mathilde, ¿he creído entender que os hacen falta enfermeras...?

—¡Siempre! Son momentos extraños y nunca se sabe cuándo va a estallar el próximo disgusto...

Había algo más, mi bisabuela lo presentía.

Aquel domingo era el día elegido para enterrar a los marinos muertos. El séquito funerario cubría Berlín con un manto negro de dolor y era seguido desde primera hora por cientos, miles de obreros y soldados: jóvenes humildes, despojados de sus vidas y de sus trabajos tras cuatro años de contienda; otros, asalariados de la miseria provenientes de las fábricas de los barrios más depauperados de la capital, y una fila interminable de veteranos de una guerra en la que nunca creyeron. Había llanto y también indignación. «Fuera los traidores», rezaban las pancartas. «Ebert, Landsberg y Scheidemann, asesinos», clamaban todos, en un alarido unísono contra el canciller y sus acólitos.

Pero no eran los únicos en las calles. Había otra manifestación en el campo contrario, menos multitudinaria, pero agresiva y convocada mediante un panfleto de la Cancillería en el que se tachaba a Rosa Luxemburgo y a su compañero Karl Liebknecht de delincuentes.

Independientemente de que el contenido político tuviera o no la razón de su parte, las aglomeraciones eran los caldos en los que se cocían las pócimas de Satanás, Mariela lo sabía mejor que nadie. Estuvo a punto de anticipar de viva voz las siguientes frases de Mathilde mientras esta narraba lo ocurrido, pero se contuvo. Acertó con exactitud de oráculo.

—Nunca hubo tanta gente en las calles de Berlín y nunca antes he sentido tanto odio paseando por ellas. Estoy asustada, muy asustada. Soldados que acaban de regresar del frente, sin siquiera poner aún un pie en su casa, lo primero que han hecho ha sido venir a la ciudad para rendir homenaje a los marinos fallecidos. Lo que me da miedo es que muchos llegan enfermos, algunos me parece a mí que moribundos. Si no se matan hoy entre sí, van a morir de frío y fiebre por estos barrios. Ay, amigas, qué tiempos tan difíciles... Qué felices deberíamos ser al ver tan cerca nuestro triunfo y, sin embargo, cuánto pánico siento...

—¿Fiebre, dices...? —quiso ahondar Mariela.

—Y en algunos, muy alta. Me recuerda a la epidemia de esa gripe que nos barrió en otoño. Hasta el káiser y el canciller Von Baden cayeron. Pero creíamos que ya se había ido. Le pusieron un nombre elegante, la dama... ¿cómo era?

—Española, como yo.

—Eso, querida, sin ánimo de ofender.

—No te preocupes, lo único ofensivo es ese terrible mal, lo llamen como lo llamen. Cuéntame más, por favor.

Mathilde no estaba segura, pero creía haber identificado toses peculiares, esputos de sangre y manos azuladas entre los que abarrotaban Berlín.

Mariela no dejó que siguiera.

—Tengo que verlo. Te lo ruego, Mathilde, déjame ir al entierro.

—Es que es muy peligroso, Mariela. Desde el revés de Ebert del día 24, los cachorros de la contrarrevolución salen cada vez más exaltados. El canciller incluso está financiando unas milicias que se llaman a sí mismas «cazadores voluntarios», los *freikorps*, el nombre ya lo dice todo... Y a eso están dispuestos, a todo, aunque ese todo sea una masacre.

—Pero necesito verlo. La enfermedad es tan peligrosa como los *freikorps* esos, de verdad, créeme. Tengo que verla con mis ojos...

—Y yo con los míos —la secundó Lonny.

¿Era posible? ¿Había elegido la Bestia precisamente un

momento histórico como ese para su segundo regreso? ¿Hasta cuándo duraría el macabro juego de escondite y aparición en los lugares en los que más daño y más dolor podía causar? ¿Hasta cuándo duraría su lucha a muerte con ella?

Guiadas por Mathilde, se lanzaron al exterior con ímpetu de depredadoras. Lonny estaba dispuesta a encontrar a su hijo. Y Mariela, a cazar a la Bestia.

Mi bisabuela se prometió no descansar hasta cortarle la cabeza y arrancarle el corazón. Aunque tuviera que cortársela primero a todos los paramilitares asesinos que se interpusieran entre ella y su presa. Aunque tuviera que desatar en persona la revolución. Aunque tuviera que crear un mundo nuevo, sin Bestias y sin Rugidos.

Todo eso se prometió... una vez más.

89

Sin rastro de la enemiga

El cortejo fúnebre era un jarro de miel negra derramado sobre Berlín. Una masa untuosa y compacta, densa y viscosa, que rellenaba avenidas, callejones, parques y plazas hasta no dejar un vericueto vacío. Berlín entero estaba vestido de luto y de miel negra. Y dos mujeres, protegidas muy de cerca por una tercera, oteaban por encima del gentío buscando lo que nadie más buscaba.

La primera que lo encontró fue Lonny.

Habían llegado ya al cementerio de Friedrichsfelde. Miles de claveles rojos destacaban en la nieve sobre las tumbas aún abiertas. Planeando sobre el duelo general y encaramado a una de las lápidas, se alzó un hombre cuyo hechizo consiguió acallar a la multitud incluso antes de pronunciar una sola palabra.

Era un varón hermoso, de cuerpo perfecto, rasgos perfectos y voz perfecta, que lanzaba una soflama a las masas en alemán con un discurso perfecto, o al menos eso interpretó Mariela pese a su desconocimiento del idioma. Le escuchó arrobada durante varios minutos, emocionada solo por la modulación de su voz y la elegancia de sus maneras.

Cuando se dio cuenta de que su admiración por aquel marino podría ser aún mayor si le entendiera, se volvió hacia Lonny para pedirle una traducción somera.

Le encontró los ojos anegados en lágrimas.

—Ese es el hombre del que me enamoré. El puro retrato de su padre. Y está vivo. ¡Gracias a Dios, mi hijo está vivo!

Allí lo tenía. Era Heinrich, el hijo por el que había ido a la guerra y por el que había regresado de ella. Lonny, afortunadamente, había llegado al final del camino.

Le dijo que Heinrich estaba recordando ante su auditorio la matanza de los compañeros de Kiel; otra ocurrida el 6 de diciembre, cuando un destacamento de fusileros cargó contra una manifestación de la Liga de Soldados Rojos y causó dieciséis muertos, y la más reciente, la que dejó los cadáveres que ese día entre todos trataban de dar sepultura.

—Si solo tienen armas para detenernos, nosotros tenemos la razón. Si solo tienen chacales para asesinarnos, nosotros tenemos la revolución. Si solo tienen muerte, nosotros aún tenemos la vida. Y mientras tengamos la vida, podemos vencer. Porque somos mejores, hermanos, somos mejores y más fuertes. ¡Venceremos!

Lonny apenas pudo esperar a que el hombre bajara de la lápida para lanzarse a su cuello en el abrazo más largo y más feliz que Mariela presenció desde que devolvió a la vida a su padre tras vencer a la Bestia.

Mientras los observaba, pensó que allí, ante ellas, había un líder nato. Heinrich era un instigador de masas natural, alguien tocado con el don de la palabra y la persuasión, a quien muchos seguirían ciegamente. Varios más como él y la revolución triunfaría.

En los días siguientes y gracias al reencuentro entre madre e hijo, que trataron de suplir los años de ausencia con largas charlas sobre los últimos sucesos, supo que, de hecho, había varios más como él. Y también supo que los que eran como él no vivían vidas largas, porque quienes les seguían lo hacían hasta la muerte y con los ojos cerrados, pero quienes les temían les temían tanto que siempre procurarían asegurarse de su desaparición eterna hasta que de ellos no quedara ni el cadáver.

Sí, había varios más como él, dentro y fuera de Alemania. Ella iba a conocerlos.

La ofensiva de los marinos había dejado al ala revolucionaria de la socialdemocracia en una encrucijada: por un lado, veían la victoria al alcance de la mano, incluso contaban con el apoyo exterior más importante, el de los bolcheviques rusos. Por otro, el liderazgo y la propia ala estaban divididos. Los dirigentes de los socialdemócratas independientes discrepaban con algunos de la Liga Espartaquista, y estos, a su vez, se ramificaban en interpretaciones que parecían irreconciliables...

El enviado de los bolcheviques a Alemania, Karl Radek, convenció a los líderes más veteranos de que era necesario crear un nuevo y único partido aglutinante. Discutieron sobre el nombre, sobre el contenido, sobre el liderazgo, sobre las directrices... Discutieron sobre los delegados y sobre el vocabulario. Discutieron sobre la terminología. Discutieron sobre todo. Y, al final, convinieron en que lo mejor era seguir discutiendo, pero en un congreso extraordinario.

Así amaneció el 30 de diciembre de 1918, el día que reunió en el Ayuntamiento de Berlín a ciento veintisiete revolucionarios reticentes a ponerse de acuerdo, pero abocados a hacerlo y que estaba destinado a recibir el calificativo de histórico.

El viento soplaba a favor de la rebelión y en contra del Gobierno. La cancillería había entrado en pánico, Ebert incluso barajaba huir de la capital, se respiraba tensión de cambio en las calles, algo estaba a punto de ocurrir...

Había multitudes enardecidas, vociferantes, entusiasmadas, acaloradas, ilusionadas.

Pero, entre todas ellas, Mariela no había encontrado aún a la Bestia.

Mi bisabuela no sabía si sentir alivio o aumentar el nivel de inquietud y alerta. ¿Se escondía de ella la enfermedad? La primera oleada, la que vivió en Madrid, les sirvió a ambas para medirse mutuamente y para que se revelaran sin tapujos tal y como eran, con sus respectivas armas. En la segunda, la de otoño en Brest, la Bestia mutó para hacerse más fuerte y poderosa, aunque después volvió a desaparecer.

¿Se acercaba una tercera embestida? ¿Era posible que ahora hubiera optado por sacrificar la fuerza y el poderío a cambio de tornarse huidiza, indetectable? ¿Había elegido el mejor de los escenarios, un país en pleno levantamiento, para que la confusión y el alboroto se convirtieran en la coartada perfecta e hicieran imprevisibles sus zarpazos?

¿Iba a ser esa su nueva estrategia?

¿O solo se trataba de imaginaciones suyas, simples alucinaciones alentadas por un comentario de Mathilde? ¿Estaba tan obsesionada con su enemiga que creía encontrarla en todas las esquinas, acechándola con su mirada azul, su olor a hiel y su soplido corrupto?

¿Se estaba volviendo loca...?

90

Feliz año y mundo nuevos

Berlín, a 2 de enero de 1919

Mi queridísima y recordada amiga May:

En estos días y con la misma fuerza de siempre, pienso en ti y te echo de menos. Hoy, en los albores de un nuevo año que puede ser el año con el que las dos hemos soñado, el año de la paz, me asalta la necesidad urgente de sentirte cerca. ¡Tengo tantas cosas que contarte, amiga del alma!

Empezaré por explicarte algo de mi opinión sobre Alemania, si es que tengo derecho a tener alguna después de una estancia tan breve. Hace solo una semana que me interné en el corazón del enemigo junto a Lonny Hertha von Versen (¿recuerdas?, te hablé de ella en mi última carta), pero ha sido tiempo suficiente para que comprenda varias cosas de él: primero, que este país no es más enemigo que de sí mismo, como todos los que contendieron cuatro años hasta destrozarse. También he descubierto que los que hicieron la guerra alemana no son los que lucharon en el frente. Aquellos han huido a lo que ellos llaman exilio, aunque solo sea escondrijo de cobardes. El pueblo, mientras, se ha quedado en sus casas, de pie, soportando su dolor, enterrando a sus muertos y curando a sus mutilados. Nunca vi, ni en Francia ni siquiera en España, tanto clamor contra la guerra, tanta condena a la estupidez humana. Y eso me reconcilia con mis propios principios, querida May, aunque jamás tuve dudas sobre ellos. No hay guerra buena.

Puede que alguna, si de defenderse y no de atacar se trata, sea justa. Pero buena no lo es ninguna.

Basta de ahondar en lo que tú y yo tantas veces hemos hablado y en lo que estamos tan de acuerdo, porque no quiero aburrirte con pensamientos redundantes que las dos compartimos. Prefiero extenderme ahora sobre las nuevas personas que han entrado en mi vida. ¡Me gustaría tanto que estuvieras a mi lado y las disfrutaras conmigo...!

Son muchas y fascinantes y ya se están convirtiendo en mías, en mis nuevas personas.

Comenzaré por la familia Zetkin. ¡Ah, qué mujer intensa y poderosa es Clara Zetkin! Ella habla abiertamente de lo que nosotras apenas podemos insinuar sin que nos tilden de casquivanas o, en el mejor de los casos, frívolas y descaradas (me han contado cómo empiezan a llamar a algunas ahora en Londres y París... *flappers*, ¿no es verdad?, solo porque no usan corsés y un sombrero les mantiene la cabeza alta, como a nosotras). Clara y sus hijos quieren hacer la revolución. ¡La revolución, querida May! Esa revolución de la que nos habló aquel ruso vestido de negro, Yakov Sverdlov, ¿lo recuerdas?, la noche en que nos lo presentó Chagall. Y yo, amiga mía, confieso que me gustaría rendirme a ella, pero hay términos que aún no comprendo y nadie ha conseguido persuadirme todavía con razones que pesen lo suficiente como para inclinar la balanza hacia su lado.

La revolución, me dicen, sirve para que los pobres del mundo tengan pan, para que los trabajadores del mundo cobren salarios dignos, para que las mujeres del mundo sean iguales a los hombres... Y eso tal vez sea lo que me fascina de esta revolución: que habla de igualdad y del mundo, y no de diferencias ni del pequeño trozo de tierra en el que a cada uno le toca nacer, ese capricho aleatorio del azar que es el país donde nos han parido y en cuya supuesta defensa declaramos guerras sinsentido. La revolución es internacional, dicen. Las fronteras matan, conducen a las armas, enfrentan a los ciudadanos. Lo internacional significa paz porque lo que es bueno para un obrero en Alemania debe ser bueno también para un obrero francés u otro español. El mundo es nuestra patria, la paz es nuestra patria, todos somos la patria de todos. Eso dicen ellos.

Y de eso hablamos por las noches. ¡Cuánto me gustaría tenerte junto a mí en esas conversaciones! Vivo en la casa de una mujer entrañable llamada Mathilde. Su hogar es... cómo lo diría, una especie de puerto franco para los revolucionarios porque en las últimas dos jornadas, mientras todo ha sido fragor de cambio, en él sus protagonistas y yo hemos hallado un remanso de quietud y silencio.

El mismo día de mi llegada, Mathilde invitó a cenar a los que pocas horas después iban a dirigir una reunión que ya ha comenzado a cambiar el mundo. Yo estaba cansada, el viaje desde Stuttgart había sido largo, pero nada me habría impedido escuchar aquel coro de mentes brillantes en pleno hervor.

Seguro que ya estás bien informada, pero deja que te cuente los antecedentes de esa primera noche, según los he entendido yo.

Resumidos brevemente: en Alemania gobierna un partido que un día se propuso cambiar el mundo; en parte lo hizo, porque se opuso a la guerra y logró que el káiser se fuera y que los socialistas llegaran al poder. Pero después se plegó a los acomodos políticos, a la presión de esa clase social que mis amigos llaman burguesía y que, según he creído entender, es la propietaria de las principales industrias de armamento... y perdió las ganas de que el mundo cambiara. Una fracción de la familia se enojó, se rebeló, creó un nuevo partido y también una coalición con nombre de esclavo romano. Después volvió a escindirse una vez y otra más, y ahora, al fin, todos tratan de ponerse de acuerdo en cuál de esas escisiones debe liderarles. Si no lo consiguen, se escindirán.

La primera noche fue la víspera. A casa de Mathilde llegaron primero Leon Jogiches, Karl Liebknecht y su esposa Sophie, a la que todos llaman Sonja. Me gustan los tres. Karl y Sonja han sufrido mucho, lo llevan escrito en sus rostros; él, con cárcel, insultos y amenazas; ella, por lo mismo y, además, por amor. Leo es un hombre fascinante. Quisiera saber más de él cuando esta ebullición política se asiente y las aguas regresen a un cauce menos proceloso.

También apareció otra Mathilde, esta apellidada Wurm. Noté que no gozaba de las simpatías del cónclave, algunos la trataban con animosidad y otros le lanzaban acusaciones de connivencia con el canciller. No sé cuánto habrá de cierto, aunque ignoro si debo perder el tiempo averiguándolo.

Distinto es el caso de Paul Levi. A este hombre, con aspecto atormentado y ojos de razonamientos profundos, lo respetan. No todos concuerdan con él, pero discrepan con deferencia.

Los bolcheviques de la reunión fueron un curioso descubrimiento. ¡Cuánto me acordé de nuestros dos encuentros con Sverdlov al oírles! Hablan el mismo idioma y no me refiero al ruso. Te digo que hablan el mismo lenguaje, con las mismas expresiones, con el mismo brillo en la mirada, con la misma determinación en los labios... Y todos se llaman camaradas. Me animan a hacerlo yo también, aunque aún no me atrevo.

¡Qué ideas tan distintas! ¡Qué vidas tan abundantes! Solo son dos porque la cancillería ha prohibido la entrada de sus compañeros rusos en Alemania. Dicen que esperan a un tercero en los próximos días, pero mantienen su nombre en secreto por seguridad.

Por ahora, está en Berlín Karl Radek, siempre con una pipa de ébano colgada de la comisura derecha de la boca que deja tras de sí una estela de aroma a tabaco de vainilla y otra de sentimiento trágico de la vida. También me gusta Radek.

Pero quien realmente me entusiasma es su camarada Inessa Armand. Inessa es un ser especial. No lo digo por su dulzura ni por su hermosura, aunque son inmensas; sabes que no caigo en las trivialidades sobre nuestro aspecto con las que tantas veces se nos define a las mujeres. Lo digo por su inteligencia y por la forma sutil en que la manifiesta con todo su esplendor sin que ningún hombre se sienta agredido, y todas las mujeres, halagadas y orgullosas de sabernos del mismo género que ella. Cuando la conocí, me rendí a su cerebro. Pensé que era la más perspicaz, lúcida e instruida de la reunión, con gran diferencia.

Hasta que llegó Rosa Luxemburgo... ¡No puedes imaginar

cuánto había deseado conocerla hasta ese momento! ¡Y tampoco imaginas hasta qué punto cumplió e incluso sobrepasó todas mis altísimas expectativas!

Permite que te hable de ella, mi querida May, aunque hasta el momento solo haya tenido ocasión de escucharla y no de mantener una conversación a solas las dos. Si algún día consiguiera que Rosa viajara conmigo a la calle Monsieur y pudiera compartir con nosotras nuestras lilas y nuestro ruiseñor... te aseguro, amiga de mi corazón, que toda esta locura en la que vivo desde que salí de mis montañas españolas cobraría el último sentido que aún le falta.

Rosa es excepcional. Y eso que la mujer enorme de la que me habían hablado apenas mide un metro y medio; tiene la nariz aguileña, los ojos muy juntos y el labio inferior demasiado grueso; su frondosa melena negra está veteada de hebras grises y cojea cuando camina..., pero es el ser más bello y gigantesco que he conocido desde que pisé Alemania. De sus ojos emana fuerza y belleza. De su cabeza, lógica y belleza. De su boca, una retórica brillante... y belleza, mucha belleza, hay tanta belleza en cada uno de los gestos de esta mujer, Róż a, Rosa... una Rosalía que, lo mismo que mi poeta gallega, me ha cautivado hasta la rendición. No su revolución, sino ella... ella sola.

No soy la única. Percibí desde el primer momento las miradas recelosas entre sí de Leo y Kostja, el hijo de Clara Zetkin, e inmediatamente comprendí los síntomas que hasta entonces me habían pasado desapercibidos. Kostja Zetkin está absoluta, apasionada y desesperadamente enamorado de Rosa Luxemburgo, y ella le profesa una ternura indescriptible. Leo Jogiches también lo está, pero algo me dice que Rosa y él han sido, o son, o serán amantes. Para completar el triángulo, he descubierto más de un vistazo furtivo de Paul Levi. Entiendo a los tres, a Kostja, a Leo y a Paul. Yo también amaría a Rosa y yo también pelearía por su amor si fuera ellos.

A ti te encantaría Rosa, no me cabe ninguna duda. Tenemos mucho en común y algunas cosas más que seguro voy a descubrir durante el tiempo que espero pasar en Berlín. Clara va a buscarme un trabajo en el hospital que recibe a los soldados retornados para que pueda ganarme la vida y también un hueco para mis artículos en los periódicos del partido, tanto en Berlín como en Leipzig; promete que respetarán mi derecho a decir lo que quiera y que podré expresarme libremente. Yo la creo.

Ese, precisamente, es uno de nuestros parecidos: que Rosa, tú y yo escribimos... o que al menos yo lo intento. ¡Qué petulancia la mía, pensar que tus poemas o los ensayos de Rosa son actividades siquiera similares a lo que hago yo cuando garabateo mis tonterías sobre una hoja en blanco! Solo en eso, en el papel y en la tinta, puedo atreverme a ser comparada con vosotras. Pero sueño con que, gracias a mi admiración por las dos, pueda haber un hilo fino que me cosa a vuestros corazones y algún día el mío se asemeje a ellos, aunque sea en una ínfima porción.

Quiero llegar a conocer mejor a Rosa, aunque aún me parezca inalcanzable. Por ahora, me conformo con oírla y saciar mi sed de saber con sus palabras. La primera noche habló de un mundo unido en la libre expresión y el progreso, un mundo donde todos sean socialmente iguales, humanamente diferentes y totalmente libres. Aplaudí en silencio. Dijo que ella era leal a la revolución y que así lo proclamaría al día siguiente en el congreso, pero también pidió para ella la misma libertad que reclamaba para otros. Echo de menos esa palabra, libertad, en boca de algunos revolucionarios, aunque se prodiga en la de Rosa. Quizás esté siendo demasiado escéptica, todavía no los conozco lo suficiente.

Rosa no es una mujer doblegable. En estos últimos dos días ha necesitado muchas horas de debate para que la lealtad se imponga a sus convicciones. Y así ha sido. En el congreso que se preparó durante la cena de Mathilde Jacob, no se han cumplido todas sus aspiraciones ni han encontrado eco algunas de sus propuestas. Pero Rosa es fiel y sabe que, para cambiar el mundo, también hace falta fidelidad.

Ayer acabaron las deliberaciones del congreso. Ni yo las presencié ni nadie me las ha narrado todavía. Solo sé que ha nacido un partido nuevo que llaman comunista, aun en contra de los deseos de Rosa que hubiera preferido el nombre de socialista. Y sé dos cosas más: que el mundo ha empezado a ser otro gracias a la generosidad y a la renuncia de mujeres soberbias como Luxemburgo, y que tal vez algún día ese mismo mundo se arrepienta de no haberlas escuchado con mayor atención.

Sin embargo, tengo miedo. La Bestia y el Rugido todavía aúllan y ríen ahí fuera, los oigo sin descanso desde que brindamos por el nuevo año, por el nuevo partido, por el nuevo socialismo y por el nuevo mundo. Ambos aúllan, May, y temo que no solo las bestias de la guerra y de la gripe lleven la muerte en el lomo. Quisiera equivocarme, pero sé mucho de bestias. Aún persigo a la mía. Solo confío en que la que acosa a mis nuevas personas, los revolucionarios soñadores, se limite a aullar y jamás llegue a devorar sus despojos con las mandíbulas que presiento abiertas.

Seguiré contándote, sabes que eres mi paño de lágrimas y mi alma hermana, pero ahora debo dejarte.

Transmite a Edward todo mi cariño.

A ti, mi querida y añorada May, te envío el más sincero, cálido y entrañable abrazo.

Os deseo a los dos un feliz año y que nos traiga, al fin, un feliz mundo nuevo.

Tu amiga siempre,

MARIELA BONA

91

El Jenotdel

De tanto buscarla, la encontró. El día en que mi bisabuela halló un pequeño rastro que volvió a ponerla sobre la pista de la Bestia, lo olvidó todo. Incluso franquear la carta a su amiga del alma May Borden en la que la felicitaba por el nuevo año de 1919.

O quizá fuera el destino el que quiso que la receptora de la misiva no terminara siendo aquella a quien iba dirigida originalmente sino yo, su bisnieta. Hoy la conservo como una de las alhajas más valiosas del tesoro familiar. Ni mi formación como historiadora ni mi trabajo como archivera ni la capacidad de síntesis a la que ambos me obligaron durante nueve años podrían haberme ayudado a describir de forma tan sucinta y a la vez sencilla, casi candorosa, unos días y unos personajes clave para Alemania, para el mundo y para todos los sistemas políticos que a partir de aquellas fechas tuvieron en su eje a la socialdemocracia y los movimientos que nacieron o murieron en su ámbito.

Pero mi bisabuela tenía guardadas más joyas con las que nutrir el tesoro familiar y yo estaba deseando descubrirlas.

Como intuyó la noche en que la conoció, Mariela congenió rápida y profundamente con Inessa Armand, la revolucionaria rusa nacida en Francia. Había conseguido llegar a Berlín para participar en el congreso de sus camaradas alemanes de forma milagrosa, por los aires y conducida por alguien indescriptible: la princesa Eugenie Mijailovna Shajovskaya, piloto de combate en la guerra recién terminada. Juntas aterrizaron aquel diciembre de 1918, aunque, un instante después, la princesa se perdió en la cama de uno cualquiera de los amantes que la esperaban en Alemania o puede que en la de alguno nuevo. No obstante, y sin saber cómo fue localizada, volvió a estar dispuesta, con puntualidad y a los mandos de su avión, cuando se vio obligada a regresar a Moscú inesperada y precipitadamente.

Los pocos días en los que mi bisabuela e Inessa estuvieron juntas, se conquistaron mutuamente. Empezaron por compartir una de sus pasiones comunes más cotizadas y difíciles de satisfacer: el café. Mariela comenzaba a estar cansada del té de todos los colores y sabores a los que debió acostumbrarse desde que salió de España. Pero la escasez y el bloqueo de la guerra solo permitían conseguir una especie de sucedáneo del café hecho con achicoria y semillas de algodón que le recordaba, solo recordaba y muy vagamente, a las tazas saboreadas con Pepe en el Café del Oro de Madrid. La llegada de Inessa, sin embargo, consiguió que el sucedáneo subiese de categoría, porque ella alegraba aquel potingue color de charco con chorritos de una bebida que, pese a ser inodora e incolora, dejaba un rastro de llamas en su camino hacia el estómago: genuino vodka de Siberia.

En torno a sendas tazas de falso café con auténtico licor de fuego se vieron en casa de Mathilde por las tardes mientras duró el congreso a puerta cerrada.

—Yo no puedo asistir, no tengo autorización. Ya me contará el camarada Radek cómo ha ido la sesión de hoy. Esas reuniones con los compañeros de filas son lo mejor de la política, créeme. El humo, las discusiones a gritos, el vodka...

La rusa confirmaba lo que Mariela ya había tenido ocasión de comprobar en Alemania, y era que una de las actividades favoritas de los revolucionarios consistía en congregarse. El asambleísmo estaba en la esencia de su naturaleza.

—Eso precisamente son los soviets, asambleas obreras del

pueblo. Ellos tienen el poder ahora en nuestra nueva república socialista.

Le explicó que, apenas un mes antes del encuentro de Berlín, en Rusia se celebró otro de nombre fascinante: Congreso Panruso de Mujeres Trabajadoras y Campesinas.

—Deberías haberlo visto, camarada Mariela. Lo preparamos un poco apresuradamente, solo éramos quince mujeres del partido trabajando día y noche, pero lo hicimos posible y fue, sobre todo, gracias a dos personas que están dedicando sus vidas a mejorar las de las mujeres. Uno es el camarada Andrei...

—¿Un hombre? ¿Un hombre os ayuda?

—Es uno de nuestros más queridos líderes en el Comité Central y estrecho colaborador de Lenin.

—Lenin es vuestro presidente supremo, ¿verdad?

¿Creyó ver mi bisabuela un leve sonrojo en Inessa?

—El del Consejo de Comisarios del Pueblo, sí, pero el camarada Andrei es quien realmente dirige la política revolucionaria y está al frente del timón. Las mujeres le estamos muy agradecidas. Afortunadamente para nosotras, está absolutamente convencido de que la vida de las trabajadoras debe cambiar, porque sabe también cuánto nos debe la revolución, empezando por una bolchevique histórica que ha ayudado mucho al triunfo de la clase obrera y es una de las camaradas más relevantes, Alexandra...

—¿Kollontai...?

—¡Cierto! ¿La conoces?

—No, pero Clara Zetkin me ha hablado de ella.

—Sabes mucho más sobre nosotros de lo que imaginaba...

—Conocí a un camarada vuestro en París, sé escuchar y tengo buena memoria, es todo.

—Ojalá Alexandra y tú pudierais charlar algún día. Te gustaría. Es la primera mujer que ha conseguido un cargo en un Gobierno de todo el mundo, hasta donde sabemos. Las rusas estamos enormemente orgullosas de ella.

—Por supuesto que me gustaría conocerla, pero creo que voy a quedarme en Alemania, por ahora no pienso seguir viajando. Tal vez si ella viene a Berlín... Pero sigue contándome de vuestro congreso.

—Pues decidimos cosas muy importantes, como que la mujer tenga una participación más activa y relevante en todas las formas y aspectos de la revolución, que se la escuche tanto en el frente como en la retaguardia y que se le proporcionen los medios que necesite para la lucha armada.

—¿Lucha armada? ¿Por qué ha de haber lucha armada si ya tenéis el Gobierno...?

—Por desgracia, mi país sufre una guerra civil. Los elementos antirrevolucionarios del Ejército Blanco, esbirros del zar y de la burguesía, luchan contra los rojos leales del nuestro.

De nuevo el Rugido... ¿es que no había rincón de la tierra adonde no llegara su eco?

Inessa siguió:

—Pero el logro más importante del congreso fue otro: vamos a formar un departamento dentro del partido bolchevique dedicado exclusivamente a las mujeres que llamaremos «Jenotdel» y que nos ayudará a mejorar las condiciones de muchas. Gracias a él, crearemos guarderías, escuelas, lavanderías... El camarada Andrei lo apoya desde el corazón del Kremlin, necesitamos fondos e infraestructuras. Él se ha comprometido a proporcionar todo lo que esté a su alcance y siempre cumple lo que promete.

—Vaya... admirable ese Andrei, tienes razón.

—Y la camarada Alexandra será quien lo dirija.

—Parece que ambos forman un buen equipo. Me alegro mucho por vuestro nuevo proyecto.

—Va a ser un ejemplo para el mundo, Mariela, algún día recordarás lo que te digo. Bajo el reinado del capitalismo, las obreras y las campesinas estaban alejadas de la vida pública y política y no tenían derechos dentro de la familia burguesa. Por eso, cuando los soviets asumieron el poder y la clase obrera intentó construir un nuevo país, las mujeres se encontraron en situación de desventaja, menos cualificadas y mucho más inexpertas que los hombres trabajadores. De ahí que ahora necesiten ayuda especial y nosotros se la vamos a dar desde el Jenotdel. Vamos a enseñarles cómo trabajar, cuándo y dónde emplear sus fuerzas y cómo servir mejor a la revolución. Les daremos una vida diferente.

A Mariela le admiraba la vehemencia de quienes creían con fe inalterable que el mundo podía cambiar, ya fuera en Berlín o en Moscú. A veces le producía ternura su ingenuidad, a veces le asombraba su credulidad y a veces le exasperaba tanta terminología idéntica, tanto sermón arengador creado claramente para inocular consignas que, a fuerza de repetirlas, no pudieran ser cuestionadas. Pero, en conjunto, admitía que las promesas de mejora siempre resultaban ilusionantes.

Aún no sabía tanto como creía Inessa. Tendría que estudiar mejor y más a fondo a los rusos, se dijo.

92

Chacales

La primera pista de la Bestia la trajo consigo Heinrich el viernes, 3 de enero. Llegó acalorado a casa de Mathilde con un fajo de papeles arrugados que él trataba de arrugar más con gesto furioso.

—*Schakale! Schakale!*[27]

—Cálmate, Heinrich, y habla en francés, que para eso tuviste una educación burguesa y tenemos una invitada que no entiende alemán.

—¡Ya han llegado, madre! Tenemos que prepararnos, porque están dispuestos a matarnos a todos.

Berlín había amanecido ese día alfombrado de folletos contra el nuevo Partido Comunista, contra los espartaquistas y contra todos y cada uno de sus líderes. La campaña se repetía machaconamente desde primera hora en las radios y en los diarios afines al Gobierno. Pero lo más preocupante eran unos carteles pegados a las puertas de la cancillería en los que podía leerse: «La patria está a punto de caer. ¡Sálvala! Está amenazada por el grupo espartaquista. ¡Mata a sus líderes! Así tendrás paz, trabajo y pan».

—Pero ¿quién ha escrito esa barbaridad?

—Lo firman algunos soldados que han vuelto del frente, yo sé quiénes son, esos *freikorps*...

—*Eine Krankheit möge euch reiten!*[28]

27. ¡Chacales!
28. ¡Que una enfermedad les lleve!

—Sí, madre, y, a ser posible, que la enfermedad sea dolorosa. Lo siento, señorita, no sé cómo se dice *freikorps* en francés.

—Los chacales... —intervino Mariela con una sonrisa triste.

—No, no significa eso... —Enseguida cayó en la cuenta de que la traducción de Mariela no era literal sino irónica—. Pero sí, gracias, señorita. En el fondo, son chacales carroñeros, lo ha dicho el mismo cancerbero Noske, que está reunido con los generales. Se acerca algo gordo y es posible que estén las dos en peligro, madre, tienen que huir en cuanto la situación se aclare un poco.

—¿Huir? No, hijo, no. Yo me quedo donde estés tú. Te he seguido por toda la guerra, no me voy a ir ahora porque cuatro perros hambrientos me ladren al oído.

—Es que hay más... Han destituido a Eichhorn.

—¿Y quién es ese?

—El presidente de la Policía. Se negó a cargar contra los que nos manifestábamos en Navidad y ahora le destituyen para provocarnos.

—*Heilen Kruzifix Sakrament Hallelujah!*[29]

—¡Y dale, madre, con sus juramentos...! Pues guárdese alguno, que me queda otra noticia.

—¿Otra? ¿Algo peor?

—No lo sé todavía... El caso es que, si la situación se agrava, me temo que no vamos a poder ayudar al pueblo. Hablo de nosotros, los soldados. Muchos están enfermos y no sabemos qué les pasa. Puede que sea un resfriado corriente, porque hay más frío y nieve de lo normal, pero algunos tienen tanta fiebre que no pueden ni ponerse en pie.

El radar de Mariela entró en funcionamiento.

—¿Resfriado y fiebre? Llévame con ellos, Heinrich, te lo ruego.

—No, señorita, imposible, de ninguna manera. No pueden ustedes salir de esta casa.

---

29. Literalmente, «¡santo sacramento del crucifijo, aleluya!», una antigua imprecación alemana.

—¡Heinrich, somos enfermeras, podemos ayudar! —gritó su madre.

—He dicho que no. Y, a falta de autoridad política y policial, yo soy aquí la autoridad militar. Tengo a dos hombres vigilando la puerta del edificio para que no entre nadie, pero también van a impedir que salga una sola alma. Así que jueguen ustedes a las cartas o hagan punto, que de aquí no se sale.

No sabía aquel joven oficial que lanzar desafíos a mi bisabuela era un craso error: producía exactamente el efecto contrario al pretendido.

No he conseguido averiguar cómo escapó Mariela de la casa de Mathilde sin que le cerraran el paso los soldados apostados por Heinrich. Puede que se descolgara por una ventana interior, puede que engatusara a los guardianes una vez se hubo ido el hijo de Lonny, incluso puede que forcejeara con ellos o los sedujera con sus ojos de distinto tamaño. No descarto nada porque la imagino capaz de todo.

Lo que sí sé con seguridad es que, una hora después de la conversación descrita, mi bisabuela caminaba eligiendo cuidadosamente las calles más desiertas para llegar hasta el cuartel que podía estar sirviendo de incubadora a la Bestia.

Berlín seguía siendo una olla espumeante. Las masas eran ríos de gente que circulaban en direcciones contrarias y a veces chocaban provocando cataratas. Una de esas mareas embistió a Mariela y la arrastró en el sentido opuesto a su marcha. Se desorientó. Trató de recuperar el rumbo, pero no lo consiguió. Estaba completamente perdida, hasta que se encontró frente a un portón de la *Friedrichstrasse* que le pareció familiar.

Eran las oficinas del nuevo partido y en ellas se congregaban varios de los dirigentes amenazados. Hablaban en francés, alemán, ruso, polaco y algo de inglés. Resultaba difícil captar tres palabras seguidas en aquella torre de Babel.

El recinto estaba envuelto en una atmósfera tupida. Sobre

los presentes flotaba una nube que a Mariela le pareció tangible y que estaba formada por el vaho que desprendían decenas de respiraciones aventadas por otros tantos cigarrillos humeantes, minúsculas gotas que planeaban suspendidas en el aire producto de discusiones acaloradas y voces, innumerables voces discordantes, desacompasadas y empecinadas en soliloquios que no tenían más destinatario que las lámparas de aquella sala abarrotada.

Liebknecht y otro camarada, Wilhelm Pieck, pedían a gritos la convocatoria de una gran manifestación, una demostración de fuerza que barriera definitivamente a Ebert. Ante ellos, una Rosa Luxemburgo congestionada y gesticulante les contradecía sin que se le oyera una sola palabra con claridad.

En medio de la algarabía, un hombre se levantó, se subió a una silla y se alzó por encima de los presentes. Barría al público con la vista, de un lado a otro, viéndolos a todos y sin fijarse en ninguno. Algo en él le resultó familiar a Mariela, pero no alcanzaba a distinguirlo nítidamente entre tanta algazara.

Entonces vio que, sin que nadie lo hubiera advertido, el hombre había empezado a hablar. Nadie calló porque nadie se dio cuenta, solo Mariela. Todos seguían aullando en su galimatías para sordos, pero él estaba hablando. Hablaba solo y, sin embargo, miraba al público. Se dirigía a ellos en voz baja, muy baja, inaudible, apagada... hasta que los vociferantes más cercanos lo notaron y fueron los primeros en callar. Después, su ejemplo empezó a correr como pólvora y el silencio se fue contagiando al resto de la audiencia. El hombre estaba hablando de forma tan imperceptible que, si ellos no dejaban de gritar, sería imposible oírle.

El orador continuó moviendo los labios, enfrascado en su discurso como si tuviera frente a sí a la concurrencia más entregada. Pero ni siquiera cuando se convirtió en una masa compacta de espectadores atentos, callados y con los cinco sentidos puestos en su persona, varió un ápice de actitud.

Mariela comprendió enseguida la estrategia y sonrió. Loable: su forma de captar la atención no consistía en gritar más alto que los vocingleros, sino al revés; al hablar con tono ronco y penetrante varios decibelios por debajo de los presentes, obligaba a estos a guardar silencio y a dejar en completo mutismo la sala si querían entender al menos una sílaba de lo que decía. Ahora sí se le oía con nitidez, el discurso estaba en marcha y sus oyentes, extasiados. No alteró en lo más mínimo el volumen ni la modulación de la charla. Lo que había cambiado gracias a ellos fue el auditorio. «Un excelente sistema para sosegar los nervios ajenos sin alterar los propios», pensó mi bisabuela.

Gracias a tan ingeniosa estrategia retórica, además, pudo al fin poner rostro conocido a esa voz grave que había logrado silenciar al recién nacido comunismo alemán: era la voz de Yakov Sverdlov.

93

Camarada Andrei

La sorpresa paralizó a Mariela y le impidió prestar atención a la primera parte del discurso de Sverdlov. Le oía, pero no le escuchaba. Aquel ruso vestido de negro había conseguido una vez más que su voz abismal y sus ojos dispares iluminaran el recinto con un aire extraño y sobrenatural que volvió a hipnotizarla.

Mi bisabuela regresó al planeta Tierra cuando habló de nuevo Rosa Luxemburgo, quien, gracias al camarada ruso, ya no necesitaba desgañitarse para que los suyos le prestaran atención.

Todavía no había llegado el momento, decía ella en francés, el idioma elegido en deferencia hacia los camaradas extranjeros; el movimiento revolucionario alemán aún no estaba preparado, ¿acaso no habían aprendido nada del ruso, que, como bien había explicado el querido camarada Sverdlov, solo triunfó cuando la inmensa mayoría de la población, incluido el ejército, se puso de su lado, a pesar de lo cual había sido inevitable la guerra civil? Agitar a las masas era una temeridad y posiblemente la mejor manera de provocar un baño de sangre. A cambio, la receta de Rosa consistía en emplear la única arma de la que dispone un obrero: su trabajo. La paralización de la producción y la consiguiente merma económica duele más a un Gobierno corrupto que las muchedumbres en las calles. Porque esas muchedumbres solo son una enorme diana a cuyo centro es muy fácil apuntar, mientras que la huelga es una demostración de fuerza y de unión de la masa proletaria.

—No, compañeros, no estamos preparados. La revolución debe aún madurar antes de que eche raíces y produzca frutos en Alemania. No podemos malgastar en salvas la poca pólvora de que disponemos —concluyó Rosa.

Sverdlov rozó ligeramente su hombro con una mano en un gesto de apoyo y cordialidad y volvió a hablar:

—La camarada Luxemburgo tiene razón. Nuestro consejo es que midáis cuidadosamente cada una de vuestras acciones... Las prisas pueden conducir a la derrota. Rusia siempre estará a vuestro lado, hoy y mañana.

Eso dijeron o eso creyó entender mi bisabuela. Y yo sé que no iban en absoluto desencaminados ni ella ni Sverdlov ni Rosa Luxemburgo, porque era cierto que Alemania no estaba preparada todavía ni los ánimos se mantenían lo suficientemente serenos para propiciar un cambio de régimen.

A los dos bandos les hacía falta mesura: no solo los *freikorps* irían armados a la manifestación que se debatía en aquella reunión, sino también los obreros manifestantes. Juntos, presagiaban la catástrofe.

Pero, por encima de todo, faltaba un partido consolidado y dirigentes juiciosos, dos elementos que solo se consiguen con tiempo, perseverancia y cordura. Justo lo que ya había logrado el comunismo ruso. Justo lo que ninguno de los dirigentes alemanes, excepto Rosa Luxemburgo, tenía.

Cuando Karl Radek la vio, la reconoció enseguida:

—Pero *Frau* Bona, ¿qué hace usted aquí? ¿Sola? ¿Se ha vuelto loca?

—Pues no le diría yo a usted que no, aunque al menos no tan loca como se ha vuelto todo Berlín. Me he perdido. Iba al cuartel de la Volksmarinedivision...

Radek rio abiertamente.

—¿A la Volksmarinedivision... un día como hoy? Se ha vuelto completamente loca, desde luego.

Una voz de trueno le interrumpió a su espalda con una simple orden:

—Ya, camarada Radek. —Este se volvió con un gesto de admiración y la voz de trueno siguió hablando—. ¿Me permites que salude a nuestra invitada extranjera?

Radek exclamó, pletórico:

—*Frau* Bona, es un placer para mí presentarle al camarada Andrei...

¿Andrei? No. Había un error.

—Pero usted no se llama Andrei, ¿no? Es Sverdlov, Yakov Sverdlov... si no recuerdo mal.

Su interlocutor sonrió:

—Compañero Radek, los circunloquios con la señora Bona son inútiles. Ella siempre dice lo que piensa. Y ahora mismo está pensando que le he mentido acerca de mi nombre, aunque aún no sabe si lo hice en París o si lo estoy haciendo ahora.

Radek también sonrió:

—Al ciudadano Sverdlov le llamaban camarada Andrei en la clandestinidad, cuando a los bolcheviques se nos perseguía, se nos encarcelaba y se nos fusilaba en la Rusia del zar... Todos teníamos nombres distintos, para despistar al enemigo.

—Ya ve. Si aún me llaman Andrei no es por falsear mi identidad, sino por... romanticismo revolucionario, digamos.

Mariela levantó la cabeza tal y como le había enseñado un cloché a hacerlo.

—Señores míos, créanme que las razones por las que ustedes se cambian de nombre como los burgueses se cambian de pajarita me traen sin cuidado. Yo tengo un trabajo que cumplir, debo encontrar la semilla de una enfermedad que puede volver a convertirse en epidemia y me temo que se está plantando ahora en la Volksmarinedivision. Así que les agradecería mucho que alguno de ustedes me ayudara, si no es mucha molestia interrumpir sus asambleas.

Sverdlov, maravillado, se dirigió a Radek:

—Te lo advertí: solo dice lo que piensa... y como lo piensa.

—Después se volvió a ella—. ¿Y en qué desea que la ayudemos, señora Bona?

—¿Podrían acompañarme a la Volksmarinedivision?

—¡De ninguna manera, qué insensatez! —Radek parecía enfadado—. Le diré lo que voy a hacer: voy a llevarla de vuelta al apartamento de *Frau* Jacob, lo quiera o no. No se le ha perdido nada entre los marinos.

Mariela estaba a punto de replicar airada cuando Sverdlov recordó la relación de íntima enemistad que la unía a la Bestia, tal y como ella se la había explicado en la calle Monsieur, y sospechó que, si disponía de indicios de su presencia en Berlín, muy posiblemente serían indicios reales. También intuía que no iba a ser fácil que aquella mujer cejara en su empeño, de forma que se adelantó a su respuesta e improvisó una solución:

—Disculpe la rudeza del camarada Radek, todos estamos alterados por la situación en Berlín. Le propongo algo, señora Bona. Yo mismo la acompañaré a la Volksmarinedivision mañana si sigue interesada en ir, pero antes, ahora mismo si lo desea, visitaremos el parque de Tiergarten. Por lo que me dijo hace un par de meses, sabe usted mucho de hierbas, así que le sugiero que echemos juntos un vistazo a las de ese lugar para que haga recolección de algunas que le puedan ayudar. Quién sabe... si tiene usted razón y ha regresado la *ispanka*, estará así más preparada para ayudar a sus amigos marinos cuando pase el peligro y pueda ir al cuartel, ¿no le parece?

Mariela asintió de mala gana, no eran esos sus planes. Sin embargo, como era terca pero también sensata, sabía que debía izar la bandera blanca en una batalla para poder ganar la guerra después. Además, había sinceridad en cada uno de los ojos distintos de Sverdlov y calma en sus palabras.

Así que aceptó su ofrecimiento.

94

La caricia interrumpida

Fue un paseo largo, muy largo.

Quizá se debió al aroma a azalea y haya, quizás al de las hierbas que encontró en el Tiergarten, quizás al de estiércol de animal, quizás al bramido remoto de las fieras enjauladas, quizás al recuerdo vago y lejano de una vida que ya no volvería a vivir... O quizá no se debiera a nada de todo eso, pero aquella tarde del 3 de enero de 1919, en un parque berlinés, Mariela mantuvo la conversación más extensa e íntima que jamás había mantenido con un hombre. A Yakov Sverdlov le contó con una sinceridad inusual, aún más profunda que la que consiguió desplegar ante él en París, lo que solo había contado a su amiga May Borden.

Le habló de su Moncayo, de las nieves perpetuas en las que había crecido y que eran tan blancas y puras como las nieves que ahora les rodeaban en el parque. Volvió a contarle, con muchos más detalles, de la primera oleada de gripe en la que conoció a la Bestia, de cómo y por qué tuvo que huir de su pueblo, del modo en que llegó a París, a la guerra, a Bélgica, a Alemania, al dolor, a la ignorancia...

Se sintió correspondida. El prohombre ruso también desplegó ante ella las páginas de su vida y algo le dijo que no solía hacerlo con frecuencia. Tal vez fuera la primera ocasión. Tal vez ella estaba siendo objeto de un honor que ignoraba.

Mariela viajó a los paisajes nevados de la Siberia de Dostoievski cuando el camarada Andrei narró cómo había comenzado a serlo: desde la adolescencia, al sufrir las injusticias de un régimen opresor que explotaba hasta la extenuación a sus hombres jóvenes y más tarde los enviaba a una guerra en la que nadie creía, las de un zar hedonista y megalómano empeñado en ir de caza mientras el pueblo se moría de hambre o en las trincheras, las de una familia imperial paranoica más preocupada por las predicciones de un aprovechado llamado Rasputín que en observar y subsanar lo que ocurría en las calles que nunca pisaban... Para rebelarse contra todo eso y contra mucho más, se convirtió en bolchevique. Y, por hacerlo, el régimen le mantuvo encarcelado durante casi toda su vida adulta.

Se aproximaron el uno al otro para hablar en voz baja, nunca se sabía dónde podía haber un oído indiscreto, pero así, gracias a los susurros que todo lo velaban de misterio, mi bisabuela logró imaginar a Yakov apresado, deportado y fugado de sus cárceles sucesivas. No en una ocasión, sino en decenas... una y otra vez, siguiendo el patrón del héroe irreductible que jamás se da por vencido ni se cree prisionero porque sabe que no hay guardianes suficientes para confinarle.

Pudo pintar en su cerebro aquellos presidios, que no estaban protegidos por rejas, sino por hielo y nieve. Pintó al Sverdlov clandestino y exiliado, apresado en parajes remotos a los que ni las lechuzas ni las musarañas siberianas se atrevían a llegar, custodiado por carceleros que sufrían la misma pena que él, rodeados todos de un desierto inabarcable de blancura y silencio.

—El peor castigo es el aislamiento, Mariela. Esa es la razón por la que, desde el momento en que ponía un pie en mi lugar de deportación, ya estaba imaginando cómo podría escapar de él.

Habían pasado suavemente y sin darse cuenta a la intimidad del tuteo.

—Lo entiendo. Yo no he sido encarcelada, pero sé cómo es esa soledad de la que hablas. Me he sentido sola en mi propio pueblo, con los míos, ante los que me vieron nacer. Y entonces yo también sentía la necesidad de escapar, ser libre y volar...

Sverdlov pareció titubear antes de preguntar:

—¿Y nadie te ha acompañado en tu camino...?

Su voz firme trataba de sonar casual. Habían paseado mirándose fijamente, a veces detenidos sin dar un paso, solo midiéndose con sus ojos hermanos. La pregunta llegó cuando los dos estaban erguidos e inmóviles bajo un roble centenario. Mi bisabuela no dudó al contestar. No sintió pudor, porque no se avergonzaba de nada.

—Me amó un buen hombre en España. Murió atropellado cuando aún me esperaba y cuando los dos todavía creíamos que volveríamos a vernos; no conservo de él más que tres besos y un libro de poemas. Después, en Wervik, cometí un error que duró más tiempo y más asaltos hasta que los dos perdimos el combate. No sé si algún día conoceré un tercer amor...

Callaron.

En medio del silencio, un organillo distante entonó una melodía que ella reconoció enseguida: era una balada que había oído en las recepciones de la calle Monsieur, una hermosa pieza dedicada a la Elise de la que al parecer estaba enamorado un huraño compositor llamado Ludwig van Beethoven.

Seguían mirándose en silencio, sabiéndose más cercanos de lo que se habían sentido con otros conocidos de más tiempo, hasta que Sverdlov lo rompió con una sonrisa:

—¿Bailas conmigo, camarada?

Lo preguntó en un impulso, sin darse cuenta de lo que hacía, porque ese hombre jamás, en su corta vida como ser humano libre, había bailado.

Curiosamente, Mariela tampoco... no había tenido tiempo de aprender. Sabía cuáles eran todas las funciones fisiológicas del cuerpo y para qué servía cada una de ellas. Sabía cómo curar sus heridas. Pero no sabía que la música, al igual que los libros, servía para algo más que como medicina del alma.

Y, sin embargo, ambos, sintiéndose activados por espíritus que no eran los suyos, avanzaron sin dudar los dos pasos que les separaban y ensamblaron los cuerpos y las manos como en un rompecabezas perfecto.

Giraron, giraron, giraron... Ya no sonaba el organillo, en el Tiergarten volvía a oírse únicamente el rumor de la copa del roble, pero ellos no lo sabían y seguían girando.

Cuando se detuvieron, él soltó la mano con la que la había dirigido en un baile torpe que quiso parecer un vals aun sin serlo, acarició el rostro de Mariela con el dorso de la suya y sostuvo la palma abierta bajo su mejilla.

El beso fue intenso, húmedo, perfumado, encendido, fresco, sereno... inevitable. Sintieron que era un beso acumulado durante siglos que debía unirles sin alternativa posible en ese momento exacto de sus vidas. No comenzó en los labios. El beso les nació a los dos en el estómago, les subió por la garganta y al final se les enredó en la boca tratando de escapar del laberinto de las entrañas. Fue un beso distinto a todos los besos que mi bisabuela había dado o recibido. Fue el beso de todos los besos.

Después llegó la caricia. También fue una, una sola, una caricia que recorrió el cuerpo entero de Mariela con un estremecimiento de ramas de roble a la brisa del invierno. Una sola caricia, tan larga y tan profunda que dejaba una estría a medida que ella se abría a su paso para allanarle el camino.

Hasta que, inesperada y bruscamente, se alejó de su piel el calor, la caricia se retiró y los dos se separaron.

—Discúlpame, Mariela, no puedo seguir... no puedo mentirte. Estoy casado, tengo tres hijos, dos de ellos con Klavdiya, mi segunda mujer y mi compañera de exilio y cárcel. No somos la pareja perfecta, pero los dos luchamos por una revolución a la que aún acechan muchos peligros. Ese debe ser mi único objetivo, afianzar la nueva Rusia. Me debo a mi pueblo. Lo siento, Mariela, lo siento tanto...

Se alejó de ella y perdió los ojos en el horizonte por el que ya anochecía.

Mariela no respondió, porque, aunque el corazón latía fuerte rebelándose en su pecho, la mente le dio la razón. No en vano tenían ojos hermanos con los que podían entenderse.

Sabía lo que estaba ocurriendo: los dos tenían una misión que cumplir. Él, salvar la Revolución. Ella, derrotar a un monstruo. Nada resultaría más conveniente a la Bestia que un beso de fuego y una caricia interrumpida para apartarla de su camino.

Miró a Sverdlov y sin palabras le agradeció la sinceridad, porque con ella la había devuelto a la realidad... a su realidad. Las hierbas que había acumulado en su bolsa de enfermera eran y debían ser todo su mundo.

Se separaron con una sonrisa triste y solo entonces se dieron cuenta de que la música que les había hecho girar se había detenido hacía mucho mucho tiempo.

Sverdlov no la acompañó al día siguiente al cuartel de la Volksmarinedivision, como le había prometido. Ni siquiera tuvo ocasión de despedirse de ella.

La noche en que regresaron del Tiergarten, Inessa había recibido un telegrama de Moscú. Alexandra Kollontai, ese pilar sobre el que se estaba asentando la segunda revolución soviética que era la revolución femenina, llevaba varios días enferma. Creían que era una afección pulmonar, pero, con el amanecer del nuevo año, su mal culminó en un desenlace preocupante: había sufrido un ataque al corazón y, por tanto, no estaba en disposición de poner en marcha el nuevo Jenotdel, el proyecto estrella del partido bolchevique para el año 1919. Se reclamaba la presencia urgente de Yakov Sverdlov y de Inessa Armand en el Kremlin. Debían partir sin dilación.

Cuando el camarada Andrei se alejó volando de su vida para siempre en el avión de la princesa Shajovskaya, Mariela advirtió que le debía un último agradecimiento.

En sus labios, ella había besado todos sus propios besos para siempre. Gracias a eso, ya sabía cómo era su tercer amor: imposible.

95

La risa de la Bestia

Las horas que siguieron fueron horas de mucho dolor para Mariela. Aún sentía sobre su carne la ruta marcada por las manos de Sverdlov, uno a uno sus dedos explorándola, dibujándola en un mapa de calor y deseo. Sentía los labios en incendio permanente, carnosos, afrutados y sedientos... Todo lo que sentía no quería sentirlo, quería olvidar, pero no podía. Y sufría.

Pero también pudo comprobar que las leyes del dolor son inapelables y una de ellas reza que solo otro dolor más intenso es capaz de atenuar el anterior.

Tras la partida de Sverdlov, el mayor de los dolores se instaló en Berlín. Mariela ya no solo sufría por el recuerdo de una caricia interrumpida. Sufría porque sufrían sus amigos, sufría porque sufría el pueblo alemán, sufría porque ella misma iba a padecer todo el sufrimiento de una ciudad sin ley ni legisladores y, sobre todo, sufría porque la Bestia, aprovechando tanta aflicción desatada, había decidido cebarse en las multitudes y regalarse en Berlín el banquete más opíparo.

El sábado, 4 de enero, al fin, se encontró de frente con ella.

Heinrich tenía razón, había gripe española en la Volksmarinedivision.

Consiguió llegar al cuartel de la forma más sencilla: la llevó el propio Heinrich, que acudió a casa de las Jacob el sábado por la mañana demacrado, pálido por las muchas horas sin descanso y todos los nervios de su organismo a flor de piel. Para evitar preocupar a su madre, no habló hasta que Lonny y Mathilde salieron con la cartilla de racionamiento para reunir los escasos víveres con los que cada día hacían el milagro de alimentarse.

—Le pido mil disculpas, señorita, por mi comportamiento de ayer, debí haberle hecho caso. Esta noche han muerto cuatro hombres y veinticinco están muy enfermos, no sé qué hacer. No encuentro médicos que quieran venir a atenderlos y yo solo entiendo del escorbuto que he visto en los barcos, pero me temo que esto no se previene con zumo de limón. Usted dijo que podía ayudarnos. Hágalo, por favor, señorita, hágalo...

No tenía que rogarle. Hacía mucho que Mariela se preparaba para una nueva batalla con esa malvada escurridiza que no dejaba de aparecer y desaparecer a su antojo solo para confundirla y cobrarse el mayor número de trofeos posible.

Antes de que Heinrich terminara de hablar, ya había cargado con su maletín y estaba esperándole en la puerta.

Los marinos corpulentos y musculosos que tanto y con tanta fuerza resistieron en Kiel, los que habían tomado las calles de Berlín ofreciendo sus pechos a las balas de la contrarrevolución, los que tomaron la cancillería para exigir un salario justo... esos mismos marinos yacían en los camastros del cuartel sin fuerzas ni para levantar la vista cuando mi bisabuela llegó.

Creyó que nunca volvería a olerla, pero se equivocaba. Ahora sus miasmas insoportables se mezclaban con los del miedo, un miedo paralizante a que, con la vida, también se les escurriera entre los dedos la revolución por la que luchaban aquellos jóvenes soldados. Los que quedaban en pie tenían miedo y también lo tenían los enfermos, desconcertados ante el envite de un enemigo que no esperaban y contra el que no sabían luchar. Eran capaces de hacer frente a Ebert, sabían aullar más alto y golpear más duro que los chacales, sabían cómo debían comportarse en un cuerpo a cuerpo con los *freikorps*... pero ¿cómo se combatía un mal que llegaba silencioso y saltaba veloz de uno a otro dejando un rastro de terreno estéril sin que siquiera pudiera ser visto? ¿Qué clase de enemigo del infierno era aquel?

—No lo sé, Heinrich, no sé qué es ni cómo se combate, pero sí puedo decirte que llevo haciéndolo desde el año pasado de todas las maneras que he encontrado y se me han ocurrido. Conocí a esta influenza en España, allí se llevó a gente muy querida para mí, y te juro que no descansaré hasta aplastarla.

Posiblemente Mariela no hablaba con Heinrich, sino consigo misma en voz alta. Pero el oficial, que no lo sabía, contestó:

—Haga lo que haga, señorita, lo agradeceremos de todo corazón. Esto da más miedo que las balas.

Sonrió. Era una buena definición. Heinrich había acertado, porque ninguna bala acabaría con la enfermedad, no era esa la munición adecuada. Solo que, mientras la encontraban, la Bestia, sabiéndose indestructible, se divertía saboreando la sangre de sus víctimas.

Mariela no solo había aspirado su fetidez, sino que también había oído su risa en el mismo instante en que traspasó las puertas del cuartel de la Volksmarinedivision.

Christian era un joven cadete con el gesto osado y los ojos puros de la juventud, y también con los brazos más singulares que Mariela había visto jamás. Trató de compararlos en tamaño con los suyos, pero no pudo, porque ella solo tenía dos y cada uno de Christian equivalía a cuatro juntos. Sin embargo, aquel Sansón ocultaba el rostro con uno de sus brazos pétreos... y lloraba.

Heinrich le dio un empujoncito amistoso:

—Vamos, cadete, repóngase, que he traído a una enfermera que va a ayudarnos. Hable en francés con ella y por favor traduzca lo que tenga que decirle a los enfermos.

Acababa de morir el quinto compañero, les contó. Aún no habían podido limpiar su vómito. Mariela observó el cuerpo, tan ennegrecido y abultado como el de Apollinaire. El poeta, Yvonne, la pesadilla de Brest, incluso Pepe atropellado y Dieter calcinado... todos juntos desfilaron por su mente junto al marino desconocido e inerte de aquel cuartel. ¿Es que nunca acabaría? ¿Era su sino incorporar cadáveres nuevos allí donde iba para engrosar la siniestra comitiva de la Bestia...?

—Solo tengo aspirinas, señorita, y ya les he dado un buen puñado. Cada tres horas, cuantas más mejor —le explicaba Christian, ufano por su iniciativa—. Dicen que la aspirina es muy buena y que sirve para curarlo todo. La hacen en mi ciudad, en Barmen, mi padre trabaja en el laboratorio y me ha contado eso, que lo cura todo...

—También lo decían en España, pero, con mis respetos por tu padre, muchacho, me temo que no es verdad. De hecho, he comprobado que, cuantas más cantidades de aspirina se les da a los enfermos de esta gripe, más sangran y muchos mueren de hemorragias. Así que no se te ocurra volver a dar aspirinas a ninguno de ellos. A partir de ahora, solo les das lo que te diga yo, ¿estamos?

Christian enrojeció y los ojos se le volvieron vidriosos. Mariela se arrepintió de la dureza de su tono, pero no era momento para la ternura ni para demasiadas disculpas.

Ofreció las justas:

—No se preocupe, usted no tenía por qué saberlo. Pero ahora que sí lo sabe, venga, a trabajar.

No era fácil cumplir su propia orden porque hacía tiempo que se le habían terminado las botellitas de Aceite de Haarlem. Y el parque de Tiergarten tampoco era el Moncayo. De hecho, estaba empezando a convencerse de que el Moncayo era único en el mundo. No obstante, encontró algunos tesoros durante su expedición junto a Sverdlov el día anterior, aunque el solo recuerdo de aquel paseo le abría una sima de vértigo en su interior.

Sobre la mesa donde habitualmente los marinos desayunaban desplegó su botiquín. Pidió lo que no llevaba: recipientes, toallas, paños, agua caliente, agua fría... Y sacó lo que siempre iba con ella: mascarillas, filtros, antisépticos, matraces, jeringuillas y plantas, muchas plantas, todas las que cabían en su mochila de enfermera.

Ya tenía el arsenal preparado y dos ayudantes grandes como montañas convertidos en frágiles puñados de lágrimas, dispuestos a someterse a todas y cada una de las órdenes de aquella española menuda y severa que, en ese momento trágico, era para ellos un grandísimo ángel blanco de salvación.

Fue duro. Aún murió otro marino más, pero, cuando el sábado finalizaba y ya la noche cubría Berlín, los que aún no se habían contagiado parecían libres de la infección y los veintitrés que quedaban enfermos presentaban señales de ligera mejoría. La piel de algunos incluso comenzaba a recuperar el color, otros habían dejado de sangrar, la mayoría pedía agua y la bebía por sus propios medios.

Pasó la noche junto a ellos, velando su sueño, escrutando su respiración y examinando la coloración de sus rostros.

A las ocho de la mañana del domingo se le acercó Heinrich.

—Señorita, no sé cómo darle las gracias, nos ha salvado la vida...

—No, amigo, no lo he hecho, aún no sé cómo van a evolucionar los que han caído ni si va a haber más contagios. Es necesario seguir vigilando.

—Claro que sí, pero...

—¿Pero qué, Heinrich?

—Debo irme.

—¿Irte? ¿Adónde?

—A la manifestación. Vamos a salir a las calles por lo de Eichhorn.

—¡Pero eso es una locura, no podéis hacerlo...! Puede que llevéis el germen, el virus o lo que sea, aunque aún no tengáis síntomas. ¡La gripe se va a extender sin control si salís!

Heinrich titubeó.

—Lo siento, señorita. La revolución es más importante que la vida. Tenemos que luchar por ella.

Y salió, seguido por sus hombres y antes de que pudiera impedírselo.

Mariela quedó sola, atónita y muda en un cuartel desierto en el que solo podían oírse los gemidos de veintitrés marinos enfermos y la risa de la Bestia.

96

Triple naufragio

El domingo 5 de enero, los Reyes Magos se disponían a viajar a España, pero se olvidaron de Alemania. El único regalo que recibió el país fue más frío, más niebla, más odio y más dolor.

Ese domingo, en Múnich nacía un partido nuevo cocinado al vapor etílico de las cervecerías bávaras y de las facciones más racistas de los *freikorps* que las frecuentaban. Ese domingo, en el corazón de Baviera se oyeron prédicas sobre la pureza de la raza para alimentar el orgullo patrio que decían haber perdido en la guerra. Ese domingo, se vieron por primera vez las esvásticas (que durante miles de años habían simbolizado la buena suerte) convertidas en emblemas de la superioridad de los arios. Ese domingo 5 de enero, el embrión del nazismo, ya fecundado, comenzó a crecer en el útero caliente de una Alemania dividida.

Y también ese mismo domingo, desde muy temprano, miles de personas de signo e ideología contrarios a los de los *freikorps* comenzaron a marchar por Berlín desde los suburbios hacia el centro, a lo largo de la Unter den Linden y hasta la Alexanderplatz, donde se encontraba la jefatura de policía, para pedir a gritos y a tiros la revolución.

Eran trabajadores, aunque llevaban fusiles y ametralladoras, y con ellos ocuparon los periódicos y las emisoras de radio. Para sumarse a las fuerzas del orden público aún reacias a la causa revolucionaria, portaban pancartas en las que se leía: «¡HERMANOS, NO DISPARÉIS!».

Eran muchos, eran fuertes, iban armados y estaban dispuestos a todo. Solo esperaban una orden de los líderes del Partido Comunista. Pero Sverdlov, su mente lúcida y su habilidad para serenar los ánimos desbocados ya no estaba allí. Los camaradas que quedaban en la sede del partido estaban encerrados, perdidos en deliberaciones interminables sobre cómo actuar ante la riada de apoyos que recibían sin esperarlos. Y, como siempre, no se ponían de acuerdo. De modo que la orden no llegó.

Las masas volvieron a salir al día siguiente, el lunes 6. Asaltaron algunos edificios públicos y sitiaron la cancillería, aunque no se atrevieron a entrar en ella sin un plan estratégico ni instrucciones precisas del comité revolucionario. Los dirigentes, sin embargo, seguían ausentes. Y divididos, por supuesto.

De esa forma, poco a poco, la llama se extinguió. La manifestación proletaria más multitudinaria de la historia alemana se disolvió sin que sus integrantes supieran lo que había ocurrido en esos dos días... ni si había ocurrido algo realmente.

A partir de ese momento, la revolución comenzó a languidecer y la contrarrevolución, a fortalecerse. Ebert simuló ofrecer una mano a los comunistas y anunció su disposición al diálogo, mientras tendía realmente la otra a los reforzados y exultantes *freikorps*, a los que dio órdenes precisas de reducir a todo rebelde que anduviera sobre dos pies por las calles de Berlín.

Cuando los revolucionarios advirtieron la maniobra del canciller, suspendieron las negociaciones y entonces sí, entonces llamaron a la huelga general, como pedía Rosa Luxemburgo desde el principio. Pero ya era tarde. Ellos se habían ahogado en sus propias disensiones y los enemigos husmeaban tras su rastro.

Había comenzado la cacería.

Desde que vio salir a Heinrich y a sus hombres del cuartel, Mariela se dejó dominar durante un tiempo por algo absolutamente desconocido para ella: la parálisis. Por una parte, temía por sus amigos, muchos encerrados en las oficinas del partido y ajenos a la calle. Por otra, disentía de ellos por los mismos motivos por los que se opuso a la guerra: porque la violencia solo engendra violencia y de esa espiral nadie sale vencedor.

Daba la razón a Rosa en que la revolución debía hacerse desde las fábricas y con los brazos cruzados, no en las calles y con metralletas. Pero ella, por una razón adicional: con los trabajadores encerrados en sus casas en lugar de apiñados en el exterior, se reducía el peligro de expansión de la Bestia, algo que pocos querían oír de sus labios y nadie parecía comprender. Ni el Gobierno ni los espartaquistas, todos empeñados en aniquilarse con fuego y azufre; ni los revolucionarios, saliendo en masa temerariamente cargados de armas; ni el ministro Noske, apoyando y alentando, pese a llamarse socialdemócrata, a esas milicias protofascistas sin saber, o quizá sabiéndolo pero sin importarle, que las gotas de nitroglicerina con las que estaba regando el suelo de Berlín harían que el mundo estallase veinte años después.

La Volksmarinedivision, decepcionada con la falta de liderazgo y la pasividad del nuevo partido, decidió que era más sensato hacer caso a la enfermera española que a los dirigentes comunistas, dejó de apoyar a los insurrectos y se retiró de las calles, pero el mal ya estaba hecho, y la Bestia campaba por toda la ciudad tiñéndola de azul, apestándola con su olor y ensordeciéndola con el sonido abominable de sus carcajadas.

Llegó la segunda semana de enero y mi bisabuela, que contemplaba agotada el triple naufragio de la revolución, de la Bestia y de su corazón, solo podía callar y observar. Le atormentaba el padecimiento de quienes tan bien la habían tratado y tanto la habían protegido. Algunos ya no estaban y, como Radek, se habían escondido en la clandestinidad. Otros procuraron extremar la prudencia mientras oían los ladridos nítidos y cercanos, y buscaron refugios más o menos seguros en casas de amigos y camaradas.

La cancillería, por el contrario, se robustecía. Fue desalojando a los revolucionarios de los edificios que habían tomado hasta llegar a uno emblemático, la redacción del periódico *Vorwärts*,[30] órgano oficial de los socialdemócratas, al que decidió limpiar de sublevados a cañonazos. Los revolucionarios quisieron negociar y formaron una delegación, pero fue apresada. Uno de sus integrantes regresó al partido para transmitir las condiciones de Ebert y los otros siete fueron torturados y fusilados para escarmiento general. Trescientos terminaron detenidos.

Aun así, no era suficiente. El canciller sabía que debía estrangular la revolución con contundencia para que de ella no quedara ni el recuerdo, de forma que soltó a los chacales que quedaban en las cloacas para que la matanza fuera total.

Cayeron miles de personas más al mismo tiempo, pero de gripe española, aun cuando eso no parecía inquietar a ninguno. Era algo que ya había vivido Mariela: si los intereses de la guerra o de la revolución estaban en juego, nadie quería reconocer que el enemigo más temible y común a todos, comunistas y socialdemócratas, revolucionarios y ultranacionalistas, era una simple enfermedad, aunque se tratara de un asesino más devastador que los machetes y la metralla.

Una y otra vez, la bacteria o lo que quiera que fuese aquel monstruo se mantenía en la minúscula oscuridad de la historia para que sus adalides pudieran escribirla en gigantescas letras mayúsculas.

Morir en la cama seguía sin ser épico. La gripe no hacía héroes, se repitió mi bisabuela, y tampoco revolucionarios. Solo hacía muertos.

30. Adelante.

Una estampa conocida

Únicamente a Lonny, a Mariela y a algún facultativo de los pocos que quedaban en Alemania les desvelaba la Bestia.

Mientras los revolucionarios eran perseguidos y acosados por la suya, mi bisabuela y la madre de Heinrich, ya informada, dedicaron sus esfuerzos a atender a los que enfermaban y llegaban al hospital universitario de la Charité. Nadie preguntó a ninguna de las dos quiénes eran ni por qué estaban allí. Les bastó ver sus uniformes para franquearles la entrada, sin restricciones. Cada mano, cada ayuda, cada sonrisa, cada aliento... todo era necesario mientras Berlín se vestía de azul y después moría.

Las habitaciones y corredores del Charité eran la imagen misma de la desolación: cientos de pacientes yacían atados con correas a las camas, lo que evitaba que se lesionaran con los espasmos que provocaba la gripe; algunos morían dejando que sus miembros colgaran en extrañas posturas tratando de escapar de las ataduras, y las enfermeras se deslizaban entre enfermos y cadáveres vencidas por la impotencia y el cansancio. Era la estampa conocida del paso de la Bestia.

Lonny explicó a Mariela que una de las pocas cosas buenas que hizo Bismarck fue crear una especie de seguro médico universal, aunque nunca pudo llegar a ser verdaderamente universal. En las grandes ciudades, en cambio, sí se administraban tratamientos y se pagaban prestaciones por enfermedad con financiación estatal, una iniciativa que otros países ya estaban empezando a imitar. Sin embargo, al igual que en España, no había una política nacional sanitaria definida y vinculante. Los médicos atendían en consultas privadas o colaboraban con instituciones benéficas, y las enfermeras, casi todas religiosas y con poca preparación médica, tomaron un relevo no siempre acertado. A toda esta descoordinación se unió la guerra: muchos médicos y enfermeras tuvieron que ir al frente, algunos murieron, otros no habían retornado aún en enero de 1919 y un buen número lo hizo con la enfermedad a cuestas.

El tipo de campo enfangado y confuso preferido por la gripe para clavar su bandera, que ondeaba enhiesta en aquel Berlín electrizado.

—Gracias por estar aquí, gracias, de verdad, gracias...

Se deshacía en gratitud un joven médico cuyas ojeras le habían empequeñecido tanto los ojos que parecía no tenerlos. Se llamaba Emil Künz.

—Llevo tiempo diciendo que la sanidad en Alemania necesita una reforma profunda, pero nadie me escucha. Primero vino la guerra y solo había fondos para armamento. Llegó la gripe y solo había fondos para la guerra. Se fue la gripe y ha regresado, pero ahora solo hay fondos para acabar con la revolución. No sé si algún día alguien decidirá que hay que destinar fondos a salvar vidas, no a acabar con ellas.

Congeniaron, era exactamente lo que pensaban los tres, pero no encontraron mucho tiempo para ahondar en el asunto porque llegaba una nueva remesa de enfermos y no había camas para ellos.

Mariela aplicaba las hierbas del Tiergarten como podía, ayudada por los medios materiales y humanos del Charité. El primer día que la vio trabajar, Emil se interesó por sus remedios, casi todos de color verde.

—¿Dónde estudiaste todo esto?

—Estudié en la escuela Santa Isabel de Hungría de Madrid, pero no fue ahí donde aprendí a hacer estos mejunjes.

—Ah, caramba, y entonces... ¿de dónde los sacas?

—No sé explicar de dónde exactamente. Solo sé que a las mujeres de mi pueblo, que está en unas montañas del norte de España, nos enseñan a usarlos desde que nacemos. Hay tantas plantas en mi tierra... Por desgracia, no las domino todas, pero utilizo las que conozco y algunas las mezclo inventándome recetas.

—Pues parece que hacen milagros con la gripe, enhorabuena —la felicitó el doctor Künz.

—Las usé en la primera oleada de la influenza, que atacó duro a mi país la pasada primavera, y funcionó bastante bien. Desde entonces, no he conseguido repetir el suero, por más que me empeñe.

—¿No encontraste hierbas suficientes en Francia ni en Bélgica?

—Suficientes sí, pero no adecuadas. Y tampoco aquí, en el Tiergarten.

—Así que has buscado en el parque...

Allí estaba, de nuevo la sima y el vértigo siempre que recordaba el roble, un beso y una caricia inacabada.

Se sobrepuso.

—Hay en él tesoros que no imagináis, pero no he encontrado todavía ninguno que sirva tanto y tan bien como los que tiene mi Moncayo. —Sonrió hacia Lonny—. Perdona, *Freundin*, no es nacionalismo patriotero, como decís vosotros, sino pura práctica objetiva. Yo estoy de acuerdo en lo del internacionalismo, que conste...

Intervino el médico:

—Bajemos la voz, compañeras. Creo entender que vosotras también...

—¿Que también somos revolucionarias? ¡Por supuesto, doctor! —Lonny contestó con orgullo y rabia a partes iguales, y después miró con socarronería a Mariela—. Al menos, yo... mi amiga es más difícil de convencer.

—¿Y sabéis algo de los camaradas? Yo prácticamente vivo en el hospital, aislado de todo, pero no nos llegan buenas noticias.

Malas, muy malas eran las que llegaban, en efecto. Lonny, informada de cada detalle gracias a su hijo, comenzó a relatarlas en voz tan queda que los tres se vieron obligados a juntar las cabezas para seguir la conversación.

Tras el bombardeo del *Vorwärts*, Ebert derribó las oficinas del partido en la Friedrichstrasse. Leo Jogiches fue detenido pero, antes de que se lo llevaran, mandó aviso a Rosa y al resto de la directiva, aconsejándoles que huyeran a Fráncfort. Luxemburgo y Liebknecht se negaron. Por el contrario, permanecieron en Berlín y el sábado 11 de enero, dos días antes de la charla que los tres mantenían en la sala de descanso del Charité, Rosa y Karl se reunieron en un escondite cercano a la puerta de Halle. Sin embargo, alguien volvió a dar la voz de alarma.

—Ahí tampoco estaban seguros, así que me han contado que se han instalado en otro sitio, la casa de una familia obrera de Neukölln, creo... —concluyó Lonny.

—Bien hecho —interrumpió el doctor Künz—. Los cerdos no se atreverán a entrar en ese barrio.

—Eso espero —replicó la mujer—, sabe Dios que ese es mi deseo y que toda esta locura pase pronto...

Pero las esperanzas en tiempos difíciles son volátiles y efímeras. Ya lo sabían y, aun así, no tardaron en corroborarlo. Por enésima vez.

98

La Manada

Lonny y Mariela salían del hospital para tratar de dormir un par de horas en la casa de Mathilde cuando oyeron un ruido entre los cubos metálicos de desechos en el patio trasero del edificio.

Tenían miedo, quién no, en aquellos días oscuros. Con todo, era más fuerte su vocación de ayudar. Podía ser un enfermo de gripe, otro más, que no tenía fuerzas para llegar a la puerta principal. Corrieron hacia el lugar de donde provenían los ruidos.

Encontraron a una mujer de mediana edad, con los labios partidos, las encías abiertas, los ojos convertidos en un amasijo negro y la falda ensangrentada desde la ingle al tobillo.

Lonny se abalanzó sobre ella con los brazos abiertos y su mejor repertorio de exclamaciones religiosas.

—*Herrgottsblechle!*[31] Pero ¿qué le ha ocurrido, alma pura de Dios, quién la ha atacado? Ay, Padre de todos los santos del cielo... venga, venga con nosotras dentro y la curaremos.

Mariela ya podía comprender suficiente alemán para entender más de tres cuartos de lo que se dijera. Además, las interjecciones ante la desgracia, dichas en cualquier idioma, no necesitan traducción.

—¡No, no! ¡Al hospital, no! Pueden estar ellos esperándome...

31. Una expresión equivalente a «¡por el santo cáliz de Cristo!».

—¿Quiénes son ellos? ¿Los que le han hecho esto...?

—No puedo hablar, solo necesito un poco de agua... por favor, no me hagan hablar.

Las dos comprendieron. Lonny susurró mientras le acariciaba el pelo.

—Sabemos quiénes son ellos, querida. No se preocupe, no tema. Estamos con usted. Nosotras somos...

No se atrevía a terminar, pero Mariela supo qué palabra lograría la confianza de la mujer herida. Era una de las primeras que había aprendido en alemán. Así que fue ella quien la pronunció:

—*Kameraden*[32]...

Los ojos de la desconocida primero se abrieron de par en par, después se rompieron en llanto. Dudó, pero necesitaba el desahogo y aquellas enfermeras no parecían cómplices de sus verdugos, de forma que, al fin, narró su odisea entre lágrimas y frases inconexas.

Se llamaba Hannelore y era el enlace entre los líderes comunistas huidos y el periódico del partido, *Die Rote Fahne*,[33] al que entregaba los artículos que, desde sus refugios, escribían cada día para mantener elevado el ánimo de los seguidores que vivían y sufrían la represión. Acababa de entregar uno de Liebknecht en la redacción cuando la interceptó una cuadrilla de cazadores, como se llamaban a sí mismos.

—Los malnacidos de los *freikorps*...

—Esos mismos, sí. Me confundieron con Rosa Luxemburgo.

Lonny y Mariela la miraron con detenimiento, a pesar de que había anochecido. Efectivamente, aquella mujer se parecía mucho a la Rosa que ellas conocían, incluso en el pelo encanecido y la pequeña estatura.

—Me detuvieron, me llevaron a su guarida y estuvieron una hora amenazándome y pegándome. Intentaban que les dijera dónde se escondía Liebknecht, porque parece que hay

32. Camaradas.
33. Las Banderas Rojas.

una recompensa muy alta por los dos y prefieren capturarlos juntos. La recompensa no es por sus vidas, sino por sus cadáveres. Quieren matarlos, por eso han estado a punto de acabar conmigo... tenemos que avisarles inmediatamente.

La mujer tenía razón: buscaban a Karl y a Rosa para eliminarlos de un solo tiro, y era imprescindible que ambos lo supieran cuanto antes; debían separarse, no podían estar al mismo tiempo en el mismo lugar. Si no eran capaces de entregar los dos cuerpos para cobrar la recompensa, tal vez no matasen a ninguno.

—Después llegó alguien, un soldado... les gritó: «Imbéciles, esta no es, ¿no habéis visto mil veces a la puta?, esta no es la rosa roja, animales...».

—¿Y la soltaron?

—No, pude huir en un descuido, no me dejaban ir... Seguían golpeándome, pero...

—Hubo algo más, ¿verdad? —Mariela lo sabía—. Puede usted contarlo, somos amigas.

—Lo hubo, sí... Pero me avergüenza tanto, me siento tan sucia...

—No hace falta que siga, ya lo imaginamos. —Ambas le tomaron las manos.

—Lo que me da más vergüenza es que no me resistí, no lo hice... tenía miedo. Me quedé muy quieta y me dejé hacer. —Tenía la mirada perdida mientras recordaba—. «Disfrutas, perra, ¿verdad que disfrutas?», decían, «mírala, nunca había gozado tanto», se reían... Me dejé... Estoy sucia...

—Hizo lo que debía hacer, dejarse, gracias a eso ahora está aquí y está viva —saltó Mariela—. Solo le han violado el cuerpo, amiga, no el alma.

—Ni siquiera grité... ¿Qué va a decir mi marido, Dios mío...? ¿Y qué va a decir el partido...?

Seguramente, su marido y el partido dirían lo mismo que estaba diciendo ella... lo mismo que dijeron ellos.

Aún faltaba una revolución más, pensó con tristeza Mariela. También Lonny, que apretaba los puños con fuerza. Pero no contestaron porque no habrían podido hacerlo; nin-

guna de las dos sabía cómo aliviar tanto dolor y tanta humillación.

Sí, tenía razón aquella rusa de la que le hablaron: era necesario hacer la revolución a la revolución.

La llevaron a escondidas a uno de los baños del hospital y
la lavaron como pudieron. Mariela abrió su bolsa y le dio
unas hierbas.

—Tome, mastique estas hojas ahora y las próximas tres
noches haga una infusión bien cargada con estas otras que le
doy. Seguro que no ha habido consecuencias indeseadas, pero
por si acaso... será mejor que haga lo que le digo.

Lonny también era práctica:

—Y los salvajes ¿cómo eran? ¿Recuerda algo de ellos? Sería bueno saberlo para reconocerlos, por si ayuda.

—Recuerdo que todos llevaban barba, la misma barba,
idéntica y recortada como si hubieran usado una plantilla...

—Buen dato. He visto a muchos con bigote, pero con barba, menos.

—Tengo una información más, quizá pueda servir. Algunos *freikorps* se agrupan en patrullas y suelen ponerse nombres para reconocerse entre ellos. Sé cómo se llama la que me
ha detenido a mí.

—La que la ha detenido, la ha golpeado y la ha violado...
no se avergüence de contarlo —corrigió Mariela.

—Sí, tiene razón, todo eso. Sé cómo se llaman...

Cuando lo dijo, entendió perfectamente el nombre y no
pudo evitar un estremecimiento:

—*Die Herde.*[34]

Chacales. Bandas organizadas de chacales con los colmillos afilados: el nombre estaba bien elegido. Eran una recua,
una piara de carroñeros.

Una auténtica manada.

34. La Manada.

99

Fui, soy y seré

Mariela tuvo que hacerlo. Fue un impulso.

Para mi bisabuela, no había principio tan alto o tan valioso que mereciera el sacrificio de vidas humanas, por eso ella había elegido una profesión que las salvaba. Lo creyó mientras el Rugido aullaba, lo creyó cuando ayudó a desertar a Jimmy, lo creyó mientras luchaba con uñas y dientes contra la Bestia y lo creía ahora que la revolución se hundía. Lo creería siempre.

De modo que lo hizo: llamó por teléfono a la casa de Neukölln donde estaba escondida Rosa Luxemburgo y la alertó de lo que Hannelore les había contado en el hospital; le dijo que Liebknecht y ella debían abandonar el lugar que les albergaba y buscar otros más seguros, sobre todo diferentes entre sí. Quienes trataban de matarlos querían hacerlo en pareja porque así, juntos, eran presas de caza mejor pagadas.

Mariela lo explicó como pudo, en francés, en inglés y también en el alemán rudimentario con el que ya se manejaba. Quería convencerla y no encontraba idioma que lo consiguiera. Al final, algo sí logró. Rosa le prometió que saldría de Neukölln y buscaría otro cobijo, aunque tenía un ruego para ella a cambio.

Acababa de escribir un artículo importante, aún tenía mucho que decir a los camaradas, a todos los revolucionarios que se batían en las calles, y muy poco tiempo para contarlo. No sabía cuánto iba a durar su vida de fugitiva. Estaba acostumbrada, en realidad; pocos años de los vividos los había pasado a la luz del día. Pero lo que jamás había dejado de hacer era escribir. Había tanto que explicar... Sin embargo, ahora que ya habían descubierto a Hannelore y sabían quién era, no tenían a nadie de confianza que llevara sus escritos a *Die Rote Fahne*.

¿Querría ella, Mariela, servirles de correo?

Mi bisabuela salió de la casa de Wanda Marcusson, en el número 53 de la Mannheimer Strasse, con una náusea irreprimible que le oprimía el esternón.

Fue una Rosa hundida, aún más pequeña y frágil de lo que era solo una semana antes, y, sin embargo, más fuerte y resuelta que nunca, quien le entregó un sobre cerrado con varias cuartillas en su interior.

—Gracias, amiga querida. Nunca olvidaré lo que está haciendo por nosotros, pero recuerde: no se arriesgue. Es preferible que el artículo se pierda a que usted pierda la vida. Ya habrá tiempo para escribir muchos más.

La abrazó.

También lo hizo Karl Liebknecht, que estaba con ella. Pese a los ruegos de Mariela, no había querido abandonar a Rosa. Tuvieron diferencias sobre el manejo de las masas cuando parecía que la revolución triunfaba, pero ahora que agonizaba no olvidaban que eran, por encima de todo, camaradas. Allí, en el domicilio de los Marcusson, aguardarían juntos lo que tuviera que sucederles.

La náusea no amainaba. Iba envolviendo una a una sus vísceras, mientras caminaba por Schöneberg, camino del cine Tauentzien-Palast. Le habían indicado que no debía llevar el artículo de Rosa directamente al periódico, sino entregarlo a un buen revolucionario y galerista de arte que se encargaría de hacerlo llegar a la redacción. Pasaría desapercibida en el barrio porque a nadie le extrañaría verla de nuevo en los alrededores del Tiergarten, que se había convertido en su segunda casa.

La galería estaba al lado del gran cinematógrafo y a aquella hora del miércoles 15 de enero habría espectadores comprando entradas en largas colas, como hacían cada día para dejarse seducir por los ojos soñadores de Asta Nielsen y olvidar, al menos durante una tarde, la dura realidad. Buenos motivos para que nadie se fijara en Mariela, que bien podía pasar por una cinéfila más, devota de la Nielsen.

Con el fin de completar su intención de resultar invisible, decidió no vestir el uniforme, de modo que se caló su imprescindible cloché azul, levantó la cabeza tan alto como pudo y enfiló la Nürnberger Strasse con resolución.

Sabía que no debía, pero mientras caminaba abrió el sobre y leyó el titular y algunas líneas del artículo de Rosa Luxemburgo. A pesar de que no lo entendió en su totalidad, memorizó frases completas que después logró traducir y que ya jamás olvidó.

Die Ordnung herrscht in Berlin[35] era la que encabezaba el texto. En él hablaba de la Varsovia de 1831, de la Comuna de París, del Berlín de Ebert y Noske. Hablaba de «la borrachera de victoria de la jauría» que quiere imponer orden, su orden... También derrochaba honestidad al cuestionar a los suyos, hablaba de tibieza, de indecisión, de debilidad interna, de inmadurez de la situación, de vacilaciones, de la timidez de la cúpula... «La dirección ha fracasado», se lamentaba. Pero auguraba que «del tronco de esta derrota florecerá la victoria futura». «La revolución —escribía—, proclamará, para terror vuestro, entre sonido de trompetas: ¡fui, soy y seré!».

Decididamente, mi bisabuela nunca olvidaría aquel artículo de Rosa Luxemburgo. Y Alemania, tampoco.

35. El orden reina en Berlín.

100

Amiga Elis

Józef Kowalczyk era un polaco culto y refinado que irradiaba serenidad; tal vez fue por eso por lo que, cuando Mariela entró en su galería, sintió que se le aplacaba levemente la náusea. Era el efecto analgésico de la sabiduría, el mismo que le producía leer a Antonio Machado o a Rosalía de Castro.

De las paredes colgaban cuadros, casi tantos y de estilos muy similares a los que vio en la casa parisina de Gertrude Stein. De las de Kowalczyk también colgaba belleza y eso era lo que su espíritu, en aquellos momentos de intensa fealdad, necesitaba percibir. Grandeza y sensibilidad de óleos y aguafuertes, en lugar de la bajeza y el escarnio de las calles y de los corazones. Eso encontró en la galería del polaco.

Hubo algo, sin embargo, que no esperaba encontrar allí: a sí misma.

Quedó paralizada, sin respiración. Allí, en una de las paredes, estaba mi bisabuela con los brazos en alto, colocándose en la cabeza un cloché azul índigo con cinta celeste y mirando con ojos de acuarela a su retratista. Era el cuadro que había pintado Otto en Wervik hacía... ¿un mes y medio? ¿Una vida y media?

—Es extraordinario el parecido de esa modelo con usted, querida. Hasta el sombrero es como el que lleva puesto ahora.

Kowalczyk la observaba fijamente.

—Extraordinario, sí, sin duda, extraordinario... —repetía con una curiosidad creciente.

Ella callaba. Se habían enmudecido todos los sonidos de

su mente, que estaba ocupada al completo por la imagen del cuadro.

El galerista seguía:

—Es curioso. Este artista ha pintado dos obras con el mismo título, pero completamente distintas. Una es la que está mirando usted, claramente expresionismo puro, pero vea este otro, querida. Es un estilo que ahora llamamos cubofuturismo, no me pregunte por qué. Mire esos trazos airados, la boca no se sabe si abierta de rabia o en sonrisa sardónica. La mano de la mujer se estrella contra la cara de alguien, es una bofetada que casi duele al que la mira, ¿no lo cree usted también? ¡Es el retrato de un tremendo bofetón... magistral! Sin embargo, el cuadro de la mujer con el sombrero es todo lo contrario, sencillamente delicioso. Paz, armonía y delicadeza. El rostro de una joven bellísima pero triste, en el que el artista ha sabido reflejar las dos cosas, hermosura y dolor. He apostado claramente por este hombre y por su firma para mi galería, va a dar mucho que hablar en Alemania. Acaba de regresar de la guerra y aún tiene sorpresas guardadas, estoy seguro. Lo que no termino de entender es por qué a estos dos cuadros tan diferentes los ha llamado igual: *Mi amiga Elis.*

Mariela escuchó el discurso conteniendo la respiración y el pensamiento. Allí... allí mismo estaban Otto y ella, su historia condensada en dos cuadros, el del día en que terminó el primero y por primera vez se tocaron, y seguramente el del día en que dejaron de hacerlo para siempre, cuando la mano de ella impidió el golpe de la suya, que ahora veía reflejado a la inversa en aquel dibujo monstruoso, violento y cargado de pasión y fuego, el mismo que consumió sus recuerdos en un barracón de Ypres.

De nuevo volvió a hablar en voz alta sin advertirlo.

—Porque yo soy Elis... su amiga Elis. Así me llamaba Otto. Yo soy las dos, la de los dos cuadros. El primero lo hizo cuando me amaba. El segundo, supongo que cuando yo dejé de amarle a él.

De repente, se dio cuenta de que nunca supo el apellido de su amante. No tuvo la necesidad de conocerlo en Bélgica, porque la guerra lo despersonaliza todo, lo cubre con la capa del anonimato y diluye las identidades como se diluyeron los soldados en el barro. Pero en esa galería, una vida y media después, necesitó saberlo.

—¿Le importaría decirme su nombre completo, señor Kowalczyk, el de este pintor?

—Dix, Otto Dix. Excelente artista de la escuela de Dresde, voto al cielo...

En ese momento, no solo Mariela comprendió. También lo hice yo.

Al leer su relato de una jornada histórica, la del 15 de enero de 1919, el día en que la revolución fue estrangulada, yo realicé un descubrimiento que para mí marcó otro hito: supe al fin quién era Otto. El retrato colgado sobre la pared de piedra en mi casa del Moncayo no está rubricado con un misterioso número romano. DIX no significa quinientos nueve, sino lo que dice textualmente: Dix, el apellido de un maestro, un grande entre los grandes, el cronista magistral de los horrores de la guerra cuya obra, más tarde, el nazismo calificó de degenerada y condenó al olvido.

Hoy, un siglo después, la amiga Elis de Otto Dix con sonrisa de animal enfurecido, los pechos rojos desnudos y una mano que propina una bofetada colosal está colgada en la pared de alguna colección privada en Alemania. La otra Elis, la del rostro delicado y armonioso, en la de una casa humilde de Cañada de Moncayo y solo a mi vista. Hoy, un siglo después, los ojos de Otto Dix son los míos.

Ahora, siempre que contemplo mi pared de piedra, me recorre un escalofrío de cien años, todos y cada uno comprimidos en un sencillo cloché del color de un atardecer en Flandes. El escalofrío que me recorre es el escalofrío de una historia centenaria, porque ahora sé que puedo ver lo que vio él.

Y es un escalofrío que me disuelve entera en un siglo de emoción profunda cuando pienso que, a través de la mirada de Otto Dix, mi bisabuela nos mira eternamente a los dos.

101

La náusea

Mariela salió de la galería de Kowalczyk tan ensimismada como entró, pero con la náusea atenuada. El descubrimiento sobre Otto la había dejado bloqueada, necesitaba el aire frío del Tiergarten, el aroma de las plantas, el susurro de los árboles y, sobre todo, el refugio de un recuerdo. De forma que eligió la ruta al Charité que atravesaba el parque.

Esa decisión le costó cara: toda la belleza y el arte que llevaba con ella después de contemplar las paredes de la galería se esfumaron cuando le sobrevino un maremoto descomunal de la náusea, que regresó centuplicada.

En el momento en que se acercaba al lago, en el corazón del parque, muy cerca de donde había bailado con Sverdlov al son de una música que había dejado de sonar, oyó el motor de un vehículo y la náusea apareció de nuevo borrando las imágenes felices. La náusea le habló y le dijo que parara, que se escondiera, que no debería estar allí pero que, ya que estaba, era mejor que nadie lo advirtiera. Le hizo caso y se escondió.

La náusea tenía razón. A pesar de la oscuridad, vio a tres soldados que descendían del automóvil y sacaban de él a empellones a un hombre ensangrentado. Lo sujetaron por las solapas y le dijeron que anduviera porque el coche se había averiado. El hombre se tambaleaba, estaba herido, apenas podía caminar. Mi bisabuela distinguió un reguero de sangre que se le escapaba de la nuca.

No se había alejado ni veinte pasos del vehículo cuando uno de sus ocupantes le disparó a bocajarro por la espalda, en la misma nuca sangrante, y el hombre se desplomó.

Las risas de los demás rompieron la noche berlinesa. Uno ordenó que recogieran el cadáver y que lo metieran dentro de la cabina.

—¿Adónde ahora, mi teniente? —preguntó otro.

—Adonde siempre debió estar, al vertedero. No... mejor vamos a la morgue. Dimos el alto a un desconocido en el parque, quiso huir y lo matamos. Era un intento de fuga, ¿no?, pues nuestra obligación era disparar y después entregarlo a quien corresponda. ¡Andando!

Más risas.

El automóvil se alejó dejando un resabio de olor a gasolina, a motor viejo y a muerte.

Mariela lo vio todo. Afortunadamente, la náusea le impidió gritar, pero también erguirse sobre sus piernas cuando el coche y su guadaña se hubieron ido.

No recordó cómo, pero un tiempo eterno después lo consiguió: dominó el temblor, se puso en pie y trató de volver sobre sus pasos. Quería llegar a la galería de Kowalczyk, deseó que no hubiera cerrado todavía. Debía buscar cobijo, le faltaba la respiración, se ahogaba...

Sin embargo, no sabía que la náusea aún no la había invadido del todo.

Salió del Tiergarten justo a la altura de un hotel cercano cuyo nombre siempre le pareció irónico para aquel Berlín convulso: Eden. Observó movimientos de soldados y la náusea volvió a aconsejarle que se mantuviera oculta entre las sombras. Así pudo ver sin ser vista.

Dos de los hombres que había encontrado un rato antes

en el Tiergarten sacaban del hotel a zarpazos a una mujer despeinada y sucia con las manos atadas. Llevaba un vestido azul de terciopelo, guantes y un precioso medallón que Mariela conocía. Era pequeña, casi diminuta entre los cuerpos de los soldados bien alimentados. La insultaban mientras la zarandeaban:

—Ahí está la vieja puta, amigos, ya es vuestra.

Se acercaron otros dos, también riendo... todos reían aquella noche, era un festival de carcajadas del infierno.

Entre risas siguieron empujándola de unos a otros. Perdió un zapato que nadie recogió. Hasta que alguien descargó dos culatazos en la nuca de la mujer, que cayó envuelta en sangre.

—Aún respira la cerda judía... ¿Qué hacemos, teniente?

El aludido fumaba impasible. Solo movió la cabeza y los demás comprendieron.

Introdujeron a la mujer en un coche y no esperaron a que el vehículo se moviera. Aún con la puerta abierta, Mariela pudo oír el balbuceo de la víctima, aturdida por los golpes:

—No me disparéis...

Eso fue lo que hicieron. Uno se encajó un pitillo en la boca, le descerrajó un tiro en la sien, se limpió la mano en la casaca y volvió a sujetar el cigarrillo con los dedos tiznados de la sangre que le había salpicado.

Era la sangre de Rosa Luxemburgo.

Todos seguían riendo.

Dos de ellos se llevaron el cadáver de Rosa en el auto y el resto se quedó en el hotel, carcajeándose y celebrando.

Alguien dijo:

—Buen trabajo, muchachos. Vamos, que ya nos han preparado la cena y hay cerveza para todos. ¡Hoy invita Ebert!

—Esperad, esperad —pidió otro—. Ha llegado el fotógrafo. Venid, vamos a hacernos una instantánea juntos.

Posaron sonrientes. Mariela se fijó en que algunos llevaban barba, la misma barba, idéntica y recortada como si hubieran usado una plantilla... una barba que alguien le había descrito antes.

Otros, pocos, lucían un extraño símbolo cosido en un brazalete que mostraban ufanos como sintiéndose pioneros de una moda nueva: algo así como dos cruces negras entrelazadas cuyas aspas se doblaban en ángulo recto, centradas sobre un círculo blanco y todo impreso sobre fondo rojo. Presumían. Captó de sus bocas palabras sueltas, *München*, *Kommando*, *arisch*...[36] y risas abundantes cada vez que repetían otra, *kozi*.[37]

Y absolutamente todos mostraban una mirada que mi bisabuela había visto en otro lugar y conocía bien: fue en Wervik y era la mirada de Dieter cuando le hablaba de su amigo Adolf.

Aquellos chacales eran el amigo Adolf.

El camarógrafo tardó unos minutos que a Mariela le parecieron infinitos. Cuando el flash de magnesio estalló, la manada de *freikorps* saltó de sus posiciones estáticas y entró como una manada en el interior del hotel. El retratista les acompañó, nunca decía que no a una comilona gratis. Rodeado de patriotas honrados y sin temor a un robo, dejó en la puerta la Kodak sobre su trípode.

Más tarde, mi bisabuela no fue capaz de recordar de dónde sacó el valor para hacer lo que hizo. Esperó un tiempo que consideró el necesario para que todos comenzaran a estar lo suficientemente borrachos, se acercó tan sigilosamente como pudo a la cámara y, sin que la viera nadie, la metió en su zurrón junto a las hierbas del Tiergarten.

Después, guardó también el zapato de Rosa y echó a correr con todas las fuerzas, la furia, el dolor y la náusea que encontró su cuerpo.

36. Múnich, comando, ario.

37. Juego de palabras con *sozi* (apelativo despectivo de «socialista») y *kotzen* («vómito»).

Corrió hasta que se le acabó la respiración. No sabía dónde se había detenido, pero, en el momento en que dejó de correr, arrojó sobre una calle solitaria toda su fuerza, y su dolor, y su furia, y su náusea.

Ahí estaba, tendida sobre vómitos y lágrimas, cuando la encontró Kowalczyk.

102

Alguien tiene que escribir los epitafios

Leo Jogiches había conseguido escapar de sus captores, que no lograron identificarle. Pero para cuando pudo alcanzar la Mannheimer Strasse y llamar a la puerta de los Marcusson, horas después de que Mariela se hubiera ido también con el artículo que le habían confiado, ya se habían llevado a Rosa y a Karl.

Kowalczyk llegó allí con mi bisabuela pasada la medianoche. Había caras amigas reunidas, esperando noticias, cualesquiera, aunque fueran las peores que podían recibir. Desde luego, era imposible que fueran peores que las que portaba Mariela, pero cuánto necesitaba ella ver esas caras amigas antes de confesarlas: Mathilde, Lulu, Lonny, Heinrich, Kostja... Afortunadamente, faltaba Sonja Liebknecht.

Mariela tragó saliva y lágrimas, y trató de relatar lo ocurrido, pero le pudo la náusea. Habló mezclando tantos idiomas que parecía estar inventando un lenguaje nuevo.

Wanda Marcusson trató de apaciguarla:

—Cálmate, querida mía, cálmate. Toma un sorbo de té, respira hondo y cuéntanos lo que sabes. Escoge un idioma y hazlo. Si quieres, puedes hablar en español, yo lo entiendo bien.

Lo agradeció. Hay llagas del alma que, por mucha y vasta que sea la cultura, solo pueden describirse en la lengua nativa. Y aun en ella, siempre faltará vocabulario.

A mi bisabuela le faltaron muchas palabras aquella noche,

pero encontró las necesarias para contar cómo habían asesinado a Rosa, con cuántas risas, con cuánta frialdad. Contó cómo, poco antes, había visto a varios de sus verdugos disparar a un hombre en el Tiergarten. Contó lo que sabía. Lo contó todo y lo hizo llorando. Liberó toda su náusea convertida en llanto y dolor.

Sus oyentes guardaban silencio. Solo Leo, que en dos días se había convertido en un fantasma de su yo futuro y ahora parecía un anciano decrépito, se atrevió a hablar:

—Tenemos que darlo a conocer, no podemos permitir que engañen a las masas con las mentiras que van a esparcir a partir de mañana. Voy a llamar a *Die Rote Fahne* y ellos lo publicarán...

—Espera —le interrumpió Mariela, que había conseguido sobreponerse al llanto—, mejor hacerlo con pruebas y yo las tengo. Acabo de recordar que he robado la cámara de un fotógrafo que los retrató a las puertas del hotel Eden. Estaban a punto de entrar a cenar. Ahí están las caras de los asesinos.

Miraron a Mariela con admiración y ella añadió tímidamente:

—Además, guardé el zapato de Rosa, no sé si hice bien. Es que se le cayó y estaba ahí tirado, solo... Era como si la hubieran dejado a ella también tirada y sola. Tenía que llevármelo.

Leo lo tomó con ternura, en sus manos era una delicada pieza de orfebrería, el último recuerdo del amor de su vida. Lo sostuvo unos instantes y estalló en lágrimas como un niño, dándole las gracias.

Acto seguido, acarició la cámara de fotografía y se repuso. Aquella era la prueba, allí dentro había una instantánea obtenida mientras el cuerpo de Rosa Luxemburgo aún estaba caliente. Iba a desenmascararlos uno a uno, aunque le costara su último aliento.

Y así sucedió. Exactamente.

Kostja se atrevió a romper el duelo.

—Mi madre tiene que saberlo...

Estaba hundido, mudo, con los ojos hinchados y perdidos, lo mismo que su mente, pero hizo acopio de las fuerzas necesarias para llamarla.

La llamada a Stuttgart tardó en establecerse y apenas duró dos minutos. Cuando Kostja colgó, repitió las palabras de Clara Zetkin, que, según él, estuvieron precedidas de un larguísimo silencio.

—No lloraremos a nuestros muertos —dijo a su hijo, mientras le rechinaban los dientes entre sus labios invisibles—. Ahora más que nunca... hay que seguir luchando.

Mariela pudo imaginar la escena y supo que, aunque con aquella frase Clara daba cuenta fiel de su carácter insobornable, cuando colgó el teléfono se dejó caer desplomándose sobre su propio dolor.

Karl Radek apareció al mismo tiempo que el sol del amanecer. Nadie preguntó de dónde venía. Ya nadie preguntaba nada porque se habían acabado todas las respuestas en el mundo.

Mariela dormitaba acurrucada en un sillón exhausta, pero se despertó al oír su voz. Había dejado de llorar, se había propuesto no volver a hacerlo. Iba a sustituir las lágrimas por rabia, como quiera que eso pudiera hacerse.

El bolchevique blandía un ejemplar del *Vorwärts* como prueba fehaciente de la ignominia consumada. En el periódico oficial del Gobierno se informaba de que las fuerzas leales habían abatido la noche anterior a un hombre sospechoso en el Tiergarten. Trató de huir del lugar donde estaba siendo interrogado y los soldados se vieron obligados a dispararle por la espalda para detenerle.

Ese hombre había sido identificado más tarde, ya en la morgue, como el traidor Karl Liebknecht.

Además del periódico, Radek traía un discurso preparado. Ninguno de los que estaban allí podía seguir en Berlín, era vital e imperioso que desaparecieran durante un tiempo, que dejaran de hacer ruido, que las aguas se calmaran, que el cauce volviera a llenarse. Aquello no era la derrota definitiva, pero lo sería si se sacrificaban más vidas. Si ellos morían, ¿quién haría la revolución? Eso era lo que los chacales querían, arrasar por completo al partido. Habían empezado por el edificio de su sede y acabarían por demolerles a ellos, a todos, revolucionario a revolucionario. Rosa y Karl fueron los primeros. No podía haber más... ni uno solo más.

Nadie dijo nada, pero los reunidos comenzaron a moverse. Hicieron llamadas, escribieron cartas, vinieron otros. Con la lentitud de quien acaba de salir de un coma profundo y largo, los presentes y quienes habían ido llegando durante la noche se preparaban para afrontar una nueva etapa, la más negra de sus vidas y, sin duda, también la más negra del país.

En poco más de dos décadas, se convertiría en la más negra del mundo.

Solo Leo Jogiches estaba quieto, impávido, pensativo en un rincón. Después habló muy despacio, mientras ponía una mano en el hombro de Radek:

—Querido Karl, tienes mucha razón. Debes organizar el paso a la clandestinidad de todos nuestros camaradas. Quizás en el sur... ahí puede que no lleguen los asesinos. Hazlo, por favor, tú has vivido la persecución en Rusia y el exilio en Suiza. Sabes cómo hacerlo. Ayúdales, hermano, ayúdales...

—Por supuesto que sí, pero tú también vienes con nosotros. No puedes quedarte aquí.

Leo Jogiches le dedicó la sonrisa más triste que había visto mi bisabuela en su rostro, a pesar de que todas las suyas siempre fueron tristes.

—No, amigo mío, no. Yo me quedo. Alguien tiene que permanecer aquí para escribir nuestros epitafios...

Se abrazaron y Mariela, aunque se había prometido no volver a hacerlo, lloró.

La náusea continuaba dentro de ella.

Entonces lo decidió:

—Yo me quedo también. ¿Quién, si no, os va a ayudar a identificar a los de la fotografía cuando la reveléis?

—¡Estás loca, española! —se enfureció Radek.

—Loca, española y también del mismo centro de Aragón. Así que, por todo eso, me quedo.

103

Ironías

Mi bisabuela cumplió lo prometido. Aquel momento inefable en que una manada posó ante la Kodak se convirtió en papel en el cuarto oscuro que Józef Kowalczyk había instalado en la trastienda de su galería. Amante de lo bello pero pintor nefasto, el galerista había hecho de la moderna técnica fotográfica su pasión secreta, porque ambas artes, pintura y fotografía, servían para inmortalizar lo que por fuerza era efímero.

También los asesinos quedaron para siempre inmortalizados, gracias a Mariela, Kowalczyk y Jogiches. Ella los identificó uno a uno, apuntándolos con el dedo sin titubear: al que disparó en el parque a un hombre que, después, resultó ser Liebknecht, a los que le acompañaban, a los que zarandearon a Rosa, al que la golpeó, a los oficiales que dieron las órdenes en ambos asesinatos...

—Este es el teniente capitán Von Pflugk-Harttung. —Lo reconoció Leo Jogiches.

—Y este, el teniente Vogel. Su capitán se llama Pabst, si no recuerdo mal —indicó Radek.

—La cara de este me suena —Heinrich se refería a quien Mariela había señalado como uno de los que pegaron a Rosa antes de matarla—, creo que es un tal soldado Runge...

—¡Los tenemos, española, los tenemos! Voy a escribirlo ahora mismo. Mañana lo publicará *Die Rote Fahne* y toda Alemania lo sabrá, gracias a ti. La revolución te estará eternamente agradecida.

—No quiero agradecimientos y perdonadme si os digo que tampoco los quiero de una revolución que pone en peligro las vidas de la gente. Solo quiero que se haga justicia. ¿Sabéis cómo se llaman a sí mismos todos estos cuando se juntan? La Manada... el nombre no puede ser más apropiado. Y no sabéis que, además del asesinato de nuestros amigos, coleccionan otras medallas. Ellos fueron quienes golpearon y violaron salvajemente a vuestro correo anterior.

—¿A Hannelore? —preguntó Leo con asombro.

—Sí, la confundieron con Rosa. Ya veis, qué ironía... pegaron y vejaron a dos Rosas con apenas unas horas de diferencia.

Pero esa no fue la única ironía.

Conocieron la segunda una hora después, cuando llamó a la puerta Józef Kowalczyk. Tenía moretones en la cara y los brazos. Sangraba por la nariz. Temblaba.

—Amiga Elis, debes marcharte enseguida.

—¿Marcharme? ¿Por qué? ¿Qué ocurre? ¿Qué te ha pasado? Por Dios, Józef, ¿estás bien?

El galerista, siempre de ademanes delicados y gesto lánguido, saltaba nervioso y sudaba. Ignoró las últimas preguntas.

—Imagino que no te has dado cuenta aún... ¿Dónde tienes ese sombrero azul tan divino que llevabas el otro día?

Mariela trató de recordar. Efectivamente, no había vuelto a ver el cloché desde la noche terrible. ¿En casa de Mathilde? No. ¿En la de los Marcusson? Tampoco. ¿Dónde...?

—Ya me acuerdo —la náusea la atragantó—, se me cayó en la puerta del hotel Eden cuando robé la cámara de fotos...

Podría haber sido un sombrero más, uno cualquiera de cualquiera de las mujeres que se alojaban en cualquiera de las habitaciones libres, las que no estaban ocupadas por los *freikorps*.

Podría haber pasado desapercibido, porque no había chacal al que se le hubiera ocurrido, ni una sola vez en su existencia, pisar una galería de arte.

Podría... Sin embargo, a un soldado le gustó el cloché que había aparecido en el suelo huérfano y solitario a las puertas del hotel y se lo regaló a su madre. Fatídico. Porque a las madres, esposas e hijas sí les gustaba el arte. E iban a galerías.

La madre con su cloché pasaba las tardes entre el cine Tauentzien-Palast y la galería de Kowalczyk. Una de esas tardes se quedó atónita cuando vio su sombrero pintado en acuarela y lo comentó con su hijo

La galería estaba tan cerca del hotel Eden, que el hombre, posiblemente el más avispado de la manada, comenzó a sospechar vagamente algo extraño. Junto a algunos compañeros, fue a ver a Kowalczyk para tratar de sonsacarle información, pero ni ellos mismos sabían qué era lo que querían averiguar. El nexo que unía el cuadro de Otto Dix que colgaba en la pared de su local y el cloché perdido en el lugar donde había sido robada una Kodak era demasiado débil, lo mismo que la inteligencia de los interrogadores. De modo que optaron por dar solo una paliza moderada al galerista. Al fin y al cabo, era judío y posiblemente homosexual, así que se la merecía de todas formas.

La hazaña con el galerista llegó a oídos de los mandos. Y entonces intervino Pabst, que había ascendido a capitán por tener alguna neurona más que la tropa. La cara del cuadro le resultaba familiar, parecía la de una enfermera que vio en el Charité cuando llevó allí a su criada una noche con fiebre y estornudos.

Supo que el pintor vivía en Dresde. Contactó con su amigo Conrad Felixmüller y este le contó que había estado en Wervik, que allí había conocido a una enfermera española llamada algo parecido a Ela, que la había querido mucho, pero que le había dejado una herida profunda en el corazón.

Pabst averiguó que la española había viajado de Bélgica a Alemania, que lo hizo acompañada de otra enfermera, que esta tenía nombre de aristócrata, que a pesar de su apellido fue una roja revolucionaria antes de la guerra, que su hijo era ahora uno de los antipatriotas de la Volksmarinedivision...

Con toda esa información regresó de nuevo a la galería para asegurarse de que había leído bien el título del cuadro: *Meine Freundin Elis*.[38]

Cuando salió publicada en *Die Rote Fahne* la fotografía infame de la cámara robada, solo había que sumar dos más dos. Y eso lo sabía hacer la manada entera.

38. Mi amiga Elis.

104

Palabra de cazadores

Eugenie Mijailovna Shajovskaya era, desde luego, una mujer indescriptible, distinta a todas las que Mariela había conocido hasta entonces, incluso distinta a sí misma cada día: tenía mil caras y ninguna cuerda.

La que fue princesa zarista y después ferviente comunista llegó a Berlín en la madrugada del 19 de enero, la jornada en que los salvadores de Alemania predicaban en voz muy alta que el país, ya libre de los que se habían alzado contra la socialdemocracia a la que un día pertenecieron y que trataron de abocar a todo un pueblo hacia el despeñadero de la insurrección, había sido convocado a ejercer el legítimo derecho al voto. Se celebraban elecciones a la Asamblea Nacional y se pretendía restablecer el orden lógico de la antigua mayoría parlamentaria. Sin revolucionarios ni bolcheviques. Una Alemania cohesionada y serena, como siempre debió ser.

Lo que no proclamaron en voz tan alta era que, para conseguir esa Alemania cohesionada y serena, habían tenido que asesinar a unos treinta revolucionarios más después de Liebknecht y Luxemburgo, prácticamente a todos los que habían desoído los consejos de Radek y, como Leo y Mariela, se habían quedado en Berlín.

Aún no había concluido la masacre.

En el campo de vuelo de Johannistal, Radek, Jogiches, Mathilde, Lonny y mi bisabuela esperaban a Shajovskaya.

No habían podido convencer a Mariela, eso era imposible. Lo que sí habían logrado era amenazarla con dejarla maniatada a las puertas del centro electoral donde iban a votar en masa todos los mandos de los *freikorps* si no salía de Alemania. Ella era extranjera, podía hacerlo. Ya le habían buscado país de destino. No tenía opción ni excusa para negarse.

Porque su cabeza también tenía precio. Más barato que el que pusieron a las de Rosa y Karl, por supuesto, pero era el precio que estaba dispuesta a pagar la manada por pasar un rato divertido con la zorra que les había robado la cámara con su bonito recuerdo de aquella noche de triunfos.

Sabían que aquello no había tenido graves consecuencias, el artículo de Leo Jogiches en *Die Rote Fahne* apenas les rozó. Se limitaron a desmentirlo, sin más explicaciones. ¿A quién iba a creer el sensato pueblo alemán? ¿A un fanático revolucionario que posiblemente fue quien mató, él mismo y con sus propias manos, a su amante judía llamada Rosa Luxemburgo, cuyo cadáver ni siquiera había aparecido aún, o al excelentísimo ministro de Defensa Gustav Noske?

Las aguas estaban regresando a los cauces de los que nunca debieron salir. El terror hace milagros. ¿Qué podían temer?

Pero la zorra debía pagar. Era una mujer. Solo era una mujer. Más tarde o más temprano, caería bajo las garras de la manada.

Palabra de cazadores.

—No quiero irme, Lonny, no quiero. Estoy harta de huir. Empiezo a pensar que todo lo que me pasa únicamente es culpa mía: querían lincharme en mi propio pueblo porque me consideraban bruja, en Francia porque me consideraban traidora, aquí porque me consideran revolucionaria... No soy ninguna de las tres cosas, tú lo sabes, yo solo he hecho lo que me ha parecido justo y correcto en cada momento, y, sin embargo, no dejo de huir de cada lugar en el que creo que voy a tener un hogar. No quiero irme, Lonny, no dejes que me suban a ese avión...

A Mariela le daba miedo su nuevo destino. No le gustaban los enemigos imposibles de batir ni los mundos imposibles de cambiar ni los amores imposibles de acariciar.

No quería perseguir imposibles. Solo aspiraba a hacer posible lo que estuviera a su alcance. Y en ello era capaz de empeñar todas sus fuerzas, incluso las que no sabía que tenía. Por eso no quería irse de Alemania.

A Lonny se le partió el corazón al ver las lágrimas de su compañera la víspera de su partida. No obstante, sabía que Mariela corría peligro de verdad, era imprescindible que se fuera, por más que le doliera perderla. El mismo peligro que corría la propia Lonny, ella lo sabía, pero, en su caso, tenía una razón muy poderosa para quedarse. Esa razón era Heinrich.

Trató de hacerla reflexionar:

—Debes hacerlo, *Freundin*, no queda más remedio. Estoy segura de que allí donde vas serás feliz, ya lo verás. Además, te necesitan. Ya sabes lo que ha dicho Inessa: vas a ayudar a muchos camaradas, sin duda. Te están esperando con los brazos abiertos. Te envidio. Yo iría contigo, pero mi hijo...

—Ojalá, Lonny, ojalá vinieras. Anda, al menos dime por última vez eso que tanto me gusta oírte...

—*Heilen Kruzifix Sakrament Hallelujah...!* —rieron las dos—, pero tú mejor no lo repitas allí donde vas, porque estas cosas de la religión no están precisamente de moda.

Después, Lonny la abrazó.

—¡Mariela, Ánimo! Eres una mujer muy fuerte. Ahora empieza una nueva vida para ti y tienes juventud suficiente para vivirla. ¡Valor, *Freundin*!

Se miraron con las manos entrelazadas, intentando encontrar en sus miradas el argumento definitivo, el que realmente diera sentido a toda la tristeza que les empañaba los ojos.

Pero solo encontraron lágrimas.

La princesa Eugenie Mijailovna Shajovskaya se había ofrecido gustosa a viajar a Berlín. Conocía bien la ciudad: en la escuela de los Wright del Johannistal obtuvo siete años antes una licencia de vuelo. Y conocía bien el aire: nadie sabía cómo, pero consiguió convencer a Nicolás II, mediante un encendido alegato sobre su derecho a hacer lo mismo que sus compañeros varones de la corte, para volar en la línea de combate del frente noroeste, cerca de Lituania, y convertirse así en la primera piloto militar de la historia. A la Shajovskaya nadie la paraba, ni siquiera el zar.

Después, cuando estalló y venció la Revolución rusa, sirvió a los bolcheviques con la misma fogosidad con la que peleó por la Rusia imperial, con una Mauser en la cartuchera, unos gramos de morfina en el bolsillo y un buen número de muescas en el lecho, una por cada revolucionario que lo visitó.

«Una mujer salvaje», decían que era. «Una mujer libre», replicaba ella.

Aquel 19 de enero, con su Mauser, su morfina y un avión Ilya Muromets de finales de la guerra, llevó a Mariela sana y salva durante casi dos mil kilómetros.

Mi bisabuela los pasó escuchándola en silencio, mientras acariciaba una y otra vez un tubo de cartón atado con cuerda de esparto que, muy temprano esa mañana, Kowalczyk le había llevado a la casa de Mathilde Jacob.

No necesitó preguntar al galerista polaco qué contenía el cilindro que le entregaba. Sabía que encerraba su historia con Otto Dix pintada en acuarela. Le abrazó muy fuerte y le susurró al oído:

—Gracias, amigo Józef. Nunca te olvidaré.

Cuando mi bisabuela aterrizó en el aeródromo de Jodynka, a siete kilómetros de la Plaza Roja de Moscú, sabía más de la revolución bolchevique que quince horas antes, había visto el mundo con la perspectiva de un pájaro por primera vez en su vida, estaba resuelta a seguir luchando contra la Bestia en aquellas inmensas mesetas blancas donde crepitaba el Rugido y había descubierto un universo nuevo de boca de la mujer salvaje, libre e indescriptible que era la princesa Shajovskaya.

Sin embargo, aún no había podido secarse las lágrimas ni logrado vencer el miedo a reencontrarse con un amor que jamás sería posible.

105

Avanzo

Berlín, a 18 de enero de 1919

Me voy. De nuevo, me voy. Creí que nunca volvería a vivir esta sensación, esta tremenda arcada que me hace una trenza en la garganta y me deja el corazón acartonado.

Me voy y todavía no sé a qué parte de mi vida me dirijo. Estoy cansada, enormemente cansada. Quiero ser árbol, quiero tener raíces. Me gustaría sembrarme en la tierra y sentir en mis pies su caricia húmeda. Quiero regarme cada mañana y abrirme al sol. Necesito plantarme, necesito florecer... Pero han vuelto a arrancarme.

Estoy agotada y, a pesar de ello, debo irme.

Huyo y no sé de qué. De mentiras... de manadas de mentiras que me rastrean y me hostigan. Las oigo olisquear mis pisadas. Vienen a por mí... Huyo. Huyo y no sé por qué. Ni de qué.

Pero no solo huyo, me digo. También avanzo. Escapo de las bestias y persigo a una Bestia. Me alejo de sus aullidos y lucho contra el Rugido. Eso... eso es lo que me lleva hacia delante, siempre hacia delante.

Sí, estoy dispuesta a convencerme a mí misma: no huyo, sino que avanzo. No me vencen, yo ataco.

Y, aun así, estoy tan cansada...

1919

INVIERNO

Monasterio de Veruela, a 15 de mayo de 1919

Y fue en Rusia donde realmente lo descubrí: que ni el olor de la Bestia ni la voz del Rugido son nada comparados con su tacto. Al imperio de los monstruos lo gobierna un triunvirato cuya tercera soberana tiene la sangre fría y es tan hermosa que puede deslumbrar a la misma muerte con su belleza. Arrulla con silbido suave, se desliza con roce de seda. No anuncia su llegada, pero es capaz de estrangular al mundo cuando lo acaricia con piel de hielo.

Ni la enfermedad ni la guerra consiguieron derrotarme, hasta que el tercer tentáculo de la terna monstruosa se enroscó alrededor de mi corazón y caí vencida. Me cegaron sus escamas de plata.

Y, sin embargo, no me arrepiento, porque en uno solo de sus besos glaciales hubo suficiente fuego para que se me encendiera dentro la eternidad. Esta luz que siento en el vientre prueba que aún sigue prendida.

El día en que la Serpiente entró reptando dentro de mí, dejó marcada la senda. Es, como ella, sinuosa y ondulada, y, sin embargo, jamás podré ya abandonar la guía de su surco...

106

Pausa

En ese punto del camino, a bordo de un bombardero re-convertido en avión de pasajeros y pilotado por una princesa del zar reconvertida en devota bolchevique, supe que algo iba a cambiar.

Era el recodo decisivo.

Aunque yo no soy Homero, mi bisabuela sí fue Ulises. Su viaje no había durado diez años sino solo uno, uno insólito y pleno, y no obstante tuve la sensación de que hasta entonces se había limitado a dejar constancia de las Escilas, Caribdis y Calipsos que la distrajeron de su verdadera travesía. Todavía no había llegado a Penélope, aun cuando todo lo demás tuvie-ra un propósito especial.

Algo me dijo que al final de la próxima curva no solo ha-bía más guerras, epidemias y revoluciones. Al final de esa curva estaban mi abuela Jacoba y mi madre Alejandra. Esta-ba yo.

Allí, en Ítaca, por fin iba a encontrarnos.

Sin embargo, fue justo antes de doblar esa precisa curva del camino cuando me di cuenta de que me faltaba el aliento necesario para proseguir. Necesitaba una pausa.

Pedí la venia sentada frente a la pared de piedra de mi casa de piedra del Moncayo. Miré directamente a los ojos tristes de una joven que se ajustaba con los brazos alzados un sombrero azul índigo, la vi asentir con la mirada y a través de ella me fue otorgada la indulgencia. Me dijo que llevaba cien años a mi lado y que seguiría otros cien en el mismo sitio, pero que todo podía detenerse por un día.

Me concedió el respiro de aire renovado que tanta falta me hacía.

De manera que me levanté de la mesa de trabajo, cerré por primera vez en meses la tapa de la caja desvaída y arenosa que había encontrado en el monasterio de Veruela y dejé que durmieran dentro las cartas, anotaciones y diarios de Mariela que aún me faltaban por descubrir. Después, plegué la tapa del portátil y, durante veinticuatro horas, reposé.

Mi bisabuela me esperó pacientemente todas y cada una de ellas.

—Necesitas que te den los vientos, Beatriz, que te estás volviendo coloracha, pobrica, aquí, todo el día encerrada y sola con esos papelajos que te has traído del monasterio, pero si seguro que iban a tirarlos, a la basura de cabeza que habrían ido cuando terminen las obras del Parador, si es que terminan algún día, no te vayas a creer, menudo favor les has hecho, conque ya suena la hora de que el favor te lo hagas tú, porque me callé con lo de Nochebuena, que fuiste un visto y no visto por casa, con toda la familia allí deseando conocerte, y tú que si tenías frío y que si estaba nevando y que si no te ibas pronto te iba a entrar la muerte, pero hoy es Nochevieja y ha dejado de nevar, así que te vas con el Simuel a celebrarla a Tarazona, con él y con sus amigos, que se te ventile un poco la cabeza, moceta, y a ver si le encuentras una buena novia al niño, aunque a lo mejor tú misma quieres...

Izarbe es una mujer práctica. Desde que llegué a la Cañada, gracias a sus tarteras me alimenté con lo necesario (a veces, mucho más que lo suficiente) para mantenerme viva, y gracias a sus interrupciones y peroratas el polvorín de mi cerebro no llegó a estallar. En ausencia de mi madre muerta, asumió el papel de madrina tal y como ella lo interpretaba y veló por mí los días y las madrugadas que pasé persiguiendo a mi bisabuela a través de documentos polvorientos.

De modo que accedí al ofrecimiento de distracción junto a su sobrino Simuel. Siempre me había caído bien, desde que de chavales guerreábamos en el Levante lanzándonos cucharadas de chocolate a modo de catapulta los días en que Izarbe lo llevaba con ella durante sus visitas a mi madre en Zaragoza.

Me caía tan bien que, cuando en una de esas visitas me dio el único beso de enamorado que había recibido en mi vida, le declaré oficialmente mi primer amor, el que mi madre describía como motín hormonal sin importancia. Y siguió cayéndome igual de bien después de que ambos, demasiado sensatos para sobrellevar una adolescencia sin complicaciones, nos diéramos cuenta por nosotros mismos, sin necesidad de advertencia materna, de que la fogata de las hormonas engaña, que nunca llegamos a amarnos de verdad, que el cariño es otra cosa y que ese puede que resista mejor que el amor los envites del tiempo.

¿Por qué no averiguarlo veintitantos años más tarde con una noche de desconexión en Tarazona? Habíamos tomado tres cafés, uno al mes, en el tiempo que ya llevaba yo en la Cañada, pero todos apresuradamente. Nunca hasta entonces me había separado de Mariela durante más de una hora, excepto para dormir las imprescindibles.

La última noche del año, los dos, a veinte kilómetros de nuestros entrometidos paisanos... No era un mal plan para hacer una pausa. En cualquier caso, era mi pausa, me la había concedido mi bisabuela. Podía hacer lo que quisiera. Y ella, lo sé muy bien, habría aceptado la oferta de Izarbe.

No hay localidad, aldea, pueblo o pueblucho en España, por pocos habitantes que le queden, que no tenga un bar. Y, a partir de los mil vecinos, no lo hay que no tenga un gastrobar. En Tarazona hay tres.

Aquel al que fui con Simuel ofrecía maravillosas vistas del río Queiles iluminado y una curiosa cena de fin de año. Llegué a comer y llegaron a gustarme unas mensillas con trufa rallada servidas en un plato titulado con más de diez palabras, sin saber que me estaban gustando unas humildes mollejas que, si hubieran sido llamadas por su nombre original, jamás habría probado. También hubo cuchiflitos y guirlaches, un *brut nature* reserva Monasterio de Veruela, confeti, matasuegras y mucha alegría festivalera, como era preceptivo para despedir un año que quedaba atrás y que yo estaba deseando perder de vista.

Pero lo que no había era amigos de Simuel. Cenamos los dos solos.

—Nunca dije que íbamos a ir a un cotillón. Mi tía ya sabes cómo es, no deja mucho margen para que los demás hablen, lo suyo no es escuchar.

Qué iba a contarme que no supiera yo de la buena de Izarbe.

—A mí me encanta este sitio, la comida está rica y aquí trabaja mi mejor amigo. Había planeado venir por él, para no dejarle solo esta noche. Mira, ahí está... —saludó a un camarero levantando la mano y una sonrisa le iluminó el cuerpo entero—. ¡Samuel, aquí...!

Me lo presentó. Y yo, que comprendí la escena desde el primer minuto, no acerté a decir más que una tontería:

—Vaya, tu nombre —señalé al camarero—, es la versión ortodoxa del tuyo —señalé a Simuel—, porque anda que no sois raros poniendo nombres en la Cañada. Pero eso puede ser una señal: igual estáis hechos el uno para el otro, ¿no tendría gracia?

Reí sin razón. Después enrojecí. Vivir tantas horas recluida con cien años de retraso había hecho mermar, puede que irreversiblemente, mis habilidades sociales.

Ellos no enrojecieron. Por el contrario, Simuel me dijo, apretándome la mano:

—Gracias, Bea, por comprenderlo a la primera. Todos en el pueblo saben que las Bona sois la familia más lista de la sierra.

Samuel lo celebró con un suspiro de alivio.

—Esto merece un cubatica antes de que llegue el cava, para empezar el año bien apañados. Yo me encargo.

Se rozaron las manos antes de que el camarero se alejara y aquella caricia me produjo un escalofrío de envidia sana. Samuel y Simuel eran terceros amores recíprocos, no había más que verlos.

Llegaron los cubaticas, nombre genérico que en el pueblo recibe cualquier bebida con alcohol. En nuestro caso, aludían a sendos *gin-tonics*, preparados con el esmero de un gastrobar serrano que se precie: dos piscinas en copa de balón sobre las que flotaba un jardín de semillas, pequeñas florecitas, bolitas negras y otras en todas las tonalidades desde el rojo al anaranjado, cortezas de siete frutas distintas y cubitos, muchos cubitos de hielo.

Samuel tomó a hurtadillas un sorbo del jardín flotante que traía para el sobrino de Izarbe y dijo:

—No puedo sentarme con vosotros porque me ve el jefe —devolvió a Simuel su copa de balón—, pero bebe por el mismo lado que yo, cariño, y así será como si estuviéramos brindando porque este año, por fin, sea el nuestro. Y por que vivamos libres, que ya va tocando.

Cuando se marchó a servir otra mesa, a mi amigo se le apagó la sonrisa y el cuerpo. Brindamos, se quedó callado un buen tiempo, hablamos de banalidades que no recuerdo, dio un trago largo y entonces se atrevió a proponerme lo que jamás me habría propuesto sin haber bebido ya la mitad de su jardín:

—¿Puedo pedirte un favor? Perdona si soy egoísta, quizá voy a ser injusto contigo...

—Venga, hombre, nos besamos a los catorce y eso nos da derecho a pedirnos lo que sea.

—¿Me dejarías dormir en tu casa esta noche? Me vale el sofá o incluso el suelo. Más de uno sospecha de mí y tengo que parar las habladurías, con quién mejor que contigo. Ya imaginarás lo que dirían si supieran la verdad, pero yo todavía no tengo valor. Claro, si no te importa que a partir de mañana sea de ti de quien empiecen a hablar...

No contesté inmediatamente. Antes, apuré una buena cantidad de mi copa.

Después:

—Cero redondo es lo que me importa lo que se diga en el pueblo de mí. Tú puedes dormir en mi casa y hasta en mi cama las noches que haga falta, no tienes ni que pedírmelo, aunque realmente deberías hacerlo en la cama de Samuel. Pero sabes tan bien como yo que fingir que pasamos una noche juntos no va a cambiarte la vida, puede que incluso te la complique más. Tienes que vivir como te dé la gana, sin avergonzarte y sin ocultar lo que eres o cómo eres. A nadie le importa. Sal del armario ya y, si no te dejan hacerlo en la Cañada, sal de la Cañada. Vete lejos. Respira. Vive tu vida.

Y, sin saber por qué, añadí:

—A mí estuvieron a punto de lincharme porque decían que era bruja. Me fui del pueblo y, aunque algunos creyeron que escapé, en realidad, no lo hice: no hui, avancé. Eso es lo que tienes que hacer tú.

La cara de desconcierto de Simuel antes de romper en carcajadas podría haber sido un cuadro cubofuturista de Dix.

—¿Lincharte? ¿En la Cañada? ¿Por bruja? ¿A ti? —No podía parar de reír—, Samuel, pero ¿qué le has echado en la copa a la chalada de la ahijada de mi tía? ¡Yo quiero lo mismo, menudo desparrame!

Me azoré, pero seguí seria. Creía haber dicho algo trascendente y, sin embargo, me salió lo que me salió, sin pensarlo, sin darme cuenta y con tanta naturalidad como da un siglo de intimidad. Miré la piscina de mi copa y, aunque estaba casi vacía, no le eché la culpa.

Había hablado por la boca de Mariela y eso solo podía significar dos cosas: una, que estaba enloqueciendo, o dos, la más probable, que había concluido mi pausa.

Tenía razón Izarbe en lo de encerrada y sola, lo admití. En lo de pobre, no. Nada podría haberme enriquecido tanto como lo hicieron los papeles apergaminados por el tiempo y sepultados bajo el olvido que hasta entonces había conseguido poner en orden, aunque me estuvieran desdoblando en una personalidad que había empezado a comprender mejor que la mía.

Era el primer día del nuevo año y había vuelto a nevar sobre el Moncayo.

Simuel me deseó una vez más una *goyosa añada* y se despidió de mí con un beso que sabía a café. Le había bastado el sofá y un largo discurso que tuvo que oír de mi boca chalada durante casi toda la noche. «Las decisiones que han de tomarse en soledad son las más arduas», le dije. Él lo sabía, yo también: había pasado los últimos meses conociendo las decisiones de una mujer sola en los tiempos en que el mundo fue un torbellino de decisiones en su mayoría equivocadas. Pero no me replicó. Solo escuchó. Y, antes de que llegara la luz del día y cuando hasta los gallos del nuevo año dormían aún, tomó la enésima taza del puchero de café que durante horas nos ayudó a contrarrestar los efectos de las piscinas en copa de balón mezcladas con un cava *brut nature*, me besó y se fue arrastrando su soledad.

Nuestras pausas respectivas acabaron en el mismo momento en que la suya cruzó la puerta.

Una hora después, Simuel hizo la maleta y se fue para siempre de la Cañada. Nadie supo nunca dónde ni con quién había dormido la última noche del viejo año, si es que lo había hecho, ni con quién dormiría a partir de la primera del nuevo.

Yo también me fui.

Al ver los copos derramar su silencio sobre aquellas montañas a las que ya pertenecía, me sentí con fuerzas renovadas para el doble viaje al lugar que me correspondía, el que me llamaba y reclamaba a gritos: a otras nieves remotas donde se escondía la muerte azul y a otros tiempos lejanos donde habitaba un olvido perdido.

Escruté de nuevo los ojos de Mariela según Otto Dix y volví a entenderlos. Había expirado la venia. Veinticuatro horas fue tiempo más que suficiente para llenarme los pulmones con el ozono de mi siglo y comprobar qué poco y mal había cambiado desde que una mujer joven de mi misma sangre lo respiró por última vez. Ahora yo debía regresar al suyo y seguir aspirando las bocanadas del pasado que quisiera regalarme.

Necesitaba reunirme de nuevo con ella.

Lo hice al amanecer del primer día del año 2019.

107

Hasta que...

La princesa Eugenie Mijailovna Shajovskaya no tenía medida. Esa era la mejor manera de describir a una mujer indescriptible: además de salvaje y libre, era infinita.

Toda ella se desbordó por el interior del aparato que condujo a Mariela de Berlín a Moscú en enero de 1919 y creció dentro hasta hincharlo como un globo de helio. Debido a eso, y a que pocas veces las manos de la princesa estuvieron más de diez segundos quietas sobre los mandos, puede que el avión, en realidad, no volara, quizá solo planeó flotando entre nubes sobre las llanuras blancas de aquel invierno en el que el mundo cambiaba a dos mil metros por debajo de sus pies, pensó mi bisabuela cuando por fin pudo ponerlos de nuevo en él.

—La revolución ha fracasado en Alemania porque le faltaba corazón. Demasiado cerebro, demasiadas cabezas extraordinarias pensando al mismo tiempo, pero poco corazón. Y si la nuestra se va a la mierda será por lo mismo, pero al revés, por exceso de pasión. ¿Qué crees, que los rusos somos tan fríos como esos campos nevados que ves ahí abajo? No, *sestra*,[39] no. Tanta nieve nos ha convertido durante siglos en volcanes para llenarnos por dentro de lo que nos falta fuera. Y digo más: si los rusos son volcanes, las rusas somos lava. Nos sobra fuego, nos sobra corazón y nos sobran pelotas.

39. Hermana.

Mariela asía el tubo que contenía el cuadro de Otto Dix como quien se aferra a la única soga de salvación colgante del acantilado. Cuando la princesa hablaba de su género, el avión se bamboleaba en el aire para darle la razón. Cuando hablaba de pasión, el aparato lo corroboraba con un batir de alas. Cuando hablaba de corazón, al Ilya Muromets se le salía el suyo con un bufido de motores. Y cuando todo eso sucedía, el estómago de su pasajera se encogía tanto que varias veces sintió cómo se le escapaba en forma de nuez por la garganta. Solo el tubo y el cuadro le recordaban que había tierra firme en algún lugar debajo de ella y que, si el destino quería, tal vez algún día volvería a pisarla sana y salva.

La vio por primera vez, aunque no la pisó porque no se le permitió abandonar el avión, en un páramo en medio de la nada de Minsk que su guía llamaba «campo de vuelo apto para el repostaje». Puede que lo fuera al sol de un día de primavera, pero aquella noche cerrada de enero no era más que un desierto blanco.

—Saluda por la ventanilla a una de las primeras repúblicas socialistas soviéticas, *sestra*. Es suelo bielorruso, el camarada Jylunovich me deja siempre parar aquí para dar de comer al pájaro. Es bueno, buenísimo, que ahora nos gobiernen poetas, así es como se cambian los pueblos, ¿verdad?

Mariela se abstuvo de responder. Trataba de entender los elogios de una princesa a un poeta que gobernaba una república, pero estaba demasiado cansada para desenredar el trabalenguas y prefirió seguir escuchando en silencio. Lo hizo durante media hora, mientras el aparato descansaba en un hangar enmohecido y solitario, aunque ni siquiera allí se sintió lo suficientemente segura como para soltar su tubo.

El trabalenguas siguió y se complicó durante el resto de la travesía.

En medio del absurdo adonde había terminado viajando, aquel cilindro fue lo único que tuvo algún sentido para ella.

—Te preguntarás cómo una señorita noble educada en el Smolny ha llegado adonde estoy yo hoy.

No, Mariela no se lo preguntaba, porque tampoco sabía cómo lo había hecho una enfermera del Moncayo.

No obstante, la princesa no buscaba respuestas. Ella las tenía todas.

—Los bolcheviques me han enseñado muchas cosas, pero no precisamente que las mujeres podamos hacer de todo. Eso ya lo sabía yo desde antes de la Revolución.

Lo mismo sabía Mariela, lo había aprendido ella sola y también antes de conocer a los bolcheviques.

—La primera vez que lo comprobé fue en París...

Y Mariela. Fue el día en que May Borden le regaló un sombrero cloché de cuya memoria tan solo quedaba una acuarela.

—Allí vi a una mujer hacer malabarismos en el cielo al mando de un biplano. Yo solo tenía veintiuno, y ella, veinticuatro. Me dejó sin habla... los tirabuzones de su avión en el aire... Me dije «eso quiero hacer yo, esa quiero ser yo». La llamaban baronesa y pensé «ya tenemos algo en común», porque mi padre era barón. Aunque no era verdad, era hija de un fontanero, conque ni eso compartíamos entonces. Pero no tardé ni un año en convertirme en ella, fue en 1911, cuando me dieron en Berlín la licencia de piloto. Lo que quiero decirte, *sestra*, es que no hay nada que una mujer no pueda conseguir. Nada. Hasta que...

Se interrumpió a sí misma porque no encontraba «hasta ques» racionales, ninguna expresión que saliera de la boca de Eugenie era racional, a pesar de que mi bisabuela creyó entender a qué se refería: su nueva amiga hablaba de nieve y lava.

El monstruo que devoraba a las mujeres rusas era el mismo que las carbonizaba, por muy formadas, cultas, listas o pioneras que se sintieran... eso trataba de explicar. Era un monstruo nacido del frío, pero que necesitaba abrasarse para sobrevivir. Un reptil silencioso, una larva desovada en el cerebro pero que anidaba en el corazón y, después de colonizarlo, llegaba a paralizar el resto de los órganos del cuerpo y, en muchos casos, a causar la muerte.

Hablaba de la Serpiente, aunque mi bisabuela aún no lo supiera.

La princesa cayó bajo sus colmillos cuando ya era aviadora autorizada por las leyes de la aeronáutica incipiente. Antes, había intentado participar en misiones de reconocimiento para el ejército italiano y había superado el examen que le permitía volar en Rusia. Trabajaba para el fabricante aéreo de los Wright. Se granjeó sus primeras aureolas de prestigio al protagonizar un par de exhibiciones aéreas militares imitando los tirabuzones de la hija del fontanero en París. Y las consolidó el día en que supo controlar con nervios de acero un incendio en pleno vuelo; cuando aterrizó como si no hubiera ocurrido nada, lo hizo convertida en un miembro más de la élite de la aviación. Muchos de sus colegas olvidaron que era mujer y la aceptaron como ser humano. Puede que esa hazaña, la de que dejaran de verla como miembro del sexo intruso en su masculina profesión, fuera la acrobacia más difícil de su carrera, y no la había realizado volando sino, irónicamente, al tomar tierra.

De forma que ella también lo olvidó, creyó que en el aire ya no había hombres ni mujeres, hasta que...

Hasta que llegó el reptil. El suyo vino envuelto en un papel de celofán que se llamaba Vsevolod Mijailovich Abramovich. Tenía un año menos que ella y fue su instructor en el campo de entrenamiento de Johannistal. Por él perdió la cabeza, que siempre había mantenido serena en el aire, y el corazón, cuya existencia ni siquiera había notado hasta entonces. Se enamoró con toda la fuerza con la que los vientos Burán de Siberia convierten al avión más sólido en pajarillo desvalido. Se rindió a él.

Fijó su residencia en Berlín por amor, y consumidos de deseo vivieron entre la ciudad y el cielo hasta que este último los separó. Fue en un vuelo de instrucción que ambos realizaron juntos en 1913. El aparato, sin que la princesa todavía supiera por qué, se precipitó al suelo y les rompió la vida. Veintiocho personas perecieron, pero para ella murió una sola: Vsevolod.

—¿Ves esto? —Eugenie apartó los ojos del frente, giró preocupantemente el torso por completo hacia Mariela y se señaló la nariz con las dos manos—. Está rota y espero que siga así muchos años. Es el único recuerdo que tengo de aquel día.

Para evitar olvidarlo, regresó a Moscú y se entregó de lleno a lo que los demás llamaban frivolidad, pero no era más que un cráter abierto, burbujeante y sin fondo. Se echó tantos amantes como necesitó para que la memoria de su compañero se mantuviera siempre viva. Y devoró hombres con avidez insaciable, trató de engullirlos a todos y demostrarse a sí misma que el suyo, el único, era irrepetible y que estaba irremediablemente muerto.

No le importó convertirse en tema de conversación predilecto entre la aburrida aristocracia de la corte de San Petersburgo; al contrario, encontró en ello una de las mayores diversiones de su vida. De hecho, en cuanto notó que decaía el interés hacia su persona, se entregó a placeres más fuertes y, a ser posible, inyectables. Supo mantener encendida la llama de la provocación con extraordinaria habilidad. En eso debió de ser maestra, a Mariela no le costaba imaginarlo.

Y entonces estalló la guerra. La princesa combatió, bombardeó, satisfizo todos sus apetitos de sangre y sexo, coqueteó con la muerte, despreció la vida, bailó al borde del precipicio... y alguien que codiciaba su libertad, pero carecía de la habilidad necesaria para merecerla, la acusó de traición. Fue condenada a muerte, aunque el zar le conmutó la pena por el internamiento a perpetuidad en un convento.

Sin embargo, llegó la Revolución y, estaba convencida con fe cuasi religiosa, lo hizo solo y exclusivamente para salvarla a ella. Los camaradas la sacaron del convento y Eugenie se convirtió al bolchevismo con la misma entrega con la que antes arrojaba bombas sobre las tropas alemanas. Encontró en la causa revolucionaria otro motivo más por el que morir. Porque era la muerte, la misma muerte que le había arrebatado al amor de su vida en lugar de llevársela a ella, lo que Shajovskaya buscó en todos y cada uno de los dobles saltos mortales a los que se lanzó.

En el viaje de Minsk a Moscú, se jactó ante mi bisabuela de que, en los días en que no volaba y disfrutaba de una aburrida vida sedentaria en tierra, se divertía trabajando como verdugo de la nueva policía roja que todos conocían como Checa. Incluso le confesó unos cuantos asesinatos que, por algún motivo, no consiguieron escandalizar a su pasajera: ya había pasado suficientes horas con ella en las nubes para saber que estas también poblaban su cerebro. Lo que sí era cierto es que todo lo hizo con una pistola Mauser al cinto, por si podía acelerar la llegada de esa muerte que siempre huía de ella.

Hasta que...

Hasta que, harta de que se le escabullera, solo un año después de aquel viaje de Berlín a Moscú con Mariela, apretó la Mauser contra su sien y salió a su encuentro.

Pero mi bisabuela nunca llegó a saberlo. Lo que sí pudo entender con el tiempo es que la princesa no fue la única que sucumbió al fuego en los años en los que la humanidad se congelaba.

Amanecía. Se supo solo porque el cielo se había iluminado por un instante con una cierta claridad lejana, un resplandor difuso que a duras penas consiguió traspasar el telón de nubarrones. Pero fue una ráfaga fugaz porque, en cuanto el halo distante pareció acercarse, la princesa comenzó a huir de él.

Mi bisabuela lo notó en la boca del esófago. No sabía qué ocurría. Era algo así como vértigo... el vértigo de un vacío que la succionaba, un imán poderoso llamándola desde las profundidades sin que su cuerpo ni su esófago pudieran resistirse. Se desplomaba.

La princesa Eugenie Mijailovna Shajovskaya, sin embargo, no pestañeó ni se quitó de la comisura de los labios el cigarro de *majorka*[40] que la acompañó todo el trayecto.

40. Tabaco de baja calidad que fumaban los campesinos rusos.

—Descendemos, *sestra*. Átate bien al asiento. Si algo falla, no vivirás para contarlo ni te salvará ese puñetero tubo que parece tu tercer brazo, así que ya puedes ir soltándolo. Y tampoco te servirá de nada rezar, porque Dios no existe. ¿Lista? Allá vamos.

108

El depósito de los misterios rusos

Mariela consiguió dejar de apretar contra el pecho el cilindro que contenía su cuadro poco después de que el Ilya Muromets de Eugenie aterrizara con suavidad en el Jodynka, aunque tardó un par de minutos más en abrir los ojos.

Estaban en suelo firme. Y, por algún arcano insondable que las nuevas ciencias y el progreso habían desvelado solo a ciertas mentes excepcionales, había llegado a él volando a ciento veinte kilómetros por hora. No tenía explicación, pero así había sucedido. Un auténtico milagro. A mi bisabuela se le ocurrió, aunque no lo dijo, que definitivamente el mundo iba a cambiar en el siglo XX, sin duda, pero que la verdadera revolución no sería política, sino tecnológica. Solo tuvo razón a medias.

Su segundo descubrimiento, una vez superado el periodo de alivio y el ligero cosquilleo que le produjo volver a sentir la presión atmosférica habitual para un ser humano terrestre, fue algo más inquietante.

—Me dijiste que tu país está en guerra, ¿verdad, princesa?

—Verdad, *sestra*, aunque no en Moscú, ahora el frente está a más de dos mil kilómetros de aquí.

No importaba la distancia. No era esa la explicación. Lo que verdaderamente le resultó sorprendente fue algo que le hizo recordar el día en que cruzó por primera vez una frontera, el verano del año anterior.

En Rusia, y a diferencia de lo que vivió al traspasar la separación entre España y Francia, Mariela solo pudo oír silencio. El mismo silencio que la envolvió en Wervik tras el incendio, únicamente el sonido del vacío. Ni un redoble lejano de tambores, ni siquiera un ronroneo, tampoco el rumor sordo de una cavidad hueca. No se oía el Rugido. Solo la nada.

Lo que sobrecogió a Mariela aquella madrugada del 20 de enero de 1919 fue que en Rusia, a pesar de la guerra civil entre rojos y blancos que se libraba en el interior de sus confines, nada ni nadie aullaba.

Hubo un instante, tan solo un segundo fugaz, en que creyó percibir algo similar al suave siseo de la copa de un roble mecido al viento del Tiergarten. Pero enseguida se desvaneció y después solo quedó el silencio... el mismo silencio atronador y pertinaz

Y eso, a pesar de que Moscú era un enjambre aquel día.

Las multitudes se derramaban por cada una de las venas de la nueva capital rusa, aunque no impidieron que Eugenie y ella llegaran hasta las puertas del Kremlin a bordo de un destartalado Skoda que de algún modo supo de su llegada y las estaba esperando.

—Todos van a la Plaza Roja para escuchar el discurso del camarada Ilich. Esperan que hable cuando termine el segundo congreso de sindicatos... los muy *govnyuki*.[41] —La princesa traducía la información que Sergei Shevchenko, conductor rudo pero habilidoso, les iba proporcionando en su camino hacia el destino final y a la que ella añadía apéndices de cosecha personal.

Otro congreso, más asambleísmo revolucionario, sonrió Mariela para sí, eso le resultaba familiar.

Su amiga seguía:

—Seguro que Lenin va a aplastar a los izquierdistas...

—¿Izquierdistas?

—Sí, de ellos está plagado el sindicalismo, ¿no lo sabes?

41. Mierdosos.

—Ni lo sé ni lo entiendo.

—Ah, entenderlo, yo tampoco. Pero espera... habrá muchas más cosas que no entiendas en mi país, de forma que tampoco necesitas explicarte esta ahora mismo. Ve acumulándolas.

Lo hizo. Pero desde ese día y hasta que su depósito de cosas incomprensibles se llenó, trató incansablemente de asir lo inaccesible. No fue fácil en Rusia.

El primer enigma vivía en una de las habitaciones de un edificio señorial, el gran bloque rosado y blanco del hotel Nacional, que, justo enfrente del Kremlin, se había convertido en la Primera Casa de los Soviets, un lugar que daba alojamiento a miembros del partido reinante en Rusia.

Cuando entró en el vestíbulo, Mariela quedó extasiada ante la oruga de mármol y barandilla de filigranas doradas con forma de escalera que ascendía hasta el mismo cielo del que ella había bajado horas antes. Todo en aquel hotel tenía un aspecto de solemnidad marchita, una cierta pátina de deslucimiento que, sin embargo, no empañaba su majestuosidad. Era, sin lugar a dudas, el edificio más singular que había pisado.

No sabía por qué estaba allí, pero, antes de que pudiera pensar siquiera en dónde iba a dormir aquella noche, vio un rostro conocido que bajaba por la escalera imponente y la estrechaba en un abrazo emocionado.

—¡Mi muy querida amiga española, con cuánta impaciencia aguardaba tu llegada! Tengo arriba un samovar lleno de café tan malo como el que tomábamos en Berlín, pero con un vodka mejor.

Inessa Armand estaba tan bella como la recordaba, pero mucho más triste. Su tristeza era incalculable, pese a sus esfuerzos por dosificarla. Mi bisabuela era observadora y le bastaron las tardes de vodka y café de Berlín para aprender a leer en sus ojos. No esperó a una confesión para interrogarla.

—Yo también estoy feliz de verte, Inessa. Pero noto que hay algún problema, no estás bien... dime qué ocurre.

Inessa sonrió con pena.

—No te andas por las ramas, querida, ni esperas a los saludos de rigor. Me gusta eso de ti, aunque es mejor que hablemos delante del samovar. Sube conmigo, quiero presentarte a alguien. —Tomó la maleta de Mariela y se dirigió a la princesa Shajovskaya—. ¿Te quedas con nosotras, camarada Eugenie?

La carcajada de la piloto rebotó en las paredes y alrededor del hueco de la escalera del hotel Nacional.

—¡De ninguna manera! Tres días en Berlín y ya tengo descuidadas mis... relaciones sociales, tú me entiendes. A mí también me espera una botella de vodka, pero la prefiero en una compañía diferente. *Uvidimsya, tovarischi!*[42]

Cuando el torbellino aviador salió del hotel, Inessa y Mariela ascendieron por la oruga de mármol. Ya imaginaba mi bisabuela adónde conducía la escalera: sin duda, hasta el siguiente misterio ruso.

Efectivamente, había un misterio y estaba vestido con una túnica de terciopelo verde ribeteada con encajes de Chantilly y volantes de seda. Al igual que el propio hotel, el vello del tejido brillaba desgastado en los hombros y los codos, pero apenas se notaba porque, aunque seguramente procedía del vestuario requisado a algún noble en el exilio, era la persona que lo vestía, una verdadera revolucionaria, quien hacía de aquel un ropaje mayestático.

En una de las *suites* del hotel Nacional, la Primera Casa de los Soviets de Moscú, junto a un jarrón con cinco rosas rojas que incomprensiblemente permanecían lozanas, un samovar lleno de café en lugar de té y una botella de buen vodka de ocho destilaciones, la esperaba otra de las mujeres que iban a convertirse en primordiales para Mariela. Era un nuevo eslabón, otra cuenta de piedra preciosa engarzada en un collar que no tenía final.

En esa habitación, vestida de terciopelo y seda, se alojaba Alexandra Mijailovna Kollontai.

42. ¡Nos vemos, camaradas!

109

Mujeres esenciales

Su pelo castaño y ondulado era el más suave. Sus dedos, los más largos y de gestos más exquisitos. Su cuerpo, el junco más esbelto. Sus ojos, dos aguamarinas del cristal más azul. Su mirada, la más triste, más que la de Inessa, más que la de la propia Mariela, más que la mirada de todas las revolucionarias que había conocido. Pero, por encima de todo y de todos los que la rodeaban, su barbilla era la más erguida y su cabeza la más alta, tan alta como si llevara un cloché comprado en la mismísima sombrerería Monsieur Terré de París.

Alexandra Kollontai vivía en el hotel Nacional y no había salido de él desde que sufrió el ataque al corazón, el primer día de 1919. Cuando entró en su habitación la recién llegada, una sonrisa le iluminó las mejillas. Eran tersas, sin arrugas, ligeramente aniñadas... ¿Cuántos años tenía? ¿Treinta y cinco, cuarenta...? ¿Tal vez cuarenta y cinco? ¿Posiblemente cincuenta? En cualquier caso, su aspecto de juventud eterna languidecía en aquel cuerpo postrado por la enfermedad, el cansancio y tal vez la decepción. Mariela sabía distinguir los tres mucho mejor que la edad de las personas.

La sorpresa llegó cuando, tras la sonrisa, pronunció las primeras palabras dirigidas a mi bisabuela:

—Querida Mariela, sé muy bienvenida, no imaginas cuántas ganas tenía de conocerte.

Eso dijo. Y lo dijo en un español perfecto, solo marcado

por una leve palatalización de las consonantes, único rasgo que delataba que ese no era su idioma nativo.

A mi bisabuela la recorrieron miles de hormigas por dentro. Exceptuando su discurso inconexo pronunciado ante Wanda Marcusson la noche fatídica en que asesinaron a Rosa Luxemburgo y a Karl Liebknecht, apenas recordaba la última vez que ella pronunció (o alguien le dirigió) una palabra serena en su idioma.

Después de aquella noche en Berlín, creía que se le habían secado todas las lágrimas y, sin embargo, una se le escapó al oír el saludo de Alexandra. Fue una lágrima de nostalgia, de soledad, de melancolía infinita.

La anfitriona lo notó y amplió la sonrisa.

—Sí, hablo tu idioma, amiga mía. Te sorprenderá, pero es que se me dan bien las lenguas. Podemos entendernos en diez más si quieres, si he elegido la tuya ha sido no solo por cortesía, sino porque es una de las que más me gustan y no tengo muchas ocasiones de practicarla, no desde que se fue mi buena amiga Sofía Casanova.

Demasiada información. A Mariela no le daba tiempo de procesarla.

—¿No la conoces? Algún día te hablaré de tu compatriota Sofía... ¡ah, magnífica periodista, aunque de conceptos un poco equivocados! Espero que tengamos tiempo para conversar sobre ella y sobre muchos otros asuntos, querida camarada, si accedes a quedarte con nosotros.

Mi bisabuela no pudo enjugarse la lágrima porque llegaron mil más, todas desatadas, imparables... ¿Qué le ocurría? No había tenido tiempo de articular una sola sílaba en español porque Alexandra, a pesar de la debilidad, era un torrente de ellas que la sumergía en una especie de baño de agua templada y amable.

Su anfitriona le apretó una mano:

—No me extraña que llores, hazlo, no te avergüences. Las mujeres tenemos derecho a todo: a ser duras e inquebrantables y también a dejarnos llevar por el llanto, porque eso no nos hace menos fuertes. Todo lo contrario, nos hace humanas. Si hay alguien en esta habitación que merezca dejar escapar cuantas lágrimas lleve en los ojos eres tú, Mariela. No puedo ni imaginar tu pesadilla. Ver cómo asesinaban a Rosa y a Karl...

También las pupilas color de agua de Alexandra se inundaron.

Una mujer menuda y seria con mirada de inteligencia se levantó de un diván para decirle algo en ruso en tono de advertencia; después se presentó en francés como su secretaria, Maria Petrovna, y explicó a Mariela:

—Disculpe la interrupción, *podruga*,[43] pero Alexandra debe tranquilizarse, no es bueno que hablemos de temas que puedan alterarla...

Entonces mi bisabuela se dio cuenta de que en aquella habitación, además de Inessa, había más gente. Sentada en el mismo diván que Petrovna, una joven, casi una niña, escuchaba en silencio y miraba con ojos furtivos a un muchacho algo mayor que, con pose grave y extraordinaria delicadeza, acariciaba de vez en cuando la frente de la enferma: eran Anna Litveiko, una aprendiz de bolchevique que quería saberlo todo de su heroína Kollontai, y el hijo de esta, Misha, que había dejado temporalmente los estudios en un instituto tecnológico de Petrogrado para cuidar de su madre.

Mariela los observó, se secó los ojos y por primera vez habló:

—Hola, camaradas. —También empleó el francés—. Muchas gracias por recibirme. —Y después, en español—. Y a usted, señora Kollontai, muy especialmente. No tengo palabras para agradecerle...

Fue interrumpida de inmediato con una carcajada.

—De ninguna manera permitiré que me hables de usted, amiga. Puedes comprobar que entiendo bien tu idioma y conozco la diferencia. Trátame de tú y llámame Shura... estas amigas cercanas que ves aquí lo hacen y yo espero que muy pronto te sientas una de ellas. Por mi parte, que hayas llegado

43. Amiga.

a mí huyendo de los asesinos de la revolución alemana ya te convierte en una muy querida. No te va a faltar de nada junto a nosotras, aunque me temo que dentro de nuestras limitaciones en estos duros tiempos que nos ha tocado vivir.

Alexandra, al fin, consiguió: que Mariela sintiera que había encontrado otra calle Monsieur, un jardín de lilas y un ruiseñor dispuesto a cantar para ella. Eran nuevas May Borden en su vida. Solo por ese momento de inmensa plenitud, como no la había vivido en los últimos meses, llegó a sentirse afortunada. Había merecido la pena recorrer medio mundo por tierra y aire solo para incorporar a su existencia las de aquellas mujeres esenciales.

Disfrutó de ellas y de otras más en los días que siguieron. Disfrutó, sí, y más tarde no se arrepintió de hacerlo. La conciencia ya no la sacudía a latigazos cuando recibía ráfagas de aire perfumado en su camino, porque sabía que eran tan solo eso, brisas efímeras que únicamente servían de tregua antes del huracán.

Y siempre habría un huracán.

110

La *ispanka*

El ofrecimiento de Alexandra Kollontai era sincero. Y lo demostró al informarle de que había una habitación preparada para ella en ese mismo hotel, la habitación 112.

—Te gustará. La ocupó durante un tiempo el camarada Yakov Sverdlov cuando hicimos de Moscú la capital y él tuvo que trasladarse desde Nijni-Novgorod...

Regresaron la sima y el vértigo. Le esperaba la misma estancia en la que había dormido su amor imposible. ¿Una casualidad del destino? ¿Otra...?

Dudó antes de contestar con la mayor serenidad posible:

—Sí, conocí al camarada Andrei en París y después volvimos a vernos en Berlín.

Alexandra continuó alegremente y con sencillez, sin asomo de sospecha:

—Ya, ya lo sé, algo me dijo de la enfermera que le había presentado el camarada Chagall... Ahora Sverdlov vive en el Kremlin, es muy necesario para Lenin, los dos necesitan trabajar lo más cerca que puedan el uno del otro. En estos días se encuentra en Minsk, ha ido a preparar un Congreso de los Soviets bielorrusos junto al camarada Alexander Myasnikov, pero esta semana conocerás a su esposa, Klavdiya, que ha prometido venir a visitarme.

El destino... el maldito destino parecía empeñado en transformar las casualidades en trampas mortales.

Inessa interrumpió:

—Eso será más adelante. Por ahora, necesitas descansar un poco. Yo te acompañaré a tu habitación, Mariela. Ven conmigo.

Volvió a batir la copa de un roble cuando Inessa abrió la puerta de la *suite* 112 del hotel Nacional.

—Al menos está caliente y tiene electricidad. —Su amiga trataba de justificar la extrema austeridad del cuarto—. No tenemos lujos en la nueva Rusia, siento que no podamos ofrecerte más.

Mariela miró a su alrededor y lo primero que vio, enternecida hasta la emoción, fue el mejor lujo que podía ofrecerle la revolución: un jarrón con otras cinco rosas rojas como las de la habitación de Alexandra, lo único accesorio allí y sin más utilidad que ensanchar el espíritu. El resto no le importó, ni las cortinas sin brillo ni la alfombra sin dibujo ni la colcha sin color. Porque, además de rosas, la estancia tenía lo único que había necesitado encontrar en todas las habitaciones que le dieron cobijo, desde la casa de huéspedes de Galaciana hasta la Maison de Madame Clotilde, incluso en el barracón de Wervik: una ventana.

Por la de la 112 se veían las torres amuralladas del Kremlin, los copos de nieve que cubrían las calles y un cielo por el que tal vez, un día, llegara volando algún ruiseñor perdido. Por aquella ventana, como por las otras que conoció y fueron suyas, se divisaba el mundo entero. No podía pedir más.

Quizá fuera esa la última ventana, y Rusia, la etapa final del camino, pensó. Aquella sola idea encendió una chispa de la esperanza que había perdido en Berlín.

—¿Qué pasa, Inessa? Sé que hace rato que quieres decirme algo. Aunque aquí no tenemos samovar, y prometo que compraré uno en cuanto gane algo de dinero, puedes hablar francamente, ahora que estamos las dos solas.

Había intuido que su amiga estaba interesada en algo más que ayudarla a deshacer su reducido equipaje. La rusa la abrazó con cariño, sentadas sobre la cama.

—Primero, yo te conseguiré un samovar, no te preocupes, olvida esa costumbre capitalista y europea de comprar cosas. Segundo... ¡eres increíble! Sabes leer los ojos y la mente, ¿a que sí?

Fue Mariela quien rio:

—Puede ser. Empiezo a creer que tenían razón mis paisanos cuando me llamaban bruja... Dime, Inessa, ¿estás preocupada por Alexandra?

—Desde luego que lo estoy, muy preocupada; los médicos dicen que ha sido una angina de pecho y eso es grave.

—Pero hay algo más...

Inessa bajó la voz:

—Lo hay. Es que... creo que ha vuelto la *ispanka*.

Mariela se estremeció.

—Así llamáis a la gripe que mata a tanta gente, ¿verdad?

—Sí, perdona si te incomoda...

—En absoluto, estoy acostumbrada. Aunque yo la llamo la Bestia, que es un nombre mucho más ajustado.

—Sí, la Bestia... *zver*,[44] me gusta. Es la tercera aparición, siempre creemos que cada oleada va a ser la última, pero regresa una vez, y otra, y otra...

—Lo sé, en ocasiones me parece que es invencible.

—A mí también. Y aquí, en Rusia, puede que estemos ayudándola con nuestro silencio.

—¿Silencio?

—Verás... yo jamás cuestionaría las órdenes del partido, formo parte de él y es mi vida entera, he luchado y siempre lucharé por la Revolución, nunca pretendería...

—Déjalo, Inessa, lo sé, no tienes que explicármelo. Además, aquí no te oye nadie más que yo.

—Es solo que sobre esa gripe... no se nos permite hablar. Oficialmente, no hay *ispanka* en Rusia, no la hay ahora, no la ha habido y no la habrá.

—Ese es un viejo cuento conocido para mí...

—No, Mariela, aquí es distinto: aquí estamos tratando de

44. Bestia.

construir algo nuevo y diferente a lo que has visto hasta ahora, aquí el mundo ya ha empezado a cambiar. Pero estamos rodeados de enemigos contrarrevolucionarios dentro y fuera que tratan de impedir que nuestro proyecto cuaje. Recuerda lo que ha ocurrido en Alemania. Nosotros somos más fuertes que los camaradas alemanes porque tenemos al pueblo de nuestra parte, pero podemos perder todo lo alcanzado con el primer viento en contra.

—Ya. Y uno de esos vientos podría ser la *ispanka*, ¿verdad?

—Entiéndelo: ya tenemos demasiada miseria con el bloqueo, la guerra y la escasez. Hemos colectivizado los recursos, gracias en buena parte a la gestión de Alexandra mientras fue comisaria de Bienestar Social, para poder repartirlos mejor, pero no es suficiente...

—Porque hay algo que no habéis tenido en cuenta: que a la Bestia le gusta el silencio y la muchedumbre. Yo no sé qué es eso de la colectivización, no tengo suficiente información ni soy quién para llevaros la contraria, pero imagino lo que significa: que, al ponerlo todo en común, también se facilitan los medios para que la enfermedad se propague sin límites. En aquellos lugares donde la Bestia pueda saltar de un ser humano a otro, allí creará su morada. Al final, lo único que terminará verdaderamente colectivizado será el sufrimiento.

Inessa calló unos segundos.

—Quizá tengas razón. Quizá la *ispanka* sea el fin de la Revolución. Qué ironía de la historia sería que una enfermedad acabase con el sueño de todo un pueblo...

—No lo hará si ese pueblo pone los medios. Supongo que la escasez también afecta a los medicamentos, ¿verdad?

—Por desgracia sí, pero sobre eso precisamente quería hablarte. Tú has luchado contra la gripe en España, en Francia, en Bélgica, en Alemania... El camarada Radek me contó lo que hiciste en el Charité de Berlín y que buscabas plantas milagrosas en el Tiergarten...

Inessa sabía que había habido más, mucho más en el Tiergarten, lo vio en su mirada. Pero le hablaba con naturalidad y con la misma le contestó también Mariela.

—No eran milagrosas, pero sí tenían poderes curativos. Milagrosas eran las de mi Moncayo.

—Pero ese lugar nos queda un poco lejos para ir a buscarlas, ¿no te parece?

Las dos sonrieron, la española con nostalgia.

—Te propongo otra cosa: puedo conseguir que Sergei, el conductor que te ha traído, nos lleve al bosque Bitsevski. Está al sur, cerca de Moscú, y Sergei conoce bien la zona. Es inmenso, sería fácil perderse si no llevamos un guía. Pero seguro que allí encuentras algo que nos ayude a luchar contra la *zver*, como tú la llamas, y con la mayor discreción posible.

Mi bisabuela tuvo la sensación de estar repitiendo en bucle una misma escena de su vida, la que se inauguró en una verbena de San Isidro y que, desde entonces, se había convertido en un eterno episodio idéntico a sí mismo.

Se acercó a su amiga, la tomó fuerte de las manos y las sacudió con todo el afecto que pudo transmitir.

—Mira, Inessa, en Francia me rebelé contra la censura que impuso la guerra cuando reapareció la Bestia, lo hice también en Alemania cuando la revolución y el Gobierno solo tenían armas para luchar entre sí y dejaron morir al pueblo de gripe... y en ninguno de los dos sitios me sirvió de nada. No estoy de acuerdo con vuestro interés en mantenerla en secreto, pero ahora lo principal es que desaparezca para siempre. A la gripe hay que matarla con sus propias armas, envenenándola. Yo no le tengo miedo, ni tampoco quiero morir antes de derrotarla completamente. Sí, amiga mía, vamos a ese bosque y vamos a por la *ispanka*. Si quieres, lo hacemos encapuchadas y sin que nadie se entere. A la luz del día o por la noche. En silencio o a gritos. Yo lo único que deseo es acabar con ella. Y lo haremos, camarada, te lo aseguro.

111

La magdalena de Proust

—Ya he convencido a Maria Petrovna para que me deje hablar contigo sobre los sucesos de Berlín. Le he prometido que no voy a exaltarme, pero necesito que me cuentes todos los detalles. Aún no puedo creer lo ocurrido...

Mariela accedió a los deseos de Alexandra una vez hubo acomodado sus cosas en la 112 y regresado a la habitación de su anfitriona, un piso más arriba, como le había rogado. Le resultaba balsámico hablar en su lengua, la que le habían enseñado Cristovalina y Chuanibert mientras la mecían en su regazo y le hablaban de plantas, de nieves, de montañas y de mundos que no cambiaban, y para Kollontai lo era conocer las últimas horas de los amigos con los que había llegado a convivir en Berlín.

Mi bisabuela rememoró ante ella la cacería de los chacales, cómo cercaron a sus presas y cómo arrancaron de raíz el tallo aún tierno de la revolución en Alemania, pero no se extendió en la sordidez del relato, más bien quiso incidir en los recuerdos amables de quienes en poco tiempo llegaron a ser muy queridos para ella.

Alexandra lloró cuando oyó mencionar los nombres de Clara Zetkin, su maestra y su mentora; de Rosa Luxemburgo, la inteligencia; de Karl Liebknecht, el corazón...

—Sonja y Karl me ayudaron a sacar a mi hijo Misha de la Alexanderplatz. Fue detenido y acusado de espionaje hace cuatro años, cuando empezó la pesadilla. Todos los rusos en

Berlín éramos sospechosos de espiar para Rusia. ¿Espiar? ¡Pero si nosotros lo que queríamos era declararle la guerra a la guerra...!

A Mariela le pareció estar oyendo a Clara en la casa ZZ de Sillenbuch y a May en París. «La guerra es obscena», decían las tres. La guerra sí que había cambiado el mundo, añadía mi bisabuela.

—Quienes la alentaron y fomentaron fueron los socialpatriotas sedientos de sangre —siguió Alexandra—. Yo estaba en el Reichstag en 1914 y vi cómo algunos de los que habían sido mis compañeros socialistas votaban a favor de los créditos para la guerra. ¿Sabes qué me dijo Kautsky después de hacerlo? Él, que tenía dos hijos en el frente: «En estos tiempos terribles, cada cual debe llevar su cruz». ¡Su cruz! Llamaba cruz a lo que podía haberse evitado con su propio voto en contra.

Mariela se acordó de la tímida Lulu Kautsky. Aquello explicaba muchas de las cosas que había visto y oído en Alemania.

Alexandra temblaba. Maria Petrovna la miró con preocupación, pero ella tranquilizó a su secretaria y volvió a dirigirse en español a mi bisabuela:

—Tuviste la inmensa suerte de conocer a grandes personas en Berlín. Algunas de ellas me enseñaron lo que hoy sé, aunque hayamos tenido después algunas diferencias de opinión. Siempre las llevaré en el corazón, pero por haberlas recordado ahora junto a mí te doy las gracias, querida amiga.

La habían enseñado bien, de eso no cabía duda. Desde que participó en la Primera Conferencia Internacional de Mujeres Socialistas de Stuttgart organizada por Clara en 1907 y también durante su paso como militante del Partido Socialdemócrata alemán, hasta su desembocadura en el bolchevismo tras una breve estancia en el menchevismo, Alexandra Kollontai aprendió lo que le enseñó un buen número de mujeres sabias a lo largo de esa travesía. Desde entonces, pronunció conferencias por medio mundo, desde Estados Unidos hasta la vecina Suecia; aleccionó a mujeres que daban sus primeros pasos en el campo abierto de la libertad; vivió en el exilio y vivió respetada en su país; escribió artículos, ensayos, novelas...

Mucho era lo que le enseñaron y mucho más lo que había aprendido para cuando Mariela la conoció.

La charla podría haberse extendido hasta el fin de los tiempos, aunque solo lo hizo hasta la madrugada. Inessa se vio obligada a atajarla.

—Shura, discúlpanos, Mariela debe descansar porque mañana quiero enseñarle un poco de Moscú, si te parece bien.

—Pero que sea lo imprescindible, camarada Inessa, solo lo imprescindible... —La voz de Alexandra sonó, por primera vez, autoritaria.

—Por supuesto, descuida. Necesita desenvolverse lo más sola que sea posible, aunque ella entiende que siempre tendrá a alguien del partido cerca. Por su bien, claro.

—Exactamente... —Después recuperó la sonrisa y la dirigió a mi bisabuela—. Vuelve aquí por la noche, Mariela, y seguiremos hablando. Quiero que nos conozcas, contarte sobre la Revolución, no creas lo que hayas oído hasta ahora sobre nosotros...

—Será un verdadero placer, Shura. Estoy deseando conoceros.

Solo Inessa supo interpretar aquella conversación que pivotaba sobre dos ejes: por un lado, Alexandra no sabía que pretendían salir a la caza de la Bestia; por otro, Mariela no entendía qué era lo que no querían que viera de Moscú.

Pero no importaba, pensó, no estaba interesada en ser una turista en la ciudad ni nada de ella podría sorprenderla más de lo que la habían sorprendido los lugares en los que había vivido, amado y sufrido.

Ya había visto suficiente mundo, se dijo, y, al pronunciar para sí misma esa frase, de repente se acordó del bosque de libros de la calle Monsieur y de uno que le gustaba especialmente.

Entonces lo entendió mejor: como Proust a través de una

magdalena y por una sorprendente e inexplicable evocación similar, vino a su memoria la imagen de una joven idealista que no había visto más mundo que su pequeña montaña.

La revivió asombrada cuando le dijeron que unos kilómetros más arriba había una guerra de la que no había oído hablar y orgullosa al vestir por primera vez una cruz de Malta en el pecho. Volvió a verla recorriendo arrabales, trincheras, campamentos y bosques cargada de hierbas.

Habían pasado muchos kilómetros, mucho tiempo y mucho mundo entre la mujer de Moscú y la niña del Moncayo. Pero había viajado a través de todos ellos con una sola meta: derrotar a la Bestia. Si Rusia tenía algo que ocultar a sus ojos, lo descubriría en su momento.

O no. Qué más daba. Lo importante, sobre todas las cosas, era capturar al asesino.

112

El Sheremetievski

El primer lugar al que se dirigieron Inessa y Mariela al día siguiente fue al hospital Sheremetievski. Solo era uno entre los muchos, y todos saturados, de Moscú. Servía como botón de muestra, el lugar donde mi bisabuela podría hacerse una idea del estadio en que se encontraba la epidemia y de los síntomas de los enfermos. Además, la rusa quería que su amiga conociera al camarada médico Dimitri Sokolov, que había trabajado en el departamento de salud del Ayuntamiento de Moscú bajo las órdenes de Nikolai Semashko, antes de que este fuera nombrado comisario de Salud Pública. Sokolov había luchado con denuedo contra la *ispanka* durante la anterior oleada, la de otoño, la peor de las que habían vivido hasta el momento.

Fue un viaje curioso, en el que Mariela estuvo tan distraída que no vio más horizonte que el que cabía en la cabina del auto que las transportaba. Volvía a estar al volante Sergei Shevchenko y volvía a conducir el viejo Skoda en el que había trasladado a Eugenie y a Mariela desde el aeródromo de Jodynka, un vehículo requisado a tropas checas durante la guerra que solía estar al servicio del Comité Central, siempre que alguien del partido lo solicitara con la suficiente antelación.

Inessa lo hizo desde el mismo momento en que supo que su amiga española iba a volar a Moscú desde Berlín, ya sabía que necesitaría desplazarse en él. Mientras cruzaban la ciudad, habló sin parar y centró en su relato la mirada intensa de mi bisabuela, como era su costumbre cuando una conversación la subyugaba.

—No tenemos demasiados medios, como te he dicho, pero los bolcheviques creemos que la salud ha de ser un derecho de todos los obreros y no un privilegio privado para unos pocos, como lo era hace dos años.

—Me alegro de que vosotros os hayáis dado cuenta de lo que me dijo en Madrid un querido amigo que murió: que la enfermedad sale muy cara al erario público. Aunque sea por interés económico, detener la propagación de enfermedades debería ser la prioridad de todo Gobierno.

—Pues ya ves, espero que esa misma Europa que nos bloquea tome ejemplo de nosotros en lugar de condenarnos al aislamiento... Hemos tratado de mejorar en lo que hemos podido, sobre todo en salud femenina, porque si nosotras estamos bien la familia también lo estará, eso siempre ha sido así. Ya tenemos maternidades seguras, se puede abortar en los hospitales, estamos tratando de crear un programa para prevenir enfermedades venéreas que mejorará si conseguimos acabar con la prostitución... Las masas han conquistado el derecho a la salud. Ahora solo nos queda conquistar el derecho a los recursos materiales.

Llegaron. Era un edificio difícil de olvidar, construido en forma de concha que abrazaba con sus formas curvas una plaza arbolada. No hacía mucho que debió de estar pintado en tonos grises y verdes turquesas que, aunque ya desconchados, en algunas paredes y pilastras aún le otorgaban un aura imperial.

Las recibió Sokolov.

—Doctor... —comenzó Mariela.

—Nada de doctor, solo camarada, por favor —habló en un pésimo francés y le estrechó la mano sin sonreír.

—Discúlpale, es un poco seco —se excusó Inessa riendo.

A Mariela no le extrañó: allí no había motivos para la dulzura. De camarada en camarada, fue conociendo a los héroes que en aquel lugar trabajaban por encima de sus fuerzas y de su propia salud, algunos hasta que no les quedó ninguna, para atender a los enfermos que conseguían llegar arrastrándose hasta las puertas.

Junto a Sokolov estaba su mano derecha, mucho más habladora y a quien Mariela agradeció las explicaciones. Se llamaba Elizaveta Alekseevna Abaza, aunque todos la llamaban Vetta, una enfermera condecorada con la Cruz de San Jorge durante la Gran Guerra en quien Mariela supo desde el primer momento que encontraría a una Lonny rusa.

—Bienvenida, camarada, te agradecemos mucho que quieras ayudar a los obreros de esta ciudad que caen por culpa de...

Se interrumpió y miró a Inessa con un interrogante.

—Tranquila, ella es de los nuestros, está al tanto.

—De la *ispanka*. ¡Esa maldita gripe ha vuelto! Mira, camarada, mira. La garra de la muerte se los lleva a puñados y nosotros estamos aquí... los vemos marchar impotentes sin saber qué hacer... Ya fue difícil luchar contra ella en otoño, pero ahora hace más frío y tenemos menos medicinas. Yo misma enfermé hace dos semanas y aún no sé cómo he conseguido curarme, pero aquí estoy, viva y de pie...

Vetta hablaba mientras las guiaba por los pasillos interminables del hospital. A medida que se adentraba en ellos, Mariela sintió que la envolvía la oscuridad de un túnel lóbrego y, por un momento, llegó a pensar que no tenía final, que ese túnel la llevaría hasta el infinito y que después se acabaría el mundo.

En él se alineaban decenas, quizá cientos de camas cuyos ocupantes gemían, lloraban, se convulsionaban, tosían, escupían... y formaban un solo cuerpo, el de alguien a quien mi bisabuela conocía extraordinariamente bien, una multitud que podía ser recompuesta en un único ser de piel azul, mirada de espanto y olor a infierno.

Todos eran muchos y, al mismo tiempo, uno. Todos eran la Bestia.

—¿Cuántos trabajáis aquí para atender a tanta gente?

—Dos médicos y cinco enfermeras. —Mariela abrió la boca en una mueca de asombro—. Lo sé: siete, solo somos siete y ellos... no sé, ya he perdido la cuenta. Éramos más, pero los demás camaradas han ido muriendo. Nosotros también enfermamos, ya te lo he dicho. Por eso, amiga española, te agradezco con toda el alma que hayas venido a ayudarnos. Eres un... ¿cómo se dice?, un *beliy anguel*...[45] y que la Revolución me perdone si suena demasiado místico.

Vetta la abrazó.

Y mi bisabuela, que había leído a Proust, volvió a acordarse de su magdalena.

45. Ángel blanco.

113

Primera noche

Eran poco más de las cuatro de la tarde, pero ya había anochecido sobre Moscú y no parecía prudente ir al Bitsevski. Sergei se negó a llevarlas y amenazó con denunciarlas, de forma que debieron resignarse. El bosque tendría que esperar al día siguiente.

El único lugar que las podía acoger a esas horas era el hotel Nacional y, en su interior, la habitación de Kollontai, como ella misma les había pedido la víspera. Lo estaban deseando: solo la belleza de sus palabras y la tersura de su afecto eran capaces de borrar de su retina el azul de la Bestia y disipar de su olfato el aroma a muerte.

Llamaron a su puerta y tras ella encontraron de nuevo una reunión de camaradas de verdad, de compañeras que se juntaban para aprender unas de otras y todas de Alexandra.

Aquella tarde la habitación estaba en plena efervescencia. Las reunidas preparaban el proyecto más ilusionante de la Rusia del futuro: el Jenotdel, del que ya Inessa le había hablado a mi bisabuela. Pero acababan de producirse noticias y no eran buenas. Los últimos dictámenes médicos desaconsejaban que lo dirigiera Alexandra Kollontai; necesitaba meses de reposo en el mejor de los casos y si no empeoraba, de modo que era preciso encontrar una sustituta.

La joven Anna Litveiko fue traduciendo para Mariela en voz muy baja las deliberaciones en ruso.

Primero habló una mujer de marcados rasgos eslavos y

ojos que le sobresalían del rostro y que la revelaron como una de las mentes más despiertas de la reunión. Fue escueta:

—Debe ser la camarada Inessa, no creo que ninguna de las presentes tenga dudas.

Después dirigió una mirada severa pero al mismo tiempo cargada de cariño a la aludida, mientras las demás la observaban entre el respeto y la conmiseración.

Con toda la ingenuidad de su juventud, Anna hizo una radiografía somera del contexto para la invitada española, aunque en voz más baja todavía.

—Es la camarada Nadezhda Konstantinovna Krupskaya, aunque todos la llamamos Nadia, esposa de Lenin —dijo señalando a quien acababa de hablar; después, apuntó a Inessa y añadió—. Y esa otra es la amante de su marido.

Calló como si la revelación fuera tan natural como constatar que nevaba sobre Moscú y siguió escuchando la conversación. Pero mi bisabuela tardó en salir de su asombro: ¡Inessa Armand, su amiga, su camarada Inessa... amante del bolchevique más poderoso!

—Te lo agradezco, Nadia, para mí sería un honor, aunque no sé si soy la más preparada. Tal vez debería la camarada Stasova... —Inessa hablaba con humildad.

La aludida saltó de inmediato, con el ceño fruncido y los brazos en jarras. Miró a las demás por encima de unos anteojos redondos que se apoyaban en la punta de su nariz y parecían a punto de caer.

—Por supuesto que no, de ninguna de las maneras. Ya conocéis mi postura. Estoy aquí solo para ver a Shura, pero mañana vuelvo a Petrogrado.

Anna susurró la acotación correspondiente en el oído de Mariela:

—Esa es Yelena Stasova. Fue secretaria del partido, pero cuando la capital se trasladó a Moscú le dieron el cargo a Sverdlov. Ella aprecia al camarada Andrei y no tiene nada contra él, no vayas a creer... pero está enfadada con Ilich. No le ha gustado que la cambiara y ahora se niega a aceptar responsabilidades. Tiene mucho carácter...

Alexandra respondió:

—Gracias, querida Yelena, valoro mucho tu visita. Pero estoy de acuerdo contigo, Nadia, no creo que haya nadie más cualificado que Inessa como directora del Jenotdel. Tiene toda mi confianza.

La amiga de mi bisabuela se ruborizó y musitó unas palabras de agradecimiento, pero acto seguido se transformó en aquello de lo que acababa de ser investida y tomó las riendas de la reunión.

Tenían que apresurarse para poner en marcha cuanto antes el nuevo departamento, eso fue lo primero de lo que les advirtió Inessa. El objetivo final era conseguir la emancipación total de las mujeres rusas, y el inmediato, mejorar sus condiciones de vida y atraerlas a la causa revolucionaria, especialmente a las campesinas, alejadas de la ebullición política de la ciudad y de las fábricas.

Todas necesitaban las directrices de Inessa y, sobre todo, el consejo de Alexandra. Nadie mejor que ella había entendido el corazón femenino, aunque su propio corazón latiera más despacio vencido por el agotamiento.

—Hemos convencido a muchos camaradas hombres, y a unas cuantas mujeres reticentes también, de que somos tan necesarias como ellos y de que solo uniendo nuestras fuerzas como iguales la revolución triunfará. No sobrevivirá sin nosotras.

Alexandra se lo explicaba a Mariela pero también a las demás, una vez que, ya adoptada la decisión más difícil sobre la dirección del Jenotdel, todas pasaron a usar el francés.

A mi bisabuela le agradó la gentileza hacia ella y trató de corresponderles participando activamente, porque sobre aquel internacionalismo cultural y sobre aquella defensa de la elevación de la mujer a la categoría de ciudadana con todos los derechos ya la habían instruido en Alemania. Ella también quería intervenir en el diálogo, aunque prefería, siempre que fuera posible, mantenerse en silencio y escuchar, que era, a su modo de ver, el mejor modo de aprender.

—Estamos construyendo una sociedad en la que la mujer trabajadora pueda utilizar el tiempo que le quede libre para algo más que para la cocina y el cuidado de los hijos. Es el paso imprescindible para la liberación definitiva y para que pueda poner sus fuerzas al servicio de la revolución.

—Muy cierto, Shura. Explícale a nuestra invitada española lo que hemos conseguido ya.

Percibió Mariela un orgullo ansioso en la petición de Nadia que se repetía en muchas de ellas: el deseo, irrefrenable pero también humano, de que los logros de un país que se había dado la vuelta a sí mismo fueran reconocidos y aplaudidos. Ella había visto ese día la cruz en el hospital Sheremetievski, no estaba mal que ahora le enseñaran algo de la cara. Se dejó aleccionar.

—Nunca antes en Rusia hubo un movimiento de las mujeres como el que hay en estos tiempos nuevos, mi madre me lo ha contado. —Anna estaba emocionada.

—Porque en la época de tu madre y bajo el imperio zarista la mujer no tenía independencia económica, y ese es el primer paso para su emancipación. Después se convirtió en obrera, pero nadie la alivió de sus quehaceres como ama de casa y madre, lo que hizo que su espalda se doblara más. Así que ahora soñamos con que, en la sociedad comunista del mañana, la mujer quede liberada de sus cadenas, de todas sus cadenas: las de la religión, el matrimonio, los hijos...

—¿Los hijos también? ¿Y cómo pensáis conseguirlo? —se atrevió a preguntar Mariela.

—Por ejemplo, con guarderías donde los hijos de las obreras se críen junto a los hijos de otras obreras y estén bien cuidados mientras sus madres trabajan —dijo alguien.

Las demás comenzaron a enumerar:

—Con categorías especiales de mujeres trabajadoras que realicen las tareas del hogar y cobren un salario por ello...

—Con lavanderías comunes donde profesionales limpien la ropa de todas...

—Con cocinas y comedores populares para que no tengamos que emplear nuestro tiempo en alimentar a la familia...

—Los hijos y los hogares de unas son los hijos y los hogares de todas. Así podremos pasar las horas fuera del trabajo leyendo, pensando, enriqueciéndonos por dentro... —completó Alexandra el catálogo.

—También obteniendo el pleno respeto por parte de los hombres —puntualizó Inessa, la flamante directora—. Que dejen de considerarnos meros accesorios de sus vidas, que se erradique para siempre el derecho de propiedad sobre nosotras... Para eso es imprescindible que continuemos avanzando en nuestra legislación sobre el divorcio.

Todas miraron a Inessa y a Nadia, y durante unos segundos se hizo un silencio extraordinariamente elocuente en la habitación.

—Hemos progresado bastante —rompió Yelena el paréntesis y se dirigió a la invitada española—. Fue una de las primeras decisiones que tomamos después de la revolución, un decreto para facilitar el divorcio y que dejara de ser un lujo solo para ricos. Desde entonces, las esposas maltratadas, violadas y humilladas pueden separarse...

—Pero no es suficiente —se quejó Alexandra—, aún queda camino por recorrer. No es una crítica, lo digo con la confianza de que esto queda entre nosotras, ¿verdad, Mariela? —la interrogó con la mirada y ella asintió; ya sabía que no todo podía contarse en voz alta en la Rusia bolchevique—. Ahora tenemos una ley sobre el matrimonio separada de la eclesiástica, pero no es tan progresista como las de otros países, ni siquiera como la de Estados Unidos ni, por supuesto, la de Noruega.

—De hecho, las campesinas apenas saben que pueden divorciarse con facilidad si lo necesitan y las trabajadoras de las ciudades siguen pensando que es algo inaccesible, fuera de su alcance —precisó Inessa.

—Hay más: estamos intentando que esas mismas campesinas y trabajadoras, que ahora han de recurrir a mercenarios cuando la penuria o la violencia las obligan a abortar, puedan hacerlo en clínicas públicas y en las mejores condiciones sanitarias posibles. Ningún país lo ha legalizado en el mundo, el nuestro será el primero...

—Sí, hay que avanzar. Y hay que instruir a las mujeres más y mejor en todo esto, así que tenemos que poner en marcha el Jenotdel cuanto antes.

—Y hacer más congresos...

—Por supuesto, claro, sí, cómo no, congresos, hay que convocar asambleas, reunirnos, agitar, adoctrinar... —clamaron todas al unísono.

—No olvidemos la liberación sexual...

Alexandra sonrió:

—¡Mi tema favorito! Pero de eso hablaremos otro día, que hoy es tarde.

Así transcurrió la primera noche.

Nada más y nada menos que así: un preámbulo triunfal, un congreso a pequeña escala. Porque la habitación de Alexandra Kollontai, entonces lo supo, sería el oasis de Mariela. Cada día, tras cada lucha frente a la Bestia en campo abierto y contra todos los elementos, aguardaría y desearía como agua en el desierto el momento en que pudiera refugiarse junto a aquellas mujeres singulares y escuchar lo que quisieran enseñarle.

Sin duda, iban a ser un palmeral de descanso al que retornar después de la nieve.

114

Del Moncayo al Bitsevski

Cuando Mariela aspiró la fragancia a madera húmeda volvió a abandonarse a sus recuerdos. Inhaló con toda la fuerza de sus pulmones, cerró los ojos y dibujó en su mente el paisaje verde y blanco de los inviernos del Moncayo. Después recordó una tarde en el Tiergarten...

Pero no podía conceder demasiado tiempo a la nostalgia. Inessa, Sergei y ella no estaban en el bosque Bitsevski para curarla de la añoranza, sino para sumar fuerzas en la búsqueda de hierbas. Y ella no había ido allí a respirar.

Fueron solo unos instantes de melancolía.

Abrió los ojos, los elevó a la copa de los tilos y los robles para despedirse de ellos y después los dirigió hacia abajo, al lugar donde estaban las plantas que precisaba, como siempre había hecho: la vista puesta en la tierra, los pies en el suelo, a ras del polvo. Esa era su misión.

El Bitsevski nevado era lo más parecido al Moncayo que había encontrado en todo su periplo. La naturaleza es tan sabia que, en cada estación del año, sabe regenerarse de la forma adecuada y produce aquello que pueda sobrevivir a los elementos. «No hay nieve ni ventisca que arrase por completo la vida». Eso les dijo.

—Solo la guerra es capaz de aniquilarla, pero esa no es la mano de la naturaleza: es la zarpa humana —añadió con tristeza mientras los tres arañaban entre arbustos escondidos en busca de tesoros.

—A Shura le encantaría estar aquí. Antes de caer enferma, venía todas las semanas. Decía que necesitaba recargarse para poder iluminar después, como si fuera un candil de queroseno, y solo aquí encontraba la energía suficiente para encenderse.

—Espero que pueda venir con nosotras algún día, cuando se recupere...

—Ese día está lejos, me temo. Pero pensemos en el presente: vamos a recoger todos los tallos que nos digas para que hagas la medicina más potente que salve a la Revolución.

No era fácil, aunque mi bisabuela lo intentó. Se dejó las manos haciendo con ellas huecos suficientes en la nieve que después le permitieran hurgar bajo el barro y hallar unas cuantas semillas y algunas hojas similares a las que conocía y sabía identificar. Pero, una vez más, constató lo que le había enseñado media Europa: que el lugar donde había nacido era único, exclusivo e inimitable.

El Bitsevski, con todos sus robles y sus tilos, con toda su belleza milenaria alimentada de nieves y sol eternos, regado por ríos y coronado de montañas majestuosas, ese bosque bendecido... no era el Moncayo.

115

El crujido

Sucedió tras una de las muchas visitas que realizó al Sheremetievski, sin duda, la más desoladora.

Hacía días que, a pesar de las conversaciones que presenciaba por las noches en el Nacional entre mujeres animosas y ansiosas de crear un futuro diferente, Mariela se sentía abatida y, por primera vez, comenzaba a abandonarse a la amargura de la derrota. Su enemiga era demasiado colosal, nunca podría vencerla. Ni en Madrid ni en el Moncayo ni en París ni en Brest ni en Ypres ni en Berlín... tampoco ahora en Moscú. La cacería no acabaría jamás, el camino ya estaba tan inundado de sangre que se había vuelto intransitable y convertido en una pendiente penosa que descendía hacia el abismo.

Todos esos sentimientos se acentuaron aquella mañana en el Sheremetievski cuando vio que la gripe había descargado el puño sobre treinta niños que vivían en el hospicio anexo al hospital y que ahora funcionaba como uno de los palacios de maternidad que había creado Alexandra Kollontai durante su mandato. Ninguno de los treinta llegaba a los diez años y muchos de ellos jamás los cumplirían.

Ya no se limitaba a llevarse a hombres y mujeres a partir de los veinte: la Bestia había roto sus propias reglas y las transgredía para hacerse más universal.

Mariela pasó la mitad de la mañana en el hospital procesando hierbas gracias a las pipetas, frascos, probetas, morteros, crisoles y yesqueros que quedaban operativos en el laboratorio. Y la otra mitad, administrándolas como buenamente pudo y supo a los pequeños moribundos.

Les acariciaba la frente, les besaba las manos, abrazaba sus cuerpos laxos... les inyectaba, les obligaba a tragar, masajeaba vientres inflamados, untaba la piel dolorida, secaba lágrimas. El olor de la Bestia se mezclaba con efluvios de leche agria y de vómitos de papillas sin digerir.

El Sheremetievski era un matadero de carne infantil.

Mariela se acercó a una niña azul que temblaba, con la boca llena de espuma y los ojos en blanco. No tendría más de seis años, pero, cuando sus manos agotadas la tocaron, encontró en ella otra evocación: sintió que su amiga Yvonne, amoratada y delirante, la llamaba desde la cama.

—*Ne ostavliayte menia, pozhaluysta...*[46] —le suplicaba llorando la pequeña.

—No voy a dejarte, Yvonne querida, jamás te dejaré... —le contestaba llorando Mariela—. Siempre estaré a tu lado. No te vayas, Yvonne, no te vayas, por favor. Yvonne...

Inessa tuvo que apartar a Mariela de la niña. Llevaba media hora muerta, la media hora que Mariela había pasado abrazándola, meciéndola en su regazo y pidiéndole a gritos que no se fuera.

—¿Cómo lo has sabido, camarada?

Solo Elizaveta se dio cuenta.

—Su nombre... Si no la habías visto antes, ¿cómo sabías que esta pobre criatura se llamaba Ivanna?

Y fue entonces cuando pasó: algo se rompió en su interior.

Fue un crujido, mi bisabuela siempre juró que lo había oído con claridad, al igual que lo oyó un año antes cuando la Bestia salió de su cuerpo, pero lo dejó teñido del azul de la tristeza y cuando tuvo que soltar la mano del primer soldado víctima del Rugido que se le moría en un hospital de campaña.

46. No me deje, por favor.

En Moscú se repitió. Dijo que había sentido en su cabeza un chasquido similar al del Skoda de Sergei cuando se detenía ahogado frente al hotel Nacional, pero nadie la creyó.

Nadie, excepto Alexandra. Se lo confesó en persona, mientras acariciaba el pelo de la española, que permanecía tendida en su cama de la 112, llorando y ardiendo de fiebre.

Alexandra Kollontai también oyó el mismo sonido la noche del 31 de diciembre de 1918, le confesó. Esa noche, mientras los revolucionarios alemanes daban a luz un nuevo partido que iba a cambiar el mundo y brindaban en Berlín con mi bisabuela por ello, Alexandra asistía como invitada a una fiesta en el Club de Oficiales del Ejército Rojo en Moscú. No lo hizo por frivolidad, sino en un acto más de servicio a la Revolución, porque trataba de agasajar a Louise Bryant, una periodista estadounidense que, junto a su marido John Reed, recorría el país escribiendo libros y artículos para el suyo.

Louise le pidió que la llevara a alguna de las reuniones y congresos que cada día se celebraban en Moscú, y a Alexandra se le ocurrió que aquella cena de fin de año, la más espléndida y mejor equipada, serviría para ocultar la penuria y el desabastecimiento de la nueva Rusia ante los ojos de la americana. Alexandra no quería que Louise los viera, ni mucho menos que los escribiera para los lectores de una de las naciones que estaban comenzando a levantar la voz contra la Revolución rusa.

Por eso, propuso a la periodista que la acompañara a la fiesta de Nochevieja del Club de Oficiales. Aunque había ejercido como comisaria del Pueblo en el primer Gobierno revolucionario y seguía siendo una de las personalidades políticas con mayor peso y autoridad, Alexandra no fue invitada al club en calidad de todo ello: más bien, porque su nuevo esposo, Pavel Dybenko, de campaña bélica en Crimea, era uno de los militares más admirados entre la soldadesca roja. Incluso a una feminista bolchevique podían pasarle cosas así.

Lo importante era que Louise y Alexandra consiguieran despedir el año juntas, y que lo hicieran en un salón poblado de candelabros y espejos que, aunque había conocido tiempos más esplendorosos cuando acogía recepciones en las visitas de Nicolás II a Moscú, seguían adornando un lugar deslumbrante.

La noche de la fiesta, los oficiales llevaban uniformes sin medallas y las mujeres, vestidos pasados de moda. El menú, sin embargo, era el máximo lujo al que se podía aspirar: sopa caliente servida en magnífica porcelana imperial, una pequeña porción de exótico queso por invitado y un terrón de azúcar por cada taza de té. Todo, amenizado con arias de ópera cantadas por una soprano recién llegada de Petrogrado.

Pero la tensión del día, que había sido grande, solo supuso para Alexandra una gota más tras las extenuantes jornadas previas y posteriores al Congreso Panruso de Mujeres de noviembre en el que se había decidido, tras innumerables debates, la creación del Jenotdel. Hubo otras muchas gotas: la preocupación por sus queridos amigos y camaradas alemanes, que por entonces luchaban contra los chacales como ellos lucharon un año antes contra el zar; la no siempre fluida relación con la cúpula de su propio partido, en la que el único aliado que siempre la apoyó sin condiciones fue Sverdlov, y otra tormentosa, la que mantenía con Dybenko, impulsivo, vehemente, joven, guapo y mujeriego. Todas las gotas habían ido horadando poco a poco su entereza en el último año y la de esa noche fue la que colmó el vaso de la salud de Alexandra.

Se retiró exhausta a su apartamento del hotel Nacional al finalizar el 31 de diciembre, sintiendo una fuerte opresión junto al hombro. Al amanecer del 1 de enero, oyó el mismo ruido que acababa de percibir Mariela y se quebró.

Lo suyo fue una angina de pecho.

Lo de mi bisabuela, un ataque agudo de angustia.

116

Lloro

Moscú, a 9 de febrero de 1919

Me maldigo y me repudio. ¿Por qué soy débil, por qué me he dejado vencer? ¿Tan frágil es mi voluntad? ¡Ay de la melancolía que llorando se consuela!, me reprende mi amigo Machado. Pero yo no le hago caso. Yo soy como la Teresa de mi Rosalía, de mis ojos caen amargas las lágrimas aun en esos instantes de reposo en que no puedo sentirlas... Ni siquiera soy capaz de pensar, ya no tengo ideas propias, todas las pido prestadas. Solo me alimento de dolor y de mis poetas. Solo veo aflicción y mis manos vacías. No tienen nada, no tengo nada. No existe el alivio. No soy nadie. No soy nada.

Lloro y sé que, aunque Alexandra quiera exculparme de mi pecado, soy endeble y pusilánime. «Eres fatua», me devuelve la Bestia el insulto. Y yo no le respondo, solo agacho la cabeza y lloro.

Lloro sobre mi dolor, me quema la frente, tengo nieve y fuego en las mejillas. Quiero volver al Tiergarten y también quiero olvidarlo. Quiero volver al Bitsevski y quiero quedarme aquí, en mi cama estrecha y solitaria, escondida bajo mi miedo. No voy a seguir luchando, me falta el aire.

Por eso lloro. Lloro para respirar, porque solo así puedo encontrarme. Porque solo así sale algo vivo de mi cuerpo. Porque solo así soy amargura y agonía. Porque quiero serlo solo así. Y me advierte Antonio: debo ser agradecida y no aquella que bebe y, saciada la sed, desprecia la vida. Y me recuerda Rosalía que he de imitar a Esperanza, fuerte y valiente, para que no me haga daño el rocío de la mañana.

Pero yo lloro. Leo a mis poetas y después lloro. Me visitan Alexandra e Inessa, me toman de la mano, me ofrecen su cariño, me dicen «sé fuerte», me dicen «no importa ser débil», me dicen «tienes derecho a caer», me dicen «tienes la obligación de levantarte», me dicen «vuelve pronto», me dicen que me quede, me dicen que no me vaya, me dicen que me necesitan, me dicen que la Bestia aguarda, me dicen que yo soy su bestiaria, me dicen que vuelva, me dicen que no llore, me dicen que llore.

Lo sé. Todo lo sé. Me lo dicen Antonio, Rosalía, Alexandra e Inessa. Pero yo lloro. Quiero dejar de hacerlo y no sé cómo, siempre lloro. No puedo detener este río. Me escondo bajo mi miedo y mi impotencia. Soy estéril. Soy demasiado débil. Y fatua, lo dice la Bestia y ahora lo sé. Quise cargar a Urano sobre mis hombros, me pensé Atlas y nunca lo fui, jamás llegaré a serlo. Porque soy débil, y me maldigo, y me repudio.

Y sigo llorando.

117

Ya

Las mujeres rusas sabían de todo. Sabían arar la tierra helada. Sabían teñir tejidos. Sabían fabricar fusiles. Sabían ser soldados si rugía la guerra. Sabían encender la chimenea cuando arraigaba la paz. Sabían empuñar la hoz. Sabían blandir el martillo.

Pero si había algo de lo que sabían más y mejor que nadie, por encima de todas las cosas, era de lágrimas.

Por eso, las mujeres del hotel Nacional se propusieron secar las de Mariela y ayudarla a que se pusiera en pie de nuevo.

—Ya te lo dije, querida niña: tenemos derecho a dejarnos llevar por el llanto, porque eso nos hace humanas. Incluso creo que te has derrumbado con un año de retraso, llevas mucho tiempo acumulando dolores en el corazón y en la mirada. Eres como un vaso lleno de nieve, Mariela; mientras dure el frío, durará la nieve, pero algún día saldrá el sol y la nieve se derretirá. Vas a ser más fuerte después de esta crisis. Y no te preocupes: hasta entonces, nosotras vamos a estar aquí sosteniéndote.

Alexandra fue absolutamente cabal en su promesa, porque el Jenotdel en ciernes se trasladó cada día a su habitación. Alrededor de la cama de mi bisabuela se fraguó el futuro de la emancipación de la mujer rusa y ella lo presenció.

La 112, mientras duró su postración, fue durante cuatro tardes el bastidor de los congresos más importantes del asambleísmo femenino revolucionario del Moscú de 1919.

—Tendrías que haber estado aquí en noviembre, camarada Mariela —la voz de Konkordia Samoilova era una nueva incorporación al coro que ya había conocido en los aposentos de Alexandra.

Aquella tarde todas rememoraron el congreso de mujeres trabajadoras y campesinas. Le contaron que, después de escasas jornadas de intensísimo trabajo en las que las organizadoras apenas tuvieron tiempo de probar bocado, el día 16 de noviembre aún buscaban alojamiento para las cientos de participantes que esperaban.

—Habíamos calculado unas trescientas, y eso ya nos habría parecido un éxito sin precedentes: ¡centenares de mujeres respondiendo a nuestra llamada, increíble! —interrumpió Alexandra—. Pero éramos demasiado optimistas, nos dijeron. «No trabajéis tanto», me advirtió el camarada Petrov, ¿os acordáis?, «no malgastéis esfuerzos; haced planes para ochenta o así, más no van a venir».

Las amigas reunidas junto a Mariela saltaron en una carcajada. Inessa tomó la palabra:

—De pronto y para nuestra sorpresa, comenzaron a llegar de todas partes de Rusia. Muchas, después de largos y penosos viajes a través de zonas de guerra. Venían agotadas y hambrientas, en larguísimas columnas. Podíamos verlas juntas, las cabezas cubiertas con pañuelos campesinos, en los hombros abrigos de piel de oveja o guerreras de soldado, en los pies botas de fieltro... Al final, cuando llegaron a la Tercera Casa de los Soviets, en la calle Sadovo-Karetnaya, las calculamos: ¡casi mil doscientas!

Las demás se excitaron con el relato.

—No cabían en la recepción. ¡Fue tan emocionante...! —recordó Nadia Krupskaya.

—E indignante, camarada, perdona por la parte que le toca a tu marido. —Yelena Stasova seguía enfadada y sus gafas, a punto de abandonar la nariz—. A Lenin y al tal Petrov me hubiera gustado a mí verlos en aquel vestíbulo. —Se dirigió a Mariela, la única de las presentes que no había estado en el congreso—. No teníamos camas ni comida para ellas, de modo que llamamos al Comité Central para quejarnos. ¿Qué crees que nos enviaron? Unas raciones tacañas de gachas de cebada, algunas rodajas de pan y unas cántaras de sopa aguada en las que, ahora puedo contároslo, vi flotar más de una cucaracha. ¿Indignante o no, camarada española?

Alexandra, sorprendentemente, la secundó:

—He de darte la razón, Yelena. De hecho, cuando vi aquello, no se me ocurrió otra cosa que amenazar a nuestros camaradas del partido. Fui a verles en persona para decirles que, como no hicieran algo por aquellas mujeres que se habían sacrificado y separado de sus familias para estar allí, si no tenían al menos una pizca de consideración hacia ellas como muestra de agradecimiento, yo misma las incitaría a la revuelta y entre todas tomaríamos el Kremlin al asalto. Y lo habría hecho, ellos saben que lo habría hecho...

Mi bisabuela, que, totalmente absorta por la narración, había dejado de llorar por primera vez en las últimas horas, se atrevió a preguntar:

—¿Y lo conseguisteis? ¿Os ayudaron? ¿Qué pasó?

—Pasó lo mejor que podía pasar: que quien estaba en el Kremlin en ese momento era el camarada Sverdlov.

Él. Otra vez él. Siempre él, en cada recoveco de su camino, constantemente... él.

—Y con Sverdlov de nuestro lado, ninguna mujer iba a pasar hambre ni a dormir en la nieve, estaba segura de eso. Yakov es la mente resolutiva más formidable que conozco. Es capaz de buscar varias soluciones a un problema mucho antes de que su interlocutor tenga tiempo de explicar en qué consiste el problema...

—Eso es cierto —puntualizó Nadia—. Un día estaba yo en el Smolny con él cuando mi marido le llamó. Durante la conversación, oí que Sverdlov respondía a Ilich todo el tiempo y muchas veces con una sola palabra: «Ya». Cuando acabó, le pregunté: «¿Y qué quería el pesado de tu amigo Lenin?». Me contestó que había dificultades de suministro en el Volga y también con las raciones de las tropas en los Urales. «¿Y por qué le respondías siempre "ya"?». «Pues porque yo ya conocía esos problemas», me dijo, «y ya los había resuelto; cuando yo le digo al camarada Lenin "ya", él sabe que significa que está solucionado».

—¡Así es Yakov Sverdlov, es verdad! —Rio Alexandra—. Porque eso fue exactamente lo que me dijo a mí también cuando le expliqué a gritos que tenía a más de mil mujeres ateridas y muertas de hambre a las que el partido les estaba fallando. «Ya», me replicó tranquilamente con esa voz suya de barítono. «¿Ya qué?», chillé más fuerte aún. «Vuelve con ellas, Shura, ya me he ocupado». Cuando regresé al vestíbulo, todas estaban comiendo comida decente, tenían mantas y se preparaban para ser transportadas a las casas del pueblo que les habían preparado. Estaba solucionado. Ya.

El Sverdlov que Mariela había conocido en París y que la había besado en Berlín era más, mucho más que un idealista exótico y vestido de negro en el centro de una Europa reacia a la revolución. Era un hombre que despertaba admiración y afecto sinceros entre las mujeres que luchaban por los mismos ideales que él, incluida Krupskaya, cuya voz no denotaba lo mismo cuando mencionaba a su marido, el principal entre los principales bolcheviques, que cuando se refería al camarada Andrei, aunque solo fuera su segundo.

Su presencia flotaba en la habitación, su antigua habitación 112. Todas le recordaban, todas le veneraban...

Lo que ninguna sabía es que también fue, aunque solo durante una tarde, el tercer amor de Mariela.

118

Konkordia Samoilova

La segunda tarde, poco antes de que las mujeres del Jenotdel llamaran a la puerta de la 112, una de ellas llegó sola. Era Konkordia Samoilova. Quería hablar con la española porque ambas contaban con algo que las unía: la Bestia.

Samoilova tenía un nombre de guerra, Natasha Bolsheikova. Lo había elegido porque así declaraba amor eterno y rendición incondicional a la Revolución: era bolchevique y del partido bolchevique. Ese era su ideario, el amor de su vida. Lo era desde que serlo estaba prohibido y penado con la ejecución por un pelotón del zar. Lo fue cuando, junto a su marido, el abogado Arkadi Alexandrovich Samoilov, y otros bolcheviques, ayudó a fundar en 1912 un periódico agitador llamado *Pravda*[47] con el que desde el principio quiso hacer honor a su nombre. Siguió siéndolo cuando consiguió que una columna del *Pravda* fuera reservada a hablar del trabajo de las mujeres. También cuando, con Inessa y Nadia, decidió crear una publicación de y para las trabajadoras, el *Rabotnitsa*.[48] Cuando organizó la primera celebración del Día de la Mujer en Rusia en 1913. Y cuando, en 1918 y sin apenas tiempo para saborear una vida sin clandestinidad ni acosos, Arkadi falleció de *ispanka*.

Esa hija de un sacerdote ortodoxo era una mujer alta, sen-

47. Verdad.
48. La mujer trabajadora.

cilla en su forma de vestir, con la piel atezada de una campesina siberiana, los rasgos transparentes de la Mongolia vecina, ojos pequeños y luminosos y una oradora excepcional. Ella también se contagió de gripe, al igual que su marido, pero logró superarla.

En el momento en que mi bisabuela y ella se miraron a solas, lo supieron: supieron que las dos eran supervivientes del monstruo y que ambas tenían un objetivo en común, acabar para siempre con él.

«Somos muchas, no estamos solas...», se dijeron la una a la otra sin palabras desde el instante en que se vieron a solas y establecieron una conexión que nunca perdieron.

Aquel día de confidencias, antes de que llegaran las revolucionarias más insignes para sacar a una joven española de su depresión, Konkordia se sinceró.

Había empezado a trabajar por las mujeres desde que, siendo estudiante en San Petersburgo, presenció un hecho aterrador. Maria Vetrova, prisionera en la cárcel zarista de la fortaleza de San Pedro y San Pablo a causa de sus convicciones políticas, empapó sus ropas con el queroseno de una lámpara que usaban los presos por la noche y se prendió fuego; murió por las quemaduras después de una agonía terrible. Debió de pensar que aquel dolor era mucho menos lacerante que el que le esperaba cada día en la cárcel, donde era violada una y otra vez por sus guardianes.

Las jóvenes de la universidad se rebelaron y decidieron organizar manifestaciones de protesta por la muerte de Vetrova. En la asamblea estudiantil que lo debatió, una de ellas llamó a la prudencia y desaconsejó a sus compañeras la movilización. Pero otra tomó la palabra y, con su verbo vibrante, levantó a toda la sala en un solo clamor; era Konkordia, que por esa y muchas otras acciones terminó encarcelada. Así nació la clandestina Natasha Bolsheikova.

Desde entonces y hasta octubre de 1917, Konkordia, a través de su *alter ego* Natasha, siguió los mismos patrones de otros camaradas: cárcel, exilio, ilegalidad y persecución.

—Ahora que ya no necesito esconderme, solo tengo dos

metas en la vida: la emancipación de las mujeres y que desaparezca la *ispanka*. Si lo consigo, podré morir tranquila —confesó a Mariela.

Acababa de pronunciar esas palabras cuando comenzaron a entrar las demás en la habitación, pero no se rompió la magia.

Fue una tarde más en la que, alrededor de la cama de mi bisabuela, el grupo de mujeres siguió desgranando sus recuerdos del congreso del noviembre anterior con el que todas creían haber dado comienzo a una nueva era.

Konkordia, ya abierta a Mariela, también relató los suyos:

—Aún puedo ver a aquella campesina... ¿sabéis a quién me refiero?, era una mujer bajita y regordeta. Fue en la sesión del congreso en la que estaba presente Lenin. Lo primero que hizo al pedir la palabra fue disculparse por su falta de preparación, algo nada infrecuente, camarada Mariela, porque en la Rusia imperial casi ninguna mujer sabía leer y escribir. Pero inmediatamente después dio un discurso que nos emocionó a todas...

Aquella delegada describió la dureza de la vida bajo la explotación de los *kulaki*,[49] pidió a sus compañeras que se unieran en apoyo al Ejército Rojo que luchaba contra el blanco y dijo que ella estaba dispuesta a tomar un rifle e ir al frente.

Ante la vehemencia de la mujer, a la que Lenin escuchó muy atentamente, respondió con afecto Konkordia:

—Camarada, gracias por tus palabras, pero déjame sugerir otra forma en la que las mujeres podemos ayudar más y mejor en la guerra: no toméis rifles ni matéis soldados; en lugar de eso, convertíos en enfermeras para poder curar a los rojos y agitad con la palabra a los blancos para que se unan a nuestra causa.

A Lenin no pareció gustarle demasiado, pero el aplauso fue ensordecedor.

49. Terratenientes.

Konkordia lo había puesto en práctica porque estaba entregada a viajar por las ciudades del frente bélico alentando a sus compatriotas a fabricar vendas, a hacerse enfermeras y a luchar contra la epidemia.

Por más de una razón, Mariela sintió que aquella mujer hablaba a través de su boca y pensaba con su mente.

Solo mucho rato después de haberla escuchado y cuando aún meditaba sobre el discurso de Konkordia acerca de la vida y el dolor, se dio cuenta de que esa tarde aún no había llorado.

119

Inessa Armand y Nadezhda Krupskaya

La tercera tarde, fue Inessa quien se adelantó a las demás. Llegó acompañada del vodka de ocho destilaciones.

—Te he observado estos días y sé que algún rumor te ha debido de llegar ya. ¿Hay algo que quieras preguntarme, camarada Mariela?

Su amiga sonrió con timidez y respondió con otra pregunta:

—¿Cómo lo sabes? ¿Acaso te he contagiado de brujería? La verdad es que no me atrevería a preguntarte nada que tú no me quieras contar.

—Pues quiero... sí, quiero. Te considero ya una buena amiga y no me avergüenzo de nada.

De modo que comenzó su historia y lo hizo en una ciudad que Mariela añoraba, París. Allí conoció Inessa a una pareja a la que admiraba mucho, Nadezhda Krupskaya y Vladimir Ilich Ulianov. Lo hizo porque se sabía de memoria todos los escritos de Lenin desde el exilio y porque ella, francesa de nacimiento y rusa de residencia y corazón desde los cinco años, había encontrado en la revolución la respuesta a la situación de esclavitud a la que se veían sometidas muchas mujeres.

—Ilich y Nadia me dieron cobijo en París y fueron para mí mi verdadera familia. Si prometes no repetir lo que voy a decirte, confieso que lo que realmente me cautivó cuando les conocí fue la inteligencia de Nadezhda. Es una mujer brillante, excepcionalmente brillante. Me gustaría que llegaras a hablar con ella detenidamente para que lo compruebes por ti misma. Yo la admiré en París y la sigo admirando ahora. Jamás olvidaré mi vida con ellos...

A Inessa la cautivó Nadia y a Lenin le cautivó Inessa. Porque él no amaba a su esposa, o al menos dejó de amarla muy pronto, cuando un hipertiroidismo para el que entonces no existía tratamiento le embotó las facciones de hermosa mujer eslava, hizo que los ojos se le volvieran saltones, trastocó en fealdad la belleza salvaje de su juventud y la dejó estéril. La pareja compartía el exilio, los libros, la revolución, las confidencias, la soledad. Pero no el amor.

Hasta que llegó Inessa Armand. Nadia, por primera vez, dejó de ser la esposa de Lenin y se transformó ante los ojos de la nueva amiga en lo que realmente era, una mujer. Ella, por sí sola, sin que la sombra del líder la tapara. Una mujer extraordinaria, inteligente, aguda, culta y sabia en el sentido más literal de la palabra.

Inessa y ella hablaban de política y de cómo mejorar la condición del universo femenino, discutían programas e imaginaban proyectos.

Y Lenin, mientras lo hacían, se enamoró.

—No creo que llegara a amarme a mí. A veces pienso que lo único por lo que realmente me ha amado ha sido por mi forma de interpretar la *Apassionata* de Beethoven al piano. Ilich siempre me decía que es una de las piezas más difíciles y que solo Liszt sabía tocarla con autoridad. ¡Liszt y yo!, según él, lo cual es un honor tan inmerecido que muchas veces he pensado que fue el único agasajo romántico que se le ocurrió decirme para conquistar mi corazón.

—¿Y lo hizo? ¿Conquistó tu corazón?

Inessa siguió sonriendo, pero la tristeza de su tono se volvió más intensa.

—¿Te digo la verdad, Mariela? No, nunca. Si me preguntas si yo conquisté el suyo, te diré que no lo sé... y que no me importa. Lo que más me dolió de la época en la que los dos jugábamos a ese juego de la conquista imposible, cada uno en la cama del otro, es el daño que seguramente le hice a Nadia.

Nadezhda le pidió varias veces el divorcio, pero Lenin se negó. Ella era el cerebro y él, la marca. Juntos, aunque uno en el pedestal y otra en la retaguardia, estaban llamados a gobernar la nueva Rusia. Por muy legal y legítimo que fuera ya divorciarse gracias a las nuevas leyes, nunca harían nada para estropear el producto que habían fabricado. Y ella aceptó porque, ante todo, era una revolucionaria: Lenin era el líder y ella acataba la disciplina del partido.

Pero Inessa fue el vértice, la alegría de los dos, la risa perdida, un lado del triángulo que se convirtió en indispensable. A veces caminaban los tres juntos, con Inessa en el centro, agarrando del brazo a cada uno de ellos. Una verdadera imagen simbólica que a muchos, mujeres y hombres, escandalizó.

—¿Y ya no seguís juntos?

—Vuelvo a pedirte discreción, querida amiga, pero escucha bien lo que voy a contarte. Ahora mismo, estoy más entregada a la causa de la emancipación femenina que a la de la revolución comunista. Sí, como lo oyes. Soy bolchevique con toda el alma, pero si tuviera que elegir entre el partido y la salvación de las mujeres que sufren, no lo dudaría: las mujeres primero. Te preguntarás por qué te cuento esto. Verás, Ilich y yo no estamos juntos ya porque yo predico la liberación femenina de todas, y digo todas, las ataduras. Desde que conocí a Alexandra, me he convertido a su revolución, no a la de Lenin. Y la revolución de Kollontai dice que la familia nuclear está a punto de extinguirse, que no deben existir arcaicismos burgueses como el adulterio y que el amor no ha de someterse a contratos. Yo también creo en la libertad de las mujeres y en que el matrimonio no puede ser su cárcel. Creo que Nadezhda tiene que ser libre para brillar por sí misma. Creo que yo lo soy para compartir la cama de quien elija libremente, aunque no nos amemos. Creo que somos libres de respetar y de ser respetadas. Eso creo y lo creo firmemente... pero Lenin no.

—Qué ironía, ¿verdad?

—Ironía en su caso. En el mío, coherencia.

—Y a él no le gusta que no creas lo que cree él.

—Exactamente, camarada. A Lenin le gusta que sus mujeres crean lo mismo que él.

—Pero todas me habéis dicho que Lenin y los demás os apoyan en vuestra lucha, ¿no?

—Sverdlov, sí. Pero Lenin lo hace como líder revolucionario que es y porque debe mantener esa imagen. Sin embargo, no se atreve a ir todo lo lejos que quisiéramos en las cuestiones femeninas. ¿Sabes que hubo muchos camaradas hombres que pusieron serias objeciones a la celebración del congreso de noviembre? Por ejemplo, Zinodiev, el gobernador de Petrogrado, aunque el peor de todos es uno llamado Iosef Vissarionovich Djugashvili, el comisario de Asuntos Nacionales, que está subiendo como la espuma. Se le conoce como Stalin. Si algún día te tropiezas con él, corre y no pares hasta que le pierdas de vista.

Nunca imaginó Mariela que Inessa se sentiría con la suficiente libertad como para hablar en esos términos de miembros del partido delante de ella. Ni siquiera alentada por un segundo vaso de vodka helado.

Prosiguió:

—Pero es que tampoco Ilich era totalmente partidario del congreso.

—¿Lenin?

—Lenin, sí, aunque poca gente lo sabe. Un día habló con Alexandra para advertirle de que iba a vigilarla muy de cerca porque no consentiría que se crearan dos partidos, uno para hombres y otro para mujeres, algo totalmente alejado de nuestra intención, claro está.

—¿Lo decía por el congreso, o por el Jenotdel, o por...?

—Lo decía por todo. Ante las multitudes, Ilich grita que el éxito de la Revolución depende del grado de participación de las mujeres. Pero en voz baja añade que este es aceptable siempre que no se equipare al de los hombres.

—¿Y qué dice Nadia?

—Ella lo conoce y lo sufre más que nadie. Pero es fiel a sus ideales políticos; puede que a veces tenga ganas de abandonar a su marido, pero nunca hará nada por abandonar la

Revolución. Nadia fue una de las organizadoras del congreso, como nosotras, y mantuvo informado en todo momento a Lenin. El tercer día, le aconsejó que participara en la asamblea y que disipara así todas las suspicacias de las delegadas hacia él. Lo hizo, se presentó por sorpresa, casi de incógnito, y pronunció un discurso sin sustancia, dijo cuatro cosas ya sabidas sobre la disposición del partido a acabar con el trabajo doméstico y sobre la necesidad de abolir la palabra *baba*...

—¡Abolir una palabra! ¿Y qué significa?

—A ti esto te va a hacer mucha gracia, Mariela: significa bruja... una especie de bruja campesina e inculta, pero es un insulto desagradable para muchas.

Efectivamente, le hizo una gracia amarga. Prostitutas o brujas: ¿por qué la humanidad tenía tan poca imaginación a la hora de ofender e insultar a las mujeres?, se preguntó. ¿Por qué repetía sus obsesiones en Rusia, en España y alrededor de todo el planeta? O, visto de otro modo, ¿de qué tenía miedo la humanidad cuando hablaba de las mujeres?

—Pero sus palabras sonaron a una inyección de ánimo —siguió Inessa— y toda la sala rompió en aplausos cantando la *Internacional*. Gracias a la camarada Krupskaya, su esposo se redimió ante muchas revolucionarias. Ya te lo he dicho: ella es el verdadero cerebro de la pareja. Yo la respeto enormemente... y también la adoro.

Mi bisabuela quedó anonadada. Se sentía honrada al recibir tal llovizna de sinceridad, algunas de cuyas gotas podrían haber ocasionado serios problemas a Inessa si se hubieran hecho públicas, aunque le juró en tres idiomas que no desvelaría ni una sola su boca.

Salieron mucho más tarde de su pluma, eso sí, cuando ya estaba lejos y nadie más que ella podía leerlas, y así he llegado yo a conocerlas hoy, a pesar de que ya sé mucho más que la propia Mariela sobre lo que sucedió después.

Pero gracias a ella aprendí lo que nadie ha contado, lo que nadie ha podido leer. Entre otras cosas, que aquella tarde de secretos, todos irrepetibles y asombrosos, en la que volvió a pronunciarse el nombre de Sverdlov, mi bisabuela tampoco lloró.

120

Klavdiya Sverdlova

—Aún no me habéis hablado de eso de la liberación sexual... —La tibia sugerencia de Mariela al comienzo de la cuarta tarde arrancó risas pícaras de las presentes.

—Ese es uno de nuestros pilares y se lo debemos a la camarada Shura. Ella lo llama «Nueva Moral...».

En ese instante alguien entró en la habitación y lo hizo con un mohín de desagrado al escuchar las últimas palabras. Todas procedieron a saludar y presentar a la recién llegada.

—Mariela, debes conocer a otra de nuestras amigas —la introdujo Alexandra—. Es Klavdiya Timofeevna Sverdlova, esposa del camarada Andrei, Yakov Sverdlov.

Regresaron la sima y el vértigo, redoblados al revivir el recuerdo de un baile embarrado por la pátina del remordimiento y la culpabilidad.

Algunas dedicaron un vago ademán a la recién llegada, otras sonrieron. Únicamente, Alexandra Kollontai y Nadia Krupskaya la estrecharon con cariño, aunque solo respondió con calidez a la última.

Mi bisabuela trató de dominar un escalofrío y le estrechó la mano.

Era una mujer varios años mayor que ella y que debió de haber sido muy bella, pensó. Conservaba la hermosura en la mirada y especialmente en las cejas, que arqueaba en un gesto que podía parecer de desdén, pero que era más bien altivo, de orgullo satisfecho. El labio superior, apenas visible, le recordó a Clara Zetkin; el inferior, grueso y sensual, a algunas muecas de Shura. Sin embargo, algo le faltaba de ambas, aunque en ese momento Mariela no logró adivinarlo.

—Es un honor conocerte, camarada Sverdlova...

Mariela tenía miedo de delatarse si seguía hablando directamente con ella, así que miró a las demás cuando añadió:

—No solo doy las gracias a Klavdiya por visitarme en esta habitación, también me siento culpable por haceros venir a todas, estoy mucho mejor y deberíamos estar en la de Shura.

Todas acariciaron a Mariela con cariño, pero la recién llegada dijo, mirando alrededor:

—Por mí no te preocupes. Es agradable estar aquí. Veo que esta habitación ha cambiado poco, aunque confieso que me asombra que haya flores frescas... qué gran e insólito lujo burgués, ¿no te parece, camarada Kollontai?

Mi bisabuela notó la tensión e intervino:

—Espero que no te resulte demasiado incómoda mi presencia en la misma habitación en la que tu esposo y tú vivisteis antes de mudaros al Kremlin.

Se hizo un silencio tenso de cinco segundos.

—Tranquila, camarada española, aquí vivió Yakov solo. Yo me quedé en Nijni-Novgorod con los niños. —Después miró triunfante alrededor—. Pero ahora mi marido ha comprendido la importancia de la familia y nos ha mandado llamar. Seguid, seguid hablando... como si yo no estuviera.

Lo hicieron, pero algo se había enfriado. Comentaron un par de asuntos, la mayor parte del tiempo en ruso, que sonaron a ambigüedad calculada. Después, Sverdlova murmuró algo también en ruso, se despidió de mi bisabuela en francés deseándole una pronta recuperación y salió erguida, con sus cejas altas y la mirada hermosa. No había sonreído ni una sola vez.

El ambiente se distendió tras su marcha, mi bisabuela lo captó en ojos y reojos, pese a que nadie se atrevía a romper la reserva.

Fue Inessa:

—No te inquietes, camarada Mariela, Klavdiya no tiene nada contra ti, es que es así.

—Sé justa, Inessa. Lo está pasando mal. —Faltando a su habitual parquedad, Nadezhda trató de explicarse ante la invitada extranjera—. Yakov y ella han estado a punto de separarse. Klavdiya es... algo tradicional, por decirlo de alguna forma. Fue una gran luchadora. Ella era la camarada Olga, y yo, Sablina, nuestros nombres en la clandestinidad. Las dos acompañamos a nuestros maridos en el exilio, pero ahora es distinto, tiene hijos...

—Y mucho miedo a perder su posición, su seguridad.

—No sé si es eso. Creo que a lo que realmente tiene miedo es a perder a Yakov.

Alexandra tomó la palabra:

—¿Veis? A eso es a lo que siempre me he referido, aunque no siempre se me haya entendido. Aún nos quedan restos del concepto de amor burgués, en el que uno es el propietario del otro. La camarada Sverdlova y muchas de nosotras pertenecemos a una generación de mujeres que no supimos ser libres. El matrimonio es la peor forma de esclavitud. —Todas la miraron con cierta ironía, pero ella no se dio por aludida—. Lo que yo proclamo es que el amor no debe ser el objetivo principal de nuestras vidas, sino el trabajo, el crecimiento personal. La pobre Klavdiya aún tiene que aprender esto.

Así que esa era la revolución que Alexandra Kollontai había declarado a la revolución, como le había contado Clara en Stuttgart. La emancipación femenina para ella era también y, sobre todo, su emancipación de las cadenas del amor.

Aunque ya había renunciado a sentirse atada por ellas, Mariela quiso saber más. Pero tuvo que esperar a que se fueran las demás y consiguiera quedarse a solas con Shura y con Inessa. Ese era el momento, mi bisabuela lo sabía bien, en que, aunque a Alexandra los médicos le habían prohibido probarlo, su amiga sacaría el vodka. Y las confidencias llegarían solas... así que, a pesar de que acababa de estrechar la mano a la persona que dormía cada noche con su amor imposible, decidió no llorar hasta escucharlas de la boca de sus queridas camaradas.

121

Alexandra Kollontai

—Ya sé que esto puede sonarte extraño, Mariela, pero las revolucionarias rusas vamos a ser pioneras en el mundo por cómo estamos cambiando la forma de concebir nuestra sexualidad. A los demás países les costará imitarnos, pero aprenderán de nosotras.

Alexandra sabía lo que decía, porque el primer país al que le estaba costando entenderla era el suyo propio. Diluviaron críticas sobre sus tesis acerca de la moral, y no solo por parte de los contrarrevolucionarios, sino por muchos hombres y mujeres del partido, lo contó con tristeza.

—Me han acusado de tantas cosas... Han dicho que pretendo nacionalizar a la mujer, que obligo a las niñas pequeñas a quedarse embarazadas, que trato de robarles los hijos a las familias... ¡Todo, porque creo que lo que realmente permite que el ser humano, incluida la mujer, se realice es el trabajo y el conocimiento! Y para ello, el Estado debe proveer de los medios para que las mujeres puedan trabajar tranquilas y seguras de que sus hijos y sus casas están cuidados y a salvo...

Recordó con tristeza el incendio, seguramente provocado, en uno de sus palacios de maternidad en el que pretendía instaurar una residencia modelo para el cuidado de los recién nacidos e impartir cursos a las madres.

—Es que el palacio ocupaba un antiguo internado de señoritas que todavía estaba dirigido por una condesa... —le recordó Inessa.

—Ah, las sectas del viejo régimen...

—No les gusta nada lo que pensamos sobre el matrimonio y la libertad sexual, ya le he explicado algo de eso a Mariela.

—Hay carteles por toda Rusia insultándonos por nuestras ideas porque no entienden que no propagamos la inmoralidad. De hecho, pretendo presentar una moción para explicarlo detenidamente dentro de dos meses, en el próximo congreso de los soviets, si la salud me lo permite.

—No sé yo si te van a dejar. Te has granjeado ya unos cuantos enemigos —le reprochó Inessa.

—¡Cierto! No me perdonan aquello que dije hace un año al camarada Stalin, ¿recuerdas?, cuando sugirió que aplazásemos el asunto de la liberación de la mujer...

—¡Cómo iba a olvidarlo!

—¿Y qué le dijiste, Shura? —preguntó Mariela intrigada.

—Lo que me pidió el corazón que dijera: ¡que antes habría que aplazar la Revolución que aplazar nuestra emancipación!

Rieron las tres hasta que Inessa volvió a ponerse seria:

—Ahora que estamos solas, camarada, deja que te diga que también ha influido el asunto de Dybenko... No has predicado con el ejemplo, perdona mi sinceridad.

A Alexandra se le empañaron los ojos al recordar a su actual marido, aunque la historia merecía ser explicada en todo su contexto.

Alexandra se casó muy joven con un buen hombre, su primo Vladimir Kollontai, ingeniero, y tuvo a Misha a los veintidós años, le explicó. En una fábrica textil en la que su esposo estaba instalando un sistema de ventilación, pudo ver las espantosas condiciones de explotación en las que las obreras tenían que trabajar. Aquello la indignó y decidió hacer algo por ellas, de modo que ayudó a convocar una huelga. Vendrían varias más antes de que se diera cuenta de que esa era su verdadera vocación, agitar a las mujeres para que reclamaran sus derechos. Pero entendió que, para poder llevarla a cabo, no tenía suficiente aire en el seno de una familia e hizo lo más difícil de su vida: cuando Misha tenía cuatro años, se marchó. Abandonó a su hijo y a su marido, y se fue a Zúrich a estudiar, trabajar y aprender.

—Estaba harta de ser un adorno. Te confieso que la maternidad no ha sido el centro de mi vida; mi hijo sí lo es, pero no el hecho de ser su madre. Soy algo más que madre y esposa. Sobre todo, soy mujer. Quería caminar codo con codo junto a los hombres y no detrás de ellos; sin embargo, mis obligaciones en el hogar me lo impedían. Lo abandoné, sí, lo hice y no me arrepiento. Desde entonces, he vivido mi vida convencida de que las mujeres y los hombres han de relacionarse libremente, sin que les esclavicen cuerdas ni les frenen yugos, para que no tengan que huir como hice yo.

Hasta que...

Mariela recordó a la princesa Eugenie Shajovskaya: siempre hay un «hasta que». Por mucho que las rusas se empeñen en ser nieve, lo son hasta que... se convierten en lava.

Eso le sucedió a Alexandra cuando conoció a Pavel Dybenko, un soldado ferozmente revolucionario diecisiete años más joven que ella por el que perdió la cabeza. El casamiento con Dybenko fue un gran escándalo en la nueva Rusia: Kollontai, la adalid del amor sin sogas y predicadora del fin de la familia tradicional, fue una de las primeras que hizo uso de la nueva ley bolchevique de matrimonio civil, matrimonio al fin y al cabo, y cayó en las redes de lo que tanto censuraba.

—Es verdad que perdiste por completo la cabeza. —A Inessa el vodka la desinhibía peligrosamente—. No solo por casarte, sino por el hombre que elegiste. El amigo Dybenko siempre se ha sentido inferior a ti, Shura, menos culto, menos sofisticado, menos elegante, menos bolchevique... menos de todo. Y por su culpa tú has cometido ciertos errores.

Alexandra asintió en silencio, se sentía reprendida con razón. A Inessa le permitía cualquier cosa, de forma que continuó hablando:

—Dybenko ha desafiado al partido y sobre todo a Lenin. Todas fuimos comunistas de izquierdas cuando se firmó la paz de la Gran Guerra, pero...

—¿Perdona? ¿Comunistas de izquierdas? ¿Qué es eso? —hizo bien en preguntar mi bisabuela.

Alexandra lo explicó:

—Así nos llamaron a quienes nos opusimos a la firma del tratado de Brest-Litovsk con el que Rusia salió de la guerra. ¿Que por qué nos opusimos, después de que hubiéramos rechazado con fuerza la entrada en ella? Pues porque sabíamos que, como eran tantas las concesiones a la que nos obligaba el tratado, aquello significaría la claudicación del internacionalismo en el que creíamos. Temíamos que la Revolución quedase aprisionada dentro de nuestras fronteras y nosotros, aislados aquí dentro con ella, como así me temo que está siendo. Mediante ese acuerdo, además, abandonábamos a nuestros camaradas de otros países y por eso ha sucedido lo que ha sucedido en Alemania...

Ambas se entristecieron. No obstante, Inessa tenía más reproches:

—Tu querido Dybenko también se opuso al tratado, pero lo hizo de malas maneras, provocó un motín, quiso armar a un ejército para derrocar a Lenin... Con ese derroche de ruido, nos perjudicó a todos.

—No fue para tanto, mujer.

—Sí, Shura, sí lo fue... ese Dybenko tuyo es un bala perdida y lo sabes.

—Pero el camarada Andrei me ha ayudado a restituirlo y ha intercedido por él. Pavel le ha hecho caso, ha pedido perdón y vuelve a estar bien considerado. Me parece que Trotski estudia ascenderlo a general.

—No te engañes, ha sido gracias a ti, gracias a que hablaste con Sverdlov y gracias a tu enorme autoridad dentro del partido.

Y procedió a narrar por qué no era la única que reprochaba a Alexandra su entrega a un hombre que no la merecía. Todos se dieron cuenta antes que ella, que no dudaba en remover todas las instancias del partido cada vez que el fogoso militar cometía un desmán, seguro de que la influyente Kollontai acudiría en su auxilio, aun a costa de que más de uno ya la tuviera en el punto de mira y de que alguna voz hubiera mencionado su nombre entre la lista de díscolos molestos.

Pero cuando más estentóreo se hizo fue cuando sufrió la angina de pecho que ahora la mantenía confinada. En cuanto conoció la noticia, su hijo Misha dejó los estudios y la vida en Petrogrado y corrió a Moscú para acompañarla. Lo mismo hicieron sus camaradas bolcheviques, incluida Inessa y Sverdlov, que partieron de Berlín apresuradamente, como Mariela aún recordaba con una punzada en el corazón. Anna, Maria y otras amigas no se habían separado desde entonces de ella. Prácticamente toda la cúpula política y social rusa desfiló y seguía desfilando por el hotel Nacional, donde Alexandra les recibía cada día envuelta en terciopelos y encajes.

Hubo alguien, sin embargo, que no recorrió los mil quinientos kilómetros que separaban Crimea de Moscú. Pavel Dybenko, marido de la mujer más admirada, respetada y querida del bolchevismo, casado con uno de los cerebros más importantes de la Revolución, era el único que faltaba junto al cabecero de su cama.

—Vale, lo admito... yo también he sucumbido. Ya os he dicho que pertenezco a una generación que no ha sabido ser libre. El amor sigue siendo para mí una cadena... No durará mucho el mío con Pavel, lo presiento, le echo de menos, aunque parece que él a mí no. Y entonces volveré a sentirme sola, infeliz, apartada... pero libre.

Se cumplía una vez más el axioma de la princesa: hasta que...

—Sin embargo, eso no resta validez a lo que yo pregono. —Alexandra se sobrepuso a la tristeza y, de repente, recuperó su espléndido tono de oradora de masas—. Que con la libertad femenina se acabará la violencia en el hogar, los hijos ilegítimos, los embarazos no deseados, las parejas forzosas, la subyugación y, por supuesto, la prostitución. Que esta existe solo porque los hombres no encuentran lo que ansían en sus tristes matrimonios monógamos y porque la mujer no tiene la independencia suficiente para dar y pedir lo que realmente desea de su vida sexual. Que debemos aprender a ver las relaciones libres y espontáneas, de cualquier tipo y entre cualquier sexo, homosexual o heterosexual o ambos al mismo tiempo, como algo tan natural como beber un vaso de agua. Cuando tuve el honor de ser la primera con un cargo en un Gabinete gubernamental, sentí que había conseguido un éxito que compartía con todas las trabajadoras. Si he alcanzado algún logro, es el logro de cada mujer. Esa es mi Nueva Moral: que todas lleguemos a ser libres de verdad, emancipadas vital y sexualmente... porque eso es lo que traerá el auténtico progreso a los pueblos.

Un tenue rayo de luz comenzó a iluminar el corazón abatido de Mariela.

Inessa aplaudió entre risas y vodka.

—Las peroratas de Shura son siempre así... intensas, aunque haga lo contrario de lo que dice. Entenderás, camarada española, por qué, cuando la detuvo el Gobierno de Kerenski a su vuelta de Suecia, la mantuvieran aislada y sola en un cuartucho. Como le contó más tarde un oficial, si se hubiera dirigido a los soldados con un discurso habrían estado perdidos... ¡porque se habrían ido tras ella!

122

Travesía por el desierto

Y en la mañana del quinto día, Mariela resucitó.

Había dejado de llorar y había dejado de nevar. Amanecía un día de sol brillante que dejó sobre Moscú el cielo más azul que mi bisabuela había visto desde que salió del Moncayo. Se asomó a la ventana de la 112 y, por fin, volvió a divisar el mundo entero. Allí estaba, bajo sus pies. Y ella, de nuevo dispuesta a cambiarlo.

No solo había dejado de llorar, sino que también había tomado una decisión: en contra del propósito que se impuso a sí misma desde que pisó suelo ruso, tras sus charlas con las mujeres de la Revolución comprendió que ya no le daba miedo volver a ver a Sverdlov, estaba preparada. Debía enfrentarse a sus debilidades con la misma entereza con la que se enfrentaba a la Bestia. En cuanto el camarada Andrei regresara de sus viajes, pediría audiencia con él y le propondría una amistad de compañeros unidos en la lucha por un mundo mejor, con el compromiso de que ambos olvidaran lo sucedido en el Tiergarten. Solo así ella quedaría libre para buscar y encontrar algún día un tercer amor sin cadenas: un amor de mujer emancipada.

Se aseó, tomó un té y abrió la puerta con un rostro recompuesto, renovado y sin rastro de lágrimas cuando Inessa llamó suavemente con los nudillos.

—Estoy avergonzada por este momento de debilidad —confesó a su amiga—, no sé cómo he podido dejar que me venciera el desánimo. Sentí que había tocado fondo, que no había nada por debajo de mis pies, todo era oscuridad y dolor aquí, en el pecho... pero ya pasó, gracias a vuestras charlas y a vuestra compañía. He entendido tantas cosas estos últimos días... ¡Y tengo aún tantas preguntas que hacerte...! Pero no ahora. Ahora tenemos trabajo. La Bestia ha intentado vencerme en otras ocasiones y no lo ha conseguido. Tampoco en esta. Vámonos, camarada, vamos al Bitsevski, después al Sheremetievski y después a todos los hospitales de Moscú. Volvamos a la lucha.

Sin lugar a dudas, debió de pensar Inessa, la española resuelta e imbatible que había conocido en Berlín, raptada en Moscú durante unos días por el demonio de la melancolía, había regresado.

Quizá se confiaron Sergei e Inessa cuando mi bisabuela subió de nuevo al Skoda, quizá creyeron que los días de abatimiento le habían mermado los sentidos, quizá se relajaron mientras conversaban, quizá no la distrajeron lo suficiente. Lo cierto es que bajaron la guardia y ocurrió lo que era inevitable que ocurriera algún día.

Primero, Mariela percibió el olor. Fue tan penetrante que inundó la cabina del vehículo por las rendijas de las ventanillas que no podían ajustarse bien. No lo había notado antes, en ninguno de los viajes anteriores. ¿Sería porque la nieve lo lavaba y solo podía hacerse evidente en un día soleado como aquel?

No era el olor de la Bestia, pero se le parecía. Era un olor a inmundicia acumulada que se explicaba fácilmente con un solo vistazo a las calles, a medida que se adentraban en los barrios periféricos de la ciudad y se alejaban de su corazón: montañas de basuras, desechos, animales muertos y excrementos se acumulaban en las esquinas. En algunos rincones, todo ello convertido en cieno se deslizaba como un río en cuanto encontraba una pendiente, porque algunas tuberías habían reventado por el frío, y el agua de ellas, unida a la de los montones de nieve que se derretían, arrastraba en regueros lo que encontraba a su paso.

Mariela dejó de mirar hacia el interior del vehículo, como era su costumbre cuando le hablaban sin cesar, y observó a través de los cristales. Vio edificios medio destruidos y otros aún en pie, a cuyas puertas aguardaban largas colas de ciudadanos silenciosos y famélicos, encorvados por una pesadumbre que parecían no entender. Eran ciudadanos doblados de hambre y de estupor.

Mi bisabuela interrogó con los ojos a Inessa, que se vio obligada a confesarle lo que había estado tratando de ocultar desde que llegó a Moscú. Se lo debía: ella no era una periodista americana en busca de un titular con el que definir a la exótica Rusia bolchevique. Ella era una combatiente contra la Bestia y contra todo lo que pudiera ayudarla a sobrevivir.

—Son las colas del racionamiento del pan —confesó al fin su amiga.

«Pero... ¿no era ese mismo pan por el que habían luchado los revolucionarios? ¿No era su falta precisamente lo que los levantó contra un régimen opresor? ¿No eran esas mismas vidas las que pretendían mejorar y salvar aboliendo la tiranía? ¿No era ese el mismo mundo de antes, que no había cambiado en absoluto?».

A Mariela le habría gustado preguntarle todo eso, pero calló, esperando más explicaciones. A Inessa le costaba darlas, debía medir con cuidado cada frase, cada palabra. Hasta que no le quedó más remedio que seguir hablando.

—No te escandalices, solo son colas. Hay que racionar la comida en tiempos complicados, eso es algo que ya has vivido en Francia y Alemania, ¿no? Ahora aquí tenemos una dieta universal diaria que todos respetamos, y tú misma lo sabes porque es lo que has comido hasta ahora: veinte gramos de pan, unos puñados de avena... —Estaba seria, aunque después trató de bromear—. Pero al menos tenemos manzanas, muchas manzanas, todo el mundo puede comer manzanas.

—No le encuentro la gracia, Inessa. Yo me alimento con poca cosa y no me preocupa, pero no sabía que lo que como cada día es lo único que puedo comer obligatoriamente y que es lo que comen todos, incluidos los niños, estén o no enfermos. Cuando hablabas de escasez no imaginaba que llegaba a estos extremos. ¿No prometíais pan y libertad? ¿En qué se diferencia esta hambre de la que os hacía pasar el zar? ¿Para qué os ha servido la Revolución, además de para todos los hermosos proyectos sobre la mujer que me habéis contado?

—No te precipites juzgándonos, Mariela, hay muchos factores que operan en nuestra contra...

—Pues explícamelos, porque necesito entenderlos.

—Por ejemplo, el bloqueo internacional.

Primero fueron los alemanes, que controlaron con puño de acero las importaciones según los términos leoninos del acuerdo de Brest-Litovsk. Cuando los alemanes se rindieron a los aliados, fueron los británicos quienes cerraron el Báltico a los buques rusos y lo hicieron aún más férreamente. Dejó de llegar combustible y dejaron de fabricarse locomotoras, lo que interrumpió los transportes por tierra con los cada vez más escasos países dispuestos a comerciar con Rusia. De forma que la supervivencia también se vistió de ideología y el bolchevismo decidió que, si nadie quería dejarle salir, tampoco nadie podría entrar, y se enclaustró en su concha hermética. Cerró las fronteras que nadie del exterior deseaba cruzar con el pretexto de impedir que el capitalismo volviera a traspasarlas y contaminara a la nueva Rusia. La autarquía fue impuesta mediante un comunismo de guerra destinado a evitar la infección extranjera.

Lenin volvía a proclamar, en cada mitin y en cada arenga, la importancia del derecho de las naciones a la autodeterminación que tanto censuraba Rosa Luxemburgo. Había muerto, pues, el ideal del internacionalismo, como predijeron Alexandra Kollontai y las supuestas radicales que se enfrentaron al partido al oponerse a la firma del tratado por el que Rusia se retiraba de la Gran Guerra. Tenían razón ellas, y Lenin, no.

Para redondear el desastre, el Gobierno bolchevique recurrió a la nacionalización de la industria, las requisas de las cosechas y el desvío de los recursos a los frentes de la guerra civil. En las reuniones de Gobierno, se culpaba a la Iglesia ortodoxa por no ceder sus tierras y a los campesinos por ocultar el grano para evitar que fuera confiscado; en las calles, se culpaba a la mano de hierro de los bolcheviques; entre los bolcheviques, al germen capitalista del extranjero...

Y el resultado era hambre, mucha hambre y miseria, las suficientes para terminar de estrangular a un pueblo ya castigado por cuatro años de guerra en Europa, un año de otra interna y una travesía por el desierto que no parecía tener fin.

El corazón de Mariela no volvió a caer en una depresión, pero sí se contrajo con una tremenda tristeza y una preocupación punzante: ahora entendía por qué el mejor caldo de cultivo que había encontrado la epidemia era la nueva Rusia revolucionaria. Los rusos que no murieran de hambre morirían por la Bestia. Los que quedaran no tendrían suficiente tierra para enterrar a sus muertos ni lágrimas para llorarlos, así que morirían de pena. Y todo sucedería envuelto en una gruesa capa de silencio.

Eso pensó tras escuchar las explicaciones de Inessa. Se quedó callada un instante y después no supo hacer otra cosa más que repetir sus propias palabras:

—Pero... ¿de verdad que para esto os ha servido la Revolución?

123

Así es la nueva Rusia

Todo empezó una mañana en que Sergei no apareció a las puertas del hotel Nacional como cada día. Eso inquietó mucho a Inessa, que rápidamente instó a Mariela a que volviera a subir a su habitación porque ella acababa de recordar que tenía que discutir algo importante con Alexandra.

Mi bisabuela esperó sentada en la cama durante dos horas. No había noticias de sus amigas. ¿Tal vez preparaban un congreso de emergencia? Tuvo tiempo para el humor, la intriga, el enfado y, por último, la preocupación. Algo no iba bien, lo intuía.

Llamaron a la puerta para informarle de que se reclamaba su presencia en la habitación de Shura. Con urgencia. Después de dos horas no podía ser urgente, pensó, sino más bien alarmante, pero obedeció y subió casi con alas el piso que la separaba de Alexandra.

Allí estaban las dos y su palidez hablaba más que sus bocas, que permanecieron cerradas durante un buen rato después de saludarla.

Por fin, dijo Inessa con el ceño fruncido:

—El otro día cometiste una imprudencia, Mariela...

—¿Yo? ¿Por qué? ¿Qué he hecho? De verdad que siento si os he molestado en algo, pero no tengo ni idea...

Ambas la detuvieron con un gesto. Habló Alexandra y lo hizo en español y muy despacio:

—Verás, camarada, déjame contarte algo. Sucedió en San

Petersburgo. Allí convoqué una asamblea de mujeres, la primera que yo organizaba. Ya tenía el local, las asistentes, las oradoras... pero la tarde antes de la reunión alguien colocó un cartel bien grande cubriendo casi toda la puerta de la sala que decía: «La asamblea de mujeres queda suspendida. Mañana, asamblea solo para hombres». Me dieron ganas de arrancar el cartel con los dientes y declarar mi propia revolución. Pero lo pensé mejor y, en lugar de eso, yo coloqué otro debajo: «Y pasado mañana, la de las mujeres». Seguimos así unos días, colocando los mismos letreros, hasta que quienquiera que estuviera poniéndolos se dio cuenta de que yo era capaz de continuar hasta agotar el calendario, y una tarde no apareció ningún cartel en la puerta. Nos reunimos al día siguiente.

Quedó en silencio, como esperando que la moraleja de la anécdota hiciera mella en su oyente. Después siguió:

—Yo me uní a esta Revolución porque realmente quería cambiar la vida de la gente y en especial la de las proletarias. Pero ser revolucionaria no me impide pensar por mí misma, por eso soy consciente de que hay muchas cosas que le faltan y le sobran a nuestro proyecto, y de que muchos camaradas intentan cada día que mi misión fracase. Para evitarlo, he de mantener en equilibrio todos los intereses —hizo un gesto en el aire con las dos manos, subiendo y bajando alternativamente cada una, simulando con ellas una balanza de pesas— y he decidido que, si para lograr la liberación de la mujer he de pasar por alto algunos errores de nuestros líderes, por graves que sean, estoy dispuesta a hacerlo...

Mi bisabuela comenzó a comprender. Se estaba refiriendo a la conversación que mantuvieron Inessa y ella en el interior del Skoda de Sergei.

Alexandra continuó:

—Solo debo observar ciertas normas que, aunque incómodas, nos ayudan a todas a sobrevivir en estos difíciles momentos. Una de ellas es hablar de lo que desee solo en entornos seguros. Y son estas, nuestras habitaciones del hotel Nacional y exclusivamente cuando estamos solas, lo único de lo que disponemos por ahora. Aquí podemos decir y pensar lo que queramos, camarada Mariela, y así lo hemos hecho delante de ti con total libertad. Pero en el instante en que bajas esa escalera que tanto te gusta, se acaba la libertad: a partir de entonces, te callas y dices que sí a todo. Los carteles no se arrancan con los dientes, sino con tenacidad y en silencio. Así es la nueva Rusia. Y no sabes cuánto lamento tener que explicártelo con esta crudeza.

Ahora ya estaba todo claro. Mariela quiso saber algo:

—¿Ha sido Sergei?

—Sí —contestó Inessa, avergonzada.

—¿Y qué os va a ocurrir ahora a vosotras?

Ambas se miraron. Fue Alexandra quien le respondió:

—Esa reacción te honra, camarada. No has preguntado por lo que va a pasarte a ti, sino a nosotras. Eres noble de espíritu y te lo agradezco. Cuánta falta nos hacen los espíritus nobles...

Mi bisabuela pensó con tristeza que no era una cuestión de nobleza sino de resignación. No necesitaba preguntar qué iba a ser de ella, porque ya lo sabía: tenía que irse. Otra vez. Era una eterna peregrina, condenada a vagar por el mundo toda la eternidad, hasta que hollase el planeta entero con los pies y con el alma su propia vida.

No supo muy bien si el veredicto que siguió era bueno o malo.

—Te diré lo que vamos a hacer, antes de que atraigas más la atención del partido sobre tu persona.

Alexandra confirmó su sospecha. Y, a pesar del aturdimiento de aquella situación que, pese a ser conocida para ella, la dejaba sin respiración cada vez que se repetía, esto es lo que creyó entender que había sucedido e iba a suceder.

Sergei Shevchenko fue uno de los legendarios cosacos del Don que habían renunciado al ideario de sus propias filas después de haberse negado a obedecer al zar cuando ordenó al ejército disparar en Petrogrado sobre miles de manifestantes, en su mayoría mujeres, que pedían pan y el fin de la guerra. Ese día cambió de bando, dejó el fusil, levantó el puño y se unió a la Revolución. Más tarde, usó sus fuerzas y sus armas contra el emperador, que le quiso convertir en verdugo de su pueblo, y se invirtieron los papeles. Él mismo se erigió en un firme defensor entre sus compañeros cosacos de la ejecución sumarísima del zar, necesaria para el triunfo bolchevique: había traicionado a su país y merecía la muerte, toda Rusia lo sabía. Esa misma Rusia se lo agradeció a Sergei dándole comida caliente y un puesto en el Kremlin en asuntos de seguridad y transporte, casi siempre como acompañante de Lenin, Trotski o Sverdlov. A cambio, debía seguir sirviendo como fiel revolucionario no solo guardando las espaldas de sus líderes, sino también siendo sus oídos. Y el cosaco, consciente de que no tenía educación suficiente para un cargo de burócrata y siempre temeroso de perder su lugar, su pequeño e insignificante lugar junto a la cúpula del poder, cumplió a rajatabla con el cometido.

Una enfermera española, advenediza y poco comprometida con la Revolución, que solo tenía en su medallero haber conocido a ciertos camaradas alemanes, se paseaba por Moscú cuestionando el comunismo a voz en grito. Eso contó.

Pero, a pesar de ello, se había tomado la resolución más benévola posible sobre su destino en lugar de incluirla en una lista imprecisa de enemigos de la Revolución desaparecidos, le explicaron sus compañeras.

Fue, cómo no, gracias a Yakov Sverdlov.

Alexandra le llamó en cuanto alguien del Comité Central la avisó de la denuncia de Sergei. Todos estaban muy ocupados preparando el primer Congreso de la Internacional Comunista que iba a celebrarse en Moscú en marzo y en el que Kollontai, en representación de las mujeres bolcheviques, pensaba presentar una proposición en la que se atrevía a criticar duramente la burocratización del partido y planteaba sus tesis sobre la desaparición de la familia nuclear. Aquello enfureció a Lenin. «¿A qué viene esto ahora, Shura?», gritó golpeando la mesa. «¿No tenemos cosas más importantes de las que ocuparnos, como, por ejemplo, acabar con todos los blancos? ¡Estamos en guerra y cómo ganarla es lo único de lo que debemos hablar! ¿La desaparición de la familia...? ¿Te has vuelto loca? ¡Jamás lo permitiré... jamás, mientras me siente en esta silla del Kremlin!».

No era, pues, el mejor momento en su relación con el partido, de forma que acudió al único que siempre estuvo a su lado incondicionalmente. Contó a Sverdlov lo ocurrido con aquella enfermera extranjera que él mismo había conocido en París y en Berlín, alguien con quien, le recordó, la Revolución estaba en deuda porque había visto morir de la forma más atroz a Luxemburgo y Liebknecht, ambos amigos muy queridos del camarada Andrei.

«Ya», le respondió.

Alexandra no tuvo que preguntar más para saber que Mariela, por el momento, estaba salvada.

Así fue como un miércoles de febrero, Mariela, todavía conmocionada por el nuevo giro de los acontecimientos, se subió a un tren chirriante.

La acompañaban Konkordia Samoilova y Vetta Abaza. Mi bisabuela no encontraba la forma de agradecérselo, pero ellas tampoco se lo habrían permitido: todas iban a la caza de la *ispanka*, le dijeron. Una enfermera del hospital Alexandrovski de Jarkov, amiga y compañera de Konkordia mientras esta vivió en Ucrania durante sus años de clandestinidad, había pedido ayuda desesperada al Comité Central.

Cuando Inessa les propuso que unieran sus fuerzas a las de Mariela, Samoilova no lo dudó, ni tampoco Elizaveta, que había conseguido encontrar una sustituta adecuada en el Sheremetievski. Puesto que las tres se dirigían al mismo destino y tenían una misma meta, lo mejor era compartir ese tren que parecía a punto de desmembrarse pieza a pieza sobre las vías que cruzaban pastizales de nieve con dirección al sur.

Y es que, paradójicamente, la Revolución, queriendo exiliar a Mariela en su propio seno, la enviaba al lugar adecuado. La epidemia, que había entrado por el sur a través del puerto de Odesa, a orillas del mar Negro, controlado por los blancos, se extendía en toda Ucrania y amenazaba con diezmar a las tropas rojas que trataban de recuperar la zona y afianzarla como república absolutamente soviética.

Pero Mariela no pensaba en eso, al menos no en eso únicamente. Yakov Sverdlov, aunque había intercedido por ella, en realidad, no había hecho más que alejarla de Moscú y, por tanto, de la posibilidad de que algún día pudieran verse de nuevo y aclarar lo que aún no se habían dicho el uno al otro.

Definitivamente, debía olvidarle. Solo la Bestia la ocupaba entera. Solo la Bestia la llamaba a su lado. Solo la Bestia reclamaba su presencia. Y solo a ella le dedicaría la vida.

124

La espiral

Hacía pocos días que en Odesa acababa de apagarse una luz rutilante en el imaginario ruso que ni la austeridad del bolchevismo había conseguido ensombrecer. Era Vera Jolodnaya, una belleza de ojos grises y sonrisa lánguida que competía en glamur y sensualidad con la mismísima Asta Nielsen, la reina de las pantallas alemanas.

Antes de la Revolución, Jolodnaya era una actriz en auge especializada en interpretar historias basadas en canciones de amor tradicionales rusas, pero las autoridades bolcheviques impusieron un requisito a la industria del cine para garantizar su supervivencia: que hiciera menos melodramas y más adaptaciones de clásicos. La interpretación de la Jolodnaya en *El cadáver viviente* de Tolstói llamó la atención de Stanislavski en persona y fue tan memorable como ella misma. No habían pasado ni seis meses desde que se estrenó su última película cuando, tras una actuación en un teatro de Odesa, su carruaje sufrió un percance y se vio obligada a volver al hotel andando, a pesar del frío y la humedad del invierno odesano. Esa misma noche cayó enferma y, ocho días después, con veinticuatro años, murió.

La actriz despertaba odios y simpatías a partes iguales. Unos dijeron que había sido envenenada por el embajador francés porque en realidad era una espía de los rojos. Otros, que fue asesinada por esos mismos rojos porque pretendía desafiar a la Revolución proclamándose emperatriz de Ucrania.

Pero la verdad es que el patólogo que firmó su certificado de defunción no tuvo dudas: la causa de la muerte había sido la *ispanka*.

La *zver*, henchida de arrogancia, había tenido la osadía de atacar a un personaje público y famoso, así que ya no podía seguir ocultándose en su envoltura de silencio.

No estaba oculta, desde luego, cuando Mariela llegó a Jarkov.

No solo vio enfermos en el hospital que todos seguían conociendo por su nombre decimonónico, Alexandrovski, sino en cada esquina y en cada calle de la ciudad. Aquel era el feudo absoluto del monstruo, que, en su enorme astucia, había comenzado por matar a todo el personal sanitario que encontró a su paso.

Creyendo que la *ispanka* del pasado otoño había desaparecido para siempre, nadie tomó las medidas profilácticas necesarias para combatirla en cuanto aparecieron los primeros casos de la tercera oleada, que comenzó en enero. Estaban demasiado ocupados troceando la república que se disputaban los rusos bolcheviques, los rusos mencheviques, los polacos vecinos, los soldados blancos, los soldados rojos e incluso una miscelánea anarquista que enarbolaba la bandera de un grupo denominado Ejército Negro y completaba así el arcoíris de una guerra de colores en la que algunos encontraban similitudes inquietantes con la Mano Negra que detonó la gran contienda europea.

En esas condiciones había asaltado la Bestia una de las ciudades clave en toda la telaraña que, por el momento, se encontraba en manos rojas, de modo que no le costó mucho vencer a cada bando por separado y después juntos, calladamente, como solía, para terminar conquistando la fortaleza entera y hacerla suya.

Jarkov ya no era roja ni blanca ni negra, sino solamente un infierno azul.

La amiga de Konkordia se llamaba Zinaida Malynich y, aunque a Mariela le pareció poco más que una niña, era lo suficientemente adulta como para haber servido en el último año de la guerra europea. Sin embargo, a pesar de su juventud, tenía las ojeras negras de una anciana. Se expresaba en ruso y a gran velocidad, mientras movía los ojos, verdes como el mar de su Odesa natal, para dar énfasis a sus palabras. Pero no era necesario; ellas eran veteranas, sabían de qué hablaba.

—Zinaida nos da las gracias con todo su corazón por haber venido. Está desesperada: no hay ningún médico en el hospital y ella es la única enfermera que queda. Todos han muerto por la *ispanka*. Trata de atender como puede a los infectados, pero ya la veis, está al borde del colapso nervioso. A veces recibe ayuda de otros hospitales y de algunos profesores y alumnos de Medicina de la universidad, pero ellos también están desbordados. La única buena noticia es que ella misma, como nosotras, está inmunizada, porque contrajo la gripe en otoño y se curó. El personal del hospital ha menguado tanto como ha crecido el número de enfermos. Esto es un caos... —tradujo Konkordia.

Las tres trataron de calmar a Zinaida y la convencieron para que, antes de cualquier otra cosa, les dejara tomar algunas decisiones de estricta higiene que mi bisabuela ya había puesto en práctica antes: la ventilación de las habitaciones, aire puro para los enfermos, su completo aislamiento en habitaciones estancas, líquidos en abundancia, mascarillas y guantes para todo aquel que los tratara... y mucha vigilancia.

Mientras, Mariela trató de reconstruir algo parecido a su suero original usando el contenido de la maleta que había traído repleta de hierbas del Bitsevski. Sin embargo, como le ocurrió desde que salió de España, pronto constató que no eran suficientes y por eso trató de completar su catálogo herbolario con algunas plantas obtenidas en el Karazin, el jardín botánico universitario de Jarkov. Es cierto que encontró varias joyas en aquel lugar que en tiempos más serenos le habría parecido de ensueño, especialmente en la sección de flora medicinal... pero seguían sin ser suficientes.

Así que, con los medios y las fuerzas de que disponían, comenzaron para ellas jornadas agotadoras.

Dormían como podían y cuando podían en los camastros que habían usado las enfermeras muertas para descansar, tras una desinfección exhaustiva. Después, mi bisabuela, la más experimentada en los combates cuerpo a cuerpo con la Bestia, trató de organizar el trabajo.

Harían turnos: cada día, dos de ellas se encargarían de las labores propiamente curativas, otra cocinaría la comida que pudiera reunir y la cuarta se ocuparía de la limpieza, porque los barrenderos y cuidadores de las instalaciones del hospital también habían muerto o habían huido de la plaga.

No dejaron que las venciera el cansancio ni se desdibujó su sonrisa. Cada mañana, comprobaban el estado de los enfermos y, si encontraban al menos uno que hubiera experimentado una leve mejoría, se decían a sí mismas que todos sus esfuerzos, a pesar del desamparo, estaban mereciendo la pena. Ese era su salario y su recompensa.

Mariela se sintió durante esos días como un ratón de laboratorio dando vueltas en un carrusel. Nunca dejaría de rodar y, sin embargo, seguiría en el mismo sitio, extendiendo el brazo, a punto de asfixiar a la Bestia para después contemplar impotente cómo se le escapaba entre los dedos. Era y sería siempre la misma rueda incesante.

Fueron los días más duros de su viaje y, en cambio, los que vivió con mayor aplomo desde que Yvonne muriera ante sus ojos y conociera la pérdida de Pepe por un telegrama. Sabía cómo y cuándo había comenzado aquella espiral, pero también sabía, ahora ya sí, que nunca iba a dejar de girar. Nunca... hasta que los cielos se fundiesen y cayesen sobre la tierra.

Habían pasado dos semanas desde la llegada de Mariela a Jarkov, y ya la habían visitado tres aves que hacía mucho que no veía. Eran una bandada de cuervos negros con forma de telegramas, aunque esta vez no todos merecieran ser incluidos en la metáfora.

El primero llegó solo y estaba dirigido a Konkordia. Fue un ave pionera, la más oscura y fatídica, y dejó a la española con las manos temblando y la vista nublada:

RECAÍDA DE SHURA. LA OPERAN MAÑANA. DEMASIADAS ANGUSTIAS PARA CORAZÓN. ENVIARÉ NOTICIAS.

Lo firmaba Maria Petrovna, la secretaria de Alexandra Kollontai.

Mi bisabuela estaba segura de que ella era una de las preocupaciones que habían contribuido a su fatal estado. Si algo le ocurría al corazón más bello de la Revolución, jamás se lo perdonaría.

No durmió ni comió en dos días, hasta que llegó el resto de la bandada.

El segundo telegrama también lo enviaba Maria y tenía la misma destinataria, pero era mucho más alentador:

ÉXITO DE OPERACIÓN. SHURA MEJORA. FUERA DE PELIGRO. DESCANSA EN HABITACIÓN.

Las tres volvieron a respirar de nuevo. Por más que se lo plantearan, no llegaron siquiera a imaginar una Revolución sin Alexandra. Si ella faltase, ninguna lo dudaba, el mundo dejaría de cambiar.

Mariela era la receptora del tercer telegrama. Lo enviaba Inessa:

CAMARADA YAKOV SVERDLOV, CAMINO DE JARKOV. HABLARÁ MAÑANA EN CONGRESO PARTIDO. QUIERE VERTE.

Sintió una jauría galopando en su interior y permaneció aquella noche en blanco a merced del tropel furioso. La brisa que mecía la copa de un roble en el Tiergarten se había transformado en un viento huracanado y la música de un organillo, en un zumbido desafinado de trompetas.

Pero, cuando amaneció el nuevo día, lo único que fue capaz de advertir era que la espiral, por fin, se había detenido.

De modo que eso no podía significar más que una cosa: que todo había llegado a su fin. Y que, al cabo de unas horas, los cielos se fundirían y caerían sobre la tierra.

125

He soñado que era hielo

Jarkov, a 28 de febrero de 1919

Esta noche he soñado que caminaba hacia el sacrificio para aplacar a dioses sedientos de sangre de mujeres desnudas. He soñado que me asomaba a un glaciar y me lanzaba a su boca de lengua blanca sin volver la vista atrás porque nada dejaba a mis espaldas, porque todo mi mañana era aquella garganta polar. Después me fundía con sus nieves y cristalizaba en ellas, congelaba todo a mi paso, lo solidificaba en una escarcha eterna que jamás volvería a ser agua. He soñado que era frío. Que nada podría ya helarme porque yo era hielo. Hielo duro y resistente, irrompible en mi blancura eterna.

Hasta que...

1919

MARZO

126

Sábado 1 de marzo
Solo café

Mariela sintió miedo. Podía oler a la Bestia entre la multitud, pero ya había llegado a un punto de su lucha en que le parecía sentirla hasta en su propia ropa y en su propia piel. La pestilencia se le había incrustado en la pituitaria de tal forma que en ocasiones creía que no existía ningún otro aroma posible. Que estaba equivocada: que aquel no era el olor de su enemiga, sino el de la vida, el del mundo.

Pero el local donde se iba a celebrar el tercer congreso del partido comunista de Ucrania, en realidad, solo olía a saliva, a tabaco y a humores mal congeniados. Como la mayoría de las asambleas revolucionarias.

Ella se quedó de pie en un rincón, parapetada tras una columna y sobre una especie de tarima lateral que le otorgaba una visión algo más elevada que la del resto, pero que no la hacía demasiado visible. Algo, por otra parte, poco probable, pensó, en un lugar en el que nadie veía ni escuchaba a nadie.

Había una mesa vacía en el estrado frontal. Un hombre salió de entre el público, subió los dos escalones que conducían al estrado y se sentó frente a la concurrencia. Fumaba un cigarrillo con calma.

Desde su observatorio Mariela no podía verle el rostro, pero sí las manos que descansaban sobre una mesa situada a su lado. Así le reconoció.

El dedo índice de su mano derecha golpeaba el tablero

rítmicamente, como tarareando una música que solo existía en su cabeza. Era música, estaba segura, porque el dedo no se movía en un tecleo ordenado y repetitivo, sino que seguía una melodía imaginaria con sus pausas y sus acordes. Mariela la adivinó enseguida: mi re mi re mi si re do la, do mi la si, mi sol si do... Sí, aquella era, sin duda, una hermosa pieza dedicada a la misteriosa Elise de la que estaba enamorado el huraño Ludwig. Era su cadencia lo que el dedo del hombre tamborileaba.

Y se la estaba dedicando a ella.

Se sucedieron los discursos, arreciaron los debates, se recrudecieron las discusiones... Horas después, abatidos por el cansancio, los asistentes dieron por concluida la primera jornada del congreso y comenzaron a disolverse.

Cuando Sverdlov bajó del estrado rehuyó todos los saludos y se encaminó directamente a la plataforma donde se encontraba Mariela.

Se dirigieron palabras de cortesía, pero, en un breve instante en que las manos se rozaron, el universo volvió a detenerse.

—Señora Bona... Mariela, estaba deseando verte de nuevo.

Y cuánto había deseado ella volver a escuchar su voz, la que Alexandra describía como «de barítono» y ella recordaba como el eco de la eternidad sobre la tierra. Y cuánto había soñado con tocar, una vez más, los dedos que interrumpieron la caricia más importante de su vida. Y cuánto había anhelado seguir asomándose a la ventana de sus ojos, uno ligeramente más pequeño que el otro, porque a través de ellos podía ver el mundo...

Pero, pese a que no estaba acostumbrada a hacerlo, optó por mentir:

—Pues yo no, camarada Andrei. No deseaba verte. He venido porque me lo ha pedido Inessa y porque quiero que me digas cómo se encuentra Alexandra tras la operación.

—Está bien, ha mejorado mucho, te manda su cariño. Entiendo que no quisieras verme, pero, al menos, permíteme que intente convencerte para que cambies de idea. Tengo algo que podrá ayudarte a hacerlo. ¿Aceptarías una invitación...?

Sverdlov se alojaba en la casa de la camarada Sveta Kuznetsova. Se habían intercambiado techos: ella había viajado a Moscú para asistir al Congreso Mundial de la Internacional Comunista y dormía en una de las habitaciones de que disponía la familia Sverdlov en el Kremlin para acoger a los miembros del partido que les visitaban. Sveta era buena amiga de Klavdiya, seguro que disfrutarían juntas. A cambio, prestó a Sverdlov su humilde vivienda en Jarkov.

—Pero ¿seguro que no quieres quedarte en el Nacional, camarada Andrei? Mira que soy yo quien sale ganando. ¡En el mismo Kremlin...! Y tú, en dos habitaciones en las que apenas cabe un hornillo.

Sverdlov la tranquilizó riendo:

—Recuerda que, a cambio, tú tendrás que convivir con Andrei y Vera, y te aseguro que están en una edad en la que no dan descanso a nadie, mientras que yo, solo en tu apartamento, tendré algo de paz unos días. ¡Creo que el que termina ganando soy yo, camarada Kuznetsova!

Todo eso le contó Sverdlov a Mariela cuando la llevó esa tarde a su hogar temporal, muy acertadamente definido como humilde, junto al parque Zagorodni, que también había recorrido varias veces mi bisabuela en busca de remedios medicinales.

A pesar de la austeridad del alojamiento, el bolchevique quiso llevarla allí porque era el lugar donde guardaba en secreto algo con lo que siempre viajaba, un pequeño privilegio de los habitantes del Kremlin: café. Pero café, café. No achicoria con semillas de algodón: café auténtico, traído desde China a través de las repúblicas más orientales y la frontera con Mongolia.

—La camarada Armand me contó en Berlín que te gusta tanto como a mí.

A Mariela le pareció un buen argumento, pero no se engañaba. Ya no estaban en París ni en Berlín. Allí, él era el grandísimo presidente del Comité Central de los Soviets de todas las Rusias, el segundo hombre con más poder de ese país extraño que la acogía, la mente resolutiva más brillante de la Revolución... y el marido de una luchadora como él con la que había tenido dos hijos que continuarían la dinastía bolchevique. Ella solo era una invitada extranjera a tomar café.

La magia del Tiergarten se había esfumado, se dio cuenta, después de sus críticas a la Revolución en el Skoda de Sergei. Ahora, mi bisabuela no se encontraba frente a su tercer amor, sino ante un prohombre de la nueva Rusia que iba a tratar de atraer a su revolución a una española que había dado muestras de una indiscreta rebeldía.

Estaba obligado a hacerlo. En deferencia a los amigos alemanes muertos, por cuyo recuerdo la muchacha llegó avalada a Rusia, y quizá también por proceder de una nación que fue neutral durante la guerra pero que, quién sabe, tal vez algún día podría sumarse a la causa comunista, Sverdlov había evitado que su destino como disidente primeriza fuera más oscuro para así tener la ocasión de convencerla y transformarla en una auténtica revolucionaria. En nada había influido el recuerdo de Tiergarten, estaba segura.

Pero eso no le afectaba. Ya no. Había visto tanta muerte y tanto dolor desde aquel beso, que cada día le dolía menos que él lo hubiera olvidado.

Adelante. Estaba preparada. Que tratara de convertirla a su fe, no iba a resistirse al intento. ¿No había decidido que iba a ser su camarada, su amiga? Pues aquel era el momento de comenzar a hacerlo.

Cualquier cosa con tal de probar ese café, auténtico café chino, que le ofrecía alguien que la había besado en Alemania, pero que en Jarkov solo era un líder revolucionario con voz de barítono y ojos desiguales.

127

Domingo 2 de marzo
La mano en la que cabe una vida

A la mañana siguiente desayunó café.

Mientras lo bebía en silencio y contemplaba el Zagorodni desde el dormitorio de la camarada Kuznetsova, mi bisabuela volvió a preguntarse cómo había llegado ella hasta allí... cómo una antigua enemiga de muy muy antigua memoria, una Bestia vieja y tal vez milenaria, resucitada ahora para comerse el mundo, la había conducido hasta ese lugar. Se lo preguntó mirando por una ventana nueva desde la que podía ver un parque nuevo con plantas nuevas y, sobre todo, con un sentimiento nuevo y desconocido ensanchándole el corazón.

Después dirigió sus grandes, brunos y dispares ojos hacia otros cerrados y puede que hermanados con los suyos para siempre, que dormían en la cama de un apartamento humilde en las entrañas de Jarkov. Junto a él, una almohada que aún conservaba el hueco de la cabeza de mi bisabuela. Y a su alrededor, un aroma distinto que no era ni se parecía al putrefacto de la Bestia: uno fragante que no había olido antes y que aún no tenía nombre para ella.

Y se preguntó por enésima vez en su camino: ¿cómo había llegado ella hasta allí?

—¿Cómo te ha tratado mi país desde que dejaste Alemania, Mariela? —quiso saber Sverdlov unas horas antes, durante la primera taza de café.

Mi bisabuela volvió a comparar su voz de barítono con un aria de Massenet. A ella le gustaba la ópera, ya fuera hablada o cantada, y también le gustaba el café, que la noche del sábado, después de la sesión del congreso en la que se reencontraron, saboreó con deleite en el minúsculo hogar de Sveta Kuznetsova.

Tanto lo saboreó que, a la segunda taza, creyó elevarse un palmo por encima de la silla de enea en la que estaba sentada. Y tanto se elevó, que comenzó a perder el poco miedo que tenía a las represalias del aparato revolucionario y, al fin, le contestó.

—Si me preguntas cómo me han tratado las mujeres con las que he convivido en Moscú, creo que nunca me he sentido tan querida y protegida como con ellas, excepto cuando vivía con May Borden.

Sverdlov la escuchaba en silencio. Seguía sin apartar los ojos de los suyos y los volvió aún más incisivos cuando se inclinó un poco hacia delante. Le ofreció un cigarrillo. Mariela aceptó y, con él, lo que interpretó como una invitación a continuar.

—Pero si me preguntas cómo me ha tratado la Revolución, prefiero que me contestes tú. Llegué persiguiendo a una Bestia y parece que aquí he encontrado más de una...

El hombre se echó a reír.

—Vaya, ¿acaso la Revolución es otra Bestia para ti?

—No sé, aún no me he parado a calificarla, no he tenido tiempo. Desde luego, lo que sí sé es que no puede ser buena si el solo hecho de que yo me haga preguntas sirve para que me desterréis en lugar de, sencillamente, responderlas. Y me temo que a otros que estuvieron antes en mi lugar les han debido pasar cosas peores.

Esta vez fue ella quien se inclinó hacia delante interrogándole con la mirada. Sverdlov dejó de reír.

—Pues mira —prosiguió temerariamente mi bisabuela—, aun a riesgo de que esas cosas peores me ocurran a mí, voy a decirte lo que pienso y, de paso, te contesto. Sabes mejor que nadie que he vivido la revolución en Alemania y que allí fue donde empezó a cautivarme. Karl, Rosa, Clara... ellos consiguieron que llegara a creer un poco en vuestros ideales, esos que compartís aunque, ahora lo sé, no todos...

—Los verdaderos revolucionarios creemos en lo mismo.

—Tú y yo sabemos que no es así, porque aún no he encontrado a dos que piensen igual.

Él volvió a reír y ella continuó:

—Voy a dejarte esto claro antes de seguir: me cautivó la Revolución porque yo quiero lo mismo que vosotros, que todo sea de todos y que esté bien repartido, que no pequen unos de gula a costa de que otros mueran de hambre, que seamos iguales, compañeros o camaradas, pero que lo seamos de verdad. Yo también creo en vuestro lema, ese que gritabais hace un año frente al Palacio de Invierno, ¿no se llamaba así?, algo parecido a «pan, paz y tierra para todos», no sé si en este orden...

Sverdlov asintió fumando, aunque esta vez no habló.

—Claro que creo en esa revolución vuestra, claro que yo también quiero pan, paz y tierra. Y que no haya Bestia. Y nunca más una guerra. Y que todos trabajen y contribuyan a la prosperidad de su pueblo. Y, sobre todas las cosas y desde lo más profundo de mi corazón, que nadie humille a las mujeres y que todos, vosotros y nosotras, seamos de verdad iguales, como también lo quieren todas esas amigas revolucionarias maravillosas a las que he conocido en Moscú.

—Entonces crees en la Revolución...

—Creo en ellas y en todo eso, e incluso os concedo algo de razón en que los Estados, o los gobiernos, o los que manden deberían sufragar el bienestar de su pueblo y supervisar que el reparto y la emancipación sean equitativos... ¿Comedores, guarderías, lavanderías y limpieza doméstica a cargo de las arcas públicas y para todos por igual? ¡Ideas magníficas, extraordinarias, brillantes! No me parece descabellado que un orden superior organice parte de la vida cotidiana de la gente si es para mejorarla. Pero también creo lo mismo que creía antes de conoceros y mientras la guerra me enloquecía con su aullido: que no hay causa que sea buena si esta cuesta un solo ser humano. Ni tampoco si cuesta su libertad y su dignidad. Es que, si ese es el precio a pagar, nunca habrá una liberación real de la mujer ni del proletariado ni de nadie... en ningún lugar. Eso es en lo que yo creo.

—Idealizas la libertad. Como dice el camarada Lenin, ese es un don tan precioso que debe ser racionado.

—¡Exactamente lo mismo que decían los burgueses contra los que lucháis cuando se declararon la guerra los unos a los otros en Europa!

—Estás equivocada, nosotros no somos como los burgueses ni la Revolución es como la guerra.

—¿Y en qué os diferenciáis? Permíteme que te diga algo: yo no he visto pan en las calles de Moscú ni en las de Jarkov, que está bajo vuestro mando. Tampoco he visto paz, porque, además de otra guerra, y esta entre vosotros mismos, lo que sí veo es miedo a pensar y a hablar. Así que ahora deja que sea yo quien te pregunte: ¿hay algo más que no haya visto aún en tu país y en tu Revolución y que me horrorizará cuando lo descubra?

Se les acabaron los cigarrillos. Y, al parecer, al camarada Andrei también las palabras.

Ante su silencio, tan profundo y denso como sus ojos, Mariela sintió por primera vez algo muy diferente a lo que experimentó en el Tiergarten. Ahora, en Jarkov, lo que sentía era miedo. Se había extralimitado. ¿Por qué no había recordado a tiempo las palabras sabias de Alexandra Kollontai? ¿Por qué era impulsiva, irreflexiva, catarata en lugar de río, tormenta en lugar de lluvia, relámpago en lugar de candil...? ¿Por qué no se había limitado a hablar de sentimientos en lugar de ideas?

Siempre le había ocurrido lo mismo, desde Trasmoz a Jarkov.

Solo que esta vez el precio podría ser demasiado alto.

Yakov Sverdlov tenía una formidable mente resolutiva, eso le dijeron y eso recordó de nuevo Mariela cuando le vio levantarse de su silla, pasear por la habitación apurando el último cigarrillo y hacerlo con los ojos perdidos en pensamientos que ella ni siquiera podía vislumbrar.

—Ya —dijo cuando se detuvo de pie ante mi bisabuela.

No pudo evitar un escalofrío al escuchar esa palabra: ¿significaba que Mariela era un problema y que el camarada Andrei acababa de encontrar el modo de resolverlo? Sí, exactamente eso era lo que significaba. Acto seguido, supo por qué.

—Querida Mariela, no sabes cuánto agradezco lo que dices. La tuya es la voz que necesita la Revolución. Los burgueses y la Iglesia llaman conciencia a esa voz, pero lo hacen para acallar al pueblo y conseguir que solo ellos puedan hablar. Tu voz no es la voz de la conciencia, sino la voz de la razón, y nos hace mucha falta oírla a quienes quizá nos hemos dejado llevar por la tromba que nos ha arrastrado a todos en el último año. Rusia ha vivido en el ojo de un huracán desde que comenzó la Gran Guerra europea. Afortunadamente, el pueblo consiguió rebelarse contra la monarquía opresora para detener esa guerra y, desde entonces, hemos debido tomar muchas decisiones difíciles de comprender y también de poner en práctica. La más dolorosa ha sido la lucha contra los enemigos internos, contra camaradas que lucharon a nuestro lado, pero que después trataron de destruirnos desde dentro. Esa ha sido la más desgarradora, pero también la más necesaria. La lepra nace en el interior y, cuando ya se extiende a la piel, el enfermo está desahuciado. Nosotros no pudimos ni quisimos permitirlo y por eso debimos endurecer el puño antes de descargarlo sobre los traidores. La Revolución era lo primero y debíamos sostenerla...

—Te refieres a la idea bolchevique de la Revolución, claro.

—Si tratas de recordarme que entre nuestras filas también había socialrevolucionarios, mencheviques, comunistas de izquierdas, anarquistas, radicales... sí. Ellos decían ser revolucionarios, pero, en realidad, no eran más que la lepra intestina que tuvimos que arrancar cuando solo era una larva. Fue necesario, camarada, tú también lo habrías entendido si lo hubieras presenciado. La unidad de acción, todos como un bloque monolítico caminando hacia un mismo destino, sin fisuras ni divergencias... eso es lo que diferencia a una simple revuelta de una revolución. Nosotros queríamos hacer una revolución y que fuera duradera y triunfante. Lo seguimos queriendo.

Continuó paseando por el cuartucho y bebiendo café.

—Dicho todo esto, querida Mariela, voy a confesarte que creo que estás en lo cierto, que en algún momento tendremos que hacer un alto en el camino y revisar nuestra política de control y extirpación de los traidores. Solo discrepo contigo en una cosa: yo creo que aún no ha llegado ese momento. Puede que tú no lo hayas visto por ti misma, pero te recuerdo que Rusia está en guerra. Queremos lograr la unión con todas las repúblicas hermanas, como esta de Ucrania, hasta que formemos un mundo nuevo de repúblicas soviéticas en el que la Revolución reine y encauce las vidas de todos hacia el progreso y la emancipación. Sin embargo, eso requiere que el pueblo se sacrifique, y aún queda mucho sacrificio que hacer por delante...

—Pero ¿os gustará lo que consigáis con ese sacrificio?

—Tendrá que gustarnos. No es posible que tanto esfuerzo haya sido en balde.

—Y mientras tanto, no se podrá usar la razón...

—Claro que sí, pero dirigida hacia un bien común.

—Porque el sueño de la razón produce monstruos...

—No te entiendo.

—Ya lo sé, perdona, es el título del dibujo de Goya, un pintor de mi país, que vi en un libro.

—«El sueño de la razón produce monstruos». Podría ser un buen lema bolchevique.

—No. Al menos, no en el sentido en el que seguramente lo usaríais vosotros.

—Lo único real es que nuestro esfuerzo dará a luz un nuevo mundo.

—Pero ¿merece la pena tanto sufrimiento del pueblo hasta que se afiance completamente la Revolución?

—Lo merecerá.

—¿Y si nunca conseguís que se afiance?

—Lo haremos. Muchos hemos empeñado la vida en ello.

—¿Y si esa vida os la arrebata la Bestia? Nada le favorece más que el silencio que tanto os gusta.

—En ese caso —sonrió—, te tenemos a ti para luchar contra ella.

—Pero yo no pienso dejar de hacer preguntas.

—Y nosotros contestaremos a las que creamos que debemos contestar.

—¿Pero me queréis así, preguntando, en vuestra Revolución, o me vais a expulsar de ella como me habéis expulsado de Moscú?

Mariela también se había puesto en pie durante el último duelo verbal y ambos, a medida que hablaban, se iban acercando el uno al otro como hicieron un mes antes bajo un roble centenario. Poco a poco, en sus cabezas comenzó a sonar de nuevo un tintineo de organillo.

Sverdlov respondió susurrando y lo hizo al ritmo de la melodía imaginaria:

—No sé qué pensará la Revolución, pero yo sí te quiero así... junto a mí.

Y ya no hubo freno.

Terminaron de pagarse la deuda contraída en Berlín. Se la debían el uno al otro.

Esa misma noche mi bisabuela lo entendió todo. Aquella mano que estaba completando una caricia interrumpida era la última parada de un viaje interminable y en ella, irremediablemente, iba a caber su vida entera.

128

Lunes 3 de marzo
Ahora lo entiendo

Jarkov, a 3 de marzo de 1919

Ahora lo entiendo.

Entiendo lo que me dijo una princesa mientras jugábamos a ser pájaros volando sobre un país de nieve: que solo hay algo que puede derretir un corazón de hielo y es la lava de un volcán encendido por la explosión de la tierra que se rebela, que pugna por escapar en un estallido cuando este triste planeta redondo y agotado se le queda pequeño. Yo ya tengo mi volcán.

Ahora entiendo el vacío infinito que deja el cráter cuando el fuego interior se enfría. Hace dos mañanas que lo entiendo, cada vez que debo abandonar el calor del hueco de su cuello y salir al páramo que es el mundo para luchar contra la Bestia gélida. Dos amaneceres a su lado han significado dos albas de eternidades insaciables.

También hace dos noches eternas que me asomo al volcán, que salto a su interior y que me fundo con él en una lava cremosa y cálida. Después, con la llegada del sol, el volcán se deshace de mí envuelta en una manteca de magma que se extiende por laderas, valles, colinas y montañas. Lo cubro todo a mi paso, lo incendio con su llama al tiempo que avivo la mía, lo calcino con la colada de mi traje refulgente, evaporo ríos y seco mares con mis brasas, el mundo es mío, se disuelve a mi paso, mi pelo es cenizas, mi piel ascuas... Vivo cada día soñando despierta con que llegue la noche, en la que no dormiré y otra vez seremos cráter y lava con nuestros dedos hirviendo. Y volveré a entenderlo porque estaremos desnudos, porque no habrá secretos.

No necesito entender la Revolución para comprender que soy el único ser humano que ha descubierto el sentido de la vida. Lo hice en el mismo momento en que él me tocó en Berlín como nunca antes nadie había tocado a nadie en el mundo, aunque entonces no sabía qué era lo que estábamos inventando. Nosotros lo inventamos. El amor... el amor lo inventamos nosotros, ahora lo entiendo. Nuestra caricia en dos actos fue la primera de la humanidad, un roce eléctrico de polos opuestos y, sin embargo, iguales con el que se encendió la luz primera de la noche de los tiempos. Entonces se hizo la claridad y solo existió la necesidad de inclinar la cabeza para apoyarla sobre su mano y notar el calor de una piel que se fundía con la mía. Así supe que, en el cuenco de esa mano acoplada bajo mi rostro y junto a la nuca caliente donde me bullía amotinada la sangre, solo yo podía encajar porque estaba hecho a mi medida exacta.

Ahora, por fin, lo entiendo. Entiendo lo esencial. Entiendo por qué somos, existimos y luchamos. Entiendo que, a su lado, una ínfima fracción del tiempo que transcurre entre el nacimiento y la muerte es toda la vida, esa que cabe en su mano. Entiendo por qué nacemos y para qué morimos... ahora lo entiendo.

Y entiendo también por qué no oigo el Rugido en Rusia: porque el murmullo del deslizar suave de este reptil que ya llevo dentro opaca el aullido del odio y es más atronador que sus trompetas de muerte. Solo el amor, el sigiloso y silente amor es más fragoroso que la guerra. No lo sentí llegar ni oí su bisbiseo, por eso ha podido instalarse en mi espíritu. Ahí se ha quedado para siempre. He dejado que la Serpiente se me enrosque en el corazón y no me arrepiento. Jamás sabré vivir sin que su abrazo me corte el aliento.

No me importa, porque, a cambio, ahora... ahora ya lo entiendo todo.

129

Martes 4 de marzo
El largo viaje al volcán

Mariela pasó tres días atendiendo a los enfermos del Alexandrovski junto a Konkordia, Vetta y Zinaida, mientras Sverdlov pronunciaba discursos, aplacaba polémicas y atemperaba ánimos en el congreso de los comunistas de Ucrania. Pero, por las noches, él olvidaba las disputas con el radical Pyatakov, y ella, la risa de la Bestia, y se encontraban en la boca del volcán en el que ambos ardieron durante la semana más sofocante de sus vidas.

A mi bisabuela no le costó cambiar el catre de una enfermera muerta por la cama del apartamento de Sveta, ni el silbido del viento a través de unas ventanas sin pestillos por otras desde las que se veía el parque Zagorodni. Allí dentro, a ese lado de las ventanas, estaba el mundo y ninguno de los dos necesitaba más que lava para seguir vivos.

—Yasha, llámame Yasha... quiero oírtelo decir.

Y ella lo hacía alargando la pronunciación de cada sílaba y volviendo así más luminosos los ojos del camarada, deshecho de amor y de cansancio durante los intervalos del amor y del cansancio en los que bebían café y seguían hablando, siempre hablando, hasta la siguiente réplica.

—Tú eres mi tercer amor, que es el único verdadero, ahora lo sé. Las mujeres de mi pueblo me enseñaron a esperar al tercero, que es el amor sereno —le decía ella con sencillez.

Su voz de barítono sonaba más profunda cuando hablaba

del corazón que cuando hablaba de la Revolución. También ella era su tercer amor y también el más auténtico.

—He amado antes, no lo niego. Pero jamás lo hice como te amo ahora a ti —le respondía.

Solo había un nombre que, al ser pronunciado en aquella habitación minúscula, rebotaba en las paredes con un eco de desasosiego y remordimientos que después reverberaba durante mucho tiempo y ninguno de los dos conseguía acallar.

Klavdiya y Yakov se habían conocido hacía catorce años. Él acababa de salir de la adolescencia y, a pesar de eso, estaba casado y tenía una hija: cuando Yekaterina, su primera esposa, y él engendraron a Yevguenia, ambos eran unos niños poco mayores que ella. Después llegaron los ideales revolucionarios, ya en ebullición a comienzos del siglo XX, y Klavdiya y la clandestinidad le separaron de Yekaterina.

A medida que avanzaba el relato, Mariela recordaba la historia de Lonny y Heinrich henchidos de esperanza tras la destitución de Bismarck y la comparaba con la de Sverdlov tratando de cambiar el mundo cuando el mundo todavía no imaginaba hasta qué punto iba a cambiar.

Con la revolucionaria Klavdiya, la camarada Olga, llegó la ventilación a todos los rincones su vida, entonces transformada en la del camarada Andrei, delegado del Comité Central del partido para organizar el bolchevismo de los Urales. En una de sus ciudades, Ekaterimburgo, la conoció, recién salida de la cárcel y tan vigilada por la policía zarista, la Ojrana, como él mismo. Klavdiya y él se enamoraron porque lo compartían todo: lecturas, mentores, principios, persecuciones, cárcel y, muy pronto, el exilio. Además de un hijo, Andrei, que tuvieron en 1911.

Mariela ya sabía de las múltiples fugas de Sverdlov durante sus exilios. La más cómica fue una en la que consiguió infectar de melancolía a sus guardianes, dos soldados incultos que cayeron víctimas de la tristeza después de semanas escuchando los discursos lastimeros de su detenido. Los tres escaparon juntos de la mazmorra siberiana cruzando valles y montañas y al borde de la congelación; nunca supo qué ocurrió más tarde con los soldados, aunque supuso que, ya convertidos en fugitivos, terminaron ejecutados por orden del zar. Y la huida más espectacular fue aquella que lo llevó a cruzar un lago en el que la capa de hielo se quebró a su paso: cayó al agua y estuvo a punto de quedar convertido en bloque de hielo hasta que logró horadar una salida a la superficie.

El tiempo que debía pasar en cada uno de esos presidios entre fuga y fuga lo empleaba en leer: lo que Klavdiya podía hacerle llegar y lo que sus captores le permitían mantener en la celda. Todo lo devoraba con ansia de saber y con ánimo de revolucionario encendido, creyendo que, tal vez, algún día, tanta teoría tomaría forma de praxis y se encarnaría en el cuerpo más bello, el cuerpo de la Revolución.

Precisamente fue un atisbo de ese cuerpo lo que le liberó. Ocurrió tras la insurrección de febrero de 1917, cuando la amnistía general del Gobierno provisional de Kerenski lo sacó del enésimo exilio y lo envió a Petrogrado, donde su mente y su memoria privilegiadas le sirvieron para alcanzar el secretariado del partido.

—El camarada Lunacharski se reía de mí porque decía que tenía en la cabeza un diccionario del comunismo...

También rieron los dos, Mariela y él, sentados sobre su volcán y abrazados en el magma.

—Pero ese Kerenski... —quiso saber Mariela— ¿no fue a vuestra Revolución lo mismo que Ebert a la de los camaradas alemanes?

—Más o menos... —ironizó él—, una simplificación acertada, para venir de alguien que no cree en la revolución.

Efectivamente, meses más tarde, ese mismo Gobierno provisional desató la persecución contra los bolcheviques, con cientos de compañeros asesinados y con otros como Alexandra Kollontai y el propio Lenin en el exilio. Entonces Yakov se convirtió en la máxima autoridad del partido en suelo ruso. Aunque no se lo dijo a Mariela, ella intuyó que fue gracias a él y a su formidable mente resolutiva (de la que tanto había oído hablar y ya estaba constatando) que el gran levantamiento, el decisivo levantamiento de octubre, no cayó abatido por las espadas de sus perseguidores correligionarios como ocurrió en Alemania, sino al contrario.

—Eso fue porque toda Rusia creía en la Revolución. Rusia era la Revolución...

Y en ese largo camino, de la clandestinidad al Kremlin, de Siberia a Moscú, de la nieve a la luz... Klavdiya siempre estuvo a su lado. Incluso llegó a convencer a sus carceleros para que la dejaran vivir con él durante dos años, cuando Andrei aún era un niño de pecho. Siempre le acompañó. Siempre le apoyó.

—Jamás podré olvidar cuánto de mi salud mental le debo a esa mujer...

A Mariela le conmovió la lealtad contenida en sus palabras, pero se avergonzó al descubrir la poca que ella demostraba cuando sintió alivio al escuchar las que siguieron:

—Klavdiya, sin embargo, cambió completamente cuando el partido triunfó y conseguimos gobernar.

Porque entonces se dio cuenta de que el hombre absorto y embutido en libros del exilio se había convertido en el segundo más poderoso de todas las Rusias y tenía en sus manos las riendas de millones de vidas. La suya, por tanto, ya no era la única de la que dependía. Ella sintió que había dejado de ser imprescindible. Y temió convertirse en Yekaterina y que llegara otra Klavdiya para arrebatárselo.

—Lo lamenté, de verdad que nunca quise que lo viera así. Pero dejó de entender la Revolución como la entendía yo y eso comenzó a distanciarnos.

El principal compromiso de Sverdlov vino de la mano de Alexandra Kollontai. Ambos se propusieron que la nueva Rusia fuera también la abanderada de la emancipación de la mujer, que el mundo viera cómo se rompían las cadenas atávicas que impedían a las obreras y a las campesinas caminar hacia el futuro en una igualdad plena con los hombres. Yakov creía en eso con tanta firmeza como creía en la Revolución.

—Y lo puse en práctica pese a que ni siquiera mis camaradas lo veían con buenos ojos. Fíjate: en el exilio aprendí a ocuparme de mi celda, siempre procuraba tenerla limpia y ordenada, incluso cuando Klavdiya la compartía conmigo. Yo pensaba que ella era el alma más generosa de la tierra por haber sacrificado su libertad acompañándome en el fin del mundo y que no debía ocuparse de mí como lo hacían las otras mujeres de mis camaradas. Solo debía usar su tiempo para leer y amamantar a Andrei, lo único que yo no podía hacer en su lugar. Yo usaba el mío, y muy gustosamente, para el resto de las tareas de lo que allí llamábamos hogar... Pero a ella no le gustaba, me regañaba porque decía que eso era asunto suyo, que la Revolución no podía llegar tan lejos, que había un orden inalterable de las cosas y que para todo hay un límite.

Mariela deseó haber estado junto a él. Deseó haber vivido sus mismas nieves y su mismo hielo. Deseó con todas sus fuerzas haber sido Klavdiya durante su condena.

—Incluso he tratado de inculcárselo a mis hijos. No sabes cómo lloraba Andrei el día en que le regañé porque intentaba obligar a su hermana Vera a que le cosiera un botón. «Tú puedes, Andryusha», le dije, «¿por qué crees que tu hermana es quien debe hacer esas cosas?». «Porque mamá es la que me cose los botones», contestó, «si no está ella, Vera es la otra mujer de la casa». Así que aproveché para que aprendiera: «Nosotros somos bolcheviques, hijo, y los bolcheviques somos todos iguales, no hay hombres ni mujeres, ni ricos ni pobres...». ¿Sabes qué me replicó el pequeño Andrei, con solo siete años? —Sverdlov no podía reprimir la risa mientras recordaba—: «Pero, papá, yo no sé coser botones y... ¡uno no puede ser un buen bolchevique todos los días!».

Mariela rio también. Después, la conversación siguió buceando en su memoria:

—La verdad es que no solo mi hijo no lo entiende, tampoco muchos dentro del partido. En Narym tuve un compañero de cárcel, Koba... también se hacía llamar Stalin. ¿Has conocido a Stalin? Te han hablado de él, lo veo en tu cara. Pues bien, en Narym yo lavaba mi plato y mi vaso después de comer cada día porque la higiene era lo único que nos diferenciaba de los animales de la estepa. Pero ¿sabes qué hacía

Koba? ¡Daba su vajilla a lamer a los perros para que la limpiaran y así evitaba fregarla! Eso me reafirmaba más en una idea que oí al camarada Trotski: «No podremos cambiar el mundo si no aprendemos a mirarlo a través de los ojos de las mujeres». Stalin es la prueba. Me parece que él nunca será capaz de cambiar el mundo...

Sin saber aún hasta qué punto lo haría años después, aquella noche de 1919 Mariela no pudo contener un gesto de profundo asco mientras se doblaba de la risa. No era la primera vez que oía hablar de ese Stalin, tenía razón Sverdlov, y se dijo que, en la medida que pudiera, evitaría conocerle y, sobre todo y de ningún modo, comer en un plato ofrecido por él.

—Pero las críticas que más me dolieron fueron las de Klavdiya. A ella le disgusta mi amistad con Alexandra. No son celos, tampoco es porque Shura se opusiera a la firma de Brest-Litovsk. Es que cree que es demasiado... «libertina», dice mi esposa. Yo me esfuerzo en explicarle que, aunque ella crea en el amor libre, no predica que sea obligatorio, que solo defiende el derecho de la mujer a hacer lo que le plazca con su cuerpo. Y que las guarderías comunes no pretenden arrancar a los hijos de sus madres. Y que hay mujeres que son oprimidas cada día por sus maridos y por eso es bueno que haya una ley de divorcio. Y que el fin de la familia tradicional no implica el fin de la nuestra... Pero no, Klavdiya no lo entiende. Cree que la mujer no tiene nada de qué liberarse, porque en el fondo teme que yo le dé a ella una libertad que no pide.

La incomprensión, le explicó, es el principal corrosivo del amor y la raíz de todas las separaciones, como la que Sverdlov propuso a Klavdiya cuando ella volvió a Moscú desde Nijni-Novgorod. Él acababa de regresar de Berlín. Aún traía en sus labios el sabor a Mariela y en la mano, una caricia inacabada que le quemaba la piel. No habló a su mujer de la española, porque sabía que, aunque no la hubiera conocido, habría deseado del mismo modo alejarse de ella.

Su esposa lloró... lloró mucho, le rogó que se quedara a su lado, le imploró en nombre de sus hijos Andrei y Vera, le gritó que era un traidor por apoyar a las comunistas de izquierdas en su feminismo proletario, llegó a llamarle vasallo de los *burzhuyi*...[50] ¡A él! No sabía lo que decía ni de quién lo decía. El dolor de perderle le había nublado el entendimiento.

Pero todo eso junto llovió sobre el corazón de Yakov hasta dejarlo enlodado de tristeza. Quizá tuviera razón. Quizá debieran esperar a que se calmara la tormenta de la guerra y se asentara la arenisca de la contrarrevolución. Sverdlov se dijo que, cuando el poder rojo pudiera gobernar en paz y con calma sobre la nueva Rusia, su vida personal y familiar también cambiaría. Mariela solo había sido un sueño, uno bello en el que él creyó que era capaz de volver a sentir pasión, pero debía despertar por el bien de la Revolución.

Sin embargo, sentía que seguía atrapado en la nieve, aún rodeado por la soledad y la tremenda desolación de un exilio peor que el de Siberia. «Así», pensó, «debieron de sentirse tantas mujeres durante tantas generaciones, encadenadas a matrimonios sin amor y esclavizadas por un yugo que no se les permitía romper». Y se consoló diciéndose que aquello por lo que trabajaban sus amigas y camaradas bolcheviques y también él mismo era una causa justa. «Sí, querida Klavdiya, vuestra emancipación es necesaria si queremos cambiar realmente el mundo», trató de decirle.

Pero el sueño resucitó cuando supo que Mariela debía huir apresuradamente de Berlín perseguida por los chacales. Fue él quien propuso que fuera acogida en la nueva Rusia. Fue él quien evitó coincidir con ella en Moscú para no volver a herirla. Fue él quien no pudo borrar ni su nombre ni su rostro de la mente durante todo el tiempo en que mi bisabuela había vivido en el hotel Nacional. Fue él quien sucumbió primero: ocurrió cuando le llegó la denuncia de una extranjera de la que hablaba todo el Kremlin, lo suficientemente atrevida como para pregonar en público lo que ni Alexandra Kollontai osaba decir si no era en la intimidad, y lo necesariamente comprometida como para exponerse a sí misma al intentar

50. Burgueses.

salvar a otros de la *ispanka*. Supo entonces que no podría seguir viviendo si no la veía al menos una vez más.

Por eso fue él quien organizó el viaje de ambos a Ucrania. No encontró mejor ocasión que su participación en el congreso del partido en la capital de la república ocupada por los bolcheviques, que hizo coincidir con un supuesto envío al exilio de la enfermera deslenguada.

Y entonces el mundo cambió, cambió de verdad, pero lo hizo en un pequeño apartamento frente al parque Zagorodni.

—Antes de conocerte, el tiempo más feliz de mi vida fue el que pasé yo solo en la habitación 112 del hotel Nacional, cuando Klavdiya aún no había llegado a Moscú con los niños.

—La misma habitación en la que me alojaba yo...

—La misma, amor mío. Yo fui quien dio la autorización para que te instalaran en ella. Quería que compartiéramos algo, aunque no pudiéramos vernos. Y pedí que colocaran rosas para que tuvieras cerca algo del Tiergarten...

¡Y Mariela creyó que la llama de Berlín se había extinguido antes de su llegada a aquella habitación! El largo viaje que había emprendido en el último año persiguiendo a una Bestia era, en realidad, el mismo viaje de Yakov Sverdlov desde Siberia: el de ambos, aunque por separado, del frío de la soledad al centro del volcán.

Efectivamente, Mariela estaba comenzando a entenderlo todo.

130

Miércoles 5 de marzo
El ojo con todas las lágrimas

Las mañanas volvían a ser frías cuando se alejaba del volcán. Entonces, Mariela recuperaba la razón y seguía preguntándose cómo había llegado hasta allí... por qué seguía allí. Buscaba respuestas en su interior, pero siempre encontraba la misma: porque ya jamás podría vivir sin ser lava. Porque cada erupción la inundaba de savia y le devolvía uno a uno los cinco sentidos perdidos a lo largo de un año de bestias y rugidos. Porque el volcán ya era su hogar.

Sin embargo, no sabía cómo explicárselo cada vez que, al aspirar el aire gélido de la ciudad mientras caminaba hacia el hospital, se enfrentaba consigo misma. Ni mucho menos a Konkordia, cuya mirada de reproche la reconvenía sin palabras tan pronto la veía llegar.

La primera vez no tuvo que contarle de dónde venía. Simplemente lo supo y solo le dijo:

—Tienes fuego en las mejillas, pero ve con cuidado: el fuego descontrolado se convierte en incendio.

Konkordia era amiga del camarada Andrei desde que ambos levantaban a las masas a través de las páginas de *Pravda* y también era mayor que Mariela, era más sabia y tenía más experiencia.

Mi bisabuela lo sabía. Pero... ¿qué podía hacer? La imagen de Dieter junto a una estufa de carbón volvía a clavársele en el corazón: cuando el fuego se descontrola, no solo se convierte en incendio, sino que consume a quienes lo provocaron. Era inevitable.

Aquella mañana había llegado una paciente nueva al Alexandrovski, una joven que no debía pasar de los diecisiete años. Entró en las salas sombrías gracias a dos familiares que la portaban en una camilla. Presentaba un cuadro al que, por mucho que Mariela lo hubiera contemplado antes, jamás se acostumbraría: la muchacha, atada con cinturones a su lecho, se sacudía entre temblores, devastada por una fiebre que parecía estar hirviéndole la sangre y le provocaba delirios en los que llamaba a gritos a su madre; apenas podía respirar, la tos le congestionaba el pecho y presentaba una hemorragia en los conductos nasales. Chillaba, lloraba, gemía... Era una víctima más de la Bestia y, sin embargo, mi bisabuela la vio con los mismos ojos de espanto con los que se enfrentó a ella por primera vez en el cuerpo de Yvonne.

—Cálmate, pequeña, voy a ayudarte en lo que pueda, pero debes quedarte conmigo, mírame, no te vayas...

Le habló en inglés porque había observado que ese era el idioma que usaba uno de sus acompañantes, posiblemente su padre, para dirigirse a ella:

—Ayúdeme, hermana, quiere llevarme con él, pero yo no quiero ir... ayúdeme, por favor.

—¿Quién quiere llevarte, niña?

—Es un monstruo, hermana. Un monstruo que me agarra y me hace daño con sus uñas, yo no lo quiero, dígale que se vaya... ya viene otra vez, es el monstruo, es un animal salvaje, me araña y me muerde, aquí, en la tripa, y aquí, en el pecho. No puedo más, hermana, que se vaya, que se vaya, que se vaya esa bestia...

Mariela se sorprendió, nunca había oído sus propios pensamientos llamando bestia a la Bestia en boca de otra persona. Pero enseguida lo comprendió, porque solo ellas, las víctimas, podían reconocerla. El dolor de unas vísceras despedazadas y la desesperación de un cerebro aniquilado eran inconfundi-

bles. El monstruo, la bestia, el germen, la bacteria, el virus...
qué más daba su nombre.

Era el asesino del fin del mundo.

Mi bisabuela trató de administrarle alguno de los sueros
que había conseguido crear con hierbas del Bitsevski, el Karazin y el Zagorodni, aunque, dado el avanzado estadio de la
enfermedad en el cuerpo de la niña, optó por emplear más
plantas calmantes que curativas. Aquella pobre criatura ya
solo podía ser ayudada con sedación.

De repente, sin previo aviso, el hospital se convirtió en un
avispero. Llegaron en cascada decenas de enfermos, algunos
por su propio pie, otros apoyados en compañeros y muchos,
sobre todo las mujeres, en brazos de los más fuertes. Eran obreros de una fábrica cercana. Habían acudido a sus puestos de
trabajo como cada mañana, pese a que ya desde la jornada anterior casi todos tosían y estornudaban casi a coro. A lo largo del
día, los síntomas comenzaron a tomar rostro y nombre, y el
pánico cundió con la misma rapidez que el contagio.

—*Ispanka, ispanka...* —gritaban aterrados mientras traspasaban las puertas del hospital y reclamaban atención urgente.

Konkordia, Vetta, Zinaida y Mariela mandaron llamar y
pedir ayuda a un médico de la universidad, el doctor Boris
Popov, que se desplazó al lugar inmediatamente para hacer
frente a la avalancha. Ellas, mientras, se movilizaron como
pudieron: organizaron filas de colchones en el suelo e hicieron acopio de las pocas medicinas que les quedaban. Expulsa-
ron del recinto a los sanos que nunca habían sido contagiados, y a los que estaban inmunizados los pusieron a trabajar
codo con codo junto a ellas. No era necesario tener conocimientos científicos, poco más que darles consuelo podía hacerse por los infectados. Y para eso cualquiera estaba cualificado, bastaba tener corazón.

El hospital Alexandrovski de Jarkov fue aquel día un
pozo de lamentos. Los suspiros y los sollozos se ahogaban

con los flujos de sangre, vómitos y diarreas, y los gritos de los cuidadores, con el llanto que les asaltaba cada vez que moría un camarada, un compañero, un amigo.

Las cuatro mujeres temblaban de desesperación. Nunca se habían visto tan impotentes, nunca tan inútiles, nunca tan pequeñas. La Bestia, la inmensa Bestia de carcajada satánica, lo llenaba todo con su fetidez. Durante aquellos momentos de tinieblas, fue zarina única e indiscutible del hospital, y sus ocupantes, sanos o enfermos, tan solo títeres movidos por sus cuerdas. La historia se repetía.

Poco después, vinieron los enterradores a llevarse los cuerpos, que debían ser incinerados cuanto antes. Cuando las puertas se cerraron detrás de su estela de muerte, del lugar se apoderó algo semejante a la calma, solo salpicada por los quejidos ásperos de quienes habían logrado llegar a la etapa de reposo.

Entonces Mariela se acordó de la joven que hablaba inglés y que había dejado dormitando dos horas antes. En el suelo, junto al camastro de la chica, dormía el hombre que, efectivamente, era su padre, un soldado británico que se enamoró de una ucraniana que viajó con el séquito de Nicolás II durante una de sus visitas al rey Jorge V en Londres. Por amor, la siguió a Rusia primero y a Ucrania después, luchó en la Gran Guerra matando *gansos*[51] y cambió sus neblinas londinenses y sus campiñas verdes por madrugadas de hielo y horizontes de nieve. Después de que la mujer muriera, hacía tres años, a causa de la bisinosis que había contraído en la fábrica textil, tomó dos decisiones: convertirse en revolucionario y vivir únicamente para proteger a su pequeña Amanda. No podía siquiera pensar en perderla. Estaba dispuesto a morir con su hija si la *ispanka* se la llevaba y decidido a ello había entrado esa mañana en el Alexandrovski.

51. Los rusos llamaban «Hans» a los soldados alemanes, pero lo pronunciaban como «Gans», que significa «ganso» en alemán.

Pero ocurrió que no pudo resistir el cansancio y se quedó dormido en el suelo.

Cuando llegó Mariela a su lado, vio que la joven no se encontraba en la cama y la ventana sin pestillos que había junto a ella estaba abierta.

Fue el aullido de dolor más profundo, largo y desgarrador que mi bisabuela había oído. Varios de los robustos obreros que acompañaban a sus camaradas apenas fueron suficientes para impedirle que siguiera a su hija cuando descubrió lo sucedido.

Amanda yacía a los pies de la ventana, boca abajo, en el suelo del jardín, una hermosa figura inmóvil de piel azul sobre un charco rojo intenso. Nadie se explicó cómo había conseguido zafarse de los cinturones que la inmovilizaban ni dónde encontró las fuerzas necesarias para encaramarse al alféizar y arrojarse al vacío. Solo lo entendió Mariela: había visto a víctimas de la gripe mortal que, en sus momentos finales, desarrollaban un último acopio de fuerza que empleaban para aferrarse a la vida... o para tratar de quitársela.

Aquella muchacha lo había conseguido. Creía con ello ganar la partida al monstruo que la descuartizaba al impedirle que se la llevara colgando de su hocico sangriento. Pero la pobre chiquilla se equivocaba: su muerte no fue voluntaria, sino tan solo una variante más de las múltiples victorias que coleccionaba la Bestia.

Jamás había abandonado Mariela el hospital con las manos tan temblorosas y el alma tan apagada como aquella noche. Necesitaba el calor del volcán para derretir la escarcha que la invadía por dentro. Lo necesitaba.

Pero la vida y la Bestia tenían otros planes para ella: después del aullido de dolor, llegó el berrido de la furia.

Apenas se había alejado diez pasos del edificio cuando lo

oyó. Gritaba el padre de Amanda y lo hacía en inglés, para que la española pudiera entenderle:

—¡Ha sido ella...! ¡Ella debía cuidar a mi niña y no lo hizo! ¡Ha sido por su culpa...!

Repitió lo mismo en ruso y, repentinamente, cuatro o cinco hombres salieron como un tifón del hospital. Fue una explosión de adrenalina mal administrada: el padre de Amanda quería expulsar de su interior al demonio que le susurraba al oído que su hija murió porque él se había quedado dormido, y los que le secundaban se afanaban desesperadamente en dejar de oír los estertores de los compañeros que solo un día antes cortaban acero y bebían vodka a su lado. Todos querían olvidar, pero todos necesitaban algo para acordarse siempre de aquella noche.

Buscaron un receptáculo en el que vomitar su ira, alguien sin músculos y de poco tamaño, que fuera presa fácil y no pudiera defenderse. Y lo encontraron, como siempre, en una mujer: Mariela, la enfermera, la extranjera, tan *ispanka* como la propia gripe.

Cuando se lanzaron con los puños cerrados sobre ella, la noche perdió todas las estrellas. Fue lo único que mi bisabuela recordó de aquel momento. Eso y el silbido fugaz de la risa de la Bestia, que resonaba a sus espaldas.

Konkordia sabía a quién debía buscar y dónde podía encontrarle. Calculó que habría concluido la última sesión del congreso del partido, que ya se habrían elegido los miembros de su nuevo comité central y que él estaría a esa hora de vuelta en el apartamento de Kuznetsova aguardando la llegada de Mariela con una jarra de café caliente para ella.

El Sverdlov sonriente que abrió la puerta no encontró el rostro de su amada, sino el de Konkordia regado de lágrimas y una historia inconexa que apenas entendió y de la que solo pudo captar la urgencia.

Ambos volaron juntos a través de Jarkov y, cuando Yakov tomó a mi bisabuela de nuevo en sus brazos y besó cada uno de los rasgos ensangrentados de su rostro, ya todo había cambiado en su pequeño mundo de volcanes y caricias.

Era la primera vez que la abrazaba fuera del cráter, pero nunca imaginó que lo haría en una cama de hospital y que en ella yacería helada la mujer que solo horas antes era lava.

Tenía el pelo aplastado por la sangre seca, la que ni Vetta ni Zinaida habían conseguido aún limpiarle por temor a infectar la herida abierta de la que manaba. Su rostro se había vuelto violáceo, el plano perfecto que mostraba el camino por el que habían pasado los puños que la recorrieron. Pero lo que más le impresionó fue el ojo izquierdo de aquel rostro querido, el que era más pequeño, solo ligeramente más pequeño que el derecho, el que vio por primera vez en París y que cada mañana de los últimos cuatro días se había abierto en un guiño de amor solamente para él. Ahora estaba cerrado, era apenas una amapola oscura con una corola de pestañas negras que no tenían fuerzas suficientes ni siquiera para entornarse.

Aquel ojo, su ojo hermano, ya no podía mirarle: eso fue lo que derrumbó al grande, al poderoso, al influyente, al omnipotente camarada Andrei. En ese ojo estaban las lágrimas que siempre le habían faltado y que no derramó en exilios, ni en guerras ni en victorias ni en revoluciones.

Se prometió que él las lloraría todas por ella.

131

Jueves 6 de marzo
La mitad del mundo

Era ya de madrugada cuando Mariela pudo sonreír y entreabrir el ojo derecho.

El doctor Popov había vendado cuidadosamente el otro, pero solo con el objeto de aliviar en algo el dolor de la cuenca muerta. Hizo lo posible por salvar la visión de ese ojo y también lo imposible cuando el ciudadano presidente y camarada Yakov Sverdlov se lo demandó a gritos.

Pero la Revolución enseñaba a no creer en los milagros, así que era lo único que la autoridad del Kremlin no podía exigirle, porque solo eso, un milagro, podría haber hecho que mi bisabuela conservara abierta aquella ventana más pequeña, solo ligeramente más pequeña que la otra, por la que había contemplado el mundo entero encerrado entre las paredes de un diminuto piso junto al parque Zagorodni.

Afortunadamente, Popov estaba aún allí cuando la agredieron y casualmente, su especialidad era la oftalmología, de forma que pudo operarla con la máxima urgencia y con los precarios medios de que disponía. Pero los golpes habían roto los cables que conectaban el ojo perdido con el cerebro y ambos órganos dejaron de comunicarse. Nunca volvería a entrar la luz por él. Era irreversible.

Cuando Mariela despertó y sonrió por primera vez, Sverdlov comenzó a llorar las lágrimas que le debía.

Sin embargo, tras la sonrisa y al darse cuenta de dónde estaba y de que era Yasha quien le sujetaba la mano y la invadía de calor, se alteró y trató de hablar. Lo hizo torpemente, en una sucesión de ruidos que solo parecían balbuceos encadenados sin sentido.

Nadie la entendió, pero intuyeron que algo grave le preocupaba porque su ojo sano se hizo agua mientras acentuaba las consonantes como un redoble de tambores, tratando de gritar a pesar de que su garganta dolorida había gastado ya los pocos sonidos que le quedaban.

—Preparadla, camaradas, me la llevo a casa. Yo mismo la cuidaré. Konkordia, ¿querrías acompañarnos hasta que Mariela quede bien instalada? Temo hacerle daño si lo hago solo.

—La mente resolutiva de Sverdlov h2abía entrado en funcionamiento.

Cuando estuvieron los tres solos en el apartamento, Yakov explicó sus planes a Konkordia:

—Mañana, tras el discurso de apertura del congreso de los soviets, tomaremos el tren a Moscú y allí la atenderá el camarada Semashko en persona. Voy a avisarle ahora mismo y también al camarada Ilich. Querida amiga, agradezco enormemente tu ayuda...

—Lo hago por ella, no por ti. Y quiero que sepas que no estoy de acuerdo en que te la lleves a Moscú. ¿Has olvidado quién te está esperando allí?

—¿Piensas que no me preocupa mi esposa? Me preocupa, por supuesto, pero en estos momentos me preocupa mucho más Mariela.

—Haces bien en preocuparte, porque la has abrazado delante de todos en el hospital y delante de todos la has cubierto de besos. Has perdido la prudencia y la mesura que siempre hemos admirado en ti. ¿Acaso crees que la noticia no ha llegado ya a Moscú? ¿Dónde supones que estarán pasado mañana tu mujer y tus hijos? ¿Esperándote con el fuego del hogar encendido para darte la bienvenida?

—No me juzgues, Konkordia, no sabes lo que ocurre en mi familia...

—Me parece que tú tampoco.

—Yo he sido siempre un marido y un padre ejemplar. ¿Cuántas críticas he oído sobre Lenin e Inessa? ¿Quieres saberlo? Ni una sola. Ni siquiera en boca de Nadia, que es quien más derecho tendría a pronunciarlas.

—Por supuesto que no soy quién para censurarte, camarada, respeto la autoridad de mi partido y no me olvido de tu posición. Pero parece que tú sí has olvidado quién es Klavdiya y, sobre todo, quién no es. Desde luego, por muy amigas que sean, no es ni se parece a Nadezhda Krupskaya.

Aquella fue la última conversación que mantuvieron Konkordia Samoilova y Yakov Sverdlov. Unas horas después, el camarada Andrei, abrazado a un bulto que, envuelto en un grueso *tulup*[52] de conejo, apenas podía caminar, subió al tren que les trasladaría de vuelta a la capital de la Revolución.

Se llevaron consigo el volcán. Antes de abandonar el apartamento de Jarkov, mientras los dos se despedían del que había sido su primer hogar, aún palpitante de brasas, los sonidos de Mariela comenzaron a ser inteligibles:

—¿Por qué fuiste al hospital, mi amor, por qué entraste?

—¿Eso es lo que tratabas de decirme cuando gruñías como un lobo siberiano? —Sonrió él mientras paseaba la mano por las manchas púrpura de su rostro.

—No, eso es lo que quiero saber ahora. Lo que te gritaba entonces era que te fueras, que salieras inmediatamente de allí.

—No habría querido estar en ningún otro lugar. Solo a tu lado. Y siempre.

—Pero no allí. Eras el único que no había pasado la *ispanka*. No estás inmunizado y ese lugar había sido invadido por la Bestia, estaba por todas partes. Prométeme que jamás te acercarás de nuevo a ella, esté donde esté yo.

—Solo puedo prometerte que me alejaré de esa Bestia tan-

---

52. Abrigo largo de piel vuelta.

to como te alejes tú, porque no quiero pasar ni un día más sin tenerte cerca.

Mariela sonrió y le miró entre las lágrimas de su ojo. Aquel volcán era su vida, pudo distinguirlo muy bien, lo habría distinguido siempre, aunque se hubiera quedado ciega. Lo distinguía porque solo la cercanía de su llama conseguía separarla de la tierra árida y helada y acercarla al cielo.

Pero lo que no distinguía ni encontraba era la calma en la que había vivido los últimos días. Algo siniestro y turbio le recordaba que, puesto que con solo un ojo ya únicamente alcanzaría a ver la mitad del mundo, debía estar alerta porque podía tratarse de la mitad en sombras.

Era algo siniestro y turbio, sí. Y, fuera lo que fuera, estaba oculto a su vista dañada, que, además, había perdido la perspectiva.

132

Viernes 7 de marzo
No me pidas más

Oriol, a 7 de marzo de 1919

Ya tienes algo mío. Te has llevado mi ojo, ángel del infierno, ¿no es suficiente tributo, no te parece justo el precio? Sé que me pedías la vida, pero, a cambio, te has llevado la de millones. Sé que me pedías la piel, pero, a cambio, has teñido de azul el universo. Sé que me pedías pleitesía, pero, a cambio, el mundo se ha rendido a tus pies sin distinción ni conciencia de clase: proletarios y burgueses, poderosos y humildes, reyes y vasallos... Todo es tuyo ahora, incluso una parte de mi cuerpo que hace tiempo quisiste arrebatarme entero. No me pidas más.

Tengo frío. Mi volcán ha bajado del tren. Es solo una escala, pero yo sin él tengo frío. Le observo a través de la ventanilla y quisiera estar ahí abajo, en el andén, a su lado, para que la nieve deje de caer sobre mi corazón. Sin embargo, me escondo bajo la piel de este abrigo y le observo. Orgullosa y preocupada. Los dos sentimientos pugnan, me aprisionan y al mismo tiempo me desbocan de gozo.

Le observo. No necesito oírle para saber lo que dice, porque yo soy él y los dos somos uno. Habla a la intemperie ante los ferroviarios de la estación de Oriol: ellos reclaman el fin de la guerra, él les promete la victoria. Ahora se dirige a un grupo de campesinos: ellos exigen grano, él les promete aliviar la severidad de las requisas. Ahora, con una decena de mujeres que no tienen comida para sus hijos: ellas piden pan, él les promete comedores.

Él es la esperanza de su pueblo. La esperanza de la Revolución. Y yo me muero de orgullo porque sé que también es la mía. Mi única certidumbre y mi único asidero.

Creo que ya he llegado al auténtico final del camino. Cuando lo emprendí de la mano del doctor Peset no sabía que yo solo era una flecha lanzada por el arco de Artemisa. Este hombre de voz profunda y mente formidable que veo a través de la ventanilla es el blanco. No hay nada más allá de sus manos, el mundo se acaba detrás de sus labios.

Cuando vuelva le pediré que me toque y que me bese otra vez, mil veces más, que no deje de hacerlo. Que vuelva a inundarme, que me llene de nuevo, que me penetre sin descanso hasta que quedemos desleídos en un solo cuerpo, que me desborde de lava. Soy la flecha y él es mi diana. Soy fuego y él, mi leña. Yo soy él y él lo es todo. Somos todo. Somos dos. Somos uno.

No hay más etapas en nuestro viaje. Que no se detenga jamás este tren, que siga avanzando hasta el infinito, en círculos, hasta rodear la tierra; en una noche de amor sin fin para que nos fundamos con ella.

Aquí tienes mi ofrenda, Bestia, sacrificada en tu altar y para tu gloria eterna. Te declaro vencedora. Me rindo. Toma mi ojo en señal de capitulación. Pero deja que conserve lo poco que me queda mientras este tren continúa su camino interminable.

Permite que, al fin, descanse.

No me pidas más...

133

Sábado 8 de marzo
Paz, pan y respeto

Durante su estancia en Sillenbuch, Clara Zetkin le había contado a Mariela que ella fue una de las organizadoras de la Conferencia Internacional de Mujeres que se celebró en la ciudad de Copenhague en 1910. Allí, ante más de cien delegadas de diecisiete países, Clara habló con la voz firme y la oratoria brillante que la caracterizaban. «Las mujeres necesitamos un momento de dignidad y de honra cada año», les dijo; «deberíamos elegir un día cualquiera de marzo y que quede así instituido para siempre», sugirió. Y todas aplaudieron. Unánimemente, sin dudas ni titubeos, firmaron, ratificaron y apoyaron su propuesta. La jornada de honra y dignidad iba a llamarse Día Internacional de la Mujer Trabajadora y fue fijada en el 19 del mes señalado. Más de un millón de mujeres y hombres de Dinamarca, Alemania, Suiza y Austria participaron en los actos conmemorativos un año después, en marzo de 1911.

Sin embargo, no sirvieron de mucho, porque, menos de una semana más tarde, en el incendio de una fábrica textil de Nueva York murieron más de ciento cuarenta personas, en su inmensa mayoría mujeres y casi todas inmigrantes, que trabajaban en condiciones infrahumanas. Esto ayudó a recordar otro incendio, en otra fábrica, con otras trabajadoras, más de un centenar, que perecieron en 1857, también en Nueva York; el fuego había sido provocado por el dueño de la empresa, que encerró a sus obreras en el interior para impedir que se unieran a una huelga que reclamaba mejores condiciones laborales. Fue un 8 de marzo y ese, al fin, resultó elegido tiempo después, definitivamente, como el día de conmemoración que pedía Clara Zetkin.

Pasaron los años, cada uno con su 8 de marzo, y la situación de las mujeres en el mundo no solo no mejoró, sino que continuó empeorando. Hasta que, en la Rusia de 1917, ellas, todas, se saturaron: no tenían comida con que alimentar a sus hijos mientras los hombres morían en el frente por servir a un zar al que solo preocupaba saber si el tiempo iba a ser propicio para salir a pescar. Así que, al celebrar su día internacional, se declararon en huelga para reclamar pan y paz. Miles de obreras y campesinas, esposas y madres de obreros y campesinos, salieron a las calles y levantaron barricadas, gritaron donde antes no se las oía y arrojaron bolas de nieve a las ventanas que nunca se abrían.

El zar envió a policías y a cosacos para que dispersaran a tiros las concentraciones. Hubo represión, golpes, culatazos, latigazos, después hubo cadáveres por las calles... pero las mujeres no cejaban y exhortaban a sus atacantes a unirse a ellas en lugar de masacrarlas. «Solo sois campesinos de uniforme —les decían—, sois de los nuestros». «Los hombres no tenemos que obedecer a las mujeres», replicaban ellos. «Vuestros hermanos y vuestros hijos están en el frente, y nosotras hemos salido a pedir que regresen», argumentaban ellas. Poco a poco, los mensajes comenzaron a ser escuchados, los fusiles bajaron y los soldados que estaban enfrente de las manifestantes empezaron a marchar a su lado.

Fueron días épicos que dieron comienzo el 23 de febrero del calendario juliano entonces vigente en la Rusia imperial y el 8 de marzo en el gregoriano del resto de Europa.

Aquel 8 de marzo de 1917, al igual que sesenta años antes, el Día Internacional de la Mujer también fue un día de incendios: el de las rusas que encendieron la primera antorcha de la Revolución y prendieron fuego a toda Rusia.

Mariela y Sverdlov llegaron a Moscú exactamente dos años más tarde, el 8 de marzo de 1919. Otra vez, miles de mujeres llenaban las calles para recordarlo. Faltaba efervescencia revolucionaria, los rostros estaban cansados y las manos caídas. No obstante, mi bisabuela percibió algo alentador y evocó la conversación que mantuvo con Clara en un tren que las trasladaba de Stuttgart a Berlín.

El 8 de marzo de 1919 vio en la capital rusa a obreras, campesinas... y también a burguesas que un día lo fueron y hoy pasaban la misma hambre y el mismo frío que sus congéneres proletarias. Quizá no se habrían atrevido a mezclarse unas con otras en cualquiera de los múltiples congresos que tanto gustaban a los comunistas, pero sí lo hicieron en las avenidas de Moscú aquel día señalado, la efeméride propuesta por Clara Zetkin y que, por encima de los condicionamientos de clase, las unía en su género y en sus anhelos. Todas, sin excepción, querían paz, pan... y también respeto.

Mientras cruzaban la ciudad en el mismo Skoda que ya conocía y en el que faltaba Sergei, ella escondida bajo un *tulup* en los brazos de Sverdlov y él sonriendo de aprobación a las masas de mujeres que veía a través de las ventanillas, a Mariela por primera vez no la asaltaron pensamientos funestos temiendo encontrar a la Bestia en una multitud, sino que, por el contrario, se le inundó el corazón de esperanza y soñó que quizás algún día la emancipación y el sufragio femeninos serían, al fin, de verdad universales.

Solo entonces empezaría a cambiar realmente el mundo.

Se reprodujo como en una moviola la escena que había protagonizado hacía únicamente un mes y medio: un automóvil detenido a las puertas del hotel Nacional y ella contemplando de nuevo fascinada el gran bloque rosado y blanco. La diferencia es que en esa ocasión no la acompañaba una princesa loca, sino el amor de su vida. El tercer y único amor de su vida.

Subieron juntos y con gran esfuerzo por la oruga de mármol y barandillas doradas que seguía haciendo que contuviera el aliento, y juntos llegaron a la puerta de la 112.

—¿Permites que recupere mi antigua habitación, camarada? —le preguntó Sverdlov sonriendo.

Ella rio con sus escasas fuerzas.

—¡Cómo no iba a hacerlo! Pero tu hogar está en el Kremlin, no aquí.

—Mi hogar eres tú.

—No, Yasha, no puedes vivir conmigo mientras no hables con Klavdiya...

Callaron. Los dos sabían que Mariela tenía razón.

Y sabían también que ya no estaban en Jarkov y que, por esa razón, desde el mismo momento en que pusieron un pie en Moscú, él se debía a sus obligaciones de hombre, de esposo y de revolucionario. Que todo era distinto ya.

¿Tenían futuro? Dependería de cómo gestionaran esas primeras horas. Eran cruciales.

El camarada Andrei la ayudó a acostarse, limpió y desinfectó sus heridas siguiendo las instrucciones de Mariela, cambió el vendaje del ojo perdido y besó su párpado cerrado. Todo lo dejó preparado a la espera de que, a la mañana siguiente, la visitara Semashko y realizara una revisión profunda de su estado.

Pero Sverdlov no podía aguardarle allí, debía acudir junto a Lenin de inmediato para conocer los detalles de otro de los acontecimientos históricos de la Revolución, el Congreso de la Internacional Comunista que había concluido dos días antes en Moscú y del que él estuvo ausente. Yakov sabía que pasaría toda la noche trabajando y que callaría cuando el todopoderoso camarada Ilich le leyera el informe, pero nunca le confesaría que para él solo hubo un hecho verdaderamente histórico el 6 de marzo: la primera sonrisa de Mariela después de la operación en la que perdió un ojo.

Inessa y Alexandra llegaron en cuanto Yakov las avisó de su llegada.

Ninguno de ellos se sintió incómodo al encontrarse allí, juntos, en la antigua habitación de Sverdlov, ocupada ahora por una española a la que hacía unos meses ninguno conocía.

En la Rusia bolchevique las noticias también tenían alas y volaban con más rapidez que los trenes. Con su mente resolutiva y su voz de barítono, les rogó encarecidamente que cuidaran de Mariela y no tuvo que dar más explicaciones. Ni Alexandra ni Inessa las necesitaban. Inessa lo sabía todo desde que vio una lágrima en los ojos de su compañero Sverdlov a bordo del avión que les condujo a ambos desde Berlín a Moscú, y a Alexandra no le había costado adivinarlo. Al fin y al cabo, era el camarada Andrei; él estaba de su parte, todas las mujeres rusas le estaban agradecidas, y ellas eran fieles a sus creencias sobre la liberación sexual. No precisaban saber más.

A mi bisabuela apenas le quedaron fuerzas después de besar y ser besada por sus amigas. Solo tuvo tiempo, antes de caer en un sueño profundo, de comprobar que en la habitación todo estaba igual que unas semanas antes y, sin embargo, ya nada era lo mismo.

Las cortinas seguían sin brillo, la alfombra sin dibujo y la colcha sin color. Pero tres nuevas rosas rojas y frescas se erguían enhiestas en el mismo jarrón y ella había dejado de olfatear el rastro de la Bestia. Únicamente percibía el olor de las flores y de Yasha entre aquellas cuatro paredes. Ahora que ya sabían que se amaban, ahora que lo había tenido dentro de ella... ahora los dos eran uno.

Ahora, aquel también era su olor.

134

Domingo 9 de marzo
Carpe diem

Nikolai Alexandrovich Semashko era comisario popular de Salud Pública, pero, sobre todo, era un médico revolucionario que había sufrido cárcel y exilio y que ahora, desde su cargo de ministro del régimen bolchevique, se enfrentaba a la peor de las amenazas: la nueva epidemia de *ispanka* que se cernía sobre la nueva Rusia.

Llegó a la habitación de Mariela justo un instante después de que Alexandra hubiera preparado para la convaleciente un desayuno digno de un zar: un té negro y una deliciosa manzana cocida gracias al samovar de Inessa.

Mi bisabuela la comió con apetito y, sobre todo, con mucho agradecimiento. Aún se deshacía en exagerados elogios de la mejor y más exquisita manzana del mundo cuando apareció Semashko con sus profundísimos ojos transparentes y un ceño fruncido que, sin embargo, no le daba aspecto de enojo sino de ensimismamiento.

—Me han hablado mucho de ti, camarada Mariela, estaba deseando conocerte.

—Pues ya ves, doctor, quiero decir camarada Semashko... no estoy en mi mejor momento, siento que nos conozcamos así.

—No lo sientas en absoluto. Eres una heroína. En cuanto te recuperes, me gustaría visitarte como colega, no como tu médico, para que tengamos una larga charla y me hables de tus conocimientos. Presiento que tenemos mucho que aprender de ti y de tu experiencia.

Mariela se habría ruborizado si no hubiera tenido el rostro amoratado. No creía merecer el elogio, ni tampoco ser tratada como colega de una personalidad como él.

El médico le había quitado la venda y la estaba examinando.

—Siento decirte, querida camarada, que tiene razón Popov. Nunca vas a recuperar la vista de este ojo... perdona por hablarte con tanta claridad.

Le interrumpió Inessa sonriendo:

—Tranquilo, Nikolai, exactamente así es como hay que hablar con esta española tozuda.

Semashko sonrió también y continuó:

—Sin embargo, he de decirte que estás cicatrizando asombrosamente bien, jamás había visto una recuperación de la piel y de los tejidos tan portentosa y en tan poco tiempo.

—Pedí que me aplicaran una cataplasma de hierbas que yo conozco...

—¿Hierbas?

—Sí, todas las mujeres del pueblo en el que yo nací sabemos hacer esos emplastos. Aquí no hay las mismas plantas que en mi tierra, pero he hecho lo que he podido con otras que he ido encontrando.

—Admirable, verdaderamente admirable... Insisto: quiero que hablemos cuando estés mejor. De verdad.

Al terminar el examen y la cura, y después de recomendarle vivamente que guardara reposo, el hombre salió de la habitación pensativo.

Hasta Mariela, que solo veía la mitad del mundo, fue capaz de advertir que la sorpresa del médico al oír hablar de plantas y cataplasmas que surtían efectos insólitos era sincera.

Cuando las tres se quedaron a solas, tuvieron ocasión de conversar tranquilamente por primera vez. Shura acarició con ternura la venda de lo que antes fue un ojo vivo y no pudo evitar una lágrima.

—Mi querida, mi muy querida niña... —qué bien sonaba a sus oídos doloridos el español vibrante de Kollontai—, cuánto lamento que nuestro país te haya tratado así, te pido perdón en su nombre.

—No lo lamentes, amiga mía. Te recuerdo que eran ucranianos y tampoco la culpa es toda suya, sino de la *zver*. Ella es quien me ha robado el ojo.

—Pero no habría pasado esto si hubieras sido un cosaco de dos metros y cien kilos. Te lo ha hecho un grupo de salvajes y siento mucho que esos salvajes fueran de aquí.

—Pegar a una mujer es fácil y tiene poco castigo. Cualquier cobarde puede hacerlo —suspiró Inessa.

—Eso es cierto. Cobardes y salvajes los hay en todos los países —la secundó Mariela—. El vuestro, sin embargo, me ha dado al mismo tiempo un corazón nuevo. Yo ya pertenezco a Rusia.

—No sé mucho español, pero dime... ¿entiendo que estás diciendo que por fin te has convertido en una revolucionaria? —quiso saber Inessa, que le apretaba las manos.

«Qué necesaria es la amistad para el espíritu». Eso pensó mi bisabuela antes de responder con un gesto de cariño:

—No, eso no, todavía... Dejáis demasiadas preguntas sin contestar. Pero al menos soy una mujer, seguro que mañana podré ponerme en pie yo sola y aún me queda un ojo. ¿Os sirvo de algo con esas tres cosas para que me aceptéis en vuestra tierra?

—¡Tú nos sirves para muchas más cosas de las que imaginas! Gracias por haber llegado a nuestras vidas.

—Y supongo que también a la vida del camarada Andrei... —Inessa estaba deseosa de alcanzar ese punto de la conversación.

—Sé que debo contaros...

Alexandra la interrumpió:

—No. No tienes que contarnos absolutamente nada. Vuestros rostros lo dicen todo: creo que hace mucho tiempo que no veía a Sverdlov sonreír como le vi sonreír ayer y, desde luego, jamás le vi mirar a nadie como te mira a ti. Eso es lo único que necesito saber.

—Por más que nos empeñemos en relegarlo entre nuestros principios revolucionarios, el amor sigue ocupando un puesto muy importante para nosotras... para todas nosotras —pontificó Inessa.

—El amor... con sus desilusiones, sus tragedias y sus eternas exigencias —Shura hablaba consigo misma.

A Mariela aún le dolía la mandíbula de modo que contestó despacio para que pudiera ser entendida:

—Solo quería que supierais que no he hecho nada para provocar esto, pero tampoco por evitarlo. No me importa que sea un líder prominente ni que se siente junto a Lenin. No me importa que, a veces, discutamos sobre esa revolución vuestra ni que otras trate de que cambie de idea...

—¿Tú? ¿Cambiar de idea? ¡Imposible! —Rieron.

—Lo único que me importa —siguió— es el daño que podamos hacer a Klavdiya.

Inessa y Alexandra se miraron. Habló la primera:

—Si no hubieras llegado tú, se habrían separado igual. Hace tiempo que todos sabemos que esa pareja había llegado al final del camino.

Y Alexandra precisó:

—Klavdiya no solo no entiende la lucha por la liberación de la mujer que nosotras hemos emprendido, sino que se ha propuesto boicotear el Jenotdel... aún tiene buenos amigos en el partido que están de su parte y a los que les gustaría erradicar de la Revolución eso que llaman «el asunto de la mujer». Por ejemplo, Koba...

—¿Stalin? —se quiso asegurar Mariela.

—Efectivamente, Stalin es uno de los que apoyan a Klavdiya.

—Lo imaginaba.

—A mí la actitud de Klavdiya me duele no solo porque hayamos puesto nuestras ilusiones en el proyecto, sino porque su propio marido ha volcado muchos esfuerzos en él. Las críticas de su esposa le hacen sufrir, lo sé.

—Yo no diré ni una palabra sobre eso, soy la persona menos indicada para juzgarla. Además, estaréis de acuerdo conmigo en que nada de lo que me contáis puede servirme para consolarme o conformarme. Yo lo que quiero es que Yakov encuentre la solución que sea menos dolorosa para todos.

—Yakov siempre encuentra una solución.

—¡Ya! —exclamó Inessa imitando la voz de barítono de Sverdlov.

—Lo cierto, camaradas, es que nunca me he sentido así. He perdido un ojo, pero, a cambio, he ganado algo: por primera vez, me he unido a alguien hasta convertirme en él. Nunca imaginé que el amor sería así...

Callaron.

—Sí, al principio el amor suele ser así —Alexandra se citó a sí misma recordando uno de sus muchos escritos—. Nuestro error consiste en que siempre creemos haber hallado al único hombre en la persona del que amamos... pero las cosas al final salen de otra manera, porque el hombre intenta imponernos su propio Yo y adaptarnos a él enteramente... Eso es lo que escribí una noche en que Dybenko y yo discutimos. Al día siguiente partió hacia Crimea. No he vuelto a verle.

—Lo siento mucho, Shura. Y puede que tengas razón y que eso llegue a sucederme con Yakov. No me engaño, muchas antes y después de mí habrán pasado por lo mismo. Pero, mientras, soy feliz... y no recuerdo haberlo sido desde que salí de mi pueblo para ir a estudiar a Madrid. A pesar de todo lo sufrido, soy amargamente feliz... como imagino que tú lo has sido con Dybenko.

—Querida, no hagas demasiado caso a Shura, porque ahora ella está en una fase de desencantamiento. Lo que yo creo es que incluso una pasión fugaz es más poética que los besos sin amor dentro del matrimonio. Tu vaso ya está vacío de nieve, así que vive tu propio poema, camarada... *carpe diem* —suspiró Inessa—, aunque, si me interroga la Checa, negaré haber pronunciado jamás semejante tópico burgués.

La 112 volvió a llenarse de risas. «Qué necesaria es la amistad para el espíritu», pensaron las tres.

Y qué desgarradoramente sorprendente es la vida cuando, una vez lo ha destrozado todo y después lo ha recompuesto, aún tiene vigor suficiente para asestar un nuevo golpe.

135

Lunes 10 de marzo
El eco de un estornudo

Mariela durmió la segunda noche en Moscú con su único ojo abierto. El volcán había regresado de madrugada por fin a su lado, pero lo hizo más incandescente que nunca.

Sverdlov llegó extenuado tras largas horas junto al camarada Ilich diseñando contrarreloj el congreso del Partido Comunista, importante entre los congresos más importantes, que se iba a celebrar la semana siguiente... Disponía de poco tiempo para los preparativos y de demasiado para estar separado de Mariela.

Lenin y él solo hablaron de las asambleas, la pasada y la futura, hasta que el líder clavó sus ojos rasgados en los somnolientos de Sverdlov y, sin motivo aparente, le espetó:

—Sé que estás entregado a las luchas femeninas de las camaradas Kollontai y Armand, y eso es bueno. Pero ve con cuidado. Esa estupidez del amor libre no es una reivindicación proletaria, sino burguesa.

Yakov calló, perplejo. Y Lenin continuó:

—Las clases privilegiadas no entienden por amor libre la liberación de los prejuicios religiosos o legales para vivir en pareja, sino simplemente libertad sexual. Recuerda que la contraposición que defiende el partido no ha de ser entre matrimonio y adulterio, como proclaman nuestras inocentes amigas Inessa y Alexandra, sino entre matrimonio pequeñoburgués y matrimonio civil proletario, pero siempre matrimonio. Esa es la postura oficial que debemos tratar de explicar a las masas en folletos y libros. No lo olvides.

Después, siguió analizando los pormenores de los congresos como si jamás hubiera pronunciado entre paréntesis su diatriba a favor del matrimonio. Sverdlov le conocía bien. A pesar de la ironía paradójica e hipócrita de sus palabras, aquello no fue una diatriba, sino una advertencia.

No le importó. Ya no le importaban muchas de las cosas por las que antes habría dado la vida. De modo que, ignorando el paréntesis y la advertencia, al salir del despacho del líder, se dirigió directamente a sus aposentos para hablar con Klavdiya.

Mi bisabuela nunca supo lo que se dijeron los dos esposos aquella noche. Cuando Yakov volvió al hotel Nacional y ella le interrogó con la mirada, solo murmuró:

—Ya.

Y ya era ya.

Añadió tres frases para explicar que Klavdiya y los niños partirían por la mañana hacia Nijni-Novgorod. Iban a vivir provisionalmente en la casa de la familia Sverdlov con el padre, Mijail Israilovich. Mariela no necesitaba saber más. Era suficiente constatar que la esposa de Yakov había bajado los brazos y que ya no quería seguir peleando por una pareja sin futuro. Como temía, había llegado otra Klavdiya y ella se había convertido en otra Yekaterina. Y, aunque la rusa no había nacido en el Moncayo ni sabía de terceros amores, intuía que aquella enfermera iba a ser el amor de la edad adulta de Yakov y eso la convertiría en el primero y posiblemente en el único de su vida. El campo de batalla estaba agostado. Ya no había espacio para continuar la lucha.

Cuando Sverdlov terminó de hablar y pareció calmarse tras la excitación del discurso, Mariela le tocó la frente. Ardía. Él lo atribuyó a que estaba triste y preocupado, así que, para aplacar esos dos sentimientos, se lanzaron juntos al volcán que todo lo sanaba y se dejaron incendiar de nuevo en la estrecha cama de la 112.

Sabían que estaban recostados sobre el dolor: ella, sobre el de su cuerpo aún entumecido, y él, sobre el remordimiento por saber que, aunque quizá tardaría mucho en volver a ver a sus hijos y a su amiga y camarada de exilio, en lugar de desasosiego solo sentía ilusión.

Sin embargo, después del volcán y una vez quedaron saciados de lava, Sverdlov continuó ardiendo. Se apagaron las brasas, pero no su piel.

Antes de caer en un sueño profundo, que a Mariela le pareció más sopor que descanso, emitió un sonido que despertó abruptamente a la jauría que dormía en el pecho de mi bisabuela: estornudó.

No quiso dejarle marchar a la mañana siguiente, le imploró que no se fuera. Pero la fiebre se había aplacado y Sverdlov le aseguró que solo había sufrido un ataque de cansancio. Que el trabajo acumulado se había unido al torrente de emociones de las últimas horas. Que incluso una mente resolutiva como la suya necesitaba una noche entera de reposo. Y que, si esa noche era, además, una noche de amor dentro del cuerpo amado, no habría ya más momentos de debilidad. Se lo prometió.

Mariela quiso creerle, aun cuando no fue capaz. Su intuición le traía a la mente una y otra vez el momento en que despertó de la operación en el hospital de Jarkov, donde la Bestia flotaba como un gas venenoso ocupándolo todo, y vio a Sverdlov sonriendo. Aquel momento, aquel momento exacto...

Cuando él abandonó el Nacional camino del Kremlin, mi bisabuela subió como pudo a la habitación de Alexandra.

—Camarada, necesito ir al Bitsevski, ahora, por favor, cuanto antes... ¡por favor, Shura, por favor!

—Tranquilízate, querida mía, ¿qué ocurre?

—No lo sé, pero no quiero esperar a saberlo. ¡Necesito plantas, ahora mismo, por favor!

Estaba enloquecida, gesticulaba, trataba de arrastrar a Alexandra del brazo hacia la puerta, llamaba a gritos a Inessa...

Llegó Armand y al fin consiguieron calmarla entre ambas. Mariela no podía explicarles racionalmente qué era lo que le preocupaba porque ni ella misma sabía verbalizarlo, solo acertó a decir:

—La Bestia que me persigue está aquí, ha viajado desde Jarkov y puede que haya dormido conmigo esta noche. Es la *zver*, de verdad... está aquí...

Ellas ya sabían quién y qué era la Bestia, y no quisieron seguir preguntando. Creían a la española. Diez minutos después, Inessa y ella cruzaban Moscú en el Skoda.

No pronunciaron una sola palabra. Mariela no habría podido hacerlo porque en su cerebro únicamente se oía un sonido tan estrepitoso y ensordecedor como lo fue el del Rugido, aunque se trataba, simplemente, del eco de un estornudo.

136

Martes 11 de marzo
El mundo completo

El martes, el volcán estaba a punto de entrar en erupción.

La noche de la víspera, Mariela dio a Sverdlov algunas de sus pócimas antes de dormir, y el hombre amaneció tranquilo, la besó y partió hacia su despacho.

Mariela se dispuso a pasar el día de nuevo en el Bitsevski, pero, antes de viajar al bosque, Alexandra la visitó para entregarle tres obsequios que traía preparados para ella.

Uno era una *kubanka*, un bellísimo gorro, plano por arriba y bordeado de dorada piel de marta cibelina, que semejaba un aura de luz sobre su cabeza.

—Sé que sacrificaste tu sombrero parisino por la revolución en Alemania, así que me gustaría que te quedases este. Lo he mandado hacer de un antiguo abrigo que me regalaron hace diez años en Suecia y que ya no es más que un harapo. He podido salvar este resto de piel. Quiero que ahora sea tuyo, considéralo tu nuevo cloché.

Mi bisabuela se ajustó emocionada el gorro y supo, aun sin mirarse al espejo, que de repente aquella prenda había devuelto a la vida a una joven enfermera recién llegada de España a la que le cantaba un ruiseñor cada mañana.

El segundo regalo no era menos hermoso ni tampoco menos práctico.

—No sé de qué requisa a qué adinerada familia burguesa

proviene esto, pero no conozco a nadie que lo necesite más que tú.

Le entregaba un bastón de ébano cuya empuñadura de plata tenía la forma de una serpiente. En los ojos brillaban dos pequeños zafiros que llenaron de destellos azules el único iris de Mariela y que por un instante, un brevísimo instante, sin demasiada lógica, avivaron en ella el recuerdo de Yakov.

De la misma requisa debía de proceder el tercer presente: un parche negro para el ojo en cuyo centro, casi invisible, había un rubí incrustado.

—Shura, yo no merezco...

—Calla, camarada, no digas una palabra. Ponte la *kubanka*, que hace frío, anúdate el parche y apóyate en el bastón, caminarás más segura. Inessa te espera abajo.

Cuando Mariela estaba a punto de salir con sus tres obsequios, Alexandra Kollontai le entregó un cuarto en forma de consejo:

—Y no vuelvas a decir esa frase, camarada. Recuerda que ya pasó el tiempo en que las mujeres creíamos no merecer los regalos de la vida. Tú mereces un parche con rubí, un gorro de piel, un bastón de plata y el amor de Sverdlov. Lo mereces todo. Ahora, anda... ve a salvarnos la vida con tus hierbas.

Ese día, Mariela combinó de cada una de las formas más arriesgadas que pudo imaginar los nuevos esquejes y raíces que había recopilado en las dos jornadas. Ya no necesitaba la guía de Sergei, porque había empezado a conocer el bosque casi tan bien como el Moncayo y porque una brújula invisible parecía conducirla a través de robles, tilos y abetos con paso seguro.

Escarbó entre matorrales con las uñas hasta dejarlas sangrantes, lo habría hecho con los dientes si Inessa se lo hubiera permitido, mientras creía encontrar algún que otro tesoro y, al mismo tiempo, rezaba en silencio para que la Revolución no se lo recriminara. Se habría encomendado a Dios o al diablo si uno de los dos le hubiera mostrado el camino hacia la planta que buscaba, pero eligió hacerlo al Dios del que le habían hablado desde que era pequeña y que desde luego no era el mismo de mosén Casiano.

Después, ya en la 112, trituró, maceró, coció, coló, filtró y diluyó. Tenía las manos frías y el ojo inundado de llanto, pero no temblaba y eso era lo único que necesitaba para que las mezclas fueran precisas.

Estaba enamorada, sí, pero, antes de estarlo, ya era enfermera, recordó para sus adentros. Una orgullosa alumna titulada por la Real Escuela de Santa Isabel de Hungría que había conseguido convertir su vocación en profesión.

Era una mujer. Una mujer valiente que había recorrido Europa mirando cara a cara al Rugido y a la Bestia, con la frente alta y la soberbia en la mirada gracias a un cloché que la enseñó a conservar la dignidad con un gesto.

Y era, además de todo ello, un volcán.

Estaba enamorada, era enfermera, mujer y volcán. Era invencible.

Así que las lágrimas de su ojo no le impidieron trabajar todo el día hasta obtener varias decenas de decocciones, fomentos, compresas y sueros listos para ser administrados en cuanto volviera su amado.

Pero no pudo hacerlo, porque, en la tarde del martes 11 de marzo, Yakov Sverdlov no regresó al hotel Nacional.

No fue necesario oírlo de Elizaveta Drabkina, la secretaria de Yakov, cuando esa misma tarde llamó a su puerta. La Bestia ya había instaurado su imperio de nuevo junto a ella, cercándola. Un ojo no había sido suficiente. Quería tragársela entera a bocados pequeños y dolorosos.

Al camarada Andrei le había subido la fiebre. Estaba postrado en la cama de su apartamento del Kremlin y, aunque velaba por él el comisario Nikolai Semashko, rogaba a Mariela que acudiera a su lado. Que no temiera, que estaba todo arreglado y que, en compañía de Elizaveta, contaría con los permisos necesarios para traspasar la muralla prohibida. Pero que corriera junto a su lecho, por favor, que ya no sabía quemarse sin ella, que en sus labios estaba la vida, que quería beber de ellos para no perder la suya...

A Inessa, que horas antes había visto a mi bisabuela recorrer como una poseída el bosque Bitsevski arrancando hierbas y tiritando de miedo mientras preguntaba a gritos a una Bestia imaginaria cuándo desaparecería para siempre, le asombró su reacción cuando la española oyó la petición de Sverdlov por boca de Drabkina.

Mariela no dijo nada. Sencillamente, con movimientos seguros y firmes, sin los temblores ni los llantos de los momentos previos, abrió su maleta y extrajo un uniforme tan ajado pero limpio y pulcro como la propia maleta.

Asistida por Inessa, se despojó de sus ropas y se enfundó en el uniforme con parsimonia y mucho respeto, como si observara un ritual. Le quedaba grande, pero cuando se dio la vuelta, después de que la rusa la ayudara a ajustar con un gran lazo el delantal a su espalda... ya no quedaba ni rastro de la española amoratada, golpeada y tuerta que era hacía unos instantes.

Aquella mujer se transformó, había crecido, su rostro parecía imponente rodeado por una cofia más refulgente que una corona imperial, su pecho respiraba sereno bajo una cruz de Malta... Se había convertido en otra.

Ante los ojos de Inessa Armand, mi bisabuela se había transfigurado en lo que siempre había sido y en aquello por lo que había luchado hasta llegar a ser: un ángel blanco.

No se fijó en las espléndidas tarimas de madera que adornaban los suelos que pisó hasta llegar a la cama de Sverdlov, ni tampoco en los cortinajes y los cuadros, reliquias de glorias pasadas, que aún colgaban de las paredes. A Mariela se le apagó para siempre la capacidad de distinguir la belleza cuando perdió el ojo izquierdo. Ahora solo podía observar la mitad del mundo y en esa mitad estaba la Bestia. Iba a gastar todos los esfuerzos de su único ojo en encontrarla. Esa vez, sí.

Tuvo un momento de flaqueza, empero, cuando vio a Yakov, su Yasha, hundido en el colchón de aquel cuarto. Entonces recordó otro cuerpo querido, el de otro hombre en otro colchón que, hacía menos de un año, respiraba agónico y le tendía la mano. En un aposento del Kremlin volvió a ver a su padre, Chuanibert. Y las imágenes de su vida desde aquel día le atravesaron en procesión el cerebro.

Solo fueron unos segundos. Los que necesitó para reponerse e, ignorando las miradas de los que estaban presentes junto al enfermo, dirigirse con paso resuelto hacia él. Sin pronunciar una palabra ni saludar a nadie, se inclinó y le besó en los labios. Fue un beso plácido y sosegado. Ninguno de los dos tuvo prisa, querían dejar así las bocas por toda la eternidad.

Mariela paladeó su saliva clavando la mirada en sus pupilas dilatadas y comprobando de esa forma que no necesitaba los dos ojos para ver lo que vio en ellas.

Gracias a aquel beso y a aquella mirada, mi bisabuela ya pudo guardar para siempre en su cerebro las dos mitades unidas del mundo redondo y completo.

137

Miércoles 12 de marzo
Ha merecido la pena

La Bestia tenía aliados que no conocían fronteras. En Europa fue la guerra, en Alemania los chacales. Cualquier ayuda espuria servía para desgastar a sus víctimas y acelerar la invasión.

El miércoles 12 de marzo de 1919, después de una noche en blanco que Mariela pasó arrodillada junto a la cama de Sverdlov tomando su mano, aplicándole ungüentos, suministrándole líquidos verdes y besando sus labios, amaneció tétrico y lluvioso. Las nubes no eran lo suficientemente blancas y no vomitaron nieve. Ni siquiera el cielo tuvo piedad.

Cuando, poco después del alba, regresó Elizaveta Drabkina, traía nubarrones aún más oscuros.

—Mariela, Alexandra me ha pedido que te entregue esto.

Elizaveta sostenía en sus manos un cuervo negro. Era un ave solitaria pero tal vez la más aciaga entre las que habían volado hasta sus manos. «Jogiches murió ayer», rezaba tan solo el telegrama, que firmaba Mathilde Jacob.

Elizaveta amplió la información, recabada de Nadia Krupskaya, que había hablado personalmente con Mathilde.

Desde que Mariela abandonó Berlín, Leo Jogiches, el revolucionario que se negó a huir de la persecución de los chacales para poder escribir los epitafios de sus compañeros muertos, no había desistido en su afán de vengar a Rosa Luxemburgo, la mujer a la que amó hasta más allá de la muerte.

Dedicó el par de meses transcurridos a recopilar sus escritos para ponerlos a salvo de las garras de quienes le perseguían; a reorganizar y mantener encendida la débil llama del partido en Alemania, abatido tras su desmembramiento, y sobre todo a reunir cuantas pruebas y documentación encontró para demostrar que Karl y Rosa habían sido asesinados por las hordas de Ebert. Aún no había aparecido el cadáver de Luxemburgo, quién sabe lo que habrían hecho los *freikorps* con él, pero gracias a Mariela nadie dudaba de su muerte. Y, aunque Leo no pudiera esgrimir como prueba la declaración de la española, a salvo ahora con los camaradas rusos, sí podía usar la fotografía que esta había conseguido robar aquella noche infausta. Cuando la publicó, no pareció importar a los verdugos, pero, a medida que transcurría el tiempo, cundía el nerviosismo entre ellos: Alemania tenía que reivindicar su orgullo herido ante la Europa de la guerra, el tratado de paz que se negociaba en París cada vez imponía más y peores condiciones a su rendición definitiva... Y las acusaciones lanzadas por los perros comunistas contra los nuevos patriotas, que emergían y paseaban cruces gamadas por todo el país tratando de hacer resucitar el pundonor nacional, no ayudaban. De modo que, para cortarlas de raíz, lo mejor era cortar la mano que las publicaba en los periódicos rojos. La mano que escribía epitafios. La mano de Leo Jogiches.

Lo detuvieron el lunes. Lo llevaron a la comisaría de la Alexanderplatz y allí lo torturaron en una celda de castigo. Cuando vieron que no obtendrían de él más que silencio, le dispararon en la cabeza. Horas después, entregaron su cadáver, con el rostro desfigurado y mil señales de sufrimiento en el cuerpo, a Mathilde Jacob.

—No se lo cuentes a Yakov, por favor, Liza.

Mariela había escuchado impasible el relato de la secretaria en otra habitación del apartamento, lejos de la cama del enfermo. Mientras lo hacía y revivía una de las noches más angustiosas de su vida, una corriente helada le congeló las entrañas. Pero no se inmutó. Su único pensamiento fue evitar que la noticia se convirtiera en un cómplice más de la Bestia y que precipitara un empeoramiento de Sverdlov.

«No solo se me ha muerto un ojo —pensó—, también he perdido la mitad de mi cuerpo y la mitad de mi corazón. No puedo sentir. No puedo sufrir. Lo único que ahora me importa es salvar a Yasha. El resto del universo es una mota minúscula de polvo para mí».

Todo eso creía ella, pero no era verdad, no tenía el alma cauterizada. Supo que seguía viva porque, cuando Elizaveta terminó de obligarla a recordar el último capítulo de la noche más negra de Berlín, regresó la náusea.

—*Prosti menya, otets!* [53]

Sverdlov gritaba. Elizaveta y Mariela lloraban de impotencia sin poder contener las convulsiones de Yakov. Hervía a treinta y nueve grados. Se derretía en sudor y lágrimas. Y gritaba llamando a su padre.

—No lo era, Mariela, no lo era. —Se agarró a sus manos implorante, gemía como un niño—. *Prosti menya, otets!*

Mi bisabuela trató de tranquilizarle y lo consiguió con uno de sus jarabes de bayas. Poco a poco, cayó en un sueño profundo que duró varias horas.

Cuando despertó, Mariela seguía en la misma posición, mirándole intensamente y besando sus manos laxas.

Yakov sonrió:

—¿Qué me ha pasado...?

—Tenías mucha fiebre y delirabas.

—Estaba soñando que volvía a mi ciudad, a mi Volga, a casa... volvía a tener diecisiete años...

—¿Y qué ocurrió entonces? Cuéntame, mi amor...

Mariela lo había visto antes. Muchos enfermos necesitaban saldar cuentas, confesar pecados que posiblemente nunca lo fueron, pero que les pesaban en el alma con la gravedad del mármol. Querían liberarse para viajar con el equipaje más li-

53. ¡Perdóname, padre!

gero posible y ella siempre les escuchó. Cuando se daba cuenta de que el tránsito era inevitable, se volvía confesora de sus penas, sus remordimientos, sus deudas sin pagar. Quería curar sus cuerpos, pero, si no podía, trataba de aliviarles el espíritu. Por eso siempre se ofreció como el cántaro donde pudieran verterse las amarguras sobrantes con las que todos cargaban, aunque, al tomar el relevo, fuera ella quien se hundiera bajo su peso.

Yakov siguió sonriendo y recordando:

—Era apenas un mocoso... organicé la manifestación de Nijni-Novgorod... me detuvieron cuatro días después.

Aquella fue una movilización extraordinaria, la de un Primero de Mayo histórico que inspiró a Gorki cuando escribió *La madre*, aunque mi bisabuela entonces no lo sabía y la información posiblemente tampoco le habría interesado. Sverdlov sí lo supo porque había podido leer en ruso el libro de su paisano y camarada, pero no era eso lo que entonces rememoraba.

Lo que asaltó su cerebro febril mientras la Bestia le devoraba era lo ocurrido un día antes de la manifestación. Su padre, preocupado por la vehemencia adolescente de Yakov, trató de impedirle que participara en la protesta y quiso encerrarle. El joven se rebeló con la misma intensidad con la que combatía a los soldados del zar y le llamó lo peor que podía llamar a un humilde grabador simpatizante de los bolcheviques: explotador.

—Me arrepiento, Mariela, me arrepiento tanto... Es un buen hombre, sufrió al quedarse viudo... vio a su hijo encarcelado y exiliado... sufrió mucho... Yo le insulté... es el buen hombre que ahora cuida a los míos... he alejado a mis hijos de mí y él los cuida...

Puede que mi bisabuela encontrara en el dolor de su mirada y en sus frases jadeantes un atisbo de nostalgia por la familia perdida, pero eso no le hizo daño. Al contrario, lo comprendió:

—Tranquilo, vida mía, podrás disculparte ante él en cuanto te recuperes y volverás a ver a tus hijos.

—No hace falta que me engañes... esta es la Bestia de la que me has hablado, ¿verdad? Ya está aquí, lo sé...

—No menciones siquiera su nombre delante de mí, por favor, no quiero oírlo...

—Pero lo es... y ha merecido la pena, Mariela, ha merecido la pena... gracias a ella te he conocido. Habría contraído mil veces la *ispanka*... lo habría hecho por uno solo de los días que he pasado a tu lado...

—Calla, te lo suplico, mi amor, mi vida...

—Llegarán horas peores... tú lo sabes mejor que yo. Prométeme... promete que las pasarás a mi lado... prométeme que, si he de morir, lo haré en tus brazos...

No tuvo tiempo de asegurarle que no lo permitiría, que antes pararía el mundo que dejar que su enemiga venciera sobre ella de forma tan atroz. Que estaba dispuesta a entregarle el otro ojo, uno a uno todos los miembros de su cuerpo hasta que se llevara el corazón sangrante. Que no... que él no sería su ofrenda, que no dejaría que lo fuese.

No tuvo tiempo. Ni el sueño profundo en que volvió a caer Yakov ni la náusea que a ella se le había quedado atravesada en la garganta y le impedía respirar se lo permitieron.

138

Jueves 13 de marzo
Auténtica pasta bolchevique

El cuarto día, el médico Semashko llegó acompañado de Yelena Stasova, Inessa Armand y Alexandra Kollontai, que salía por primera vez del hotel Nacional desde que fue operada del corazón.

—No debéis estar aquí, creedme. Esto es un criadero de la *ispanka*, corréis peligro... Especialmente tú, Shura. Aún estás débil.

—Tiene razón la española, camarada Kollontai. —Semashko sonaba abatido, derrotado; desde el principio cedió el cetro de mando a Mariela porque desde el principio supo que esa era la prescripción más acertada.

—Hemos venido a interesarnos por el enfermo, pero también a verte a ti. ¿Cómo estás? —preguntó Alexandra, ignorando los comentarios anteriores.

No había más respuesta que la que saltaba a la vista.

Traían manzanas y té, y fue en ese momento cuando Mariela se dio cuenta de que no había probado bocado desde que llegó al Kremlin. Mientras comía a regañadientes, Yelena se levantó y, mirándola por encima de los anteojos, le dijo:

—Yo sí, Mariela... yo sí debo entrar en esa habitación y hablar con el camarada Sverdlov. Falta poco para el congreso y necesito urgentemente que revise documentos.

Mi bisabuela, consciente de que no tenía las fuerzas necesarias para un duelo con Yelena, simplemente le tendió una mascarilla.

—No le toques ni respires cerca de él. Y, por favor, sé lo más breve posible...

No lo fue, de forma que la enfermera tuvo tiempo para charlar con las demás y pedirles que avisaran a Klavdiya y a sus hijos. Debían verle cuanto antes. Si era necesario, ella se ausentaría, pese a que había prometido a Yakov que no se alejaría de él. Pero estaba convencida de que era imperioso que volvieran; jamás se perdonaría que se fuera sin despedirse de su familia.

Elizaveta prometió que ella se encargaría de llamarlos. Era su trabajo. Y, sobre todo, era su deber.

Cuando Yelena salió del dormitorio de Sverdlov, sonreía apenada.

—Sin duda, ese hombre está hecho de auténtica pasta bolchevique...

Ella le había transmitido un mensaje por encargo del Comité Central y del propio Lenin en persona: querían trasladarle en secreto a París para que fuera tratado por los mejores investigadores del Pasteur. No importaba el precio. El hombre fuerte de la Revolución merecía el privilegio.

Antes de que Yelena les contara su respuesta, Mariela la imaginó. Primero, un silencio triste. Y después, con voz de barítono:

—Eso es lo que habría hecho el zar, ¿verdad, camarada Stasova? Usar su posición para salvar la vida mientras el pueblo pierde la suya. Pero por injusticias así hicimos la Revolución... ¿lo has olvidado? No, amiga, nosotros somos diferentes. Han muerto obreros y campesinos en los brazos de la española que ahora me cuida a mí y así es como quiero morir yo si he de hacerlo. Somos todos camaradas... en la vida y en la muerte.

El silencio de las mujeres que lo escucharon fue más triste todavía. Estaban orgullosas de su líder. Quizá fuera posible que, con muchos como él, algún día Rusia se levantara sobre sus cenizas y se convirtiera en nueva de verdad.

Cuando todas se fueron, Mariela regresó a su lado. Estaban solos. Al fin. Aunque él ya no era el hombre que conoció en París, con el que bailó en Berlín y con el que se abrasó en Jarkov, seguía iluminado por el halo del volcán. Mi bisabuela le miró con admiración, incluso con una mayor que la que ya sentía desde antes de que respondiera a Yelena como lo hizo, y volvió a besarle. En las horas que le quedasen hasta que la Bestia lo arrebatara de su lado, no dejaría de hacerlo. Se iría con su sabor en la boca y la imagen de su ojo en el corazón.

—Yelena nos lo ha contado...

—¿Que me da miedo volar...? —quiso bromear.

—Que eres honesto y valiente, leal a la Revolución... y yo te respeto y te admiro por ello, mi amor.

—Estás equivocada, no soy como tú crees. No debes admirarme.

—Te conozco como a mí misma, mucho mejor de lo que imaginas. Desde París, desde aquel primer día, cuando nos dijiste a todos que la Revolución es el regreso a la vida de los que nacieron muertos. ¡Te comprendí tan bien...!

También recordaba lo que poco después le había contado May Borden sobre Sverdlov, que él fue el asesino del zar, pero para entonces ya sabía lo muy equivocada que estaba su amiga.

—Yo sé que no hiciste todo lo que los enemigos de la Revolución decían, jamás lo creí... Yo te conozco, amor mío.

Le sacudió una vorágine de tos que parecía provenir del mismo centro de la tierra. Cuando pudo volver a hablar, su voz era un gemido.

—Mi vida, debo contarte algo...

—Dime lo que quieras, estoy a tu lado. No me voy.

—No puedo marcharme sin que lo sepas...

—No vas a marcharte, tenemos todo el tiempo del mundo.

—No, amor, eso es justo lo que no tengo... por eso quiero contártelo... debes saberlo todo.

—Lo único que debo saber ya lo sé: que te amo como no sabía que se podía amar. Eso me basta para toda la eternidad.

—Entonces, al menos, deja que, mientras aún puedo, te muestre a quién amas...

Y comenzó su relato.

Duró la noche del jueves y casi todo el viernes, interrumpido con intervalos de accesos de tos violenta, largos periodos de desvanecimiento y párrafos ininteligibles narrados con voz entrecortada.

Mariela le limpiaba las expectoraciones de sangre y le rogaba con la mirada que callase, que no quería saber más, pero ya era imposible. Necesitaba vaciarse antes del último viaje y no dejaría que ninguno de sus fluidos le asfixiara antes de conseguirlo.

Desde que mi bisabuela miró por primera vez a los ojos de la Bestia en los moribundos de Yvonne, nunca encontró tal sentimiento de culpa en un agonizante.

Sí, ella sabía que, antes de sucumbir, los enfermos necesitaban confesar pecados que pesaban en el alma y que ella era el cántaro donde se vertían las amarguras sobrantes de los demás. No solo había aprendido a sanar cuerpos, sino también corazones.

Pero lo que nunca llegó a suponer es que un día recibiría de su ser más querido la losa que, desde entonces, hundiría sus hombros para siempre.

Cambiar el mundo tuvo un precio y Yakov Sverdlov fue el recaudador.

139

Viernes 14 de marzo
El precio de cambiar el mundo

La Revolución rusa no comenzó ni terminó en 1917. La Revolución fue un terremoto surgido del viaje lento y concienzudo de varias fallas hasta que se encontraron en el medio de la tierra y provocaron su estallido. Porque, como Yakov trató de explicar a Mariela con palabras robadas a la fiebre y al delirio, al zar Nicolás II sus antepasados no solo le legaron un imperio grandioso, sino también el germen de la Revolución. Él fue un pusilánime y pésimo gobernante, ya nadie lo dudaba, pero no el único. No habría habido movimiento telúrico de tal magnitud sin siglos de hartazgo y penuria del pueblo.

Esos siglos preñados parieron el año de la victoria y, con él, un cambio radical de régimen que aupó al poder a los bolcheviques. Eso, contado a grandes rasgos y a duras penas por su narrador. Pero no fue tan sencillo, porque la Revolución no la llevó a cabo un bloque compacto de insurrectos empeñados en alcanzar un fin único y común.

Una vez derrocado el zar, primero hubo un Gobierno que se calificó a sí mismo de provisional, cuya cabeza, Alexander Kerenski, moderado miembro del Partido Social-Revolucionario, trató de proteger a los Romanov enviándolos a Tobolsk, en Siberia. Después cayó el propio Kerenski y, tras el levantamiento de octubre de 1917, los bolcheviques tomaron el relevo en la custodia de la familia real.

Una buena porción del partido quería sangre imperial. Se filtró información, alguna escandalosa, como los diarios de Nicolás II en los que, cuando Rusia entera hervía, el zar escribía que el tiempo era magnífico y que había salido a dar un paseo en canoa.

La atmósfera contra el tirano empezaba a ser irrespirable, pero Yakov Sverdlov deseaba evitar a toda costa el espectáculo de una carnicería, por mucho que las masas clamaran pidiéndola. Ya en 1918, él fue quien dirigió los movimientos del zar depuesto: primero, trató de que fuera trasladado a Moscú, donde, según los planes de Trotski, sería sometido a un juicio justo y público. Yakov ordenó a un general, Vasili Yakovlev, que velara por la seguridad de la familia y la llevara sana y salva a la capital, pero, a la altura de Ekaterimburgo, tras varias vicisitudes y amenazas de emboscada, el responsable del sóviet de los Urales convenció a Sverdlov para que la comitiva imperial se quedara en la ciudad. Este accedió con la misma condición: la garantía absoluta de que ni el zar ni su familia sufrirían el más mínimo daño.

Era abril de 1918 y los reyes, junto a sus hijos y varios acompañantes, quedaron alojados por orden del camarada Andrei en la casa que poseía en Ekaterimburgo un empresario llamado Nikolai Ipatiev.

Sin embargo, la Revolución continuaba bajo peligro en dos frentes: el socialrevolucionario, que no había desaparecido con Kerenski, y el de los leales al zar, organizados en el Ejército Blanco que libraba la guerra contra el rojo.

En julio, la legión checoslovaca, que apoyaba a los blancos, avanzaba hacia Ekaterimburgo, sin saber que en la casa Ipatiev de esa ciudad se encontraba bajo arresto el zar Nicolás II con toda su familia. Los checos solo pretendían afianzar su dominio sobre el ferrocarril transiberiano, pero el mando bolchevique de la zona se puso nervioso y lo interpretó como un movimiento para liberar al monarca detenido.

Envió un telegrama urgente a París, donde se encontraba Sverdlov junto a Marc Chagall recopilando información para crear una escuela de arte en Vitebsk, y por eso tuvo que volver a Moscú al día siguiente de la tarde en que Mariela y él se conocieron en la casa de May Borden. Los blancos se acercaban al zar, decía el telegrama; iban a rescatar al verdugo de Rusia y a su heredero, el zarévich, preso con él; si eso sucedía, se restauraría la monarquía y los contrarrevolucionarios obtendrían una victoria sin precedentes; la Revolución estaba en serio riesgo; por lo tanto, se solicitaba permiso inmediato para la ejecución. No había ninguna otra opción viable.

Yakov tuvo que leer varias veces el telegrama mientras regresaba de París. Su mente resolutiva, por primera vez en su vida de agitador, se bloqueó. Junto al execrable Nicolás II y su manipuladora esposa, la alemana Alexandra Fiodorovna, en la casa Ipatiev también estaban encerrados los hijos de la pareja, Alexei, Olga, Tatiana, Maria y Anastasia; les acompañaban un médico, un ayuda de cámara, dos cocineros y una criada, que la Revolución les había permitido mantener para servirles en su cárcel de lujo.

Lenin no tenía dudas, debían morir todos. Encargó el asunto a Sverdlov y pasó a ocuparse de otro más urgente.

Yakov, sin embargo, flaqueó. Pensaba en ellos: eran niños... un príncipe y cuatro grandes duquesas, pero niños al fin y al cabo, poco mayores que Andrei y Vera. Y sirvientes... lacayos que, pese a sus títulos nobiliarios, no eran distintos de los obreros y campesinos por los que habían luchado. Pensó mucho en cada uno de ellos. Después, lo hizo en el futuro de Rusia, en las tropas blancas acercándose para consumar el rescate, en el proyecto de un mundo nuevo al alcance de la mano y alejándose de ella si no firmaba una orden, una simple orden transmitida a través de un telegrama con las alas de un cuervo negro...

Y entonces, también por primera vez, el pulso le tembló. Pero, al final, firmó. El telegrama fue enviado.

ADELANTE. YA.

Recibieron poco después un informe preliminar narrado en primera persona y de viva voz por el mando de la Checa local, Yakov Yurovski, hombre de confianza de Lenin, que estuvo al mando de la operación y la describió deleitándose en sus pormenores.

Junto a más de una decena de hombres, despertó a la familia bien entrada la noche del 16 de julio y les pidió que se vistieran. «Parece que hay disturbios en las calles, es peligroso que sigáis en vuestras habitaciones, estáis más seguros abajo», les dijo. Tardaron algo más de media hora en arreglarse y, cuando estuvieron listos, fueron conducidos a una estancia pequeña, de tres metros por cuatro, en el semisótano.

Nicolás II llevaba en brazos a su hijo Alexei, de trece años, víctima de una hemofilia que le paralizaba con frecuencia; la emperatriz caminaba con dificultad debido a la ciática, que la mantenía la mayor parte del tiempo en una silla de ruedas; tres de las hijas y la doncella se abrazaban a sendos almohadones en busca de consuelo, y la cuarta, Anastasia, a un perrito llamado *Jemmy*. Pero ninguno lloraba, incluso alguien en el grupo bostezó... era más de medianoche y les habían interrumpido el sueño.

En el cuarto no había muebles, por lo que la zarina protestó indignada. Yurovski salió para pedir que trajeran dos sillas. «Vaya, parece que el heredero quiere morir sentado», comentó jocoso un soldado.

Nadie lo entendió.

Tomaron asiento Alexandra y Nicolás con Alexei. Yurovski organizó al resto en fila contra la pared del fondo, aduciendo que iban a tomarles una fotografía para que el pueblo viera que seguían con vida. Pero, en lugar de una cámara, los hombres que les custodiaban sacaron revólveres.

Yurovski trató de cumplir con un ceremonial parecido al de una ejecución sumaria legítima y anunció:

—Nicolás Alexandrovich Romanov, dado que tu familia prosigue en sus ataques a la Rusia soviética, el Comité Ejecutivo de los Urales ha decidido ejecutaros.

Nicolás se volvió hacia los demás con gesto incrédulo, exclamando:

—¿Qué? ¿Qué?

Yurovski repitió la fórmula y, acto seguido, disparó al zar a quemarropa. Estaba acordado que él tendría el privilegio de ser el primero en apretar el gatillo y matar a la víctima de mayor importancia. Su disparo marcaba el inicio del tiroteo, en el que cada soldado tenía asignado un miembro de la familia, con la orden expresa de apuntar al corazón para acelerar el proceso.

Sin embargo, eso no fue posible. Olga y Alexandra, con una bala en la cabeza, murieron rápidamente. Pero, por razones incomprensibles y, aun cuando los pistoleros disparaban a una distancia tan corta que algunos sufrieron quemaduras de pólvora, las balas rebotaban sobre los cuerpos de las demás mujeres, incluida la doncella. La minúscula habitación se convirtió en un griterío de llantos, chillidos y rezos. Los proyectiles continuaban volando, pese a que habían removido el estuco de las paredes para que eso no sucediera. Más de un ejecutor resultó herido con una bala que se volvió contra él y otros resbalaban con la sangre que cubría el suelo. Todos, supersticiosos como buenos soldados, se volvieron histéricos: un escudo mágico parecía proteger los cuerpos imperiales.

Se les acabaron las municiones y salieron a por más. Mientras, la doncella trataba de trepar por las paredes defendiéndose con uno de los almohadones que ninguna de ellas había soltado. Tuvo que ser abatida con una bayoneta mellada. Un soldado pateó al zarévich Alexei en la cabeza para que Yurovski pudiera dispararle en la oreja.

Por fin, aquel minúsculo cuarto quedó en silencio e invadido por una espesa humareda, la de la pólvora de las decenas de disparos que tardaron veinte minutos en terminar con la vida de doce personas y un perro.

Sacaron los cuerpos con unas sábanas que ya habían dispuesto en el exterior de la habitación, pero cuando una de las hijas era colocada en su sábana soltó un grito. Todo el pelotón se lanzó sobre ella con sus bayonetas hasta que la sábana y su ocupante volvieron a quedar inmóviles.

Cuando trasladaban los cuerpos, rieron aliviados al descubrir que no hubo protección divina y el porqué de las chispas eléctricas que desprendían cada vez que una bala trataba de penetrarles sin conseguirlo: en la ropa interior y en los almohadones a los que se aferraban buscando, al parecer, refugio moral, se escondían las joyas de la gran familia imperial de los Romanov, que jamás dejaban en sus habitaciones. Cajas repletas de pulseras, pendientes y diademas de esmeraldas, rubíes y zafiros, collares fabulosos de perlas y ballenas de corsés hechas con diamantes, muchos diamantes, que, como incluso ellos sabían, son el material de mayor dureza conocido.

Después de la matanza y salvo alguna incidencia, cuyos detalles ampliaría más adelante Yurovski en el pormenorizado informe que preparaba, los cuerpos fueron diligentemente descuartizados y quemados con ácido, y los restos, arrojados a fosas cavadas en lugares que nadie descubriría jamás.

Para tranquilidad del Kremlin, aseguró que también fueron eliminados de forma similar los demás miembros de la familia Romanov dispersos por Rusia, al menos todos aquellos que en algún momento pudieran sentir la tentación de reclamar un trono que ya no existía.

La segunda firma más difícil de su vida la estampó Sverdlov un día después de lo ocurrido en la casa Ipatiev de Ekaterimburgo, cuando debió validar personalmente y en nombre del Comité Central el anuncio público y oficial del sóviet de los Urales sobre la ejecución del que llamaron «verdugo coronado». En él solo se hablaba de Nicolás II, nada sobre el resto de la familia.

El pueblo conoció la noticia y no lloró. Había muerto el zar, el mismo zar que les acribilló durante años en huelgas y manifestaciones. Ahora sí que empezaba a caminar, de verdad, una nueva Rusia.

Yakov Sverdlov perdió el poco aliento que le quedaba en ese punto de su narración y cayó sumido en un sueño soporífero que pareció un desmayo.

Mariela no había pronunciado una palabra. Le había escuchado callada, empalideciendo con cada una de las imágenes, pintando en su mente escena tras escena, tratando de dominar las arcadas.

Cuando Yakov se quedó dormido, vomitó.

—Pero quizá no fue eso lo peor, amor mío... —siguió al despertar.

Posiblemente nadie en el mundo sabía mejor que mi bisabuela que siempre había algo peor. Siempre.

En marzo de 1918, el país había abandonado la Gran Guerra europea mediante la firma de un tratado que no solo suponía inadmisibles concesiones al imperialismo alemán, según algunos, sino una renuncia expresa a la internacionalización de los ideales revolucionarios, según otros. Las divisiones en el bolchevismo se acentuaron con Brest-Litovsk. Ya no luchaban todos juntos contra un zar, sino entre ellos mismos.

La facción de izquierdas trató de imponerse en varios congresos, como le había contado Alexandra, pero los bolcheviques, expertos en artimañas políticas, salieron vencedores. Y entonces alguien tuvo una idea que a él y a algunos más debió de parecerles brillante: en la tarde del 6 de julio, dos socialrevolucionarios pertenecientes a la Checa pidieron audiencia con el embajador de Alemania en Moscú, el conde Wilhem von Mirbach, para hablarle de un supuesto plan en su contra. Fueron recibidos por el conde y, tan pronto como estuvieron los tres solos en el despacho, lo asesinaron a tiros. El objetivo: conseguir que, con esta acción, Alemania decidiera romper el tratado de Brest-Litovsk y volviera a declarar la guerra a Rusia.

Fue un mazazo para Lenin y para la cúpula bolchevique, que trataban de aplastar a sus enemigos internos. Yakov convenció al camarada Ilich:

—Debemos apagar este fuego cuanto antes, todo dependerá de la rapidez de nuestra reacción.

Y él, como siempre, hizo caso a la mente más resolutiva de

la nueva Rusia. Ambos, Lenin y Sverdlov, acudieron personalmente a la embajada solo un par de horas después del atentado para presentar sus condolencias al país ahora amigo y asegurar con su presencia física que aquello no había sido obra del Gobierno bolchevique legítimo, sino de los exaltados opositores eseristas, que querían dinamitar la paz con Alemania. Prometieron erradicarlos de su seno. Y lo hicieron a partir de esa misma madrugada, empezando por la ocupación de la Checa.

Alemania se enfadó. Lógico, era previsible. Pero el enojo duró poco porque tenía cosas más importantes en qué pensar, como la segunda batalla del Marne, que por esos días daba comienzo cerca de París. El fuego alemán, como quería Sverdlov, estaba sofocado.

Sin embargo, no el de la disidencia interna.

Antes de que acabara ese verano de revolución y guerra, Lenin fue invitado a dar un mitin en una fábrica. Sverdlov fue quien organizó aquel acto de masas. Les vendría bien, el partido pasaba por horas bajas: el pueblo estaba harto de las luchas entre comunistas mientras todos incumplían sus promesas de pan y prosperidad.

Pero en agosto se había producido un atentado contra un jefe de la Checa y algunos mandos del Kremlin desaconsejaron a Lenin dar el mitin previsto. Sin embargo, Sverdlov lo tenía todo controlado, sabía lo que debía hacerse.

Cuando llegaron sin escoltas a la fábrica, sonaron tres disparos: dos balas se alojaron en el cuello y en el pulmón del camarada Ilich, y la tercera hirió a la persona con la que hablaba. Nadie vio la mano que empuñaba el arma. Una mujer, Fanny Kaplan, fue detenida. Muchos dudaron de su autoría, pero la propia Kaplan se declaró culpable y terminó imputada y encarcelada en Lubianka. Más tarde, Sverdlov ordenó su traslado a la cárcel del Kremlin en Moscú y el 3 de septiembre fue fusilada en el patio y después incinerada.

Mariela conocía vagamente la historia. El atentado cometido hacía poco más de seis meses contra el hombre más poderoso de Rusia seguía centrando comentarios y especulaciones. Lo que no conocía era lo que Sverdlov, el hombre del que ella ahora estaba enamorada, iba a revelarle.

El mundo comenzaba a mirar con ojos críticos a la Revolución rusa. Las casas reales europeas censuraron duramente la ejecución del zar Nicolás II y, aunque muchas de ellas se habían negado a darle acogida cuando aún podían haberle salvado la vida, ahora pedían explicaciones, cada vez con mayor insistencia, sobre el paradero del resto de la familia imperial. Y de puertas adentro, los socialrevolucionarios y los mencheviques no habían sido del todo exterminados, quedaban focos que impedían que el bolchevismo tuviera las manos libres para trabajar a su gusto y forma.

De modo que Lenin y Sverdlov idearon un plan. Contaron con la ayuda impagable de un antiguo cosaco famoso por su excelente puntería y de una loca con problemas de visión que había sucumbido, como todas, al amor de un bandido anarquista y que desde entonces sufría trastornos mentales. Acordaron que los tiros no fueran mortales. La mujer se inculparía a sí misma convencida, mediante un pertinente lavado de cerebro, de que fue ella quien había apretado el gatillo. Lenin estuvo de acuerdo. Su ansia de poder era tan apremiante que estuvo dispuesto a arriesgar su propia vida para conservarlo.

Lo hizo porque sabía que nada es más persuasivo ni aglutina mejor a las masas que un mártir. Europa estaba empezando a ver uno en Nicolás II, pero el atentado contra el líder bolchevique lo cambió todo. Especialmente de fronteras adentro, porque el atentado sirvió como excusa perfecta para lanzar otra de las grandes ideas de Sverdlov. La llamaron el Terror Rojo.

Su solo nombre provocaba tanto pavor como dolor causaba. La consigna primera consistía en eliminar los focos de disidencia. La segunda, en enviar a campos de concentración de Siberia a quien se atreviera a difundir el menor rumor contra el régimen soviético. Sverdlov y Trotski lo justificaron aduciendo que nacía como contraposición al terror blanco e iba a servir para acelerar la destrucción de la burguesía, pero en el fondo lo único que buscaba era conseguir el monopolio absoluto del poder.

La Checa, bajo control bolchevique después del atentado contra el embajador alemán, recibió plenas potestades y Yakov tardó mucho en saber lo que hizo con ellas. Así que, con la ancha Rusia a su disposición y gracias a la carta blanca que Sverdlov les entregó, a los sanguinarios se les disparó la imaginación con la misma facilidad con la que se les disparaban las pistolas.

Las atrocidades eran cada día más creativas: enterraban vivos a los discrepantes, asegurándose de dejar una pequeña cámara de aire que les permitiera agonizar durante días; echaban agua fría sobre cuerpos atados a la intemperie bajo cero hasta que se convertían en estatuas de hielo; los ataban a tablones que introducían en hornos; los metían en barriles con clavos por dentro y los echaban a rodar; antes de matarlas, organizaban orgías de violaciones a presas en lo que denominaban eufemísticamente «comunización de las mujeres», bajo la promesa de liberar a sus maridos, que terminaban igualmente torturados y muertos...

Murieron miles de personas. Eran soldados blancos, anarquistas, mencheviques y eseristas rebeldes, pero también campesinos que protestaban contra las requisas de cosechas y trabajadores que iban a la huelga porque tenían tanta hambre como cuando el zar reinaba.

Sverdlov volvió a asegurar a Mariela que él concibió el Terror Rojo como un instrumento unificador del partido bolchevique, pero también le confesó que haber estado sordo y ciego a lo que otros hicieron con su orden no le eximía de culpa.

Trató de equilibrar la balanza entregándose de lleno a la causa de la emancipación de la mujer oprimida y maltratada, pero no fue suficiente. La culpa siempre volvía.

Con ella vivió hasta que llegó mi bisabuela a su vida. Al verse reflejado en sus ojos y encontrar en ellos amor, amor genuino... el extremo más opuesto y divergente del terror y la muerte que él mismo había desencadenado, creyó sentirse redimido y su deuda, saldada. Pero en el momento en que Mariela sintió por él, además, admiración, regresó la culpa redoblada. No era merecedor de su respeto.

—La culpa... la culpa... me consume... y me arrepiento, mi amor. El pueblo cree que soy frío... pero sueño... cada noche... yo también me baño en la sangre de Ipatiev... en la de toda Rusia, la sangre de mi pueblo... ¿cuándo permití que la Revolución dejara de ser humana, cuándo? Yo hace tiempo que no lo soy... hasta que llegaste tú...

La Bestia asomó a sus ojos y entonces Mariela, por primera vez desde que la conoció, pudo ver su rostro con rasgos reales, de hombre: eran los del ser que más amaba.

Esa noche, antes de volver a caer en un letargo calenturiento y agitado, Yakov Sverdlov escrutó con mirada vidriosa el ojo de mi bisabuela en busca de un veredicto: la reprobación o el perdón, cualquiera le serviría porque sabía que, fuera el que fuese, Mariela pondría en él todo su corazón.

Pero solo encontró silencio.

140

Sábado 15 de marzo
Ruso descortés, tosco camarada, rollizo ciudadano

Cuando amaneció el sábado 15 de marzo, Yakov aún dormía y Mariela lo velaba. Necesitaba mantenerse alerta porque los acontecimientos se sucedían a una velocidad de vértigo y ella tenía que contener el torbellino, enseguida y como fuera. Debía pensar. Pero, para hacerlo, antes era preciso que controlara aquel sentimiento de furia que adensaba el aire y la asfixiaba, destruyéndolo todo a su paso como un tornado.

No era Sverdlov la diana de su ira sino ella.

Frente a la Bestia, había levantado la voz contra quienes predicaban la resignación y preferían dejar morir antes que tratar de encontrar una cura. Frente a quienes desataron el Rugido, mantuvo que no había guerra buena, que no existían ideales que justificaran el derramamiento de sangre, que ella era una profesional de la salvación y no de la muerte, que condenaba con firmeza a todo aquel que hubiera segado una vida, solo una, violenta y premeditadamente...

Pero allí, en una pequeña habitación de un apartamento del Kremlin, después de todo lo escuchado aquella noche y de toda la sordidez que envolvía los hechos relatados... allí, aquella mañana, Mariela seguía de pie y al lado de Sverdlov. Ignorando su voluntad y su razón, el corazón la dominaba. Y eso la enfurecía.

Le miró: era un asesino. Pero también era su volcán, en su boca empezaba y acababa la vida. Entonces entendió por qué, cuando vio la empuñadura de su bastón, pensó en él: su amor era una serpiente de sangre fría nacida del fuego. El amor era la Serpiente, y Sverdlov, su veneno. Y ella, que había esquivado bestias y rugidos, se había dejado morder por la misma muerte. Nunca se lo perdonaría.

Aún rotaba mecida por su propio vendaval cuando llegó Klavdiya. Dos niños tristes y llorosos venían con ella, agarrados a cada mano, pero Elizaveta se los llevó en silencio para distraerlos con unas manzanas.

Mariela fijó unos segundos su único ojo en los de la mujer y trató de sonreír, aunque no pudo. Sin bajar la cabeza, tomó su *kubanka* y se dispuso a salir, pero Klavdiya la detuvo tomándola suavemente del brazo.

—Quédate, camarada, por favor...

Klavdiya sí pudo esbozar una sonrisa.

—No sé qué decirte —Mariela fue la primera en hablar después de unos segundos de silencio—, es muy posible que en realidad no tenga nada que decirte... Querría pedirte perdón, pero tampoco puedo hacerlo, no sería sincera porque no me arrepiento. Lo que sí te aseguro con todo mi corazón es que lamento mucho tu sufrimiento.

—Gracias, camarada. Lo que está pasando es suficiente castigo para todos.

—No, Klavdiya, esto solo es un castigo para mí. La *ispanka* de Yakov quiere castigarme a mí y por eso se lleva lo que más quiero en el mundo. Vosotros sois inocentes y Yakov tiene suficiente castigo con el que él mismo se inflige cada día...

—En cualquier caso, solo deseo que muera en paz, que pueda ver a sus hijos, que sepa que le he perdonado...

No pudo seguir. Cayó de rodillas sacudida por un ataque de llanto violento.

Mariela se arrodilló a su lado, la abrazó y lloraron las dos.

Así las encontraron, abrazadas en el suelo, las mujeres que cada mañana llegaban al Kremlin para acompañar a Mariela y estar a su lado cuando sobreviniera el momento más difícil.

Ya repuesta, Mariela recuperó la vara de mando y aleccionó a Klavdiya y a los niños para que pudieran ver a Yakov sin arriesgarse. Les dio mascarillas e instrucciones, y cerró suavemente la puerta detrás de los tres cuando entraron en la habitación del enfermo.

Mientras, y también como cada día, Alexandra e Inessa obligaron a Mariela a comer algo. Juntas estaban cuando aparecieron ellos, la troika poderosa. Venían con Nadia Krupskaya y Semashko, que realizó las presentaciones.

—Camarada Mariela Bona, quiero que conozcas a nuestros dirigentes. Camarada Vladimir Ilich Ulianov, presidente del Consejo de Comisarios del Pueblo; camarada Lyev Trotski, comisario para la Defensa, y camarada Iosef Stalin, comisario de Asuntos Nacionales. A la camarada Krupskaya ya la conoces...

Mi bisabuela saludó a todos educadamente y los observó sin disimulo.

Lo primero que le llamó la atención fue la casi uniformidad de sus vestimentas. Más aún, la casi uniformidad de sus vestimentas comparadas con la de Sverdlov: todos vestidos de cuero negro de la cabeza a los pies. Trotski y Stalin llevaban una gorra muy similar a la de Yakov y solo Lenin se diferenciaba con una *ushanka* de piel que tenía las orejeras alzadas y atadas en la coronilla.

Para sorpresa de Mariela, el trío de los hombres más grandes de Rusia no era un trío de hombres altos, como los había imaginado, sino apenas algo más que ella misma. Solo la altura de Stalin parecía más elevada, pero el truco no escapó a su observación: una mal disimulada alza en sus botas militares conseguía el efecto deseado.

Después, como siempre hacía con las personas que acababa de conocer, se fijó en su pelo y en sus ojos. El pelo de Trotski era salvaje; el de Stalin, abundante pero atildado, y el de Lenin no existía, solo que, para compensarlo, además del bigote que compartía con los otros dos, él había añadido una perilla cuidada con esmero, incluso parecía que con coquetería.

Le gustaron los ojos de Trotski, quizá porque había aprendido que quienes usaban el tipo de gafas con cristales redondos como las suyas eran personas de fiar.

Los ojos de Lenin, en cambio, eran misteriosos: sus cejas fruncidas la confundieron y no supo leer en ellos si reía o estaba airado, pero en cualquier caso eran incisivos como una navaja. Y, sorprendentemente, reflejaban sincera aflicción.

En los de Stalin encontró la mirada del ave carroñera a punto de saltar sobre una presa tan pronto como expirara. La presa era Sverdlov.

Mariela enseguida detectó que, pese a la apariencia de cordialidad entre Trotski y Stalin, el último trataba de situarse en un hipotético primer lugar en una hipotética carrera cuando hipotéticamente el hombre que agonizaba de *ispanka* al otro lado de la pared ya no estuviera. Eso creyó ella y, aunque nunca tuvo ocasión de corroborarlo, pocos analistas del momento habrían diseccionado de forma tan escueta la realidad política que se había congregado alrededor del lecho de aquel moribundo.

Todos, por supuesto, querían ver a Sverdlov, de forma que Mariela pidió delicadamente a Klavdiya y a sus hijos que salieran para que ellos pudieran entrar en la habitación y no consumieran entre todos el oxígeno que necesitaba el enfermo.

Antes de que lo hicieran, mi bisabuela repitió su mantra de normas higiénicas y preventivas, preceptos obligados para todo aquel que quisiera verle. Las recitó en francés con el máximo respeto, pero con tanta seriedad como encontró en su conocimiento del idioma para que nadie se atreviera a contravenirlas.

Una vez terminó de hablar, Stalin soltó una estruendosa carcajada y dijo algo en ruso a Semashko. Todos callaron, los hombres sonrieron algo azorados y las mujeres endurecieron el gesto. Después se dirigió a Mariela en mal francés:

—¿Y quién eres tú, si puede saberse, pequeña extranjera lisiada y arrogante? ¿Sabes con quién estás hablando, camarada? Aquí nadie más que nosotros tres da órdenes... ¡mucho menos una mujer!

Alexandra se tensó como un arco y se levantó, dispuesta a hablar. Pero Mariela sabía que, si lo hacía, las consecuencias para su amiga serían peores que para ella, de forma que la interrumpió con un gesto con el que le pedía que le cediera el turno de réplica. Por alusiones.

Habló con mucha calma y un vocabulario culto y escogido para que las diferencias con su interlocutor fueran aún más evidentes:

—Querido camarada Stalin, puesto que acabamos de ser presentados, no creo haberte autorizado a emplear la confianza que denota que me llames arrogante, lisiada y, sobre todo, pequeña, pero lo disculpo porque no sabes hasta qué punto me desagrada esa última palabra. Es posible que tu ignorancia se deba a una de dos razones o, lo que sería más grave, a ambas juntas. Si me llamas así porque constatas mi corta estatura, entonces deberás permitir que yo te corresponda señalando alguno de tus rasgos físicos o de carácter con la misma sinceridad. De ese modo, por ejemplo, podría dirigirme a ti sin faltar a la verdad como ruso descortés, tosco camarada o rollizo ciudadano comisario. Pero si me dedicas esos calificativos no a causa de mi complexión, sino porque te permites emplear tales términos cuando hablas con una mujer, aunque nunca los usarías con un hombre, entonces prefiero no contestarte. Puede que tú no respetes a las mujeres, pero yo sí respeto a los hombres, camarada, y jamás te ofendería por el mero hecho de serlo. No niego que tal vez lo haría por otras razones, y presiento que encontraría muchas si te conociera mejor, algo que francamente no me atrae demasiado, pero nunca por tu condición masculina. Una vez aclarado todo esto, sigamos con la conversación: ¿qué parte de las elementales reglas de sentido común que acabo de enumerar y debes obligatoriamente respetar antes de ver a Sverdlov, tengas el cargo que tengas en el Kremlin, no entiendes o no te gusta?

El silencio podía masticarse. Los ojos de Alexandra Kollontai se le salían de las órbitas e Inessa y Semashko tuvieron que mirar al suelo para reprimir una carcajada. Los de Elizaveta se quedaron inmóviles y sin pestañear. Incluso Klavdiya, atónita, los dirigió a su rival con un destello de sorpresa rayana en la admiración.

Los de Stalin, en cambio, escupieron fuego.

—*Da poshla ti, suka!*[54]

¿Se arrepintió alguna vez Mariela de aquella perorata, quizás en exceso agresiva y dirigida al que, en el fondo, nunca llegó a ver más que como un patán con poder? No. Lo sé bien, creo haberla llegado a conocer: jamás se arrepintió. Volcó en ella toda la bilis que había segregado su hígado desde que escuchó el relato de Sverdlov. A él, al menos, le honraba el arrepentimiento. A Stalin, por todo lo que le habían contado y por la grosería de sus palabras hacia ella, no le honraba nada.

A solo dos metros de ellos, el amor de su vida agonizaba, la enemiga de su vida estaba a punto de proclamar la victoria definitiva y su propia vida se venía abajo. Stalin no merecía compasión.

Lo que mi bisabuela olvidaba era que su nuevo enemigo tenía fuerza e influencia suficientes para privarle a ella de la que pudiera necesitar cuando descubriera lo que iba a descubrir.

54. ¡Vete a la mierda, zorra!

141

Domingo 16 de marzo
La victoria final

En la madrugada del domingo, Yakov Sverdlov y mi bisabuela vivieron los momentos más duros, y a la vez los más bellos, desde que él acarició por primera vez con el dorso de la mano el rostro de ella bajo un árbol de Berlín y los dos supieron que en esa caricia cabían sus vidas enteras, dos vidas que habían durado exactamente dieciséis días.

Cuando el apartamento se vació y solo quedó la joven Elizaveta, que asistía a Mariela en sus cuidados como había asistido a Yakov hasta entonces, mi bisabuela tuvo tiempo de seguir pensando. Trató de ordenar sus ideas y, al fin, tomó la decisión de recuperar las riendas de su corazón: le ordenó que dejara de amar al hombre que descansaba sobre un charco de sangre ajena.

Ese hombre debía al mundo cientos de vidas. A ella no le importaba que algunas fueran imperiales y otras solo campesinas. Lo único que le importaba era que ya no existían porque alguien lo suficientemente cruel había obedecido sus órdenes en cada momento que las impartió.

Mariela emitió un edicto tan perentorio y vinculante como los del propio Kremlin y lo envió a su cerebro. Ella, la zarina de su vida, la presidenta del sóviet supremo de todos los sentimientos que albergaba y pudiera albergar desde entonces y hasta el fin de sus días, les prohibía taxativamente amar a Sverdlov. Y desencadenaría una persecución más implacable que la de los bolcheviques contra cualquier miembro de su cuerpo que se permitiera desobedecer el edicto.

Eso se ordenó.

Pero todo eso contravino cuando entró de nuevo en la habitación del agonizante y contempló su rostro.

Tenía los ojos cerrados y estaba llegando al final del camino: su piel se había vuelto azul.

Ese fue el punto en el que todo su cuerpo se alzó contra su cerebro y le declaró la revolución. Ya había sido mordida por la Serpiente, el veneno corría por sus venas. Aquel era el hombre al que amaba entonces y amaría siempre. Sin remisión posible.

El cerebro entregó las armas. Había sido asaltado por el corazón.

Una vez firmada la rendición, lo olvidó todo y acarició a Yasha con la misma ternura con la que él había acariciado la cuenca estéril de su ojo la noche en que lo perdió, le besó en la boca con la misma suavidad con la que él había besado la suya en el Tiergarten y, después, le desnudó con la misma delicadeza con la que él la había desnudado a ella la primera noche en el apartamento de Sveta.

Sabía que aquel era el momento. Exactamente ese. No habría otro. Aquel en el que la Bestia concede unos últimos minutos de gracia al reo de muerte y le obsequia con unos instantes de mejoría transitoria, una ráfaga de paz espiritual y de vigor físico que, para algunos, es tan despiadada como la misma enfermedad porque les llena el corazón de ilusiones vanas.

No era el caso de Mariela, ella no se engañaba. Había visto ya demasiada muerte en su camino y sabía reconocer cada uno de sus viacrucis. Ese momento que la Bestia le otorgaba a Yakov era también un regalo para ella, una pequeña migaja arrojada a los pies del hambriento antes de sucumbir de inanición. Disponía de poco tiempo para exprimir toda la belleza de ese instante efímero.

Primero recorrió despacio con manos y labios toda su piel

azul. No tenía fiebre, su tacto era tibio, cálido como arena al sol. No se percibía el olor a Bestia, solo el perfume balsámico de hierbas y bosque. Las caricias primero le despertaron el sexo y después le despertaron los ojos, que sonreían sin parar de mirarla cuando ella dejó que el uniforme cayera al suelo y por último encendiera el volcán.

En un movimiento tan apacible y sereno como sus besos, subió a la cama e hizo de su cuerpo un manto de seda con el que cubrió a Yakov. Él se le deslizó en las entrañas sin ningún esfuerzo y volvieron a sentir el lejano reflejo de la avidez de fuego que les quemaba en Jarkov. Se saborearon lentamente, empapándose, impregnados mutuamente, cada uno rogando al otro que siguiera así, siempre así, más rápido, más despacio, más fuerte, más suave, más adentro, mucho más adentro, más tiempo, mucho más tiempo, eternamente, que ninguno de los dos terminara jamás... Al final, explotaron en una lava dulce y templada y se quedaron unidos, un cuerpo encima del otro, enlazados por el centro, inseparables.

—No te levantes —pidió él.

—No salgas de mí —rogó ella.

—No quiero irme —sonrió él.

—No te vayas —lloró ella.

El primer golpe de tos regresó cuando ambos aún estaban desnudos y abrazados.

Mariela comprendió que la tregua de la Bestia había terminado y que volvía para reclamar a su presa de una vez por todas. No habría más misericordia.

A partir de ese momento, se sucedieron los vómitos, las hemorragias y los delirios, todos con violencia, atropellados y simultáneamente, sin que uno dejara espacio al otro y sin respetar el orden de las acometidas.

Elizaveta limpiaba la habitación tanto como sus músculos y su estómago se lo permitían, mientras Mariela procuraba que él tragara todas las dosis de hierbas, mezcladas al albur, de que disponía. Ninguna podría ser más perjudicial que el

arrebato de aquel depredador que ya consumaba la carnicería.

Cuando trató de entrar Klavdiya con los niños, mi bisabuela gritó:

—¡Llévatelos ya, ahora mismo! ¡No pueden ver esto! Klavdiya, por favor, que se vayan los niños...

La mujer obedeció y dejó que Elizaveta los sacara de la
casa.

Habían llegado también Alexandra, Inessa y Yelena, que
aguardaban en silencio en el salón.

Yakov gritaba en ruso, ya fuera de sí. Le dijeron que pedía
perdón, que constantemente pedía perdón.

Que, entre disculpas, decía que la amaba... que amaba a la
mujer que no apartaba las manos de su frente y de su pecho.

Que le pedía perdón por haberla decepcionado.

Que moría amándola.

Estaban a punto de dar las cuatro de la tarde.

De pronto, los temblores cesaron. Mariela no se engañó,
aquello no era un nuevo periodo de calma. Era la llegada definitiva de la Bestia.

Se conocían demasiado bien.

—Ya estás aquí.

—No te sorprendas. Sé que me esperabas.

—¿Nunca dejarás de perseguirme?

—Quizá lo haga a partir de ahora.

—Eso es porque ya me has quitado todo lo que puedo
darte.

—Exactamente. Eres sabia.

—Y tú, fatua.

—Sí, pero también poderosa... te lo he demostrado.

—¿Por qué matas, por qué haces daño?

—Ya te lo dije una vez: es mi naturaleza.

—Y la mía, salvar vidas y curarlas.

—Pues resígnate, esta vez has perdido la guerra.

—Todavía no. Te venceré.

—¿Aún no ves que es imposible?

—No hay nada imposible para quien sabe luchar.

—Tú sí que eres fatua.

—Pero más poderosa de lo que imaginas...

Ahí acabó el pulso entre las dos que había durado un año.

Ella se inclinó sobre su amor y le despidió con un beso dulce, largo.

Mientras aún reposaban juntas las bocas, Yakov Sverdlov inspiró profundamente con un sonido agónico y exhaló su última respiración. Y Mariela, todavía con los labios abiertos sobre los suyos, la aspiró dentro de ella.

Esa fue su victoria definitiva. Había perdido la batalla terminal con la Bestia, pero no había dejado que venciera la muerte. Ella, una enfermera del Moncayo enamorada que había cruzado Europa en busca de su destino, había conseguido doblegar a la Bestia.

Ya para siempre, en el interior de la boca llevaría el aliento final de mi bisabuelo.

Y en su vientre, la semilla de su vida y de la mía.

142

El hilo roto

Una noche de verano
—estaba abierto el balcón
y la puerta de mi casa—
la muerte en mi casa entró...

ANTONIO MACHADO
Campos de Castilla

Moscú, a 17 de marzo de 1919

Leo a Antonio y a Rosalía. Me hablan. Lo saben. Tienen todas las respuestas.

Los leo y descubro que estoy cautiva del dolor y que hay cautiverios que duran hasta el sepulcro. Que ya no siento bramar más tormenta que la de mi corazón.

Los leo y descubro que algo ha roto la Bestia dentro de mí. Algo que ya no se puede volver a unir. Algo irreparable que me ha quebrado en dos. Algo que antes no se había atrevido a tocar, que me había pasado rozando pero solo pudo abanicarme con sus alas. Algo me ha roto la Bestia y yo me deshago de pena. Algo muy tenue, con dedos finos...

Lo que ha entrado por el balcón y la puerta de mi casa es la muerte. Y lo que la muerte ha roto es un hilo entre el amor y yo.

Pero ella ya se ha ido y ahora me queda la vida. No la mía, que la perdí junto a la suya. Me queda esta vida que creamos juntos sobre el lecho de la Bestia. Copulamos mecidos por sus brazos y ella no tuvo fuerzas suficientes para separarnos. No es tan grande su poder. Allí, con él dentro de mí, conmigo envolviéndole y ambos sobre ella... allí, cabalgando sobre la montura de la muerte, creamos vida y no pudimos ser destruidos. Fuimos dioses.

No te atreverás, Bestia, a arrancarla de mi útero.

Has roto el hilo del amor, pero jamás cortarás el de la vida.

1919

PRIMAVERA

143

Llévame

Ya no se preguntaba nada. El día 16 de marzo a las cuatro de la tarde, a Mariela se le acabaron las preguntas, el futuro y la luz de la mirada. El 16 de marzo, a las cuatro en punto de la tarde, a Mariela se le murió la mitad del alma.

Desde entonces, solo sabía que su vida ya no era solo una: en su interior llevaba dos, la otra mitad de su alma muerta y un alma pequeña como un grano de arena que comenzaba a crecer. Lo sabía. Sin preguntarse cómo, sencillamente lo sabía.

Esa segunda alma había sido la única razón por la que se había dejado arrastrar de nuevo, cuatro días después, al campo de vuelo de Jodynka, junto a la princesa Eugenie Mijailovna Shajovskaya y su Ilya Muromets, aunque sin saber para qué y sin que eso le importara.

Recibió las explicaciones que no había pedido en cuanto llegaron Alexandra Kollontai e Inessa Armand en el Skoda.

—Sube al coche con nosotras —le dijo Shura—. Hace frío, prefiero que hablemos sentadas.

Sus amigas le susurraron las palabras que disiparon levemente la niebla que había envuelto los últimos días de mi bisabuela; una niebla que no la dejó pensar, comer, dormir o siquiera imaginar qué iba a ser de ella a partir de ese momento.

El relato fue como una linterna, una luz débil encendida a lo lejos que comenzó a hacerse visible en el cerebro apagado de Mariela y que, poco a poco, iluminó lo que Alexandra e Inessa le estaban contando.

A Stalin, huelga decirlo, no le había gustado en absoluto aquella española. Ni su actitud ni sus palabras ni su desfachatez ni su falta de respeto ni su soberbia ni su altivez ni su engreimiento ni su descaro. No entendía por qué esa extranjera era tan importante y querida para las mujeres de la Revolución, ni tampoco qué había visto en ella el camarada Sverdlov que no pudiera darle cualquier prostituta de Moscú, todas mucho más hermosas y con los dos ojos en su sitio.

Aún no tenía suficiente poder, pero en el octavo congreso del partido que acababa de comenzar pensaba dar un golpe de efecto. Fue él quien sugirió a Lenin que, en la sesión inaugural, pidiera a los delegados que honraran la memoria del camarada Yakov Mijailovich Sverdlov poniéndose en pie en rendido homenaje. El gesto engrandeció la figura de Lenin ante el partido y la de Stalin ante Lenin. Ya tenían otro mártir.

Después, concentró sus esfuerzos en reunir pruebas para pisar con su bota de hierro a la enfermera entrometida, que sin su amante no tenía cabida en la Rusia revolucionaria. Y encontró una jugosa, que le llegó como caída del cielo.

Elizaveta era una pupila especial de Stalin. Con dieciséis años participó en la toma del Palacio de Invierno y, a los diecisiete, se convirtió en secretaria de Sverdlov. No veía a su padre desde que tenía cinco, porque, según Stalin, un revolucionario no tenía padre. Así que el comisario había sido para ella lo más cercano a una figura paterna. Creía en él a pies juntillas.

Su presencia en el apartamento del Kremlin había sido de gran ayuda para Mariela durante los días finales de Yakov, pero era tan sigilosa y discreta que, a veces, ambos habían ignorado su presencia.

Elizaveta, como todos los rusos, sabía que el zar había sido ejecutado. Como todos los rusos, creía que el zarévich Alexei había muerto debido a una enfermedad hereditaria. Y como todos los rusos, pensaba que las mujeres de la familia real estaban en un monasterio de Siberia. Pero sabía el suficiente francés para comprender el grueso principal de las revelaciones que el moribundo efectuó la noche del jueves y la mañana del viernes ante la enfermera. Y quedó petrificada de terror al conocer cómo habían muerto todos, mujeres, niños y criados, en la casa Ipatiev, por orden de Sverdlov y a manos del comité de los Urales.

A pesar de sus pocos años, era una revolucionaria curtida, pero aquello la sacudió por dentro. Acudió a su mentor, necesitaba que Stalin desmintiera aquella información atroz, seguramente producto de un delirio de la fiebre.

—¡Qué estupidez!, ¡cómo va a ser verdad, pequeña Liza! Olvídalo todo. Las hijas del zar están bien y a salvo. ¿Quién más ha escuchado esas tonterías?

Cuando Stalin oyó el nombre de la española, vio expedito el camino para obtener la ansiada revancha por la ofensa recibida. Convenció al Comité Central de que aquella mujer era un peligro porque, siendo foránea, sabía lo que nadie más debería saber y lo que se habían esforzado tanto en ocultar a otros extraños que simpatizaban mucho más que ella con la Revolución, como John Reed o Clara Zetkin. Esa enfermera chismosa era una bomba andante que podía estallarle a la nueva Rusia y echar a perder todo el trabajo realizado y el que aún quedaba por hacer. Debía ser extirpada.

Pero Trotski no estaba de acuerdo con Stalin. La «enfermera chismosa», como él la llamaba, había ayudado a los camaradas alemanes durante la persecución y había asistido al tristemente fallecido Sverdlov hasta el último instante. Merecía, al menos, que se le respetara la vida. ¿No bastaba con enviarla a alguno de los muchos hospitales de Siberia, lejos de Moscú y lejos del Kremlin, donde, además, su trabajo podría resultar productivo, como en Yakutsk, donde se había informado de un brote de *ispanka*?

También Alexandra Kollontai, aunque ya no fuera la mujer poderosa que había sido un año antes, intercedió por ella. Un plan se estaba fraguando en su mente, una salida para su querida amiga Mariela, aunque para llevarlo a cabo necesitaba convencer a sus camaradas de algo muy simple y que le fue concedido con no demasiado esfuerzo: que, dado el aún delicado estado de salud de la enfermera, que no soportaría un viaje en tren de varios días, fuera transportada en avión a Siberia por la princesa Shajovskaya.

Stalin accedió.

Cómo llegara al exilio a él le daba igual. Lo importante es que desapareciera de su vista.

Y por eso estaba allí de nuevo, junto a una princesa loca que siempre llevaba una Mauser en la cintura, varios gramos de morfina en el bolsillo y un cigarro de *majorka* colgando de la comisura de la boca.

En su presencia, Alexandra le preguntó:

—Mariela, mírame. Necesito que vuelvas de tu catatonia y que me escuches muy atentamente. Eugenie no va a llevarte a Yakutsk, no vas a morir entre renos y glaciares. Pero es necesario que nos digas adónde debe volar... Mira, aquí está un mapa de Europa. Tienes que decidirlo y debes hacerlo enseguida, antes de que Stalin se dé cuenta.

Mi bisabuela comenzó a despertar de su sopor. Irse... iba a irse de nuevo. ¿Adónde? Eso era lo que le preguntaban. ¿Otra vez por el aire? ¿Por qué no arriba, más arriba de las nubes, hasta donde no había final... al lugar donde estuviera Yasha? ¿Podrían llevarla junto a él? Allí era donde realmente quería ir. ¿Por qué no la llevaban con él...?

—Mariela, por favor, despierta. Tienes que concentrarte. Mira el mapa. Dinos, ¿dónde puede llevarte Eugenie para que estés a salvo? —le apremió Inessa.

Mi bisabuela observó las rayas, fronteras, ríos y valles dibujados en el papel y comprendió con tristeza que no había muchos lugares en los que fuera bienvenida: seguía siendo una amiga de desertores para Francia y una amiga de subversivos para Alemania.

Empezó a recobrar la lucidez.

Primero preguntó a la princesa, con voz muy pausada y tratando de medir sus palabras:

—¿Cuántos kilómetros es capaz de recorrer tu avión?

—Repostando en los sitios apropiados, los suficientes. Por eso no te preocupes, *sestra*, tengo contactos en muchos campos de vuelo de Europa, me darán los permisos.

—¿Puedes aterrizar en alguna zona llana, aunque no sea una pista?

—Con un terreno más o menos liso de, al menos, quinientos metros de longitud, me las arreglaría.

Después se dirigió a Alexandra y a Inessa:

—Y si no voy a Siberia, ¿qué os ocurrirá a vosotras?

Shura rio:

—Nada peor de lo que nos está ocurriendo a todos. En cuanto Stalin gane más cuota de poder, se olvidará completamente de ti. Creo que ahora mismo ya lo ha hecho... si le mencionase tu nombre, tendría que hacer un esfuerzo para recordarte. No pienses en nosotras, solo en ti.

Mariela miró a las tres y les dedicó la última lágrima de su ojo.

—Mis queridas camaradas, habéis sido un verdadero tesoro en mi camino. Nunca os olvidaré, siempre estaréis conmigo.

Se dirigió a la aviadora amiga:

—Ya sé dónde quiero ir.

Señaló un punto del mapa con el dedo.

—Aquí hay un descampado que podrá servir. Llévame a ese lugar, princesa, por favor. Llévame a mi casa. Llévame al Moncayo.

TERCERA PARTE

MAÑANA

Mido el tiempo, lo sé. Pero ni mido el futuro,
que aún no es;
ni mido el presente, que no se extiende
por ningún espacio;
ni mido el pretérito, que ya no existe.
¿Qué es, pues, lo que mido?

AGUSTÍN DE HIPONA, *Confesiones*

Monasterio de Veruela, a 15 de mayo de 1919

Y, sin embargo, todo lo que descubrí en Francia, en Bélgica, en Alemania y en Rusia no es nada comparado con el misterio que ahora llevo en las entrañas.

El misterio es mi victoria, la vida es el misterio. La Serpiente me regaló la vida y yo le robé el misterio a la Bestia mientras el Rugido callaba.

El misterio es un milagro. Y el milagro nacerá. Porque fuimos dos y fuimos uno, el misterio y la vida, fundidos en un cuerpo sobre el fuego de un volcán.

El misterio es la memoria eterna. Nunca desapareceremos, nunca nos borrará la ausencia.

Regreso de dar la vuelta al mundo y solo esto he descubierto: que tal vez, si el misterio lo permite, algún día la hija de la hija de mi hija nos encontrará.

Y entonces la rueda del milagro continuará girando porque al fin alguien sabrá que, allí donde habite mi olvido, estará para siempre la vida.

MARÍA VERUELA BONA MÁRQUEZ

144

Las huellas de la memoria

Esto es lo último que supe y leí de mi bisabuela, María Veruela Bona Márquez: una carta fechada el 15 de mayo de 1919, menos de dos meses después de su regreso a España. Ahí perdí el rastro de su olvido y se borraron las huellas de su memoria. Nada más me habló de ella. Nada. Un silencio grueso la envolvió. Y a mí, un inmenso vacío que me subía desde la boca del estómago y un dolor de vértigo a la altura del corazón.

¿Iba a ser incapaz de terminar de cumplir su encargo, el que me hizo personalmente y dejó escrito al mencionarme? Yo, la hija de la hija de su hija, ¿había fracasado en la búsqueda? ¿También la muerte iba a cortarme un hilo a mí, el frágil hilo que me conectaba con mi propia historia? Yo, alguien que había hecho del recuerdo su profesión, una cronista de los siglos de otros, ¿no podría descubrir lo que ocurrió en el mío, hace solo cien años que fueron los más trepidantes de la humanidad?

Yo, Beatriz Gil Bona, bisnieta de Mariela Bona, ¿me había quedado al pie de un muro sin traspasarlo y sin saber qué había al otro lado... justo en el instante en el que mi ayer todavía era mañana?

Hace cuatro días reuní, clasifiqué, ordené y fotocopié todos los papeles de mi bisabuela que encontré en el monasterio de Veruela. Me tomé una nueva pausa de veinticuatro horas en las que no hubo ningún Simuel que me distrajera. Ni siquiera atendí las llamadas de Izarbe. Las pasé absorta, mirando arder la chimenea en el final de este invierno mío que ha durado un siglo.

Después me levanté de entre las cenizas de la chimenea, hice una rápida comprobación en Google que confirmara lo que había intuido y tomé una decisión. No perdía nada. Y tal vez pudiera ganar algo, al menos un par de pinceladas más que me permitieran completar el cuadro.

Metí toda la documentación en un sobre, incluidas las notas que en los últimos meses había ido redactando al navegar por los cauces que dejó trazados Mariela, y me dirigí a la oficina de mensajería en Tarazona.

Lo envié al único lugar donde, quizá, se encontraba el otro extremo de la madeja.

Acerté.

Ayer, tres días después de mi decisión, me telefoneó Susana Moreno.

He atravesado el Moncayo, el río Huecha y todas las montañas que hace seis meses no eran ni siquiera mías y hoy son nuestras, las montañas de Mariela, y de su hija, y de la hija de su hija. He dejado atrás valles y vaguadas, cruzado viñedos y huertas, circulado por una autovía de bello nombre, Mudéjar, y al final he visto el mar.

Tengo que llegar hasta un barrio de Valencia, Campanar, y buscar un restaurante llamado El Racó de la Paella. Larga vida al GPS. Susana dice que el arroz cocinado a la leña de ese lugar, pese a la obviedad de su nombre, es el mejor de la ciudad y eso, según me ha explicado y yo sé de siempre, es una hazaña difícil en la patria del arroz, prácticamente imposible, más aún que recuperar el rastro de mi bisabuela. Pero ella puede ayudarme a encontrar las dos cosas: el mejor plato y, lo más importante, el camino correcto.

Yo la creo. Si fui capaz de seguirlo a través del tiempo y a través de Europa, puede que Susana tenga la clave del rastro que dejó mi bisabuela a través de su propia tierra.

Susana Moreno es guapa, alta, delgada e impetuosa, y además tiene los ojos cálidos y una sonrisa grande. En ella puedo confiar, lo sé.

—¡Perdona el retraso! No sé cómo será el tráfico en Zaragoza, pero yo, que vivo casi todo el año en Madrid, aún no llego a acostumbrarme al de Valencia. Y más un día como hoy, el primero de sol antes de la primavera...

Hemos cumplido con todos los puntos del protocolo: nos hemos reconocido gracias a nuestras fotos de Facebook, nos hemos besado educadamente, hemos hablado del tiempo y del tráfico y hemos sucumbido por unanimidad al aperitivo de humus de garrofó.

Pero, una vez hemos dejado el arroz encargado y en marcha, he bendecido mentalmente el momento en que entregué el sobre en la mensajería de Tarazona. Benditas sean también las intuiciones de bruja que debo de haber heredado.

Bendita la Fundación Joan Peset Aleixandre.

Y bendita su jefa de prensa, que está sentada a mi lado, las dos bajo vigas de madera, flanqueadas por antiguos azulejos de Manises y juntas frente al mejor arroz de Valencia.

Susana ha comenzado a hablar y, en este momento mágico, hoy, día 1 de marzo del año 2019, he recibido toda la información que me faltaba para restituir la memoria del olvido.

Mariela acaba de sentarse a nuestra mesa.

145

Fin del viaje

La princesa Eugenie Mijailovna Shajovskaya aterrizó con Mariela en las faldas del Moncayo el primer día de la primavera de 1919. La rusa acompañó a la enfermera hasta las mismas puertas del monasterio, no estaba dispuesta a dejar que una mujer triste, cansada, sin ojo ni fuerzas y, sobre todo, con el corazón yerto, caminase sola los dos kilómetros a través de una colina que la separaban de su destino.

Allí, junto a los pocos monjes que aún quedaban en su interior, pretendía mi bisabuela hacer una primera parada antes de seguir la ruta hacia la meta final: los brazos de su padre en la Cañada de Moncayo. Cuando ya habían cruzado la puerta de la barbacana y se adentraban por el paseo de plataneros que conducía a la iglesia y al claustro, Mariela reconoció un rostro. Era el de Chabier, el viudo de Emparo, el mismo que un año antes había pedido su cabeza por creerla la de una bruja, y que, en esos días, trabajaba allí como jardinero contratado por los jesuitas que regentaban los terrenos sacros.

En cuanto vio a las dos mujeres, una cojeando del brazo de otra (esta última le pareció vestida de carnaval, con botas de soldado y un extraño gorro del que colgaban unas gafas aún más extrañas), acudió solícito. Las ayudó a entrar en el monasterio e incluso se ofreció a sostener a esa pobre tuerta apoyada en un bastón.

Era evidente que no la había reconocido.

Llegaban en un mal día, les dijo. Acababa de morir un

paisano del pueblo vecino y todos estaban en el funeral, ¿no oían las campanas de la ermita de San Carlos Borromeo?, por él doblaban. Que había sido buen hombre, decían algunos, pero hacía un año que Chabier y él no se hablaban, por eso no había ido al funeral. «Una historia fea», siguió, «causada, cómo no, por una mujer, que como todo el mundo sabe es la fuente y el origen de las desgracias que en el mundo han sido y serán...», dicho fuera a aquellas dos desconocidas «sin ánimo de ofender y mejorando lo presente», ya que ellas posiblemente estuvieran hechas de otra pasta porque se las veía un poco extranjeras, aunque una hablaba un español digno de esos libros que la hija le había dejado al muerto en casa y que nadie sabía para qué valían.

—¿Y quién es el difunto, si no le importa decírmelo? Tengo amigos en la zona, por saber...

—Chuanibert Bona Sánchez, señora, que Dios lo guarde en su seno, aunque me extrañaría mucho que lo tuviera en su gloria.

A mi bisabuela ya no le quedaba llanto. Con el que tenía hacía un año cuando salió del Moncayo fue regando toda Europa y ahora, a su vuelta, lo había gastado hasta la última lágrima.

Lloró a su padre con el alma, no con el ojo. Pero, por primera vez, fue un llanto también por sí misma. Con su padre dijo adiós a su vida de antes de la Bestia, cuando aún creía, ella también, que el mundo se podía cambiar. Con su padre murió una porción de su propio ser, otra más, de las pocas que aún guardaba intactas.

Rogó a la princesa que regresara a Rusia. Los monjes de la hospedería habían prometido cuidarla bien, alentados por el rubí que arrancó del parche del ojo y les entregó en pago de alojamiento, comida, papel, plumas y tinta, hasta que, al menos, pudiera dar a luz. Mintió y se presentó como pariente lejana de los marqueses de Ayerbe que, embarazada y repudiada por los suyos, buscaba un lugar discreto donde parir a su hijo y expiar a la vez el horrendo pecado de la carne que había cometido. Los monjes, al ver su sincero arrepentimiento y también el rubí, accedieron a acogerla.

Chabier ya habría hecho correr la voz de la extraña mujer que llegó volando y acompañaba a una marquesa con un ojo tapado no menos misteriosa, de forma que Eugenie le hizo caso y, a la mañana siguiente, cuando comprobó que Mariela había quedado instalada en una celda humilde, pero con las necesidades básicas cubiertas, volvió a cruzar el cielo.

Mi bisabuela la contempló partir fijando su único ojo en el azul infinito. Mientras la princesa loca se convertía en un pequeño punto en el espacio lejano, supo que con ella se iba otra porción de ella, quizá la más importante.

Supo que había terminado su viaje.

Los monjes la vieron muy pocas veces desde que les pidió refugio en su exilio voluntario. La recordaban como una mujer seria y callada, de cortesía exquisita, pero de trato cortante cuando alguno intentaba que los buenos modos se convirtieran en algo similar a la cordialidad. Pasaba el día encerrada en su celda escribiendo y solo salía por las noches, cuando asomaba la luna.

Aunque aún cayeron algunas nieves esporádicas, el embarazo de Mariela creció al mismo tiempo que la luz. Los días se fueron haciendo más largos, las noches más cálidas y ella, sin embargo, más melancólica.

Los monjes llegaron a conmoverse. Veían al anochecer su silueta sentada sobre un promontorio frente al Moncayo, acariciándose el abdomen, calentando su tripa redonda con manos suaves y en movimientos lentos, observando la luna y abriendo los labios solo para pronunciar palabras, a veces sin sonido y, otras, en idiomas que ninguno de ellos comprendía. Había tanta tristeza... una especie de halo de aflicción a su alrededor que les contagiaba de nostalgia y hacía que las veladas de recogimiento de los religiosos se convirtieran en sesiones de sentida oración por la redención de aquella alma atribulada, la más atribulada y trágica que seguramente jamás había pisado la tierra.

Pasó la primavera, llegó el verano y después el otoño. Mariela seguía sentada en el mismo promontorio, hablando con la misma luna y abrazando un vientre que ya casi doblaba el volumen de su cuerpo menudo.

Hasta que una noche, Mariela no salió de su celda.

Al día siguiente, pidió al padre Torubio, el jesuita con el que había intercambiado más de cuatro palabras, porque era el único que la había reconocido y el único en quien confiaba, que enviara una carta. Estaba dirigida a un tal doctor Joan Peset Aleixandre, que residía en Valencia.

El padre Torubio, que le había prometido entregar a Cristovalina un arcón con sus pertenencias y también dejar sus escritos bajo la custodia del monasterio, nunca imaginó que aquel sobre cerrado contenía el último redactado de puño y letra de Mariela. En él, mi bisabuela confesaba a su querido y añorado amigo Peset que hacía más de siete meses que había vuelto a España y que se había encerrado en la soledad de la celda de un monasterio para que la Bestia jamás pudiera encontrar a su hija, que iba a nacer pronto.

Quiso pasar desapercibida ante los ojos de la muerte. Pero la muerte era astuta, más que la propia vida que ella creía haberse llevado como trofeo cuando salió de Moscú. La muerte siempre gana la partida porque siempre, inexorablemente, es la última parada del último viaje.

Sabía que algo malo ocurría en su cuerpo y que en él habían dejado de caber dos corazones: el nuevo que latía dentro necesitaba que el suyo dejara de hacerlo para seguir bombeando sangre viva. Pedía la ayuda del doctor Peset no para salvar sus propios latidos, sino los de su hija.

Ya había llegado el séquito de la muerte: la Bestia, el Rugido, la Serpiente... aquellos contra los que había luchado y aquellos ante los que había sucumbido. Todos, secuaces del monstruo más poderoso, exigían su parte del botín.

A Mariela no le importaba pagarlo. Pero solo aceptaría el precio que pudiera abonar con su carne.

Su hija debía vivir.

[...]Por favor, Joan, ven a Veruela y ayúdame a tenerla. Y cuando nazca, llévatela. Sé que no debo poner sobre tus hombros una carga tan pesada, pero los míos ya se han hundido. No tengo fuerzas, no me quedan... No hay bastones que me ayuden a mantenerme en pie. Llévate su vida y cuídala como si fuera la de tu propia hija para que pueda entregar la mía y logre al fin descansar. Te prometo que, dondequiera que vaya, sea lo que tenga que ser de mi alma, dejaré que su energía flote en el cosmos con el vigor suficiente para bendecir tu nombre por toda la eternidad[...]

146

Peset, Angelines y Jano

El doctor Joan Baptista Peset Aleixandre nunca se dio por vencido ni desistió en su empeño de encontrar la vacuna definitiva contra la gripe española. Había pasado una tercera oleada, sí, pero ¿cuándo llegaría la siguiente? Porque siempre habría una siguiente. ¿Cómo frenar al demonio?

Ensayó sin demasiado éxito cientos de variaciones sobre el suero verde cuya receta mi bisabuela le había mandado en una carta desde París e incluso encabezó una expedición de alumnos a los que convenció para que le acompañaran a batir el Moncayo en busca de los ingredientes que la enfermera usaba. Todos los que participaron en la excursión pusieron el alma en la búsqueda, al igual que la ponían cada día cuando escuchaban al doctor Peset impartir, desde su cátedra de la Universidad de Valencia, auténtica sabiduría humanista. Pero avanzaron poco.

En uno de sus viajes a Madrid, se propuso visitar la Santa Isabel de Hungría. Si algo del cerebro colosal de Mariela se debía a sus enseñanzas, Peset quería comprobarlo en persona. La enfermera jefe, Socorro Galán Gil, recordaba muy bien a la aragonesa, una alumna brillante, un ser humano excepcional. Le habló con admiración de sus hierbas, sus líquidos verdes y sus andanzas por el Madrid de la miseria; su novio muerto, Pepe; su amiga perdida, Yvonne; su mayor éxito, Jano... el pequeño Jano, que casi se le muere a Angelines entre los brazos y que fue quien contagió a Mariela de esa gripe horrenda...

Joan Peset tenía la fórmula de su remedio contra la gripe y tenía las plantas con las que se fabricaba recolectadas en el mismo Moncayo. Puede que solo le faltase una muestra de tejido humano de alguien que hubiera sido curado por la mano que las administraba.

Recorrió los barrios más pobres de Madrid. Doña Socorro creía recordar que Angelines vivía en Inclusa, por el barrio de Cabestreros o así, y que solía trabajar de zurcidora cerca de donde estaba ese ático en el que hacía un par de años detuvieron a los revoltosos socialistas que montaron la huelga general, ¿cómo se llamaba...?, calle Desengaño... ¿no era? Allí los encontró, a ella zurciendo de casa en casa, y al niño agarrado a su falda, con un moco verde siempre colgante.

El doctor Peset no mentía, nunca mentía. Cuando habló con la madre fue sincero: le ofrecía viajar con él a Valencia y un trabajo de planchadora en su propia casa; el crío y ella tendrían techo, comida y un salario modesto, además de educación para el hijo cuando llegara a la edad. A cambio, necesitaba practicar ciertas pruebas al pequeño, desde ese momento y puede que en los años sucesivos, a medida que su cuerpo creciera y metabolizara de diferentes formas la inmunidad contraída. Nada doloroso, en absoluto invasivo y, sobre todo, con la total garantía médica del Instituto Provincial de Higiene de la ciudad.

El doctor Peset nunca mentía, aunque lo que quizás entonces ocultó a Angelines y también a sí mismo era que, además de moverle razones estrictamente científicas, también le movía el corazón, el mismo corazón de diamante con el que un año atrás una enfermera del Moncayo prefirió infectarse de gripe española antes que abandonar a un niño y a su madre adolescente asomados al vacío.

Pero no hizo falta confesarlo porque la joven ya tenía suficientes argumentos. Incluso sobraron todos los que no fueron relativos a la salud de su hijo, que era lo único que le importaba. Jano necesitaba comer, necesitaba un hogar y necesitaba dejar el estercolero. Cuando la pobre Angelines murió, diez años más tarde, seguía sin poder creer la inmensa suerte que había tenido en vida: mientras el mundo se hundía en el infierno, a ella vinieron a verla dos ángeles. Uno, blanco, salvó a su hijo del soldado de Nápoles. Otro, serio y con bigote, les salvó a los dos del arroyo. Nunca rezó lo suficiente para dar las gracias a Dios por ellos.

Pero lo que Angelines no sabía era que esos dos ángeles no hicieron más que lo que debían hacer, porque el suyo era un niño que tenía que crecer.

Ese niño, que primero fue liberado de la cárcel de la Inclusa, tenía que ser arrebatado también de las garras de la Bestia para poder seguir los pasos del doctor Peset, su protector y su mentor, estudiar Medicina, convertirse en alumno sobresaliente y obtener una beca y un puesto en el hospital presbiteriano de la Universidad de Columbia de Nueva York.

Ese niño jamás pudo olvidar al hombre bueno y sabio que había dejado al otro lado del océano y que, con el tiempo, se convirtió en decano y más tarde en rector de la Universidad de Valencia que tanto le respetaba; después, en presidente regional del partido de Manuel Azaña; después, en su escaño local más votado, y, por último, en inspector de hospitales de guerra cuando otro Rugido hundió a España en las tinieblas y anegó de sangre su suelo.

Ese niño convenció por teléfono al hombre bueno y sabio de que se fuera y se reuniera con él en la América que ya no era lugar de residencia sino de exilio, pero cuando el hombre bueno y sabio pisó Francia se acordó de Mariela. Recordó el día en que había cruzado esa misma frontera con una mujer valerosa que no temió adentrarse en la guerra para luchar contra la sinrazón y decidió honrar su memoria, de forma que cambió de planes y regresó a España para ayudar a los que allí quedaban bajo la zarpa de otra Bestia, esta vez humana, como hizo ella a lo largo y ancho de Europa.

Ese niño supo que el hombre bueno y sabio volvió a rechazar salir del país junto a Juan Negrín cuando ambos ya estaban en el aeródromo de Elda, pese a sus súplicas desde Nueva

York. Supo que el bueno y sabio doctor Peset, denunciado por los que ambicionaban su puesto de relevancia y los envidiosos de su prestigio, terminó en un campo de concentración acusado de «auxilio a la rebelión y desafección al glorioso alzamiento nacional», porque su verdadero nombre, golpe de Estado, repugnaba incluso a quienes lo perpetraron.

El niño supo que, en la mañana del 24 de mayo de 1941, el hombre bueno y sabio operó de una hernia a un compañero preso en el mismo campo que él e inmediatamente después fue trasladado al cementerio de Paterna. Y supo que, sin auditores ni legalidad, si es que alguna le quedaba al nuevo régimen, fue fusilado junto a su tapia.

Ese niño lo escribió, lo denunció, lo gritó desde el exilio. El niño tenía que crecer hasta poder hacer oír la voz de la verdad narrada con pluma de plata en la revista *Ibérica* de Victoria Kent, y, con ella, contar desde su lado del océano que un ángel blanco le salvó de las fauces de la Bestia para que ahora, treinta años después, cuando la posguerra seguía estrangulando a los suyos, él pudiera reivindicar la dignidad de un hombre bueno y sabio, y también la de un pueblo dolorido en el que aún reverberaba el eco del Rugido.

Ese niño, ya de nombre Alejandro, aunque nunca renegó de su infancia como Jano, recordó también que había crecido lo suficiente para recordar un beso robado en plena inocencia entre espigas de arrozales.

Y al hacerlo, en 1953, decidió volver a España porque ya había crecido lo suficiente para convertirse en mi abuelo.

147

Jacoba Bona

La hija de Mariela se crio bajo la sombra de una madre ausente. No es que la familia Peset le ocultara su existencia, todo lo contrario.

La tuvo muy presente desde la misma noche en que Joan Baptista llegó a Valencia en el tren de Zaragoza con un pequeño fardo envuelto en una manta amarilla y un tubo cilíndrico atado con cuerda a la maleta. Esa noche, los dos, el fardo y el doctor, estaban llorando y, desde entonces, el hombre bueno y sabio siempre fue fiel a las promesas que hizo a una enfermera moribunda: que cuidaría de su hija como si fuera la suya, que la llamaría Jacoba porque fue lo más parecido a un patronímico ruso que a ella se le ocurrió en español, que únicamente le contaría de su madre lo imprescindible para que pudiera amarla, que solo le mostraría su imagen a través de la acuarela pintada por Otto Dix en Wervik (que entonces dejaba al doctor Peset en depósito) y, especialmente, que nunca sabría quién fue su padre para que ni la Bestia ni el Rugido ni Stalin se la llevaran...

Todo eso le prometió el doctor Peset mientras daba a luz. Y ella, a cambio, quiso tranquilizarle profetizando con una sonrisa débil que algún día, cuando echara a andar un nuevo siglo y se hubieran desvanecido los peligros que acechaban en el suyo, la hija de la hija de esa niña que estaba naciendo tal vez la rescataría del olvido.

Después, una vez comprobó que el bebé había abierto los ojos al mundo y que los tenía somnolientos, uno ligeramente más pequeño que el otro, como en un guiño constante, Mariela cerró el suyo y al fin descansó.

Así creció Jacoba. Sin poder olvidar que era hija de una mujer portentosa, pero tratando de no recordar lo que no sabía que debía olvidar.

Entre el legado de la mujer portentosa se encontraba una casa de piedra en un pueblo del Moncayo, de cuyos títulos y formalidades el doctor Peset se había encargado diligentemente. Por deseo de Mariela, seguía ocupada por una tal Cristovalina Merchante, usufructuaria de la propiedad y autorizada a vivir en ella hasta su muerte, aunque Jacoba fuera su heredera legal. Nunca hubo conflicto de intereses porque Jacoba ni siquiera llegó a conocer a Cristovalina. Murió un año después que Mariela, cuando la Cañada aún se preguntaba qué había sido de aquella oruja que, en el fondo, tan mala no sería cuando les curó a todos de la enfermedad de moda y dejó al pueblo entero liberado para siempre de la gripe maldita. Y con todas las jambas de las casas pintadas de blanco, una costumbre que empezaba a convertirse en superstición, no fuera a ser que la epidemia volviera.

La casa quedó al cuidado de Berdol a la espera de que esa enigmática hija de María Veruela, de la que les habló un notario, visitara algún día el Moncayo y tomara posesión de ella.

Pero ese día tardó en llegar. El doctor Peset consiguió que Jacoba estudiara lo que las mujeres no estudiaban en aquellos días con el objeto de que, a los diecisiete, pudiera entrar en la universidad y convertirse en médica titulada. Quería que, si la energía del alma de Mariela realmente vagaba por el cosmos, lo hiciera henchida de orgullo.

Mientras, y como uno de los personajes de Turguenev, que confesaba no haber tenido nunca un primer amor porque empezó directamente por el segundo, Jano y Jacoba se preparaban para ser el tercer y último amor del otro, después de haber sido los dos también el primero de cada uno.

Sucedió mientras ella aún soñaba con un futuro brillante

y se dejaba robar besos inocentes entre espigas de arrozales por el otro niño acogido en el hogar de los Peset.

Después, él se fue a América y se olvidaron mutuamente.

Después, llegó la guerra y los dos se olvidaron de cómo sonaba la risa, de qué color era el cielo y a qué sabían los besos.

Después, llegó la posguerra y se olvidaron de cómo era la vida con besos y sin llanto.

También llegó la romería de Anna Llorca, la mujer del doctor Peset, por todas las instancias del nuevo régimen en busca de un indulto para su esposo que nadie concedió, siempre acompañada de un alumno llamado Pedro Laín Entralgo y la joven Jacoba Bona, que lloraba impotente al verse incapaz de ayudar al hombre bueno y sabio que conoció a su madre y que la había criado igual que a sus tres hijos.

Tras su fusilamiento, Anna comprendió que toda la familia estaba en peligro y le rogó que pusiera a salvo su vida huyendo lejos de Valencia. La muchacha decidió entonces viajar a los orígenes inciertos de Mariela y de su enigma, y así llegó a la Cañada de Moncayo un 24 de junio, la noche más corta del año y en la que, dicen, la magia del fuego borra las penas.

Llegó con la misma maleta ajada que acompañó a su madre por toda Europa, con su imagen pintada en acuarela y encerrada en un tubo de cartón, y con veintidós años casi sin estrenar.

Nunca logró estudiar Medicina. Ni siquiera acabó el bachillerato. Pero era inteligente, aprendía pronto y llevaba los genes de Mariela. Así que no tardó en aprender lo que las demás mujeres del Moncayo sabían y le enseñaron sobre hierbas y plantas, enriquecido con los conocimientos farmacéuticos que adquirió mediante observación en el laboratorio del hombre que fue su padre adoptivo y que murió fusilado.

Al poco tiempo, como era preceptivo para la reputación y la convivencia en un lugar pequeño, se dejó cortejar por Lixandro Gil y, tras un periodo prudencial de noviazgo, se casaron.

Hasta que...

Hasta que llegó atravesando el mar su tercer amor, que era el mismo que el primero, pero más culto y más juicioso que cuando eran adolescentes y casi tan sabio como el doctor que les había cobijado a los dos siendo niños.

Alejandro viajó a Zaragoza y allí quedó con su amiga de la infancia, a la que no había visto en más de quince años y de quien solo guardaba el recuerdo de sus primeros besos, para tomar café una tarde.

Jacoba no volvió a la Cañada hasta una semana después.

Y solo lo hizo cuando, ya los dos en la estación del Norte y a punto de huir juntos de España en el mismo tren que mucho tiempo atrás había transportado a Mariela a la frontera con Francia, el subversivo médico y periodista Alejandro Yáñez fue detenido por dos agentes de la Brigada Político-Social con el pasaporte en el bolsillo.

El niño que tenía que crecer fue sometido en Valencia a algo que en nada se parecía a un juicio. Fue llevado al mismo campo de concentración que el bueno y sabio doctor Peset. Cuatro meses después, le trasladaron al mismo cementerio del mismo pueblo. Y los mismos soldados con los mismos fusiles mataron contra la misma tapia al niño que fue salvado de la Bestia por un ángel blanco.

Jacoba nunca volvió a verle.

Pero a partir de ese día comprendió por qué, desde muy pequeña, le contaban con frases cargadas de misterio que Jano era una criatura a la que Mariela curó: porque ese niño tenía que crecer para que su hija, Jacoba, pudiera volver a la Cañada con mi madre en el vientre.

Lixandro le perdonó a regañadientes aquella semana de ausencia en la que ella dijo haber sufrido una extraña amnesia. Y, aunque nunca creyó esa versión, él estaba demasiado enamorado de Jacoba como para no aceptarla, de modo que dio a la hija su apellido sin preguntar nada.

Solo al elegir el nombre de la criatura mi abuela impuso su voluntad y la mantuvo indomable: la niña se llamaría Alejandra, porque fue el único patronímico que pudo encontrar para no olvidar jamás al tercer y único amor de su vida.

148

El suero verde

—Y hasta aquí, lo que sabíamos en Valencia sobre la misteriosa Mariela Bona cuyo nombre jamás se le caía de los labios a Joan Peset... —exclama Susana triunfante al término de su narración recostándose sobre el respaldo de la silla, después del segundo café y de un arroz verdaderamente memorable—. Tú tenías la otra parte de la historia, que es la parte en realidad importante. Deberías habernos visto cuando recibimos tu sobre con los escritos de tu bisabuela en la fundación. ¡Saltos de alegría pegábamos todos hasta el techo...!

—No creo que fueran tan altos como los que di yo cuando me llamaste.

Nos hemos reído con ganas. Pero los recuerdos me han dejado exhausta. Estoy pletórica, algo me inunda y no sé si llamarlo emoción, ternura o excitación.

Tomamos café, uno llamado «asiático» (la madre de Rafelet, el jefe de sala, es de Cartagena y le salen de maravilla, casi tan bien como al cocinero el arroz), que es un café animado con coñac y Licor 43, entre otras alegrías.

Gracias al asiático, me atrevo a preguntar:

—Hay algo que siempre quise saber y no he podido averiguar: ¿sabéis de qué estaba hecho el suero verde que mi bisabuela inyectaba en el cuello a los pacientes de la primera oleada de gripe española? Si no es un secreto profesional que haya comprado alguna farmacéutica, claro.

—¡Esa es una historia tremenda! Pero prefiero que te la cuente el director de la fundación en cuanto llegue, me dijo que se apuntaba al café...

¿El director?

—Sí, Vicente, ¿no te lo había dicho antes? Si es que con tanta cháchara se me ha ido el santo al cielo... Mira, aquí llega.

Y ha llegado.

«Vicente es mi tercer amor, aunque él no lo sepa todavía». Eso es lo primero que he pensado en cuanto le he visto.

Sin embargo, esa sensación se ha evaporado en el aire de la taberna en el momento en que ha dado un beso en la mejilla a Susana de auténtico cariño. Después, me ha dado otros dos a mí de cortesía.

—Es un verdadero placer conocerte, te lo aseguro, Beatriz... ¡Beatriz Gil Bona! Cuántas ganas tenía de encontrar a alguien que realmente lleve ese apellido.

Sus ojos brillan. Me gustan. Qué pena, podría haber sido mi tercer amor.

—Yo tampoco puedo creer que esté aquí hablando con vosotros sobre mi familia, una parte que hace solo un rato ni siquiera sabía que tenía.

Interviene Susana, acariciando la mano de él:

—Vic, me ha preguntado Bea... ¿puedo llamarte Bea?

«El jefe que me despidió no, pero tú sí, por supuesto», pienso, aunque solo asiento con una gran sonrisa.

—Que de qué estaba hecha esa cosa verde que tenía el tío en un bote en el laboratorio.

—¿El tío...?

—Ay, madre mía, que eso tampoco te lo he dicho, ¿no? Somos sobrinos lejanos de Joan Peset.

—¡Sois...!

Vicente ríe.

—A ver, Beatriz, ya veo que aquí, mi hermana, que habla mucho, a veces dice poco. Voy a explicártelo yo: somos, como has oído, sobrinos bisnietos lejanos, casi remotos, de Joan Peset. En realidad, llevamos el Aleixandre en el cuarto... no, quinto apellido, y nos viene más bien por otro tío, el poeta...

—¿Vicente Aleixandre? ¿El Nobel? ¿En serio...?

—El mismo, sí. Pero la nuestra es la rama valenciana y ya te digo que muy distante, tenemos los genes absolutamente diluidos. Los presidentes de la fundación son mis primos lejanos y nietos de Joan Peset, y ellos sí que son sus descendientes directos. Pero todos queremos lo mismo, que no se pierda su legado. Yo soy investigador y doy clases en la Facultad de Medicina de la Universidad de Valencia, como mi tío. Hace tiempo, cayó en mis manos una muestra del suero verde de tu bisabuela y algunos papeles de Joan y, desde entonces, a Sus y a mí nos ha obsesionado saber más de ella.

Susana le corta:

—Yo soy la menos lista de la familia, Bea. O sea, la única que no es ni médica ni investigadora ni catedrática ni poeta ni nada. Estudié Periodismo y con eso ayudo a la fundación en lo que puedo.

Vicente vuelve a reír, mirándola con ternura:

—¡Ni caso! Es la más lista con diferencia, solo hay que oírla...

Recupero mi sentimiento inicial: quiero que ese hombre sea el tercer amor de mi vida.

—Y eso que estuvimos a punto de perder la fórmula del suero. Si tu bisabuela no se hubiera acordado y si no se la hubiera mandado a nuestro tío cuando estaba en París...

Recupero la memoria:

—Precisamente, esa es una de las incógnitas que aún no he podido resolver. ¿Por qué en el dobladillo de la capa de san Carlos Borromeo estaba una notica del tal mosén Casiano dando las gracias a los cielos en lugar de la fórmula del suero de Mariela que cosieron allí sus amigas de la Cañada cuando se fue? Al menos, así se lo dijo a todas ellas mi bisabuela en una carta, que la he leído yo...

—¡Esa parte me la sé! —A Susana se le iluminan los ojos como se le iluminan a los niños la noche de Reyes—. Es que el jesuita de Veruela se lo explicó a Joan Peset cuando fue a ayudarla en el parto. Parece que el buen cura Casiano encontró la nota con la fórmula de tu bisabuela por casualidad, se cayó del dobladillo cuando cambiaba la estatua de lugar, algo por lo que, al parecer, le daba con frecuencia, seguramente porque, como no hacía obras de caridad, el hombre se aburría. La sacó de la capa y la quemó. Un año después, cuando quizá ya había oído rumores de que había regresado una mujer misteriosa que se parecía a la hereje, convocó un tedeum o como se llamen esas cosas, y organizó una colecta para que el pueblo entero diera dinero y gracias al santo, único... y hacía mucho hincapié, único, según él, responsable del milagro de que la gripe desapareciera del pueblo. Claramente, para restar todo mérito a Mariela y que los vecinos siguieran condenándola en ausencia... por si acaso. Acto seguido, metió su papel en el dobladillo para sustituir al de tu bisabuela —y lo cosió con rayón, pienso yo mientras habla Susana— y redactó una petición a Juan Soldevilla Romero, si no recuerdo mal, que entonces era arzobispo de Zaragoza, pidiendo una excomunión... ¿cómo se dice?, un latinajo...

—*Latae sententiae* —la ayudo.

—¡Eso! Pues la petición de excomunión, por alguna razón, pasó por las manos del monasterio. Pero el jesuita del que te he hablado, que debía de estar bastante harto del fanatismo de Casiano, nunca llegó a enviarla al arzobispado. En su lugar, se la dio a Peset para que hiciera con ella lo que quisiera. Y lo que él quiso fue guardarla en la carpeta de sus recuerdos de Mariela. Por eso hoy sabemos todo esto.

No solo quiero que ese hombre sea mi tercer amor, sino que Susana sea mi hermana también.

Decididamente.

El principio activo que daba cuerpo al suero verde de Mariela era la *Lonicera hispanica*, me contaron. Y no era otra cosa que una sencilla madreselva, la misma que, algunas veces, en Trasmoz y en la Cañada, las mujeres herbolarias llamaban también «camisica de la Virgen».

—¿Madreselva? —No salgo de mi asombro—. ¿La modesta y, por lo visto, nunca bien ponderada madreselva común?

—Bueno, ni tan modesta ni tan común. La que produce tu Moncayo es especial. No solo por su altura y porque esté cubierto de nieve las tres cuartas partes del año, con sus correspondientes humedades por deshielo, sino principalmente por el suelo. Es un terreno del mioceno, o sea, del periodo terciario...

Sonrío. Vicente también, algo avergonzado.

—Ya, perdona, olvidaba tu profesión. Lejos de mí dar lecciones a una maestra.

—¡Gracias por el halago! No importa. Me gusta cómo lo explicas. Sigue.

—El caso es que, como sabes bien, la tierra del Moncayo se nutre de sedimentos aluviales y depósitos lacustres, de ahí la riqueza en arcillas, areniscas, margas, yeso y otras combinaciones más que hacen que la vegetación sea...

—Única —interrumpo; el asiático ayuda—. Eso repetía constantemente mi bisabuela. Sobre todo, cada vez que no lograba encontrar las hierbas que buscaba a lo largo de bosques y parques de toda Europa.

—Pues tenía mucha razón. La flora de allá es única. En Europa hay mucha madreselva, la *xylosteum*, la etrusca, la de los Alpes... Pero ninguna como la de esas montañas tuyas.

A Susana no le emociona la ciencia, le emociona el enigma, y anima a su hermano:

—Anda, ahora cuenta, Vic, cuenta... cuéntale lo de los chinos. ¡Vas a alucinar, Bea! ¡Pero en muchos colores, te lo digo yo!

Vicente me observa sin parar de sonreír. Creo que ya he empezado a alucinar, solo mirándome en sus ojos, incluso antes de que hable.

—Lo descubrieron hace nada, cuatro días, en el año 2014. Fueron unos científicos de la Universidad de Nankín, en China. Identificaron en la madreselva una molécula que es capaz de detener la reproducción de algunos virus. Por ejemplo, el del ébola y también el de una gripe del tipo A y subtipo H1N1, es decir, el mismo tipo y subtipo de la española de hace cien años. Si los estudios siguen por buen camino, puede que dentro de poco de ella se consiga obtener algo así como una penicilina virológica... o sea, un bombazo científico.

—Espera un momento, ¿quieres decirme que mi bisabuela utilizaba un remedio natural contra los virus cuando ni la ciencia sabía aún qué era un virus?

—Lo que quiero decirte es algo más importante todavía: que tu bisabuela hizo en humanos hace un siglo lo que ahora los chinos solo se han atrevido a hacer, aunque con bastante éxito, en ratones. Ella fabricó su suero con madreselva posiblemente hervida. Era una innovadora, porque de toda la vida se ha creído que, al cocerla, esa planta perdía sus propiedades beneficiosas, aunque ahora se ha descubierto que la molécula de la que te hablo sí que las mantiene después de la ebullición. Mariela enviaba su suero al plasma y al tejido pulmonar de los pacientes mediante una especie de gotero en el cuello, si no he entendido mal tus papeles.

—¡Otro invento de pionera!, ¿no, Vic? —interviene su hermana.

—Pues sí, porque, hasta donde conocemos, el sistema de administración de medicamentos mediante gotero se empezó a utilizar después de la Segunda Guerra Mundial.

—Pero ahora sabemos que eso es falso: en realidad... ¡fue tu bisabuela quien lo inventó! —Susana suena exultante, también ella se siente bisnieta de Mariela.

—Interpreto que con él quizás intentaba llegar a la arteria pulmonar y frenar así más rápidamente la replicación viral. Eso salvó la vida a muchos, incluidas la de su padre y la suya propia, en la primera oleada de la gripe —continúa Vicente.

—Lo que nadie sabe es cómo seguiríamos salvándolas si reapareciera ahora. —Susana se acalora—. Ya sabes que, a pesar de los avances con madreselva, todavía no hay vacuna ni cura. Los chinos siguen investigando, pero, por el momento, con ratones. Y sí, está el cadáver ese encontrado en el permafrost de Alaska que puede ayudar...

Lo recuerdo. Gracias al virus congelado y hallado en el cuerpo de una mujer que murió hace cien años en una aldea perdida, un laboratorio de Estados Unidos dice haber encontrado la secuencia genética del monstruo.

—Y otro en Rusia también, con un bicho congelado en el hielo de Siberia, aunque de este se hable menos.

«¿Quizás el de algún revolucionario disidente desterrado por Stalin al que Mariela habría podido salvar si ella misma hubiera compartido el exilio con él?».

Vicente interrumpe mis fantasías y también a su hermana:

—Si lo que tu bisabuela llamaba la Bestia volviera hoy, ¿imaginas cuánto bien harían a la ciencia sus conocimientos y su experiencia?

Nos hemos quedado los tres en silencio.

Ahora sí que ya no sé lo que siento, porque lo que me invade es un sentimiento que aún no ha sido inventado.

149

Un siglo que ha durado seis meses

Ni Vicente ni Susana han terminado todavía de incendiarme el corazón. Hay más.

—Mira, hemos estudiado muy despacio los documentos de tu sobre... —Ella ahora está conmovida, una lágrima le asoma—. Sigue tú, Vic.

—Nos gustaría que te quedaras con nosotros en Valencia hasta la semana que viene.

«Hasta la vida que viene me gustaría quedarme aquí, escuchando a los dos hablar de mi bisabuela». Lo pienso, pero no lo digo.

—El próximo viernes, justo dentro de una semana, será 8 de marzo —me recuerda Susana.

Y se cumplirán exactamente cien años desde el día en que Mariela regresó a Moscú de Jarkov con un ojo menos y con mi bisabuelo infectado por la Bestia.

—Después de las manifestaciones del 8 de marzo de 2018, ya no vais a volver a salir vosotras solas a la calle —continúa Vicente—. Nosotros, los hombres... los hombres buenos, que somos la inmensa mayoría, os vamos a acompañar. O sea, lo mismo que hizo tu antepasado Sverdlov con sus camaradas revolucionarias. A partir de ahora, todos, vosotras y nosotros, vamos a pedir juntos y a gritos si es necesario que seamos iguales de verdad y que se acaben las discriminaciones, y la violencia, y la injusticia contra vosotras... va siendo hora de que lo digamos a coro. Pero nosotros, los hombres, en voz tan alta como la vuestra, en serio y en masa. Ya está bien de quedarnos mirando con los brazos cruzados cómo os manifestáis. Somos una parte tan interesada en la igualdad como las mujeres.

Me han contagiado la emoción.

—Espera, espera, que esto es solo el preámbulo. Vic, que te vas por las ramas, hombre. —Su hermana se impacienta.

—Sí... pensábamos proponerte algo para el viernes que viene. Ese día, 8 de marzo de 2019, queremos anunciar públicamente que, coincidiendo con el primer siglo de la gripe española, se va a poner en marcha una beca que premie a jóvenes investigadoras. Tenemos buenos contactos, gracias sobre todo al trabajo de Sus cuando fue corresponsal en Bruselas; espero que no nos resulte difícil conseguir fondos europeos y alguno nacional. Hay que fomentar la investigación femenina...

—Que, como todo, sigue intentando romper ese puñetero techo de cristal y no hay manera. —Susana se seca la lágrima.

—Si lo conseguimos, si nos asignan fondos y entusiasmamos a quienes tenemos que entusiasmar, el 8 de marzo de 2020 inauguraremos el premio con su correspondiente beca. No habríamos podido escoger un momento mejor para hacerlo: ¿sabes que la OMS lo ha declarado el Año de las Enfermeras?

—¡Ya iba siendo hora! —salta Susana.

—Pues en 2020, coincidiendo con las celebraciones de ese año singular, haremos la ceremonia de entrega de la beca. Y queremos que lleve el nombre de tu bisabuela: el primer Premio Mariela Bona de Investigación para Mujeres Científicas... ¿te suena bien?

No sé cómo suena la música celestial, pero debe de ser parecido.

La melodía sigue sonando y ellos, interpretando su partitura: me dicen que pretenden publicar para entonces una recopilación de todos los escritos de Mariela. Que habrá que buscar algunos más en los archivos de Mary Borden en París. También, por supuesto, en los de *Le Canard Enchaîné*, que se resiste a incorporarse a internet. ¿Será posible rastrear el legado de Alexandra Kollontai y de Inessa Armand por si en él se conservan otros documentos relacionados? ¿Quedará algo de la Santa Isabel de Hungría en la Fundación Jiménez Díaz de Madrid? Puede que resulte necesario volver a explorar el Moncayo en busca de datos nuevos. Y una cosa más... ¿querría yo escribir su biografía con los que ya poseo, los que encontré en los papeles del monasterio de Veruela, para completar la edición?

Vicente continúa hablando. Toda la tarde, parte de la noche. Mañana reanudaremos la conversación. Hay muchas más sorpresas y yo ya pierdo la cuenta, no quiero llevarla, no me importa cuántas sean. Solo deseo seguir oyendo cómo las desgrana una a una y cómo siguen sonando a ángeles que hacen repicar campanas en mis oídos.

Miro a Vicente sin dejar de llorar.

Tenía razón mi madre: cuando llegue la muerte, quiero que me encuentre en sus brazos. Él me mira también y creo que ahora sí... ahora ya se ha dado cuenta de que está empezando a ser mi tercer amor.

Acabo de recordar algo más que decía ella, la hija de la hija de Mariela, cuando, reinterpretando a Confucio, me instaba a esforzarme sin descanso hasta hallar mi pasión. A eso se refería cuando me pedía que nos encontrara.

No he descansado. Aunque extenuada, en este punto del viaje que hemos realizado juntas mi bisabuela y yo durante un siglo que ha durado seis meses, he descubierto la última pieza que me faltaba para componer el tapiz de mi pasión, de mi auténtica pasión: nos he encontrado a todas.

Ahora es cuando el peso de su olvido y de mi memoria se ha vuelto ligero como plumas. Ha hecho que me crezcan alas.

Mariela sigue sentada a nuestra mesa.

Nos observa en silencio.

Y sonríe.

Epílogo

Donde al fin quede libre sin saberlo yo mismo,
disuelto en niebla, ausencia,
ausencia leve como carne de niño.
Allá, allá lejos;
donde habite el olvido.

LUIS CERNUDA, *Donde habite el olvido*

Yo soy la hija de la hija de la hija de Mariela.

Hace cien años, mi bisabuela dejó escrito que yo la rescataría del olvido y no he hecho más que cumplir su profecía.

Sigo en Valencia y, desde aquí, he vuelto a volar con ella a Madrid, a París, a Brest, a Wervik, a Sillenbuch, a Berlín, a Moscú, a Jarkov... Hemos huido del fanatismo, de la guerra y de la enfermedad. Hemos despertado frente a un jardín de lilas. A las dos nos ha cantado un ruiseñor. Hemos soñado asomadas a una ventana por la que se ve caer la nieve. Hemos amanecido enamoradas con el mundo a nuestros pies y anochecido solo con la mitad del mundo ante nuestra vista. Hemos dormido el sueño eterno en un monasterio del Moncayo. Y lo hemos hecho todo juntas.

Yo soy la hija de la hija de su hija. Y también la hija de su victoria sobre el mal. Bisnieta de la Revolución y del amor en un lecho de muerte. Nieta de una pasión segada por el aliento infecto de las bombas y de las tapias de fusilamiento. Soy hija de la Bestia y del Rugido. Y, sin embargo, soy la hija de la hija de la vida.

Voy a escribir lo que sé de ella, tengo un año para hacerlo y todos los que me queden en pie para seguir sintiendo con su corazón, mirando con su mirada y volando con sus alas, con las que me crecieron cuando el peso de su memoria se volvió como plumas sobre mis hombros.

He viajado desde la montaña de las nieves perpetuas a la ciudad del sol que jamás se apaga con pocos tesoros, pero son los imprescindibles porque ahora los entiendo todos y sé para qué sirven.

En un arcón que lleva las iniciales de María Veruela Bona guardo la talla minúscula de una Virgen en baquelita que sirve para recordar el agradecimiento; un parche de pirata con un agujerito deshilachado en el centro que sirve para ver la mitad del mundo; un delantal con una gran cruz de Malta rodeada por una inscripción en seda amarilla, que hoy ya puedo leer completa, y una botella de Aceite de Haarlem que, juntos, sirven para luchar contra las Bestias; un gorro ruso de sedosa marta cibelina que sirve para que aniden los pensamientos; un bastón con empuñadura de plata en forma de serpiente y zafiros en los ojos que sirve para aliviar el cansancio, y dos libros antiguos que sirven para alimentar el espíritu.

También viene conmigo una acuarela, que, ahora lo sé, no está firmada por un número romano, sino por una parte de la vida que vivió la mujer más asombrosa, la más valiente, la más admirable. Y sirve para que pueda respirar cada mañana al levantarme. La he colgado en la pared de mi nueva habitación, que no es de piedra como la del Moncayo, pero tiene una ventana desde la que se divisa el Turia y el mundo entero.

Hablo con la joven audaz que me mira con la barbilla en alto y ojos dispares mientras se ajusta un cloché azul índigo. Yo soy la hija de la hija de tu hija, le digo. Toma mis manos y escribe a través de ellas. Toma mi boca y habla con mis labios. Toma mi alma y descansa... por fin, descansa junto a mí, descansa en mí.

Ella me contesta día tras día. «No huyas, avanza —me dice—. No estás hueca... no te dejes abatir. Que no te debiliten las heridas del corazón. Corre más y más rápido que los chacales, que las bestias, que los rugidos. Ellos no son nada, no piensan, solo saben ladrar cuando son manada: no tienen alma. Que no te venza la náusea. No renuncies a ser sabia. Sobre todas las cosas, nunca dejes de intentar cambiar el mundo».

Hoy, ya hoy sí, después de contemplar una vez más su mirada de acuarela y conversar con esos ojos desiguales, me he sentido con las fuerzas suficientes para comenzar a escribir su historia única. Ya sé cómo debo empezar: regresando al principio porque en él habita su olvido y, al mismo tiempo, la memoria del universo.

También sé qué título le daré: *Mariela*.

Es suficiente. En su nombre, que es el mío y el de la mitad de la humanidad, está el origen de los tiempos en los que todo nace, y todo acaba, y después vuelve a nacer, y hace que la rueda eterna gire, y que termine encontrando siempre su metáfora.

Porque la vida es redonda. Y el mundo, también.

Esa es la metáfora.

FIN

Verdades y ficciones

Esta, lector, no es una novela histórica, pese a estar poblada por personajes reales. Esa es la primera y esencial verdad. La segunda debo formularla con otra negación: pese a estar poblada por personajes reales, el de quien los vertebra a todos, María Veruela Bona Márquez, Mariela, no existió.

Y este es el desglose de la explicación:

Investigaba yo para otro relato (que no ha sido abandonado, sino que ha cedido generosamente su puesto y duerme en un cajón de mi cerebro a la espera de ser despertado), cuando tropecé con una noticia que se me clavó en la memoria.

Sucedió en 2012. En un pueblo aragonés llamado Alcalá de Moncayo, una restauradora limpiaba la imagen de san Sebastián, patrón de la localidad, cuando, al descoser el pendón del santo para llevarlo a la tintorería, cayó a sus pies una carta antigua. En ella se relataba cómo aquel pequeño pueblo a las faldas de la montaña acababa de ser invadido por la temible epidemia de gripe que azotaba a toda España en la segunda década del siglo XX. Alrededor del noventa por ciento de sus habitantes resultó infectado y, sin embargo, apenas hubo víctimas mortales. En el escrito, se atribuía el hecho a un milagro de san Sebastián, por lo que, en agradecimiento, todos los vecinos realizaron una ofrenda en la que se recogieron 272,50 pesetas, con las que se compró el pendón que, casi un siglo después, iba a ser restaurado. La carta, además, pedía a todos aquellos que en los años venideros la leyeran que siguieran el ejemplo de sus antepasados y contribuyeran, en la medida de sus posibilidades, a mantener reluciente y en buen estado el pendón del patrón local.

Tengo un ojo de periodista escéptica y otro de lectora de ficción. ¿Existen los milagros? ¿Y si escribía una historia, otra historia, en un pueblo imaginario porque la Cañada de Moncayo tampoco existe, en la que no fuera el santo quien venció al dragón, sino una mano humana? ¿Y si conseguía poner nombre a esa mano?

Sabía que iba a cumplirse un siglo de la pandemia más cruel y devastadora conocida, que dieron en llamar injustamente gripe española. Las tres oleadas principales, en 1918 y 1919 y con apenas unos meses de tregua separando a cada una de la siguiente, dejaron entre 50 y 100 millones de muertos, más que la Primera Guerra Mundial y más que la Segunda, y tal vez incluso más que las dos juntas. Se llevó entre el 2,5 % y el 5 % de la población del planeta y se cebó en un mundo convulso y desorientado, inmerso en contiendas y revoluciones bajo las primeras luces de un nuevo siglo que, entonces ya se sabía, iba a marcar una frontera entre el ayer y el mañana de la humanidad.

Pensé en esos millones de muertos ignorados, para los que, a diferencia de los caídos en combate, no se erigieron monumentos y a los que nadie llamó héroes. Y me di cuenta de que su dolor, como todos los dolores humanos, merecía ser recordado. Algo me dijo que la efeméride centenaria que pronto iba a cumplirse era el momento para hacerlo y quise contribuir con un pequeño grano de arena en forma de novela.

Así que empecé a bucear en la Historia.

Me encontré con una época que, aunque escasamente cinematográfica, fue sin duda fascinante. En ella conocí a personajes irrepetibles. Tanto, que no me atreví a darles una identidad de ficción, de modo que los reuní a todos y les propuse un juego. Les pedí que acompañaran a mi protagonista en un viaje singular, aunque no podía garantizarles que mi pluma les fuera absolutamente fiel ni que respetara los acontecimientos de la vida que vivieron. En eso consistía el juego: ellos me prestaban sus nombres y yo prometía rescatar algunos de los hechos que marcaron sus existencias, pero, a cambio, me autorizaban a inventar otros e incluso a desviarme tanto de sus caminos que, sin duda, terminaría en una senda distinta a la que un día recorrieron.

Todos aceptaron. Se embarcaron sin reparos en la aventura de Mariela, a pesar de que, a diferencia de ellos mismos, mi personaje nunca llegó a existir.

Lo difícil no fue retratarles a ellos, sino su momento histórico: la España neutral, la Francia bélica, la Bélgica ocupada, la Alemania derrotada, la Rusia revolucionaria... De ahí que este libro esté básicamente protagonizado por mujeres. Los inicios del siglo pasado fueron de ellas. Podían hacer de todo menos votar, porque, mientras los hombres se mataban en las trincheras, la continuidad del mundo dependía de ellas. Fueron años de inmenso dolor, pero también de libertad. La guerra que les arrebataba a padres, maridos e hijos las compensaba con unas cuotas de independencia inéditas, que después con la paz, por cierto, volvieron a perder.

En el caso de Alemania y, sobre todo, de Rusia, desde el principio tuve claro que no quería retratar la ideología de la Revolución, sino un elemento poco conocido que estuvo en sus orígenes: el que representaba un puñado de valientes portadoras de un estandarte de idealismo feminista inaudito en aquellos tiempos (también en estos y todavía, dicho sea de paso), que quisieron cambiar y en cierto modo cambiaron el mundo de la mujer, y que hicieron de ello uno de los pilares de esa revolución incipiente que, en el fondo, concibieron más como una revolución para la emancipación femenina que para la dictadura del proletariado. En Alemania, algunas pagaron con su vida y otras, con el exilio. En Rusia, y en honor a la grandeza y popularidad de sus figuras, varias de ellas consiguieron salvarse de las purgas de Stalin cuando este, años después de la época que yo reflejo, declaró zanjado «el asunto de la mujer» en el bolchevismo y confiscó los derechos alcanzados; con todo, de lo que no pudieron librarse fue del castigo de la relegación, el destierro y el olvido.

Soy consciente del terreno pantanoso que he pisado, pero al hacerlo he descubierto algo que no esperaba: que aquella primera y original Revolución, que después tomó otros caminos y cuyo fracaso posterior ya ha verificado la Historia, nació de unos ideales de progresismo y libertad que no se han visto igualados aún. Y fue, en gran medida, gracias a las mujeres. Sin ellas, no habría habido Revolución, ninguna revolución. Con ellas, quizás el mundo habría cambiado de verdad.

Estoy segura de que, si las que aparecen en esta novela hubieran conocido a Mariela, habrían actuado como yo he imaginado que lo hicieron. Si no sucedió así, fue por una única razón: porque Mariela no existió.

Una curiosidad por si al lector interesa. He querido vestir a mi protagonista con un uniforme, el de enfermera, que era el único que podían vestir las mujeres de aquellos años que elegían la medicina como su profesión. Y, puesto que en ella trato de rendir homenaje a todas las personas que desde entonces nos salvan la vida tantas veces cada día, me impuse y respeté una norma: todos, absolutamente todos los nombres de las enfermeras profesionales que menciono en estas páginas son nombres de enfermeras reales, mujeres de carne y hueso que existieron en la época y el momento que les atribuyo, desde Socorro Galán Gil hasta Zinaida Malynich, primera y última citadas. De unas cuento más verdad que de otras, principalmente porque de algunas solo he podido averiguar poco más que su nombre. En ocasiones, me lo invento todo y lo hago intencionadamente, aunque conserve su memoria.

Ellas están de acuerdo, porque saben que esas son las reglas del juego. Como saben también que su sola mención es mi humilde forma de aplaudir y agradecer el trabajo que ellas y las que son como ellas han realizado desde el principio de los tiempos hasta hoy. La suya, la vocación de auxiliar al prójimo, sí que es la profesión más antigua del mundo.

Solo hay un nombre de enfermera ficticio: el de Mariela Bona, porque, como ya he dicho, no existió.

Mucho más podría añadir para explicar esta novela, pero prefiero dejar lugar a la imaginación, así que aconsejo vivamente al lector interesado, si me permite la petulancia, que, una vez haya leído la última página, acuda a los numerosos medios (incluidos los de papel, libros maravillosos que huelen a libro) de los que hoy dispone, si desea conocer más de sus personajes. Le fascinarán, como me fascinaron a mí.

Se encontrará, por ejemplo, con Mary Borden en una magnífica edición en español de sus relatos titulados *¡La zona prohibida!*, publicada por la Universidad de Valencia con introducción de Teresa Gómez Reus; en sus memorias, *Journey down a blind alley*, o en la biografía *A woman of two wars*, de Jane Conway.

Conocerá a Alexandra Kollontai a través de Cathy Porter, Louise Bryant e Isabel Oyarzábal, alias Beatriz Galindo, que escribió en inglés sobre su colega embajadora en Suecia, así como varias autobiografías de la propia Kollontai, particularmente la más conocida, una traducida al español como *Autobiografía de una mujer sexualmente emancipada*.

También podrá acercarse a la vida de Rosa Luxemburgo gracias a su compañero y fundador de *Die Rote Fahne*, Paul Frölich, y, por supuesto, a todos los artículos, ensayos y narraciones de Edith Wharton; a los relatos sobre la guerra de Ellen La Motte; a estudios valiosísimos de María Isabel Porras-Gallo, doctora en Medicina experta en historia social de las enfermedades y, especialmente, en la pandemia de 1918-1919 en España, y a un libro magníficamente documentado de Laura Linney, *El jinete pálido*, publicado con ocasión del centenario de la gripe, del que Mariela ha tomado prestados ingenios e ideas.

Encontrará, asimismo, informaciones curiosas, como los diarios de a bordo de pasajeros, marineros, soldados y médicos que viajaron en el buque *SS Leviathan*, sobre todo durante la travesía de la muerte que desembarcó en Brest en otoño de 1918, y escritos antiguos y modernos sobre el Aceite de Haarlem, que todavía hoy se vende.

Y leerá el trabajo *Flora del Moncayo*, del auténtico Cecilio Núñez, subdelegado de Farmacia de Ágreda, con el que obtuvo de verdad un galardón del Colegio de Farmacéuticos de Barcelona en 1916, aunque no podrá ver el manuscrito original. Lo perdió un estudiante tramposo que plagió su texto en los años treinta: lo copió literalmente en un trabajo de fin de carrera y, para completar la estupidez, lo dejó olvidado en un tren, según me contó con nostalgia José María Núñez, bisnieto del farmacéutico. De aquellos folios de valor incalculable nunca más se supo. Hoy debemos conformarnos con la copia impresa.

Una obra más, a la que no quiero dejar de aludir: una pequeña joya amarillenta de 59 páginas en inglés editada en 1945 en la URSS, que pude comprar de segunda mano en una librería de viejo de Londres; el libro se titula, sencillamente, *Jacob Sverdlov*, y fue escrito por su segunda esposa y compañera, Claudia Sverdlova (en cuanto a los nombres rusos, yo he preferido emplear en esta novela la transliteración más cercana al idioma original, aunque prescindiendo de los acentos fonéticos).

Hay más, muchos más libros y estudios, que recomiendo al lector que busque y encuentre, si realmente desea saber (y perdonar) en qué soy fiel a la Historia y dónde me separo de ella hasta olvidarla. Aunque le recuerdo otra vez que el único personaje que no encontrará será el de Mariela... porque no existió.

Última confesión: he sucumbido a una tentación. ¿Qué novelista que narre los días oscuros de la gripe española se resistiría a hacer que dos de sus víctimas más ilustres perdieran la vida en los brazos de la protagonista? Primero, Mariela vio morir en ellos al poeta francés Guillaume Apollinaire. Y después, a un gran desconocido de la Revolución rusa, Yakov Sverdlov, un inteligente estratega rodeado de luces y sombras. Yo me he tomado la libertad de añadir una sombra más en su haber al fantasear con su supuesta implicación y planificación del atentado contra Lenin en 1918, por supuesto sin ningún rigor histórico a mi favor. Y también una luz más, al enamorarlo de Mariela (perdóname, Klavdiya Sverdlova).

No he podido resistirme, es verdad. Como tampoco me he resistido a gozar, sufrir, enfermar, amar y morir junto a todos los personajes reales y ficticios que han desfilado ante mí y acompañado a mi enfermera en su periplo inexistente.

Ellos ya sabían que esto era un juego y han participado con deportividad, porque fueron informados desde el principio de que la mujer en cuya órbita todos iban a girar voluntariamente y para la que interpretaron con elegancia cada uno el papel asignado era una mera invención de su autora.

Mariela Bona Márquez nunca existió. Definitivamente, no fue un personaje real.

No, no lo fue... ¿o sí?

YOLANDA GUERRERO

Principales personajes históricos

APOLLINAIRE, GUILLAUME (Roma, Italia, 1880-París, Francia, 1918). Wilhelm Apollinaris de Kostrowitzky, poeta, novelista y ensayista francés, fue uno de los intelectuales más lúcidos e innovadores de comienzos del siglo XX, creador del concepto y el término «surrealismo» y abanderado del cubismo. Sus *Caligramas*, escritos con una disposición tipográfica especial sobre el papel, revolucionaron la poesía y el arte de su época. Murió de gripe española en la oleada de otoño de 1918.

ARMAND, INESSA (París 1874-Beslán, Rusia, 1920). Escritora y revolucionaria francesa que vivió en Rusia desde los cinco años. Formó parte de la ejecutiva del Sóviet de Moscú y fue una luchadora antibelicista y a favor de la liberación de la mujer. Amante de Lenin en secreto, en público ambos se desautorizaron mutuamente por sus opiniones discrepantes sobre el amor libre. Armand dirigió el Jenotdel desde su creación, a comienzos de 1919, hasta 1920, cuando murió de cólera.

BORDEN, MARY (Chicago, EE. UU., 1886-Warfield, Reino Unido, 1968). Novelista, poeta y enfermera. Creó y dirigió varios hospitales durante las dos guerras mundiales, a los que dedicó su vida y su fortuna. Una de las mujeres escritoras más ignoradas del siglo XX, sus relatos sobre la Gran Guerra, que describen la crudeza y el horror del campo de batalla, no fueron publicados hasta 1929. Otros poemas, sobre el amor y la guerra, fueron recopilados en un libro por primera vez en 2015, cien años después de que los escribiera.

CENDRARS, BLAISE (La Chaux-de-Fonds, Suiza, 1887-París, 1961). Escritor suizo cuyo verdadero nombre era Frédéric-Louis Sauser. Adoptó la nacionalidad francesa en 1915. Amigo de Apollinaire, Chagall, Léger y Modigliani, entre otros, participó activamente en los inicios de las vanguardias que surgieron en el primer cuarto del pasado siglo. En la Primera Guerra Mundial perdió el brazo derecho, con el que escribía y trataba de ser pianista.

CHAGALL, MARC (Vitebsk, Bielorrusia, 1887-Saint Paul de Vence, Francia, 1985). Pintor francés de origen bielorruso nacido como Movsha Jatskelevich Shagalov y uno de los principales representantes del vanguardismo. Abrazó la Revolución rusa en 1917 y fue nombrado comisario de Arte para la región de Vitebsk, donde creó la Escuela de Arte del Pueblo. En París entabló amistad cercana con artistas e intelectuales, especialmente con Apollinaire y Cendrars.

CHICOTE Y DEL RIEGO, CÉSAR (Madrid, España, 1861-1950). Farmacéutico español, dirigió entre 1898 y 1932 el Laboratorio Municipal de Madrid y dedicó su vida a luchar contra las epidemias en los barrios deprimidos de la capital, que recorría para vacunar a los más necesitados. Entre otras iniciativas, organizó el Servicio Municipal de Desinfección Gratuita de Viviendas durante las oleadas constantes de tifus, sarampión, escarlatina, viruela, cólera, difteria y gripe española.

DIX, OTTO (Gera, Alemania, 1891-Singen, Alemania, 1969). Pintor alemán expresionista y del movimiento Nueva Objetividad. Se alistó voluntario en la Primera Guerra Mundial, durante la que fue hecho prisionero. La contienda marcó profundamente su obra, que la refleja en toda su atrocidad. La llegada al poder de Hitler le destituyó de su cátedra de Arte en Dresde y le condenó al ostracismo como uno de los llamados «artistas degenerados».

DRABKINA, ELIZAVETA (Bruselas, Bélgica, 1901-Moscú,

Rusia, 1974). Escritora rusa, hija de una agente bolchevique y del presidente del Comité Militar Revolucionario del Sóviet de Petrogrado, participó siendo adolescente en la toma del Palacio de Invierno. A los 17 años trabajó como secretaria de Yakov Sverdlov en el Instituto Smolny.

DUJARRIC DE LA RIVIÈRE, RENÉ (Excideuil, Francia, 1885-Neuilly-sur-Seine, Francia, 1969). Microbiólogo e higienista francés, director adjunto del Instituto Pasteur en los años cuarenta, fue uno de los primeros científicos que demostró en 1918, mediante técnicas de filtrado, que la gripe española estaba causada por un virus.

FERRIÈRE, FRÉDÉRIC AUGUSTE (Ginebra, Suiza, 1848-1924). Médico suizo y vicepresidente del Comité Internacional de la Cruz Roja. Al final de la Primera Guerra Mundial, organizó una sección especial encargada de ayudar a las víctimas civiles (refugiados, deportados, rehenes, etc.) y también a los prisioneros. En 1919 dirigió en Viena una oficina central de lucha contra las epidemias.

GARCÍA PRIETO, MANUEL (Astorga, 1859-San Sebastián, 1938). Dirigente del Partido Liberal Democrático, fue jefe del Gobierno español en varias ocasiones durante los inestables años de la segunda década del siglo XX. Ocupaba la cartera de Gobernación, ministerio encargado de asuntos de Salud Pública a falta de otro específico de Sanidad, cuando se desató la primera oleada de gripe española, que atacó de forma especialmente virulenta a Madrid.

GASSIER, HENRI-PAUL (París, 1883-1951). Dibujante y caricaturista francés y cofundador, junto a Maurice y a Jeanne Maréchal, del semanario satírico *Le Canard Enchaîné* en 1915. De formación socialista, publicó sus viñetas también en *L'Humanité*, *Les Hommes du Jour* y *Le Journal*, entre otros, en las que criticó la guerra y el comunismo de Stalin.

HITLER, ADOLF («EL AMIGO ADOLF») (Braunau am Inn, Austria, 1889-Berlín, Alemania, 1945). Un diario alemán de 1894 cuenta la historia de un niño de cinco años que cayó al río Eno en la bellísima ciudad de Passau. Algunos investigadores aseguran que ese niño era Adolf Hitler, que fue empujado al río por un amigo mientras jugaba y que fue rescatado por el hijo de los arrendadores de la casa donde vivía. Innecesario mencionar otros datos de la biografía de Adolf. Pero ¿cómo habría sido la historia del mundo si en Passau...?

JACOB, MATHILDE (Berlín, 1873-Campo de concentración de Theresienstadt, República Checa, 1943). Traductora, impresora, amiga de Rosa Luxemburgo y su secretaria desde 1913. Fue ella quien recogió el cadáver de Rosa cuando apareció flotando en el Landwehrkanal berlinés, cinco meses después de su muerte. También le fue entregado el de Leo Jogiches, en marzo de 1919. Mathilde tuvo que pagar tres marcos por el *rescate* de los cuerpos. Perseguida por los nazis por ser comunista y judía, trató de huir de Alemania, pero fue capturada y murió en un campo de concentración.

JOGICHES, LEON (Vilna, Lituania, 1867-Berlín, 1919). Revolucionario marxista, comprometido con la causa espartaquista en Alemania, compañero, amigo y pareja de Rosa Luxemburgo hasta 1907. Fundó junto a ella el Partido Comunista Alemán (KPD) el 1 de enero de 1919 y, cuando Rosa murió, prometió desenmascarar a sus asesinos. Lo hizo en parte gracias a una foto en la que aparecían los cómplices del crimen durante un festín. Fue capturado en marzo, torturado en la cárcel y finalmente asesinado de un disparo en la cabeza.

KAUTSKY, LUISE (Viena, Austria, 1864-Campo de concentración de Auschwitz, Polonia, 1944). Escritora y periodista, fue activa defensora de los derechos de la mujer. Cuando la postura de algunos socialdemócratas a favor de la guerra, entre los que se encontraba su marido, Karl Kautsky, dividió al socialismo alemán, ella mantuvo la amistad con los independientes, después con los espartaquistas y finalmente con el KPD fundado por Luxemburgo y Liebknecht. Durante el nazismo, consiguió escapar pero fue capturada y deportada a Auschwitz, donde murió.

KOLLONTAI, ALEXANDRA (San Petersburgo, Rusia, 1872-Moscú, 1952). Una de las figuras más relevantes de la Revolución rusa, fue la primera mujer del mundo nombrada ministra. Miembro del Comité Ejecutivo del Sóviet de Petrogrado, miembro del Comité Central del Partido Comunista, comisaria del Pueblo para la Asistencia Pública y organizadora del primer Congreso Panruso de Mujeres Trabajadoras y Campesinas de 1918. Tras la muerte de Armand, dirigió el Jenotdel, el departamento gubernamental con el que el Gobierno revolucionario trató de impulsar la emancipación total de las trabajadoras rusas. Este organismo fue disuelto por Stalin en 1930. En la Rusia estalinista, Kollontai perdió influencia y fue enviada como embajadora (también primera de la historia) a Noruega, Suecia y México.

KRUPSKAYA, NADEZHDA (San Petersburgo, 1869-Moscú, 1939). Intelectual revolucionaria, vivió el exilio junto a su marido, Vladimir Ilich Ulianov, Lenin, aunque siempre mantuvo su propia visión de la Revolución. Trabajó en pro de la emancipación femenina y, sobre todo, de una educación abierta y generalizada. Se opuso a la censura e intentó que Rusia se abriera al asesoramiento extranjero, sobre todo estadounidense, y también de expertos del anterior Gobierno zarista. Sin embargo, su papel como esposa del líder, aunque era un puesto que no le gustaba ejercer, la mantuvo siempre en segundo plano. Tras la muerte de Lenin, trató de unir a las facciones enfrentadas del partido, pero Stalin terminó marginándola de la escena política.

LENIN, VLADIMIR ILICH ULIANOV (Simbirsk, Rusia, 1870-Gorki, Rusia, 1924). Líder e ideólogo del partido bolchevique ruso y de la Revolución de Octubre de 1917, presidente del Consejo de Comisarios del Pueblo (Sovnarkom) y de la Unión de Repúblicas Socialistas Soviéticas a partir de 1922.

LIEBKNECHT, KARL (Leipzig, Alemania, 1871-Berlín, 1919). Cofundador del KPD y protagonista, junto a Rosa Luxemburgo, del levantamiento espartaquista de 1919. Fue asesinado en el parque berlinés de Tiergarten el mismo día que su compañera Luxemburgo por milicianos de las facciones paramilitares *freikorps*, formadas por veteranos de la Primera Guerra Mundial y germen del futuro Partido Nacionalsocialista Obrero Alemán de Hitler.

LITVEIKO, ANNA (Moscú, 1899-¿?). Joven escritora y revolucionaria, se adhirió a los bolcheviques cuando tenía 18 años. Más tarde fue elegida representante del Sóviet de Petrogrado.

LUXEMBURGO, ROSA (Zamość, Polonia, 1870 o 1871-Berlín, 1919). Intelectual, escritora y revolucionaria, personaje clave del comunismo alemán y de la historia del pensamiento europeo. La confusión sobre su fecha de nacimiento se debe a la documentación falsa que debió utilizar durante mucho tiempo. Sus ideas socialistas y, en especial, su férrea oposición a la participación de Alemania en la Gran Guerra hicieron que pasara una buena parte de su vida adulta en prisión. Poco después de cumplir la última condena y a los quince días de la fundación del KPD, fue asesinada por los *freikorps*. Su cadáver apareció cinco meses más tarde. Pudo ser reconocida gracias al vestido, los guantes y un medallón. Le faltaba un zapato.

MARÉCHAL, MAURICE (Château-Chinon, Francia, 1882-París, 1942) Y JEANNE (París 1885-París 1967). Periodistas y empresarios, cofundadores, junto a Henri-Paul Gassier, del semanario *Le Canard Enchaîné* en 1915. Jeanne se encargó de la administración del rotativo y Maurice lo dirigió durante la guerra con pluma satírica. *Le Canard* sigue publicándose en la actualidad.

MARTÍN SALAZAR, MANUEL (Montellano, 1854-Madrid, 1936). Licenciado en Medicina y Cirugía, ejerció varios cargos, entre ellos el de profesor de Higiene Militar y el de director general de Sanidad desde 1916, un puesto que le sirvió para reorganizar el Instituto Nacional de Higiene Alfonso XIII, potenciar la investigación sanitaria en España y luchar contra las sucesivas oleadas de gripe española.

NÚÑEZ, CECILIO (Soria, 1854-Ágreda, 1921). Subdelegado de Farmacia de Ágreda, redactor en varias revistas farmacéuticas, presidente del Colegio de Farmacéuticos de Soria y experto botánico aficionado. Gran científico e intelectual, obtuvo la medalla de plata del Colegio de Farmacéuticos de Barcelona por su extenso tratado *Flora del Moncayo*, publicado en 1916.

PESET ALEIXANDRE, JOAN BAPTISTA (Godella, 1886-Paterna, 1941). Médico, catedrático y político, fue uno de los grandes científicos de la España republicana y democrática. Fundó y dirigió el Instituto Provincial de Higiene de Valencia, que sufragó con su propio dinero, y en él desarrolló numerosas vacunas contra epidemias. Doctor *honoris causa* en La Sorbona, reconocido y respetado internacionalmente, murió fusilado por el franquismo junto a la tapia del cementerio de Paterna sin haber cometido ningún delito.

RADEK, KARL (Lemberg, Ucrania, 1885-Verjneuralsk, Rusia, 1939). Su verdadero nombre era Karol Sobelsohn. Fue un revolucionario comunista que participó en el levantamiento de 1905 en Varsovia. Se unió a los bolcheviques rusos, que le nombraron miembro del Comité Central y enlace con los comunistas alemanes entre 1918 y 1920 para que les ayudara a crear y consolidar el KPD.

SAMOILOVA, KONKORDIA (Irkutsk, Rusia, 1876-Astracán, Rusia, 1921). Revolucionaria y periodista, editó y fundó *Pravda* y *Rabotnitsa* (esta última, junto a Inessa Armand y Nadezhda Krupskaya), dos publicaciones desde las que trabajó incansablemente a favor de la emancipación de las proletarias. Organizó el primer Día de la Mujer Trabajadora en Rusia en 1913. Su esposo, Arkadi, falleció de fiebres tifoideas en 1918 y ella, de cólera tres años después.

SEMASHKO, NIKOLAI (Livenskaya, Rusia, 1874-Moscú, 1949). Académico de Ciencias Médicas, fue nombrado comisario de Salud Pública del Gobierno bolchevique en 1918 y lo ejerció hasta 1930. Compartió exilio con Lenin y, desde su cargo ministerial, reformó el sistema de salud público soviético y luchó contra las epidemias, especialmente la de la gripe española.

SHAJOVSKA-YA, EUGENIE MIJAILOVNA (San Petersburgo, Rusia, 1889-Kiev, Ucrania, 1920). Una de las pioneras de la aviación, trabajó para los Wright en Alemania y fue la primera mujer piloto militar durante la Gran Guerra con el ejército del zar. Siempre rodeada de escándalos y polémica, fue acusada de traición y encarcelada por el mismo zar, hasta que los bolcheviques la liberaron. A su causa sirvió fielmente hasta que se suicidó en 1920. Según la historiadora Pamela Robson, la princesa Shajovskaya podría haber ganado el premio a la mujer más salvaje del siglo XX.

STALIN, IOSEF VISSARIONOVICH DJUGASHVILI (Gori, Georgia, 1878-Kuntsevo, Rusia, 1953). Dirigente histórico de la Revolución, su ascenso real al poder se produjo en 1922, que consolidó tras la muerte de Lenin. Abolió la Nueva Política Económica de los años veinte y la sustituyó por una economía centralizada. Declaró zanjado el «asunto de la mujer» y disolvió el Jenotdel. Llevó a cabo la limpieza de disidentes en el seno del Partido Comunista y lanzó la llamada Gran Purga. Entre las víctimas ejecutadas o enviadas al exilio se encontraban muchas de las mujeres que apoyaron e hicieron posible la Revolución.

STASOVA, YELENA (San Petersburgo, 1873-Moscú, 1966). Fue secretaria del Comité Central, elegida miembro del mismo en 1918 y reelegida en 1919. Sin embargo, en los años veinte de la Rusia de Stalin fue destituida y apartada del comité. Vivió en Alemania como representante del Comintern ante el KPD y trabajó activamente para el Socorro Rojo Internacional. A su vuelta a la URSS, realizó trabajos editoriales hasta su jubilación.

STEIN, GERTRUDE (Allegheny, EE UU, 1874-Neuilly-sur-Seine, 1946). Escritora, intelectual y gran mecenas del arte, fue una figura imprescindible para entender la efervescencia cultural y artística del París de los años veinte. Vivió en él desde 1903 hasta el final de su vida, con su hermano Leo hasta 1914 y con su pareja y compañera, Alice B. Toklas. El número 27 de la calle Fleurus fue, durante todos los años que habitó allí, centro neurálgico de la intelectualidad parisina.

SVERDLOV, YAKOV (Nijni-Novgorod, Rusia, 1885-Moscú, 1919). Conocido por decenas de seudónimos como Andrei o Mijaíl, fue un personaje mítico, aunque poco estudiado, de la Revolución rusa. Bolchevique desde los dieciséis años, pasó prácticamente toda su vida huyendo, exiliado o fugado de sus cárceles siberianas. En una de sus huidas, sin ropa ni dinero, una familia simpatizante de la Revolución le regaló una chaqueta de cuero negro usada. Desde entonces vistió de cuero negro de la cabeza a los pies, una moda que sus camaradas comunistas enseguida imitaron. Gracias a él, contaba Trotski, a los bolcheviques siempre se les conoció como «los hombres de cuero». Trabajador incansable y lector voraz, destacó por una memoria prodigiosa y su fidelidad absoluta a la Revolución. Fue el dirigente más implicado en la lucha por la emancipación femenina y la creación del Jenotdel, y de ello dejó constancia durante el discurso inaugural del Congreso Panruso de Mujeres de 1918. Se convirtió en imprescindible para Lenin, que descansaba en él a la hora de tomar decisiones comprometidas. Entre ellas, según algunos historiadores, figura la firma de la orden de ejecución del zar y su familia, aunque otros aseguran que luchó hasta el último minuto por impedirla. Contrajo el virus de la gripe española a su regreso del Congreso del Partido Comunista de Ucrania, con escala en Oriol. Murió el 16 de marzo de 1919 a las cuatro de la tarde. No había cumplido aún los 34 años.

SVERDLOVA, KLAVDIYA (Ekaterimburgo, Rusia, 1876-Moscú, 1960). Segunda esposa de Yakov Sverdlov y también luchadora bolchevique en el exilio, le acompañó en la mayor parte de los años de persecución. Escribió varias biografías de su esposo, además de unas memorias de ambos narradas de viva voz que su hijo Andrei grabó y publicó antes de la muerte de su madre.

Trotski, Lev Davidovich Bronstein (Bereslavka, Rusia, 1879-Coyoacán, México, 1940). Personaje decisivo en la Revolución de Octubre, participó en las negociaciones de paz de Brest-Litovsk, y creó y dirigió al Ejército Rojo que venció al blanco en la guerra civil rusa posterior. Se enfrentó a Stalin y lideró la oposición de izquierdas, por lo que se vio obligado a exiliarse en México. Allí fue asesinado por Ramón Mercader, un agente español al servicio del Gobierno soviético.

Wharton, Edith (Nueva York, 1862-Saint-Brice-sous-Forêt, Francia, 1937). Escritora, periodista y diseñadora, se declaró siempre enamorada de Europa. Cuando estalló la Primera Guerra Mundial, recorrió en motocicleta las líneas del frente y escribió una serie de textos estremecedores sobre los campos de batalla. Trabajó para la Cruz Roja, ayudó a mujeres desempleadas y a refugiados, y apoyó con su fortuna a diversos hospitales. Recibió la cruz de la Legión de Honor. Su libro más conocido es *La edad de la inocencia*.

Zetkin, Clara (Wiederau, Alemania, 1857-Arjangelski, Rusia, 1933). Infatigable luchadora por la igualdad de derechos de la mujer trabajadora, a ella se debe la creación del Día Internacional del 8 de marzo. Era amiga íntima de Rosa Luxemburgo, con la que su hijo Kostja mantuvo una relación sentimental, y juntas trabajaron por el KPD hasta la muerte de Rosa. Zetkin fue elegida miembro del Parlamento alemán durante la República de Weimar por el Partido Comunista. Cuando Hitler y los nazis tomaron el poder y el KPD fue ilegalizado, Clara se exilió en la Unión Soviética, donde murió.

Nombres de enfermeras reales

ESPAÑA:
- Socorro Galán Gil (Real Escuela de Enfermeras de Santa Isabel de Hungría, Madrid).

FRANCIA:
- Vizcondesa de la Panouse (presidenta del Comité de la Cruz Roja de Francia en Londres).

EE. UU.:
- Ellen La Motte y Julia Stimson (hospitales del frente occidental en la Primera Guerra Mundial).
- Clara Lewandoske (Hospital Americano de París, Neuilly-sur-Seine).
- Frances Dobson y Ruby Russell (*SS Leviathan*, Brest).

GRAN BRETAÑA:
- Elsie Knocker, Mairi Chisholm, Laura Frost y Edith Cavell (hospitales del frente occidental en la Primera Guerra Mundial).

ALEMANIA:
- Lonny Hertha von Versen y Karoline Bührer (hospitales del frente oriental en la Primera Guerra Mundial).

BÉLGICA:
- Marthe Mathilde Cnockaert (Hospital Militar Alemán en Bélgica, Roulers).

RUSIA:
- Elizaveta Alekseevna Abaza y Zinaida Malynich (hospitales de los frentes rusos).

Sobre la enfermera ficticia y protagonista de esta novela, su autora agradecerá opiniones y comentarios en:

mariela.bona.marquez@gmail.com

Gracias

Una noche de enero, varios amigos festejábamos un cumpleaños inmersos en las conversaciones habituales de las fiestas de cumpleaños entre gente madura: el paso del tiempo, la arruga nueva, ¿subirán las pensiones?, muy rica la tarta, mañana me pongo a dieta... cuando la corriente nos arrastró a un cauce insospechado. De repente, ni siquiera recuerdo cómo o por qué, Ana Unzeta, Ana Bernaldo, Lola Higuera, Cruz Martínez, Alvar Ocano, Emilio Drake, Fernando Roca, Benito Martín, Juma y yo nos sorprendimos a nosotros mismos en pleno corazón del viejo Madrid preguntándonos acalorados, con idéntica pasión a la que habríamos volcado en una discusión sobre fútbol, si Rosa Luxemburgo realmente llegó a sentirse socialdemócrata, cuándo se olvidó la Historia de dar las gracias a Clara Zetkin y si el mundo hoy sería distinto si hubiera triunfado la Revolución de Alexandra Kollontai. Al final, todos acabamos ante una botella de godello y un hojaldre de manzana brindando a las tres de la madrugada por un esclavo romano con el rostro de Kirk Douglas.

Ahora que ya ha concluido el viaje de Mariela, quiero darles las gracias a ellos por aquella conversación estimulante y a muchos más. El camino con mi enfermera aragonesa ha sido largo, pero no lo hemos recorrido solas. Ella ha ido creciendo de forma natural, sin que yo pudiera predecir el paso siguiente, casi de forma autónoma y muchas veces sin apenas tener en cuenta mis opiniones. Sin embargo, en cada uno ha encontrado una mano amiga que le ha tendido puentes y eliminado vallas para que no se detuviera.

Por eso, tengo que dar muchas gracias.

Por ejemplo, a quienes me han prestado sus nombres auténticos, que son mis casi hermanas: mis muy queridas Marisol Becerra y su madre, Sole, esta última dueña de la mejor pollería que ha existido en Hoyo de Manzanares; Carolina García Menéndez, compañera del alma desde la universidad; la verdadera Susana Moreno, siempre dispuesta a regalarme su identidad durante las páginas y los personajes en que yo la necesite, y mi cuñada Yvonne Torregrosa, poeta de vocación literaria recién descubierta, que ha conseguido que nos entre el ruiseñor de May Borden por la ventana a toda la familia.

También a quienes ofrecieron el brazo a Mariela en sus escalas españolas y europeas:

En su paso por tierras aragonesas, a María Pilar Roca, que ha suplido mi desconocimiento de una región de España fascinante.

En las zonas francófonas, a Antonio Santiago, amigo querido de la adolescencia, de corazón dividido a partes iguales entre Suiza y España.

En su etapa alemana, a mi sobrino Christian Rumpf, convertido en detective lingüístico por amor a su tía y para ayudar a Mariela aun antes de conocerla, hasta el punto de redactar en su beneficio un auténtico diccionario de modismos hispano-germanos.

Y en lo que a Rusia concierne, a Elena Novikova, periodista de Moscú hoy afincada en España, bilingüe perfecta y gran colega de profesión y de vida.

Hay más expertos que nos han asistido como guías a Mariela y a mí: Fernando Martel Muñoz-Cobos, que lo sabe todo (absolutamente todo, no exagero) sobre aviones en general y sobre el Ilya Muromets en particular, y Eva Calderaro, valenciana y buena amiga, a quien debo una paella en Campanar (quedo aquí comprometida por escrito).

Por otra parte, una novela como esta y escrita por alguien lego en ciencia y medicina como yo no podría haber visto la luz sin el asesoramiento de aquellos a quienes va dedicada.

Por eso, reciban mi gratitud, mi respeto y mi reconocimiento algunos ángeles blancos y buenos de la vida que he tenido la fortuna de conocer:

Mi gran amiga Eva García Perea, doctora en Enfermería, directora del Departamento de Enfermería de la Facultad de Medicina de la Universidad Autónoma de Madrid y coordinadora de la asignatura Cuidados a las Mujeres dentro del máster en Investigación y Cuidados en Poblaciones Vulnerables.

Azucena Pedraz, subdirectora del mismo departamento y profesora de Historia de la Enfermería, que me ha ayudado a afinar las precisiones temporales.

María Teresa Miralles Sangro, creadora de la fundación que lleva su nombre, dedicada al estudio de la evolución de los cuidados y el desarrollo de la enfermería, que tuvo la amabilidad de mostrarme pieza a pieza los tesoros de la colección de su propiedad que se acumulan en las vitrinas del único museo de España dedicado a este oficio.

Victoria Trujillo, de la Asociación Madrileña de Enfermería, que obtuvo su título profesional precisamente en la Fundación Jiménez Díaz, donde hace un siglo se levantaba el Instituto Rubio y la escuela Santa Isabel de Hungría.

Y el doctor en Medicina Carlos Prego, querido amigo y un médico de diagnósticos siempre acertados, que ha donado desinteresadamente sus ideas y su sabiduría a Mariela y que, por su bondad y cariño, ocupa un lugar de honor en el cielo de los ángeles.

Debo asimismo agradecimiento al bisnieto de Cecilio Núñez, el doctor José María Núñez Motilva, que hoy mantiene la llama del apellido encendida en la única farmacia de Ágreda. En ella, un establecimiento moderno y concurrido, me recibió con hospitalidad, me contó anécdotas de su estirpe de científicos y me mostró las joyas de la familia: fotografías antiguas y curiosos tratados de plantas y flores, algunos auténticos incunables.

Sobre ellas, además, he recibido información valiosa y singular de otro amigo entrañable, Javier Roset, conocedor empírico y también ilustrado de la naturaleza soriana.

A todos, mil gracias.

Y a muchos más que no menciono. Ellos saben... aunque todos entienden que, al menos, sí recuerde a dos:

A mi amiga Hannelore Haas, que hace más de veinte años perdió la batalla contra la Bestia, pero sigue viva en muchos corazones, entre ellos el mío.

Y a otra amiga valiente, Inmaculada Trujillo, vencedora en el pulso y, ella sí, capaz hoy de mirar al monstruo a los ojos.

Va por y para ellas.

¿Alguien es capaz de escribir sin que alguien le sostenga los brazos cuando flaquea y le aliente cuando duda? Yo, no. Pero cuento con las mejores manos para que eso no me suceda.

En el viaje de Mariela ha sido vital la ayuda y el ánimo de Palmira Márquez, mi agente literaria de Dos Passos, y, sobre todo, mi amiga, una amiga de verdad a quien le debo gran parte de la fe que hoy pueda tener en mí misma. También se la debo al otro paso de Dos Passos, el sabio poeta Miguel Munárriz (si su prodigiosa memoria algún día archiva la primera frase de *Mariela*, me hará la escritora más feliz del mundo).

Y todo el apoyo, sin fisuras y siempre con una sonrisa, de mi editora y ya buena amiga Carmen Romero, de Ediciones B y Penguin Random House, y también de Covadonga D'lom, la mejor correctora con la que una novela podría soñar. En ambas, *Mariela* ha encontrado fuerzas para caminar y, gracias a ellas, suficiente calidad literaria.

Dos últimos, aunque no menores, agradecimientos:

A mi madre, Kety: aunque hace algunos años que emprendió su propio viaje con la Bestia, estoy segura de que le habría gustado ser Mariela.

Y a mi marido, Juma Torregrosa, por darnos a Mariela y a mí una historia de amor eterno. Gracias. Siempre.